KB267469

문학이라는 혼종지대

문학이라는 혼종지대

박진(朴辰, Park, Jin) 문학평론가. 고려대학교 국문과와 동 대학원을 졸업했다.『문예중앙』기획위원,『작가세계』편집위원, 문화웹진『나비』편집위원 등으로 일했다. 지은 책으로『서사학과 텍스트 이론』,『장르와 탈장르의 네트워크들』,『그래서 우리는 소설을 읽는다』(공저),『문학의 새로운 이해』(공저) 등이 있고 평론집『달아나는 텍스트들』이 있다. 숭실대 베어드학부대학 교수를 거쳐 현재 국민대 교양대학 교수로 있다.

문학이라는 혼종지대 **박진 평론집**

초판인쇄 2016년 11월 20일 **초판발행** 2016년 11월 30일
지은이 박진 **펴낸이** 박성모 **펴낸곳** 소명출판 **출판등록** 제13-522호
주소 서울시 서초구 서초중앙로6길 15(서초동 1621-18 란빌딩 2층)
전화 02-585-7840 **팩스** 02-585-7848 **전자우편** somyong@korea.com **홈페이지** www.somyong.co.kr

값 29,000원   ⓒ 박진, 2016
ISBN 979-11-5905-125-8 03810

이 책은 한국출판문화산업진흥원의 2016년 우수출판콘텐츠 제작 지원 사업 선정작입니다.

문학이라는 혼종지대

LITERATURE AS A HYBRID AREA

박진 평론집

소명출판

　이 책의 제목은 말 그대로, 문학 자체가 곧 '혼종지대'임을 의미한다. 이는 문학 아닌 것들과 확연히 구분되는 문학의 '순수한' 내부 영토란 존재하지 않는다는 뜻이다. 문학과 비문학, 픽션과 논픽션의 경계는 이미 오래 전에 모호하고 의심스러운 것이 되었다. 문학과 문학 아닌 것을 가르는 배타적 장벽이 문단 제도와 관습으로서는 아직 완강하게 버티고 있지만 말이다. '혼종적인' 문학과 그렇지 않은 문학이 따로 있는 것도 아니다. 대중문화든 장르서사든 문화상품이든 간에, 타락하고 오염된 '외부'를 상정하고 이와 대비되는 문학의 '내부' 영토를 지키려는 모든 시도는 기만적인 자기위안이 될 수도 있다. 오늘날 문학의 가치와 문학의 윤리에 대해 사유하는 일은 문학만이 본래 지닌 고유한 가치와 윤리적 염결성 등에 대한 해묵은 믿음을 포기하는 데서부터 시작돼야 할 것이다. 바로 지금 문학이 무엇을 할 수 있고 무엇이 되어야 하는지를 고민할 수 있으려면, 이 두렵고 위태로운 자기붕괴의 과정을 통과해야만 한다. 이와 더불어 그 동안 문학 바깥이라 간주되던 것들을 가치론적, 문화정치적 논의의 장에 적극적으로 끌어들이려는 노력도 필요하다. 이런 작업들이 이 책에서 내가 우선 하고자 한 일이다.

　이 작업들은 '문학적인 것'의 함의를 처음부터 다시 묻고 탈구축하는 일로 통한다. 나에게 이 문제는 텍스트의 윤리, 또는 글쓰기-실천이라는 문제와 맞닿아 있으며, 특히 크리스테바가 언급한 의미에서 그러하다.

우리는 지금 텍스트의, 더 일반적으로 말해서 예술의 윤리적 기능과 관련된 문제의 핵심에 와 있다. 형식주의에 버림받고, 관념주의 철학과 통속적인 사회학 만능주의에 의해서 도덕적 인문주의로 변해버린 이 문제는 오직 언어 속에서의, 아니면 보다 일반적으로는 의미 속에서의 주체의 과정을 고려하는 새로운 전망 속에서만 다시 제기될 수 있다. 여기서 말하는 윤리는 실천 속에서 나르시시즘 부정하기라고 이해해야 할 것이다. 달리 말하면, 의미화 과정이 사회적·언어 상징적 실현 과정 속에서 나르시시즘적(좁은 의미로는 주체적) 고착을 해체하는 실천은 윤리적이다. (…중략…) 우리는 예술에게—텍스트에게—'긍정적'이라고 간주된 전언을 발신하라고 요구할 수 없다. 그러한 전언의 일의적 진술은 이미 우리가 이해한 것과 같은 윤리적 기능의 삭제이다. 주체의 과정에 관한, 그리고 진행 중인 역사적 발전 과정의 여러 경향에 관한 과학적 진리들을 진술하면서, 텍스트가 그 윤리적 기능을 다하는 것은 오로지 그러한 진리들을 복수화하고, 분쇄하고, '음악화'한다는 조건하에서이다. 다시 말하면 그 진리들을 웃음거리로 만든다는 조건에서이다.[1]

일의적 진술(말해진 것의 윤리를 포함하여)을 분쇄하고 주체와 의미의 '자연스러운' 연합을 파기하며 단일 화자의 단독 언표 속에 통합되지 않는 목소리들의 다수성을 확인하는 일은 어쩌면, 문학이라 불리는 텍스트가 가장 잘 해낼 수 있는 글쓰기-실천이 아닐까? 권위적이고 이데올로기적으로 굳어진 기존의 담론들과 공식 언어를 뒤흔드는 이 같은 실천은 미학적 실험이기 전에(미학이란 또 하나의 이데올로기다) 윤리적이고 정치적인 행위의 성격을 띠지 않을까? 이 질문들은 이 책에 실린 글들을 쓰는 동안 줄

---

1   Julia Kristeva, *La révolution du langage poétipue*, Paris : Editions du Seuil, 1974, p.203.

곧 나를 사로잡았고, 앞으로도 아마 그러할 것이다. 오랫동안 내가 글쓰기 주체의 문제(비동일적, 비표상적, 복수적, 익명적, 비인칭적 주체)에 매달린 것은 이런 맥락에서다. 문단 제도 내부의 '비평가다운' 단일한 목소리로 발화하는 일과 스스로 텍스트가 되고자 하는 욕망 사이에서 종종 혼란과 불화를 경험해야 했던 이유도 아마 여기에 있을 것이다.

꽤 많은 글들을 버렸음에도, 너무 두꺼운 책이 되고 말았다. 지나치게, 많은 글을 쓴 것이 아닌가 하는 생각을 하며 원고를 정리했다. 글을 쓰던 당시의 나는 저마다 현재의 나와는 여러모로 달랐을 테지만, '글 쓰는 나'의 고민과 뒤얽힘이 지금의 내게 어떤 진정성 같은 것으로 전해지는 글들은 버리지 않고 남겨 두었다. 그리고 내가 좋아하는 몇 편의 글을 이 책의 구석구석에 숨겨 두었다. 혹시라도 그 글들을 알아봐주는 독자가 있다면 무척 기쁠 것 같다. 소명출판에서 내는 두 번째 책이다. 원고를 정성껏 편집해 준 소명출판 편집부에 감사드린다. 글을 쓰면서 만난 오랜 친구들에게 다정한 안부를 전하며.

2016년 어느 가을날

박　진

차례

제1부

문학성의 **탈 - 구축**

변화에 대응하는 비평의 방식

환상, 루저(loser)들의 소심한 반란

포스트IMF시대, 문학의 욕망과 욕망의 윤리

칙릿 세대, 여성은 어떻게 만들어지는가?

문학 이후, 또는 아직 열려 있는 '문학적인 것'의 새로운 지대

인터넷 시대, 글쓰기와 글쓰기 주체는 어떻게 변해가는가?

변화에 대응하는 비평의 방식

'문학의 본질'로 귀환하는 일

'변화'라는 말보다 '위기'라는 표현이 더 적절해 보이기는 한다. 급박하게 돌아가는 현실정치 상황은 우리 문학에 정치적 실천력과 공론장으로서의 역할을 다시금 요청하고 있지만, 문학의 사회적 기능과 대항담론의 실제성 자체가 심각한 회의에 부딪힌 상황이다. 자본의 막강한 위력이 모든 문화예술을 문화산업으로 뒤바꿔놓으면서, 문학이 독자들과 소통하고 우리 삶에 더 깊이 스며들어야 한다는 온당한 요구는 그 영향력을 가시적으로 입증하는 출판시장의 반응으로 환원돼버리곤 한다. 상품으로서의 대중문화와 구별되는 문학의 고유한 특성을 강조하고 싶지만, 그러기엔 문학 자체가 이미 문화적인 혼성물의 성격을 띠며 자꾸만 변해가고 있다.

2000년대 들어 쏟아져 나온 혼종적, 탈재현적 경향의 소설들이 현실 문제를 회피하고 문학의 사회적 성격을 위축시킨 퇴행적 현상은 아니었을까 하는 비판과 우려가 증폭되는 것도 무리는 아니다. 여기에는 이들 소설의 미학적 새로움을 옹호했던 기존의 논의들이 재앙 같은 현실과 문학의 무기력함에 대해 일정 부분 책임을 지닌다는 죄책감 어린 반성도 스며들어 있다. 더욱이 '새로움'이란 끊임없이 이윤을 창출해야 하는 자본의 모토이기도 하기 때문에, 새로움의 가치를 강조하는 일은 문학을 상품 시장에 무방비 상태로 내놓는 행위와 잘 구별되지 않는다. 미학의 전복성을 정치적 전복성과 연결하려는 안간힘(자크 랑시에르를 집중적으로 호명하는)도, 이전의 리얼리즘적 가치를 회복 / 강화하려는 움직임도 이런 불안과 절박함에서 비롯된 현상들이라 할 수 있다.

문학(성)이 무엇인지를 다시 묻는 비평 작업들[1] 또한 이런 맥락에서 이해될 수 있다. 논의의 서로 다른 출발점들과 아마도 결코 타협할 수 없을 입장의 차이들에도 불구하고 비평은 지금 입을 모아 문학이란 무엇인가, 무엇이 문학을 문학답게 만드는가, 문학이 무엇을 할 수 있으며 무엇을 해야만 하는가와 같은 가장 근본적인 질문들을 던지고 있다. 근대문학 종언론과 새로움 담론, 문학의 정치성과 소통의 문제 등이 각기 다른 문맥에서 소환되지만, 그것들은 저 원론적인 질문들을 둘러싸고 겹겹이 얽혀 있다. 그 속에서 귀담아들어야 할 전언은 차라리 이런 게 아닐까. 오늘날은 문학이란 무엇이며 무엇이어야 하는지를 처음부터 다시 생각하지 않을 수 없게 만드는 시대라는 것, 달리 말하면 지금껏 우리가 문학이 무엇이라 믿어왔든 바로 그 믿음의 확실성이 흔들리고 있는 상황이라는 사실 말이다.

---

1   『창작과비평』 2008년 겨울호 특집 '문학이란 무엇인가'와 『문학동네』 2009년 봄호 특집 '2009, 문학성의 새로운 구성' 등이 그 대표적인 예이다.

이 같은 상황에 대한 비평적 대응의 노력으로서, 문학성을 다시 묻는 최근의 작업들은 일단 중요하고 의미가 있다. 그러나 그 노력들이 문학의 고유한 가치에 대한 기존의 믿음을 재확인함으로써 불안과 위기감을 해소／완화하는 방식으로 나타난다면, 이는 우리가 지금 직면한 딜레마를 회피하거나 덮어버리는 결과를 초래할 수도 있다. 이를테면 "고진의 종언론이 지니고 있는 불편함"을 꼼꼼하게 논리적으로 분석하면서 "우리 시대 문학성의 소재와 존재 방식"[2]을 성찰하려 한 서영채의 논의는, 처음의 취지와는 달리 변하지 않는 문학의 근원적 가치를 되새기는 데 주력한다. "문학성이란 완성되고 파악되는 순간 곧 죽음을 맞는 것이며, 그런 뜻에서 언제나 자신의 죽음을 그 자신의 존재의 핵심으로 지니고 있"기에 "근대문학의 종언이라는 고진의 입론은 그의 의도와는 무관하게, 오히려 죽음과 소생을 반복하는 것으로서의 문학의 본질에 관한 테제로 받아들여져야 한다"[3]는 것이다. 그의 논의는 문학성을 실체가 아닌 '비존재'로 기술하면서도, 역설적으로 그렇기 때문에 오히려, 그 어떤 위기감이나 암담함 속에서도 아무런 손상을 입지 않고 고스란히 남아 있게 되는 '문학의 본질'을 상정한다. 하지만 진정 문학성을 '재구성'하는 일이 가능하려면 '언제나 그러했던' 문학의 핵심, 그것마저 회의하고 탈-구축하려는 좀 더 위험하고 과감한 시도가 필요하지 않았을까. 그가 바라는 것처럼 "경계 너머에 대한 사유를 열어놓"고 "쉽게 예단하지 않으며 역설을 견디"기 위해서라도 말이다.[4]

　"이 시대에 문학은 무엇인가라는 물음이 절실하게 떠오"르지만 "필자

2　서영채, 「역설의 생산─문학성에 대한 성찰」, 『문학동네』 2009년 봄호, 298쪽.

3　위의 글, 305쪽.

4　위의 글, 318쪽.

는 이 물음에 답할 준비가 되어 있지 않다"[5]고 말하면서도 문학의 고유한 본질에 대해 확고한 신념을 표방하는 한기욱의 논의는 또 어떤가. "요컨대 문학은 어떤 역할이나 도구이기 이전에 삶의 진리가 드러나는 예술형태인데, 문학이라는 예술의 남다른 비범함은 그런 진리가 드러남과 동시에 시대적 과제나 임무 같은 실천적인 지평이 더욱 명료해진다는 것이다"[6]라고 그가 말할 때, 실제로 우리가 지금 의심하고 있으며 정작 그 스스로 되물어야 했던 것은 오랫동안 자명하게 받아들여졌던 문학의 남다른 본성, 바로 그것이 아니었을까. 우리가 가장 굳게 믿고 싶은 것이 흔들리고 있음을 인정하는 일, 그리하여 우리가 가장 지키고 싶은 문학성의 본질마저 시험에 부치는 일. 이 시대에 문학이란 무엇인지를 '다시' 묻는 작업은 어쩌면 여기에서 출발해야 할지 모른다.

그렇다고 이를 전면적인 단절이나 심지어 '해방' 같은 것으로 오도해서는 곤란하다. 허병식의 경우, "종언과 더불어 한국문학은 이제 모든 계몽의 약속, 종말론적 기다림의 지평에서 비로소 자유로워진" 것으로 선언된다.[7] 그는 이제야 "비로소 획득한 그 자유의 지평 위에서 우리에게 남아 있는 정치학의 가능성"(랑시에르적인 개념의)에 희망을 걸며, "종언이란 실상, 그 가능성의 중심"[8]이라 말하면서 실제로 감격적으로 환호한다. 이 열에 들뜬 확신과 거침없는 낙관론에 공감하기란 참으로 쉽지 않은 일이지만, 더욱이 그 확신의 근거로 제시되는 것이 여전히 '문학의 본질'이란 사실은 더욱 아이러니하다. 그에 의하면 문학의 "본질적인 가치"나 "문학의

---

5 한기욱, 「문학의 새로움은 어디서 오는가」, 『창작과비평』 2008년 겨울호, 51쪽.

6 위의 글, 52쪽.

7 허병식, 「문학의 공동체」, 『문학수첩』 2009년 봄호, 62쪽.

8 위의 글, 같은 곳.

가능성"이란 이번에는 "자신의 곤궁을 정치화하는 심원한 상상력", "기존의 정치 속에 규정된 자신의 자리"를 교란하면서 "진리를 산출하는 미학적 주권을 되찾"는 힘(?) 같은 것으로 나타나지만 말이다.[9] 이쯤 되면 '문학의 본질'이란 처음부터 무척이나 공허하고 자의적인 것이 아니었을까 하는 의심도 든다.

한편 백낙청의 논의에서는, 그 잠정적인 '대답'이 결과적으로 처음의 자리에서 그리 멀지 않은 곳으로 되돌아오긴 하지만, "어떤 정답을 이미 전제하고 출발하거나 쉽게 정답에 도달하"[10]지 않기 위해 문학(특히 민족문학과 리얼리즘 문학)에 대한 기존의 믿음을 힘겹게 의문에 부치는 과정을 엿볼 수 있다. 그는 '문학이란 무엇인가'라는 물음이 문학의 본질이나 당위 같은 선험적 명제에 기대지 않고 "구체적인 창작과 수용을 통해서만 이행되는" "새로운 물음"[11]이 될 수 있도록, 지금의 문학들 속에서 답을 찾으려 한다.

그런데 이 같은 시도를 결정적으로 제약하는 것은 오늘날의 정치사회적 상황에 대한 그의 진단, 특히 촛불집회와 전지구적 경제위기가 확인해주는 바 지금은 "선천시대가 막바지에 이"른 "후천개벽"[12]의 진행기라는 확고한 신념이 지금의 문학을 해석 / 평가하는 또 다른 선험적 준거로 작용하고 있다는 점이다. "새로운 질서"의 도래에 대한 간절한 염원과 그 "원동력을 마련해줄 우리 속의 충동을 내장한"[13] 문학에 거는 그의 기대는 『핑퐁』(박민규, 창비, 2006)의 애매모호한 결말(의미상으로만이 아니라 정치적으로도)을 후천개벽에의 비전으로 왜곡 / 확대해석하게 만든다. 인류사

---

9   위의 글, 61~62쪽.
10   백낙청, 「문학이 무엇인지 다시 묻는 일」, 『창작과비평』 2008년 겨울호, 18쪽.
11   위의 글, 40쪽.
12   위의 글, 38쪽.
13   위의 글, 39쪽.

회의 '언인스톨'이라는 『핑퐁』의 결말이 온 세상을 끝장내고 다시 시작하고 싶다는 원한 맺힌 약자의 강렬한 판타지일 수 있으며 이것이 종말론적 대재앙을 소망충족의 판타지로 소비하는 최근의 문화적 경향과 맞물려 있다면,[14] 그가 바라는 '이상적'인 문학과 실제의 우리 문학은 너무도 괴리되어 있음이 분명하다.

정치사회적 현실이든 문학이 처한 상황이든, 우리 시대는 그 어떤 확신이나 낙관적 전망도 쉽게 허용하지 않는다. 우리에겐 지킬 수 있는 본질도 없고 돌아갈 고향도 없다. 그래서 나는 지금을 병적이고 이례적인 특수상황이나 극복해야 할 한시적 위기라 부르는 대신, 돌이킬 수 없이 변화된 시기라고 부르겠다. 위기감은 상당히 덜하지만, 훨씬 더 비관적인 태도임을 인정한다. 그럼에도, 바로 지금 문학이 무엇이며 무엇이어야 하는가라는 질문을 멈출 수는 없다는 것, 아마도 이것이 우리에게 남은 마지막 가능성이자 가장 지독한 역설일 것이다.

그 자체로 상품'인' 문학의 윤리

지금 비평은 또한 문화상품으로서의 대중문화에 대한 문학의 저항력을 유지하고자 힘겹게 분투하고 있다. 그런데 이 같은 노력은 종종 훼손

---

[14] 종말론적 상상력은 근대(과학)문명과 가치 체계를 발본적으로 성찰／비판하는 강렬한 에너지를 내장할 수 있지만, 최근에는 이를 대재난의 장엄한 스펙터클과 점증하는 불안감을 해소하는 제의적 수단, 더 나아가 망해 돌아가는 온 세상을 쓸어엎어 버리고 싶은 소망충족의 판타지로 소비하는 경향이 두드러진다. 복도훈은 「초자아여, 안녕」(『자음과모음』 2008년 가을호)에서 코맥 맥카시의 『로드』(정영목 역, 문학동네, 2008), 듀나의 「너네 아빠 어딨니?」(『용의 이』, 북스피어, 2007) 등을 통해 이와 유사한 진단을 내린 바 있다.

되지 않는 문학성의 '내부' 영토와 타락하고 오염된 문학의 '외부'를 가르는 허구적인 이분법을 강화하는 형태로 나타나곤 한다. 하지만 그런 구분은 더 이상 가능하지 않을 뿐더러 심지어 기만적일 수도 있다.

문학 자체가 문화적인 혼성물로 변해버린 지금의 상황에 대한 자의식 없이 그 같은 이분법을 되풀이하는 일은 일단 공허하고 무의미하다. "대중문화는 문학의 외부이고, 대중문화를 활용한다는 것은 문학 외부의 관점이 문학에 작용된다는 것이다. 그러나 이것이 문학의 위기에 대한 효율적인 대안이 될 수 없다는 점은 분명해 보인다. 대중문화는 자신의 자리에서 또 다른 자리로 미끄러질 것이고, 문학 또한 다만 문학의 자리에서 여러 물결을 만들어낼 것이기 때문이다"[15]라는 박수연의 언급에서, 그의 주장에 동의하는지 여부와 관계없이, 선뜻 받아들이기가 어려워진 것은 그 기본 전제 자체일 것이다. 그의 언급은, 대중문화적 요소(아마도 영화나 대중음악 같은 것들)가 간간이 문학 '안'으로 침투해 들어오던 시절, 그렇긴 해도 '다만 문학의 자리'가 분명히 있어 그 이질적인 요소들을 문학 '외부'의 것이라 부르는 데 망설임이 없던 시절에나 나올 수 있는 말이다. 지금은 차라리 '다만 문학의 자리'가 과연 어디인지, 그런 것이 정녕 존재하는지를 고민해야 하는 때가 아닌가.

출판 시장을 장악한 자본의 논리에 대항하여 문학 본래의 순수성을 지키려는 노력들에 대해서도, 안타깝지만 같은 문제를 제기하지 않을 수 없다. 특히 문학을 문화상품과 대립되는 자리에 놓는 관점은 문학 자체가 문화산업의 일부로 흡수된 지금의 끔찍한 현실을 똑바로 대면하지 못하게 한다. 차미령이 '소설'의 새로움은 "미학적 갱신, 정치적 충돌, 윤리적

---

15   박수연, 「한국문학의 난경」, 『실천문학』 2009년 봄호, 18쪽.

돌파를 꿈꾸며 의혹과 혼돈을 야기하고, 처음에는 더디게 읽히며 후에는 거듭 다시 들추어지고 마침내는 오래 기억된다", 반면에 '엔터테인먼트 산업'이 내거는 '새롭게!'란 모토는 "더 많은 재미 이상의 것을 추구하기 힘들며, 쉽게 끌어들인 만큼 쉽게 소비되고 그보다 더 쉽게 잊"힌다고 말할 때,[16] 작위적이고 관념적일 수밖에 없는 이 같은 대비는 문학과 엔터테인먼트 산업의 차별성을 증언하기 위해서가 아니라 이미 그 경계가 무너져가고 있는 문학–문화상품의 정직한 자기반성을 위해 도입되었어야 한다. 그렇지 않을 때, 이런 대립 구도는 엔터테인먼트 산업의 전면화로부터 허구적인 불가침의 영역을 상정하는 문학의 자기방어, 자기변명에 지나지 않을 수도 있다.

그런 의미에서 "문학성을 지키려 하면 할수록 점점 더 문학성은 시장의 논리 속으로 사라지고 마는 역설"을 "좀 더 의식적으로 자각하지 않으면 안 된다는 위기의식"[17]을 드러내는 서영인의 글은 각별히 눈여겨볼 필요가 있다. 하지만 그의 글에서도 이 같은 역설이 장르적 혼종성을 지닌 소설의 문제로 집중되고 있어, 문제의식의 전면성은 약화되고 만다. "혼종적 문학의 양상은 어떤 방식으로든 시장의 법칙, 시장의 논리와 연관을 맺고 있"으며, 장르문학과의 혼종 논의는 칙릿과 역사추리물 같은 대중적 장르들에 상징 권력의 후광을 덧입힘으로써 결과적으로 문학의 "상업주의를 허용"[18]하는 양상으로 귀결될 수 있다는 그의 지적은 분명 타당성을 지니고 있지만, 이 같은 통찰이 겨냥해야 할 것은 장르적·혼종적 경향의 문학이 아니라 실은 문학 자체여야 한다. 이를 장르적·혼종적 소설

---

16   차미령, 「소설과 정치—'소설이 무엇을 할 수 있는가'에 대한 단상」, 『문학동네』 2009년 봄호, 343쪽.

17   서영인, 「문학의 경계, 시장의 법칙」, 『문학수첩』 2008년 가을호, 42쪽.

18   위의 글, 29쪽, 34~40쪽.

의 문제로 돌리고 그것들에 대한 경계심을 강화한다고 해서, 문학 전반에 얽혀들어 있는 역설과 딜레마를 문학 바깥으로 몰아낼 수는 없는 일이다.

대중문화든 장르문학이든 문화상품이든 간에, 우리가 문학 아닌 것들을 향해 던진 그 모든 비판들은 고스란히 문학 자신에게로, 아프게 돌아와야 한다. 문화상품이 아닌 '진정한' 문학과 문화상품인 '가짜' 문학을 간단히 분리하여 대립시키는 관점 또한 위험하기는 마찬가지다. 이런 관점이, 자신이 지지하는 문학 경향을 문화산업과 무관한 영역으로 가정하면서 '반대편'에 있는 문학 경향을 시장에 영합하는 상품의 영역으로 몰아세우는 방식으로 표출될 때, 그 위험성은 더욱 심화된다.

"작품의 진면목이 아닌 이런저런 서사적 특색에 의거하여 2000년대의 젊은 문학에 '새롭다'는 형용사를 남발"하는 비평가들을 "'신상'(품)을 소개하는 홈쇼핑 쇼호스트"[19]에 비유하는 한기욱의 논의를 보자. 여기에는 진정한 문학성을 지닌 문학과 그렇지 않은 문화상품, 또는 작품의 진면목을 알아보는 진정한 비평과 문화상품을 광고하는 거짓된 비평을 구분 짓는 완강한 경계가 내재한다. 그리고 이 구분은 자동적으로, 2000년대 '새로운' 문학이나 '새로움'을 강조하는 비평을 문화산업의 영역으로 밀어냄으로써 그가 호명하는 일군의 작품들[20]과 이들을 옹호하는 비평적 입장을 '진정한 문학'으로 인증하는 근거로 작동한다. 하지만 출판 시장에서 문학의 상품 가치는 흔히 '진정한' 문학적 가치로 포장되곤 하며(신상품을 광

---

19 한기욱, 앞의 글, 42쪽.
20 황석영의 『개밥바라기별』, 김사과의 『미나』, 황정은의 「모자」와 「무지개풀」(어째서 황정은 소설 중에서도 유독 이 작품들인가?), 정도상의 『찔레꽃』, 박민규의 『핑퐁』, 윤영수의 『소설 쓰는 밤』, 공선옥의 『명랑한 밤길』, 신경숙의 『엄마를 부탁해』 등이 그것인데, 그렇게 주장하는 근거들은 '살아 있는 말들의 향연', '시적 경지', '6·15 시대 문학'(또는 그것의 한 양상처럼 제시되는 '경계 넘기') 등이다.

고할 때 홈쇼핑 쇼호스트들이 하는 일도 바로 그런 게 아닌가), '시장의 간지(奸智)'
는 우리가 작품의 '진정한' 가치라고 믿는 바로 그것을 언제든 상품성으
로 뒤바꿔놓을 수 있다. 또한 새로움뿐 아니라 '전통'이나 '복고(復古)' 같은
것들도 강력한 문화 키워드와 효과적인 마케팅 전략으로 얼마든지 활용
될 수 있다는 걸 우리는 잘 알고 있다.

홍미롭게도 한기욱의 글에 대한 강유정의 반론은 동일한 논리를 정확
히 뒤집어놓은 역담론(reverse-discourse)의 성격을 띤다. 강유정의 글은 "전
지구적 경제불황이라는 위기감 속에서 수많은 독자들이 (…) 선택"하여
"유용한 상품으로 소비되고 있"는 '보수적' 경향의 소설들(『개밥바라기별』과
『엄마를 부탁해』 등)을 문제 삼으면서, 이번엔 반대로 "전통적 입장에서 사
실주의와 거리가 먼 (…) 새로운 작가들"의 시도를 "시장에서 조금 먼 곳
에" 위치시킨다.[21] 그러나 '팔리는' 소설은 수시로 바뀔 것이고 '팔리는' 이
유도 가지가지일 것이며, '팔리는' 소설에서 부지런히 문학성을 찾아내는
일이 민망한 것만큼이나 '안 팔리는' 소설이 진정한 문학이라 주장하는 논
리도 궁색하지 않을 수 없다.[22] '상대편'의 문학 경향을 비판하는 데 사용
된 시장 친화적이라는 잣대는 상황이 뒤바뀌면 언제든 돌아서서 '자기편'
을 궁지로 몰 수 있다.

새로운 문학과 전통적인 문학, 또는 탈재현적 소설과 사실주의적 소설
가운데 어느 한 쪽을 상업적·대중적·시장 친화적이라 몰아세움으로써
우리가 얻게 되는 것은 시장 논리에서 벗어난 문학(성)의 안전지대가 어
딘가에 존재할 수 있다고 하는 소박한 환영과 거짓 위안일 뿐이다. 문화

---

21   강유정, 「돌아온 탕아, 수상한 귀환」, 『세계의문학』 2009년 봄호, 314, 332쪽.

22   소영현, 「북 쇼핑 시대의 문학, '완득이'라는 낯선 영토」, 『작가세계』 2008년 가을호,
      322쪽.

산업의 바깥에 독립적으로 존재하는 문학의 영토는 이제 어디에도 없으며, 상품 논리를 이탈하고 거스르는 지점에서 문학의 고유한 가치를 찾고자 하는 시도도 더 이상 성공을 거두기 어려울 것이다. 오늘날 문학성은 그 자체로 상품'인' 문학에 있어 본질이 아니라 잉여일지 모르고, 상품'임'에도 불구하고 그것으로 다 환원되지는 않는 그 흔들리는 잉여들 사이에서, 우리는 지금 문학성의 의미를 재구성하고 탈–구축해야만 한다.

그런데 이렇게 말해버리는 일은 너무 무책임한 것이 아닐까? 이런 태도는 문학의 가치나 윤리의 영역을 간단히 포기하고 시장 논리에 순순히 투항하는 태도와 어떻게 다를 수 있는가? 어쩌면 실제로 우리는 문학이기 때문에 지닐 수 있는 고유한 가치, 문학만의 윤리적 염결성에 대한 신념 같은 것을 버려야 할지 모르고 그럼에도 불구하고, 아마도 그렇기 때문에 더더욱, 문학의 가치와 윤리의 문제를 회피할 수는 없을 것이다. 도저히 승인할 수 없는 우리 안의 불순물을 문학 아닌 것들에게로 떠넘김으로써 내부의 순수성을 지키려 애쓰는 대신에, 이 모든 이질적인 것들을 구역질하며 껴안은 채로, 우리는 문학이 무엇을 할 수 있고 무엇이 되어야 하는지를 고민할 수 있어야 한다. 그 두렵고 위태로운 자기부정, 자기붕괴의 과정 속에, 혹시 우리 시대 문학의 윤리가 깃들일 수 있는 것은 아닐까.

'탈현실적' 소설의 현실성과 정치성

2000년대 젊은 소설의 '새로움'이 진정한 새로움이냐 아니면 과대 포장된 낡은 새로움이냐 하는 논란은 생각보다 중요하지 않을 수 있다. 이들 소설을 어느 쪽으로 귀속시키든, 이런 논란은 오히려 '새로움'이라는 항목 자체를 여전히 논쟁의 핵심으로 만들면서 '낡음 / 새로움', '근대문학 / 탈근대문학'의 도식을 재생산하는 경향이 있다. 돌아보면 이들 소설에 대한 '새로움' 담론은 2000년대 이후 어딘지 이전과는 달라 보이고 낯설게 느껴지는 소설들이 한꺼번에 쏟아져 나온 데서 비롯되었고, 그 변화의 양상들을 포착하고 기술하기 위한 방편이었다. 이 같은 상황 자체를 설명하고 명명하려는 징후적 독해는 이들 소설에 대한 엄정한 가치평가나 문학사적 연속성의 탐구 작업보다 당연히 시기적으로 먼저 이루어져야 했고, 그럼으로써 이후의 작업들로 나아갈 수 있게 하는 계기를 마련했다. 무언가 이름붙일 수 없는 낯선 것들이 등장하면 그 낯섦을 기술할 수 있는 담론적 토대가 만들어지고, 그것이 기존의 담론들과 절합하면서 익숙한 이해의 지평 안으로 낯선 것들을 통합해 들이는 것은 우리가 잘 아는 일련의 과정이다. 2000년대 비평은 이 과정을 통과해왔으며, 각각의 단계에서 각자 그 역할에 충실하고자 했다. 징후적인 새로움과 징후적인 독해는 그것대로 의미를 지니지만, 이제 논점은 새로움 그 자체(진짜로 새로운가 아니면 가짜로 새로운가 하는 논란을 포함하여)는 아니어야 마땅하다.

문제는 2000년대 소설의 징후적 새로움이 혼종적이고 '탈현실적'인 경향으로 나타났다는 점이고, 이들의 집단적인 출현으로 우리 문학의 지형이 실제로 변화했다는 사실이다. 이 같은 상황은, 아직도 "작가의 삶이나 기억, 사회적 현실 등으로부터 발원하는 소설들이 다수 씌어지고 있"[23]다거나 기존의 소설들(리얼리즘 소설과 모더니즘 소설을 가릴 것 없이)에서도 이런 경향을 찾아볼 수 있다거나 하는, 전혀 틀리지 않은 지적들로도 결코 해소되지 않는다. 설사 마땅찮게 여겨진다고 해도 이제는 이들 소설을 제외하

---

[23] 한기욱, 앞의 글, 44쪽.

고는 우리 문학을 이야기하기가 어려워졌고, 문학의 정치성과 사회적 의미에 대해서도 그 변화된 지형 안에서 사유하지 않을 수 없게 되었다.

그러므로 어떤 문학적 입장을 지녔든 간에, 지금 비평이 혼종적·탈재현적 경향의 소설들에서 적극적으로 정치사회적 의미를 찾아내고자 애쓰는 것은 분명 바람직한 일이다. 대중문화를 포함하여 그 어떤 텍스트도 정치적으로 중립적이거나 말 그대로 탈정치적일 수는 없으며, 변화된 사회문화적 환경과 문학적 상황 속에서도 텍스트의 정치적 함의를 추궁하는 질문을 포기할 수는 없는 일이다. 그러는 가운데, 예전과 같지는 않을지라도, 지금 소설이 지닐 수 있는 작지만 소중한 가능성들을 발견해나간다면, 그 산발적인 가능성들의 별자리가 바로 우리 시대 문학성의 거주지일 것이다.

그런데 아쉬움을 갖게 하는 것은, 이 같은 비평작업이 종종 지나친 단순 논리를 따르고 있다는 점이다. 혼종적, '탈현실적' 경향의 소설들 가운데서도 그나마 경험적 현실의 맥락을 어느 정도 포함하는 소설을 상대적으로 높이 평가한다거나, 정치사회적 사건과 상황들을 직접 언급하는 소설에 각별한 의미를 부여한다거나 하는 방식이 그 대표적인 예들이다. 박민규의 최근 소설들 중에서 유독『핑퐁』이, 윤이형의 소설들 중에서는「큰 늑대 파랑」(『창작과비평』 2007년 겨울호)이 집중적인 주목을 받은 이유도 실은 여기에 있는 것처럼 보인다.

박민규의 소설을 다루는 김영찬의 논의를 보자. 그가 박민규의「깊」(『문학동네』 2006년 겨울호) 등을 비판하는 주된 근거는 "『핑퐁』에서 그나마 보이던 현실의 맥락을 삭제"하여 "체험적 현실을 증발시키고" "현재적 삶과의 최소한의 접점마저 떼어"낸 소설이라는 데 있다.[24] 소설의 이야기

---

24   김영찬,「한국소설의 장르문학적 상상력」,『문학수첩』 2008년 가을호, 49~50, 55쪽.

속에 체험적 현실이 구체적으로 기입돼 있는지 여부가 곧바로 한 작품의 문학성과 정치성을 가늠하는 기준으로 제시되고 있는 셈이다. 하지만 이처럼 소박한 기준으로는, 전반적으로 경험적 현실로부터 멀리 이탈하면서도 각기 다른 정도로 현실 문제에 개입해 들어가는 혼종적·장르적 소설의 이질적인 양상들과 그 서로 다른 가치들을 분별해낼 수 없게 된다. 『핑퐁』이 지닌 문제점에 대해서는 앞에서도 잠깐 언급했지만, 경험적인 리얼리티와는 상당히 동떨어진 이야기를 통해 뜻밖에 자본주의적 삶의 현실과 근대문명의 작동 방식을 집요하게 응시하는 「깊」의 시선은,[25] 구체적인 현실 상황을 다루고 있으면서도 대리만족의 판타지 속에서 이를 회피하는 『핑퐁』의 태도보다 훨씬 더 주목받을 가치가 있다.

　　이와 유사한 논리는 윤이형 소설에 대한 논의들에서도 그대로 반복된다. 유희석은 "게임서사의 모방을 크게 벗어나지 못하는 「피의 일요일」"(『셋을 위한 왈츠』, 문학과지성사, 2007)에 비해 "현실과의 접점이 한결 구체적"이며 "사실주의 소설을 방불하는 당대적 현실감"을 지닌 「큰 늑대 파랑」이 사회비판의 측면에서도 도발적이면서 강력하다"[26]고 말한다. 하지만 당대적 현실의 구체성과 사실주의적 리얼리티를 지닌다는 점 외에, 이 소설이 어떻게 강력한 사회비판을 수행하고 있는지는 언급되지 않는다(더 이상 말하지 않아도 당연한 게 아니냐는 듯이). 「피의 일요일」이 그만한 현실 비판력을 지니지 못하는 이유도 소설의 이야기가 게임서사 안에 머물러 있어 '현실과의 접점'이 모호하거나 불분명하다는 데 있는 듯한데, 실제로 「피의 일요일」은 게임서사를 차용한 이야기 구조의 표면적인 '탈현실성'

25　「깊」의 이 같은 측면에 대해서는 「장르들과 접속하는 문학의 스펙트럼」(『창작과비평』 2008년 여름호)에서 좀 더 자세히 언급하였다.

26　유희석, 「장르서사의 '진화'에 관한 단상들」, 『문학들』 2008년 겨울호, 62쪽.

이 수시로 우리 현실을 환기하게 만드는 다층적인 국면들 속에, 현실과의 드러나지 않은 접점들을 풍부하게 지니고 있는 소설이다.[27] 이런 가능성을 외면하고 문면에 드러나 있는 현실의 구체성만을 인정한다면, 장르적·혼종적 소설을 다루면서도 실은 소박한 반영론이나 '협소한' 사실주의적 관점을 고집하고 있는 것과 다르지 않다.[28]

요즘 「큰 늑대 파랑」에 대한 평단의 관심은 거의 '신드롬'에 가까운 것 같다. 「큰 늑대 파랑」은 좀비물의 일반적 관습에다 '우리를 구하러 달려오는 큰 늑대 파랑'의 만화적 상상력을 결합하고 이를 다시 리얼리즘 서사, 가족 로망스, 멜로물의 전형적인 모티프들과 절묘하게 혼합한 흥미로운 소설이긴 하지만, 나는 「큰 늑대 파랑」이 윤이형 소설 가운데 특별히 빼어나다거나 올바른 정치적 관점을 보여주는 작품이라고는 생각하지 않는다. 「큰 늑대 파랑」은 『핑퐁』과 유사하게, 자신들의 삶이나 이 세상 전체가 돌이킬 수 없이 망가져버린 것처럼 느껴지는 절망과 열패감을 좀비들에 의한 세상의 종말이라는 소망충족의 판타지를 통해 해소하는 경향이 있다. 좀비가 된 부모(사랑의 반대자)를 도끼로 내려찍어 파랑을 구한 뒤, 드디어 해방된 사랑(구원)을 향해서 파랑을 타고 달려 나가는 아영의 모습 또한 짜릿한 쾌감과 만족감을 주는 '낭만적 잔혹 판타지'가 아닐 수 없다.

---

27   이에 대해서도 앞에서 언급한 글(「장르들과 접속하는 문학의 스펙트럼」)에서 분석한 바 있다.

28   다소 감상적이고 상투적인 주제를 다룬 윤이형의 「판도라의 여름」(『셋을 위한 왈츠』)에 그가 각별한 의미를 부여하면서, 이 소설이 "연합군의 기지가 이전되어 주민들이 강제로 떠나야만 했던 한 시골마을"("대추리 같은 곳을 연상"시키는)을 배경으로 한다는 점을 강조하는 대목에서도 이런 관점이 강하게 엿보인다. 이어서 그는 이 같은 "현실"이 "서사에 적극적으로 영향을 주지 못하는 단순 배경으로 머물러" 있어서 "작품 자체가 아직 그 물음을 우리의 현실에 정조준한 것 같지는 않다"(유희석, 앞의 글, 66쪽)는 아쉬움을 표하기도 하는데, 이 역시 구체적인 정치사회적 배경이나 사건이 서사의 중심에 자리할 때에야 현실비판력을 지닐 수 있다는 생각을 대변하고 있다.

이 소설이 좀 특별해 보인다면 그 이유는 대학시절의 시위 현장(많은 논자들이 강조하듯 '1996년 3월'에 있었던 실제 사건을 연상시키는)과 '맑스의 『자본론』' 같은 것들이 직접 언급되고 있다는 사실일 텐데, 윤이형 같은 작가에게조차 이런 요소들이 막연한 죄의식의 근원처럼 나타난다는 것 자체가 안도감을 주는 일인지는 몰라도, 그 죄의식의 정치적 함의는 상당히 모호하고 미심쩍어 보인다. 세상 끝에서 돌아보는 그 시절에 대한 회한과 죄의식은 지금의 끔찍한 현실로부터 달아나 숨어들 수 있는 심리적인 도피처일 수도 있기 때문이다. 도대체 "우리가 뭘 잘못한 걸까?"라는 자조 어린 질문과 거기에 딸려 나오는 공허한 말들, "그 사람들처럼 거리로 나가 싸워야 했던 걸까?", "이럴 줄 알았으면 대학 때 『자본론』이라도 읽어둘걸"(「큰 늑대 파랑」, 321쪽) 등에는 체념적인 냉소의 어조마저 감돌고 있다.[29] 이 소설에서 학생운동과 관련된 모티프들이 지리멸렬한 현재의 삶을 청산하는 동시에 해방적 사랑과 구원을 꿈꾸는 지극히 사적이고 소아병적인 욕망에 대한 변명이나 위장술로 기능한다면, 「큰 늑대 파랑」의 정치성이란 더욱 수상하고 비겁한 것이 될 수도 있다.

이런 이유들 때문에 나는, "어디서부터 잘못된 것일까?"라는 소설 속의 질문이 정말 "자명해 보이는 세계에 대한 질문이자 그 세계 속 인간에 대한 질문"일 수 있는지, 이 소설이 끝내 "세계의 오작동에 대한 그 질문을 놓지 않았"[30]다고 말할 수 있는지 의심스럽다. 「큰 늑대 파랑」이 "현실의

---

[29] 얼결에 따라나섰던 시위 행렬에서 빠져나와 타란티노의 영화를 보러 극장으로 들어갔던 날 남학생 한 명이 과잉 진압으로 목숨을 잃었다는 사실과 그날의 기억을 재생하는 서술 행위 또한 그들이 "진심으로 좋아하는" "재미있는 것들"(「큰 늑대 파랑」, 같은 곳)에다 매혹적인 '길티 플레저(guilty pleasure)'를 덧입히는 기능을 할 수 있다. 길티 플레저의 핵심은 자신들의 취향을 떳떳이 내놓고 말하지 못하게 하는 부끄러움이나 반성적 자의식 자체가 아니라, 그 부끄러움과 죄의식으로 인해 쾌감과 만족감이 급격히 고조 / 증폭된다는 아이러니에 있다.

압력에 짓눌린 작가 세대의 현실적인 경험"을 "비현실적인 재난"과 병치함으로써 "특별한 문학적 성과를 얻"었을 뿐 아니라, "작가가 속한 세대의 통념은 물론 자기 자신의 문학의 근거와 토대까지도 근원에서 심문하는 반성적 자의식"을 담고 있어 "미묘한 감동을 이끌어낸다"[31]는 주장에도 동의하기 어렵다. 이 소설이 "현실적 소통과는 거리를 두었던 지난 시대와 세대를 냉철하게 점검하며, 그것의 문제점과 '자기만의 방에서 나와 행동하라'는 전언을 그야말로 새롭게 전달"[32]하는 소설이라는 평가에는 거의 어리둥절해진다.

이 소설에 쏟아진 과도한 상찬들은, 지금 우리 비평이 소설 속에 명시적으로 언급된 정치사회적 상황이나 진술들을 곧바로 소설의 정치성과 동일시하는 피상적·소재주의적 관점에 사로잡혀 있는 것은 아닌가 하는 우려를 갖게 한다(아직도 비평이 작가의 창작 방향이나 독자들의 독서 방향에 그 어떤 영향을 미칠 수 있다면, 가치평가에 혼란을 초래하는 이 같은 경향은 이후의 우리 문학에 상당히 해로운 영향력을 행사할 수도 있다). 이런 현상은 어쩌면, 이전의 익숙한 접근방식이나 사실주의적 기준들을 완고하게 고수하면서도 혼종적·장르적 소설에서 현실인식과 정치사회적 의미를 발견하려는 모순된(또는 강박적인) 태도에서 발생하는 필연적인 결과일지도 모른다. 소설의 변화된 지형에서도 우리가 여전히 문학의 정치성을 이야기해야 한다면, 마땅히 이들 소설을 읽어낼 수 있는 또 다른 접근방식을 찾아 나가야 한다. 기존의 접근방식을 조금도 조정하길 원하지 않으면서 몇몇 어중간한 소설들만을 제한적으로 논의의 대상으로 받아들인다면, 우리가

---

30 차미령, 앞의 글, 352쪽.

31 김영찬, 앞의 글, 57쪽.

32 이경재, 「최근 한국소설에 숨겨진 소통의 가능성」, 『실천문학』 2009년 봄호, 66쪽.

찾고자 하는 문학의 의미와 정치적 가능성은 점점 더 빈약하고 왜소해질 것이다. 가장 '탈현실적'으로 보이는 것들 속에서도 현실과의 드러나지 않은 접점들과 정치적 가능성들을 발견해낼 때, 그러기 위해서 또한, 필요하다면 기꺼이 스스로를 변화시켜나가려는 진지한 노력을 기울일 때, 비평은 비로소 우리 시대 문학성의 소재와 존재 방식을 재구성할 수 있지 않을까.

(2009.5)

'이름'은 많지만 '목소리'는 없는 세대

명명과 일반화가 본래 그런 것이겠지만, 젊은 세대를 외부에서 규정하는 이름들에는 확실히 폭력적인 데가 있다. 그 이름들은 이 사회의 주역이 '아직 아닌' 존재들, 지배 질서의 언저리를 배회하는 자들에게 쏟아지는 온갖 걱정과 가르침과 분석적 평가들로 얼룩져 있다. 마케팅 전략으로 동원된 X세대, N세대, 오렌지족 같은 이름들이든, 그보다 훨씬 초라해진 포스트 IMF 세대나 88만원 세대든 간에, 일단 상투어로 굳어져 유행처럼 떠돌게 되면 젊은 세대들을 타자화하고 사회적 문젯거리로 희생양화하는 메커니즘의 일부가 된다. 아무리 통찰력 있고 명쾌한 이름이라도, 싸잡아서 그렇게 불릴 바에야 차라리 '이름 없는 세대', '무명 세대'[1]가 되

---

1   김주희,『피터팬 죽이기』, 민음사, 2004, 101쪽. 이 글에서 다루는 텍스트는 김주희 장

는 편이 낫지 않을까.

　물론 그런 이름들을 지운다고 해서 젊은 세대들이 지금 겪고 있는 사회 경제적·심리적 곤경들이 가벼워질 리는 없다. 이를테면 뼛속까지 새겨진 무한 경쟁 이데올로기는 불안과 두려움과 자책감을 증폭시키고, 장기화된 청년 실업과 신빈곤 계층의 고착화는 무기력과 좌절감의 늪을 만든다. 신자유주의의 전면 장악, 재벌 정권의 '묻지마' 정책들이 숨통을 조이기 때문이란 걸 잘 알고 있지만, '그래서 어쩌란 말인가?' 하는 체념과 냉소가 온몸에 독처럼 번져간다. 뭔가를 해보기도 전에 처음부터 실패자였고 사회로의 진입 자체를 차단당한 세대이기에, 이들에겐 세속적인 외부 현실로부터 퇴각할 수 있는 자발적 선택의 여지도 없고, 그렇게 하여 추구할 수 있는 다른 가치나 다른 자아도 없다. 지겨운 넋두리와 무력한 냉소 외에, 과연 이들에게서 어떤 이야기가 흘러나올 수 있을까. 아니, 그들 자신의 목소리가 우리 귀에 들리기나 하는 것일까.

　실제로 김주희, 김미월, 장은진, 염승숙 등 2000년대 후반의 젊은 소설들에서는 이 같은 곤경이 그대로 감지된다. 사회적 관계를 통해 세상에 참여할 기회를 얻지 못했고, 내면적 자아의 자족적인 세계마저 확보하지 못했기 때문에, 2000년대식 외톨이 주인공들이 숨어들어 간 혼자만의 공간은 말 그대로 좁고 누추한 '골방'일 따름이다. 이들에게서 대인관계의 실패와 소통의 부재는 실존적 고독의 문제이기 이전에 생존 그 자체의 문제(최소한의 존재감도 유지하지 못하는 상황)로 나타난다. 이들 소설은 이렇듯 "있어도 없는 듯이 살고 있는 사람"(염승숙, 「거인이 온다」, 91쪽)들에게 어떻

편소설 『피터팬 죽이기』와 단편집 『파란 나비 효과 하루』(민음사, 2008), 염승숙 단편집 『채플린 채플린』(문학동네, 2008), 황정은 단편집 『일곱시 삼십이분 코끼리열차』(문학동네, 2008) 등이다. 이 책들에 수록된 단편소설을 인용할 때는 제목과 책의 페이지만을 밝히고, 그 밖의 소설에는 따로 출처를 밝히기로 한다.

게든 '자기 이야기'를 찾아주기 위해 고심한다. 하지만 그 제각각인 이야기들은 어쩐지, 다들 잘 알고 있고 알아봤자 달라질 것도 없어서 점점 더 무감각해지는 이야기들 속으로 섞여들어 희미해진다.

세대 감각을 가장 분명하게 겉으로 드러내는 작가 김주희의 『피터팬 죽이기』를 보자. 이 소설은 대학을 졸업하고도 사회에 안착하지 못하고 어른이 되기를 끝없이 유예하는 낙오자-피터팬들의 암울한 초상이다. 누구는 '인큐베이터' 같은 학교에 남아 '퇴보의 과정'을 밟고, 누구는 이력서를 백 통째 거절당하고 버스 안에서 몰래 눈물을 흘리며, 또 누구는 카드빚을 떠안고 쫓겨 다니다 차라리 감옥에 가기 위해 도둑질을 한다. 또 누군가는 골방에서 유서를 쓰거나 자해를 하고, 때로는 정말로 죽어버린다. 이들은 자기 스스로를 '두더지', '패잔병' 또는 '외톨족'이라고 부른다.

김주희의 『피터팬 죽이기』는 "이 모든 (…) 실제 상황"(261쪽)들을 그들 자신의 입을 통해 묘사하고 있지만, 그들의 뼈 있는 한 마디도 자조 섞인 농담들도 이내 그렇고 그런 넋두리 속에 파묻히고 만다. "내 의견은 물어보지도 않고 부모가 나를 만들었어. 그 다음은 뭐지? 감옥에 갇혔어. 시스템대로 움직이지 않으면 언젠가 제거당해"(208쪽), "80년대 대학생들은 위장 취업해서 공돌이, 공순이가 됐지. 이젠 시대가 좋아져서 떳떳하게 졸업장 내고 블루칼라가 된단 말야"(166쪽) 등등. 무어라 말해도 그들의 이야기는 결국 "탈출구를 찾아보려고 노력했다. 무의미했다"(252쪽)는 얘기로 돌아가 버리는 것이다.

이렇게 하여 그들의 목소리는 포스트IMF 세대의 암담한 상황을 정리／분석하는 익숙한 담론들 속으로 흡수된다. 하염없이 이야기를 늘어놓고 있지만, 그들에게 목소리가 없다고 말할 수 있는 이유가 여기에 있다. 자신의 목소리가 들리게 하기 위해, 그들은 더 절박하고 더 처절하게 소리쳐야 하는 것일까? 하지만 훨씬 더 리얼하고 충격적인 실화들이 매스미디어를 통해 수시로 공급되고 있지 않은가. 이들의 이야기에 아무래도 상관없다는 식의 냉소의 포즈가 짙게 드리워지는 것도 이해할 만한 일이다.

그런데 각별히 눈길을 끄는 것은, 이런 악순환을 끊고 '다른 목소리'를 찾아내려는 이들의 모색이 종종 '환상'의 도입과 맞물려서 나타나곤 한다는 점이다. 특히 김주희(『파란나비 효과 하루』), 염승숙, 황정은의 소설에서 환상적 요소들의 출현은 언어에 대한 자의식, 그 중에서도 '이야기할 수 없음'에 대한 예민한 자각과 촘촘히 얽혀 있다. 리얼리티를 왜곡/변형하는 이들의 작업은 "표준 사상"(김주희, 「순수취향의 악마에게 손수건을 건네지 말라」, 108쪽)과 표준 언어의 틈새를 열어 말할 수 있는 틈구멍(loophole)을 만들어내는 게릴라전의 양상을 띤다. 그렇다면 우리는 그 구체적인 장면들을 살피기 전에, 왜 굳이 '환상'이어야 하는가를 먼저 물어야 할지 모른다.

환상은 루저들의 도피처인가?

2000년대 이후 도드라져 보이는 소설 속 환상들이 현실 대응 능력을 잃어버린 주체의 무력함을 드러내는 징후라는 해석들은 계속해서 나오고 있다. 김주희, 염승숙, 황정은 등의 소설에서 '엉뚱발랄'하고 '명랑'한 환상들이 사회적 맥락을 비껴가고 현실의 중압감을 덜어냄으로써 위축된 이야기 세계를 지켜내는 보호막/탈출구의 성격을 지닌다는 지적들 또한 그 연속선상에 놓여 있다.[2] 이런 논의들은 (이들의 소설을 옹호하고자 할 때

---

2   "현실세계 내부에서 전선을 찾아내기가 어려워져버렸고, 또한 세계의 외부를 상상하는 것도 힘들어져버"린 상황에서 환상은 "실제 세계의 폭력성으로부터 서사의 세계를

조차) 환상의 탈현실적·회피적 성격을 기본 전제로 삼고는 이야기하기(스토리텔링) 자체의 욕망과 그 실현 가능성에서 일정한 의의를 찾는 경향이 있다. 하지만 이런 관점으로는 그들이 이야기하고자 하는 것(무엇을)과 이야기하는 방식(어떻게)의 관계, 또는 이들 소설이 환상을 통해 현실에 개입해 들어가는 특수한 과정들을 설명할 수 없을 것이다. 거기에는 또한 일상적이고 재현적인 리얼리티와 '현실'을 동일시하고 환상과 '탈현실'을 등치시키는 단순 논리가 깔려 있다. 이는 환상이라는 광범위하고 이질적인 영역과 복잡하고 다층적인 삶의 현실 모두를 얄팍하게 도려내어, 그 의미장과 이해의 폭을 협소하게 만드는 결과를 초래할 수도 있다.

리얼리티가 '진짜라고 지각된' 것을 지칭하고 따라서 애초부터 지각의 한계 안에 놓여 있다는 사실, 리얼리티란 관습적으로 틀 지어지고 제도적으로 '구성된' 산물이라는 사실을 새삼 설명할 필요가 있을까? 또한 우리의 현실 자체가 이데올로기적 환상을 통해 지탱되는 불안정한 허구에 불과하며, 그럼에도 그 환상들은 '실제로' 강력하게 작동하고 있다는 사실 말이다. 현실을 환상의 대립 개념으로 만들고 일상적·경험적 리얼리티의 영역으로 축소하게 되면, 문학이 현실과 관계 맺는 방식 또한 리얼리티의 재현이라는 좁은 테두리 안에 갇혀버리고 만다. 그러나 현실에 작용하는 문학적 수행의 가능성은 오히려, 리얼리티의 자명성을 흔들어놓고 현실을 구조화하는 담론적 질서를 파열시켜 그 틈새에서 다른 언어,

---

방어해내는, 얇지만 강렬한 보호막으로 작용한다"(서영채, 「명랑한 환상의 비애」, 『일곱시 삼십이분 코끼리열차』 해설, 281~282쪽)거나 "이 악몽 같은 현실로부터 더 이상 어떠한 출구도 발견할 수 없을 때, 그들이 마련하는 유일한 도피처가 바로 '환상'"(김형중, 「병든 신, 윈도우즈 속의 영웅」, 『문학과사회』 2008년 겨울호, 264~265쪽)이라는 언급, "환상은 궁극적으로 현실을 비껴가기 위한 방어기제일 것"(손정수, 「개인방언으로 그려낸 환상의 세계」, 『채플린, 채플린』 해설, 302쪽)이라는 언급 등이 그 대표적인 예들이다.

다른 목소리를 생성해내는 데서 비롯될 것이다.[3] 소설 속의 환상은 이를 가능케 하는 여러 요소들 중 하나가 될 수 있다.

환상의 이런 가능성을 선뜻 인정하기가 꺼려진다면, 그것은 대중문화와 매스미디어에 의해 살포되는 소비적 환상들에 대한 저항감 때문일지 모른다. 특히 실재를 자유자재로 변형하는 디지털 미디어 환경은 문학을 포함한 문화예술 전반에 환상적 경향을 확산시키는 데 결정적인 영향을 미쳤다. 하지만 그 변화는 이미지 / 환상을 무한정 소비하거나, 리얼리티로부터 이탈할 수 있는 상상력의 자유를 극대화하는 방향으로만 진행된 것은 아니다. 실재를 대체하는 디지털 이미지의 하이퍼리얼리티(hyperreality)와 온몸 몰입형 가상현실(virtual reality)의 다중감각적 직접성 등은 실재와 가상이라는 인식론의 문제를 존재론의 차원으로 옮겨놓았고, 이에 대한 대응의 움직임으로 리얼리티와 현실의 개념을 적극적으로 탈구축하는 성찰의 가능성을 열기도 했다.[4] 이렇듯 디지털 혁명은 현실과 환상을 대립적으로 바라보는 사유틀의 한계를 넘어서게 하는 반성의 계기로도 작용하고 있다.

다른 한편 우리 시대의 미디어 환경은 환상에 대한 수요를 창출하는 것 이상으로 리얼리티에 대한 강박을 유포하기도 한다. 디지털 조작으로 사실과 거짓을 분별할 수 없게 돼버렸다는 불안과 위기감은 리얼리티에 대한 강박적 집착으로도 표출됐고, 이런 심리가 온갖 미디어를 통해 리얼리

---

[3] 장성규가 「환상의 형식으로 현현하는 리얼리티」(『자음과모음』 2008년 가을호)에서 보여준 문제의식은 이 글의 관점과 맥을 같이 하는 것으로 보인다. 하지만 그가 '리얼리티'의 개념으로 '환상'을 포괄하고자 한 것(환상을 리얼리티의 한 '형식'으로 조명한 것), 환상의 전복성을 강조하기 위해 환상이 지닌 폭넓고 이질적인 층위들을 단순화한 것 등에는 동의하기 어렵다.

[4] 이에 대해서는 다른 글, 「디지털 시대의 문화예술, 리얼리티를 성찰하다」(『너머』 2008년 겨울호)에서 좀 더 상세히 다루었다.

티를 상품화하는 경향으로 나타나고 있는 것이다. UCC 동영상 같은 아마추어적인 사실성에 대한 애호, 거친 현장감을 담은 흔들리는 화면에 대한 탐닉 등은 리얼리티 쇼나 페이크 다큐(fake documentary)의 대중적 인기로 이어졌으며, 리얼리티의 환각을 조장하는 온갖 연예오락 프로그램(리얼 버라이어티 쇼)들을 양산하는 배경을 이루었다. 그러므로 우리가 지금 경계해야 할 것은 환상과 리얼리티 가운데 어느 한쪽이 아니라, 둘 모두를 잠식해갈 수 있는 소비적·관습적 충동이라 해야 한다.

환상이 그 자체로 현실 도피적이라 할 수 없듯이, 그 자체로 전복적인 것이 될 수도 없다. 환상의 서로 다른 의의와 가능성을 살피기 위해서는 개별 텍스트의 구체성 안으로 들어가야만 한다. 앞에서 언급했듯이 김주희, 염승숙, 황정은의 소설에서 리얼리티의 이탈·변형은 기존의 담론들로 환원되지 않는 '다른 목소리'를 이끌어내기 위한 모색의 과정과 맞물려 있다. 그것은 공식 언어를 비틀어 균열을 만들고, 사회적으로 없는 것이나 다름없는 존재들에게 목소리를 찾아주려는 시도이기도 하다. 이런 시도들은 애초부터 낙오자, 배제된 자로 정해진 어느 세대가 정면 대응을 통한 돌파구를 찾기에는 역부족인 시대에 감행하는 '소심한 반란'이라 할 수 있겠다. 이제 그 틈새에서 흘러나오는 여린 목소리들에 귀 기울일 차례다.

들, 리, 나……요? 환상이 불어넣은 속삭임, 속삭임

『피터팬 죽이기』가 보여준 일정한 한계는 우리 시대 소설들이 재현의 테두리 안에서 직면하는 딜레마를 대변하는 것일 수 있다. 이후 김주희가 『파란나비 효과 하루』에서 언어에 대한 자의식과 환상적 요소들을 결합한 것은 그 한계를 직관적으로 느끼고 여기에 대응하는 한 가지 방식이었을 것이다. 이를테면 자살하러 가는 '나'의 마음을 돌리기 위해 나무 사이를 필사적으로 뛰어넘으며 기차를 추격하는 '파란나비원숭이'의 모습은 그것 자체로는 따뜻한 위안을 주는 유쾌한 환상에 지나지 않을지 모른다. 하지만 「파란나비 효과 하루」에서 이 환상은 표준 언어와 공적 담론의 오도/획일화하는 능력에 대한 자의식적 저항과 잇닿아 있다.

이 소설에는 헤어진 여자친구를 억지로 불러냈다가 상처받고 돌아와서 자살한 '스토커'(류동연)의 이야기가 들어 있다. 그는 "그 어디에도 내가 들어갈 곳이 없다"(36쪽)는 유서를 남기는데, 이 말이 뉴스에서는 "청년 실업 비관 자살"(37쪽)로 번역되어 나온다. 그런 '오해'에 대한 '나'의 반발(또다시 그렇게 보도될까봐 자살하기가 싫어질 정도의)은 자살을 생각하는 자신의 상황과 복잡한 심리를 기존의 언어와는 다른 언어로 말하고 싶은 욕망의 표현이다. 여기서 '파란나비원숭이'의 환상('나'의 심리적·주관적 환상을 넘어 이야기세계 안에 '진짜로' 출몰하는)은 공식 언어가 작동하는 재현 체계를 흔들어서 굳어진 질서를 흐트러뜨리는 전략으로 활용된다. 실제로 그 어그러진 틈새들 사이를 요리조리 헤집고 다니는 '나'의 이야기는 이들 세대를 규정하는 기존의 언어로 간단히 흡수되지 않는다.

공식적·규범적 언어의 권력을 '문법'에 빗댄 소설 「아빠, 유령, 문법」에서는 이 같은 자의식이 "문장의 법칙을 (…) 자연스럽게 받아들이"(103쪽)지 못하는 글쓰기 아르바이트생(해고된 잡지사 인턴사원)의 모습 속에 투영돼 있다. 공식 언어의 한계에 대한 '나'의 좌절감(자신을 배제하는 완강한 사회 제도에 대한 절망감과도 통하는)은 "단어와 단어 사이를 이어서 문장으로만"(87쪽)드는 일 자체를 불가능하게 한다. 그런데 이 불가능성을 뚫고 다른 언어의 가능성이 솟아나오게 하는 계기는 바로, 갑자기 출현한 아버지

-유령의 환상이다. "아빠, 옆, 세 발짝, 이동"(94쪽)이라는 단어만 나열한 메모를 읽고 옆으로 움직여준 아버지-유령 덕분에(아버지는 살아 있는 사람의 목소리는 듣지 못하고 글자만 읽을 수 있는 유령이다) '나'는, 뇌졸중으로 언어장애를 겪는 아버지와 소통할 수 있었던 지난날의 '다른 언어'를 기억해낸다.

발음이 불분명한 아버지의 말은 정상적인 방법으로는 의미를 알 수 없는 "언어의 제로 포인트"에 가까웠지만, '나'는 아버지의 "표정과 입 모양을 뚫어져라 관찰"하여 "버엉벙"(95쪽)이라는 목소리의 의미(병실 냉장고에서 '봉봉'을 꺼내 먹으라는)를 이해한 경험이 있다. '나'는 '봉봉'이라는 한 단어를 메모지에 적어 아버지-유령과 대화한다. 문법의 체계를 벗어난 어느 틈새에서, 그 한 마디는 지난날의 이야기(함께 살던 시절 '유령 취급'했던 아버지와 화해할 수 있게 해주는)와 지금의 내 이야기(아버지-유령이 나타나기 전날 밤, 자살을 떠올리며 옷장의 '봉'에 허리띠를 매달아놓은)를 고스란히 전해주는 다른 목소리로 울리게 된다.

유령이 아예 화자로 등장하는 「쉿, 한 사람만 아는 관계」도 흥미롭다. 최근 들어 종종 발견되는 유령 화자들은 타자의 목소리로 말하기 위한 소설적 모험의 하나로 볼 수 있지만, 이들이 '전지적 화자'와 다를 바 없는 방식으로 서술하거나 '재현의 책임'을 면하는 자유를 누리는 데 만족한다면,[5] 이는 도리어 다른 목소리로 위장한 기존의 언어로써 타자의 발화 가능성을 억압 / 박탈하는 일일 수 있다. '목소리가 없는' 존재에게 목소리를 부여하는 일은 그만큼 쉽지 않고, 피해야 할 함정이 많은 작업이다. 이를 의식하기라도 한 듯 김주희의 「쉿, 한 사람만 아는 관계」는 유령 화자의 목소리가 누구에게도 들리지 않는 상황을 부각시킨다. 화자인 '나'는 서로

---

5 이런 한계들에 대해서는 정영훈이 「무중력과 그 이후, 소설의 모험」(『문학들』 2008년 겨울호, 85~89쪽)에서 짚어둔 바 있다.

이야기를 나누는 '생명체들'로 인해 "절대적인 외로움"뿐 아니라 "상대적인 외로움까지"(194쪽) 느껴야 하고, 죽는 순간의 '타이밍' 탓에 다른 유령들에게조차 "없는 유령 취급"(198쪽)을 당하는 존재다. 유령으로도 부족해서 "외톨이 유령"(199쪽)에다 "부적응 유령"(195쪽), 심지어 '없는 유령'이라니, 김주희가 느끼는 고립과 소외의 감각이 어느 정도인지 짐작할 수 있다.

그런 '나'가 자기 자신에게 지어준 이름이 바로 '위스퍼'다. "속삭이고, 속삭이고, 속삭이고 싶"은 것이 "유령이 된 후 가장 하고 싶었던 일"(209쪽)이라는 '나'의 고백은 목소리가 없다는 게 얼마나 절망적인 상황인지, 그 절망 속에서 어떻게든 자기 목소리가 들리게 하기 위해 그가 얼마나 필사적으로 애쓰고 있는지를 그대로 전해준다. 이런 노력은 기존의 언어들을 가져다가 비틀고 문질러서 소음을 내는 과정을 통해 텍스트에 기입된다. "열심히 자기 계발을 하면 교통사고로 위장해서 사람을 죽일 수도 있을 것 같았다"(196쪽), "다음 세대의 유령들은 부디 이 세계의 규칙을 꿰뚫어보고 있었으면 좋겠다"(207쪽), "살아생전의 나를 잊지 않으려면 (…) 하루 세 번 이를 닦듯이 규칙적으로 '내 이름 부르기'를 생활화해야 한다"(같은 곳) 등등. 상투적이고 이데올로기적으로 굳어진 언어(젊은 세대를 한꺼번에 실패자로 만들고도 이들을 채근하면서 불안과 자책감을 가중시키는 자기계발 담론 같은 것)들은 화자가 유령이라는 특수한 맥락으로 옮겨지면서 이렇듯 미묘하게 뒤틀린다. 그 뒤틀림 때문에 '나'의 목소리는, 희미하지만 낯선 진동수로 우리 귀에 포착된다. 우리가 잘 아는 세상과 유령 화자의 이야기세계를 '벌려'놓으면서도, 벌어진 두 세계가 입체그림처럼 '겹쳐' 보이게 만드는 것 또한 이런 뒤틀림의 효과일 것이다.

인간 세상을 훤히 내려다보며 영향력을 행사하기는커녕 철저히 소외되고 배제된 존재로서 그저 누군가에게 자신의 목소리가 닿을 수 있기만을 기원하는 유령.[6] 그는 사회적 울분이나 약자의 원한에 사로잡히는 대신에 '넋두리'를 '속삭임'으로 전환함으로써 존재감을 회복하려는 작가의 힘겨운 노력을 암시하지만, 그 소망이 사적이고 개인적인 층위를 크게 넘어서지 않는다는 점에서도 그는 나약하고 소심한 유령이 아닐 수 없다. 이는 재현 체계와 담론 질서를 교란하는 김주희 소설의 반란이 지닌 어쩔 수 없는 약점이기도 하다.

환상은 '조사맨'을 부르고, 조사맨은 목소리를 합성한다

염승숙 소설의 경우에는 압도적인 환상의 밀폐된 세계 안으로 언어에 대한 자의식이 밀려들어온 예라고 할 수 있다. 「뱀꼬리왕쥐」, 「수의 세계」, 「거인이 온다」 등의 초기작들이 상징적 질서와는 다소 동떨어진 상상 그 자체의 자족적 공간을 보여준다면, 「채플린, 채플린」 연작으로부터 「지도에 없는」과 「피에로 행진곡」 등을 거치며 환상은 이야기하기 / 전달하기라는 문제의식에 눈에 띄게 밀착해간다. 이로써 염승숙 소설은 "이유도, (…) 해답도" 알 수 없는 것들이 "삶의 도처에서 (…) 버스럭대는"(「피에로 행진곡」, 264쪽) 우리의 현실 자체가 환상처럼 느껴지고, 차라리 "실재하는 모두가 환상"(「뱀꼬리왕쥐」, 21쪽)이라고 믿고만 싶은, 이 기묘한 착란 상태를 헤쳐 나갈 다른 길을 모색하게 된다.

염승숙의 주인공들 또한 자기 이야기를 들려줄 목소리가 없기는 마찬가지다. "내가 늘 아무것도 아닐까봐 마음을 졸"(「수의 세계」, 68쪽)이는 '0'(공

---

6 흥미롭게도, 이와 매우 흡사한 유령 화자('언어'나 '이름'에 대한 자의식을 포함해서)가 황정은의 최근 소설 「대니 드비토」(『자음과모음』 2008년 겨울호)에도 등장한다.

영)을 비롯해서, 예식장의 신랑신부 하객 대리(「채플린, 채플린」)와 옥탑방의 뜨내기들(「지도에 없는」)과 주민등록말소 신청자들(「피에로 행진곡」)까지, 마치 "유실물"처럼 "있지만 없는 존재"(「채플린, 채플린」, 171쪽)인 이들이 다 그의 주인공들이다. 변변한 이야깃거리조차 지니지 못하는 이들이 주인공으로 불려 나오는 것은 엉뚱한 사건-환상들이 발생하게 되면서다. '여봇씨요 사나이'가 어깨를 톡톡 치며 '여봇씨요'라고 부르면 누구라도 '채플린'으로 변하게 된다든지(「채플린, 채플린」), 옥탑방 동네인 '불광동 1-173번지'가 어느 날 흔적 없이 사라진다든지(「지도에 없는」), 사람들이 날마다 몇 명씩 우산을 쓰고 하늘로 둥둥 떠오르는 현상이 계속된다든지(「피에로 행진곡」). 이런 납득되지 않는 상황을 누군가가 조사 / 보고하는 과정이 곧 소설의 이야기로 전개되는 것이다.

이 과정에서 유독 존재감이 희박한 주인공들이 전면에 등장하는 것은 무척 자연스럽다. 소설의 환상들은 너무도 무력하고 흐릿한 존재들이 정말로 사라져버리거나(「지도에 없는」) 죽은 듯이 굳어지거나(「채플린, 채플린」) 하늘로 날아가버리는(「피에로 행진곡」) 상황들을 보여주니 말이다. 이렇게 비유적이고 알레고리적인 환상이라면 우리에게 이미 익숙해서, 재현 체계를 교란하는 데까지 나아가기는 어려울 것이다. 그러나 김주희 소설과 유사하게 이 환상들이 떠도는 말들과 굳어진 담론들을 일그러뜨리는 작업에 개입하면서, 그 효과는 한결 증폭된다.

「채플린, 채플린」의 황당한 환상, '여봇씨요 경계령'은 정부의 대국민 선언과 경찰청장의 연설을 희화화하고, 뉴스나 다큐멘터리의 인터뷰 방식과 신문의 헤드라인을 패러디하며, "출판시장 점유율 1위에 올랐던 우수도서 저자들의 이야기"(160쪽)를 비틀어놓는 활기찬 동력으로 작용한다. 「채플린, 채플린 2」에서는 '여봇씨요 사나이'의 정체를 추적하는 과정에

"새 시대를 건설하는 힘, 대한민국 지역사회공동체를 위한 총력협의
회"(185쪽)의 성명서가 동원되고, "지식왕 선발대회에서 입상한 3대 정
보"(189쪽)를 비롯한 인터넷 게시판의 온갖 소문들이 쏟아져 들어온다. 마
찬가지로 「지도에 없는」에서는 진실을 추적하기 위해 나선 부동산 중개
업자 김씨의 활약에 의해, 지금 우리를 둘러싼 경제 위기 담론, 자기 계발
담론, 문화 담론 등의 이데올로기적·허구적 성격이 여지없이 폭로된다.
이는 사라진 동네의 옥탑방을 거쳐간 다섯 명의 젊은이들이 여전히 헤어
나지 못하고 있는 척박한 삶의 모습을 음각으로 새기는 과정이기도 하다.
염승숙 소설에서 목소리가 없는 존재들의 희미한 이야기는 이렇듯 기존의
담론 질서가 파열되는 틈새에서 잡음처럼 웅성거리며 새어나오고 있다.

진짜 '조사맨'(주민등록말소 신청자에게 파견된 조사담당 공무원)이 등장하는
소설 「피에로 행진곡」은 더욱 눈길을 끈다. 사실 그는 주민등록말소 신
청자들을 찾아가 사정을 '조사'하기보다는 자기가 직접 본 그들의 이야기
를 다른 사람들에게 '전해주는' 일을 한다. 그의 조사 대상자들 중 하나인
'나'(오년 전의 사고로 한쪽 다리를 잃고, 누나와 매형이 남긴 빚 때문에 말소 신청자 명
단에 이름을 올리게 된)는 그를 통해서, 죽은 아내의 보상금으로 모조리 교통
카드를 충전하는 남자와 자기 이야기를 시시콜콜 적어서 신문을 만들어
파는 사람 등, 다른 신청자들의 이야기를 날마다 듣게 된다. 나무다리를
끼우고 이벤트장의 피에로로 일하는 '나'의 이야기 역시, 조사맨의 입을
통해 다른 이들에게 전해질 것이다.

그렇게 이야기를 전하는 조사맨의 존재는 그들이 "아예 없는 사람이
되는"(282쪽) 것을 잠시나마 막아주는 역할을 한다. 조사맨은 '우산'을 건
네야 할 사람(주민등록말소 신청을 처리해야 하는 사람)이지만, "아직은 (…) 날
아가고 싶지 않"은 '나'에게 우산 대신 "재밌는 얘기"(287쪽)들을 전해줌으

로써, 내가 허공으로 날아가는 순간을 조금 더 미루어준다. 염승숙 소설이 하고자 하는 일은 바로 이런 역할일 것이다. 스스로 자기 이야기를 말할 수 없는 이들의 목소리가 되어주고 그들의 이야기를 여러 사람에게 대신 전해주는 일, 그리하여 그들이 완전히 사라져버리지 않고 그래도 이 세상에 존재할 수 있도록 붙들어주는 일. 그것은 작지만 소중한 공감과 연대의 이야기 공간을 만들어가는 작업이 될 수 있다.

하지만 그러기 위해서는, 환상 그 자체를 위로가 되는 다른 세상으로 삼으려는 욕망을 경계할 필요가 있을 것이다. "사라진 모든 것들이 존재하는"(「채플린, 채플린 2」, 206쪽) 또 다른 세상, '달'처럼 평화롭고 안온한 저 너머의 세계를 상정하고 거기서 안도감과 위안을 구하는 일(「채플린, 채플린 2」, 「춤추는 핀업걸」 등)은 그의 소설을 단절된 환상 공간의 자족성으로 되돌릴 우려가 있다. 지금 환상이 왜 필요한지, 저 너머가 아닌 바로 이곳에서 환상이 무엇을 할 수 있는지를 거듭 질문할 때에만, 환상이 지닌 잠재력과 전복의 에너지는 활성화될 수 있지 않을까.

'결정적인' 이야기, 환상의 문으로만 불려 나오는

황정은 소설에 대해서는 최근 평단의 관심이 집중되고 있지만, 그런 만큼 오해도 무성한 것 같다.[7] 황정은 소설의 환상 또한 김주희나 염승숙

---

[7] 이중 가장 난감한 것은 환상을 형식적으로 유형화하는 문학이론들에 기대어 황정은 소설이 엄밀한 의미의 환상(the fantastic)이 아니라 "현실의 견고한 구조를 재확인하는 '동화'의 세계에 근접해 있"다고 보는 조연정의 견해일 것이다(「순진함의 유혹을 넘어서」, 『문학동네』 2008년 겨울호, 305쪽). 황정은의 풍부한 환상들을 이렇게 '제껴'버리고 나면, 이에 대해 우리가 무엇을 말할 수 있겠는가.

소설의 환상들과 함께 이야기할 수 있는 지점들을 지니고 있는데, 이는 이들이 동시대의 변화된 리얼리티 감각과 문제의식들을 직관적으로 공유하기 때문일 것이다. 김주희의 경우와 유사하게 황정은의 초기작 「소년」과 「마더」가 재현적인 리얼리티의 한계(뻔한 넋두리와 다 아는 상황 묘사에 머물지 않기 위해 더 처참하고 그로테스크해져야만 하고, 그럴수록 점점 더 무감각을 유발하여 냉소에 빠지게 되는)에 부딪힌다면,[8] 「모자」나 「오뚝이와 지빠귀」의 변신담은 염승숙 소설과 흡사한 알레고리적 환상의 한계를 지니고 있다. 그럼에도 「오뚝이와 지빠귀」를 「모자」보다 훨씬 인상적인 소설로 만드는 것은 역시 언어에 대한 민감한 자의식이다. 나약하고 무력한 인물 기조가 '오뚝이'로 변하는 환상 자체는 새롭거나 '불온할' 게 별로 없지만, 이 변신의 과정에서 기존의 언어들이 낯설게 변모하며 일그러지는 양상들은 좀 더 눈여겨보아야 한다.

크기가 줄어든 기조 때문에 무도가 "내 눈의 원근이 기묘하게 비틀리는 기분"(196쪽)을 느끼듯이, 「오뚝이와 지빠귀」에서 환상적 세계가 가동을 시작함에 따라 일상의 언어들은 안정된 제자리를 벗어나 달그락거리기 시작한다. 단적인 예로 현관 앞에서 호를 그리며 기울어져 출근하지 못하게 된 기조가 한숨을 내쉬며 하는 말은 "고용이 불안정해지잖아"(198쪽)이고, 기조 앞에 사퇴서를 내놓으며 은행 사람들이 늘어놓는 말은 "효율의 문제"(200쪽)에 대한 것이다. "5의 일을 5가 하고 있는 상황을 생각해봅시다. 그런데 그중 일부인 어느 1이 문득 0.7로 줄어버렸다는 것입니다. 5의 일을 4.7로 해야 한다면 0.3 분량의 갭을 해결하기 위해 누군가는

---

[8] 「소년」의 마지막 장면에서 "끝없이 말이 떠오"르지만 문장이 되어 나오지 않는 소년의 말("어른이되자어른이되기싫어매미매미더러운자식열차에치여죽은내가먼저별처럼많은잡아먹혀죽여하나둘모두해서육십팔만배가고파얼마얼마엄마", 260쪽)은 이야기하기의 불가능성에 대한 자기반영적 묘사로도 읽힐 수 있다.

분주해지지 않겠습니까. 0.3이라면 5로서는 6퍼센트의 비율이고 1로서
는 30퍼센트의 비율입니다. 우리 은행의 무담보가계신용대출의 연이자
율이 10.98퍼센트라는 것을 고려했을 때, 어느 쪽이나 상당한 비율이라고
할 수 있겠습니다. 이것은 효율의 문제입니다"(같은 곳)라니……! 기조의
변신은 관습화, 제도화된 언어들을 '자연스러운' 문맥에서 튕겨 나오게
하여, 그 속에 숨겨졌던 부조리한 폭력성을 선명하게 가시화하는 의외의
힘을 지닌다.

　오뚝이가 된 기조가 "끝없이 왜, 가 이어지는"(204쪽) 말들을 쏟아내는
것도 예사롭지 않다. "먹고살아야 하니까"(208쪽) 같은 무도의 '당연한' 대
답에도 그는 '왜'라는 질문을 멈추지 않는다. 비로소 터져 나온 기조-오
뚝이의 말들은 강요된 '평균'과 주입된 '정상성'의 세계를 집요하게 의문
에 부친다. "저기, 무도씨. 보통이라면 무엇을 기준으로 보통이라는 거야.
(…) 예를 들어 한 달에 공식적인 평균으로 98.1명이 테러로 죽는다는 어
느 도시에서 지난 5월엔 98.0명이 죽었다면 그것은 보통, 이라는 걸까",
"우리 아버지는 말이지, 안 되는 일은 얼른 포기해야 괴롭게 살지 않는다,
라고 늘 말씀하셨는데 (…) 결국은 사는 것이 그런 것, 그렇게 사는 것이
라며 납득하는 것이 보통일까"(205쪽) 등등. 이처럼 「오뚝이와 지빠귀」의
변신담-환상은 현실에 짓눌려 '오뚝이처럼' 변해버린 왜소한 주체에 대
한 알레고리일 뿐 아니라, 전면 대항이 불가능한 세계를 향해 퍼붓는 언
어적 저항의 신호탄 / 분출구이기도 하다는 걸 기억해둘 필요가 있다.

　황정은 소설은 환상의 문학적 기능에 대한 자의식적 성찰들을 담고 있
어 더욱 주목할 만하다. 「무지개풀」이 일상적인 리얼리티를 낯설게 변형
하는 환상의 의의와 한계를 성찰한 소설이라면,[9] 「모기씨」, 「일곱시 삼십
이분 코끼리열차」, 「곡도와 살고 있다」 등은 이야기하기의 (불)가능성과

환상의 관계를 탐색한다. 「모기씨」에는 '안녕. 안녕'하고 인사하며 끊임없이 말을 걸어오는 '모기'(허공에서 뚝 떨어진)가 등장한다. 주인공 체셔는 모기-환상을 끝내 부정하며 그와 대화하길 거절하는데("인사하지마. 나는 네가 환영이라는 걸 알고 있으니까", 137쪽), 그 결과 "누구도 이해할 수 없는 말", "엘비스다"(129쪽)는 영영 체셔의 고통스러운 혼잣말로 남게 된다. 체셔가 처음 하반신 마비 상태로 혼자 남겨진 것은 큰 일이 일어날 것 같은 불길한 예감(엘비스의 노래를 듣다가 가슴에서 솟아난 '거품')에 대해 "이야기할 수 있는 기회가 있었는데, 하지 않았"(133쪽)기 때문이었다(그 결과 그는 온가족의 교통사고를 막지 못했다). 점점 더 '어휘'가 늘어나면서 이야기를 나누자고 울며 보채는 모기-환상은 그런 '무어라 말할 수 없는 것'을 말할 수 있게 하는 매개체였을 것이다. 「모기씨」는 환상의 이 같은 역할을 강조하면서도, 그 가능성이 차단되고 마는 상황(환상의 실재성을 인정하지 않음으로 인해)을 착잡하게 그려 보인다.

「곡도와 살고 있다」는 이보다 훨씬 희망적이다. 까다롭고 괴팍한 애완동물 '곡도'는 마치 '모기씨'처럼 이야기를 해달라고 G에게 졸라대는데, G가 '재미없는' 이야기를 들려주면 불만에 가득차서 막무가내로 질주하는 "곡도의 무더기"(171쪽)로 변해버린다. 곡도-환상으로 인해 G는 "자기가

---

9   「무지개풀」은 명시적 환상을 포함하진 않지만, 일상의 공간을 낯설게 변형하는 '무지개풀'의 상징성을 통해 환상의 의의와 한계를 이야기한다. 이 소설에서 무지개풀-환상은 일상적인 리얼리티 안에 감추어진 불안과 이질성을 불러내는 계기인 동시에, 축제와도 같은 일탈과 위반의 공간으로 묘사된다. 무지개풀이 우리가 "감당하며 살아야"(120쪽) 할 "무게를 잊게 해주"(119쪽)었다는 P의 반성과 무지개풀을 환불하기로 결정하는 소설의 결말은, 위안을 주는 다른 세계를 제공하는 데 머무르는 환상의 한계에 대한 우려와 경계심을 암시하고 있다. 이런 자의식적 반성과 모색의 과정을 환상에 대한 부정과 폐기로 보고 황정은을 굳이 '리얼리스트'로 명명하는 한기욱의 논의(「문학의 새로움은 어디서 오는가」, 『창작과비평』 2008년 겨울호, 61~62쪽)는 다소 무리하고 일방적인 해석이라 하겠다.

잃어버린 말들이 너무 많"(169쪽)다는 걸 깨닫게 되고, 그러다 문득 그가 잃어버렸던 가장 가슴 아픈 이야기(기르던 병아리 시체를 수챗구멍 속으로 밀어 넣은 뒤, 중간에 걸린 병아리 시체가 조금씩 썩어가는 광경을 매일 지켜봐야 했던)를 기억해낸다. 그 이야기를 들은 곡도는 처음으로, 질주를 하는 대신 가만히 생각에 잠긴다. 곡도가 G에게 그랬듯이, 황정은 소설에서 환상은 일상적인 리얼리티의 세계, 표준화된 언어의 세계에서는 억압 / 망각되어 말해질 수 없었던 사소하지만 결정적인 '그 무엇'을 이야기로 이끌어내는 통로가 되는 것이다.[10]

그런 의미에서 가장 황정은다운 소설은 아무래도 「문」일 것이다. 이 소설의 환상은 죽은 사람이 걸어 나와 이야기를 들려주는, m의 등 뒤에 달린 보이지 않는 '문'이다. 더구나 거기서 나온 두리안은 "말을 건네지도 건네받지도 못하면서 내가 누구에게 대답하는 일도 없이 누군가 내게 대답하는 일도 없이"(21쪽) 살아가다가 레일 위로 떨어져 죽은 남자다. 죽어서도 "말을 하고 싶다. 말을 하고 싶다. 뭘 말하고 싶은지도 모르면서 그런 식으로 생각이 반복되어서 괴로웠"(25쪽)던 두리안은 문–환상이 열리면서 비로소 자기 이야기를 할 수 있게 된다. 그가 m에게 하는 이야기는 "가장 무겁고 무서운 말들"(33쪽, 굶주림으로 죽음에 이르는 일이 이 사회에 실재하며 우리는 그 사실에 눈감고 싶어 한다는)이지만, 환상의 문이라도 열리지 않

---

[10] 한편 「일곱시 삼십이분 코끼리열차」에서도 '파씨'의 환상은 '나'가 스스로 말하지 못하는 고통스런 이야기들을 말할 수 있게 해주는 통로 또는 매개체가 된다. 하지만 "어째서 자기를 파씨라고 불러. (…) 파씨는 어렸을 때 우리가 기른 토끼의 이름이잖아"(88쪽)라는 동생의 말에 파씨의 환상은 작동을 멈추고, '나'의 이야기도 멈추게 된다. "터지겠구나, 하고 나는 생각했다. 목덜미에서 단단하고 차가운 것이 부풀고 있었다. 손가락으로 더듬자, 차갑고, 축축하고, 딱딱했다. 자꾸자꾸자꾸자꾸 부풀어서 팡, 터지는 소리가 났다"(같은 곳)는 '나'의 말은 아무것도 '이야기할 수 없음'에 대한 답답함과 위기감의 표현일 것이다.

았다면 누구에게도 들리지 않았을, 비루하고 구차한 이야기이기도 하다. 이 '결정적인' 이야기를 마침내 들려줄 수 있게 되자 두리안은 '흐릿한' 상태로도 이제는 정말 '괜찮아진다' 그리고 그 이야기는, "결정적으로" "엔터가 없다"(27쪽)는 느낌에 사로잡혀 있던 m에게는 바로 그 "엔터 모양의 조각"(34쪽)이 되어준다.

황정은 소설의 환상이 이렇듯 '결정적인 한 조각'을 얻게 되는 것은 존재감이 희박한 인물들에게 이야기할 통로를 마련해주는 자신의 임무를 다하는 순간일 것이다. 리얼리티와 언어의 체계를 교란하는 황정은의 작업은 그렇게밖에는 이야기할 수 없는 것들이 존재한다는 자각, 그 불가능성에 대한 절박한 인식의 산물이다. 이는 우리 시대에 문학적 환상이 갖는 의의와 그 역할을 암시하는 의미 있는 대목이 아닐 수 없다.

비평은 이들의 목소리를 듣고 있는가?

김주희, 염승숙, 황정은의 소설은 동시대의 사회적 조건들과 서사적 한계를 고스란히 짊어진 채로, 관습적인 언어와 일상적인 리얼리티의 세계에서는 말해질 수 없는/들리지 않는 이야기들에 목소리를 찾아주고자 한다. 이들 소설에 현실의 구체적인 맥락이나 실패와 고립감의 사회적 기원 등이 직접 드러나 있지 않다고 해도, 이 모색들은 지금의 현실과 지금의 문학에 대한 통찰의 시선을 담고 있다. 이들의 이야기를 기존의 담론으로 환원하는 것은 그 여리고 불안정한 목소리들을 또 다시 '들리지 않게' 만드는 일과 다르지 않을 것이다. 그러는 대신에 우리는 이들을 포함한 최근의 소설들이 환상을 통해 현실에 개입해 들어가는 접점들을 포착해내고, 이를 통해 우리 시대 문학의 의미와 그 가능성을 다시 성찰하는 계기를 마련해야 하지 않을까.

그러기 위해서는 2000년대 이후 소설의 환상적 경향들에 대한 더 깊은 이해가 선행돼야 할 것이다. 이 과정은 현실과 환상을 간단히 분리하거나 어느 한 쪽을 다른 한 쪽에 일방적으로 편입시킴으로써 '다른 목소리'들을 배제 / 동일화하는 방식으로는 이루어질 수 없다. 지금 우리에게는 현실과 환상 각각이 지닌 폭넓고 이질적인 층위들을 함께 바라보면서 그것들이 서로 관련을 맺는 복잡다단한 양상들에 주의를 기울이는, 섬세하고 열린 시각이 필요하다. 그렇게 하는 일은 재현의 좁은 울타리를 넘어 현실에 적극적으로 작용하는 문학의 수행적 가능성을 확장하는 담론적 실천이기도 할 것이다.

(2009.2)

포스트IMF 시대, 문학의 욕망과 욕망의 윤리

이것이 전부가 아니라면

낙오되면 끝장이다. 어떻게든 일단 살아남아야 한다. 살아남기 위해서는 나보다 약한 자를 밀어내야만 한다. 아차, 하는 순간에 바닥으로 굴러떨어질 순 있어도 밑에서 위로 올라가긴 불가능하다. 세상은 원래 그랬고, 앞으로도 그럴 것이며, 절대로 변하지 않을 것이다. 잘 먹고 잘살겠다는 단 하나의 욕망이 온 세상에 부글부글 끓어 넘친다. 세상은 미쳐 돌아가고 있는데, 다 쓸어엎어버리고 싶은데, 그럴 수 없으니 내가 적응하는 수밖에……. 이런 공포와 굴욕감, 분노와 적개심, 냉소와 무력감이 뒤덮은 풍경, 이것이 지금 우리가 사는 사회의 지독한 현실이다.

이 같은 사회적 분위기는 최근 우리 소설들에도 영향을 미치고 있다. 특히 포스트IMF 세대라 불리는 젊은 작가들의 소설에서 막연한 불안감과 대상이 불분명한 분노, 절망적인 자포자기의 그림자 등을 발견하기는 어렵지 않다. 차라리 전쟁이라도 나서 "속 시원하게 총질이나 하고 죽든지, 아님 다 무너지고 부서져 모두들 가난한 상태에서 새로 시작하면 좋겠다"[1]거나, "가능성은 존재하지 않아. 세계는 더욱더 나빠지고 있어. 희망은 자살이란 형태로 존재할 뿐이지. 더 이상 무엇이 가능하지? 물론 체제 내에서의 이야기야. 하지만 알다시피, 체제는 견고해. 우리는 체제 내 존재야"[2]라거나. 이런 목소리들 자체가 지금의 현실에 대해 느끼는 정직한 실감에서 울려 나온다는 사실을 차마 부인하지는 못하겠다.

그러나 이게 전부라면, 이들에게 문학은 그저 화풀이나 넋두리 정도에 지나지 않을 것이다. 그게 아니라면, 바로 지금 문학이 과연 무엇일 수 있단 말인가? 이 시대에 문학은 대체 무엇을 할 수 있고, 또 해야 하는가? 이 질문이 너무 거창하다면 적어도, 나는 왜 글을 쓰는 것일까? 김사과, 최진영, 황정은의 소설[3]에서 더욱 귀 기울여 들어야 할 것은 이런 자의식적 질문들과 그 대답을 향한 모색의 절실함이다. 이들의 안간힘 속에는 어쩌면 이 시대 문학의 욕망과 그 욕망의 윤리가 가까스로 깃들어 있을는지 모르기 때문에.

---

1   최진영, 『당신 옆을 스쳐간 그 소녀의 이름은』, 한겨레출판, 2010, 261쪽.

2   김사과, 『풀이 눕는다』, 문학동네, 2009, 228쪽.

3   이 글에서 다루는 텍스트는 김사과의 『풀이 눕는다』(문학동네, 2009), 최진영의 『당신 옆을 스쳐간 그 소녀의 이름은』(한겨레출판, 2010), 황정은의 『백(百)의 그림자』(민음사, 2010) 등이다. 이후 이 책들의 인용 부분은 본문 괄호 안에 페이지로만 표시하기로 한다.

절망의 한복판에서 다른 세상을 꿈꾸기

김사과의 『풀이 눕는다』는 겁에 질려 정신이 나가 버린 젊은 소설가의 표정으로 시작된다. 아무리 걸어도 벗어날 수 없는 거대한 빌딩들의 행렬은 "네가 보는 것, 이게 전부다"(13쪽)라고 말하는 듯하고, 소설을 써서 세상을 바꿀 수 있다는 믿음은 터무니없게만 보인다. 인생을 바쳐 죽도록 일해서 살아남은 '나'의 가족들은 정신과에 다니는 부적응자인 '나'를 부끄럽게 여긴다. '문학의 세계'에 속한 사람들이라고 해서 "삶의 정수는 돈"(16쪽)이란 진리에서 예외일 순 없다는 걸 확인하면서, '나'는 완전히 절망에 빠진다.

그런 내 앞에 구원처럼 나타난 '풀'은 내가 지켜내야 할 삶의 방식 그 자체를 상징한다. 온 세상이 돈에 짓눌려 있는데, 믿을 수 없게도 풀은 그 흐름에 휩쓸리지 않고 버티는 사람이다. 풀은 "반짝거리는 것들, 화려한 포장지, 영화 같은 깜짝 성공, 오직 숫자로만 존재하는 재산" 등과 같은 "내가 익숙한, 내가 사랑한 삶"(57쪽)의 방식과는 정반대인 삶을 살고 있다. 그는 그런 것들에 아무런 관심이 없으며, 누가 알아주거나 말거나 계속 그림을 그릴 뿐이다. "그의 걸음은 끝까지 걷는 걸음이었다"(26쪽). 풀을 사랑하고 풀과 함께 살면서 그와 하나가 되기 위해 필사적으로 애쓰는 '나'의 모습은 그런 삶의 방식을 선택하고 놓지 않기 위한 사투의 과정이라 할 수 있다.

'나'에게 이 싸움은 탈세속적인 예술가의 자아수행 같은 것에 머무르지 않는다. 모두가 욕망하는 것을 원하지 않고 전혀 다른 삶을 살아가는 것은 세상과 대결하는 일이기도 하며, 한 덩어리가 된 욕망에 그렇듯 균열을 내는 것은 견고한 이 세상을 무너뜨리는 길일 수도 있기 때문이다.

난 말이야, 저렇게 관념적인 물질을 본 적이 없어. 저건 욕망이란 관념 그 자
체야. 갖고 싶다, 갖고 싶은 마음 그것 자체. (…중략…) 날 갖고 싶지? 날 사고 싶
지? 이런 데서 살고 싶지? 그렇게 외치고 있잖아. (…중략…) 만약 사람들이 더
이상 원하지 않게 되면 저것들은 순식간에 무너져 버리고 말거야. 그게 유일한
목적이었으니까. (…중략…) 세상은 너 혼자 아름답게 살도록 내버려두지 않아.
그렇게 되면 자기들이 무너져 내리고 마니까. 그러니까 막으려고 들 거야. 무슨
짓을 해서라도. 무슨 수를 써서라도 네가 저것들을 사랑하게 만들려고 할 거야.
그런데도 니가 말을 듣지 않으면?
　너는 파괴당할 거야. 짓밟힐 거야. 너는 절대로 못 이겨. 절대로. 그리고, 그
러니까, 풀.
　너는 절대로 지면 안 돼. (146~147쪽)

'갖고 싶다', '사고 싶다'는 욕망 그 자체, 그 욕망의 덩어리인 화려한 빌
딩들은 "사람들이 더 이상 원하지 않게 되"면 힘없이 무너져 내릴 것이다.
'나'는 풀에게서 처음으로 그런 희망을 발견하고 절박하게 그것을 붙잡는
다. 주입되고 길들여진 욕망을 거절하고 스스로 "자기가 원하는 것을 원
하는 욕망"은 혁명을 원하지 않더라도 그 자체로 혁명적일 수 있다.[4] 풀의
초라한 옥탑방에서 이들이 꿈꾸는 것은 그런 욕망이 만들어내는 혁명적
이고 아름다운 '다른 세상'이다. "그게 우리가 세상에 맞서는 유일한 방
법"(161쪽)이라 믿으며, 이들은 끝내 불안정한 삶의 방식을 고집하고 자신
들의 삶을 불확실성 속으로 완전히 밀어 넣고자 한다. "배고픔, 불편함,
불투명한 미래 (…) 따위가 두려워서 항복해버리면 그다음에 남는 것은

4　　G. Deleuze & F. Gauttari, *L'anti-OEdipe : Capitalisme et schizophrénie*, Paris : Editions de Minuit, 1972, p.138.

통째로 집어삼켜지는 것뿐"(같은 곳)임을 알고 있기 때문에.

그러나 "함께 빈곤에 도착"(152쪽)한 뒤 이들이 겪게 되는 극심한 갈등은 실제로 풀이 철저히 '파괴당하는' 과정과 맞물려 있다. 최소한의 돈벌이로도 이들이 함께하는 시간은 턱없이 줄어들고, '나'는 글을 쓰지 못하는 대신 술에 의존한다. 세상을 바꾸어놓을 것처럼 보였던 풀의 그림은 그를 제도권 화단의 주변부에 편입시키고 퇴폐적인 예술가 집단(김권의 친구들)과 교류하게 해주지만, 단지 그뿐. 그들은 세련되게 풀을 배제하고, 결과적으로 '나'와 풀의 관계를 훼손시킨다. 갈등이 극에 달해 헤어지고 난 뒤, 두 사람의 모습은 돌이킬 수 없이 참담해 보인다. 다시 정신과에 다니기 시작한 '나'는 "모든 것이 끝난 뒤"(270쪽)에도 남아 있는 삶을 하루하루 견뎌가고 있으며, 돈이 없어 고시원에 살게 된 풀은 "아, 씨발, 돈 벌어야 되는데"(267쪽)를 되뇐다. 풀은 끝내 다시 일어서지 못한다. 불길 속에서 풀이 돋아나 오렌지빛 꽃을 피우는 행복한 광경은 '나'의 환각 속에서만 잠시 빛을 발할 뿐이다. 함께 살던 집을 찾아가 그림들을 불태우는 마지막 축제는 결국 풀의 죽음으로 끝나고 만다.

이 비관적인 결말은 그러나, 이들이 이루지 못한 꿈과 그 꿈을 위한 발버둥을 허망하거나 무의미한 것으로 돌려놓진 못한다. 다들 체제는 견고하고 어디에도 바깥은 없으며 그래서 "그 벗어날 수 없음에 대해서 쓴다"(227쪽)고 말할 때, 치기 어린 무모함으로 어떻게 해야 벗어날 수 있는지를 쓰려고 했던 '나'의 처절한 실패의 기록은 아프고 또 아름답다. 울면서, 아무것도 하지 않고 울기만 하면서, "매일매일 풀을 생각하며 조금씩 그곳으로 가고 있다"(294쪽)고 말하는 '나'의 욕망 그 속에, '다른 세상'의 가능성은 아직 살아 있을 것이다. 그것이 내가 김사과의 소설을 사랑하는 이유다. 그래서 나는, 네가 풀에게 했던 말을 지금 너에게 돌려준다. "너

는 절대로 파괴당하면 안 돼. 너는 포기하면 안 돼. (…) 그래줄 수 있겠
어?"(147쪽)

분노를 통해 불행을 넘어서기

김사과의 소설이 두려움과 절망에서 솟아 나온다면, 최진영의 소설을
지배하는 정서는 분노와 증오라고 해야 할 것이다. 『당신 옆을 스쳐간 그
소녀의 이름은』에서, 태어나기 전부터 천년의 세월을 살았고 태어나서는
더 지독한 세월을 견뎌냈다고 말하는 한 가출소녀는 위악적으로 보일 만
큼 분노로 가득 차 있다. 소녀를 무작정 화나게 하는 것은 변하지 않는 이
부당한 세상 전체다. "아주 사소한 것들만 변할 뿐 세상을 움직이는 거대
한 틀과 원리는 어디든 비슷해서, 맞는 사람은 늘 맞고 으스대는 사람은
늘 으스대며 때리는 자는 늘 때리는 자다. 그것을 움직이는 힘이 무엇인
지 알 순 없지만, 짐작은 할 수 있었다. 그것을, 그런 이치를 당연하다고 생
각하는 사람들이 많으면 많을수록 세상은 그들의 뜻대로 굴러간다"(169쪽).
그래서 소녀는 때리는 자들(가짜아빠)을 증오할 뿐 아니라 맞고만 있는 자
들(가짜엄마)도 증오한다. 이 분노와 증오의 힘으로 소녀는 '세상의 이치'가
결코 당연하지 않음을 증명하고 세상이 그들 뜻대로 굴러가는 걸 가로막
으려 한다.

'진짜엄마'를 찾겠다는 소녀의 목표는 "세상의 가짜를 다 모아서 태워
버리"(56쪽)겠다는 의지의 표현이다. 진짜엄마는 "맞고만 있진 않"(121쪽)
지만 "언제나 배고프고 추운 사람"(238쪽)이다. 소녀는 그런 "진짜엄마를
찾아서 행복한 사람으로 만들"고 "그래서 나도 행복해질"(231쪽) 거라고,

다짐하고 또 다짐한다. 최진영 소설의 진짜욕망은 바로 여기에 있을 것이다. 가난하고 불행한 사람들과 연대하여 함께 행복해지기, 그럴 수 있는 길을 문학을 통해 찾아나가기! 실제로 소녀에게 가짜들을 하나하나 불태우는 과정은 곧 배고프고 추운 사람들에 대한 '진짜사랑'을 배워 가는 과정이기도 하다.

　사랑은 다친 데를 치료해 주는 연고 같은 건가? 정말 그런 거라면, 언니는 상처가 아닌 곳에 연고를 덕지덕지 바르고 있는 게 분명하다. 멀쩡한 곳에 자꾸 연고를 바르니까 진짜 상처는 점점 썩어 들어가고 멀쩡한 곳의 연고는 미끄덩미끄덩, 언니와 백곰의 관계를 자꾸 엇나가게 하는 것이다. (…중략…) 그럼, 언니는 나를 사랑하나? 나를 사랑한다면, 언니는 나의 어떤 곳에 연고를 바르고 있나. 그곳은 다친 곳인가, 멀쩡한 곳인가. 나에게 멀쩡한 곳이 있긴 하나. 온몸에 연고떡칠을 해도 나는 계속 아프고 썩어 들어갈 거다. 나도 언니를 사랑하는데, 나는 언니의 어느 곳에 연고를 바르고 있나. 언니는 어디에 상처가 났나. 근데 사랑은 정말 연고를 바르는 건가? 아, 모르겠다. (…중략…) 하지만 언니가 백곰을 사랑하듯 나를 사랑한다면 그것만은 진짜 사양하겠다. 백곰을 먹이고 입히는 마음으로 나를 목욕시키고 예쁜 옷을 사주는 것이라면, 나는 가짜엄마를 미워하는 것보다 언니를 더 미워할 것이다. (…중략…) 그건 나를 조롱하고 경멸하는 것보다 더 나쁜 거니까. 그건 나를 배신하는 거니까. (48쪽)

　장미언니를 통해 소녀는 "먹이고 입히는" 연민의 마음이 진정한 사랑일 수 없음을 확인한다. 그것은 "상처가 아닌 곳에 연고를 덕지덕지 바르"는 일과 다를 바 없다. 하지만 진짜사랑이 뭔지는 도무지 알 수가 없다. 상처를 아물게 하기 위해 연고를 발라 어루만져주는 일로는 충분치 않다는 걸 느낄 뿐이다. 상처가 난 온몸에 연고를 발라도 "나는 계속 아프고 썩어 들어갈" 테니까. 진짜사랑에는 그 이상이, 현재의 상처를 치유하는 일 이상이 필요하다. 한편 태백식당 할머니에게서 소녀는 '사랑이 아닌 것'이 아닌, 막연하지만 '사랑인 어떤 것'을 배운다.

할머니에게 고맙다는 말을 하고 싶었다. 사랑한다거나, 최고라는 말도 하고 싶었다. 나는 달력 뒷장에 '고마워'라는 글씨를 써서 벽에 붙였다. 할머니는 그 글씨에서 '고'를 읽었다. 나는 그 글씨를 가리키고 허리를 깊게 숙였다. 할머니가 그 글씨를 이해할 때까지 몇 번이고 허리를 숙였다. 고맙다고? 할머니가 말했다. 그리고 '고마워'를 한 글자 한 글자 가리키며 '고맙다'라고 읽었다. 어쨌든, 나는 만족했다. 할머니가 자글자글 주름을 만들며 환하게 웃었다. 사랑한다는 말은 어떻게 표현하지? 오랫동안 그 문제로 고민을 했지만, 사랑한다는 걸 행동으로 어떻게 나타내야 하는지 도무지 떠오르지 않아서, 결국 할머니에게 사랑한다는 표현은 할 수 없었다. 아쉬운 대로 벽에 그 글자를 붙여두기만 했는데, 할머니는 가끔 그 글자를 멍하니 쳐다보면서 중얼거렸다. 맛있다. 밥 먹어. 잘 잤어. 할머니가 '사랑해'란 글자를 보며 상상하는 어떤 단어든, 결국은 다 사랑에 포함되는 거라고 나는 생각했다. 사랑은 원래 그런 거니까. (82~83쪽)

할머니는 소녀에게 사랑한다는 건 말이 아닌 "행동으로 (…) 나타내야" 하는 것임을 가르쳐준다. 또한 사랑이란 말은 내(발신자)가 표현하고 전해 주려 한 무엇이 아니라, 할머니(수신자)가 그 말을 통해 떠올리게 되는 모든 것을 의미한다는 사실도 깨우쳐준다. 할머니가 생각하는 그 모든 것이 "다 사랑에 포함"된다는 것을.

그러나 이 아름다운 관계는 할머니의 아들이 찾아온 뒤 할머니에게 버럼을 받게 되면서 힘없이 깨어지고 만다. 이후 소녀는 다시 가짜를 소거하는 방식으로만 사랑을 배우게 되고(교회남자와 같은 '사명감'에서 나오는 헌신은 진짜사랑이 아니다), "나를 웃고 싶게 했고, 행복하게 했"던 사람들로부터 번번이 "도망치"(280쪽)게 된다. 그녀가 만나는 가난하고 불행한 사람들에게서는 점차 사랑보다 분노의 목소리가 높아져간다. "제발 망해라. 무너져라. 다 죽어라. 공평하게. 다 사라져버려"(149쪽)라는 폐가 남자의 일기, "죽을 때 죽더라도 난 다 갈아엎어버릴 거"(194쪽)라는 대장의 중얼거림, "세상이 확 망해버리거나 전쟁이라도 났으면 좋겠다"(245쪽)는 나리의 입버릇 등은 모두 소녀 안에서 비어져 나오는 목소리이기도 할 것이다.[5] 소녀에게 같이 살자고 말했던 상호 또한 사랑한다고 말해 달라는 소녀의 부탁에는 "아, 열라 웃겨"(290쪽)라고 대답할 뿐이다.

"내가 진짜임을 확인하기 위해서라도"(112쪽) 반드시 진짜엄마를 찾겠다던 소녀의 의지는 결국 "진짜인 척하는 가짜로 세상은 이미 가득 찼다. 나라고 다르진 않을 것이다"(271쪽)라는 회의에 직면해 무력해진다. 그래서 소녀는 "진짜 따윈 애당초 존재하지 않"으며 "이제 와 내가 무언가를 불태워야 한다면, 이 세상을 통째로 태워서 까만 재로 만들"(같은 곳)겠다는 결론에 도달한다. 나리아빠에게 칼을 휘두르고 자신도 칼에 찔리는 이 소설의 결말 또한 "스스로 진짜가 됨으로써 진짜 찾기라는 목적을 이루어낸 것"[6]이라기보다는, 자기 자신을 포함한 모든 가짜들에 대한 분노와 증오를 절망적으로 분출하는 장면으로 보는 편이 더 적절할 것이다.

---

5 실제로 이들은 소녀 자신의 분신들처럼 느껴지기도 한다. 폐가의 남자와 '나'는 "꼭 오누이 같"(280쪽)고, 각설이로 전국을 떠돌며 엄마를 찾고 있는 대장은 "역시 나와 같은 사람"(170쪽)이라는 느낌을 갖게 한다. 자신을 강간해온 새 아빠에 대한 증오가 흘러넘치는 나리 역시 소녀의 또 다른 자아라고 할 수 있겠다.

6 백지은, 「소설과 살다 2―쓰는 자의 리얼리티를 중심으로」, 『문학동네』 2010년 겨울호, 584쪽.

　이 같은 자기 파괴적 욕망은 사실상 처음부터 소녀 안에 잠복해 있었다. 진짜엄마를 찾고 싶은 소녀의 마음은 "원래 내가 살"았던 "엄마 속으로 들어가고 싶"다는, "세상에서 가장 평화롭고 안락한 그곳에 다시 들어가 죽을 때까지 태어나고 싶지 않"(206쪽)다는 욕망과 등을 맞대고 있었기 때문이다.

> 　내 몸뚱이를 갖고 스스로 울기 시작하면서 나는 괴로워졌다. 내 손으로 밥을 집어 먹고 내 입으로 말을 하게 되면서 나는 고통스러워졌다. 추운 걸 알게 되고 배고픈 걸 알게 되고 맞으면 아프다는 걸, 원망하고 미워하고 분노하는 걸 알게 되었다. 원망, 미움, 고통, 괴로움, 공포, 분노. 나는 그 글자의 의미를 다 안다. 아니까 기억한다. 그 느낌. 뾰족한 바늘로 내 몸에 하나하나 새겨 넣던 그 감정들. 끔찍해. 끔찍해. 나는 쉼 없이 말했다. 모든 게 다 끔찍해. 나를 원래대로 돌려놔. (206쪽)

　이런 심정은 물론 "끔찍한 세상을, 삶을 증오"(207쪽)하는 데서 비롯된다. 하지만 이 증오가 세상에 대항하는 힘이 되지 못하고 타자들을 향한 사랑의 통로로 열리지 못할 때, 남는 것은 오직 존재 자체를 무화시키는 죽음충동뿐이게 된다. 또한 '세상의 끔찍함'을 이렇듯 태어나는 순간부터 누구라도 피할 길 없는 존재의 근원적 조건으로 치환한다면, 이는 분노와 증오가 지녔던 정치적 가능성을 소거하는 퇴행적 도피가 될 수도 있다.

　그런데 소녀 자신도 알고 있었듯, 그녀가 진짜엄마를 찾을 수 없었던 이유는 진짜엄마가 "너무 흔하"고 "어디에나 있"(274쪽)었기 때문이다. 모두가 가짜이고 진짜가 따로 없다면 다른 의미에서 그들은 다 진짜일 수 있는 것이다. 소녀가 자기 "생각대로 그들을 만들 수는 없"(280쪽)는 일이다. 불행하고 배고픈 "진짜엄마는 어떤 얼굴이라도 가질 수 있으며" 때로는 "오직 중요한 건 자신의 생존"(274쪽)일 뿐인, 그런 얼굴을 하고 있기도하다. 소녀가 더불어 행복해져야 할 사람은 정작 이 같은 사람들이고, 그녀는 바로 이들을 사랑하는 법을 배워야 했던 것이다. 그래야만 세상을다 쓸어버리거나 자멸해버리는 식의 파국으로 치닫지 않는, 건강한 분노와 힘 있는 증오를 뿜어낼 수 있을 테고 말이다.

소녀가 부딪힌 한계는 최진영 소설이 넘어야 할 결코 쉽지 않은 장벽이기도 하다. 그렇긴 해도, 감상적인 연민이나 개인적인 치유를 넘어 가난하고 불행한 자들과 함께 진정 행복해질 날을 꿈꾸는 최진영 소설의 욕망은 귀하고 소중하다. 더욱이 그녀는 그들의 모습을 낭만적으로 미화하거나 안일한 해결책을 내놓길 거절했다. 그러니 최진영의 다음 소설에 거는 기대는 남다를 수밖에 없다. 그래서일까. "더 이상 버려지지 않을 거야. 다시 태어나면. 도망치지 않을 거야"(294쪽)라는 소녀의 마지막 독백을 나는 지금 최진영 자신의 야무진 다짐으로 듣고 있다.

따뜻함의 힘으로 폭력을 이겨내기

그리고 또 한 사람, 암담한 불행과 막막한 슬픔 안에서도 따뜻함을 전하는 작가 황정은이 있다. 세상이 너무 끔찍하고 도무지 변하지 않을 것처럼 보일 때, 우리에겐 따뜻한 위로가 절실히 필요하다. 이런 이유로 따뜻한 위로의 목소리들은 지금 여기저기에서 넘쳐나고 있으며 베스트셀러 목록을 가득 채우고 있기도 하다. 현실이 그렇게 지독한 건 아니고, 그래도 세상은 아직 살 만하며, 너만 잘하면 다 괜찮다고 말하는 그 위로의 목소리들은 불안과 고통을 잠시 잊게 해주는 효과를 지니는 게 사실이다. 그러나 그런다고 세상이 괜찮아지는 것은 아니다. 아무리 달콤해도 그 위로들은 고통스런 현실을 감추고 회피하는 거짓 위안이 아닐 수 없다. 황정은의 『백의 그림자』가 그런 흔하디흔한 위로들과 구별되는 지점은 이 소설이 현실의 난폭함과 그 고통을 정면으로 응시하면서도 동시에 따 뜻한 위로의 힘을 지닌다는 데 있다. 그런데 그게 정말 가능한가?

『백의 그림자』는 '그림자가 일어서는' 사람들의 이야기다. 너무 힘들 고 지쳐서 견디기 어려울 때, 이들은 자기 그림자가 일어서는 것을 목격 하게 된다. "그림자라는 것은 한번 일어서기 시작하면 참으로 집요하기 때문에 (…) 일단 일어선 그림자를 따라가지 않고는 배겨낼 수"가 없고, 그러다간 "귀신같은 모습이 되어 죽고"(20쪽) 만다고 한다. 이들을 그렇게 만드는 것은 '개연적인' 또는 '필연적인' 가난이다. 가난으로 인한 불행, 삶 의 근거를 빼앗기는 내몰림, 납득하기 어려운 죽음 등은 "너무 숱한 것일 뿐" 결코 "애초부터 자연스러운 일"일 수 없고 "오로지 개인의 사정"(144쪽) 일 수도 없다는 것을, 황정은은 똑똑히 알고 있다. 그러나 이런 세상에 절 망하거나 분노를 터뜨리는 대신에, 그녀는 그림자가 일어서는 한 사람 한 사람의 사연을 담담하면서도 섬세하게 전해주고자 한다.

나는 이때 어렸지만 이 장례식에 관해서는 세세한 부분을 선명하게 기억하고 있습니다. 장례식장으로 사용하는 넓은 마루에 올라서자 놀랄 정도로 바닥이 차 가웠던 것, 나중에 어머니가 장례식장으로 돌아와서 기이할 정도로 차분하게 앉 아 있다가 내게 말하기 위해서 옷자락을 잡아당겼던 것, 내 옷자락이 그녀가 잡 아당기는 방향으로 조용히 끌려갔던 것, 어머니가 내 쪽으로 몸을 굽혔을 때 그 녀의 목에 작은 땀방울들이 맺혀 있었던 것, 그녀가 입고 있던 상복에서 아몬드를 태운 듯한 냄새가 났던 것, 치마를 고정하는 끈이 풀어져 한쪽 가슴 아래로 흘러내려 있었던 것, 이윽고 그녀가 했던 말, 저것은 네 아버지가 아니다, 나를 못마땅하게 생각하는 사람들이 그를 어딘가에 숨겨 두고 네 아버지라며 돼지 한 마리를 가져다 두었더라, 라는 이야기를 듣고 내가 거의 즉각적으로 차가운 금속 침대에 드러누운 돼지 한 마리의 이미지를 떠올린 것, 등을 말입니다. (66~67쪽)

유곤 씨의 이야기에는 공사장에서 터무니없는 죽음을 당한 아버지의 장례식과 그날의 어머니에 대한 기억이 촉감과 냄새까지 고스란히 배어 있다. 이처럼 인물들 자신의 입을 통해 발화되는 이야기들은 하나하나 생생한 실감과 구체성으로 마음에 와 닿는다. 그래서 그 이야기들은 불행이나 비극 같은 상투적인 말들로 쉽사리 일반화되지 않는다. "사람마다 다르게 생"긴 '가마'(38쪽)처럼 이들의 고통은 저마다 다른 정서와 질감을 지니고 있고, 다 다른 가마들을 "전부 가마, 라고 부르"는 것이 "가마의 처지로 보면 상당한 폭력"(같은 곳)이듯 그 고통들을 일반화하는 일은 이들의 삶에 대한 일종의 폭력이 될 수 있다. 실제로 이들이 겪는 현실의 폭력은 "누군가의 생계나 생활계"를 "슬럼, 이라고 간단하게 정리해버리는"(115쪽) 언어의 폭력성과 맞물려 있다. 황정은은 그 무감각한 폭력들에 대항하여, 인물들 각자가 겪는 불행과 고통의 환원 불가능한 고유성을 일일이 되살려내고자 한다.

오무사라고, 할아버지가 전구를 파는 가게인데요. 전구라고 해서 흔히 사용되는 알전구 같은 것이 아니고, 한 개에 이십 원, 오십 원, 백 원가량 하는, 전자제품에 들어가는 조그만 전구들이거든요. 오무사에서 이런 전구를 사고 보면 반드시 한 개가 더 들어 있어요. 이십 개를 사면 이십일 개 사십 개를 사면 사십일 개, 오십 개를 사면 오십일 개, 백 개를 사면 백한 개, 하며 살 때마다 한 개가 더 들어 있는 거예요.

잘못 세는 것은 아닐까요?

저도 그렇게 생각했는데요, 하나, 뿐이지만 반드시 하나 더, 가 반복되다 보니 우연은 아니겠다는 생각이 들어서요, 어느 날 물어보았어요. 할아버지가 전구를 세다 말고 나를 빤히 보시더라고요. 뭔가 잘못 물었나 보다, 하면서 긴장하고 있는데 가만히 보니 입을 조금씩 움직이고 계세요. 말하려고 애쓰는 것처럼. 그러다 한참 만에 말씀하시길, 가지고 가는 길에 깨질 수도 있고, 불량품도 있을 수 있는데, 오무사 위치가 멀어서 손님더러 왔다 갔다 하지 말라고 한 개를 더 넣어준다는 것이었어요. 나는 그것을 듣고 뭐랄까, 순정하게 마음이 흔들렸다고나 할까, (95쪽)

"말하려고 애쓰는 것처럼", 머뭇거리는 듯 가만가만 말하는 황정은의 언어는 이들의 이야기를 정성들여 조심조심 다루는 태도와도 연결돼 있다. 그런 언어와 그런 태도로 이 소설은 우리가 '슬럼'이란 말로 밀어버린 것들이 '오무사'와도 같은 소중한 공간임을 증언하고, 그렇게 떠밀려 잊혀간 삶의 이야기들을 오롯이 지키고 복원해낸다. 익숙하고 관습적인 언어를 돌연히 시적으로 변환하여 독특한 울림을 갖게 하는 황정은 소설의 매력은 이렇듯 누구에게도 폭력이 되지 않을 문학의 언어를 구현하려는 욕망에서 나오고, 이는 아무렇지 않게 버티고 있는 난폭한 현실에 개입하는 언어적 실천이 되는 것이다.

한편 그림자가 일어서는 여러 사연들은 종종 한 인물이 다른 인물에게 (자기) 이야기를 들려주는 방식으로 발화되곤 하는데, 그 발화가 서로를 격려하고 붙잡아주는 역할을 한다는 점도 무척 인상적이다. 더 이상 버티지 못해 다 포기하고 싶은 마음이 들 때마다 이들은 서로 그림자 이야기를 나누게 되고, 이런 대화를 통해 조금 더 버텨낼 수 있는 힘을 얻는다. 무재 씨, 유곤 씨, 여씨 아저씨 등의 사연은 모두 가슴 아프고 때로는 참혹하지만, 이야기를 들려주고 들어주는 발화의 상황들은 그 사연을 다정하고 따뜻한 기운으로 감싸 안는다. 그 안에는, 자기도 마찬가지로 힘들고 지쳤지만 "그림자 같은 건 따라가지 마세요"(10쪽), "그림자가 일어서더라도, 따라가지 않도록 조심하면 되는 거예요"(20쪽)라고 말해주는 서로의 마음들이 깃들어 있다. 그 마음들은 우리에게도 큰 위로를 준다. 그림자가 "어차피, 어차피"(134쪽)라고 중얼거릴 때 "차마, 차마"(45쪽) 하며 뒤따라오는 어떤 목소리처럼, 또는 "차라리, 라고 생각"(90쪽)하는 순간 때마침 울리는 전화벨과 무재 씨의 목 멘 노랫소리처럼, 이 간절한 마음들은 그렇게 우리를 붙들어주기도 한다.

그럼에도 『백의 그림자』는 분명 '괜찮다, 괜찮다'가 아니라 '결코 괜찮지 않다'고 말하는 소설이다. 전자상가 가동의 철거가 결정되고, '경축'이란 현수막이 걸린 준공식이 열리고, 가동을 밀어낸 자리에 출입금지 팻말이 박힌 잔디공원이 조성되는 광경, 그리고 상가 전체가 철거된 듯이 보도해 미리 상권을 죽이는 기사들이 쏟아져 나오는 상황 등은 "이미 죽어 가고 있는 놈더러 자꾸 죽어라, 죽어라"(109쪽) 하는 세상이 바로 여기임을 절대 잊지 못하게 한다. 소설의 마지막 장면에서 은교와 무재 씨 또한 "어디까지가 그림자이고 어디부터가 어둠인지 알아볼 수 없"(166쪽)는 섬을 헤매고 있다. 하지만 이들이 숲에서 길을 잃었을 때처럼 "여기서 (…) 나갈 수 있을까요"(21쪽)라고 물으면 어쩐지 그럼요, 라고 대답할 수 있을 것 같다. 이들은 함께 있고, 이제는 "전혀 무섭지 않"(168쪽)으며, "언제까지고 숲이 이어져 있는 것은 아니"(21쪽)듯 이 어둠에도 끝이 있을 테니 말이다. 그렇게 황정은 소설은 보이지 않는 출구와 '바깥'의 가능성을 만들어가고, 그곳을 향해 한발 한발 걸어 나간다. 간절하게 잡은 손을 놓지 않은 채.

이들은 어떤 세상에, 어떻게 대항하고 있는가?

온 세상이 같은 욕망으로 부글거리고 문학마저 그 욕망에 잠식당한 것처럼 보이는 요즘, 다른 욕망과 그 윤리적 가능성을 보여주는 이들의 소설은 우리 마음을 움직인다. 김사과, 최진영, 황정은의 소설에서 극한에 이른 절망과 분노, 사력을 다해 이루어낸 따뜻함 등은 저마다 끔찍한 세상에 대항하는 어떤 에너지를 지니고 있다. 그런데 가만히 들여다보면 이들이 맞선 '세상' 자체는 좀 다른 모습을 하고 있다. 이를테면 김사과의 절망에는 실패한 신자유주의의 이상에 대한 실망과 배신감이 짙게 깔려 있고, 최진영의 분노에는 '가진 자'와 그렇지 않은 자들로 나뉜 세상의 불공평함에 대한 근본적인 혐오와 적대감이 이글거린다. 그래서 이들의 소설은 막연히 신자유주의에 투항해버린 온 세상, 또는 대안이 부재하는 자본주의 체제 전체를 악으로 삼게 되는 경향이 있다. 이들의 싸움에 패배가 '예정된' 듯이 보이고 자기 파괴적인 분위기가 드리워 있는 것은 이런 이유 때문일지 모른다.

이에 비하면 황정은의 소설은 좀 더 구체적인 폭력들에 주의를 기울인다. 그것은 사회적 약자들에 대한 최소한의 배려와 존중도 없는 이 사회의 무례하고 무감각한 폭력성이다. 그렇기 때문에 황정은 소설에서는, 누군가의 고통을 함께 느끼는 공감의 능력과 그들의 삶을 대하는 윤리적 태도를 회복함으로써 난폭함을 이겨내는 문학적 행위가 실제로 수행될 수 있었을 것이다. 황정은은 또한 정치적 편의에 따라 선택된 기표들이 우리 삶과 의식을 구성해내는 '언어화' 작용의 효과를 간파하고 문제 삼는다. 폭력적인 언어화 작용의 자동성을 정지시키고 그 속에 은폐된 인위성과 부자연스러움을 가시화하는 작업은 현실의 폭력에 적극적으로 개입하는 문학적 실천이 될 수 있다.

우리 시대의 불안과 공포, 빈곤과 탐욕은 경제적 운명이 아니라 정치적 선택의 결과이며, 이 같은 삶의 조건을 벗어날 길 없는 숙명처럼 간주하게 만드는 것이야말로 이데올로기의 효과일 것이다. 어디에도 탈출구가 없는 것처럼 느껴지는 지금의 상황은 사회적으로 만들어진 난국을 개인적으로 헤쳐 나가라는 주문을 받고, 개인적 자산을 동원해 헤쳐 나갈 수밖에 없게 된 데서 비롯된다.[7] 이런 점들을 더 분명하게 의식한다면, 김사과의 절망적인 개인적 싸움이나 최진영의 분노 어린 파괴적 열정도 방향을 잡아나갈 수 있지 않을까. 눈에 보이지 않고 손에 잡히지 않는 온 세상과 대결하는 식으로는 그 누구도 희망을 가질 수 없다. 지금 우리 문학은 세상이 얼마나 형편없는지 이야기하기 전에 '왜' 그렇게 되었는지를 찬찬히 따져보고, '어떤' 세상에 '어떻게' 대항해야 할지에 대한 자신의 문제의식을 더 구체화할 필요가 있다. 유일한 대답을 제공하던 거대서사의 공백을 채울 수 있는 것은 그 서로 다른 모색들의 활기찬 에너지일 수밖에 없다.

(2011.3)

---

7   지그문트 바우만, 함규진 역, 『유동하는 공포』, 산책자, 2009, 225쪽.

칙릿 현상과 칙릿 비평

칙릿(chick-lit)에 대해 말한다는 것은 정이현이나 백영옥 등의 소설[1]을 비평의 대상으로 삼는 일보다 훨씬 포괄적이고 광범위한 작업이다. 칙릿은 일종의 신종 장르(느슨하고 유동적이며 '구성 중'인 장르로서)이자 주목할 만한 사회 현상으로 등장했고, 따라서 소설 자체에 대한 분석과 평가를 넘어 이 같은 현상을 낳은 사회적 맥락을 조망하는 좀 더 거시적인 접근 방식을 필요로 한다.

칙릿 현상은 여성의 사회 진출이 이전에 비해 활발해지고 결혼하는 시

---

[1] '한국형' 칙릿이라 불리는 국내 소설들로는 정이현의 『달콤한 나의 도시』(문학과지성사, 2006), 이홍의 『걸프렌즈』(민음사, 2007), 백영옥의 『스타일』(예담, 2008)과 『다이어트의 여왕』(문학동네, 2009), 박주영의 『냉장고에서 연애를 꺼내다』(문학동네, 2008), 서유미의 『쿨하게 한 걸음』(창비, 2008), 고예나의 『마이 짝퉁 라이프』(민음사, 2008) 등이 있다.

기도 점점 늦어지면서 독립적인 경제활동이 가능한 2, 30대 싱글 직장 여성이 사회경제적 주체로 등장한 상황과 맞물려 있다. 신자유주의의 생존 논리가 지배하는 시대에 가정의 울타리를 벗어나 사회의 공적 영역에 진출한 젊은 여성들은 성공적 커리어우먼의 지침서(살아남고 싶으면 정신 바짝 차리라고 조언하는)이자 위로를 주는 성장 우화(그래도 결국엔 다 잘 될 거라고 격려하는)로서, 다양한 버전의 칙릿물들을 활발하게 소비 / 향유하고 있다. 『브리짓 존스의 일기』(헬렌 필딩, 1996)나 『악마는 프라다를 입는다』(로렌 와이스버거, 2003) 같은 외국 칙릿 소설들을 비롯하여 여성 자기계발서 등의 칙북(chick book)류와 칙릿의 영화 버전인 베이브버스터(babebuster) 붐, '온스타일(On Style)'로 대표되는 세분화된 여성 채널의 등장, 〈섹스 앤드 더 시티〉류의 글로벌 TV 드라마와 〈내 이름은 김삼순〉(2005) 같은 국내 드라마의 인기 등은 모두, 이들 젊은 세대 여성의 새로운 욕구와 감수성을 반영하는 사회문화적 현상들이다.

그런데 2, 30대 싱글 직장여성들은 우리 사회에서 유독 '소비'의 주체로 부각돼온 경향이 짙다. 실질적인 구매력을 갖추고 있으며 자신을 위해 투자를 아끼지 않는 젊은 직장여성들은 '골드미스', '알파걸' 등으로 불리며 집중적인 마케팅 대상으로 떠올랐다. 이들은 특히 뮤지컬을 비롯한 문화적 소비의 전위부대 역할을 하고 있어서 이들을 타깃으로 삼는 문화산업의 폭발적인 성장을 불러왔다. 칙릿은 흔히 2, 30대 직장여성들의 일과 사랑을 다룬 고백 형식의 로맨스물로 정의되지만, 이 같은 텍스트 내적인 규정보다 더 적확한 것이 아마도 젊은 여성 소비자들을 '겨냥한' 소설이라는 마케팅 차원의 정의일 것이다. 칙릿이 생산-유통-소비되는 이 같은 시장의 원리를 괄호 친 채로 칙릿 현상에 대해 이야기하기란 불가능한 일이다.

이렇듯 상품으로서의 성격이 표 나게 드러나 있다는 사실은 칙릿을 대하는 문학 쪽 입장을 불편하게 만드는 원인이 된다. 그러나 인정하고 싶지 않다고 해도 칙릿은 현재 우리 문학의 무시할 수 없는 한 경향이다. 문학 비평가들은 몇몇 '괜찮은' 칙릿 작품들을 상업적인 대중문화 현상들과 차별화하기 위해 애쓰기도 하고[2] 싸잡아서 문학이 아니라 문화상품이라며 아예 논외로 돌리기도 하지만,[3] 사실 칙릿은 오늘날 문학 비평이 문화 연구의 관점이나 미디어 비평의 영역과 접속할 수밖에 없음을 확인시켜 주는 한 가지 단적인 예일 뿐이다.

칙릿을 사회 현상이자 문화상품으로 바라보는 '동시에' 가치평가의 대상으로 삼기 위해서는 대중문화를 가치론적인 논의의 장으로 끌어들인 문화연구의 접근 방식을 참조할 필요가 있다. 전통적인 관점의 문화연구는 대중문화 텍스트의 이데올로기적 효과를 비판적으로 분석한다. 재현된 이미지의 고착화를 통해 기만적인 오표상(誤表象)을 만들어내는 지배 담론의 작동 방식을 폭로하고, 나아가 이를 전복할 수 있는 또 다른 가능

---

2   "2, 30대 여성들의 도발적이고 쿨한 성풍속도를 그리고 있는 작품이라고 말해지는 『달콤한 나의 도시』가 실은 어떻게 "시대적 삶"을 묘파하는 문학적 의의를 지니는지 공들여 설명하는 박혜경의 글(「당신은 파국으로부터 안전한가?」, 정이현, 『오늘의 거짓말』 해설, 문학과지성사, 2007, 321쪽)이나 『마이 짝퉁 라이프』의 시선이 "칙릿 속을 표류하는" "허구적이다 못해 도착적"인 여성 이미지와 얼마나 다른지를 강조하는 강유정의 말(2008년 오늘의 작가상 심사평) 등이 이런 경우에 속한다.

3   김영찬은 정이현의 『달콤한 나의 도시』나 백영옥의 『스타일』같이 "처음부터 작정하고 칙릿의 세계를 펼쳐놓는 소설들"은 비평적으로 문제 삼을 여지도 없음을 분명히 한다(「한국문학의 장르문학적 상상력」, 『문학수첩』 2008년 가을호, 44쪽). 한편 서영인은 『달콤한 나의 도시』에 대해 "대중문화의 여러 작품들과 그리 다르지 않은, 그래서 매력적인 작품에 돌연 끼어든 문학성의 자기과시가 불편"하다고 말하면서 "대중적 공감과 서사를 선택했다면" 차라리 "그 안에서 승부를 걸"라고 제안하기도 한다(「한국문학의 현주소에 관한 다소 과장된 사례보고」, 『문학수첩』 2007년 겨울호, 94~95쪽). 〈섹스 앤드 더 시티〉가 오히려 더욱 즐길 만하다고 하는 필자의 고백을 있는 그대로 받아들인다고 해도, 이 냉소적인 어조에는 '즐기는 대상'으로서의 대중문화를 가치의 영역으로부터 철저히 배제 / 분리시키는 완고한 문학주의적 관점이 깔려 있다.

성을 발견하고자 하는 것이다. 이런 관점이 텍스트가 제공하는 의미 체계, 또는 텍스트가 수용자를 구성하는 방식에 집중하는 경향이라면, 수용자의 능동적 역할을 더욱 강조하는 또 다른 접근 방식도 있다. 이때 수용자는 텍스트가 제공하는 지배적 의미 체계를 간파하거나 전략적으로 해독하고, 타협과 협상을 통해 정체성 구성의 계기로 활용하는 적극적인 행위자가 된다. 칙릿 비평은 칙릿이 만들어낸 여성 이미지가 '누구의 이익을 위한' 재현인가, 그 이데올로기적 · 담론적 효과는 무엇인가라는 문제에 천착하는 한편, 칙릿을 즐기는 현실 속 여성들이 재현물들과 어떻게 상호작용하고 있으며 그 쾌락의 젠더 정치학적 의미는 무엇인가 하는 차원에도 주목할 수 있어야 한다.

이 문제는 포스트페미니즘 논쟁과도 곧바로 이어진다. 1990년대 이후의 포스트페미니즘은 이전 세대의 전투적 페미니즘과 구별되는 문화적 · 일상적 차원의 다원화된 페미니즘으로, 여성성에 대한 본질주의적 접근 대신에 계급 · 인종 · 세대 · 지역 등에 따라 다르게 나타나는 다양한 입장들의 차이를 강조한다. 칙릿은 그 명칭이 처음 사용되기 시작할 때부터 포스트페미니즘 소설로 불렸으며,[4] 가족과 직장, 결혼과 성 등에 대해 변화된 가치관을 지닌 포스트페미니즘 세대의 관심과 욕구를 충족시키고 있다. 실제로 칙릿 소설은 2, 30대 싱글 직장 여성들이 자신의 삶과 욕망에 대해 성찰하고, 완강한 젠더 이데올로기와 규범들 속에서 여성으로서 어떠한 위치를 잡아나갈 것인지(positioning) 고민하는 일상적 실천의 장이 될 수 있다.

하지만 당당하게 여성의 욕구를 드러내고 개성화된 자아를 실현하라

---

4 칙릿이란 용어는 크리스 마자(Cris Mazza)와 제프리 드셸(Jeffrey DeShell)이 1995년에 발간한 앤솔러지 『칙릿―포스트페미니즘 소설』(Chick Lit : Postfeminist Fiction)에서 처음 등장하였다.

는 포스트페미니즘의 주장은 너무 쉽게 소비주의와 결합하고 여성을 소비 주체화함으로써 성별화된 정체성(남성−생산−능동성−합리성 / 여성−소비−수동성−비합리성)을 도리어 확산시키기도 한다. 여성성을 자원화하고 신자유주의 시대의 생존 전략과 자기 기획을 내면화하게 독려한다는 점에서, 칙릿을 포함한 포스트페미니즘 텍스트들은 보수적인 개인주의 담론이라는 비판을 면하기 어려운 것도 사실이다. 칙릿을 즐기는 여성들의 욕구와 역동적인 수용 양상을 중심에 두는 접근 방식은 자칫하면 이 같은 논점들을 희석시키고 '수용자들이 좋다는데 무엇이 문제인가?'라는 신자유주의 수사학으로 흘러갈 우려도 있다.

확실히 칙릿은 위험성과 가능성이 모순적으로 뒤섞인 불안정한 지대이며, 사회경제적 · 문화정치적 · 페미니즘적 쟁점들이 교차하며 충돌하는 담론들의 전쟁터다. 그리고 이 투쟁의 국면들과 그에 따라 변화하는 담론의 지형들은 우리 사회에서 '여성'이라는 주체의 위치를 생산해내고 허구적인 동일시의 지점들을 만들어낸다. 칙릿 담론이 의미심장한 것은 무엇보다도, 우리의 현실에 작용하는 이 같은 구성적 힘의 층위에서다.

칙릿 담론과 소비사회의 블랙홀

그렇다면 개별적인 칙릿 작품들에서 출발하기보다 칙릿 현상을 둘러싼 담론들의 각축장에서부터 이야기를 시작해보자. 칙릿에 관한 미디어와 비평의 담론들은 칙릿 안에 혼재하는 이질적인 담론들과 그 속에서 재현되는 여성 이미지들 이상으로 강력한 영향력을 행사하고 있으며, 사실상 그것들을 틀 짓고 재구성한다.

칙릿물에 대한 미디어의 관심이 '된장녀' 논란과 맞물려서 확산된 것은 칙릿 담론의 형성을 주도한 것이 남성 중심적 지배담론이었음을 짐작케 한다.[5] 「온스타일, '된장녀'들의 영상교과서로 떴다」(『스타뉴스』, 2006.8.23) 라는 제목의 신문기사가 그 전형적인 예인데, 이 기사에서 드라마 〈섹스 앤드 더 시티〉의 등장인물 캐리는 오로지 그녀의 '과도한 소비성향'을 통해 정체성이 규정된다. "'월세가 밀리는 한이 있어도 마놀로 블라닉 구두를 사야 하는' 그녀는 유명 잡지사의 칼럼니스트라는 고소득 전문직 여성에 속하긴 하지만 전형적인 '귀족녀'나 상류층 여성이라 보기는 힘들다"는 것이다. 다층적인 캐릭터와 복합적인 갈등을 지닌(특히 미스터 빅과의 관계에서) 칙릿 드라마의 한 여주인공은 이렇듯 분수도 모르는 명품족으로 간단히 낙인찍힌다.

이 외에도 드라마 〈섹스 앤드 더 시티〉를 다룬 신문기사들은 일제히 이 드라마를 젊은 여성들 사이에 '뉴욕 스타일 열풍'을 일으킨 요인이자 모방심리를 유발하는 강력한 '패션 트렌드세터'로 명명했다.[6] 드라마 속 네 명의 여주인공이 "유행시킨 아이템은 펜디의 바게트백을 비롯, 에르메스의 말발굽 목걸이, 선명한 빨강색의 '마놀로 블라니크' 수제구두 등 셀 수 없을 정도"(『한국일보』, 2003.2.28)라거나, "주인공인 케리가 마놀로 블라닉을 즐겨 신는다는 말 한마디에 당시 그다지 유명하지 않던 마놀로 블라닉의 신발은 모든 패셔니스타가 소유하고 싶은 구두로 부상했으며, 켤레당 300~500달러나 하는데도 불티나게 팔렸다"(『매일경제신문』, 2005.4.1)는 식이다. 이

---

5   이에 대해서는 모현주의 「20, 30대 고학력 싱글 직장 여성들의 소비의 정치학」(연세대 석사논문, 2007)을 참조할 수 있다.

6   이 같은 미디어 담론에 대항하며 여성적 담론을 생산하는 수용자들의 능동적인 수용 방식에 대한 연구로는 홍정은의 「글로벌 텔레비전 드라마의 수용자와 수용의 담론―〈Sex and the City〉의 2, 30대 여성 수용자를 중심으로」(연세대 석사논문, 2005)가 있다.

런 언급들은 칙릿 드라마 속 인물들뿐 아니라 이 드라마를 즐겨 보는 젊은 여성들까지도 무분별하게 유행을 좇는 충동적인 소비자로 형상화한다. 이 같은 미디어 담론에는 여성을 상품 판매의 타깃으로 이용하고 집요하게 소비를 부추기면서도 정작 여성의 소비 행위는 부정적으로 인식하는, 20세기 초부터의 뿌리 깊은 고정관념이 그대로 드러나 있다.[7]

이런 경향은 칙릿 소설에 대한 평가에도 상당한 영향을 미쳤다. 이를테면 한국의 칙릿 소설들이 "압구정동으로 표상되는 문화와 패션 중심지를 무대로 하여 열심히 일해서 번 돈으로 명품을 소비하고 향유하며 자신의 정체성을 찾아가는 젊은 여성들의 삶을 다루고 있다"[8]는 설명은 기존 미디어 담론의 편협함을 그대로 반복한다.

> 칙릿의 주인공들은 하나같이 명품을 선호하고, 66사이즈가 44사이즈가 되거나 160cm의 키가 170cm가 되기를 바라고, 직장에서 열심히 일해야만 멋진 남성과 사랑하고 결혼할 수 있다는 생각을 지니고 있다. 예쁘고 날씬하고 명품으로 치장한, 그러면서 능력 있는 칙릿의 여성은 체제전복자인가 아니면 수호자인가. 폭력적인 이항대립체제는 남성중심주의, 상품물신주의, 외모지상주의, 출세제일주의라는 그물망을 치고 여성을 더 교활하게 얽어매고 있다. 칙릿의 젊은 여성들은 그 그물망에 길들여지고 통제되는 마네킹일 뿐이다. 그러기에 이들의 정체성 찾기는 실패로 끝날 수밖에 없다. (같은 글)

이 글은 남성 중심적인 이항대립 체계를 전복할 수 있는 여성 인물과

---

[7]　이는 이 드라마의 자유분방한 성 표현을 냉소적으로 이슈화하는 양상과 더불어서, '통제할 수 없는' 여성의 욕망에 대한 남성적 공포의 투영이기도 할 것이다.

[8]　문흥술, 「'칙릿'은 문학인가 상품인가」, 『중앙대 대학원신문』, 2008. 10. 2.

여성 소설의 필요성을 요청하는 것처럼 보이지만, 칙릿의 인물들을 "하나같이" 상품물신주의와 외모지상주의의 "그물망에 길들여진 마네킹"으로 획일화하는 시선 자체가 칙릿 세대 여성들에 대한 선입견을 반영하고 재생산한다.

물론 이 글은 칙릿 소설들이 줄줄이 문학상을 수상하는 현상에 대한 충분히 공감할 수 있는 비판의식을 전제로 한다.[9] 이는 문학이 문화산업으로 흡수되고 있으며 문학 제도가 시장논리에 대한 저항력을 유지할 수 없게 된 상황을 입증하는 쓸쓸한 현상임이 분명하다. 그런데 그 비판의 화살이 문학 제도와 상징 권력을 향하기보다[10] "영혼을 팔아 프라다를 입는 악마"(같은 글), 곧 칙릿 소설 자체와 칙릿의 여성들(작가-인물-수용자들)을 겨냥하고 있는 것은 무척 아이러니해 보인다. 이런 착종이 미디어 담론을 통해 확대 재생산되는 현상은 쉽게 찾아볼 수 있다.

앤 해서웨이의 출연만 아니었다면 악마가 프라다를 입건 독립문을 입건 관심조차 없었을 것이다. 정이현 소설『달콤한 나의 도시』를 읽으며, 도시 여성들은 소비 패턴으로 자신들의 행동반경과 생각을 간접적으로 드러낸다거나, 처음과 다르게 등장인물들의 선택이 점점 〈사랑과 전쟁〉 속 인물들과 겹쳐지는 반면 사건은 기괴해지기에 그저 그런 소설이라고만 생각했지 그게 칙릿 소설이라 불리는 하나의 장르인 줄은 몰랐었다.

2007년부터 이런 유의 소설이 서점 신간 소설 코너에 하나 둘 늘어가기 시작하더니 급기야 2008년에는 문학상 수상작 코너를 장악하기에 이르렀다. 이쯤 되

---

⁹ 이 같은 문제의식을 촉발하면서 이후의 칙릿 담론에 영향을 미친 대표적인 글은 최강민의「칙릿 소설은 퐁생퐁사의 프라다를 입는다」(『문학과의식』 2008년 가을호)이다.

¹⁰ 이런 측면에 집중한 글로는 서영인의「문학의 경계, 시장의 법칙」(『문학수첩』 2008년 가을호)이 있다.

니 칙릿이란 말이 무슨 뜻인지 정도는 알아줘야 하지 않겠나.

— 「문학상 수상자들은 프라다를 입는다」, 『컬처뉴스』, 2008.9.19

이 글에서도 문학상의 이미지를 상품 판매에 활용하는 출판 자본의 상업주의 전략에 대한 비판이 '문학상을 수상한' 칙릿 작가들과 "도시 여성들"의 "소비 패턴"에 대한 비난으로 자연스럽게 미끄러지면서, 논점이 이동 / 이탈하는 양상을 확인할 수 있다. 더욱이 이렇듯 노골적으로 비아냥거리는 말투는 여성 장르와 여성 소비 행위에 대한 일반화된 경멸에서 나온다고 보아야 옳을 것이다. "이 시대의 혁명정신은 66사이즈의 여자가 44사이즈가 된다거나 키가 160인 사람이 170이 되는 것에 불과하다는 『스타일』의 여주인공의 말은 이 시대의 생각들을 정확히 꼬집어낸 표현이 아니라 이 시대의 고약한 습성을 그대로 받아들이겠다는 의지이다"(같은 글)와 같이 특정 소설의 특정 문장이 반복 인용되며 칙릿 전체와 칙릿 세대 여성들을 정형화하는 방식 또한 '고약한 습성'처럼 되풀이되고 있다.

한편 이런 미디어 담론들에 대항하는 비평적 논의들도 이루어졌다. 강유정은 『달콤한 나의 도시』의 주인공 "오은수가 자행한 소비 목록들은 미흡한 자기 조율 능력의 증거이기 이전에 소비욕을 자극하고 그것을 순환케 하는, 체제의 결과"이며, "사치와 낭비라는 빌미로 제도의 구조적 모순을 여성의 개인적 욕망으로 단죄하는 것은 자본주의의 오래된 습관"임을 지적한다.[11] 이 글은 칙릿 전반이 아닌 정이현 소설(흔히 칙릿이라는 '오명'으로부터 구출해야 할 '문학'작품으로 다루어지는)을 대상으로 하고 있으며 자본주의의 "전도된 음모의 실체를 폭로하고 왜곡된 회로도의 진의를 독해하고자" 하는 정이현 소설의 각별한 의의를 강조하지만, '된장녀' 논란 속

---

11   강유정, 「악녀, 화장을 지우다」, 『문학과사회』 2006년 가을호, 313~314쪽.

에 은폐된 "자본의 자기방어 체계"(같은 곳)를 가시화한다는 점에서 기존의 미디어 담론을 교정하는 의의가 있다.

정여울은 이런 관점을 칙릿 소설 전반으로 확장시킨다. 그는 칙릿 주인공들이 지닌 쇼핑에의 집착과 그에 대한 불안한 죄의식이라는 양가감정 속에서 "소비활동 없이는 인간다운 삶이 보장될 수 없는 현실을 묵과한 채 명품족을 끊임없이 비난하는 사회. 신상녀의 이미지를 노골적으로 강조하는 것만으로도 톱스타가 될 수 있는 시대에 된장녀를 비난하는 이중적 시선. (……) 국민의 소비가 정책적으로 필요할 때는 '소비의 위축'을 탈피해야 한다고 부르짖고 관광지수 적자나 무역수지 적자 상황에서는 '과소비를 타파'해야 한다고 목청을 높이는 저널리즘. 쇼핑중독 지수를 열심히 계산해주면서 당신도 혹시 쇼핑중독이 아닌지 의심해보라고 충동질하는 언론"[12]의 기만성을 본다. 이 같은 관점은 칙릿 세대 여성들의 소비 풍속을 바라보는 일방적인 비난의 시선과 대조를 이루면서 문제의 핵심은 오히려 '쇼퍼홀릭 권하는 사회'에 있음을 분명히 한다.

그런데 칙릿형 글쓰기를 관통하는 키워드를 '상품 소비의 이미지'로 보고 일관되게 이를 기준으로 각 소설의 차이를 의미화하는 이 글의 방식은 칙릿과 그 주인공들에 대한 틀에 박힌 접근방식에서 그리 멀리 벗어나지 못하고 있다. '소비사회의 블랙홀' 못지않게 칙릿 세대 여성들을 옭아매는 것은 그들을 소비사회의 주범 / 희생양으로 고착화하는 담론의 블랙홀이 아니겠는가. 감당 못할 욕망의 화신이든 소비사회의 불쌍한 시녀이든, 칙릿 세대 여성의 이미지를 '쇼퍼홀릭'으로 정형화하는 것은 칙릿 자체이기 이전에 그것에 접근하는 우리의 길들여진 시각일지 모른다.

---

12 정여울, 「칙릿형 글쓰기에 나타난 젊은이들의 소비 풍속도」, 『문학동네』 2008년 겨울호, 274~275쪽.

풍속의 리얼리티와 재현의 정치성

이제 패션과 쇼핑이라는 논란거리를 넘어 칙릿 소설들의 의의를 좀 다른 각도에서 조명하려는 시도들을 살펴보기로 하자. 정이현의 『달콤한 나의 도시』가 "자율적 주체의 선택과 이를 기반으로 하여 새롭게 형성되는 관계성의 윤리에 대한 진지한 성찰"[13]을 보여준다고 하는 최성실의 논의는 어떤가. 이 글은 우선 여주인공의 자유분방한 성 관념을 문제 삼는 시선들에 대한 방어적인 답변의 성격을 띤다. 이에 더하여, 오은수에게는 '성적 욕망'조차 "지극히 자의식적인 것이며, 언제든 바꿔 쓸 수 있는 가식적인 가면에 불과"하다는 점, "세상이 만들어놓은 윤리적 잣대를 과감하게 걷어치우고" '자발적인 윤리'를 만들어가고자 하나 "여기에도 '순수한 자기 원인'은 없다는 점" 등을 들어, 이 소설이 '탈출구가 없는' 세상에 대한 "지극히 현실적이고 일상적인 리얼리티를 담보"(615쪽)하고 있다고 결론짓는다. '근대적인 것'과 '체제적인 것' 등등, 개념들이 흔들리며 논리가 비약하는 경향이 있어 정확히 '무엇으로부터의' 탈출을 말하는지 분명치는 않지만, 이 글이 『달콤한 나의 도시』에 의미를 부여하는 마지막 말은 결국 '리얼리티가 있다'는 것이다. 어떤 소설이 '리얼리티'를 지닌다는 말은 오랫동안 '문학적으로 가치가 있다'는 말의 동의어나 다름없이 쓰여왔으니, 이 말은 『달콤한 나의 도시』의 문학적 의의를 확실히 인정하는 발언일 것이다.

박혜경 역시 이 소설을 놓고 "이 시대 2,30대 여성들의 평균적인 일상과 그 미세한 내면을 이렇듯 정밀하게 사실적으로 그려 보인 작품은 달리

---

13   최성실, 「세계 저편의 타자들, 그리고 환상의 스크린 위에서 살아가기」, 『세계의문학』 2006년 겨울호, 612쪽.

찾아보기 어려울” 거라고 말하면서 “시대적 삶의 풍속에서 한 치도 벗어나 있지 않”은 동시대적 리얼리티를 높이 평가한다.[14] 이런 관점은 정이현 소설이나 칙릿 소설 전반에서 긍정적인 의미를 찾고자 하는 논의들에서 공통적으로 발견된다. 『달콤한 나의 도시』가 “신세대의 연애관과 결혼관”을 비롯해 “등장인물들의 말투, 그들이 먹고 마시고 보는 것” 등등 “이곳을 사는 이들의 현장을 (…) 생생하게 보여줬다”는 하응백의 평가(『조선일보』, 2006.4.28), 이 소설이 “어느 새 우리 사회의 주류로 부상한 싱글 직장 여성들의 삶에 관한 새로운 ‘리얼리티’라고 할 만한 것을 보여”주었듯이 칙릿 소설은 “새로운 도시풍속소설의 일환으로 인정”되어야 한다는 신수정의 견해(『경향신문』, 2008.12.7), “전형적인 ‘칙릿’”인 백영옥의 『스타일』은 “한국문학에서 많이 다뤄지지 않았던 중산층 여성들과 그들의 직업 세계를 리얼하게 들여다본” 소설이라는 언급(『세계일보』, 2008.4.13) 등이 그 대표적인 예들이다.

그런데 여기서 칙릿 소설들이 지닌 ‘리얼리티’란 과연 무엇을 말하는가, 또는 ‘리얼리티가 있다’는 판단은 어떤 기준에 근거하는가라는 질문을 던져볼 필요가 있다. 흥미롭게도 전혀 상반되는 평가들, 이를테면 “한국형 칙릿 소설 속의 인물들은 도시 중산층 여성의 삶에 관한 오해를 나열한 것에 불과하다”(『컬쳐뉴스』, 2008.9.19)거나 “칙릿 속을 표류하는 인물들”은 “대중의 욕망을 자극하는 기호일 뿐 사실감이 없”으며 그 속의 여성 이미지는 “허구적이다 못해 도착적”(강유정, 2008년 오늘의 작가상 심사평)이라는 언급들이 나란히 공존하고 있기 때문이다.

칙릿 소설들을 두고 리얼리티가 있다 / 없다는 주장이 동시에 쏟아져 나온다는 것은 리얼리티란 객관적인 사실과의 일치 여부가 아니라 ‘리얼

14　박혜경, 앞의 글, 321~322쪽.

리티 감각'이나 감수성의 '정서구조'(레이몬드 윌리엄스)와 관련된 문제임을 다시 한 번 환기시켜준다. 칙릿의 경우에 그것은 특히 '정서적인 리얼리티'(이엔 앙), 곧 칙릿 속 인물들에게서 감정적인 진솔함을 느끼는지 여부에 달려 있는 문제일 것이다. 그러니까 "우리가 서른 살 초반의 회사원으로 살아가는 주인공 은수에게 깊은 공감을 느끼는 것은 지극히 평범하게 살아가는 우리와 너무나도 똑같기 때문"[15]이 아니라, 주인공인 그녀가 현실 속의 우리와 너무도 똑같다고 느껴진다면 그것은 우리가 그녀에게 정서적으로 깊이 공감하기 때문일 수 있다는 말이다.

그러므로 논점은 『달콤한 나의 도시』나 『스타일』의 여주인공처럼 살아가는 여성들이 현실에 과연 몇 명이나 존재하는가, 또는 칙릿 소설이 이 시대의 풍속과 세태를 얼마나 충실하게 재현하는가 하는 데 있지 않을 것이다. 또한 만약 이들 소설이 우리 시대 여성들의 라이프 스타일이나 연애·결혼·직장생활 등의 변화된 풍속도를 대단히 사실적으로 묘사하고 있다고 해도, 그렇다고 해서 칙릿의 문학적 의의가 자동적으로 보증되는 것도 아닐 터이다. '그게 바로 현실'일지라도 문학을 통해 굳이 재현될 필요가 없는 현실도 있을 수 있으며, '어떤' 현실을 '어떤 식으로' 재현할 것인가 하는 선택은 리얼리티의 차원이 아닌 이데올로기 차원의 문제이기 때문이다. 칙릿 소설의 리얼리티 논의가 풍속과 세태 반영의 층위에 머물러 있는 것은 칙릿 비평의 한계이기 이전에 경험적인 리얼리티를 지나치게 중시하는 우리 비평 담론의 한계일지 모른다. 하지만 이제 칙릿 비평은 재현의 리얼리티에서 한발 더 나아가 재현의 정치성과 재현의 이데올로기를 적극적으로 추궁해야만 하며, 칙릿 소설의 의의나 한계도 여

---

15 최성실, 앞의 글, 614쪽.

기에서 찾아져야 할 것이다.

특히 비평적인 독자들을 포함하여 꽤 많은 2, 30대 여성들이 칙릿 소설에서 '정서적인 리얼리티'를 경험한다는 것, 이 사실이 중요하다. 이 같은 정서적 효과로 인해, 칙릿에 재현된 여성 이미지가 현실에 얼마나 부합하는지와 상관없이, 칙릿 속 주인공들로부터 전략적인 동일시를 이끌어내고 이를 통해 여성이라는 정체성을 재구성할 수 있는 잠재적인 가능성의 공간이 마련되기 때문이다. 젠더를 포함하여 문화적 정체성이란 재현과 이미지와 담론들 사이에서 끊임없이 생성 / 조직되는 잠정적인 동일시의 지점들이 아닌가. 가치 있는 문학이든 나쁜 문학이든 간에, 오늘날 칙릿이 가벼운 읽을거리 정도로 취급할 수 없는 영향력을 지닌 것은 분명하다. 칙릿 텍스트들이 지금 그 수행적인 가능성을 얼마나 활성화하고 있으며 어떤 방향으로 향하게 하는지 살피는 것은 객관적인 리얼리티의 층위보다 훨씬 중요한 가치평가의 근거가 될 수 있다.

칙릿을 '여성소설의 후예들'로 보고 그 속에서 "사적 욕망과 사회적 시선을 분리하거나 조율할 줄 아는 낯선 여성들, 보다 '사회화된' 새로운 여성 주인공들"[16]의 출현에 주목하는 소영현의 글은 이 같은 문제의식을 공유하는 것처럼 보인다. 소영현의 글은 '칙릿 현상'의 사회적 의미를 강조하고 "여성소설의 후예를 불러들인 '그녀들' 자체"(407쪽, 작가와 주인공과 독자 모두를 포함하는 포스트페미니즘 세대의 여성들)를 담론의 중심으로 끌어당긴, 문학 비평 안에서는 보기 드문 관점의 글이다. 그런데 이들의 정체성을 "취향의 패치워크"(410쪽)로 명명하면서 "그녀들의 취향은 시장경제의 논리를 개인의 내면세계와 무의식까지 깊숙이 침투시키는 소비문화, '마

16 　소영현, 「포스트모던 소비사회와 여성소설의 후예들―취향의 패치워크, 연기하는 아이덴티티」, 『자음과모음』 2008년 가을호, 405쪽.

놀로 블라닉'과 '지미추'로 상징되는 브랜드 소비와 밀접하게 연관되어 있"어 "소비의 증거들은" 곧 "그녀들의 아이덴티티 자체"(408쪽)라고 설명하는 대목에서는, 익숙한 이전의 논의들로 되돌아가고 있다는 인상을 준다. 이 글은 칙릿에 대한 종합적인 가치평가를 유보하고 있지만, "사실 그녀들의 아이덴티티는 포스트모던 사회의 소비문화를 관통하면서 마련된, 보다 모던한 감각을 향한 차별화 혹은 연기하는 자아와 다르지 않다"(410쪽)는 그의 지적은 정체성 구성의 장으로서 칙릿 소설들이 지닌 한계를 말해주는 것으로 이해된다.

새로운 세대의 여성 정체성 문제를 특정 스타일의 추구나 감각적인 취향의 문제로 환원하는 측면은 분명 전형적인 칙릿 소설들이 보여주는 일정한 한계일 것이다. 하지만 칙릿의 그 '연기하는 자아'들에게서 우리는 또한 가부장적 질서와 젠더 이데올로기, 치열한 생존경쟁의 논리와 소비자본주의 교묘한 술책 등이 뒤얽힌 사회에서 이 모든 이슈들을 전술적으로 조정하는, 구체적인 갈등과 선택의 행위들을 본다. 칙릿 수용자들이 자신과 똑같지는 않은 그녀들의 모습에서 부분적인 접점들과 공감의 가능성을 발견하고 이를 계기로 자신의 욕망을 돌아보곤 하는 것도, 인물들의 그런 측면 때문일 것이다. 칙릿 비평은 부유하는 브랜드 이미지나 그 아래 버티고 있는 소비사회의 메커니즘, 또는 포스트모던한 세태의 풍속이나 신세대 여성들의 라이프스타일 이외에도 그녀들이 직면한 문제 상황과 갈등의 양상들, 그 속에서 선택하고 행동하는 구체적인 모습들에 좀 더 관심을 기울여야 하지 않을까. 그런 그녀들의 모습을 칙릿 소설들이 어떻게 재현하고 있는가, 그 재현의 양상을 통해 어떤 문제들을 논점으로 제기하고 어떤 동일시의 지점들을 생산해내는가 하는 것이 '여성소설의 후예'로서 칙릿 소설들이 갖는 정치적 함의일 것이다.

그녀들의 욕망, 공감과 환멸 사이

칙릿 소설과 칙릿 세대 여성들에게 '프라다를 입는 악마'의 이미지를 덧씌우는 데 일조한 전형적인 칙릿 소설 『악마는 프라다를 입는다』(문학동네, 2006)에서도 정작 논점으로 부각돼야 하는 측면은 좀 다른 데 있다. 이 소설은 패션 상품들의 화려한 향연이나 패션 산업의 이면에 대한 실감나는 풍자 말고도 주인공 앤디의 갈등을 통해 '여성으로서 어떤 삶을 선택할 것인가' 하는 질문을 던져준다. 부당하고 굴욕적인 데다 사생활을 통째로 차압당하는 생활을 견디면서라도 어떻게든 능력을 인정받아 '성공'으로 가는 바늘구멍을 통과해야 할 것인가? 가족과 친구와 오래된 연인 같은 친밀하고 다정한 세계를 지키기 위해 눈앞에 다가온 성공의 기회를 포기할 수 있을 것인가? 세속적으로 성공한 화려한 삶은 진정 내가 원하는 삶의 모습인가? 아니라면 내가 원하는 삶이나 내가 원하는 성공은 과연 어떤 것인가 등등. 이렇게 이 소설은, 특히 사회생활 경험도 부족하고 미래에 대한 비전도 불확실한 '햇병아리' 직장 여성들의 불안과 욕망을 인상적으로 호명하고 있다.

『악마는 프라다를 입는다』는 앤디가 드디어 회사와 직장 상사에 대한 자신의 '헌신적인' 노력을 증명하고 그토록 원하던 '추천서'를 받아들기 바로 직전에, 악마 같은 편집장 미란다를 향해 '엿이나 처먹어'란 말을 남기고 가족과 친구와 연인 곁으로 돌아가는 모습을 보여준다. 그런데 이 '올바른 선택'(소설 속 연인인 알렉스의 표현이다)이 충분히 설득력 있게 다가오지 않는다는 것이 이 소설의 한계이자 역설적인 가능성일 것이다. 소설에서 실제로 공감을 불러일으키는 것은 앤디의 그 같은 선택이 아니라 성공을 향한 욕망과 분투의 과정, 그리고 결단의 순간을 끝까지 유예하게 만드는

그녀의 복잡한 심리 상태다. '런웨이'를 박차고 나온 앤디가 거기서 얻었
던 명품들을 미련 없이 중고상에 팔아넘기고 '자신의 글'을 써서 다른 미
래(사적인 관계들을 훼손시키지 않으면서도 성공에 도달할 수 있는 길)를 개척해나
간다는 소설의 결말은 그녀의 욕망에 내재한 모순과 갈등을 안전하게 봉
합하는, 안일한 낙관주의적 해답이 아닐 수 없다. 하지만 이 소설이 제기
한 반성적 질문들은 이 지점에서 무마되기도 하고 다시 시작되기도 한다.

흥미롭게도 영화 〈악마는 프라다를 입는다〉(2006)는 (패션 산업의 실상에
대한 원작의 통렬한 냉소를 현란한 상품 스펙터클로 뒤덮어놓았다는 비난을 받기도 했
지만) 소설이 서둘러 마무리한 문제들에 대한 조금 진전된 해석을 담고 있
다. 소설과는 달리 이 영화는 편집장 미란다의 모습을 악독한 착취자라
기보다는 성공한 앤디의 '미래의 모습'(결혼을 하여 아이를 갖게 된 뒤)처럼 그
려 보인다. 비서에게 집안일 심부름과 아이들 뒤치다꺼리를 시키며 혹독
하게 부려먹는 미란다의 모습은 영화 속 앤디의 눈에, 성공적인 사회생활
과 원만한 가정생활을 동시에 유지해나가기 위한 어쩔 수 없는 선택으로
비춰지는데, 이는 '미란다식 성공'을 좇는 한 그녀 자신도 피해갈 수 없는
딜레마인 것이다.[17] 이렇게 이 영화는 소설이 건드려놓고 슬쩍 회피해버
린 문제가 바로 젊은 여성들이 겪는 모순적 갈등, 곧 사회적으로 성공한
삶과 여성으로서의 '정상적인' 삶에 대한 화해할 수 없는 두 갈래 욕망의
문제임을 암시해준다. 그것은 개인의 선택이나 가치관의 문제만이 아니
라 근본적으로 사회제도와 젠더 이데올로기의 문제일 테고 말이다.

『악마는 프라다를 입는다』가 비판받아야 할 지점은 여성의 삶을 둘러
싼 이 같은 쟁점을 개인적 선택의 차원으로 돌리고, 사회적 성공에 대한

---

[17] 성은애, 「『악마는 프라다를 입는다』와 그 자매들」, 『안과밖(영미문학연구)』 22호,
2007, 235~236쪽.

여성의 욕망을 소비문화에 현혹된 어리석은 허영심 정도로 간주하며, 손쉬운 해결책을 제시함으로써 결과적으로 젊은 세대 여성들이 느끼는 과도기적 불안과 갈등을 정상화(normalize)하고 있다는 점이다. 그럼에도 주인공 앤디의 모습에서 자신의 욕망과 모순적 심리를 발견하는 독자들에게 이 소설은, 여성에게 '성공한 삶'이란 과연 무엇인지 생각해보고 자기 삶의 구체적인 맥락 위에서 스스로 행할 수 있는 현실적 대안을 모색하는 계기로 작용할 수 있다.

정이현의 『달콤한 나의 도시』에서도 직장생활 스트레스와 결혼에 대한 양가감정 사이, 매력적이지만 미래가 불투명한 연하남 태오와 안정적인 결혼상대 김영수 사이에서 머뭇거리고 갈등하는 오은수의 모습은 감정적인 진솔함을 느끼게 한다. 이 소설이 좀 더 의미 있는 칙릿일 수 있는 이유는 (위로를 주는 성장 스토리로 이야기를 각색한 드라마와는 달리) 그 어떤 '영리한' 선택도 그녀의 갈등을 온전히 해소하거나 모순적 욕망을 충족시켜주는 해결책이 될 수 없음을 냉정히 일깨우기 때문이다. 그럼으로써 이 소설은 우리 사회가 요구하는 평균적 삶과 그것에 도달하고 싶어 하는 그녀의 욕망 자체를 의심해보게 하고, 여기에 비추어 자신의 삶과 자신의 욕망을 성찰 / 재조정할 수 있는 가능성을 열어준다. 그 성찰이 젠더 차별적인 사회구조나 자본주의 가치 질서에 대한 문제제기로까지 이어질 수 있을지는 아직도 의문스럽지만 말이다.

같은 맥락에서 백영옥의 『다이어트의 여왕』은, 낭만적인 사랑의 판타지로 갈등과 혼란을 매끄럽게 수습하는 전작 『스타일』에 비해 좀 더 눈여겨볼 만한 소설이다. 이 소설은 다이어트 열풍을 리얼리티 프로그램의 관음증적 외설성과 겹쳐놓으면서 매력 있는 몸매를 꿈꾸는 여성들의 강박적 욕망이 시선의 폭력성과 상업주의 전략에 의해 얼마나 촘촘히 포획

되어 있는지를 말해주는 한편, 서바이벌 게임 참가자들 사이의 치열한 생존경쟁을 통해 우리 사회의 비정한 단면을 포착해낸다. 나아가 이 소설은 모든 것을 공유하고 감싸주는 '여성들의 자매애'라는 칙릿의 또 다른 판타지마저 잔인하게 깨뜨려버린다. '다이어트의 여왕'이 되었어도 그녀 정연두의 불안과 강박은 결코 끝나지 않으며, 자기와 닮은 그녀들 사이에서 그녀는 진정어린 격려와 위로 대신에 '거울의 방'처럼 증식하는 위선과 환멸을 경험할 뿐이다. 그러면, 이제 어떻게 할 것인가? 이 소설에서 자신의 욕망을 발견했던 독자들에게 여성으로서의 자기 긍정과 정체성 모색의 길은 아예 차단되고 마는 것일까?

결국 칙릿이 풀어야 할 숙제는 다음과 같은 질문들 속에 담겨 있는 것 같다. 2, 30대 젊은 여성들의 내밀한 욕망을 적실하게 호명하고 정서적 공감대를 형성하면서, 개인적 선택이나 일상적 실천으로 해결되지 않는 사회의 문제들을 어떻게 그녀들 '자신의' 문제로 만들 것인가? 또는 안일한 낙관주의나 위로를 주는 판타지에 기대지 않으면서, 그녀들의 힘겨운 자기 모색에 어떻게 긍정적인 힘을 불어넣을 것인가? 칙릿의 대중성과 상업성 논란은 가시적인 판매 부수나 트렌디한 이미지들 속에서가 아니라 이런 질문들을 던지는 일과 더불어서 시작돼야 할 것이다. 이 문제들에 대해 함께 고민할 때, '문학 아니면 상품'이라는 양자택일의 논리를 벗어나 칙릿 소설들의 서로 다른 문학적 가치와 문화정치적 의의를 가늠하는 비평적 탐색도 가능해지리라 생각한다.

(2009.8)

'근대문학'이라고 쓰고 우리가 정말 불러낸 것은?

근대문학의 '종언'이나 '위기'가 아니라 그 '이후'에 대해 말할 때, 우리는 무엇을 이야기하고 싶은 것일까? 종언론이나 위기 담론이 호명하는 (근대)문학과 '문학 이후'를 사유할 때의 그 (근대)문학은 과연 같은 것일까? '근대문학 / 탈근대문학'의 공소한 도식을 되풀이하기 위함이 아니라면, 이런 논의들은 '지금-여기'의 문학에서 무엇을 보거나 또는 바라고 있는 것일까?

가라타니 고진이 근대문학이라는 이름으로 호명한 것은 간단히 말하

면 노블(Novel)로 대표되는 문학의 사회역사적 상상력이다. 가라타니 고
진처럼 더 이상 희망은 없다고 보고 근대문학의 상실을 애도하든, 아직
가능성은 남아 있다고 믿으며 종언론을 부정하든, 이 철두철미한 문화산
업의 시대에 '노블적인' 에너지가 쇠퇴하고 있는 것은 부인하기 어려운
상황이다. 그럼에도 그 에너지를 협소하고 재현적인 리얼리즘에만 국한
시키지 않는다면, 탈재현적인 경향의 '새로운' 소설들에서도 정치사회적
의미를 적극적으로 발견하고 재구성할 수 있다. 여기에는 오늘날 문학이
예전과 같을 수는 없을지라도, 그 달라진 상황과 양상들 속에서도 문학의
사회적 역할이 지속되기를 바라는 우리의 기대가 투영돼 있다. 이때 그
'새로운' 소설을 놓고 근대문학이냐 그 이후냐를 따지는 것은 사실상 별
의미가 없다. 굳이 근대문학이라는 이름으로 변화의 측면을 부인할 이유
도, 탈근대라는 수식어로 전면적인 단절을 내세울 이유도 없을 것이기 때
문이다.

한편 누군가가 문학 이후를 사유한다면, 여기서 문제가 되는 것은 규
범이나 제도로서의 근대문학의 완강한 틀이다. 그 틀은 개별적인 글쓰기
들의 미학적 완성도와 작품으로서의 수준을 규정하는 양식적 모델이나
규칙이 되기도 하고, 이런저런 글쓰기들을 장르로 구획 지어 문단이라는
제도에 포섭 / 배제하는 메커니즘으로 작동하기도 한다. 이런 의미의 '근
대문학'은 보편적 기준에 부합하지 않는 이질적인 글쓰기들을 함량 미달
의 작품으로 판정하거나 문학 제도 바깥으로 밀어내는, 억압적이고 배타
적인 성격을 띤다. 문학 이후에 대해 이야기할 때 우리가 넘어서고자 하
는 것은 근대문학의 이 같은 규범적·제도적 측면이지, 근대문학이라는
이름으로 떠올릴 수 있는 문학의 모든 가치나 문학적 자산의 총체가 아님
을 기억할 필요가 있다. 2000년대 문학의 '새로움'에 주목할 때도 우리가

강조해야 할 것은 규범과 제도의 틀에 균열을 내고 그 틈새에서 부글거리는 이질적인 에너지의 또 다른 가능성, 아직 열려 있는 '문학적인 것'의 새로운 지대일 것이다.

그런데 실제로 2000년대 문학의 새로움이나 이질성에 대한 논쟁들에는 '근대문학'이 호명하는 서로 다른 국면들이 어지럽게 착종돼 있다. 이를테면 2000년대 소설에서 아직 소멸하지 않은 '노블적인' 에너지를 발견하고자 하는 논의들은 근대문학 전통과의 연속성을 강조하며 새로움의 측면을 억압한다. 여기에는 재현적인 리얼리즘 양식이나 장르 규범으로서의 근대소설에 대한 해묵은 집착이, 의식하거나 의식하지 못한 채로 뒤섞여 있다. 반면에 2000년대 소설의 새로움을 강조하는 논의들은 이전 문학과의 전면적인 단절과 탈근대문학이라는 추상적 관념을 이상화하는 경향이 있는데, 아이러니하게도 그 속에는 근대문학(노블) 종언론의 우울한 진단이 전도된 채 버티고 있다. 이런 식이라면 자신이 무엇을 비판하거나 부정하고 있는지, 그렇게 하여 어떤 문학을 바라고 지향하는지 서로가 서로를 혼란스럽게 만들면서, 뜻 모를 이름처럼 저마다 근대문학 또는 탈근대문학을 소리쳐 부르는 셈이 된다.

'소설이냐 에세이냐'에서 '에세이적 소설'로?

돌아보면 2000년대 소설에 대한 새로움 담론은 어딘지 이전과는 달라 보이고 낯설게 느껴지는 소설들이 한꺼번에 쏟아져 나온 데서 비롯되었고, 실제로 우리 문학의 지형에 변화를 가져온 그 낯섦의 양상들을 빠르게 포착하고 기술하기 위한 방편이었다.[1] 이 같은 상황 자체를 설명하고 명명하려는 징후적 독해는 이들 소설에 대한 엄정한 가치평가나 문학사적 연속성의 탐구 작업보다 당연히 시기적으로 먼저 이루어져야 했고, 그럼으로써 이후의 작업들로 나아갈 수 있게 하는 계기를 마련했다. 2000년대 비평에서 주목해야 할 것은 이들 소설의 새로움이 진정한 새로움이냐 아니면 과대포장 된 낡은 새로움이냐 하는 소모적인 논쟁의 날선 대립보다는 오히려, 이 낯선 소설들을 명명하고 기술하고 평가하기 위해 거쳐온 단계적인 과정들 각각의 성과일지 모른다.

　이 과정을 통해 박민규, 김중혁, 편혜영, 이기호, 김애란, 천명관, 박형서 등의 '새로운' 소설들은 어느 정도 비평적 이해와 평가를 얻게 됐다. '무중력 상태의 글쓰기', '탈현실적 상상력', '편집증적 글쓰기' 등과 같이 이들 소설의 징후적 새로움에 대한 명명 작업이 행해진 뒤, 이를 문학사적 연속성과 가치의 측면에서 재평가하는 작업들이 이루어져온 것이다. 한편 배수아와 한유주 소설의 경우에는 '소설과 에세이의 혼성적 글쓰기', 또는 '소설의 에세이화'라는 이름으로 비평적 조명을 받아왔다. 박민규 등의 소설에서 새로움의 논점으로 떠오른 것이 리얼리즘의 기율을 이탈하는 탈재현적 성격이었다면, 배수아 등의 소설에서 논점은 소설과 에세이라는 장르적 범주를 교란하는 이질적인 글쓰기의 양상이었다. 그런데 박민규 등의 소설을 대상으로 하는 새로움 논쟁이 리얼리즘이라는 양식적 규범을 넘어서는 문학의 정치사회적 함의에 대한 논의로 진전되어간 반면, 배수아 등의 소설에 대한 논쟁은 문학 제도와 장르 규범 문제를 비껴가면서 공전(空轉)하는 데 머물렀다.[2]

1　이 부분은 필자의 다른 글, 「변화에 대응하는 비평의 방식」, 『작가세계』 2009년 여름호, 261∼262쪽 참조.

2　'제4의 문학을 위하여'(『문예중앙』 2007년 겨울호 특집)에 대한 반론으로 기획된 '겹눈으로 바라보는 에세이 경향의 소설들'(『작가세계』 2008년 여름호 특집)에서 이 같은

문제는 우선, 소설 장르에도 에세이 장르에도 꼭 들어맞지 않는 것처럼 보이는 이들 소설의 이질성을 간단히 '에세이적 경향의 소설'로 환원한 데서 발생한다. 그 결과 "소설의 에세이적인 경향은 1930년대 후반 한국문학에서도 두드러지게 부각되었던 현상"인데, 여기에다 "새로움의 포장을 덧입"히는 것은 '새것 콤플렉스'의 발현이라고 하는,[3] 지당하지만 엉뚱한 비판이 제기될 수밖에 없었다. 장성규 역시 같은 관점으로 왜 문학사의 특정 시기에 '소설의 에세이화' 현상이 두드러지게 반복되는지 그 문학사적 콘텍스트를 살피기 위해 1930년대 후반의 '사소설'로 거슬러 올라간다.[4] 그는 김남천, 이효석 등의 사소설에서 일제 말기라는 특수한 시대와 불화하는 '근대적 자아'의 표출을 읽어낸 뒤, 이 같은 사소설 전통에 비추어 2000년대의 '에세이적 소설'에 의미를 부여하고자 한다. 하지만 배수아 등의 2000년대 소설이 사소설을 비롯한 '에세이 경향'의 소설들로부터 얼마나 멀리 떨어져 있는지, 이들의 화자가 '에세이적' 소설에 전면화된 근대적 자아를 어떻게 의심하고 탈구축하는지는 전혀 이해하지 못한다. 이명원 또한 에세이적 경향의 소설적 원형을 "일인칭 고백체의 대표적인 담화 양식"[5]이라 보고 이것이 결코 새로운 현상이 될 수 없음을 강조했지만, 배수아 등의 글쓰기에서 전면적으로 해체되는 것은 바로 그 대표적인 일인칭 고백체의 담화 양식인 것이다.

이 같은 혼란은 『에세이스트의 책상』(문학동네, 2003)에서부터 배수아 소설이 '소설이냐 에세이냐' 하는 부질없는 논란을 몰고 온 데서 비롯되

논점의 괴리와 공전의 양상이 단적으로 드러난다.
3   홍기돈, 「경계해야 할 문학평론의 자아도취 현상」, 『작가세계』 2008년 여름호, 260쪽.
4   장성규, 「시대와의 '불화', 세계와의 '긴장'」, 위의 책, 263~266쪽.
5   이명원, 「공감능력과 감정의 구조—소설의 에세이적 경향을 거슬러서」, 위의 책, 285, 289쪽.

기도 했을 것이다.[6] 소설 아니면 에세이라는 양자택일의 분류법은 말할 것도 없지만, '에세이적 소설'이라는 편리한 이름표 아래 그 이질성을 소거하는 안전한 방식 또한 근대문학의 제도화된 장르 규범이 얼마나 완강한지를 증명하는 단적인 예일 수 있다. 이런 완고한 틀 속에서, 마땅한 이름을 갖지 못한 이 글들을 '무어라 불러야 좋을지' 몰라 전통적인 에세이 장르와 구별하여 잠정적으로 '에세이'(작은따옴표를 달아서)라고 불렀던[7] 조심스런 머뭇거림은 거의 주목을 끌지 못했다. 이들의 글쓰기에서 더 이상 근대문학의 장르개념이 실제성을 갖지 못하는 지금의 상황과, 그런 시대에 장르의 "한계들 안에서 글을 쓰는 일의 그 모든 불가능성, 그 불가능성과 더불어 가까스로 글을 쓰는 자의 끙끙거림"을 읽어내고 그것들을 "어떤 글쓰기"[8]라 불렀던 막막함 또한, "에세이 자체가" 원래부터 전통적인 "문학 장르로 환원되지 않는 글쓰기 일반을 지칭하는" 것이었다는 뻔한 일반론으로 해석되었다.[9]

새로움 논쟁을 반복하거나 '근대문학 / 탈근대문학'의 도식을 재생산하기 위해서가 아니라, 이 지겨운 논쟁에도 불구하고 배수아적인 글쓰기의 기본 특질조차 전달되고 이해되지 못했기 때문에, 여기서 나는 그 글쓰기가 어떻게 낯선지를 다시 말해야 할 것 같다. 이에 대한 충분한 이해를 거친 뒤에야, 이 낯선 글쓰기가 갖는 의의나 문학사적 맥락 또한 밝혀질 수 있을 것이기 때문이다. 논점을 분명히 하기 위해 그 이질성은 '에세

---

6   백낙청의 글, 「소설가의 책상, 에세이스트의 책상」(『창작과비평』 2004년 여름호)이 그 대표적인 예인데, 여기서는 장르 규범으로서의 (근대)소설과 양식적 규범으로서의 리얼리즘 전통이 이 텍스트의 이질성을 익숙한 것으로 환원하는 고정된 틀로 작용한다.

7   권혁웅, 「이 글들을 무어라 부를까?」, 『문예중앙』 2007년 겨울호, 10쪽.

8   박진, 「독백이 스러지는 시간」, 『문예중앙』 2007년 겨울호, 42~44쪽.

9   장성규, 앞의 글, 264쪽.

이적' 특징들(그것을 소설 장르 안으로 끌어들일 수 있느냐 없느냐 하는 문제를 떠나서)이 아니라 에세이적 글쓰기를 이탈하는 지점, 또는 에세이 그 자체를 전복하는 지점에 있음을 한 번 더 강조해둔다.

코기토의 불가능성과 익명의 글쓰기

에세이의 본질이 "개인적 영혼의 고유성과 독특성"이든 "체계나 형식, 보편성 앞에서 개별성의 우위를 보장해주는 글쓰기 양식"[10]이든 간에, 에세이적 글쓰기의 화자는 바로 그 고유하고 개별적인 자아를 표상한다. 레비나스 식으로 말하면, 에세이의 화자 '나'는 일인칭 고백체의 담화 양식을 통해 내면의 진실을 토로하는 '고백의 동물(bête d'aveu)'인 근대적 자아로 자리 잡는다. 배수아는 종종 작가와 화자를 분리시키는 최소한의 의장마저 벗어버린 채 에세이적 일인칭의 글쓰기를 시도하는 듯이 보이지만(이는 잘 알려진 대로 사소설적인 경향에서도 흔히 발견되는 양상이다), 특이하게도 그 글쓰기는 도리어 일인칭 고백체의 담화 양식을 비틀고 뒤집어 놓는 양상을 띤다.[11]

가령 그가 "결정적으로 매번 '나'라는 인칭으로 문장을 시작할 때마다 '나'는 빠져나올 수 없는 부끄러움의 깊은 수렁에 빠진다"(『당나귀들』, 이룸,

---

10   진은영, 「에세이적 상상력―논의를 위한 참고문헌」, 『문예중앙』 2007년 겨울호, 29, 31쪽. 진은영의 이 글은 에세이적 전통 자체의 특성을 강조하고 있다는 점에서, 같은 특집에 실린 다른 글들의 관점과는 다소 차이를 보여준다.

11   이에 대해서는 다른 글, 「익명의 글쓰기」(『문예중앙』 2006년 가을호)와 「바이오―그라피의 존재론과 탈존재론」(『작가세계』 2007년 가을호)에서 상세히 분석한 바 있다. 이후 이 장의 내용은 위의 글들을 바탕으로 한다.

2005, 23쪽)고 쓸 때, "나는 이제 '나는'으로 시작하는 문장을 무의식적으로 점점 더 자신만만하게 사용하는 나를 발견하게 된다. 자신만만한 것은 죄가 아니지만 오류는 죄에 가깝다"(같은 책, 21쪽)고 쓸 때, 고백의 주체인 '나'는 문법적인 주어로나 존재하는 텅 빈 자리로 변환된다. 글쓰기 주체인 '나'와 자신이 쓴 문장의 주어인 '나'의 거리에 대한 이처럼 민감한 자의식 때문에, 배수아는 자연스러운 고백의 주체로 남지 못한다. 생각하는 '나'와 존재하는 '나'의 불일치를 끊임없이 환기시키는 글쓰기 속에서, 그는 결코 당당한 코기토의 주체로 설 수가 없는 것이다.

또는 이렇게도 설명할 수 있겠다. 바르트 식으로 말해서 일반적인 일인칭 서술의 '나'는 그렇게 발화되는 순간 곧바로 하나의 이름, 말하는 자의 이름이 된다. '나'라고 말하는 것은 자기 자신에게 의미를 부여하고 '전기적 지속'을 제공하며 자신을 어떤 '운명의 대상'으로 만드는 일이기 때문에, '나'라는 이름은 일종의 고유명사와 같은 기능을 한다. 그런데 배수아의 글쓰기에서 '나'는 그런 이름이 되지 못한다. 거기에는 시간의 흐름 속에서 자아를 보장해주고 언어들의 불안정성을 진정시켜 자아를 동일적인 존재로 유지시켜주는 이름의 수혜 능력이 결여되어 있다.

배수아 텍스트의 '나'는 온갖 이질적인 것들에 침식당하여 자신의 전기적 시간을 상실하며, 자아의 경계를 세포막처럼 투과하는 다른 목소리들로 인해서 발화의 기원이 되기를 단념하고 현저하게 탈개인화된다. 자신이 태어나기 이전의 일들과 한 번도 만나보지 못했던 사람들의 이야기를 '들린 듯이' 기억해내는 『부주의한 사랑』(문학동네, 1996)의 화자가 그러하고, 끝내 누군지 정체를 알 수 없는 B에 관한 글쓰기가 '나'와 '나'의 연인인 Y와 '나'의 친구 K의 이야기를 잠식해 들어가다 결국 통째로 집어 삼키게 만드는 『이바나』(이마고, 2002)의 화자가 그러하다. 배수아의 일인칭 화자는 자신이 "쓰고 묘사하는 그것이 바로 실체가 되는"(『이바나』, 112쪽) 또 다른 세상 / 텍스트에서 오직 글 쓰는 자로서, "나는, 쓴다"(같은 책, 162쪽)라고 말하는 바로 그 문장의 주어의 형태로 탈존하고 있는 것이다.

『에세이스트의 책상』이 잘 보여주듯이, 배수아의 글쓰기에서 '나'는 또한 기억의 대상들을 정렬하여 자신의 인식 지평 위에서 다시 현재화(re-pésentation)하는 원근법적 중심으로서의 주체가 아니다. 오히려 '나'는 각기 다른 시간의 방에 거주하다가 우연한 계기에 의해 불려나온 서로 다른 자아들, 수시로 교체되는 수많은 '나'들 가운데 하나인 것처럼 보인다. 말하자면 "나는 미래와 과거 사이의 어느 유동적인 부분에 머물고 있을 뿐이며 (…) 글쓰기로 인해서 나는 미래 혹은 과거의 어느 순간에 다시 나로 나타나는 것이다"(『에세이스트의 책상』, 165쪽). 그리하여 이 문장에 이어서 곧바로 "그런 식으로 나는 M을 생각했다"(같은 곳)는 문장이 따라 나올 때, '그런 식으로 M을 생각하는' 그 '나'는 이 문장이 글로 쓰임과 동시에 나타나고 생성되는, 어느 하나의 불특정한 '나'가 된다. 이 같은 비표상적 주체는 시간의 흐름과 그것이 관통하는 무수한 자아들과 무한한 세계들을 자기 앞에 세워서 대상으로 정립하는 근대적 주체의 형상과는 너무도 거리가 멀다.

나아가 이미 읽은 다른 텍스트들이 글쓰기 속으로 제어할 수 없이 쏟아져 들어오는 『당나귀들』(이룸, 2005)에서 우리는, 분열증 환자처럼 "나는 목소리들이 그렇게 말하는 것을 들었다"고 말하면서 자기의식을 '간접화법의 결과물로 만드는 코기토'(들뢰즈와 가타리)와 마주치게 된다. 배수아는 인용문과 주석의 형태로 말하기, 다른 텍스트들 속에서의 글쓰기를 통해 그 모든 책들, 이미 말해진 모든 것들을 자기 자신의 '출처'로 만든다. 이런 글쓰기는 무엇에 대해 말하든지 간에 그 화제가 다른 사람의 언표로 이미

넘치도록 가득 차 있음을 아는 시대, 또는 언어가 말하는 주체와도 그 말의 대상과도 직접적으로 관계를 맺지 못하며 그 사이에 벌어진 공간들은 난립하는 또 다른 이질적인 말들에 의해 완전히 점령당해 있음을 아는 시대의 민감한 자의식을 반영하고 있다. 그 자의식이 영혼의 울림과도 같은, 고유한 내면의 진실을 고백하는, 에세이적 일인칭 글쓰기의 불가능성에 대한 자각을 동반하는 것은 필연적이라 해야 할 것이다.

이 같은 측면들 때문에 나는 배수아적 글쓰기를 '코기토가 붕괴된 시대의 일인칭 글쓰기', 또는 '익명의 글쓰기'[12]라고 부른 적이 있다. 이런 글쓰기는 에세이적 고백체 글쓰기의 자족적인 충만함에는 결코 도달할 수 없지만, 자신의 불가능성과 불확실성을 감추면서만 존재했던 자기동일적 주체 대신에 또 다른 주체의 탄생을 예감케 한다. 그것은 글쓰기라는 타자성의 심연에서 "절대치로 가벼워지는 존재의 소멸"(『동물원 킨트』, 이가서, 2002, 187쪽)을 통과한 뒤 다시 출현하는 주체, 현전에 대한 환영(illusion)이 없이도 구성 가능한 탈중심화된 주체의 낯선 형상이다.

이런 주체의 형상을 너무도 익숙한 에세이적 고백의 주체로 뒤바꾸고, 일인칭 고백체 글쓰기의 뿌리 깊은 전통 안으로 끌어들이려는 시도는 어떤 욕망, 혹은 어떤 두려움의 표출일까? 배수아의 글쓰기를 에세이적 전통으로, 나아가 에세이적 소설의 전통으로 포섭함으로써 우리가 얻는 것이 대체 무엇일까? 그런 식으로 근대문학의 가치를 존중하고 지키려다가는 다만 억압적인 제도의 틀을 강화하게 되고, 그럼으로써 도리어 아직 열려 있는 '문학적인' 에너지의 또 다른 가능성을 압사시키게 될지도 모르는데?

---

12   박진, 「익명의 글쓰기」, 위의 책, 19쪽, 33쪽.

내 것이 아닌 채로 '나'에게서 흘러나오는 목소리, 목소리들

배수아적 글쓰기의 에너지가 에세이적인 일인칭 고백체의 전통에서 발원하는 것이 아님은 최근작 『북쪽거실』(문학과지성사, 2009)에서 더욱 분명하게 확인된다. 이 텍스트는 표면적으로는 텍스트 바깥에 존재하는 이종의 서술자(텍스트 안의 인물들을 '삼인칭'으로 호명하는)를 내세우고 있다. 『북쪽거실』에서 일인칭 글쓰기는 주로 삽입 텍스트(하위 서술)의 성격을 띠며 수시로 개입해 들어오는데, 여기서 중요한 것은 일인칭 화자(들)의 내면이나 고유한 정체성 따위가 아니라 서술의 층위를 넘나들고 교란하면서 목소리들의 기원을 지우고 뒤섞는 온갖 양상들이다. 이렇게 하여 이 텍스트에서는 이전에 주로 일인칭 글쓰기를 통해 나타났던 이질적인 특성들이 더욱 전면적으로, 극한까지 심화되는 것을 볼 수 있다. 배수아에게 일인칭의 담화 양식은 처음부터, 단일한 화자의 것으로 온전히 통합되지 않는 목소리들의 균열과 모호성을 드러내는 독특한 방식이었음을 시사해주는 대목이다.

실제로 『에세이스트의 책상』과 『당나귀들』 같은 일인칭 글쓰기에서도 목소리들의 균열과 모호성은 도처에서 감지되는데, 다름 아닌 바로 그런 측면들이 이 텍스트들을 배수아적인 낯선 것으로 만들곤 했다. 이는 주로 텍스트의 일인칭 인물-화자와 텍스트 자체를 쓰고 있는 자 사이의 간극이 벌어지면서, '나'의 정체가 점점 더 미궁에 빠지게 되는 현상과 맞물려 있다.

유리창을 통해서 나는 마지막 석양빛이 검은 하늘에 칼에 찔린 듯 날카로운 흔적을 길게 남기고 있는 것을 보았다. 그것은 지상의 유일한 빛이었으며 장막

에 가려지지 않았고 망설임과 죄의식이 없었으며 붉고 가슴이 터질 듯이 인상적
이고 마치 유일한 계시처럼 마음에 파고들었다. 다시는 오지 않을 것처럼, 두 번
다시는 오지 않을 것처럼 말이다. 눈 내린 다음, 또다시 폭설이 찾아오기 전의
인적 없는 거리의 겨울 저녁, 미처 깨끗하게 치워지지 못한 유리창 앞의 일인용
의 작은 탁자에 앉아 나는 점점 희미하게 유리창 안으로 멀어져갔다. 이름 없는
나는 커피를 마시고 샌드위치를 먹은 다음 다시 전차를 타고 그곳을 떠났다. 내
가 시테포슈를 방문한 것은 단 한 번 그때뿐이었다.

—『에세이스트의 책상』, 171쪽

시테포슈의 한 카페에 앉아 유리창을 통해서 석양빛을 바라보고 있는
'나'는 그 광경에 대해 글을 쓰고 있는 현재의 '나'가 아니다. "나는 점점 희
미하게 유리창 안으로 멀어져갔다"는 문장에서, 그날의 '나'는 현재의 '나'
와 급격히 분리되어 멀어져간다. 이 같은 간격과 불일치에 대한 남다른
자의식은 배수아의 일인칭 인물-화자를 "이름 없는 나", 정체불명의 모
호한 존재로 만들어놓는다. 한편 "내가 시테포슈를 방문한 것은 단 한 번
그때뿐이었다"는 문장에서는, '나'가 과거와 현재의 서로 다른 '나'를 아우
르고 연결하는 또 다른 층위로 이행하는데, 이 때문에 이전 문장들과의
사이에 미묘한 단절이 발생한다. 일인칭 글쓰기의 마법 또는 속임수는
'나'라고 불리는 수많은 존재들 사이에서 발생하는, 이 미묘한 겹침과 갈
라짐에서 비롯된다고 말할 수 있다.

배수아가 일인칭 글쓰기에 매료됐던 것은 바로 이런 측면, 우리가 에
세이적인 고백체의 전통에서 기대하는 것과는 사뭇 다른 지점 때문이었
을 것으로 보인다. 누군가가 스스로를 '나'라고 부르며 발화하기 시작하
는 순간 일어나는 신비롭고 기이한 일들 같은 것. 『당나귀들』에서 배수

아는 '나' 아닌 다른 존재들에게 일시적으로 화자의 자리를 넘겨줌으로써, 이 같은 일인칭의 마법을 더욱 폭넓게 확산시키기도 했다.

내 우유를 빨아라, 네 생명을 내가 지켜줄 터이니. 그러나 영혼에 대해서는 아무것도 말할 수 없지. 내 시초에 관련해서 언급한다면, 나는 용접공이었던 아버지의 오래된 낡은 장갑이 계간을 올라와 부엌문을 열면서 시작되었다고 말해야 할 것이다. 나는 몸이 약했고, 그래서 주변에서 항상 보호받고 그만큼 사랑받는 소녀였으므로 가족에 관한 기억이 많다고 해도 무리는 아니다. 신문지 위에서 모든 글자는 어느 순간에 딱딱한 벌레가 되고 부엌 선반 위 라디오에서 흘러나오는 아침 음악은 투명하고 끈끈한 거미줄이 된다. 거미줄은 숲의 찬란함과 잔인함에 대해서 노래한다. 하지만 이해할 수 없는 언어이니, 온몸이 수많은 기호에 둘러싸인 가냘픈 외마디의 한 단어만큼도 의미 있지 못하다. 바닥에는 우유가 쏟아진 것을 황급히 치운 흔적이 있다. 언제나 그렇듯이 뒷마당을 향하고 있는 집은 어둡고, 창밖으로는 반으로 갈라진 채 우유병을 든 모습이 어쩔 줄 모르고 서성이고 있다. (…중략…) 어느 날 나는 환희에 차서 기꺼이 반으로 갈라졌고, 고통도 없었고, 내 반신은 지붕 위에서 살게 되었다. 그러므로 나는 나의 불충분한 '나'를 이제 주저해야 한다.

—『당나귀들』, 125~128쪽

『당나귀들』의 제3장 '아니네의 교회'는 이렇듯 스스로를 '나'라고 호명하는 정체불명의 이질적인 화자에 의해 서술이 시작된다. 3장의 맨 앞에는 큰따옴표가 열려 있어 이 대목이 누군가의 말을 인용한 부분임을 짐작케 하지만, 독자가 그 사실을 완전히 잊어버릴 때까지 큰따옴표는 쉽사리 닫힐 줄을 모른다. 그 사이 무려 열 페이지에 걸쳐 계속되는 이 발화는 누구의 목소리인지, 어떤 맥락에서 삽입된 대목인지 끝내 명확히 밝혀지지 않은 채로, 글쓰기 그 자체의 동력으로 저 혼자 굴러간다. 알 수 없는 대상에게 "내 우유를 빨아라" 같은 말을 헛소리처럼 주절대는 것은 접어두고라도, 난데없이 등장하여 "나는 용접공이었던 아버지의 오래된 낡은 장갑이 계단을 올라와 부엌문을 열면서 시작되었다"거나 "어느 날 나는 환희에 차서 기꺼이 반으로 갈라졌고, 고통도 없었고, 내 반신은 지붕 위에서 살게 되었다"고 말하는 '나'란 도대체 누구이며, 누구일 수 있단 말인가. 그러다가도 이내 시치미를 떼면서 "바닥에는 우유가 쏟아진 것을 황급히 치운 흔적이 있다. 언제나 그렇듯이 뒷마당을 향하고 있는 집은 어둡고" 하는 식으로, 구체적인 시공간 속의 실제적인 인물인 척 말하고 있는 '나'의 정체는? "그러므로 나는 나의 불충분한 '나'를 이제 주저해야 한다"고 말하게 하는 것은 바로 '나'라고 불리는 자의 이 모호한 정체성일 수밖에 없다.

이 해독할 수 없는 고립된 페이지들은 큰따옴표가 닫힌 이후에 나오는 '일반적인' 진술들, 곧 "몇 겹의 변이를 거듭하면서 무한히 반복 상승하는 카논(canon)의 주제부……. / 그리고 B. A. C. H. / 1748년 죽음이 가까워진 바흐는 눈이 보이지 않게 되었다"(같은 책, 134쪽)라는 문장들 또한 누구의 발화인지 혼란스럽게 만들어놓는다. 이 혼란은 곧바로 이어지는 다른 문장들로 계속 전염되고 확산되어간다. 그리하여 "모든 스스로 태어난 것들. 분열하거나 파생하지 않은 것들, (…) 그것이 바로 아니네의 교회였다. 아니네는 거기서 살았다. 나는 그것을 몰랐으나 오랫동안 그녀에게서 편지를 받기를 기다리고 있었다"(같은 곳)는 진술에서는, 처음 등장하는 '아니네'는 물론이고 오랜만에 다시 모습을 드러낸 기존의 화자 '나'의 정체마저 극도로 모호해지는 현상이 발생한다. 아니, 이때의 '나'는 정말 이전의 화자 '나'인 것일까? '나'라고 불렸다는 이유만으로 그렇게 간주해도 되는 것일까? 생각할수록 의심은 깊어지고, '나'는 자꾸만 언어들 속으로 분산되어 점점 더 희미하게 사라져간다.

『당나귀들』에서 표면적인 일인칭 담화 양식에 가려 주목받지 못했던 이런 대목들은 배수아적 글쓰기의 기본 특징을 두드러지게 보여준다. 『북쪽거실』에 이르면 이런 균열과 모호함은 텍스트 전체에서 극단에 이르기까지 확장 / 심화된다. 구체적인 예를 들어보자. 제1장 '목소리의 내부'에는 수용소에서 나온 수니에게 희태가 자신의 유언장 초안을 소리 내어 읽어달라고 부탁하는 장면이 나온다. 이어지는 희태의 유언장 내용은 희태가 쓴 글을 수니가 읽는 방식으로 텍스트에 기입되는데, 이 대목에서 자신을 '나'라고 지칭하는 희태의 발화는 수니의 목소리를 통해 흘러나오게 된다. 유언장이 기록된 종이에 연달아서 적혀 있는 희태의 글은 "수니는 읽기를 멈추었다"(『북쪽거실』, 47쪽)는 문장이 튀어나오기까지 21페이지에 걸쳐서 계속되고(수니는 이 내용을 여전히 읽고 있었던 것이다), 그 글 속에는 희태와 수니를 포함하여 강은희와 연극배우 등 이 책의 여러 인물들이 번갈아가며 등장한다. 이렇게 되면 여기서 '나'라고 말하는 사람이 과연 누구인지, 누가 이 목소리의 주인인지, 이 이야기를 독자에게 전달하는 진짜 화자는 누구인지 도무지 알 수 없는 지경에 이른다.

『북쪽거실』에서는 이런 상황들이 수시로, 끊임없이, 가능한 온갖 방식들을 동원하여 의도적으로 연출되고 있다. 희태의 일기장 속(여기서 '나'는 희태이다)에서 린은 자기가 쓴 글(여기서 '나'는 린이다)을 소리 내어 읽기 시작하고, 자기 이야기를 끝없이 늘어놓기도 한다. 희태가 쓴 어느 날의 일기는 이런 린의 발화들과 함께 툭 끊기고 만다. 또 어느 날의 희태의 일기는 수니를 찾아왔던 한 여자에 대한 12페이지에 걸친 서술로 이루어져 있는데, 이 책의 제1장은 희태의 이 일기로 그냥 끝나 버린다. 이에 더하여 단속적으로 이어지는 린의 메모, 방명록에 적힌 수니의 글(꿈속에서 희태는 수니가 쓴 글을 읽는다), 그리고 누구의 것인지 밝혀지지 않은 '회색 노트'(수니는 그 노트를 펼쳐 수니 자신의 이야기가 적힌 글을 읽는다)까지. 이런 식으로 『북쪽거실』은 "내 것이 아닌 채로 나에게서 흘러나오는 목소리"(86쪽)들, 겹치고 갈라지고 콜라주 되는 이질적인 목소리들(제2장의 소제목은 '목소리의 콜라주'이다)로 가득해진다. 또는 그 기원을 특정 인물이나 화자에게로 돌릴 수 없는 목소리들의 유령(제3장의 소제목은 '목소리의 유령'이다) 그 자체가 된다.

이런 텍스트를 두고 아직도 에세이라고 말할 사람은 아무도 없겠지만, 이는 분명 지금껏 '에세이적 일인칭'이라고 불렸던 배수아 텍스트의 담화 양식에 내재한 균열들을 자의식적으로 과장하고 극대화한 결과물일 것이다. 그렇게 부름으로써 매끈하게 봉합하고자 했던, 미세하지만 근본적인 균열들 말이다. 『북쪽거실』에서 '나는 내가 말하는 것을 듣는다'(데리다)로 표상된 '말하는 주체'의 자기동일성과 충만한 현전은 철저히 와해되고 극적으로 전도된다. 배수아에게 있어 "'내가 말한다'라는 문장은 '나는 그 목소리가 내 입을 통해서 말하는 것을 듣는다'와 동의어"(『북쪽거실』, 87쪽)가 되고, '나'를 통해 말하는 그 이질적인 목소리들은 '말하는 주체'의 근원적인 타자성과 현전의 불가능성을 인상적으로 묘사해낸다. 바로 그런 의미에서, 방송국의 배우이자 오디오북의 내레이터인 수니는 우리 시대의 작가, 우리 시대의 주체에 대한 절묘한 상징이 될 수 있는 것이다.

한계 텍스트(text-limite)의 문학적 에너지

이렇게 보면, 배수아적 글쓰기가 에세이의 담화 양식을 통해 소설의 장르 규범을 이탈하고 있다는 식의 설명은 터무니없는 오해였음이 분명하다. 배수아의 글쓰기(일인칭 고백체 형식을 표면에 내세우는 소설들을 포함하여)는 차라리, 인칭의 교체나 서술 층위의 변환 등과 같은 '소설적인' 발화의 극단적인 확장을 통해 에세이의 독백적이고 단성적인 말하기 방식을 집요하게 해체하고 있기 때문이다. 그렇게 하여 이 글쓰기가 가닿은 곳은 흥미롭게도, 기존의 소설들에 비해 너무도 낯설고 이질적인 땅이 되었다.

그것을 소설이라 부르든 그러지 않든 간에, 이런 글쓰기는 언어로써 도달할 수 있는 어느 극한의 지점이자 일종의 한계 텍스트(text-limite)라 할 수 있다. 그것은 물론 지금 문학의 '대세'도 아니고 문학적인 것의 전부도 아닐 테지만, 그 괴물 같은 이질성 안에는 '문학적인 것'의 또 다른 에너지가 부글거리고 있다. 적어도 '이야기'로 소비되고 '콘텐츠'로 흘러 다니는 문학이 아니라, 글쓰기만이 실현할 수 있는 어떤 가능성으로서의 문학이 존재한다면 말이다.

나는 그런 가능성으로서의 문학이 '있다'는 쪽에 걸기로 한다. 그것이 내 욕망이고, 이 시대의 문학에서 내가 바라는 것들 중 하나이기 때문이다. 그렇기 때문에 나는 그 이질적인 에너지를 익숙한 틀 안에 가두어 길들이는 데 반대한다. 그러는 대신에 이 글쓰기가 어떻게 얼마나 낯선지, 왜 그렇게 이상한지 자꾸 따져보고 강조해야 할 것이다. 더욱이 배수아의 글쓰기와 유사한 징후들은 제도적 관습에 따라 때로는 소설로, 때로는 에세이로, 때로는 시로 분류되는 몇몇 텍스트들(한유주, 조연호, 김행숙, 황병승 등의)에서도 산발적으로 나타나고 있으며, 그것들은 직접적인 영향관계 이상의 동시대적 연관성을 지닌 것처럼 보인다. 그 속에서 우리 시대 글쓰기의 새로운 에너지를 길어 올리고 문학적인 의미를 적극적으로 부여하려는 시도가 혹시 '문학 이후'를 가리키는 것처럼 보인다면, 그렇게 불러도 그리 나쁘지는 않을 것이다.

(2010.5)

인터넷 시대, 글쓰기와 글쓰기 주체는 어떻게 변해가는가?

전문가 패러다임의 붕괴와 대중권력의 시대

인터넷에 글을 쓴다는 건 어떤 행위인가? 어떤 욕망이 우리로 하여금 인터넷에 글을 올리게 하는가? 그리고 그 욕망은 인터넷 환경에서 어떤 식으로 충족되거나 배반당하는가? 지난 1, 2월 인터넷을 뜨겁게 달군 김영하와 소조(평론가 조영일)의 논쟁은 이런 질문들로 나에게 왔다.

이제 와 이 논쟁에서 소설가와 평론가 사이의 입장 차이나 예술가의 정체성에 대한 서로 다른 관점들을 확인하는 것은 새삼스러운 일이다. 두 사람 중 누구의 관점이 더 타당한지, 누구의 논리가 더 설득력을 지니는지 따지는 일 역시 사태의 핵심과는 거리가 멀다. 그보다 훨씬 더 주목할 만한 것은 이들의 논쟁이 예상치 못한 돌발변수들로 인해 이슈가 되고 엉뚱한 맥락들 속으로 얽혀 들어가는 통제 불능의 과정과 그 양상들이다. 이 과정에서 논쟁 당사자 각각의 관점이나 논리 따위는 사실상 중요하지 않게 되었고, 이들의 논쟁은 다만 화제만발의 신나는 놀이터 또는 네티즌의 먹잇감이 되어버렸다. 이 싸움에 승자가 있다면, 이는 '전문가'들의 논쟁에 '개떼같이' 달려들어 마음껏 물어뜯고 한바탕 난장을 벌인 뒤 또 다른 먹잇감을 찾아 유유히 떠나간 우리의 누리꾼들이 아닐까.

김영하·소조 논쟁을 둘러싼 해프닝은 인터넷 글쓰기가 글 쓰는 이 자신에게, 특히 '전문적으로' 글을 쓰는 사람에게 무엇을 의미하는지 다시 생각해보게 해준다. 잘못 해독되는 데 대한 근심과 두려움은 과거에나 지금에나 글 쓰는 사람이면 누구라도 벗어날 길 없는 일종의 숙명일 테지만, 자기가 쓴 글이 이렇듯 아무렇게나 절취되고 터무니없는 오독과 심심풀이용 인신공격에 무방비 상태로 내던져질 위험에 처하게 된 건 인터넷 시대에 생겨난 또 다른 곤경이다. 그럼에도 물리적으로 부재하던 미지의 잠재적 독자들이 '리얼타임'으로 현존하는 버추얼(virtual)한 독자들로 변모한 상황은 이전에는 전혀 경험하지 못했던 강렬한 매혹임이 분명하다. 소설가든 평론가든, 종이책과 종이잡지 등에 글을 쓰던 기존의 저자–전문가들은 새로 직면한 이 곤혹과 매혹 사이에서 어떤 식으로든 자기 입장을 정리하고 방향을 선택하지 않을 수 없게 되었다.

조금만 더 솔직해져볼까? 미디어와 글쓰기라는 이 글의 테마는 맨 처음 내게 이렇듯 김영하·소조 논쟁을 떠올리게 했고, 이에 대한 나의 불편하고 복잡한 심정을 찬찬히 돌아보게 했으며, 나아가 내 안에 숨어 있는 뿌리 깊은 균열이나 모순적인 이중성과 대면하게 만들었다. 이를테면 나는 제도 문단 안에 있는 평론가이고 직업적으로 글을 쓰는 사람인 동시에, 인터넷상의 물살을 타고 이들 논쟁의 중간에 흘러들어가 조각조각 잘

라진 글들과 선정적인 댓글들을 통해 호기심을 채운 네티즌-구경꾼이기도 하다. 오늘날 그 누가 네티즌을 나와 분리된 '그들'이라고 쉽게 타자화할 수 있을까. 또한 기성의 제도에 의해 전문성을 부여받은 사람들 중 하나로서, '전문가 패러다임'에 대한 전통적 관념이 무너지는 지금의 상황에 대해 아무런 자의식이나 위기감 없이 네티즌을 '우리'로 지칭하며 스스럼없이 동일시하는 것은 과연 가능하거나 또는 바람직한 일일까.

다른 한편, 평론가로서 나는 폐쇄적인 문단 시스템과 그 권위의 배타성이 시대착오적이라고 믿고 있으며 대중을 획일적으로 '몰(molaire)' 범주화하는 엘리트주의적 문학관에 반대하는 입장을 지니고 있다. 실제로 나는 내가 일하는 한 웹진(문화웹진 『나비』)에서 수준 높은 프로-앰(Pro-Am : 전문가 수준의 식견을 지닌 열정적인 아마추어 집단) 독자들과 소통하고 교류하면서 꽉 막힌 평론가 집단을 향해 말할 때보다 더 큰 격려와 보람을 느끼기도 했다. 그럼에도, 참으로 모순적이게도 나는 트위터나 페이스북 등을 통해 익명의 대중들과 '엮이는' 데는 여전히 두려움 섞인 회의감을 품고 있으며, 저속한 수다와 '허접한' 읽을거리들이 범람하는 미디어 환경에서 긴 호흡의 밀도 있는 글쓰기와 깊이 읽기의 관행이 점점 더 위축돼가는 상황에 대해서는 쓸쓸한 안타까움을 지니고 있다.

미디어에 따른 글쓰기의 변화에 대해 내가 무언가 말할 수 있으려면, 우선 내 안에 들어 있는 이 모든 모순과 균열들을 정직하게 들여다보는 데서 출발할 수밖에 없을 것 같다. 바로 그 속에, 내가 답해야 할 수많은 질문들이 뒤엉켜 있을 테니 말이다. 이 글은 그런 모순과 균열들 속에서 엉클어진 질문들을 간추리고 재구성해가는, 힘겹고 '부대끼는' 과정이 될지 모른다.

다만 여기서 분명히 말할 수 있는 것은 지금은 전문가와 대중의 위계가 사라지고 그 사이의 권력관계가 뒤집히는 상황이라는 점, 인터넷은 그런 변화를 이끌어가는 치열한 권력투쟁의 장이라는 점, 또한 이를 충분히 인식하지 못한 채 기존의 상징권력을 강화하거나 확장시키기 위해 인터넷에 뛰어든 '문화 엘리트'들은 심각한 자기모순에 부딪히지 않을 수 없으리라는 점이다. 기꺼이 자신의 서명(署名)을 포기하고 저자와 독자가 따로 없는 '독서-글쓰기 연속체'의 집단적 발화 속으로 흡수·융합·분산되기를 원하지 않는 한, 기존의 문인-전문가들에게 인터넷 공간은 갑작스런 배반과 좌절의 땅이 되기 십상일 것이다. 당신이 열성적인 '팬'이라고 여긴 바로 그들은 언제든 당신을 거꾸러뜨리고 난도질(hack)할 수 있는 막강한 '해커'들이기도 하기 때문에.

디지털 야만인가, 집단지성의 유토피아인가?

이론상으로 인터넷은 분명 해방적인 잠재력을 지니고 있다. 대답할 가능성을 박탈당한 수동적인 소비자-대중은 네트워크로 연결되어 비로소 발언권을 얻게 되고 자신들의 목소리로 말할 수 있게 된다. 소속이나 뿌리, 제도나 자격증에 의해 규정되던 획일화된 정체성을 벗어버리고 그 어떤 위계중심도 없이 수평적이고 상호적으로 소통하며 공동체의 하이퍼코르텍스(집단적 두뇌)를 이루는 집단지성의 모델은 아름답고 윤리적이다.

피에르 레비에 의하면 집단지성은 개인을 넘어서는 감성적·지적 자원을 활용하고, 상호존중과 공유의 윤리를 통해 '상대방이 이기는 만큼 나 또한 이기는' 게임을 조직한다. 그 어떤 지배도 원하지 않고 다만 무수한 발아를 꿈꾸기에 집단지성은 권력과 싸우지만 권력을 버리고, 그 대신

역능(puissance)의 향상을 추구한다.[1] 웹의 이 같은 가능성을 부인하고, 외부에 대해 봉인된 책처럼 닫히는 영토적 지식과 위계화된 전문가 제도를 고집하는 태도는 얼마나 구태의연하고 권위주의적인가

하지만 피에르 레비 자신도 강조했듯이, 집단지성은 잠재적인 이상이자 미완의 프로젝트임을 기억할 필요가 있다. 현재 집단지성의 기획은 무엇보다도 오픈소스(open source) 방식의 생산 네트워크, 곧 사용자 참여를 유도하는 개방적 협업의 기업혁신 모델로 각광받고 있는데,[2] 이는 집단지성의 잠재력이 산업적 효용을 위해 적극적으로 활용되는 단적인 예라 할 수 있다. 자본에 의해 주도되는 상품공간의 섭정이 실은 집단지성의 활동을 가로막는 전형적인 위협임을 고려하면, 이런 상황은 무척 아이러니하다. 실제로 인터넷 공간은 집단지성의 유토피아와 디지털 야만이라는 두 가지 가능성 모두를 향해 열려 있다. 불행히도 지금 웹에서 우리가 목격하게 되는 것은 대개 집단지성의 반대방향으로 질주하고 있는 온갖 무시무시한 욕망들이다.

개인을 넘어 집단적 두뇌의 피질을 주름지게 하고 공동체의 변성(變成) 조직을 한껏 복잡하게 하는 집단지성의 이상과는 정반대로, 웹에는 자기현시 욕구와 인정(認定)의 욕구가 들끓고 있다. 자기 자신을 구경거리로 전시하는 유튜브, 인맥을 넓히고 관리하는 수단이 된 소셜 네트워킹 사이트들, 미디어 공간을 차지하기 위해 바이러스처럼 스스로를 복제하고 다른 바이러스들과 속도를 겨루는 블로그 등에서, 우리는 유례없는 자기표현의 폭주와 나르시시즘의 확산을 경험하게 된다. 웹에는 또한 상호작용적인 인정과 존중 대신에 악의적인 폭언, 치졸한 뒷공론, 저마다 일방적

---

1   피에르 레비, 권수경 역, 『집단지성』, 문학과지성사, 2002, 55, 79, 281쪽.

2   찰스 리드비터, 이순희 역, 『집단지성이란 무엇인가』, 21세기북스, 2009, 131~173쪽.

으로 자기 말만 하는 귀청이 터질 듯한 언쟁들이 넘쳐나기도 한다.

　물론 자기표현과 인정에 대한 지금의 거대한 욕구는 소속이나 뿌리에
바탕을 둔 정체성이 흔들리고 불확실해진 시대의 징후일 수 있다. 오늘
날 조직 내의 지위나 업무는 더 이상 지속적이고 안정감 있는 정체성을
제공하지 못하며, 주체는 뚜렷하게 구분된 영역에 놓인 견고한 상(像)으
로 나타나지 못한다. 이제 개인은 끊임없이 변화하는 활동지도(cinécarte)
안에서 그가 생성한 '이미지-가상체'만큼의 정체성을 지니게 되고, 그 위
에 자신이 남긴 흔적과 표시들에 따라 세계에 등재되고 색인된다.[3] 웹은
이렇듯 정체성이 끊임없이 출현하고 재정의되는 장이자, 공유하는 관심
사와 취향에 따라 '친밀함의 공동체'를 형성함으로써 또 다른 정체성을
만들어가는 유대의 공간이기도 하다.

　지그문트 바우만이 지적했듯이 친밀함을 공유하는 것은 오늘날 공동
체 건설을 위해 가장 선호되는 방식이며, 어쩌면 유일하게 남아 있는 대
안일지 모른다. 하지만 그 방식은 산만하고 변덕스러운 정서적 반응들처
럼 한시적이고 나약한 공동체들을 양산한다. 그 속에서 우리는 근심걱정
을 나누고 증오와 기만조차 나누며 유대의 감정을 얻게 되지만, 거기에는
윤리적 책임감이나 장기적 헌신이 결여돼 있다. 그런 공동체는 사실상
"수많은 고립된 개인들"이 저마다 매달아놓은 개별적 두려움과 호기심의
'말뚝' 주위로 "일시적으로 집결한 '말뚝' 공동체"[4]에 지나지 않을지 모른
다. '공적인 것'이 공적인 인물들의 사생활 정도로 격하되고 공공의 현안
에 대해 함께 숙고하거나 함께 결정할 능력을 상실한 공동체에서, 개인은
결국 자기 관심사와 자기 걱정거리들 안에 홀로 갇혀 있는 상태를 벗어나

3　피에르 레비, 앞의 책, 221~222쪽.
4　지그문트 바우만, 이일수 역, 『액체근대』, 도서출판 강, 2009, 61쪽.

지 못할 것이다.

이 같은 한계들에 염증을 느끼고 누군가는 아예 웹을 떠나거나 소셜 미디어와 최대한 거리를 유지하는 방법을 선택할 수도 있다. 또 누군가는 자칫 뒤처지고 잊혀져버려서 유령인물로 전락하지 않기 위해, 인터넷 글쓰기에 강박적으로 매달릴 수도 있다. 하지만 그러는 것 말고도, 또 다른 선택이 가능하지 않을까? 집단지성의 이상을 실현하는 일이 지속적인 프로젝트일 수밖에 없다면, 이를 조직해나가는 다양한 기획에 창의력과 에너지를 투여할 수 있지 않을까? 이 기획에서 기존의 전문가 또는 문화 엘리트들은 어떤 몫을 담당할 수 있을까? 이들은 기성의 권위를 필사적으로 내세우며 흔들리는 전문가 패러다임을 굳건히 지키려는 지식공간의 문지기 또는 '세관원'이 되기보다는, 또 다른 의미의 다양한 전문성들을 인정하고 그것들의 횡적인 공조를 통해 집단지성의 역능을 펼쳐내는 '국경 통과 안내인'(피에르 레비)이 되어야 하지 않을까?

이런 질문과 모색들이 실존적 결단과 실천으로 이어질 때, 이 시대의 문화 엘리트들은 "자율적 주체라는 고풍스러운 신화를 걸"친 채 '클릭' 수에 따라 "소비되는 미디어 이벤트"[5]로서의 운명을 간신히 벗어날 수 있을 것이다. 이와는 반대로 웹을 누비며 잠재적인 독자-팬클럽 회원들을 최대한 확보하고 인지도와 영향력을 높여 기존의 상징권력을 강화하려거든, 차라리 인터넷을 조용히 떠나는 편이 훨씬 더 아름다울 테고 말이다.

---

5   심보선, 「저자, 전자책, 전자 문학―교환가치에서 사용가치로」, 『세계의문학』 2011년 봄호, 440쪽.

하이퍼링크 환경과 앰비언트 시대의 글쓰기

인터넷 환경은 글쓰기 주체의 욕망과 그들 사이의 권력관계를 획기적으로 변형하고 재편할 뿐 아니라 글쓰기와 글 읽기 방식 자체를 눈에 띄게 변화시킨다. "인간은 기계 사회의 생식기"[6]라는 맥루언의 말에 다소 거부감을 느끼는 사람이라도 "우리가 사용하는 글쓰기 도구가 우리의 사고에 함께 가담한다"[7]는 니체의 말에는 어느 정도 동의할 수 있을 것이다. 타자기에 매혹됐던 니체(시력 약화와 두통 등에 시달리며 글쓰기를 포기해야 한다는 두려움에 휩싸였던 니체는 타자기를 사용하면서 다시 글을 쓸 수 있게 되었다고 한다)가 1882년에 남긴 이 말은 인터넷 시대에도 그대로 적용된다.

인터넷 글쓰기와 글 읽기는 단지 종이문서에서 전자문서로의 물리적 변환만을 의미하지 않는다. 『생각하지 않는 사람들』에서 니콜라스 카가 강조했듯, 인터넷은 모든 콘텐츠를 하이퍼링크를 통해 주입하고 검색 가능한 조각으로 분해하며, 이를 자신이 흡수한 다른 미디어 콘텐츠들로 빈틈없이 둘러싼다. 이 같은 환경은 읽기 방식과 사유 방식을 바꾸어놓고 의미 생산 과정에 영향을 미치면서 글쓰기와 독서의 개념에 대한 근본적인 재성찰을 요구하고 있다.

이런 관점이 인터넷과 하이퍼텍스트, 전자책 등의 새로움을 과거와는 완전히 구별되는 획기적 전환으로 바라보는, 지나치게 기술주의적이거나 호들갑스러운 태도로 여겨질 수도 있을 것 같다. 실제로 그런 이유에서 이 같은 변화를 전통적인 책의 고유기능이 활성화되는 재매개화

---

[6] Marshall McLuhan, *Understanding Media : The Extensions of Man*, critical ed., ed. W. Terrence Gordon, Corte Madera, CA : Ginko, 2003, p.68.

[7] Friedrich A. Kittler, *Gramophone, Film, Typewriter*, Stanford : Stanford Univ. Press, 1999, pp.200~203.

(remediation) 과정으로 설명하고자 하는 논자들도 많다. 하이퍼링크는 코덱스[8] 형태의 책이 지닌 인용·주석·색인 등의 고유 기능을 더욱 활성화한 방식일 뿐이라는 견해,[9] 전자책의 멀티미디어적 속성 또한 이미지와 문자의 통합 형태(화려하게 채색된 그림들과 그래픽의 성격을 띠는 알파벳 철자들을 통해)를 구현했던 중세 양피지 필사본이 재매개화 된 양식이라는 견해[10] 등이 여기에 해당된다.

그러나 하이퍼링크는 단순히 관련 자료의 위치를 가리키거나 풍성한 이미지들을 동시에 제공하는 데 머무르지 않고, 다른 자료들 속으로 우리를 곧장 데리고 간다. 하이퍼텍스트의 '사용자'들은 글을 읽는 동안 일련의 다른 콘텐츠들 사이를 끊임없이 넘나들게 되고, 이런 식으로 우리는 '들어갔다 나갔다' 하는 방식의 새로운 글 읽기 스타일을 몸에 익히게 된다.[11] 전자책의 경우에도 크게 다르지 않다. 구글 북스처럼 온라인으로 검색해 읽는 인터넷 도서는 물론이고, 애플의 신형 아이패드(범용기기)나 아마존의 킨들(전용기기)과 같이 다운로드해서 읽는 전자책들 역시 점차 하이퍼링크의 지원을 확대하고 그 기능을 극대화하는 방향으로 움직이고 있다. 이런 흐름 속에서 기존의 종이책은 웹사이트처럼 바뀌어가다가 무수한 하이퍼링크들을 타고 인터넷의 방대한 소용돌이 속으로 해체될지도 모른다.

하이퍼텍스트의 '사용자'들이 경험하게 되는 이 같은 산만함은 개인의

---

[8] 코덱스는 AD 3세기 말엽에 나타나 두루마리 방식을 대체한 새로운 책의 형태로, 쉽게 접고 펼칠 수 있는 개별 낱장으로 이루어진 지금의 종이책 형태를 말한다.
[9] 김태환, 「하이퍼텍스트와 비평」, 『문학의 질서』, 문학과지성사, 2007, 61~81쪽.
[10] 김성도, 「하이퍼미디어 글쓰기의 몇 가지 기호학적 함의」, 『기호학연구』 17호, 2005, 87~94쪽.
[11] 니콜라스 카, 최지향 역, 『생각하지 않는 사람들』, 청림출판, 2010, 138쪽.

습관이나 성향 탓이 아니라 인터넷이라는 '방해기술의 생태계'가 유발하는 필연적인 결과다. 하이퍼링크는 관심을 끌도록 디자인되어 있으며, 클릭 행위는 볼거리와 쾌감이라는 신속한 보상을 제공한다. 링크를 통한 방문 횟수가 웹 페이지의 가치를 결정한다는 '구글의 지적 윤리'가 보편적인 가치 기준으로 자리 잡은 인터넷에서, 웹 출판업자들과 페이지 관리자들과 도구 개발자들은 트래픽을 높이고, 빨리 소비되고, 사소한 정보 조각에 대한 욕구를 자극한 뒤 그 갈급함을 채워 만족감을 높이기 위해 최선을 다하고 있다.[12] 그렇게 구축된 이 정교하고 거대한 방해기술의 생태계를 우리 중 그 누구도 정녕 거스르지는 못할 것이다.

이렇게 짧아진 집중력은 종이책을 읽는 데도 큰 영향을 미친다. 더 깊은 의미를 발굴하기 위해 저자와 함께 사유하거나 자신의 관점을 세워 나가기 위해 저자와 맞서고 씨름하는 비평적 독서 행위는 이제 희귀하거나 구시대적인 것이 되어버렸다. 이와 맞물려 오늘날 글쓰기는 온라인에 익숙한 수용자들의 성향에 맞춰 더 간결하고 쉽게 다가갈 수 있는 스타일로 변해가고 있다. 종이책, 종이잡지, 종이신문 등이 웹사이트나 하이퍼링크를 모방해 편집과 디자인 등을 바꾸는 경우도 흔히 찾아볼 수 있다. 모든 미디어를 소셜 미디어로 바꾸려는 웹의 경향은 책을 읽으며 함께 수다를 떨고 친밀함과 유대감을 확인하는 방식(전자책 화면 안에서 다른 독자들과 실시간으로 대화를 나누는)의 읽기-쓰기 스타일을 확산시킬 것이고,[13] 이 환경에 적합한 콘텐츠들이 출판시장의 우점종(優占種)으로 떠오를 것이다.

글을 쓰는 나는 내가 도달 가능한 독자들을 위해 현존하며, 내가 쓰는 글이 모든 사람에게 도달할 수 있다고 생각하는 것은 턱없는 과대망상에

---

12   위의 책, 226~232쪽.
13   위의 책, 161쪽.

불과하다.[14] 기존의 저자-전문가들은 다시 한 번 실존적 선택과 결단의 상황에 처해 있다. 나는 더 많이 '링크'가 걸리고 불특정다수에게 끝없이 발신되기 위해 글을 쓸 것인가, 아니면 내 글을 진지하게 읽어줄 점점 더 희귀해져가는 비평적 독자들을 위해 글을 쓸 것인가? 달리 말하면 나는 내가 쓴 글이 책을 앰비언트(ambient)로 만드는[15] 근접 미디어의 속성이나 변덕스러운 '친밀함의 공동체'가 점멸하는 소셜 네트워크 환경에 최적화되기를, 그러니까 '스타카토 형식'의 사고와 감각으로 독자의 틈새시간을 파고들며 단시간에 '폭풍 리트윗'을 불러올 수 있는, 그런 종류의 글이 되기를 바라는가? 아니면 내 글이 마치 자신도 모르는 사이에 만들어진 "놀라울 정도로 특이한 비밀결사"[16]처럼, 고독과 망각의 도서관 어느 한 구석에서 촛불을 밝혀놓고 책을 읽는 누군가와 고요히 마주하기를 꿈꾸는가?

어떤 선택에 대해서도 전적으로 비난하거나 간단히 '강추'할 수 없음을 나는 잘 알고 있다. 너무 고색창연한 비유가 될지 몰라도, 뾰족한 연장이나 철필 등으로 글자를 '새겨 넣던' 각명문자(刻銘文字) 시대에는 느리고 힘겹게 새긴 글(청동이나 대리석 등에)일수록 오래 남는 반면, 힘들이지 않고 쉽게 새긴 글(이를테면 흙으로 된 판 위에)은 금세 소멸했다. 하지만 지금은 그 누구도 힘들여 글자를 새기지 않으며, 아무리 고통스럽게 새겨 넣은 글이라 해도(고통스럽게 새겨 넣은 글일수록?) 금세 지워져버리거나 아예 읽히지를 않는 시대다. 그래도 여전히 글을 쓸 것인가? 그렇다면 그것은 누

---

14 빌렘 플루서, 윤종석 역, 『디지털 시대의 글쓰기』, 문예출판사, 2002, 82쪽.

15 편재(偏在)함을 뜻하는 '앰비언트'(ambient)는 항상 우리를 둘러싸고 있어서 원하는 순간에 원하는 것을 사용할 수 있게 해주는 환경을 가리킨다. 일례로 전자책 리더뿐 아니라 컴퓨터나 휴대전화 등 다양한 기기를 활용하여 책을 읽을 수 있고 온라인으로 주문하여 곧바로 내려 받을 수 있는 전자책 플랫폼은 책을 앰비언트로 만든다.

16 파스칼 키냐르, 송의경 역, 『은밀한 생』, 문학과지성사, 2004, 216쪽.

구를 향한, 또는 무엇을 위한 몸짓인가? 사슬처럼 이어지는 이 물음을 나
는 어디에서 멈출 수 있을까.

(2011.5)

제2부

비동일적 주체와 글쓰기의 윤리

새로운 주체성과 '혁명'의 가능성을 위한 모색

최인훈의 「구운몽」 다시읽기

최인훈 소설의 현재성과 「구운몽」 다시읽기의 의미

최인훈은 1960년대의 시대정신을 대표하는 작가로서의 확고한 문학사적 위치를 지니고 있다. "정치사적인 측면에서 보자면 1960년은 학생들의 해이었지만, 소설사적인 측면에서 보자면 그것은 『광장』의 해이었다"[1]는 김현의 유명한 말은 이를 잘 대변해준다. 동시에 최인훈은 「구운몽」, 『서유기』, 『총독의 소리』 등 난해하고 실험적인 계열의 소설을 지속적으로 창작했으며, "너무 일찍 출현한 포스트모던적 사유"로 인해 "너무 일찍 태어"난 "기괴한 작가가 되"[2]었다는 평가를 받기도 했다. 좋은 문학

---

[1] 김현, 「사랑의 재확인」, 최인훈, 『광장 / 구운몽』 해설, 최인훈 전집 1, 문학과지성사, 2010, 351쪽.

작품은 본래 문학사적 의미만이 아니라 현재적 의미를 향해서도 열려 있기 마련이지만, 특히 최인훈 소설은 시대를 앞서 나간 이 같은 전위성과 실험성 때문에 새로운 시대의 독자들에 의해 언제든 다시 태어날 수 있는 '쓰는 텍스트(le texte scriptible)'[3]가 될 수 있었다. 최인훈 문학의 현재성에 대한 논의들[4]이 꾸준히 이어지고 있는 이유도 여기에 있을 것이다.

최인훈 소설 가운데서도 「구운몽」은 실험적 계열의 대표적인 작품이자 『광장』과 긴밀하게 맞물려 한 쌍을 이루는 소설로 알려져 있다. 김인호는 '미궁'과도 같은 「구운몽」의 모호성과 난해성에 유의하면서도 이 소설이 "5·16에 대한 정치적 반응으로" 창작됐으며 "많은 점에서 『광장』과 구별되지만 또 그러면서도 4·19에 대한 갈망을 감추고 있어 마치 동전의 양면과도 같이 서로를 지탱한다"[5]고 지적한다. 유사한 맥락에서 「구운몽」의 극심한 혼돈상을 4·19에서 5·16으로 이어지는 당대 현실의 굴절된 반영 또는 알레고리적 형상화로 보는 견해들은 여전히 폭넓은 설득력을 얻고 있다. 이렇듯 「구운몽」은 고도의 실험성과 구체적인 현실인식이 긴밀하게 얽혀 있고, 최인훈 소설의 당대적 의미와 현재적 의미가 강렬하게 교차하는 텍스트로 각별히 주목할 만하다. 「구운몽」 다시 읽기는 1960년대의 정치상황 속에서 배태된 최인훈의 문학관과 '혁명'에 대한 사유를 현재와 연결하는 작업으로서, 그리고 시대를 앞서갔던 최인훈 소설의 실

---

2   류보선, 「새로운 세계 질서의 꿈」, 최인훈, 『유토피아의 꿈』 해설, 최인훈 전집 11, 문학과지성사, 2010, 444, 497쪽.

3   Roland Barthes, *S / Z*, Paris : Editions du Seuil, 1970, p.11.

4   대표적인 예로 정과리의 「21세기에 다시 읽는 최인훈 문학의 문제성」(『문학과사회』 2009년 봄호)과 김현주의 「새로 시작하는 '최인훈학(學)'」(『문학과사회』 2001년 여름호) 등을 들 수 있다.

5   김인호, 「사랑과 혁명의 미로」, 최인훈, 『광장 / 구운몽』 해설, 최인훈 전집 1, 문학과지성사, 2010, 387쪽.

험성과 전위성을 지금의 시선으로 재조명하는 작업으로서도 의미가 깊다고 하겠다.

지금까지 동시대적인 담론과 이론적 개념들로 「구운몽」을 새롭게 읽어내려는 시도는 여러 논자들에 의해 이루어졌고, 여기에는 라캉, 지젝, 푸코, 데리다, 들뢰즈 등의 이론들이 적극적으로 동원되었다. 그럼에도 「구운몽」의 서사를 정체성의 통합과 주체의 동일성 회복을 위한 노력의 과정으로 보는 해석이 지배적인 것은 아쉬움을 갖게 한다. 이에 이 글에서는 「구운몽」에 나타난 주체의 탈근대적 성격을 통해 최인훈이 생각한 '혁명'의 의미를 새롭게 조명하고자 한다. 「구운몽」에는 독고민의 혼돈과 무력한 실패, "현대인의 (…) 극심한 자기 분열"[6] 등에 대한 비판적 성찰이 담겨 있는 것 이상으로 고정된 자기동일성으로부터 탈주하려는 지향이 강하게 나타나며, 이는 기존의 주체중심주의를 넘어서는 사유의 가능성과 혁명의 또 다른 가능성에 대한 모색으로 통한다고 보기 때문이다.

탈근대적인 역전(reverse)은 주체의 내적인 장애물이나 '병적인' 분열이라 간주되던 것들이 실은 주체의 성립 조건임을 이해하는 일, 또는 모더니즘의 시각으로 보기에는 소외의 형식으로 나타났던 것 안에서 자유와 해방의 긍정적인 조건을 인식하는 데에서 발생한다.[7] 이렇게 볼 때, 「구운몽」에 나타난 혼돈과 분열상은 "주체로 정립되지 못하는 익명적인 상태"나 "자기동일적인 존재로서의 주체의 위기"[8]라기보다는 개체성과 동일성의 울타리를 넘어서는 다른 주체의 가능성에 대한 탐색을 보여주는

---

6   최인훈, 『광장 / 구운몽』, 최인훈 전집 1, 문학과지성사, 2010, 335쪽. 이 글에서 「구운 몽」은 이 책에 수록된 판본을 텍스트로 삼고, 이후 소설의 일부를 인용할 때에는 본문의 괄호 안에 이 책의 해당 페이지만을 표기하기로 한다.

7   Slavoj Žižek, *Looking Awry*, London : The MIT Press, 1992, pp. 143~145, 168.

8   정영훈, 『최인훈 소설의 주체성과 글쓰기』, 태학사, 2008, 69, 245쪽.

것일 수 있다. 「구운몽」에서 이런 시도는 주체를 "개체적이지도 인칭적이지도 않은 특이성들의 방출들(les émissions de singularité)"로 변환하고, 이를 통해 "발생적 힘(puissance génétique)"[9]을 지닌 생성의 장(場)을 개시하는 데까지 나아간다. 이 작업은 4·19를 특정한 역사적 사건을 넘어 "부활의 신념과 투지를 표시한 상징"으로 여기고, 이로부터 시공간의 장벽을 허무는 보편적이고 순수한 '혁명적인 것'의 분출("세계로 향한 폭파구")을 보았던[10] 최인훈의 작가의식과도 맞물려 있다.

이런 관점으로 이 글의 다음 장에서는 우선 「구운몽」의 다층적 서사[11]를 관통하는 주체의 비동일적·분열증적·비인칭적 성격 등을 검토하고 그것이 어떻게 새로운 주체 생성의 잠재력을 지니는지를 살펴고자 한다. 이어지는 세 번째 장에서는 이 같은 측면을 「구운몽」의 시간관 또는 "고고학"(343쪽)적 상상력과 연결함으로써, 혁명의 현재적 가능성에 대한 최인훈의 모색을 읽어내고자 한다. 이는 「구운몽」의 의미를 한 번 더 새롭게 쓰는 동시에, 최인훈 소설에서 「구운몽」이 차지하는 위치에 대해 다시 생각해보는 계기가 될 것이다.

분열증적 주체와 전개체적 '특이성'들이 지닌 생성의 힘

「구운몽」은 어두운 관 속에서 걸어 나와 아파트 계단을 올라가는 '독고

---

[9] Gilles Deleuze, *Logique du sens*, Paris : Editions de Minuit, 1969, p. 124.

[10] 최인훈, 「세계인」, 『유토피아의 꿈』, 최인훈 전집 11, 문학과지성사, 2010, 100, 102쪽.

[11] 「구운몽」은 독고민의 서사와 이를 감싸 안는 겉이야기인 김용길 박사의 서사, 그리고 이 모두를 영화 속 이야기로 만드는 영화 서술자의 서사와 시사회에서 이 영화를 관람하고 나오는 연인들의 서사로 이루어진 다층적 구조의 소설이다.

민'의 모습으로 시작된다. 서두의 관 속 장면은 대체로 입몽과 각몽의 표지가 생략된 독고민의 꿈으로 이해되어왔으며, 꿈과 현실의 경계를 불분명하게 만드는 이런 서술방식은 「구운몽」의 모호성을 유발하는 일차적 요인으로 여겨지고 있다. 하지만 이 같은 서두는 「구운몽」을 특징짓는 주체의 익명적이고 비동일적인 성격을 인상적으로 시사하는 대목으로 다시 읽을 수 있다.

> 관(棺) 속에 누워 있다. 미라. 관 속은 태(胎) 집보다 어둡다. 그리고 춥다. 그는 하릴없이 빤히 눈을 뜨고 누군가를 기다리고 있다. 몸을 비틀어 돌아눕는다. 벌써 얼마를 소리없이 기다려도 아무도 찾아오지 않는다. 몇 해가 되는지 혹은 몇 시간인지 벌써 가리지 못한다. 혹은 몇 분밖에 안 된 것인지도 모른다. 똑똑. 누군가 관 뚜껑을 두드리고 있다. 누구요? 저예요. 누구? 제 목소릴 잊으셨나요. 부드럽고 따뜻한 목소리. 많이 귀에 익은 목소리. 빨리 나오세요. 그 좁은 곳이 그렇게 좋으세요? 그리고 춥지요? 빨리 나오세요. 따뜻한 데로 가요. 저하고 같이. 그는 두 손바닥으로 관 뚜껑을 밀어올리고 몸을 일으켰다. 어둡다. 아무것도 보이지 않는다. 게 누구요? 대답이 없다. 그는 몸을 일으켜 관에서 걸어나왔다. 캄캄하다. 두 팔을 한껏 앞으로 뻗치고 한 발짝씩 걸음을 떼놓는다. 한참 걸으니 동굴 어귀처럼 희미한 곳으로 나선다. 계단이 있다. 두리번거리면서 한 계단 밟아 올라간다. 캄캄한 겨울밤 독고민은 아파트 계단을 올라간다. 지난밤 꿈을 골똘히 생각하면서. (213~214쪽)

가늠할 수 없는 막막한 시간 동안 관 속에 누워 있던 누군가는 처음에는 "미라"로 지칭되었다가 다섯 번째 문장부터 대명사 '그'로 불린다. 정체가 모호한 인물 '그'는 인용문의 마지막 부분에 이르러서야 '독고민'으로 명명된다. 이로 인해 '독고민'은 익명적 존재에게 임의로 부여된 이름처럼 보인다. '그'가 관속에서 나와 걷다가 도달한 "캄캄한 겨울밤"의 "아파트 계단" 또한 우연히 결합된 잠정적인 시공간처럼 느껴진다. 지시어와 고유명사, 시간과 공간의 표지 등이 이렇듯 모호하고 우발적인 성격을 띠게 되면서,[12] 마지막 문장의 "지난밤 꿈"이 관 속의 이전 상황을 가리키는지 여부도 상당히 불확실해진다. 이 대목은 독고민이 미라가 되어 관 속에 누워 있는 꿈을 꾸었다기보다는 차라리, 관 속에 누워 있던 미라가 어떤 목소리에 이끌려 관 밖으로 걸어 나오면서 독고민이라는 정체성을 임시로 부여받고, 그와 동시에 겨울밤의 아파트 계단 위라는 시공간적 좌표 위에 놓이게 되었다고 보는 편이 더 적절할지 모른다.

이런 해석은 미리 준비된 주체 없이 움직이는 프루스트 식의 '순수 사유'와 그 모델인 '꿈'의 이미지를 떠올리게 한다. 사유가 사유 주체보다 선행하는 이 사유 활동은, 꿈이 그렇듯이 사유의 대상뿐 아니라 사유하는 자아마저 임의로 선택한다.[13] 잠을 자는 사람이 '막힌 관(管)'들 같은 여러 개의 방들을 이리저리 옮겨 다닌다면, 꿈은 그 방들에 대응하는 각각의 자아들을 선택하는 것과도 같다.[14] 실제로 「구운몽」의 독고민은 마치 서로 다른 꿈에 의해 불려나온 여러 명의 자아들 혹은 낯선 꿈들 속에 갑작스레 던져지길 반복하는 사람처럼, 간판사에서 시인으로, 은행가에서 댄서들의 선생님으로, 각하에서 반란군 수령으로 끊임없이 정체가 뒤바뀐

---

12 이런 특성은 소설 전반에 걸쳐 나타난다. 숙이 보낸 (것으로 생각되는) 편지 속의 "돌아오는 일요일"(216쪽)이 어느 날을 지칭하는지 모호해지거나, 독고민의 서사가 끝나며 김용길 박사가 처음으로 등장하기 전에 나오는 "이튿날 아침"(330쪽)이라는 시간 표지가 독자에게 순간적인 혼란을 초래하는 양상 등은 그 단적인 예들이다.

13 Gilles Deleuze, *Proust and Signs*, trans. Richard Howard, Minneapolis : Univ. of Minnesota Press, 2000, pp.127~128.

14 Ibid., p.127.

다. 「구운몽」이 꿈을 핵심 모티프로 삼은 소설이라면, 그것은 독고민의 꿈이 서사의 상당부분을 차지하기 때문이 아니라 이 소설이 근본적으로 '꿈 사유'의 형식을 취하고 있기 때문이라고 말해도 좋을 것이다.

독고민은 서로 다른 자아들을 하나로 통합하고 사유의 대상들을 정렬하여 자기 앞에 표상(représentation)하는 근대적 의미의 주체가 아니다. 그는 자신이 보고 경험하는 세계상의 중심에 있거나 고정된 실체로서의 자기동일성을 갖지 않으며, 오히려 매번 "자기가 지나가는 상태들로부터 끌어내어진다."[15] 시인들이 논쟁을 벌이는 찻집에 우연히 들어서면 그들이 의견을 구하는 '선생님'으로 불리고, 그들에게 쫓기다 "어느 집안으로 미끄러져 들어"(249쪽)가면 은행가들의 '사장님'이 되는 식이다. 독고민이 보여주는 주체의 형상은 마치 '주사위 던지기'와도 같이 우연히 나타나는 "서로 이접적인 상태들로부터 그때그때의 여러 가지 모습으로" 출현하는 주체, 인과적이지 않은 여러 상태들을 횡단하는 "과정(processus)이자 흐름(flux)"으로서의 주체[16]라고 말할 수 있다.

독고민이 '분열증적 주체'의 성격을 띤다면, 그것은 억압적이고 순응적인 정신분석학이 규정한 임상적 의미의 정신분열자나 자기동일성의 확립에 실패한 주체가 아니라, 이렇듯 정지하지 않는 비인과적 "과정으로서의 분열증"[17]을 구현하는 주체로 이해되어야 한다. 이런 의미의 분열증은 기존의 의미체계에서는 확실히 낯설고 이질적이지만, 권력구성체에 의해 제도들 속에서 형성되는 고정된 주체성을 변형하여 다르게 만드는 잠재적 에너지를 지니고 있다.[18] 최인훈의 「구운몽」은 바로 이 같은 에너

15　Gilles Deleuze · Félix Guattari, *L'anti-OEdipe : Capitalisme et schizophrénie*, Paris : Editions de Minuit, 1972, p.27.

16　서동욱, 『들뢰즈의 철학』, 민음사, 2002, 182, 191~192쪽.

17　Gilles Deleuze · Félix Guattari, op.cit, p.155.

지를 활성화하는 사유의 실험장이라 할 수 있는데, 이를 위해서는 우선 동일시와 개인화에 기초한 주체 개념을 뒤흔들고 파열시킬 필요가 있다. 이 작업은 불안하고 불길한 감정을 불러일으키지만, 궁극적으로는 해방적인 생성의 힘으로 이어지게 된다.

독고민의 서사에 삽입된 '조각난 신체의 꿈'도 이런 맥락에서 의미화될 수 있다. "바다처럼 망망한 강"을 건너다 "팔다리와 목"이 "훌렁 떨어져"나간 채 "통나무 흐르듯"(243쪽) 떠내려가는 독고민의 상황은 과연 '악몽'이라 부를 만하다. 그런데 떨어져 나간 팔다리들이 "혼자 헤엄을"(243쪽) 치다가 "갈라지고" "쪼개"져 무수하게 많아지는 광경, 팔다리가 없는 '도깨비'들이 그 조각들을 건져 올려 "모자라는 곳에 맞추"려 하자 이를 피해 팔다리들이 저 혼자 "껑충껑충" "달아"(244쪽)나는 광경 등에는 주체(원본, 실체)의 분열(파괴, 훼손)뿐 아니라 개별적인 독립성을 지닌 '부분들'의 생성과 증식이라는 이미지가 강하게 투영돼 있다. 이는 유기체적이고 자기동일적인 주체의 와해를 뜻하는 동시에 서로 통합되지 않는 이접적인 부분들로 이루어진 분열증적 주체(부분적 주체들)[19]의 탄생을 예고하는 것처럼 보인다. 그렇다면 독고민의 머리를 건져 올려 머리 없는 자기 몸과 연결하려 하는 "벌거벗은 여자"(245쪽)는 부분들의 배치와 재조합을 통한 주체의 변형 가능성을 암시하는 것으로도 해석될 수 있다.

김용길 박사의 서사에 등장하는 법화 역시 이 같은 분열증적 주체의 형상을 비유적으로 보여주는 대목이다. 고해(苦海)를 건널 때 "물 위에 둥실 떠서 헤엄쳐 건넌" 토끼와, "뒷다리는 강바닥을 밟고 앞발로 허우적거리

---

18   펠릭스 가타리, 윤수종 역, 『분자혁명』, 푸른숲, 2004, 321, 341~348쪽.

19   서동욱, 앞의 책, 193~194쪽. 이는 라캉의 '머리 없는 주체화', '주체 개념 없는 주체화'로도 이해될 수 있다. Jacques Lacan, *Le séminaire XI*, Paris : Editions du Seuil, 1973, p.167.

며 목을 내밀며 건넌"(332쪽) 말, 그리고 "기둥 같은 네 다리로 강바닥을 튼
튼히 밟고도 머리와 등이, 능히 물 위에 솟은 채 건넌"(332~333쪽) 코끼리
가 말다툼을 벌이는 이 이야기는 김용길 박사에 의해 "현대에 있어서도
뜻을 가지"(335쪽)도록 재해석된다. 그는 "오늘날 토끼, 말, 코끼리란 짐승
은 없으며 '토끼-말-코끼리' 혹은 '말-토끼-코끼리' 혹은 '코끼리-토끼
-말'이란 짐승이 있을 뿐"(336쪽)이라고 생각한다. 그러면서 그는 이 이야
기가 "현대인의 (…) 극심한 자기 분열"(335쪽)로도 해석되지만 "풀기에 따
라서는, 이 세 짐승은 한 인간의 각각의 구석을 나타낸다고 볼 수도 있
다"(336쪽)고 지적한다. 이 같은 언급에는 주체의 내적인 방해물로서의 분
열과는 구별되는 부분적·분열증적 주체에 대한 사유가 엿보인다. "개인
의 유일성과 동일성이 뿌리에서 다시 살펴져야 한다"(332쪽)는 김용길 박
사의 말이 뜻하는 바도 여기에 있을 것이다. 그의 언급은 「구운몽」에서
시도한 작업에 대한 최인훈 자신의 메타적 발언이기도 하다.

　「구운몽」은 여기에서 한 발 더 나아가 주체를 비인칭적이고 전개체적
인 '특이성들(singularités)'들의 집합으로 되돌린다.[20] 독고민이 만나고 싶어
하는 첫사랑 '숙'이 고정된 본질을 지닌 실체이기 전에 '왼쪽 뺨의 까만
점', '허벅지 안쪽의 흉터' 등과 같은 특성들로 환원되어 나타나는 것이 그
단적인 예일 것이다. 이 같은 특성들은 숙이라는 개인의 정체성을 확인
해주는 표식이 아니라 그녀를 수많은 다른 존재들로 변형·분산·증식케
하는 원인이 된다. 특히 '왼쪽 뺨의 까만 점'은 은행 사람들과 함께 있던
"노란 스웨터"(258쪽)의 여자, 댄스홀의 '미라', "첫사랑을 잊지 못한 죄"(290

20　특이성이란 개별적으로 구체화된 사건 이전의 '순수 사건'으로, 개인화되고 국지화된
　　실존에 의해 현실화되지 않은 잠재성의 차원과 관련된다. 아직 실현되지 않은 특이성
　　들의 장(場)은 방향이 정해지지 않은 사건들을 무한히 생성할 수 있는 잠재력을 지니
　　고 있다. Gilles Deleuze(1969), pp. 122~132.

쪽)로 감금된 남자의 사진 속 여인, 술집 여급 '에레나', 늙은 댄서가 변신한 젊은 여인(315쪽) 등에게서 반복적으로 출현하면서, 숙을 개별적인 한 인물이 아닌 '차이를 생산하는 반복'[21] 그 자체로 만든다. 만약에 어두운 관 속에서 '그'를 불러낸 "누군가"의 "부드럽고 따뜻한 목소리"(213쪽)가 숙과 연결된다면, 처음부터 숙은 독고민과 마찬가지로 익명적이고 비인칭적인 존재였다고 할 수 있다. 그렇다면 숙이라는 개체를 출현케 한 것은 오히려 끊임없는 변용을 통해 생성 중인 특이성들의 운동이었을 것이다.

이렇게 하여 숙은 독고민의 서사가 끝난 뒤에도, 김용길 박사의 서사에서는 "왼쪽 뺨에 까만 점이 있"는 "보살"(333~334쪽)로, 영화를 보고 나온 연인들의 서사에서는 "왼쪽 볼"의 "까만 점이 귀"(348쪽)여운 여인으로 재출현할 수 있게 된다. 독고민 역시 이와 다르지 않다. "황해도 태생"(216쪽)이며 그림에 재능이 있다는 그의 특성은 독고민이라는 개체를 넘어 김용길 박사를 통해 다시 현실화된다. 한편 이 소설에서 '빨간 넥타이'라는 또 다른 특성은 독고민의 서사에 등장하는 젊은 시인, 김용길 박사의 조수인 '민 선생', 그리고 영화를 관람한 연인 '민' 등을 통해 반복 출현하는데, '민'이라는 이름 또는 성을 매개로 하여 독고민은 이 특성과도 수렴하는 계열을 이룬다. 그리하여 독고민은 특성들의 교환과 차이를 생산하는 반복으로서, 개체성의 제약을 벗어나 거듭 다시 생성된다. 그 결과, 독고민이 동사자로 발견되는 하나의 세계 이외에도, 그가 사랑하는 여인과 긴 "입맞춤"(350쪽)을 나누는 또 다른 '가능 세계'가 열리게 되는 것이다.

이처럼 「구운몽」은 기존의 주체중심 담론을 전복하면서 동일성과 개체성을 벗어난 사유의 모험을 감행한다. 그리고 이 모험은 생성의 에너

---

21   Gilles Deleuze(2000), pp. 48~49.

지로 가득한 특이성들의 장과, 역설적으로 공존하는 여러 가능 세계들을 펼쳐 보인다. 그러나 이 같은 시도가 경쾌한 탈주나 낙관적인 확신으로 이루어져 있는 것은 결코 아니다. 최인훈은 "개체(個體) 개념을 뿌리에서 흔"(331쪽)드는 자신의 작업이 개개인에게 실제로 엄청난 혼돈과 공허를 초래할 수 있음을 김용길 박사의 관점을 빌어 밝혀두고 있다.

> A는 A이면서 A가 아니다? 그것은 인간을 '현재'와 '여기'라는 시간과 공간의 두 축(軸)으로 완고하게 자리 주어진 좌표로부터, 허(虛)의 진공 속으로 내놓음을 말한다. 그리고 개인은 시공에 매임 없이, 인류가 겪은 얼마인지도 모를 기억의 두께 속에 가라앉아, 급기야 그 개인성을 잃고 만다. 바다에 떨어진 한 방울의 물처럼, 그것은 미궁(迷宮) 속에 빠진 몽유병자 같은 상태일 거다. 그 속에서 끝까지 개체의 통일성을 지킬 수 있는 힘은 무엇일까. (332쪽)

이 발화는 독고민의 서사 전반에 대한 논평의 성격을 띠는 동시에, 인간을 인칭적이고 개인화된 실존의 좌표로부터 분리하는 사유가 지닌 위험성에 대한 작가의 고뇌를 대변해준다. 최인훈의 작업이 궁극적으로 지향하는 것은 해체와 분산 그 자체가 아니라 동일성과 개인성마저 지워버린 이후에 다시 출현할 그 어떤 "개체의 통일성"이라 할 수 있다. 물론 그것은 바흐친 식으로 말해서 "본래적으로 하나이자 유일한 통일성이 아니라, 융합되지 않는" 다수의 "조화로서의 통일성"[22]이겠지만, 그것에 도달할 수 있는 '힘'이 무엇인지는 질문의 형태로 남아 있다.

이런 질문은 김용길 박사의 서사를 바깥에서 감싸는 영화 속 서술자의

---

22 Gary Saul Morson · Caryl Emerson, *Mikhail Bakhtin : Creation of a Prosaics*, California : Stanford Univ. Press, 1990, p.1.

발화에서도 찾아볼 수 있다. 영화의 서술자는 "전혀 성질이 다른 조각으로 이루어진 일기(一基)의 인물 화석"(345쪽)에 대해 이야기한다. 그 화석은 "머리는 신부, 얼굴은 배우, 가슴은 시인, 손은 기술자, 배는 자본가, 성기는 말의 그것, 발은 캥거루의 족부," 그리고 "눈알"은 "현미경 렌즈"(345쪽)로 이루어져 있다. 화석의 형상은 김용길 박사가 언급한 법화 속 동물들의 현대적 양상과도 흡사한데, 영화의 서술자는 이 화석이 "그 흉측한 모양에도 불구하고, 그런 대로의 통일감(統一感)을 느끼게 한다"(346쪽)는 데 주목한다. "렌즈와 캥거루의 다리와의 결합이, 그냥 이질적(異質的)인, 장소상(場所上)의 접근이 아니고, 연속성을 가진 Gestalt로 보이게 하는 힘은 무엇인가"(346쪽)라고 그는 묻는다. 이때의 "결합이란 곧 파편적인 다수의 양태들"의 "배치"[23]를 통해 단일한 개체성 그 이상의 역능을 산출하는 작용을 의미할 것이다.

　　결국 「구운몽」에서 최인훈은 개체에 종속되지 않는 부분들과 특이성들의 발생적 잠재력을 확장하는 한편, 그것들을 어떻게 변용하고 배치하여 '나'의 주체성을 생산할 것인지에 대해 고민한 것으로 보인다. 그것은 반(反)주체주의적 사유와 탈개체화의 두렵고 어지러운 소용돌이를 통과한 이후에 발생하는 '다른 주체성'이라 할 수 있다. 소설의 서두에서 그가 어두운 "관 속"(죽음과 사멸)을 "태(胎) 집"(생성과 탄생, 213쪽)에 비유한 것은 바로 이런 이유 때문일 것이다. 최인훈의 이 같은 모험은 지적이고 인식론적인 차원에만 머무르지 않고 '혁명'에 대한 실천적인 모색으로 이어진다.

---

[23]　　서동욱, 앞의 책, 243쪽.

혁명적 에너지의 해방과 '지층화'를 여는 변형

「구운몽」의 결말에서 연인들의 서사가 보여주는 밝고 따뜻한 분위기는 소설 전체로 보면 매우 이질적인 것이며, 그들이 입맞춤을 나누는 가능 세계는 '상상된 미래'의 성격을 띠고 있다. 「구운몽」은 이 같은 '상상된 미래'가 어둡고 혼돈스러운 현실(독고민의 서사와 그가 시체로 발견되는 김용길 박사의 서사)을 감싸 안는 구조로 이루어진 소설인데,[24] 여기서 현실이란 4·19와 5·16을 거치며 최인훈이 경험한 미완의 혁명과 그로 인한 좌절감 등과 분리될 수 없다. 그렇다면 연인들의 서사에 투영된 희망적인 기대는 혁명에 대한 작가의 전망과 맞물려 있을 것이다.

이와 관련하여 「구운몽」에서는 '혁명'과 '사랑'이 마치 서로를 지칭하는 다른 이름처럼 지속적으로 중첩되어 나타난다는 점을 언급해 두어야겠다. 일례로 '혁명군의 방송'에서 "무기를 들고 거리로 나오"(277쪽)라는 호소의 목소리는 "연인이여 당신의 사랑을 밝히십시오"(278쪽)라는 말로 되풀이된다. 혁명군 수령 앞에 걸린 '스크린'에서는 "사랑이란 먼 것입니다. 사랑이란 아픈 것입니다. (…) 끊임없이 구애하십시다"(321쪽), "그들

---

[24] 독고민의 서사, 그가 죽은 이후인 김용길 박사의 서사, 이 모든 이야기를 "상고시대"(346쪽)의 이야기로 돌리는 영화 "조선원인고(朝鮮原人考)"(347쪽)의 서사와 영화 관람자인 연인들의 서사는 불연속적이지만 크게 보아 시간 순서대로 배치되어 있다. 독고민의 서사가 4·19와 5·16을 배경으로 한다면, 김용길 박사의 서사는 그 시대 직후의 어느 날과 관련된다(이 부분에는 "지난 4월에 잃은 아들"을 떠올리는 늙은 간호사가 등장한다. 341쪽). 이 두 번째 서사의 시기는 소설을 창작하는 작가의 '현재'에 해당되고, 영화의 서사와 연인들의 서사는 작가와 독자 모두에게 '먼 미래'에 해당된다. 이 '먼 미래'가 상상된 '꿈'의 세계라면 독고민(가까운 과거)과 김용길 박사(현재)의 서사는 '현실' 세계라 할 수 있다. 이런 관점은 독고민의 서사를 '꿈'과 '환상'으로, 곁이야기들을 '현실'의 이야기로 보는 기존 해석과는 차별성을 지닌다. 이는 고전소설 「구운몽」이 표면적으로 '현실-꿈-현실'의 구조로 된 소설로 보이지만 실은 '꿈(선계)-현실(세속적 삶)-꿈(선계)'의 구조로 이루어져 있는 것과도 흡사하다.

이 싫대도 사랑해야 합니다"(322쪽)라는 말로써, 포기하지 말고 혁명을 향해 나아갈 것을 역설한다. 혁명의 가능성을 묻는 "피닉스는 다시 날까요?"라는 질문에 "사랑이 있는 한 날 것입니다"(316쪽)라는 대답이 반복되기도 한다. 이렇게 보면, 독고민이 첫사랑 숙을 만나지 못한 채(그녀가 독고민을 배반하고 부인하거나 독고민이 그녀를 알아보지 못하고 거부함으로써) 동사한 상황은 완수되지 못하고 좌절한 과거의 혁명을 암시하며, 다시 출현한 젊은 연인들이 사랑을 이루는 결말은 언젠가는 성취될 미래의 혁명에 대한 기대와 전망을 뜻한다고 할 수 있다.

한편 「구운몽」에서 동사했던 독고민이 개체성을 초월하여 다른 시간대에 다시 살아나는 과정은 4·19라는 지난날의 혁명을 고정된 역사적 좌표에서 분리함으로써 미래의 어느 시간에 되살려내려는 시도와도 통한다. 최인훈은 다른 글(「세계인」)에서도 4·19에 대해 이와 유사한 생각을 표현한 바 있다.

> 4·19는 우리들의 이와 같은 부활의 신념과 투지를 표시한 상징이라는 것에 그 의미가 있다. 그날 경무대로 달려가던 아이들에게서 나는 1789년 여름 바스티유로 달려가던 인민들의 메타모르포세스를 본다. (…중략…) 그날의 대열에 참가한 아이들을 우상으로 섬기지 말라. 그날의 당신과 지금의 자기를 동일시하지 말라. 그날의 당신은 당신이 아니었다.[25]

최인훈은 4·19를 특정한 역사적 사건이기 이전에, 시공간을 뛰어넘어 반복 출현하는 그 어떤 '혁명적인 것'의 "메타모르포세스"(변이형들)로 바라

본다. 혁명적인 특이성들은 특정한 시공간의 지평과 만나 일정하게 정위될 때에만 현실태로서의 역사적 혁명으로 존재하게 되지만, 그렇게 고착화되고 나면 이내 굳어져서 '죽은 것'이 되어버린다. 혁명을 가능케 하는 것이 혁명적인 에너지의 분출이라면, 류보선이 지적한 대로 "4·19의 질서화되지 않은 혁명적 에너지"는 5·16을 기화로 "질서화되면서 그 사건성과 혁명성이 잠식되었"다고도 말할 수 있다.[26] 혁명 주체들 역시 마찬가지다. 혁명의 대열에 참가했던 자들이 그날의 자신과의 지속적인 "동일시" 속에 안주해버린다면, 개별적인 "자기"를 넘어섰던 그 폭발적인 에너지는 "우상"으로 동결되어 사멸하고 말 것이다. 마치 "동상(銅賞)"(309쪽)과도 같아 보이는 '혁명군 수령' 독고민의 모습처럼 말이다. 그러므로 중요한 것은 혁명적인 특이성들의 가변적인 조합을 통해 스스로를 끊임없이 변형하는 한편, 이룩한 혁명의 아버지가 아니라 혁명적인 "사건들의 아들"로서 거듭 "다시 태어나는"[27] 일일 것이다. 혁명이 "부활의 신념과 투지를 표시한 상징"인 이유도 여기에서 찾을 수 있다.

이 문제는 「구운몽」에서 '지층'의 비유나 '고고학'적 상상력과도 결부돼 있다. 소설 속 영화의 서술자는 "시체를 꿰매 붙"이듯 "조각을 이어 붙여서 제 모습을 되살리는 것"이 곧 "고고학(考古學)"(343쪽)이라고 설명하면서, 이제까지 본 영화(독고민의 서사와 김용길 박사의 서사)가 우리 역사의 '지층'에서 발굴된 '화석들'의 모습이었음을 밝힌다.

> 죽음을 다루는 작업, 목숨의 궤적(軌跡)을 더듬는 작업, 그것이 고고학입니다. 우리들의 작업대 위에 놓이는 것은 시체가 아니면 시체의 조각입니다. 사면

---

26   류보선, 앞의 글, 489쪽.
27   Gilles Deleuze(1969), p.175.

장(死面匠), 박제사(剝製師), 우리의 이름입니다. 박제한 호랑이는 아무리 그럴 듯하더라도 영원히 단 한치를 움직이지 못할 것입니다. (…중략…) 우리가 하는 일은 신의 행위의 결과인 처녀막의 열상(裂傷)을 검증하는 일입니다. 우리 자신의 성기를 들이미는 일이 아닙니다. 역사란, 신(神)이, 시간과 공간에 접하여 일으킨 열상의 무한한 연속입니다. 상처가 아물면서 결절(結節)한 자리를 시대 혹은 지층이라고 부릅니다. 이 속에 신의 사생아(私生兒)들이 묻혀 있습니다. 신은 배게 할 뿐, 아이들의 양육을 한 번도 맡는 일 없이 늘 내깔렸습니다. 우리가 하는 일은, 이 지층 깊이 묻힌 신의 사생아들의 굳은 돌을 파내는 일입니다. 캐어낸 화석들은 기형아가 대부분입니다. 그것도 토막토막 난. (343~344쪽)

"역사란" 인간 주체를 뛰어넘는 보다 상위의 힘("신" 또는 '순수 생성')이 "시간과 공간에 접하여 일으킨 열상"들로 이루어지며, 그 "상처가 아물면서 결절(結節)한 자리"가 "시대 혹은 지층"이라고 그는 말한다. 시간의 흐름을 지층에 비유하는 이 같은 상상력은 과거와 현재가 연속적인 것이 아니라 서로 '공존'하는 이질적인 두 요소라고 하는 들뢰즈의 시간관[28]을 연상시킨다. 이에 따르면 과거는 흘러가서 사라져버리는 대신에 여전히 변치 않고 존재하는데, 다만 움직이기를 그친 채 활동하지 않는 상태로 존재한다("박제한 호랑이는 아무리 그럴듯하더라도 영원히 단 한치를 움직이지 못할 것입니다"). 단단하게 다져지고 단절된 역사의 '지층'과, "지층 깊이 묻힌" '화석'의 이미지는 이처럼 불활성 상태로 굳어진 과거가 현재와 공존하는 양상을 형상화하고 있다.

위의 인용문을 참조하면, 4·19는 혁명적 에너지가 분출하며 찢긴 시

---

28   Gilles Deleuze, *Le Bergsonisme*, Paris : PUF, 1966, p.54.

공간의 바로 그 너덜너덜한 "열상"이었다가, 이내 딱딱한 "결절"로 굳어져 역사 속 한 시대의 "지층"을 이루고 있다. 그리고 그 지층 속에는, 한때 혁명의 대열을 이루며 '달려가던 아이들'("신의 사생아")이 차가운 "화석"이 된 채 묻혀 있다. 최인훈은 마치 고고학자처럼, "기형아"의 형상(분열증적·부분적 주체들)을 한 그 화석들의 "토막토막 난" "조각"들을 지층 속에서 파내어 이리저리 이어 붙인다. 완전한 "원형 복구"가 아닌 "전혀 가설적인 맞춤"(346쪽)으로, "언제든지 다시 뗄 수 있게 하기 위하여. 질이 좋은 수용성(水溶性) 풀로 가볍게 붙여놓"(346~347쪽)는 것이다.

이것이 곧 그가 시도한 「구운몽」의 작업일 것이다. 이는 "지층화의 포로"가 된 부분들과 특성들을 재배치하여 그 속에서 혁명적인 에너지를 해방하고, 그 강렬함으로 "지층화를 여는 변형(transformation)"[29]의 가능성을 모색한 것일 수 있다. 달리 말하면 그는 역사의 지층 속에 갇혀 화석으로 굳어진 4·19로부터 익명적이고 순수한 혁명의 에너지를 되살려냄으로써 언젠가 다시 발생할 또 다른 혁명(혁명적인 것의 "메타모르포세스")을 맞이할 수 있기를 기대하는 것이다.

모든 사건이 그렇듯, 혁명에는 '효과화의 현재 순간', 즉 혁명의 에너지가 사태와 개체와 인칭에 구현되는 순간(흔히들 "드디어 때가 되었다"고 말하는)이 존재한다.[30] 이는 들뢰즈가 사건의 '파열' 또는 '빛남'이라고 부른 것으로, 이 순간은 무의미한 사고(accident)처럼 오지 않는다. 사건들이 우리에게서 효과화되기까지 그것들은 우리를 기다리고 열망하며, 우리에게 신호를 보낸다. 우리는 그 사건의 담지자(l'Opérateur)가 되어야 하고, "우리에게 일어나는 일을 받을 자격"이 있는 존재가 되어야 한다.[31] 최인훈은

---

29   펠릭스 가타리, 앞의 책, 367, 370쪽.
30   Gilles Deleuze(1969), p.175.

그렇게 되기 위해 우리가 혁명을 이해하고, 굽힘없이 원하며, 그 '파열'을 구현하는 법을 배워야 한다고 생각하는 듯하다. 이 모색이 지금 우리에게 지닌 의미와 미래를 향해 열린 비전으로서의 성격 때문에, 오늘날에도 「구운몽」은 여전히 현재진행형이자 미래완료형의 소설이 된다.

주체성과 혁명에 대한 새로운 사유

지금까지 이 글에서는 「구운몽」에 나타난 주체의 분열증적이고 비인칭적인 특성 등을 살피고 그것이 새로운 주체 생성의 잠재력으로 이어지는 과정을 검토하였다. 「구운몽」이 보여주는 혼란과 분열상은 주체 정립에 실패한 부정적인 상태나 분열된 주체의 난경이기보다는, 개체성과 동일성의 울타리를 넘어서는 '다른 주체'의 가능성에 대한 실험의 성격을 띤다. 「구운몽」에서 최인훈은 단일한 개체에게 종속되지 않는 부분들과 특이성들의 발생적 잠재력을 확장함과 동시에, 그것들을 변용하고 재배치하여 '새로운 주체성'을 생산하는 길을 찾고자 했다.

이런 사유의 모험은 '혁명'에 대한 실천적인 모색과도 연결된다. 최인훈은 4·19를 특정한 역사적 사건이기 전에 보편적이고 순수한 '혁명적인 것'의 무수한 변이형들 가운데 하나로 생각했다. 그런 최인훈에게 「구운몽」의 작업은 4·19를 고정되고 국지화된 시공간의 좌표에서 분리함으로써, 불활성 상태로 역사의 지층 속에 파묻힌 혁명의 발생적 에너지를 오늘날에 되살려내려는 시도와도 통한다. 최인훈의 「구운몽」은, 혁명의

---

31 Ibid., p.174.

잠재적 에너지를 '사건'으로 구현하기에 알맞은 존재들로 스스로를 변형하기 위하여 우리에게 어떤 노력과 어떤 '주체성'이 필요한가라는 고민과 탐색의 장(場)이라고 할 수 있다.

이 같은 해석은 「구운몽」을 현재적인 텍스트로 다시 읽는 시도이자 4·19의 경험을 토대로 한 최인훈 소설의 현실인식과 혁명에 대한 사유를 오늘날의 관점으로 재조명하는 작업이기도 하다. 이는 또한 최인훈 소설에서 「구운몽」이 차지하는 위치에 대해서도 다시 생각해보게 해준다. 「구운몽」에 대한 기존 논의는 주로 정체성을 상실한 자기동일적 주체의 위기나 통합된 주체를 향한 열망을 강조하지만, 최인훈 소설 전반에 대해서는 주체성에 대한 다른 사유에 주목한 논의들이 이루어지고 있다. 최인훈의 여러 소설들이 주체 중심의 사유 바깥을 향한 실험장의 성격을 띤다면, 그 속에서 「구운몽」은 매우 첨예하고 파격적인 사고 실험의 예이자 그 실험의 정치성과 실천적 함의를 확인시켜주는 중요한 텍스트로 자리 잡을 것이다. 이에 대한 더 활발한 논의들이 이루어지길 기대한다.

(2015.9)

한강 소설에 나타난 주체화의 양상과 타자 윤리 문제

한강 소설의 내적인 연속성과 변화의 과정

한강 소설 가운데 평단과 학계에게 가장 주목을 받은 것은 『채식주의자』(창비, 2007)와 『소년이 온다』(창비, 2014)일 것이다. 연작소설 『채식주의자』는 '육식문화'로 대변되는 남성적 질서와 가부장적 이데올로기의 억압에 대한 여성 인물들의 안타깝고 처절한 저항을 그린 소설로 관심을 모았다. 또 최근작인 장편 『소년이 온다』에서는, 5·18 광주를 사실적으로 복원하거나 상징적으로 의미화하는 대신에 한 소년(동호)의 이해할 수 없는 죽음에 대한 사회적 애도를 수행하고 살아남은 자들의 고통에 귀 기울이는 작가의 윤리적 태도가 큰 반향을 불러일으켰다. 실제로 두 소설은 문제의식과 미학의 차원 모두에서 빼어난 성취를 보여주는 한강의 대표작이라 할 수 있다. 하지만 기존 논의에서 『채식주의자』는 (에코)페미니즘의 관점으로, 『소년이 온다』는 5·18 소설이라는 관점으로 집중조명을 받은 것도 사실이어서, 제재 중심의 접근이 지닌 한계를 보여주기도 한다. 이런 식으로 접근하다 보면 『채식주의자』의 한강과 『소년이 온다』의 한강은 다소 이질적으로 느껴지기도 한다. 실제로 이 두 세계 사이에는 소재적 차이를 넘어서는 내적인 연속성이 흐르고 있으며, 이와 더불어 좀 더 미묘하면서도 결정적인 변화의 움직임이 내재하는데, 이 같은 측면들은 아직 논의되지 않은 채 남아 있는 상황이다.

이런 맥락에서 좀 더 주목해야 할 소설이 장편 『바람이 분다, 가라』(문학과지성사, 2010)와 『희랍어 시간』(문학동네, 2011)이다. 이 소설들은 일견 이질적으로 느껴지는 『채식주의자』까지의 세계와 『소년이 온다』의 세계를 잇는 중요한 연결고리일 뿐 아니라, 한강 소설 전반에서 의미 있는 변화의 지점을 형성한다. 이 두 장편은 한강 소설이 남성 / 여성, 주체 / 타자, 삶 / 죽음 등의 이분법을 해체하며 타인과의 소통 가능성과 '함께 있음(être-avec)'[1]의 윤리로 나아가는 과정을 인상적으로 보여준다. 이는 폭력으로 고통 받는 여성의 내면에 집중하고 그 고통을 '재현 불가능한 것'으로 제시했던 한강의 소설이 주체의 자기동일성(성의 수취를 포함하는)에 내재한 억압과 재현적 언어 그 자체의 폭력성을 탐구하는 방향으로 선회한 것과도 맞물려 있다.

잘 알려진 대로 언어가 사물에 의미를 부여하는 기본적인 동일화와 상징화의 작용에는 불가피한 폭력이 따라붙는다. 또한 세계를 자기 앞(vor)에 세우는(stellen) 언어의 표상(Vorstellung) 작용과 "표상으로서의 재현은 존

---

[1] 모리스 블랑쇼·장-뤽 낭시, 박준상 역, 『밝힐 수 없는 공동체 / 마주한 공동체』, 문학과지성사, 2005, 108쪽.

재자를 객체화된 '대상'으로 설정하는" "주체의 문제"와 분리될 수 없다.[2] 글쓰기와 언어에 대한 성찰이 전면화된『바람이 분다, 가라』와『희랍어 시간』에서 한강은 동일화의 폭력과 자기동일적 주체의 허구성에 직면하고, 이를 벗어나는 비표상적 글쓰기[3]를 수행하는 과정에서 이전의 이분법적 굴레들을 돌파해나간 것으로 보인다. 한편 주디스 버틀러가 언급했듯이 자기 자신에게 완전히 투명한 자아란 없으며 이런 "불투명성"이 우리 자신을 형성하는 타자와의 근원적인 관계 때문이라면, 그리고 그 같은 무지가 "주체의 조건"이자 우리 모두의 "곤궁"이라면, 이 한계는 오히려 서로가 서로에게 책임으로 연루된 공동의 영역을 가능케 해줄 수 있다.[4] 한강은『바람이 분다, 가라』의 인주와 '나',『희랍어 시간』의 '남자'와 '여자'의 관계를 통해 주체의 이 같은 한계에 집중함과 동시에 그 역설적인 가능성을 열어나가고 있다. 이런 모색들은 한강이『소년이 온다』에서 불가해한 죽음들에 대한 '증언 가능성'을 거듭 회의하는[5] 비표상적(탈재현적) 글쓰기의 윤리와, 타인의 죽음으로부터 끊임없이 영향 받고 고통을 느끼는 "죽을 수밖에 없는 존재들의 진정한 공동체"[6]로 향해 가는 견실한 동력

---

2   신승환, 「근대성의 내재적 원리에 대한 존재해석학적 연구—실체와 재현의 사고를 중심으로」, 『존재론 연구』 9집, 한국하이데거학회, 2004, 103쪽.

3   "표상(représentation)이란" 달리 설명하면 "서로 차이를 지니는 잡다한 것들을 다시 거머쥐어서 '동일한 하나'의 지평에 귀속된 것으로 나타나게 하는 활동"이라 할 수 있다(서동욱, 『차이와 타자』, 문학과지성사, 2000. 10쪽). 이 글에서 '비표상적 글쓰기'는 이 같은 종합과 동일화 작용에 종속되지 않고 차이들의 이질성을 보존하는 글쓰기, 또는 말하는 주체로서의 화자가 세계를 대상으로 정렬하여 자기 앞에 표상(Vorstellung)하는 원근법적 중심으로서의 지위를 갖지 않는 글쓰기를 뜻한다.

4   Judith Butler, *Giving an Account of Oneself*, New York : Fordham Univ. Press, 2005, pp.20~22, 83~84.

5   증언 요청을 받은 생존자들이 반복적으로 되뇌는 "그것이 어떻게 가능한가", "증언할 수 있는가?"(166~167쪽)와 같은 발화들에는 증언 가능성에 대한 작가의 깊은 회의가 드리워 있다.

6   장-뤽 낭시, 박준상 역, 『무위의 공동체』, 인간사랑, 2010, 47쪽.

이 되었을 것이다.

이런 관점으로 이 글에서는 『바람이 분다, 가라』와 『희랍어 시간』에 나타난 주체화의 양상과 그 속에 내재한 타자 윤리를 검토하고자 한다. 전작 『채식주의자』가 자기 몸에 새겨진 "인간의 폭력성을 밀어내기 위해 목숨을 거는 사람, 인간의 일원이길 거부하고자 하는 사람의 이야기"라면,[7] 이는 상징적 죽음을 무릅쓰는 주체화에 대한 거절의 태도라 할 수 있다. 반면에 『바람이 분다, 가라』에서 "*살고 싶다*"(381쪽)고 되뇌면서 움직여지지 않는 "몸을 벌레처럼 밀어내며 기"(382쪽)어나가는 '나'의 모습은 이 모든 환멸과 절망에도 불구하고 '인간'으로서, 주체로서 살아내려는 의지의 표현일 것이다. 이에 다음 장에서는 우선 『바람이 분다, 가라』에 기입된 주체화의 폭력성과 이를 넘어서는 비동일적·비표상적 주체의 가능성을 살피고자 한다. 이어지는 장에서는 말을 잃어버린 상태로 주체에서 퇴각한 『희랍어 시간』의 '여자'가 공동의 결핍(동일하지는 않지만 우리 '공동의 것'인 결핍)을 지닌 '남자'와의 만남을 통해 어떻게 '공동-내-존재(être-en-commun)'[8]로서의 윤리적 주체로 태어나는지를 살펴보기로 한다. 이는 제재의 차원에 머물지 않는 내적인 연속성과 심층적인 변화 과정을 밝힘으로써 한강 소설 전반을 더 풍부하고 섬세하게 이해하기 위한 작업이 될 것이다.

---

7 김연수, 「사랑이 아닌 다른 말로는 설명할 수 없는―한강과의 대화」, 『창작과비평』 2014년 가을호, 318쪽.

8 장-뤽 낭시, 앞의 책, 200~212쪽 참조.

자기동일화의 구성적인 불안정성과 비표상적 주체의 출현

『바람이 분다, 가라』는 죽은 친구 서인주의 삶과 죽음을 왜곡하고 박
제화하려는 강석원의 폭력적인 글쓰기에 맞서, 그녀의 진실을 글로 써내
기 위한 '나'(이정희)의 고투를 서사의 기본 골격으로 삼고 있다. '나'는 인
주가 자살했다는 강석원의 주장이 거짓임을 증명하기 위해, 그녀가 남긴
흔적들을 추적하고 그녀에 대한 기억들을 되살려낸다. 이 과정은 강석원
의 '남성적 글쓰기'에 대립하는 '여성적 글쓰기'의 양상으로 해석되기도
했다.[9] 그러나 여기서 좀 더 유의해야 할 것은 '나'의 탐색과 글쓰기가 진
행됨에 따라 인주의 죽음은 자살이 아니라는 '나'의 확신에 균열이 생기
면서 남성 대 여성, 거짓 대 진실의 대립이 무너져 내린다는 점이다.

이를테면 '나'가 인주의 행적을 추적하고 그녀의 고통에 다가갈수록
'마지막 순간'에 관한 진실은 점점 더 모호해지고, 그녀의 삶과 죽음을 하
나의 이야기로 엮는 것은 불가능한 일에 가까워진다. "인주는 자살하지
않았어요"(123쪽)라고 단언했던 '나'는 점차 "*한 사람이, 자살한 동시에 자
살하지 않은 것일 수는 없다. / 모든 것을 버리는 동시에 버리지 않았을
수는 없다*"(256쪽)는 혼란을 겪게 되며, 끝내 "*나는 너를 몰랐다. 네가 나를
몰랐던 것보다 더*"(335쪽)라는 뼈아픈 자각에 이르게 된다. 강석원이 쓴,
'나'가 "동의하지 않는 (…) 저 책과 다름없이", '나'의 글쓰기는 "결국은 순
수한 추측만으로 메워야 하는 빈 곳"(261쪽)에 직면하지 않을 수 없는 것이
다. 이는 "어떻게든, 강석원의 글과는 전혀 다른 것을. 전혀 다른 사실들
을"(41쪽) 써내겠다는 '나'의 필사적인 열망이 "광기와 고통, 집착"(137쪽)에

---

9 손정수, 「식물이 자라는 속도로 글쓰기 – 한강론」, 『작가세계』 2011년 봄호, 69쪽.

사로잡힌 강석원의 글쓰기와 본질적으로 다르지 않았음을 뜻하기도 한다. 이 점은 "그는 미쳤고 동시에 미치지 않았다. 내가 미쳤고 미치지 않은 것처럼"(354쪽)이라는 '나'의 생각이나, "우리는 닮은 데가 있"(375쪽)다는 강석원의 말에도 암시돼 있다.

『바람이 분다, 가라』에서 서인주의 자살 여부나 '나'와 강석원의 표면적 대립보다 중요한 것은 이 탐색의 과정에서 드러나는 또 다른 진실이다. 그것은 '나'가 알고 싶어 하지 않았거나 받아들일 수 없었던 진실이며, 인주와의 관계 속에 숨은 '나'의 진실이기도 하다. 결말에 이르기까지 분명히 발설되지 않고 회피와 지연을 통해 간헐적으로 누설되는 그 진실은 '나'와 인주 사이의 '동성애적' 감정이다.[10] 사고가 나던 날 새벽에 인주가 마지막으로 전화를 건 사람이 '나'였던 이유, *"인주가 김영신에게 내 대본을 읽게 한 이유, / 그 연극의 대사를 달력에 평어체로 옮겨 적은 이유"*, *"거기서 따온 제목을 그림에 바꿔 붙인 이유"*(246쪽), 김영신이 "정말 인주 씨에게 고통을 준 사람은 따로 있어요"라고 말하며 "그게 누군가요"라는 '나'의 질문에 "떨리는 목소리"(362쪽)로 '나'를 책망한 이유 등은 모두 이 은밀한 진실을 향하고 있다. 소설의 결말부가 '나'의 발화로 통합되지 않는 기울어진 서체(이탤릭체)의 인주 목소리로 *"정희네 부엌에도 불이 켜졌을까, 생각하면서"* *"수유리 집에서 새우던 밤들을 기억"*(385쪽)하는 죽기 전 인주의 마지막 순간을 환기하는 이유도 이와 무관할 수 없다.

서로에 대한 인주와 '나'의 감정은 오랫동안 '나' 자신에게조차 숨겨져 있었기에, "무심할 만큼 짧게" "인주의 손이 내 뺨을 쓸"(123쪽)거나 "한번,

---

10　강석원 또한 '나'와는 다른 탐색의 과정을 거쳐 이 같은 진실에 도달한다. 그는 "믿을 수 없어. 너 같은 인간을, 그토록 서인주가 사랑했다니…… 내가, 단 하루 동안 가져보았던 여자가…… 평생을"(379쪽)이라고 말하며 분노를 표출한다.

꼭 한번” “인주와 내가 (…) 깊게 포옹한”(158쪽) 순간의 강렬한 인상, ‘나’가 “손을 내밀어 인주의 손을 잡았”을 때 “부끄러”워 하던 그녀의 미소, 내 눈에서 “갑자기 눈물이 떨어”져 “손을 놓”(251쪽)은 뒤에 찾아왔던 서먹하고 미묘한 분위기 등으로만 텍스트에 음각으로 기입돼 있다.『바람이 분다, 가라』는 그들 사이의 감정 자체보다 그것이 억압되어 의식의 수면 아래로 깊이 잠겨든 상황을 공들여 묘사함으로써, 공공연하게 말해질 수 있는 것과 그렇지 않은 것을 결정하는 상징적 규범체계의 작동방식에 주의를 기울이게 한다. 이는 성별화된 몸을 산출하는 ‘주체의 매트릭스’, 또는 금지와 배제로써 작동하는 자기동일화의 “구성적인 불안정성”과 깊이 결부돼 있다.[11]

이 점을 자세히 살펴보기 위해서는 인주, ‘나’, 그리고 인주의 외삼촌이 함께 보냈던 20여 년 전으로 거슬러 올라가야 한다. 마지막까지 ‘나’에게 “소년을 연상시”(22쪽)키는 모습으로 기억되는 인주는 당시 “중성적인 이목구비”의 “단거리 육상선수”였고, 그녀를 처음 보았을 때 “나는 인주에게서 눈을 뗄 수 없었다”(53쪽). 반면에 인주의 외삼촌은 조심스러운 몸놀림과[12] “온화한 미소”로 “마치 이모처럼” 요리를 하고 인주를 돌보는 “도무지 남자 같지 않”은 사람이어서, ‘나’는 그에게서 “낯선 남자와 함께 있다는 긴장을 거의 느낄 수 없”(93쪽)었다. 이 시절 ‘나’는 삼촌과 애틋한 감정으로 서로의 몸을 어루만지기도 하고, *“꼭 한번”*이지만 인주와 입을 맞춘

---

11   Judith Butler, *Gender Trouble*, New York and London : Routledge, 1990, p.130; Judith Butler(1993), pp.xvi~xvii, xix.

12   이는 피가 응고하지 않아 작은 상처에도 치명적인 위험을 감수해야 했던 삼촌의 병 때문에 몸에 익은 습관이다. 삼촌의 병은 타인의 영향과 상처 입을 가능성에 피할 수 없이 노출돼 있는 우리 모두의 취약성을 대변하는 듯하다. 이에 관해서는 다음 장에서 다시 언급하기로 한다.

뒤 *"네 입술"*이 *"이 세상의 어떤 것보다"*(23쪽), *"사실은, 삼촌의 입술보다 더"*(25쪽) 부드럽다고 느끼기도 한다.

이렇듯 세 사람은 각자 하나의 성별 혹은 성적 입장으로 스스로를 동일화하지 않은 채, 무어라 이름 붙일 수 없는 애정과 친밀감의 공간을 형성한다. 그것은 규범적인 상징질서 안에서의 정체성을 유보하거나 벗어버린 공간이기도 하다. "그 방에 들어서는 순간부터 나는 (…) 양식집 딸이 아니"고 "열다섯 살이 아니고, 이정희가 아니었다"(95쪽)는 말은 그런 의미로 이해된다. 상징적인 자기동일성 너머의 이 공간은 억압도 강요도 없는 조화로운 우주로 묘사돼 있다. 이는 삼촌이 그리던 '별 그림'과 '천체물리학'에 관한 이야기들로 구체화된다. 한지에 들어 있는 "모세혈관들 같은 무수한 섬유질의 길들"(94쪽)을 따라 물이 "잘 흘러가게 터주"(93쪽)는 식으로 작업하던 삼촌의 별 그림처럼, 이들의 관계는 어떤 틀이나 규율에도 종속되지 않는다. 그들은 *"고유하고, 아름다"*운 *"별들의 궤도가 저마다" "우주의" "음악을 변주하"*(173쪽)듯이, 서로를 침해하거나 구속하지 않으면서 평화롭게 공존한다.

하지만 이 우주는 삼촌이 죽고 연이어 인주가 부상을 당하면서 부서지고 만다. 특히 인주가 다리를 다치던 날의 상황은 조금씩 다른 방식으로 여러 차례 반복 서술되면서, 성별화와 관련된 법의 위반과 그 처벌의 문제를 부각시킨다. 인주의 부상이 당시 한국에는 '남자' 육상에만 있던 '장대높이뛰기' 종목을 연습하던 중에 발생했다는 점은 의미심장하다. "남자고등학교 육상부 선배들에게 끈질기게 부탁해 처음으로 장대를 꽂고 뛰어본 날"부터 인주는 "열에 들뜨" "흥분을 가라앉히지 못했"(154쪽)으며, *"그 날카로운 막대가 허벅지를 꿰뚫"*(334쪽)던 날에는 '나'가 지켜보는 앞에서 아시아최고기록에 도전하고 있었다.

나는 9월의 따가운 볕이 내리쬐는 스탠드 앞쪽에 앉아 인주의 연습이 끝나기를 기다리고 있었다. 한 번의 시도가 성공할 때마다 5센티미터씩 올려지는 바는 그날 3미터 45까지 들어 올려졌다. 머리를 치켜 깎은 육상부 남학생들이 수군거리는 소리가 들려왔다. 이거 넘으면 아시아 최고기록 아니야? 쟤는 정말 일본 보내야 하는 거 아니야?

인주는 손에 송진가루를 묻힌 뒤 장대를 움켜쥐었다. 습한 바람이 인주의 짧은 머리카락을 날렸다. 운동장 가의 나무들이 쏴쏴 소리쳤다. 바람이 멈추기를 기다리던 인주가 맹렬한 힘으로 달려 나갔다. 허벅지 근육이 꿈틀거렸다. 박스에 장대가 꽂혔다. 힘차게 몸이 날아올랐다. 2, 3초 사이에 모든 일이 일어났다. 바가 떨어졌고, 장대가 인주의 허벅지를 찔렀다. 인주의 몸이 매트 위로 나동그라졌다. 장대는 허벅지를 관통했다. 매트 바깥까지 분수처럼 피가 튀었다. (367~368쪽)

남자들에게만 허락됐던 장대높이뛰기에서 발군의 능력을 발휘하며 날아오르는 인주, "바람이 부니까 뛰지 말까," 생각했지만 "넘어가고 싶었어. 정말 넘어가고 싶었어"(367쪽)라고 되뇌던 인주는 성별화된 이성애적 체계를 위반하며 그 경계를 뛰어넘으려 한 죄로 이렇듯 처벌받는다. 라캉 식으로 말해 그것이 팔루스를 '가짐'(남성적 위치)과 팔루스'임'(여성의 위치)이라는 배타적인 이분법을 가로지르고자 하는 '위험한' 욕망이라면, 장대(팔루스)에 "허벅지를 관통"당한 그녀의 부상은 "상상적인 위협"을 통해 그 욕망을 단죄하고 "성별에 의해 표시"된 육체를 산출하는 상징계의 작용[13]을 뜻할 것이다. 실제로 이 부상으로 "허벅지 근육이 돌이킬 수 없이 손상"된 인주는 더 이상 육상선수로 뛸 수 없었고, "삼촌이 죽었을 때도,

---

13　Judith Butler, *Bodies That Matter*, London and New York : Routledge, 1993, p.65.

(…) 끝나지 않았던 그 시절"은 이렇게 "그날 끝"(368쪽)나게 된다.

　그 후 떠돌았던 소문들 역시 규범화된 성의 수취에 동반되는 폭력의 메커니즘을 고스란히 대변해준다. 학교를 떠난 "인주가 휠체어를 타고 다닌다는 소문, 다리를 자르는 수술을 받았다는 소문, 나와 인주가 그렇고 그런 사이라는 소문, 인주가 정신병원에서 입원치료를 받았다는 소문, 밤거리를 미쳐서 쏘다니는 것을 누군가 목격했다는 소문 들"(334쪽)은 성별화의 강제적 매트릭스가 정상성의 담론이나 사회적 인정 가능성의 형태로 작동하는 양상을 분명하게 보여준다. 이는 "이성애적인 정언명령"이 "성적으로 구별된 특정한 자기동일화를 가능한 것으로 만들면서" 그 외의 것들을 어떻게 "거주 불가능한 영역"으로 규정하는지를[14] 생생히 실감케 한다. 부상에서 회복되고도 삼년 가까이 집안에 틀어박혀 "검정고시도 입시도 취업도 준비하지 않는 인주의 고집"(179쪽)은 이로 인한 좌절의 표현이자 규범적인 상징체계에 대한 자폐적 거부의 성격을 띤다.

　이 시기를 통과한 뒤 인주와 '나'는 결국 '여성'으로 주체화된다. 이들은 각자 결혼을 하고, 아이를 낳거나 유산을 경험하며, 불행한 결혼생활을 정리하기도 한다. 인주와 '나'가 겪은 고통은 그러나 여성으로서의 삶의 조건에서 비롯된다기보다는, 주체를 생산하는 성적 자기동일화의 구성적 폭력에 기인한다고 말해야 한다. 삼촌과 함께 했던 시절과 그 세계의 고통스러운 붕괴는 남성적 / 여성적 위치로 고정된 '기원적인' 동일성이란 없으며, 모든 자기동일화에는 일정한 대가, 즉 어떤 상실과 강제가 동반됨을 암시하고 있다. 인주뿐 아니라 '나'의 경우에도 그랬듯, 특정한 동일시로 환원될 수 없는 "자신의 복합성을 대가로" 치르고 "정합적인 동일

14　Ibid., p. xiii.

성을 유지"하려는 주체의 노력에는 "암묵적인 잔혹성들"(자기절하와 자기학대 등)[15]이 깔려 있기 때문이다.[16] 하지만 인주와 '나' 사이에 여전히 감도는 감정의 파장들은 주체가 구성되는 과정에서 거부되거나 배제된 것들이 "겁에 질린 자기동일화의 장소"[17]로서 주체 안에 잔존하거나 거듭 출몰하는 양상을 확인해준다. 이는 '여자가 된다는 것' 또는 '남자가 된다는 것'이 처음부터 내적으로 불안정한 사태들이며, 자기동일화는 실현되거나 성취되는 것이 아니라 끊임없이 이의 제기되고 타협점을 찾아야 하는 불안정한 장소임을 깨닫게 한다.

그렇다면 여성들이 지니는 주체의 입장을 '여성'이라는 기표로 동일화하거나, 자신과 타인에게 항상 자기동일성을 표명하고 유지할 것을 요구하는 일은 또 다른 폭력이 될 수 있다. 인주는 "삶을 사랑했"(32쪽)고, 그러면서 동시에 "감염된 환부처럼 (⋯) 서서히 썩어가기를 스스로 택했던"(311쪽) 그녀의 어머니와 같이 "바로 자신 안에 그런 충동이 비명을 지르고 있"(312쪽)다고 느꼈을지 모른다. 그러므로 강석원의 평전에 맞서 인주의 진실을 서사화하려는 '나'의 시도는 실패할 수밖에 없다. 하지만 자기 스스로에게 "닥쳐"(347쪽)라고 말하는 목소리를 들으며 혼란과 모순의 소용돌이 속으로 더 깊이 들어가기를 선택했던 '나'의 글쓰기는, 그 실패 속에 윤리적 함의를 지니고 있다. '나'의 실패는 자기동일성과 일관성에 대한 요구를 중지하고, 만족할 만한 답을 구하기보다 질문을 계속 견디면서 "타자를

---

15   Ibid., p.77.

16   "삼촌과 나이가 같았고 비슷하게 마른 어깨를 가졌던"(336쪽) K를 만나 그의 조롱 섞인 애정표현이나 모멸적인 학대를 감당했던 '나', 세 아이를 "사산할 때마다 멈추지 않는 피를 흘"(339쪽)리던 '나', "모든 일의 시작이 자신이었"(340쪽)다고 여기면서 수차례 손목을 긋던 '나'의 모습에는, 그녀가 주체 안으로 통합한 삼촌의 흔적과 이에 대한 자기처벌의 양상이 나타난다.

17   Judith Butler(1993), p. xⅲ.

살려 두려는"[18] 노력과 닿아 있기 때문이다.

한편 우리의 비동일성과 비일관성은 주체가 타자와의 관계성 속에서 형성되며 타자의 영향에 의해 계속 변형된다는 점과도 관련이 깊다. 앞에서 살핀 대로 인주와 '나'에게 삼촌을 포함한 세 사람의 관계는 주체보다 앞서고 주체 그 자체를 형성하는 역할을 했다. 특히 인주의 경우에는, 알코올에 의존하다 자살했던 어머니와의 관계가 그녀 자신을 형성하는 데 큰 영향을 미쳤다. 되짚어 올라가면 인주 어머니 역시, 병을 지닌 남동생(삼촌)과의 관계, 그런 아들을 돌보느라 딸을 살필 겨를이 없었던 자기 어머니와의 관계, 그리고 류인섭과 진수와 약혼자(인주 아버지)가 뒤얽힌 광기 어린 애욕의 관계 등을 통해 돌이킬 수 없이 영향을 받은 것으로 나타난다. 인주의 이야기는 이처럼 많은 일들이 이미 발생한 시점에, 이 모든 이야기들의 중간에 갑작스럽게 시작되며, 타자들로부터 나온 수수께끼 같은 이질성에 처음부터 둘러싸여 있다. 그리고 그 이질성은 자기 자신조차 온전히 복원할 수 없는 그녀의 "몸의 형성적 역사"[19]를 이룬다.

이 점은 '나'의 경우에도 마찬가지이다. '나' 자신을 형성한 타인과의 복잡하고 포착되지 않는 관계들은 '나'의 불투명성, 곧 자기 자신을 이해하는 데 대한 주체의 한계를 구성한다. 자신의 진실(인주에 대한 '나'의 부인된 감정, 삼촌과 함께 지낸 시절이 남긴 흔적들, 자기동일화의 억압 속에서 경험된 설명할 수 없는 고통 등)에 대해 '나'가 부분적으로 무지한 것처럼 보이는 이유도 여기에 있을 것이다. 집요하고도 모호한 방식으로 주체를 형성하고 구성하는 타자의 자국들을 의식이나 언어를 통해 완전히 지배하기란 불가능하기에, '나'는 의식적으로 통어되거나 주체의 지평 안으로 통합된 글쓰기

---

18   Judith Butler(2005), p.43.

19   Ibid., p.20.

로는 자신의 진실에 다가갈 수 없다. 『바람이 분다, 가라』에서 '나'의 글쓰기가 불명확한 방식으로 '나'를 움직이는 어떤 이질성들을 따라 전개되는 것처럼 보이는 양상은 이런 맥락에서 주목할 만하다.

'나'의 글쓰기에 개입하는 이질성은 이 소설에 와서 더욱 전면화된 기울어진 서체(이탤릭체)의 문장들을 통해 시각화되어 있다. 이들 발화는 의식의 심층뿐 아니라 서로 다른 발화자를 넘나들고, 특정 인물에게 귀속될 수 없는 혼성적 목소리들로까지 확산된다. 예를 들어 인주의 작업실을 향하다가 발목을 다친 '나'는 "*다리를 끌지 마. 멈추지 마. (…) 그래. 계속 걸어가. / 너는 괜찮아*"(79쪽)라는 목소리를 들으며 발걸음을 옮기는데, 이 발화가 자기 스스로에게 말하는 내면의 목소리인지 아니면 환청처럼 울리는 인주의 목소리인지는 분명치 않다. 또 '나'가 정선규에게 연락을 취하다 실패한 뒤 불쑥 등장하는 "*잘 있니. // 잘 있어요 // 언제 돌아올 거니. // 참을 만해요, 맛있는 물고기들이 많아요*"(181~182쪽)라는 발화에는 민서에게 처음 고래 이야기를 해준 인주, 그 이야기를 '나'에게 들려준 민서, 그리고 바로 지금 민서를 걱정하는 '나'의 목소리(또는 민서와 '나'의 상상적 대화) 등이 뒤섞여 있다. "*너를 잃은 뒤*" "*노란 위액을 끝없이 토해*" 내며 "*차라리 죽고 싶은 통증*"을 느끼던 '나'의 입에서 "*……봄이 왔어*"라는 말이 새어나왔을 때, "*내 혀를 믿을 수 없었*"(385쪽)던 그 순간의 발화 역시, '나'를 통해 말하는 인주의 목소리였을지 모른다. 이 대목은 '나'가 구급차에 실린 채 의식의 수면을 오르내리는 결말부 장면에 갑자기 등장하는데, 곧바로 이어지는 대목에는 "*삼촌*"을 향해 "*……지금 내가, 그 얼음 덮인 산을 피하지 않으려는 것처럼*"(386쪽)이라고 말하는 인주의 목소리가 느닷없이 출현한다. 그 결과 '나'와 '너'라는 인칭의 경계, 현재와 과거라는 시간의 경계, 죽은 자와 산 자의 경계 등이 급격히 흔들리며 무너져 내린다.

이 소설의 이질적인 발화들은 이렇듯 주체의 재현을 벗어나는 비표상적 글쓰기를 구현해낸다. 이 같은 글쓰기는 "입을 틀어막"(264쪽)혔던 인주와 '나'의 진실이 상징적 규범체계의 억압과 동일화의 폭력을 헤치며 가까스로 숨을 쉴 수 있게 해준다. 『바람이 분다, 가라』에서 주체의 안정된 지평으로 그러모아지지 않는 이질성을 수락하는 비표상적 글쓰기는 자기동일성의 한계를 벗어난 다른 주체의 가능성을 열어놓는다. 소설의 마지막 두 문장이 "누군가가 부풀어 오른 팔로 물속에서 파란 돌을 건져 올린다. 누군가가 무릎이 짓이겨진 채 뜨거운 배로 바닥을 밀고 간다"(386~387쪽)와 같은 비인칭 주어의 구문으로 이루어진 것은 이 글쓰기가 생성해낸 비표상적 주체의 탄생을 암시하는 것처럼 보인다. 또 다른 주체화의 이런 가능성은 주체가 되기를 거부함으로써 체계의 규범들에 저항했던 이전 소설의 세계로부터 한강이 나아간 의미 있는 지점이라 할 수 있다. 이는 동일화의 욕망에 종속되지 않는 사랑의 가능성과도 맞닿아 있다. 이 문제는 『희랍어 시간』에서 좀 더 구체적으로 다루어진다.

무의지적 민감성의 윤리와 '공동―내―존재'의 가능성

『희랍어 시간』은 뜻하지 않게 말을 잃어버린 '여자'와 점차 시력을 잃어가는 '남자'('나')가 서로를 향해 조심스럽게 다가가는 과정으로 이루어져 있다. 여자의 상황이 '말하는 존재'로서의 주체로부터 퇴각한 상태를 의미한다면, 남자의 상황은 자기 주위에 구성된 지각의 지평인 시각장(視覺場)이 흐려지면서 '보는 주체'로서의 중심화된 정체성 감각이 흔들리는 상태와 관련된다. 이들은 이렇듯 주체의 표상 능력과 자연스러운 현전(現

前)의 감각을 확보하지 못한 것으로 나타난다. 두 인물이 고유명사로 지칭되지 않고 익명적인 '남자'와 '여자'로 불리는(스토리세계 바깥의 화자에 의해 서술된 장들에서)[20] 이유도 여기에서 찾을 수 있다. 하지만 이들이 지닌 한계는 그 안에 또 다른 가능성을 내포하고 있다. 그 한계는 언어의 폭력성과 주체의 맹목에 대해 성찰할 수 있는 길을 터주고, 동일화의 억압을 넘어서는 소통과 연대의 가능성으로 이어지기 때문이다.

여자를 초점인물로 하는 장들에서는 언어의 문제가 본격적으로 테마화된다. 시인이자 문학 강사로서 언어를 다루는 일을 해왔던 여자는 "어떤 원인도, 전조도 없"(12쪽)이 어느 날 갑자기 말을 잃어버린다. 그녀가 "반년 전에 어머니를 여의었고, 수년 전에 이혼했고, 세 차례의 소송 끝에 마침내 아홉 살 난 아들의 양육권을 잃었"(12쪽)다는 사실은 그 이유가 되지 못한다. 이를 "자명한 원인들"(12쪽)이라 생각하는 심리치료사에게 그녀는 *"그렇게 간단하지 않아요"*(13쪽)라고 글로 써서 답한다. 이는『바람이 분다, 가라』에서도 보았듯, 일관된 서사적 논리로 누군가의 삶을 설명할 수 있다고 주장하는 것이 그 삶의 허위화를 요구하는 일종의 폭력일 수 있음을 환기시킨다.

여자가 말을 잃은 것은 오히려 언어 자체에 대한 극도의 민감성과 관련된 것으로 짐작할 수 있다. 처음 글을 배울 때부터 소리나 형상 같은 언어의 감각적 특성에 예민하게 반응했던 여자는 "아슬아슬하게 결합돼 있던 음운들의 경이로운 약속"에 매혹되거나, "발음과 뜻, 형상이 모두 정적에 둘러싸인" "숲"(14쪽) 같은 단어들을 사랑했던 경험이 있다. 고등학생이었을 때 그녀는 몇몇 글자의 형태를 "상형문자"처럼 묘사한 "밝고 조용하

고 순진한 시들"(164쪽)을 쓴 적이 있으며, 글을 쓰던 시절에는 자신이 사용하는 말들이 "신음이나 낮은 비명. 숨죽여 앓는 소리. 으르렁거림. 잠결에 아이를 달래는 흥얼거림" 같은 것에 "가깝기를 바"(30쪽)라기도 했다. 그런 만큼 그녀는 실재하는 세계나 구체적인 생의 감각과 괴리된 말들, 관습화되고 "너덜너덜해진" 말들, "미끄러지며 긋고 찌르는 말들"(165쪽)에서 물리적인 폭력성을 직접 체감했던 것으로 보인다. 처음 말을 잃었던 열일곱 살 때 여자는 언어가 "수천 개의 바늘로 짠 옷처럼 그녀를 가두며 찌르"(15쪽)는 것을 느꼈고, 그 후에도 "헐거운 말들", "쇳냄새가 나는 말들이 그녀의 입속에 가득" 찰 때면 "조각난 면도날처럼 우수수 뱉어지기 전에, 막 뱉으려 하는 자신을 먼저"(165쪽) 찌른다고 느꼈다.

이는 언어의 표상 능력이 지닌 근원적인 폭력성과도 결부돼 있다. 언어는 "여기 지금 생생하게 나타나는 단수적인 (…) 존재자를 어떠한 구체적인 시공간에도 존재하지 않는" 하나의 동일한 관념에 종속시키고, 그럼으로써 언제든 다시 현재화(re-présentation)할 수 있는 "이해된 것들", "화석화된 것들"로 전환시킨다.[21] 언어의 이 같은 표상 작용은 일종의 '살해' 행위와 다르지 않다. '말하는 존재'인 인간은 이 폭력을 휘두르는 동시에, 자기 자신 또한 존재의 직접적이고 물질적인 지주를 상실한 채 공허한 의식 안으로 내몰린다. 이것이 바로 "언어로부터 발원하는" "존재론적·실존적 슬픔"이자 "언제나 의식 배후에 있는, 죽음의 슬픔"이다.[22] 말을 잃은 여자는 언어의 폭력성과 그로 인한 슬픔으로부터 몸을 숨긴 채, 더 이상 "언어로 생각하지 않"(15쪽)고 "바라보는 어떤 것도 언어로 번역하지 않"(67쪽)으면서 표상하는 주체의 자리에서 물러선다.

<hr>

21   모리스 블랑쇼, 박준상 역, 『카오스의 글쓰기』, 그린비, 2012, 265, 287~288쪽.
22   위의 책, 261~262쪽.

한편 희랍어 강사인 남자는 언어의 "체계가 정점에 이르렀을 때"의 "극도로 정교하고 복잡한 규칙들"(29쪽)을 가르친다. 하지만 그것은 "오래 전에 죽은 말, 구어(口語)로 소통할 수 없는 말"(40쪽)이다. 남자는 또 "현실 속의 아름다운 사물들을 믿는 대신 아름다움 자체만"을 믿었던 플라톤의 사상에 대해 강의하지만, 그것이 실은 "전도된 세계"(93~94쪽)임을 잘 알고 있다. 자기가 공부한 "희랍식 논증의 방식"(43쪽)으로 사고하곤 하면서도 그는, "인간의 모든 고통과 후회, 집착과 슬픔과 나약함 들을 참과 거짓의 성긴 그물코 사이로 빠져나가게 한 뒤 사금 한줌 같은 명제를 건져 올리는 논증의 과정"에서 그 "명철한 문장들 (…) 사이로 시퍼런 물 같은 침묵이 일렁이는 것을"(44쪽) 느낀다. 남자의 이야기는 여자의 이야기와는 전혀 다른 방식으로, 추상화하고 동일화하는 사유와 이를 지탱하는 언어의 체계에 대한 반성과 회의를 담아내고 있다.

자신이 "보이는 이 세계를 반드시 잃을 것"임을 아는 남자는 "한 칼에 감각적 실재를 베어버리는 불교"(44쪽)나 플라톤 식의 영원한 '이데아'에 매달리기도 했지만, 실상 그를 매혹시킨 것은 "덧없고 아름다운 세계"(92쪽), "순간순간 나타났다 사라지는 (…) 감각적"인 "아름다움"(117쪽)의 세계였다. 남자와 여자는 이렇듯 상반된 듯하면서도 서로 닮아 있다. 언어로 사유하지 않는 여자가 "따뜻한 밥을 먹을 때" 때때로 "자신이 밥이라고 느"끼고 "차가운 물로 세수를 할 때 (…) 자신이 물이라고 느끼"(59쪽)듯이, 시력을 잃어가는 남자는 종종 어둠 속에서 자신과 외부의 "경계가 완전히 허물어진 흐릿한 세계"(39쪽)를 경험한다. 이런 상태는 자연의 물질성을 지배하는 의식적 존재로서의 주체의 권능도, 세계를 자기 앞에 정렬하는 원근법적 중심으로서의 주체의 지위도, 다만 잠정적이거나 인위적인 것이었음을 직감케 한다. 그것은 또한 '나'라는 경계의 확실성과 주체의 내재성에 대한 우리의 믿음이 헛된 신념일지 모른다는 의심과도 통한다.

이 문제는 특히 남자의 이야기 가운데 편지 형식으로 이루어진 세 개의 장들(5, 9, 14장)과 관련이 깊다. 이 장들에서 남자는 세 명의 서로 다른 인물들을 수신인으로 삼아 자기 이야기를 하고 있다. 그들은 각각, 독일에 살던 열일곱 살의 그가 열렬히 사랑했던 R(어렸을 때 청력을 잃어 말을 하지 못하는 여자), 어머니와 함께 아직 독일에 살면서 오빠를 걱정하는 여동생 란, 그리고 한때 그를 열망했지만 이제는 죽고 없는 동성 친구 요하임이다. 부치지 못했거나 반송되어 온 남자의 긴 편지들에서 2인칭('당신', 또는 '너')으로 호명되는 그 타인들은 '나'의 말하는 행위 내부에 있으며, 남자는 그들을 전제로 하여 그들과 더불어서만 '나'에 관해 이야기할 수 있다. 남자가 1인칭으로 발화하는 자기 이야기의 상당 부분이 이 편지들로 이루어진 것은 "처음부터 나는 너와 나의 관계(I am my relation to you)"[23]이며, 자기 스스로에게 정초된 완전한 내재성이란 불가능하기 때문일 것이다.

사랑한 만큼 상처를 주고 상처 입었던 그 관계들에서 남자는 타자의 영향에 종속된 철저한 민감성으로, '영향 받음' 그 자체로 나타난다. 여동생을 수신인으로 하는 편지에서 남자는 "우리가 (…) 한 바구니에 담긴 두 개의 달걀, 같은 흙반죽에서 나온 두 개의 도자기 공"처럼 "그토록 연하고 부서지기 쉬웠을 때," "네 찌푸린 얼굴, 우는 얼굴, 깔깔 웃는 얼굴 속에서 내 유년은 금이 가며, 부서지며, 가까스로 무사히 모아 붙여지며 흘러갔"(80~81쪽)다고 고백한다. 첫사랑이던 '당신'이 "이해할 수 없는 광기로 (…) 나무토막을 집어 내 얼굴을 쳤을 때"(48쪽)나, "까다로운 친구"이자 "동갑내기 스승"(116쪽)이던 "네가 나를 처음으로 껴안았을 때"(123쪽)도, 그

---

23   Judith Butler(2005), p.81.

들의 고통과 슬픔은 남자의 몸에 생생히 새겨진다. 그리고 그 흔적들이 남자 '본연의 모습'을 형성한다. 남자의 얼굴에 "가늘고 희끗한 곡선으로 그어진", "오래전 눈물이 흘렀던 곳을 표시한 고(古)지도 같"은 "흉터"(11쪽)에서부터, "누군가에게 말을 걸 때 그가 짓는 특유의 표정"(91쪽)까지, 남자를 다른 사람과 구별되게 하는 특성들(여자의 눈에 비친)은 모두 그들과의 관계에서 빚어진 것들이다. 이런 그의 모습은 "타인은 우리를 거슬러 우리에게 영향을 미친다. 그리고 이런 수동성이 주체의 주체성이다"[24]라는 레비나스의 말을 떠올리게 한다.

남자는 '영향 주기'로서의 타자의 의미와 타자의 영향에 의해 취임되는 '나(me)'의 의미[25]를 말없이 증언하고 있다. 나아가 그가 지닌 '무의지적' 민감성과 "영향 받을 수 있는 능력"[26]은 "상처 입기 쉬운 곳으로 가득한 인간의 몸"(123쪽)에 대한 자각으로 이어진다는 점에서 윤리적 지향을 띤다. 우리 모두가 타자로부터의 영향과 상처 받을 가능성에 피할 수 없이 노출된 존재라는 사실은 우리를 '관계로서의 책임'에 연루시킨다. 타자 윤리란 이 "참을 수 없는 노출을 공동의 취약성"으로 받아들이는 데서 생겨난다고 할 수 있다.[27] 자신의 질문에 아무런 대답 없이 자리를 뜬 여자를 황급히 따라 나와 "혹시 내 말을 들을 수 없나요?", "말하지 않아도 됩니다. 아무것도 대답하지 않아도 돼요. 정말 미안합니다. 미안하다는 말을 하려고 나왔습니다"라고 "필사적으로"(66쪽) 사과하는 남자의 모습은 '상처 받을 가능성'에 대한 그의 민감성이 어떻게 타자 윤리와 결합하는지를 잘

24　에마뉘엘 레비나스, 김도형·문성원·손영창 역, 『신, 죽음, 그리고 시간』, 그린비, 2013, 279쪽.

25　Judith Butler(2005), p.89.

26　Ibid., pp.87~88.

27　Ibid., p.100.

보여준다.

남자와 여자를 서로에게 이끈 것도 상처 입기 쉬운 연약한 생명에 대한 그들의 무의지적 민감성이다. 건물 안에서 길을 잃고 "다급하게 울며" 여기저기에 "머리를 들이받는"(128쪽) 작은 새를 그냥 지나치지 못했던 여자와 마찬가지로, 남자 역시 그 새를 밖으로 나가게 해주려다 계단을 헛디뎌 부상을 입는다. 안경알이 밟혀 깨어지고 그 조각에 손을 다친 채 어둠 속에 주저앉은 남자는 "누구의 기척도 들리지 않는"(132쪽) 위층을 향해 "누구 없어요?", "거기 누구 없어요?"(131쪽)라고 희망 없이 소리친다. 놀랍게도 여자는 이 부름에 응답한다. 텅 빈 강의실에 홀로 앉아 있던 여자에게 남자는 "나 이외의 다른 누구도 응답할 수 없는 끝없는 구조 요청"[28]과 다르지 않았고, 이 위태로운 연약함의 부름 앞에서 여자는 누구도 대신할 수 없는 '말함(le Dire)의 의무'[29]에 노출된다. 남자에게 그녀는 "마침내 (…) 계단을 향해 내려오는" "구두 소리"(133쪽)와 다가오는 "기척"과 "숨소리"(134쪽)로 '내가 여기 있습니다'라는 신호를 보내고, 손을 뻗어 남자를 일으키고, 그의 손바닥에 손가락으로 글자를 쓴다. '말해진 것(le dit)'으로서의 언어에 앞서는 '말함'의 이 같은 수행은 그녀를 "소환됨의 정체성을 갖는 주체"[30]로 변환한다.

이렇게 보면 『희랍어 시간』은 언어를 지우고 주체에서 물러났던 여자가 회피할 수 없는 타자의 말 걸기에 응답하며 주체화되는 과정의 이야기라 할 수 있다. 이 주체는 내재성에 머무르는 동일자가 아니라 타자에게 노출되어 자기 바깥에서, 타자와의 사이에서 발생하는 주체이다. 그것은

---

28 모리스 블랑쇼, 앞의 책, 55쪽.

29 에마뉘엘 레비나스, 앞의 책, 242쪽.

30 위의 책, 236쪽.

또한 우리 모두의 결핍이자 한계인, 연약하고 유한한 '공동의 몸'을 통해
윤리의 영역으로 열리는 주체이기도 하다. 남자의 집에서도 여자는 "그
의 얼굴 속에 새 같은 무엇인가가 살아 있다는 것을, 그 따스한 감각이 그
녀에게 즉각적인 고통을 일깨운다는 것을"(147쪽) 깨닫는다. 남자의 두서
없는 자기 이야기들은 여자의 기억 속에서 어느 누구의 것일 수도 있는
유한성의 경험들(그녀가 목격한 죽음들, 질병과 절망 등의 한계상황)을 떠올리게
하고, 그로 인해 여자는 "지금 들려오는 말이 누구의 것인지 알 수 없"(167
쪽)다고 느낀다. "내 말이 들리나요?", "거기서, 듣고 있나요?"(169쪽)라는
남자의 절망적인 요청에 여자는 "온 힘을 다해"(169쪽) 지속적으로 응답한
다. 타인의 처분에 내맡겨진 남자의 취약하고 무력한 신체에서 자기 자
신과 우리 모두의 유한성을 발견함으로써, 그녀는 그와 접촉하고 소통하
게 된 것이다.

　　그들의 포옹과 입맞춤은 타인을 향해 '기울어진(偏位)'[31] 유한한 실존의
접촉이자 그 숨결의 나눔으로 나타난다. 그것은 동일화의 욕망이나 융합
에의 환영에 사로잡히지 않은 사랑의 가능성으로 이어진다. "심장과 심
장을 맞댄 채, 여전히 그는 그녀를 모른다"(183쪽), "맞닿은 심장들, 맞닿은
입술들이 영원히 어긋난다"(184쪽)는 표현처럼, 그들은 서로의 불투명성
과 '사이'의 벌어진 틈을 삭제하려 하지 않는다. 그 틈 혹은 어긋남은 오히
려, '관계'를 통해 외존(ex-position)하며 "개체의 영역으로도, 전체의 영역으
로도 환원될 수 없는" '공동-내-존재'의 가능성을 현시한다.[32] 그들의 관

31　　장-뤽 낭시, 앞의 책, 26쪽. 타자를 향한 주체의 '기울어짐'은 한강 소설의 이질적 발화
　　와 그것이 지닌 윤리적 성격과도 관련이 깊다. 이 글에서 한강 소설의 이탤릭체를 '기
　　울어진 서체'라고 부른 이유가 여기에 있다. 강소희 역시 「오월을 호명하는 문학의 윤
　　리」(『현대문학이론연구』 62집, 2015)에서 이와 유사한 이유로 "기울임체"(21쪽)라는
　　표현을 사용한 바 있다.

계는 '함께 있음' 자체 이외에는 어떤 목적에도 봉사하지 않으며, 어떤 것을 나누기보다 '나눔(partage)' 그 자체를 공유하는 '연인들의 공동체', '부정(否定)의 공동체', '밝힐 수 없는 공동체'를 향하고 있다.[33]

그 속에서 이제 그들은 침묵으로 소통하고, 텍스트의 언어 또한 무한히 침묵에 가까워진다. "그때 우리는 바다 아래의 숲에 나란히 누워 있었어요. // 빛도 소리도 그곳에는 없었지요"(185쪽)로 시작되는 한 장(21장)은 "영원히 흔적을 지우는 눈처럼 정적이 쌓였어요. // 무릎까지, 허리까지, 얼굴까지 묵묵히 차올랐어요"(190쪽)라는 말로 끝난다. 남자의 말로도, 여자의 말로도 규정짓기 어려운 이 발화는 "목소리들의 분유(partage)"[34] 또는 '공동-내-존재'인 '우리'의 목소리라고 불러야 할지 모른다. "무엇인가가 우리 내부에서 깨어"(187쪽)지면서 동일자의 봉인을 뜯고 흘러나오는 이 목소리는 재현 너머의 공간과 시간 바깥의 시간에 침묵처럼 고요하게 울리고 있다. 어느 누구의 것도 아닌 이 목소리가 흐른 뒤, 소설의 마지막 페이지에서 여자는 "*마침내 첫 음절을 발음*"(191쪽)한다.

> 나는 두 손을 가슴 앞에 모은다.
>
> 혀끝으로 아랫입술을 축인다.
>
> 가슴 앞에 모은 두 손이 조용히, 빠르게 뒤치럭거린다.
>
> 두 눈꺼풀이 떨린다. 곤충들이 세차게 맞비비는 겹날개처럼.
>
> 금세 다시 말라버린 입술을 연다.
>
> 끈질기게, 더 깊이 숨을 들이마셨다 내쉰다.

---

32 모리스 블랑쇼 · 장-뤽 낭시, 앞의 책, 97, 107~108, 117쪽.

33 위의 책, 21, 75~80, 125, 141쪽.

34 장-뤽 낭시, 앞의 책, 171쪽.

마침내 첫 음절을 발음하는 순간, 힘주어 눈을 감았다 뜬다.

눈을 뜨면 모든 것이 사라져 있을 것을 각오하듯이. (191쪽)

여자가 다시 말하기 시작하는 이 부분에서 처음으로 그녀는 1인칭으로 발화한다. 이는 그녀가 '우리' 공동의 언어, 침묵의 언어(문학적 글쓰기)를 되찾으며 글쓰기 주체로 다시 태어나는 순간을 인상적으로 보여준다. *"눈을 뜨면 모든 것이 사라져 있을 것을 각오하듯이"*, 그녀는 존재의 유한성과 관계의 유한성을 겸허히 긍정한다. 이 대목에 다시 등장한 기울어진 서체는 타인을 향한 주체의 정념과 이질적인 목소리들을 향한 그녀의 이끌림을 '상형문자'처럼 구현하면서, 한강의 글쓰기가 나아갈 방향을 묵묵히 예고하고 있는 듯하다.

주체화와 타자 윤리에 대한 한강의 모색이 지닌 의의

지금까지 이 글에서는 한강의 『바람이 분다, 가라』와 『희랍어 시간』에 나타난 주체화의 양상과 그 윤리적 성격을 살펴보았다. 『바람이 분다, 가라』에서 한강은 남성 / 여성의 이분법과 이성애 / 동성애의 대립마저 해체하면서, 성별화된 몸을 통해 자기동일적 주체를 산출하는 상징적 규범 체계의 작동방식과 그 파괴력을 가시화했다. 이 소설에서 타인과 자기 자신의 '불투명한' 진실들에 다가가기 위한 글쓰기의 과정은 동일화의 한계를 넘어서는 비표상적 주체의 가능성을 암시하고 있었다. 이후 『희랍어 시간』에서 한강은 물질적이고 구체적인 생의 감각을 소거하는 언어의 표상 작용과 추상적 사유 체계의 폭력성에 주목하는 한편, 상처 입을 가능성에 노출된 우리 '공동의 몸'에 대한 무의지적 민감성을 통해 '공동-내-존재'로 다시 태어나는 인물의 주체화 과정을 그려 보였다. 이는 타자와의 관계 속에서 타자의 영향에 의해 발생하는 주체의 외재성과 책임의 윤리, 그리고 개체성을 초과하는 목소리들의 분유로 이어진다는 점에서, 『바람이 분다, 가라』의 모색들을 힘 있게 밀고 나간 성과라고 할 수 있다.

　『바람이 분다, 가라』와 『희랍어 시간』은 여성의 설명할 수 없는 고통에 몰두했던 한강의 소설이 더 근원적인 주체의 모순과 곤경으로 문제의식을 확장하는 양상을 잘 보여준다. 이 두 장편은 또한 개별적인 상처의 영역을 넘어서는 인간 공동의 취약성과 유한성에 주의를 기울이고, 이를 바탕으로 동일성에 종속되지 않는 공동체의 가능성과 '함께 있음'의 윤리로 나아가는 한강 소설의 여정으로서도 의의를 지니고 있다. 희생자의 훼손된 신체에서 역설적으로 인간의 존엄성을 발견하고 살아남은 자의 몸에 새겨진 고통을 우리 모두의 아픔으로 겪어내는 『소년이 온다』의 세계는 이 과정을 거쳐서 도달한 한강 소설의 한 정점일 것이다. 이는 죽은 소년 동호를 2인칭으로 호명하는 여러 발화자의 분유하는 목소리들을 통해 재현 불가능한 고통을 텍스트에 새겨 넣는 이 소설의 비표상적 글쓰기와도 긴밀하게 얽혀 있다. 『바람이 분다, 가라』와 『희랍어 시간』에 나타난 한강의 모색을 『소년이 온다』의 비표상적 글쓰기와 연결하는 더 구체적인 논의는 다음 작업으로 남겨둔다.

(2016.4)

내면성의 시대, 그 이후

조경란의 소설집 『풍선을 샀어』(문학과지성사, 2008)는 새로운 시작에 대한 의욕과 결의로 팽팽히 부풀어 있다. 그것은 특히 글쓰기의 새로운 출발에 대한 다짐과 선언의 성격을 띤다. "책을 한 권 쓰고 싶어"(「풍선을 샀어」, 49쪽), "이것은 나의 첫 번째 책입니다"(「형란의 첫 번째 책」, 119쪽), "나는 성장하려는 열망으로 부푼 소년처럼 수줍게 나의 책, 이라고 읊조려보았다"(「버지니아 울프를 만났다」, 144쪽), "새 희곡을 한 편 쓰기로 했다. 쓰겠다는 생각보다는 쓰겠다는 의지가 더 중요한 그런 때가 온 것 같다"(「밤이 깊었네」, 197쪽) 등등.

쓰고 싶다, 쓰겠다, 쓰기로 했다고 말하는 것은 그러나, 지금은 쓰고 있지 않다고 말하는 것과 같지 않은가? 조경란이 자기 스스로에게 "뒤돌아보는 것이 아니라 앞으로 나아가는 거다"(「풍선을 샀어」, 51쪽)라고 주문을 걸 때, 나는 어쩐지 그녀가 멈추어 서서 뒤를 돌아보고 있다고 느낀다. 『풍선을 샀어』는 조경란 소설의 새로운 시작을 알리는 신호탄이라기보다는 변화에 대한 작가적 욕망과 필요성의 정직한 고백일 것이다. 이 책의 희망적인 어조 속에는 조심스러운 탐색과 부대낌의 흔적들이 숨죽인 채 웅크리고 있다.

그 어떤 변화에 대한 기대감을 공유하면서, 그녀와 더불어 나는 조경란 소설들을 되돌아본다. 거슬러간 시선이 머무는 첫 장면은 아무래도 「불란서 안경원」(『불란서 안경원』, 문학동네, 1997), 비유나 선언이 필요 없는 그녀의 '첫 번째 책'이다. 여러 평문들이 주목했듯이, 목 윗부분까지 단추를 꼭꼭 채운 흰 블라우스를 입고 불란서 안경원의 통유리 안에 앉아 있던 '나'는 조경란 소설의 90년대적인 페르소나였다. 통유리 바깥세상을 폭력적으로 경험하면서, 그 허약하고 부서지기 쉬운 경계를 견고한 방어막으로 위장한 채, 통유리 안의 세계를 고집스레 지키려 했던 여자. 그녀의 모습은 이전 소설들에 대한 안티테제로 '내면성'을 설정했던 90년대 소설의 인상적인 페르소나이기도 했다. 그녀가 견뎌야 했던 차폐감(遮蔽感)과 상실감, 자기방어와 피해의식까지도, 90년대적인 맥락에서 기억되고 의미화될 수 있었다.

「나의 자줏빛 소파」(『나의 자줏빛 소파』, 문학과지성사, 2000)에 이르면 「불란서 안경원」의 '나'는 좀 더 구체적인 '작가'의 형상을 얻게 된다. 편지를 쓰는 사람이자 뜨개질하는 사람인 그녀가 다른 사람을 위해 떴던 스웨터를 풀어 자기 자신의 옷을 뜨개질할 때, 그 행위는 명백하고 단호한 문학적 자의식의 표명이었다. '나'를 이야기하는 글쓰기, 자아의 내면을 직조하는 글쓰기. 조경란은 자신이 무엇을 쓰고자 하는지 알고 있었고, 자기가 원하는 바로 그것을 썼다. 그렇게 그녀는, 지금 우리가 '내면성의 시대'라고 부르기를 주저하지 않는 90년대의 작가로 스스로를 정립해냈다.

90년대를 지나며 우리에겐 내면성 자체를 반성해야 하는 과제가 남겨졌다. 그것은 고립된 내면성의 한계를 인정하고 다시 자아의 바깥과 외부 현실로 눈을 돌리는, 단순한 양자택일의 문제가 아니었다. 처음 말을 배우는 아이처럼 질문해보자. '나'의 이야기란 무엇인가? '나'의 내면과 그 바깥은 그렇게 간단하게 구분될 수 있는가? 우리 각자의 이야기는 매 순간 수많은 다른 사람들의 이야기와 얽혀들어 있다. 내 삶의 모든 단면들이 내 가족, 내 친구들, 내 동료들과 같은 타인의 이야기에 포함되어 있으며, 더구나 내 삶의 시작(수태 혹은 출생)과 끝(죽음)은 실제로 '나'의 이야기가 아니라 차라리 다른 사람들(내 부모, 또는 내가 죽은 뒤에도 살아 있을 사람들)의 이야기에 속한다.[1] 또한 내가 볼 수 없는 나의 옆모습과 내 등 뒤로 펼쳐진 노을을 바라보는 타인의 시선이 없다면 나는 자신의 이미지를 획득할 수도, 통합적인 자아를 산출할 수도 없다. 전적으로 다른 의식에서 나오는 시선의 '잉여'만이 나에게 경계선을 부여해주기에, 바흐친 식으로 말해서 자기 안을 응시할 때 우리는 항상 "타자의 눈 속"을, 또는 "타자의 눈으로" 들여다본다.[2] '나'는 언제나 어느 정도는 '자기 바깥'에 있는 것이다.

90년대적인 내면성에 대한 2000년대 문학의 반성은 내면성과 그 바깥

---

[1] Paul Ricœur, Trans. Kathleen Blamey, *Oneself as Another*, Chicago and London : The Univ. of Chicago Press, 1992, pp.160~161.

[2] Mikhail Bakhtin, "Toward a Reworking of the Dostoevsky Book", *Problems of Dostoevsky's Poetics*, ed. and trans. Caryl Emerson, Minneapolis and London : Univ. of Minnesota Press, 1984, p.287.

을 대립적인 것으로 사유하는 방식으로는 수행될 수 없었다. 2000년대 문학은 안과 밖, 주체와 타자, 코기토와 반코기토의 충돌이나 교체를 넘어서는, 또 다른 인식론적·존재론적 장소에 대한 탐구로 이어져야만 했다. 조경란의 『풍선을 샀어』는 『코끼리를 찾아서』(문학과지성사, 2002)와 『국자 이야기』(문학동네, 2004)의 뒤를 잇는 이러한 모색의 한 끝에 놓여 있으며, 이 과정에 대한 조경란 자신의 반성적 성찰로도 읽힐 수 있다. 90년대적인 것을 넘어 스스로를 변화시켜 나가려는 조경란 소설의 모색들, 그 몇몇 인상적인 장면들 속에는 어느덧 2000년대 후반을 지나며 2000년대 문학의 성과와 한계를 돌아보게 되는 지금, 우리가 귀 기울여 들어야 할 이야기들이 깃들어 있지 않을까.

절대적 타자의 침전물과 초월적 교통의 비전(秘傳)

조경란 소설에서 90년대적인 내면성은 '통유리' 안과 밖의 극명한 대비, 특히 그 바깥을 공격적이고 적대적인 세계로 규정하고 소심하지만 도도하게 그 세계에 대항하는 '나'의 결연함으로 인해 더욱 오롯해 보였다. 소통 불능의 고립감은 그 필연적인 결과였고, 타자와의 소통에 대한 조경란 소설의 갈망은 어찌할 수 없는 좌절을 통해서 자신의 세계를 돋을새김하는 역설의 메커니즘이기도 했다. '내면성의 시대'를 통과한 직후에 나온 조경란의 『코끼리를 찾아서』는 이 같은 닫힌 회로를 벗어나고자 하는 안간힘의 기록들이다. 90년대적인 것을 가장 그녀다운 세계로 체화했던 조경란에게 이를 탈피하기 위한 노력은 말 그대로 몸을 바꾸려는 자의식적 고투였을 것이다.

「우린 모두 천사」에서는 이런 시도가 고립된 '나'의 내면을 복수화하여 서로 다른 내면세계들을 병치하는 방식으로 나타난다. 조경란은 '팔월 미술학원'을 중심으로 모이고 흩어지는 여러 인물들(김요옥, 이미란, 장이혁, 유상진, 박순례)을 교대로 초점화하면서, 누구에게도 끝내 이해받지 못하는 각자의 내면세계를 조각조각 몽타주한다. 인물들 사이의 엇갈리는 욕망들과 심리적 결핍감은 그들 모두가 지닌 '도벽'이라는 증상으로 가시화된다. 서술권을 독점하는 '나'의 내면 대신에 초점자의 교체에 따라 서로를 대체하는 이질적인 내면'들'을 묘사하는 이런 방식은 대체 불가능한 자아의 자리를 세계의 '중심'이 아닌 관점의 '한계'로서 받아들이는 태도와 관련된다. 조경란은 성까지 붙인 딱딱한 고유명사로 자신의 인물들을 호명하면서 그들 모두와 일정한 거리를 유지하는 한편, 그들 각각을 다른 인물들의 눈을 통해 번갈아가며 비춰 보인다. 초점화의 주체로서 스스로를 바라보는 각자의 모습과 타인의 눈에 비친 그들의 또 다른 모습들은, 우리는 모두 자기 자신과 일치하지 않는다는 사실을 문득 깨우쳐준다. 그러나 그 간격은 결국 이 소설에서 소통 불능의 무력감을 겹겹이 증폭시키는 결과를 초래한다.

지금 내 눈앞에 보이는 저 흰색은, 서로 다른 시간과 공간 사이의 경계선이겠죠. 그러니까 미란씨, 하나의 색에서 다른 색으로 넘어가는 건, 경계를 넘는다는 말인가요? …… 난 꼭, 아, 이 말은 다 해야…… 우리가 생각했던 것처럼 색들은, 서로 대립되는 게, 아니군요, 마주보고 서 있는 게 아니라, 모든 색이…… 빛과 어둠의 혼합에서 생성되는…… 눈에 보이는 빛깔들은, 외부 세계에 존재하는 게 아니라…… 내부에서부터, 오는…… 나만의 반응인 것 같아…….

—「우린 모두 천사」, 『코끼리를 찾아서』, 113쪽

　자살한 김요옥이 남긴 녹음테이프에서 소음에 묻혀 자꾸만 끊어지는 그녀의 목소리는 가장 솔직하고 내밀한 최후의 고백마저 타인에게 가닿을 수 없다고 하는 조경란의 생각을 그대로 대변해준다.

　「우린 모두 천사」에서 보여준 조경란의 새로운 시도가 여전히 소통 불가능성의 확인으로 귀결되고 마는 상황은 고착된 내면성의 자리를 다른 어딘가로 옮겨가는 과정에서 그녀가 아직은 머뭇거리며 불안해하고 있음을 짐작케 한다. 이를테면 "색들은, 서로 대립되는 게" 아니라 "모든 색이" "빛과 어둠의 혼합에서 생성되는" 거라는 김요옥의 말은 내면적 자아의 "경계선", 그 폐쇄성을 의심하고 부정하는 태도를 암시한다. 하지만 곧바로 이어지는 그녀의 말, "눈에 보이는 빛깔들은, 외부에 존재하는 게 아니라…… 내부에서부터, 오는…… 나만의 반응"이라는 말에서는 다시 내부와 외부의 완강한 이분법과 배타적인 내면성에 대한 집착이 드러난다. 김요옥의 목소리를 반복적으로 차단하고 방해했던 것은 아마도 이 두 가지 입장 사이의 간섭과 충돌이었을 것이다. 이 소설은 고립된 내면성을 넘어서는 소설적 가능성을 향한 욕망과 그것에 대한 불신 사이에서 주저하고 갈등하는, 조경란 자신의 작가적 무의식을 반영하는 것처럼 보인다.

　한편 「코끼리를 찾아서」에서는 귀신들('이 집의 전령들')과 '코끼리' 같은 낯선 타자들이 '나'의 내면으로 불시에 찾아드는 방식으로, 한 번 더 변화의 가능성이 타진된다. 이미 죽은 '나'의 친척들은, 불완전하거나 의미가 불분명한 어린 시절의 기억들과 더불어, 내가 다 설명하고 동일화할 수 없는 내 안의 타자성으로 기입된다. 폴라로이드 카메라에 찍힌 코끼리의 형상은 그 타자성의 해독되지 않는 기호일 것이다. '나'의 가족들 또한 이제는, 『움직임』(작가정신, 1998)이나 『가족의 기원』(민음사, 1999)에서처럼 온전히 내가 되기 위해 벗어나야 할 굴레라기보다는, 내가 인정하고 받아들여야 할 존재의 한 차원으로 그려지기 시작한다.

그런데 불가사의한 비밀처럼 '나'와 연결되는 죽은 친척들과는 달리, 살아 있는 가족들은 이해와 소통의 장벽이라는 조경란 소설의 딜레마로부터 자유롭지 못하다. 이 소설의 '나'가 절대적이고 초월적인 타자성에 대해 그처럼 수용적일 수 있는 것은 어쩌면 그 타자들에게는 실질적인 관계나 그로 인한 책임이 면제되어 있기 때문일지 모른다. 소통과 관계 맺기라는 문제에 있어 '나'는 여전히 회의적이고 얼마간은 회피적이다. "나의 코끼리"(219쪽), "고독한 나의 코끼리"(210쪽)가 내 안의 타자성(절대적 타자성), 그 불가해함의 소중한 표상인 동시에 가족들('나'와 관계를 맺는 가까운 타자들) 간의 몰이해와 소통 불가능성의 단적인 증거이기도 하다는 사실은 결코 우연이 아닐 것이다.

타자와의 접촉과 교통 가능성을 초월적인 영역에서 구하려는 이 같은 시도는 실제적인 소통의 암담함과 희망 없음에 대한 반증이 될 수 있다. 이런 양상은 '송신나무'의 신비(전극을 연결한 나무들끼리 위험을 알리는 신호를 교환하는)를 통해 타자와의 교신에 대한 희망적 전망을 제시하고자 했던 「동시에」에서도 발견된다. "병하라는 청년은 죽지 않았다. 네가 부르면 그는 네 목소리를 알아듣곤 곧장 심장을 쿵쿵거리며 네게로 올 거란다. 나의 그가 그러했듯이, 나의 나무가 그러했듯이"(44쪽)라는 이모의 말은, 사랑하는 사람을 잃고 자살을 기도했다가 의식불명 상태에 빠진 윤슬에게 과연 얼마나 위로가 될 수 있을까? 조카에게 들려주는 간곡한 이야기로 이루어진 이 소설이 의식을 잃어 아무 말도 알아들을 수 없는 윤슬의 머리맡에서 저 혼자 중얼거리는 '나'의 기나긴 독백으로 마감될 수밖에 없는 상황은 무척 아이러니하다.

조경란의 『코끼리를 찾아서』에서 배타적인 '나'의 자리를 대체하는 '삼인칭' 인물군(群)의 등장, 죽은 자들과 인간 아닌 존재들을 통해 환기되는 타자성의 이미지, 초월적 비전(秘傳)으로 암시되는 소통에의 희망 등은 내면성의 좁은 울타리를 넘어서기 위한 힘겨운 모색의 다양한 예들이다. 이 같은 시도들은 그 자체로, 90년대적인 내면성의 한계를 반성적으로 돌아보는 과정이자 조경란 소설의 변화된 지향으로서의 의의를 지닐 수 있다. 하지만 폐쇄적인 '나'를 낯선 타자들의 군집으로 분산시키거나 주체의 타자성을 이질적인 불활성의 덩어리로 응결하는 일, 수시로 '나'와 부딪히고 얽혀드는 구체적인 타자들의 문제를 절대적 타자의 불가해성으로 치환하여 해소하는 일 등은 타자성의 테마를 다루는 피상적인 작업에 머무를 우려가 있다. 이는 조경란 소설만이 아니라, 90년대를 넘어 2000년대적인 것을 찾아나가던 우리 소설 전반이 당면한 쉽지 않은 과제이기도 했다.

'상처─틈─구멍'으로 타자에게 열리는 길

조경란의 『국자 이야기』는 『코끼리를 찾아서』의 연장선상에 있지만, 미묘한 변화가 감지되는 소설집이다. 여기서도 조경란은 내면성과 타자성의 문제를 소통이라는 화두로 모아들이는데, 그 욕망은 특히 '틈'과 '문', 그리고 '입술'에 대한 집착으로 표출된다. 사람들 사이에 벌어진 '틈'이 '안개'의 이미지와 결합돼 있는 「좁은 문」부터 읽어보자.

농밀한 안개가 입김처럼 뜨겁게 다가왔다. 남자는 그러다가 여자의 얼굴이 아주 보이지 않게 될까봐 초조했지만 그것이 막이 걷히듯 확 사라질까봐 더 두렵기도 했다. 사람과 사람 사이에 틈이 있고 중요한 건 그 틈을 없애는 게 아니라 지켜나가는 것이라면 그 순간 남자는 여자와 자신 사이의 틈을 안개가 대신 채워주기를 간절히 원하고 있었다.

— 「좁은 문」, 『국자 이야기』, 244쪽

사람과 사람 사이의 "틈을 없애는 게 아니라 지켜나가"야 한다는 '남자'의 생각은 그 '틈'을 균열이나 간극이 아닌 숨 쉴 공간과 소통의 여지로 바라보는 관점의 전환에 기인한다. '틈'을 채워주는 "농밀한 안개"는 사람들 각자의 폐쇄적인 경계'선'을 흐릿한 경계'지대'로 변하게 한다. 나아가 남자는 "여자와 자신 사이의 틈을 안개가 대신 채워주"길 바라는 데 머무르지 않고, 저 스스로 기꺼이 "안개가 되"(251쪽)고자 한다. "내실의 벽을 유리로 덧대고 안쪽에서 틀어막"은 뒤 "천장을 뒤덮은 유리 위에 차가운 얼음덩어리를 올려놓"(같은 곳)은 채로, 그는 결국 "안개가 된다"! 그런 '남자'의 모습은, 자아란 닫혀 있는 경계선의 '내부 영토'가 아니라 느슨하게 펼쳐진 '경계지대' 그 자체임을 말없이 증언한다. 이렇게 「좁은 문」은, 무연(無緣)한 타자들로 분해되지 않고도 온몸이 잠정적인 '문'으로 열릴 수 있는 개방적인 자아의 형상을 이미지로 그려 보인다.

이에 비하면 「입술」은 다소 비관적이고(여기서 '입술'은 입을 맞출 때 '영혼이 빨려 들어가는 통로'이기도 하지만, 그보다는 침묵할 때 '단단하게 잠긴 문'으로 나타난다) 이분법적인 사유틀로부터 그다지 자유롭지 못한 편이지만('나'의 이야기 / 남의 이야기, 첫 번째 입술 / 두 번째 입술 등), 역시 흥미로운 지점들을 지닌 소설이다. '그'와 '여자'(향애), '그'와 '그녀'(미애), '여자'와 '남자'는 모두 소통 불능의 곤혹과 고립감을 견디는 관계이며, '그'와 '여자'와 '그녀'는 다들 자기 이야기를 하지 못하고 남의 이야기만 늘어놓는 사람들이다.

하지만 그들이 하는 남의 이야기들이 실은 가장 내밀한 자기 이야기일 수 있다는 사실은 주목할 만하다. 그것은 '나'의 이야기를 직접 말하지 못하는 심리적 장벽만이 아니라, '나는'이라는 주어로는 말해질 수 없는 것들이 타자의 이야기를 통해 비로소 발화될 수 있는 또 다른 가능성을 암시하는 것으로도 읽힐 수 있기 때문이다.

더욱이 그가 그토록 알고 싶어 했던 '여자'의 이야기는 '여자'의 입술(첫 번째 입술이든 두 번째 입술이든 간에)에서 나오는 자기 고백을 통해서가 아니라, 그가 귀담아들으려 하지 않았던 '그녀'와 '남자'의 말을 통해 예상치 못한 방식으로 그에게 전해진다. 혹시 '여자'의 '두 번째 입술'은 "왼쪽 무릎 뒤"(179쪽)와 같은 신체의 어느 구석진 '안쪽'이 아니라(사촌동생 미애는 숨겨진 또 하나의 입술 같은 건 향애 언니에게 처음부터 없었다고 주장한다), 그녀 '바깥'에 있었던 건 아닐까? 자아는 이렇듯 내면적 존재이기 이전에, 더 근본적으로 외재성('나'를 구성하는 타자의 외재성)을 띠는 존재일지 모른다. 더듬거리고 둘러말하고 남의 이름을 빌려 말하는 그들의 곤경을 이런 식으로 이해해볼 때, 「입술」은 어느덧 자신의 이분법을 교란하고 지우는 '두 번째 텍스트'로 이행해간다.

'코끼리' 대신에 '박쥐' 한 마리가 불쑥 '나'를 찾아오는 「돌의 꽃」은 또 어떤가. 요령부득의 타자인 '박쥐-남자'는 처음 마주치던 날 '나'의 이마에 열여섯 바늘짜리 상처를 낸다. '나'는 상처를 "입술처럼" 벌려서 그 "벌어진 틈"으로 "희고 단단한 눈썹 뼈"를 들여다보며, "그가 내 일부를 열어놓"(70쪽)았다고 생각한다. 박쥐 남자는 "대롱처럼 가늘고 긴 입을 내 이마의 상처 속으로 아프게 쑥 찔러 넣곤 피를 빨기"(77쪽)도 하고, '나'는 "수천 마리 박쥐떼가 내 이마를 찢고 나오는 꿈"(83쪽)을 꾸기도 한다. '나'의 내부와 외부를 잇는 통로는 이처럼 아픈 '상처'의 모습으로 형상화되고, 그 상처-출입구를 통해 '나'는 타자와 교류한다. 내 안에 홀로 웅크리고 있던 고독한 코끼리, 누구에게도 결코 이해받을 수 없지만 그렇기 때문에 오히려 '나'만의 내면성을 증명했던 내부의 타자성은 이제, 그 어떤 손상과 파열(내면의 자족성을 대가로 치르는)을 거쳐 바깥으로, 세상 속으로 쏟아져 나가려 한다.

이 소설 전반에 몽환적인 분위기가 드리워 있으며, 교통의 실현 또한 억눌린 욕망을 분출하는 꿈의 형식에 의존하고 있는 것은 사실이다. 하지만 내부와 외부의 경계선(벽 또는 차단막)이 '상처-문'의 이미지로 변형되는 양상, 그리고 박쥐 남자의 존재를 믿지 않던 친구 B가 "유독 까맣게 빛나는 날개를 가진"(81쪽) 또 한 마리의 박쥐로 표상되는 장면 등은 각별히 눈여겨볼 필요가 있다. 일제히 날아올라 동굴을 빠져나가는 새까만 박쥐 떼들 속에서 뜻밖에도 B를 발견하는 그 순간은, 너 역시 '나'와 마찬가지로 불가해한 타자성을 내면에 품고 있는 고독한 존재였음을 인식하는 순간과 다르지 않다. 이는 '나' 또한 너에게는 한 사람의 타자이며 너 또한 너 자신에게는 단 하나의 '나'라는 사실을 이해하고 승인하는 과정이기도 하다. 이 당연한 사실의 발견은 결코 사소한 변화가 아니다. 그것은 완전한 동일화와 구별되는 타자 이해, 주체의 폐기와는 상관없는 진정한 소통을 위한 필수적인 전제 조건이기 때문이다.

「돌의 꽃」이 도드라지게 묘사한 '상처-문'의 이미지는 「나는 봉천동에 산다」에서는 '구멍'으로 변주되어 나타난다. 하늘의 보름달을 "들어내면" 남게 되는 "구멍 하나"는 "모든 사람의 생"(61쪽)이 저마다 품고 있는 타자성의 심연을 암시한다. '달'이 아니라 달을 '들어낸 자리'에 뚫린 텅 빈 구멍이기에,[3] 거기에는 본질이나 실체가 아닌 부재나 공백의 뉘앙스가 짙게 감돌고 있다. 코끼리로 표상된 육중하고 견고한 타자성이 소통할 길 없는 '나'의 내면을 안으로 닫아걸게 만들었다면, 내 속의 '구멍'은 그 자체로 외상적(外傷的)인 '상처'이자 자아의 밀폐된 구조를 개방하는 '문'이 될 수 있다. 타자 속의 '구멍' 또한 동일화하는 일을 불가능하게 만드는 내적인 결핍으로 작용하지만, 바로 그 불가능성과 결핍을 통해서 타자는 '나'를 향해 열릴 수 있다.

실제로 그 구멍은 이 소설에서 '나'와 아버지를 만나게 한다. 그렇게 오랫동안 떠나고 싶었어도 끝내 벗어나지 못했던 '우리 동네 봉천동', 그곳이 지닌 판자촌의 내력은 부정하거나 지워버릴 수도 없고 그렇다고 내 정체성으로 받아들일 수도 없는, '나'의 이질적인 구멍이다. '봉천동'은 내 바깥에 있는 '나'이고, 내 속의 상처다. "내가 봉천동에 관해 쓰기 시작"(52쪽)한 것은 '나'의 내적인 방해물이 곧 '나'를 구조화하는 존재의 근거임을 깨닫는 과정일 것이다. 그것은 또한 외상적인 구멍을 회피하거나 메움으로써가 아니라 그 이질적인 것과 맺고 있는 스스로의 관계를 통해서 자신의 정체성을 재구성해가는 진지한 노력의 과정이기도 하다. 그럴 때 '나'는 비로소 아버지의 '구멍'을 발견하고 그와 소통할 수 있게 된다. '나'는 여전히, 아버지가 언제 어떤 이유로 고향을 떠나와 봉천동에 정착했는지, 아버지에게 봉천동의 삶이 어떤 의미를 지니는지 잘 알지 못한다. 내가 아버지와 대화할 수 있는 것은 그의 상처가 '나'의 상처와 동일하거나 동일시될 수 있기 때문이 아니라, 아버지 또한 그 어떤 이질성과 불일치 속에서, 그 심연을 통해서 스스로를 버티고 있음을 이해하기 때문이다. 타자를 이해한다는 건 바로 이런 게 아니겠는가?

---

3   그런 면에서 이 소설은 '별-국자'에 초월적인 의미를 부여하는 「국자 이야기」와는 성격을 달리한다. 표제작인 「국자 이야기」는 앞서 언급된 단편들보다 나중에 발표된 소설이지만, 상대적으로 이전 소설집에 더 가까워 보인다.

「나는 봉천동에 산다」는 봉천동이라는 사회경제적·현실적 공간이 전면에 등장했다는 사실만으로도 조경란 소설의 한 전환점으로 주목받을 만했다. 하지만 조경란 소설에서 「나는 봉천동에 산다」가 갖는 더 중요한 의미는 그 공간이 텍스트에 기입되는 방식, 즉 봉천동이라는 타자성의 구멍이 '나'와 관련을 맺고 타자 이해의 통로를 열어주는 이러한 방식에 있다. 이제 보니 『국자 이야기』가 보여준 변화는 내가 막연히 감지했던 것 이상의 진폭과 깊이를 지닌 듯하다. 이 소설집은 2000년대적인 타자성의 테마가 90년대 소설의 내면적 자아를 얼마나 심도 있게 반성할 수 있는지, 또한 전통적인 주체를 그저 대체해버리는 관념적·유희적 차원의 타자성을 넘어 2000년대 소설이 어떤 사유와 소설적 형상에 도달할 수 있는지, 그 구체적인 가능성에 대해 다시 생각해보게 한다.

심리 분석에서 대화적 직관으로

조경란 소설은 프로이트적인 심리주의와 병리적 증상들에 집요한 관심을 드러내기도 한다. 단적인 예로 「국자 이야기」에서는 균형과 리듬에 대한 '나'의 집착이 '강박장애'로 묘사되고, 「잘 자요, 엄마」에서는 가족 관계에서 겪는 심리적 고충이 '공포증'에 대한 분석을 통해 논리적으로 설명된다. 이런 경향은 『풍선을 샀어』에 실려 있는 여러 단편들에서도 쉽게 발견되는데, 「2007, 여름의 환(幻)」, 「마흔에 대한 추측」, 「풍선을 샀어」, 「버지니아 울프를 만났다」, 「달걀」 등에는 모두 이런저런 심리적 장애(불안, 우울증, 공포증, 공황장애 등)를 경험하고 그것에 대처하는 인물들이 등장한다. 자기 이해와 타자 이해의 곤경을 서사화하고 그 해법을 모색하는 과정에서, 조경란은 심리 분석적인 태도와 방법에 이끌리기도 했던 것 같다.

물론 그 양상들은 조금씩 차이를 보이고 있다. 이전 소설집에 실려 있던 「국자 이야기」와 「잘 자요, 엄마」가 자아의 이질성에 대한 '자기 분석'의 성격을 갖는다면, 『풍선을 샀어』의 단편들(특히 「2007, 여름의 환(幻)」, 「마흔에 대한 추측」, 「풍선을 샀어」)은 정신분석 상담가와 주인공 사이의 '관계'를 다룬다는 점이 우선 눈길을 끈다. 『국자 이야기』의 심리 분석이 궁극적으로 '자기 이해'를 지향하는 데 비해, 『풍선을 샀어』의 심리 분석은 '타자 이해'와 '상호 이해' 쪽으로 좀 더 기울어 있다. 심리 분석이 자기 이해 과정으로 수렴되는 소설의 경우 소통 (불)가능성은 타자에게 '이해 받(지 못하)는' 차원의 문제로 조명되지만, 후자의 경우에는 이 문제가 타자를 '이해하고' 타자와 '대화하는', 보다 적극적인 차원으로 이행할 수 있다.

그러나 이런 차이를 지적하는 것으로는 충분치 않다. 자기 분석이든 타자 분석이든 간에, 심리 분석의 방법에는 더 근본적인 한계가 내재하기 때문이다. 프로이트적인 심리주의는 외상적인 '구멍'의 타자성을 자기 동일적인 논리로 봉합하여 '치료'하고자 하는 지향과 분리될 수 없다. 이는 또한 심리적 외상(외상적인 과거의 경험이나 기억)을 증상에 선행하는 본질이나 실체(질병의 기원)로 여기고, 증상은 그것을 감추고 위장하는 부수적 파생물(실체에 도달하기 위해 해독되어야 할 기호이지만, 질병이 치료되면 자연히 제거될 수 있고 그렇게 되어야만 하는)로 간주하는 관점과도 통한다. 이 같은 관점이 지닌 한계들은 여러 각도로 설명될 수 있지만,[4] 가장 큰 문제는 '증상

4　한 가지만 덧붙이자면, 심리적 외상과 질병을 원인-결과의 단선적 · 필연적 연쇄로 바라보는 관점은 외상이 지닌 사후적(nachträglich) 성격, 즉 의미화의 지평이 새로이 구성된 뒤 기의(signifié) 없이 존재했던 과거의 한 사건이 그 지평 아래로 통합됨으로써 뒤늦게 외상의 성격을 얻게 되는 양상을 이해하지 못한다. 따라서 이런 관점은 자기

그 자체'가 지닌 실존적인 구체성과 실존적인 필연성을 이런 식으로는 결코 이해하지 못한다는 점일 것이다.

진정한 자기 이해도 그러하지만, 진정한 타자 이해는 타인의 증상을 논리적으로 해석하거나 병리학적으로 추상화하는 대신에, 전적으로 환원 불가능한 그의 '병적인' 특수성을 기꺼이 인정하고 존중하는 데서부터 시작된다. 나아가, 그럴 수 있다면(!), 그가 살고 있는 '병적인' 우주, 소통에 저항하는 극도로 주관적인 그의 세계를 직관적으로 함께 경험해야 하는 것이다. 우리는 모두 정당성 없는 현실과 일관성이 결여된 상징질서 안에서 저마다 자신의 의미 세계를 조직해야만 하며, 우리의 병적인 특수성이란 우리 각자가 가까스로 그렇게 해나가는 독특한 방식들이자 그 곤혹스러움 자체가 아니겠는가.[5]

그러므로 우리가 정작 주목해야 할 것은 조경란 소설이 심리주의에 대한 의존과 분석에의 욕망을 스스로 넘어서는 지점들일 것이다. 그런 측면에서 『풍선을 샀어』의 몇몇 단편들은 확실히 이전 소설집보다 한 발 더 나아가 있다. "사람은 다 약해요, 라는 들어도 그만 안 들어도 그만인 코멘트를 해주곤" 이내 "약에 대해서만 설명"(「2007, 여름의 환(幻)」, 191쪽)하는 의사에 대한 불신이나, 상담 치료 과정에서 '전이적 사랑'이 생겨나고 분석자와 피분석자의 관계가 역전되는 전형적인 스토리(「마흔에 대한 추측」)에 대해서라면, 새로울 건 별로 없다. 하지만 「마흔에 대한 추측」에서 '나'의 심리적 장애를 표상하는 '토끼'(내가 H에게 선물한 처치 곤란의 애물단지)를 닥터 현이 '나' 몰래 데려다 키우는 대목은 유독 눈길을 끈다. 그런 그의

서사화 과정에서 발생하는 복잡하고 다층적인 심리 과정을 단순화하고 도식화하여, 인간의 자기 이해를 협소하게 만들어버린다.

[5] Slavoj Žižek, *Looking Awry : An Introduction to Jacques Lacan through Popular Culture*, Cambridge, Massachusettes, London : The MIT Press, 1992, pp.137~138.

행동은 타인의 증상을 해석하여 제거하려 드는 대신에 감싸 안아 '보살피는' 태도를 암시해준다. 닥터 현 스스로가 뜻밖에도 자신의 증상들과 내적인 방해물에 주의를 기울이고 그 속에서 자기 존재(상담자로서의 자신의 정체성)를 전면적으로 재구성하기 시작한 것도 이 변화된 태도와 무관하지 않을 것이다. 그들이 주고받는 이야기들이 아직도 분석적인 상담 치료(역할이 전도된)의 색채를 탈피하지 못하고 있긴 하지만 말이다.

같은 맥락에서 「풍선을 샀어」는 더욱 눈여겨보아야 할 소설이다. 「마흔에 대한 추측」이 분석자와 피분석자의 관계를 다룬다면, 이 소설은 피분석자들끼리의 관계(독일에서 상담 치료를 받은 적이 있는 '나'와 다시 치료를 받기 시작한 J)를 그리고 있다는 점이 특징적이다. 물론 여기에도 토마스라는 상담 의사(독일에 있는)가 잠재적으로 개입돼 있고, 과거에 '나'와 토마스는 전이적 사랑의 단계를 경험했을 것으로 짐작된다. 닥터 현이 그랬듯이 토마스 또한 자신의 증상들과 싸우고 있었으며, '나'는 수동적인 피분석자의 자리를 뛰어넘어 그를 치유하는 상담가의 위치에 서기도 했다. 하지만 「풍선을 샀어」는 이러한 '상호 분석'과 '상호 치유'의 관계마저 의심하고 회의한다. 얼핏 이상적으로도 보이는 그 관계에서 토마스는 "나에게 변화가 필요하다는 판단을 내"(9~10쪽)렸고, '나' 역시 그런 필요에 의해 토마스를 떠나서 집으로 돌아온다. 이 소설의 이야기는 여기서부터 시작된다.

과연 '나'는 J와의 관계에서 분석가나 상담가의 역할을 자처하지 않는다. '나'는 다만 "공황장애로 자꾸만 제 가슴을 쥐어뜯고 있는 그의 커다란 손을 내 손으로 움켜잡"고, 단단하게 "맞잡은 손을 놓지 않"(29쪽)은 채로, 그의 고통을 함께 견딘다. 그리고 하나 더. 내가 그래주길 그가 원한다면, "시간이 걸리더라도, 좀 기다려"(34쪽)주는 것이다. 상담가가 피상담자에게 해줄 법한 이야기들은 이제 '나'의 내적인 대화로 흡수된다.

두려워하지 마, 라는 말을 어떻게 해야 좋을지 알 수가 없어 나는 줄곧 얼굴을 찌푸리고 다녔다. 그리고 불안이나 두려움 같은 것이 혹시 지금의 너를, 너의 삶을 지탱하고 있는 것은 아닐까 하는 말도. 그래서 J, 나는 너가 순조롭게 회복되길 바라지 않는다. 두려움이 다 사라지고 나면 그건 진짜 너의 삶이 아닐 수도 있으니까. 그래도 때로 우리는 건강한 삶을 위해서 무엇이 필요한가에 관해 에피쿠로스처럼 진지하게 생각해볼 필요가 있었다.

—「풍선을 샀어」, 『풍선을 샀어』, 37~38쪽

　　J에게 해주고 싶은 말들과, 그 말들의 의미를 조심스레 유보하는 머뭇거림들. 너의 증상이 "너의 삶을 지탱하고 있"는 거라고 말하는 목소리와, 그럼에도 우리는 "건강한 삶"에 대해 생각해봐야 한다고 말하는 또 다른 목소리들. 이 모든 것들이 교차하고 어우러지면서, '나'의 내면의 목소리는 그 자체로 '대화적'인 성격을 지니게 된다. 반면에 상담가의 권위 있는 말들, '틈구멍(loophole)'이 봉쇄된 단정적인 말들은 상대방에게 던져지고 받아들여지는 경우일지라도 '대화'가 아닌 '독백'으로 남아 있게 될 것이다.

　　바흐친이 강조했듯이 타자를 이해하는 데는 '심리학적'인 방법이 아니라 '대화적'인 방법이 필요하다. 바흐친에게 대화성은 단순히 말을 주고받는 일이나 합의에 도달하는 일과는 구별되는 '대화적 직관'을 의미했다. 내가 그러하듯 너의 내면 또한 여러 개의 목소리들이 뒤섞이고 충돌하는 이질적인 장소임을 감지하고, 그 복잡하면서도 종결 불가능한 내적인 대화에 참여할 수 있는 능력.[6] 이 같은 대화적 직관이야말로 타자를 진정 '열려 있는' 존재로 대하는 윤리적 태도일 것이다. 이런 태도는, 타자의

---

[6]　Gary Saul Morson · Caryl Emerson, Mikhail Bakhtin : Creation of a Prosaics, California : Stanford Univ. Press, 1990, p.267.

질병을 치료하여 순조롭게 '정상 상태'로 복귀시키려 하기보다는 그 고통을 함께 느끼면서 그의 증상을 조심조심 보살피는 마음가짐과도 자연스레 통할 수 있다.

「풍선을 샀어」에서 조경란은 바로 그런 대화적 감각과 대화적 윤리에 대해 생각하고 있는 듯하다. 소설의 마지막 장면에서 '나'는 "토마스의 위로와 충고에 저항할 권리가 있"(48쪽)다고 되뇌면서, 자신의 처방(호흡 훈련법)에 따라 수천 개의 풍선을 불던 '나'를 안타깝고 슬픈 눈으로 지켜봤던 토마스와는 달리, J와 함께 둘이서 풍선을 분다. '후-홉', '홉홉홉-후', '후후-홉', '후-홉홉', '후후후-홉'……. 풍선을 부는 J와 '나'의 활기찬 엇박자 호흡, 그리고 그들이 분 노란 풍선·파란 풍선이 나란히 하늘로 날아오르는 소박한 광경은, 이전에 보았던 그 어떤 신비한 교통이나 심오한 깨달음의 순간들보다 잔잔하게 마음을 두드린다. '나'는 지금, 니체도 쇼스타코비치도 잘 모르는 J, 자기 증상이나 심리적 외상에 대해 분석적으로 접근할 줄도 모르는 J를, '타자로서' 존중하고 '타자로서' 이해하는 대화의 방법을 배우고 있는 것이다. 그것도 내가 사랑하는 바로 그 사람, 동일화하지 못하면 미쳐버릴 것만 같은 단 한 사람을 타자로 놓아주면서 사랑하는 방법을.

소통을 넘어, 2000년대적인 징후를 넘어

여기까지 쓰고 나니, 소통을 원하는가 또는 그렇지 않은가, 소통이 이루어지는가 아니면 실패하는가 하는 문제보다 훨씬 더 중요한 것이 '어떤' 소통인가 하는 문제임을 새삼 절감케 된다. 『풍선을 샀어』에 이르러 조경란은 그처럼 오랫동안 골몰해온 소통의 문제에 대해 어느 정도 자신의 대답을 마련한 것처럼 보인다. 그렇다면 그녀는, 온통 자신을 사로잡았던 이 화두를 이제 놓아주어야 하지 않을까? 그런 때가 온 것일까? 새로운 시작과 변화에 대한 그녀의 자의식은 이런 맥락에서도 이해될 수 있다.

조경란 소설이 정말 달라질지 어떻게 변화할지 아직은 알 수 없지만, 실제로 이제부터 그녀는 좀 다른 고민을 시작해야 할지 모른다. 이를테면, 일반적인 경우와는 반대로, '어떻게' 소통할 수 있는가 하는 집요한 탐색을 거쳐 '무엇'에 대해 소통해야 하는가(소통하고 싶은가)를 처음부터 다시 생각해본다든지. 또는 자신이 도달한 대화적 소통의 방법을 텍스트 자체의 형상으로 더 멀리까지 밀고 나가는 작업에 들어설 수도 있을 것이다. 텍스트의 운동을 느닷없이 정지시키는 명시적 진술들과 진동하는 의미장(場)을 순간적으로 동결하는 닫힌 상징들 대신에, 언어들의 내적인 대화를 최대로 활성화하는 글쓰기의 가능성을 찾아나서는 일. 이 글에서는 자세히 언급하지 못했지만, 「돌의 꽃」과 「나는 봉천동에 산다」 등은 조경란의 글쓰기가 이런 방향으로 나아갈 수 있는 잠재력을 충분히 보여주었다고 나는 생각한다.

타자성의 테마에 대해서라면 조금 더 덧붙여 두어야겠다. 조경란 소설은 2000년대 문학이 끌어들인 타자의 문제가 피상적이고 상투적인 차원을 넘어 타자 이해와 타자 윤리에 대한 신중한 탐색으로 연결되는 장면들을 섬세하게 그려 보였다. 소통이라는 좁은 관심사에 한정되지 않고서도 우리 소설은 그러한 탐색의 자장을 넓히고 그 밀도를 더해갈 수 있을 것이다. 그럴 수 있는 한, 타자성의 테마는 자아의 내면성에 몰두했던 이전 시대에 대한 반작용이나 2000년대적인 문학의 징후로 기억되는 데 머무르지 않을 것이다. 타자 이해와 타자 윤리란 문학의 오랜 과제들 중 하나이자 문학의 윤리적 지향과 곧바로 이어지는 더 큰 주제일 수 있기 때문이다. 그녀와 함께 지금 나는 2000년대 문학 그 이후를 막연히 예감해본다.

(2008.8)

발화의 혼종성과 주체의 탈중심화
『에세이스트의 책상』을 읽는 문체론의 한 방법

문체론의 과제들

문체론의 의의는 소설이 "언어예술의 한 영역"임을 전제로 하여 "소설의 논리성과 형상성을 동시에 포착하는 논의 가능성을 탐구하고자 하는데" 있다.[1] 이를 위해서 문체론은 전통적인 문체 연구가 지닌 몇 가지 한계들을 넘어서야 할 필요가 있다. 우선 문체를 사상이나 주제 등과는 무관한 "수사적, 장식적 차원"의 문제로 여기는 협소한 관점을 벗어나 "언어 현상에 대한 탐구와 문학적 해석 행위"를 오가는 "상호보완적"이고 "통합적"인 접근 방식을 지향하는 태도가 요구된다.[2]

---

1   우한용, 「소설 문체론의 방법 탐구를 위한 물음들」, 『현대소설연구』 33호, 2007.3, 10쪽.
2   황도경, 「매장하기와 글쓰기 – 문체로 읽는 신경숙의 「배드민턴 치는 여자」」, 『현대소

문체론에는 또한 소설 언어를 그 자체로 자족적인 완성체로 바라보는 대신에 화자와 청자, 발신자와 수신자 간의 상호관계의 산물로 조명하는 관점의 전환이 필요하다. 소설 언어는 "텍스트상에 고정된 것이 아니라 주체의 개입으로 언어적 활성화에 도달"[3]하며, 의사소통으로서의 언표(énoncé)는 화자의 소유물이 아니라 화자와 청자 모두에게 속하는 것이기 때문이다. 언표 행위(énonciation)가 이루어진 다음 청자가 이를 해석하는 단계 이전에, 화자는 언표를 형성하는 단계에서 청자의 반응과 이해의 과정을 미리 예측한다. 이런 예측 없이 화자가 언표 행위를 수행해나가기란 불가능하므로, 청자의 존재는 처음부터 언표의 형성에 능동적으로 참여하게 되는 것이다.[4] 따라서 문체론은 서사학과 수사학, 기호학과 담론 연구 등과 적극적으로 교섭하면서 영역을 넓혀나갈 필요가 있다.

이에 더하여 문체를 작가의 '개성'이나 의식적인 '선택'의 문제로 간주하는 고정관념 또한 극복되어야 한다. 바흐친이 지적한 대로 소설 언어는 일상생활의 다양한 언어들이 저마다 이질성을 유지하는 채로 협주를 벌이는 양상을 띠기 때문에, 작가가 자신의 언어에 "완벽하게 서명하기란 언제나 불가능하다."[5] 게다가 글쓰기는 완성체의 모습이 고스란히 담겨 있는 설계도에 따라서 차근차근 진행되는 목적론적·이성적 과정이 아니다. 작가가 자기 텍스트를 전체로서 파악하는 일이 가능해지는 것은 다만 관조자(또는 응시자)의 위치에 섰을 때뿐이며, 언어적 형상은 물론이고 의미에 있어서조차도 작가는 항상 '지각생'인 것이다.[6] 소설의 언어를

설연구』 33호, 2007.3, 61쪽.

3   우한용, 앞의 글, 19쪽.

4   Gary Saul Morson · Caryl Emerson, *Mikhail Bakhtin : Creation of a Prosaics*, California : Stanford Univ. Press, 1990, p.128.

5   Ibid., p.71.

철저히 조직화된 '체계'로 인식하고 작가에 의해 온전히 통어되는 미학적 '기법'의 성취로 돌리는 문체론의 전제들(시학의 전통과 맥을 같이 하는)이 수정되어야 하는 이유가 바로 여기에 있다.

기존의 문체론적인 접근은 특히 소설의 이질언어성(raznorechie, 바흐친)이 두드러진 텍스트들을 단성적인 텍스트로 환원하는 경향이 있다. 소설 장르와 언어 자체의 혼종성에 대한 자의식이 눈에 띄게 고조되고 있는 지금, 소설 언어는 체계보다 훨씬 느슨하고 열려 있는 집합체(aggregate) 또는 진동하는 장(fields)으로 이해되어야 한다. 나아가 단일 주체의 단독 언표 속에 통합되지 않는 비독백적 통일성(nonmonologic unity)[7]을 묘사하는 일은 지금 문체론이 수행해야 할 중요한 과제일 것이다. 이를 위해서는 소설의 통일성을 이미 주어진, 완결된 무엇으로 받아들이는 대신에 부단히 진행되는 기획이나 과업으로(작가에게 있어서나 독자와 분석자에게 있어서) 인식하는 것이 필요할지 모른다. 또한 소설의 "스타일"을 작가 개인의 몫으로 고립된 영역(개성의 표현이나 기법적 장치의 문제)이 아니라 장르의 언어, "추정된 타자의 담론, 가치들의 집합" 등을 아우르는 "복합적 관계"로 바라보고,[8] 이를 기술하는 방법을 모색해야 할 것이다.

이 글에서는 이 같은 관점으로 배수아의 『에세이스트의 책상』(문학동네, 2003, 이하 『에세이스트』)을 다시 읽고자 한다. 『에세이스트』에서 일인칭 화자의 분산되고 과도한 사변적 진술들은 스토리를 파편화하고 통일성을 와해시키는 원심적 힘으로 작용할 뿐 아니라,[9] 그 진술들 자체가 수많

---

6   미하일 바흐친, 김희숙·박종소 역, 『말의 미학』, 도서출판 길, 2006, 168쪽.

7   Gary Saul Morson·Caryl Emerson(1990), p.2.

8   Ibid., p.348.

9   이로 인해 이 소설은 비평적 논쟁을 불러일으키기도 했다. 백낙청의 「소설가의 책상, 에세이스트의 책상」(『창작과비평』 2004년 여름호)이 이 소설의 분산적이고 파편적인

은 이질언어들에 의해 내부적으로 균열되어 있다. 주체가 이질적인 것들을 "자기 것으로 거머쥐어 자기의 통일성에 대응하는 통일적인 경험을 만들듯", 일반적으로 일인칭 화자-주인공은 "언표 행위와 언표를 자기 것으로 삼"아 "소설을 통일적인 것으로 구성"하는 역할을 한다.[10] 그런데 병합되지 않는 목소리들의 다수성으로 존재하는 『에세이스트』의 화자는 이 같은 역할을 수행하지 않으며, 따라서 이 소설에는 그런 의미의 통일성이 부재한다. 『에세이스트』에 그 어떤 통일성이 존재한다면, 그것은 "예측하기 어려운 방식으로 서서히 펼쳐지는 특정한 창작과정이 진행되고 있다"고 하는 독자의 느낌[11]에서 비롯된다고 할 수 있다.

이 글은 『에세이스트』를 독백적인 텍스트나 일관된 체계로 환원하지 않으면서, 그 언어적 형상을 통해 이러한 다른 의미의 통일성(상위의 통일성)에 접근해보려는 시도이다. 특히 이 문제는 주체에 관한 사유와 분리될 수 없으므로, 『에세이스트』의 화자와 그의 언표 행위가 구현하는 주체의 형상은 어떠하며 그 의의는 무엇인지를 함께 검토해나가게 될 것이다.

비표상적 화자와 시간성의 착종

① 더 많은 음악, 하고 목소리는 말했다. 그 목소리는 비와 구름으로 무겁게

요소들을 일관성 있게 꿰어 맞추어 리얼리즘 소설의 전통 안으로 포섭해 들이려는 입장을 대표하는 글이라면, 김형중의 「민족문학의 결여, 리얼리즘의 결여-이것은 리얼리즘이 아니다2」(『변장한 유토피아』, 랜덤하우스중앙, 2006)는 그 '꿰매기' 방식에 이의를 제기하면서 이 소설의 언어적 특성을 그 자체로 승인하려는 또 다른 관점을 대변하는 글이다.

10   서동욱, 『차이와 타자』, 문학과지성사, 2000, 84쪽.

11   Gary Saul Morson · Caryl Emerson(1990), p. 258.

덮인 하늘 아래 온 세상을 지배했다. 빗물을 가득 머금은 공기가 열린 차창으로 들어와 M의 오른편 머리카락과 뺨에 맺혀 흘러내렸다. M과 나는 비가 들판에 떨어지는 소리를 듣기를 원했다. 빗물은 M의 희고 윤기 없이 창백한 이마를 지나 감기를 앓은 다음이라 더욱 움푹 들어간 눈두덩과 끝이 약간 아래쪽을 향한 코를 따라 흘러내렸다. (5쪽)

　② 최초로 물에 빠졌을 때는, 그것이 현실임을 분명히 알고는 있었지만 마치 아직도 꿈속에 머물고 있는 것처럼 느껴졌다. 나는 계속해서 길을 걷고 있으며 꿈속에서처럼 천천히, 장화에 가득 들어찬 물의 무게만큼 무거워진 발걸음을 옮기고 있다. 슬픔도 공포도 절망감도 아닌 한없는 중력이 나를 점령하고 있었다. 나는 번지수가 적힌 하얀 표찰이 달린 집들 사이를 헤매고 있었으며 아마도 길을 잃었는지도 모르는 터였다. (14쪽)

　인용문 ①은 소설의 서두인 1장의 처음 부분이고 ②는 2장의 첫 대목이다. 1장은 어디선가 홀연히 "더 많은 음악,"이라는 목소리가 들려오는 순간부터, 2장은 갑자기 "물에 빠"져버린 어느 한 순간부터 시작된다.[12] 이 두 부분에서는 독자가 소설 속의 상황이 지닌 맥락을 전혀 짐작할 수 없듯이, 인물–화자 역시 자기가 처한 상황[13]을 미처 파악하지 못하고 있는 것처럼 보인다. "잠에서 깨어났을 때는 내가 어디서 잠들었는지 금방

---

[12] "최초로 물에 빠졌을 때는"이라는 표현은, 백낙청의 지적대로 "여러 번 물에 빠져본 사람의 첫 번째 경험"을 뜻하는 것이 아니라 "물에 빠졌을 때 '처음에는'"이라고 이해하는 것이 타당하다. 백낙청, 앞의 글, 35쪽.

[13] 나중에 언급되는 내용들을 종합해보면 ①은 M의 숙모집에 물건을 가지러 가는 길에 그와 함께 차안에서 음악을 들으며 라디오에서 나오는 목소리를 듣게 되는 상황이고, ②는 요아힘 집 근처의 얼어 있는 호수 위를 산책하다가 발밑의 얼음이 깨지는 바람에 물에 빠지게 된 상황이다.

생각이 떠오르지 않고 어리둥절했다"(27쪽)고 하는 3장의 '나'처럼, '나'는 난데없는 목소리나 물에 빠지는 돌연한 사건과 마주쳐서 당황스럽게 주위를 둘러보고, 비로소 자기가 있는 자리와 자기 존재를 발견한다. 또는 ②에 직접 명시된 대로 '나'는 마치 "꿈속"에서와 같이 어떤 모호한 상황 속에 던져진 상태로(돌발적인 기억에 의해), 그 상황이 환기시키는 것들에 대해 저도 모르게 생각하기 시작하는 것이다. 인용문에 이어지는 부분들에서 ①의 목소리는 '음악'에 관한 사색을, ②의 사건은 주로 '죽음'과 관련된 생각들을 불러일으킨다.

이런 양상은 들뢰즈가 프루스트의 『잃어버린 시간을 찾아서』를 분석하며 언급했던, 기호들(또는 사물들)[14]과의 우연한 마주침을 떠올리게 한다. 그 우연한 맞닥뜨림에 대해 '나'는 전적으로 수동적이며(그 목소리는 "온 세상을 지배"하고 물속의 "한없는 중력"은 "나를 점령"한다), 그것에 의해 촉발된 사유는 미리 준비된 자아를 전제로 하지 않은 채로 일단 운동을 시작한다. 사유가 사유 주체보다 선행하는 이 사유 활동은, 꿈이 그렇듯이 사유의 대상뿐 아니라 사유하는 자아마저 임의로 선택한다.[15] 실제로 『에세이스트』의 여러 장들(특히 전반부에서)은 각기 다른 시간의 방에 거주하다가 우연한 계기에 의해 불려 나온 서로 다른 자아들(M과의 관계가 변화함에 따라 각기 다른 감정 상태 속에 놓여 있는)의 발화로 이루어져 있는 것처럼 보인다. 비 오는 날 M과 함께 음악을 듣던 날(M과의 이별 이전, 가장 행복했던 날들 중 하나)의 '나'(1장), 요아힘의 집 근처 호수에 빠졌던 날(M과 이별한 직후)의 '나'(2장), 요아힘의 어머니 집을 방문하던 성탄절 전날 저녁(1, 2장으로터 약 3년 후)의

---

14   들뢰즈에게 기호(signe)는 기호학적인 개념과는 무관하게 사물의 형상(Figure)으로 쓰인 진리를 숨기고 있는 징조나 징후를 의미한다.

15   Gilles Deleuze, *Proust and Signs*, trans. Richard Howard, Minneapolis : Univ. of Minnesota Press, 2000, pp. 127~128.

'나'(3장), 알프레드의 파티에 참석했던 섣달 그믐날(3장과 같은 해)의 '나'(4장) 등등.

서사학(발화의 기원을 원칙적으로 단일 주체에 귀속시키는)적으로 말하면 이 소설의 화자는, 그 당시의 '나'와 밀착되어 있든지 아니면 심리적 거리를 유지하고 있든지 간에, 글을 쓰고 있는 현재의 '나'이다. 그렇지만 이 소설에서 글을 쓰는 '나'는 서로 다른 자아들과 기억의 대상들을 정렬하여 자기 앞에 표상(représentation)하는 주체가 아니라, 오히려 저마다 다른 목소리로 말하는 그 여러 명의 자아들 중 하나라고 할 수 있다. 현재의 '나'는 과거의 순간들을 다시 현재화(re-présentation)하는 원근법적 중심으로서의 지위를 갖고 있지 않으며, 여러 명의 자아들과 수시로 교체되면서 이야기를 전개하는 것처럼 보인다. 꼼꼼히 따져보면 각 장들을 크게 보아 시간 순서대로 재배치하는 일이 가능함에도 불구하고, 이 소설에 연대기적 시간성이 무화되어 있는 것처럼 보이는 이유가 여기에 있다.

이런 현상은 각 장들과 하나의 장 안에 들어 있는 여러 개의 블록들(한 행을 띄우고 서술된) 내부에서 시간의 표지들이 빈번하게 교란을 일으키면서, 현재의 '나'의 목소리와 과거의 '나'의 목소리가 모호하게 뒤섞이거나 동시에 울려 퍼지는 양상과도 맞물려 있다.

③ ⓐ 최초에 기억들이 있다. 형식적으로는 눈으로 본 장면들로 이루어지나 본질적으로 청각으로 남아 있는 기억들, 그리하여 마침내는 청각이 다시 그 안에서 스스로 장면을 재현하고 있는 기억들. / ⓑ 멘델스존 바톨리 거리, 음악에 집중하면서 눈앞에서 내가 타야 할 기차가 왔다가 사람들을 싣고 가버리는 것도 깨닫지 못하고 있었다. / ⓒ 지폐 위에 하얗게 빛나고 있던 클라라 슈만의 초상, 음반 상점의 쇼스타코비치 코너, 수공업자의 거리에 있는 골동품 상점에서 만난

축음기, 지도에 나와 있지도 않은 작은 골목의 악기 박물관, 음악 학교들, / ⓓ 더 많은 음악, / ⓔ 빗방울이 떨어지고 그 위에 다시 빗방울이 떨어지고 다시 또다른 빗방울이 떨어졌다. 다시, 그리고 또다시 빗방울이 그 위에 떨어지고, 문득 고개를 쳐드니 그러한 아무런 약속도 없이 스스로, 개별적으로 존재하는 세계들이 고속도로와 경계를 나타내는 흰 울짱 너머의 들판 가득히 펼쳐졌다. 비에 젖은, 구름의 그림자가 드리워진 무거운 공기가, 바람에 따라 너울거리는 공기가, 그늘에 잠긴 듯한 저녁의 침울한 색이, 흙과 물과 공기와 색이. 제각기 무한한 자유를 추구하는 그들, / ⓕ 각자 다른 언어를 가진 그들 사이에서 음악가가 화음을 발견하였다. 그러한 빗방울 위에 겹쳐지는 화음은 최초의 한 방울의 영역을 / ⓖ 저 들판과 나지막한 구릉과 한때는 황무지였을 그 너머의 모든 구름 아래 세상으로 확장시켰다. / ⓗ M과 함께 방문한 오케스트라 연주회의 무대에서 오보에 연주자가 날카로운 소리를 내는 실수를 했다. 길지 않은 악장 도중에 적어도 두 번 이상 말이다. / ⓘ 그날의 공연은 실망스러운 것이었다. (8~9쪽)

　인용문 ③은 인용문 ①로 시작되는 블록(비오는 날의 '나'의 목소리로 이루어진) 바로 다음에 이어지는 내용이다. "최초에 기억들이 있다"로 시작되는 부분ⓐ은 현재의 '나'의 발화로서, 청각적인 인상("더 많은 음악,"이라는 목소리)으로 남아 있는 과거의 기억에 대한 화자의 논평에 해당될 것이다. 그런데 "음악에 집중하면서 눈앞에서 내가 타야 할 기차가 왔다가 사람들을 싣고 가버리는 것도 깨닫지 못하고 있었다"ⓑ는 다음 부분은 어떤가? 화자가 지금 "멘델스존 바톨리 거리"에 있지는 않을 거라는 추측이 맞다면, ⓑ는 현재의 '나'에 관한 진술은 아닐 것이다. 그렇지만 이 부분이 M과 만나던 시절(1장 무렵)의 일인지, M과 이별한 직후(2장 무렵)의 일인지, 아니면 그로부터 3년 후 다시 독일을 방문했을 때(3, 4장 무렵)의 일인지는 알 수가 없다. 만약 이 부분이 M과 함께 지내던 시절과 관련된다면 ⓑ는 ⓒ에 나열된 단편적인 인상들과 마찬가지로 "청각이 다시 그 안에서 스스로 장면을 재현하고 있는"(ⓐ) 기억들 가운데 하나(회상되는 '나')일 것이다. 하지만 이 부분이 만약 3년 후(상대적으로 현재와 가까운)의 일이라면, ⓑ는 거리에서 들려오는 음악으로 인해 과거의 기억들(3년 전)을 멍하니 떠올리고 있는 '나'(회상하는 '나')에 관한 진술이 된다. 또는 이 시기가 M과 이별한 직후라면, ⓑ의 '나'는 회상되는 '나'(고통스러운 과거 한 순간의 '나')일 수도 있고, 회상하는 '나'(M과의 지난 일들을 반추하는 '나')일 수도 있다. 이처럼 시간의 표지가 누락된 한 부분은 그것이 속한 스토리상의 정확한 시기를 규정할 수 없게 할 뿐 아니라, 그 진술의 내용과 의미 자체를 모호하게 만들어버린다.

"더 많은 음악,"(ⓓ)이라는 말이 강박적으로 튀어나오면서부터는 상황이 더욱 복잡해진다. 이 부분에는 기억의 단편들을 하나씩 나열하는 현재의 '나'의 목소리(ⓒ의 연속인)와, 차 안에서 M과 함께 음악을 듣던 그날의 '나'의 목소리가 중첩되어 있다. "빗방울이 떨어지고"로 시작되는 다음 부분(ⓔ)은 그 비 오던 날에 관한 진술일 것이다. "문득 고개를 쳐드니" '나'의 눈앞에 펼쳐져 있는 "흰 울짱 너머의 들판"(ⓔ)은 그날 "언덕 양 옆으로" 바라다보이던 바로 그 "베어낸 들판"(6쪽)을 가리키는 것 같다. 반복되는 단어들("빗방울", "떨어지고", "다시", "공기가" 등등)의 숨 가쁜 연속, 감정의 고조를 표현하면서 동시에 그것을 간신히 조절하는 쉼표들의 연속은 이 부분을 그날의 '나'의 발화로 받아들이게 한다.

하지만 "각자 다른 언어를 가진 그들 사이에서 음악가가 화음을 발견하였다"(ⓕ)는 다음 부분에는 다시 ⓐ와 유사하게 감정적으로 연루됨 없이 일반화하여 말하는 현재의 '나'의 목소리가 끼어들어온다. 이어서 "저

들판"(ⓖ)이라는 다음 말은 또 다시 그 비 오던 날 차창 밖으로 '들판'을 바라보던 그날의 '나'의 목소리를 연상시킨다. ⓖ는 ⓕ와 한 문장으로 연결되어 "그러한 빗방울 위에 겹쳐지는 화음은 최초의 한 방울의 영역을 (⋯) 세상으로 확장시켰다"는 중립적이고 추상적인 진술(현재의 '나'의 목소리)을 형성한다. 그런데 그 안에 삽입된 구문, "저 들판과 나지막한 구릉과 한때는 황무지였을 그 너머의 모든 구름 아래"에서는 감정적으로 상승하고 동요하는 그날의 '나'의 목소리가 겹쳐서 흘러나오고 있는 것이다. 한편 ⓗ는 이런 목소리의 여음(餘音)을 드리운 채로 "M과 함께 방문한 오케스트라 연주회"의 시간 속으로 곧장 진입하는데, ⓘ의 "그날"이라는 말과 연주에 대한 냉정한 평가의 어조는 그 시간대를 다시 과거의 것으로 돌려놓으며 정서적인 거리 감각을 순간적으로 되찾는다.

이렇듯 『에세이스트』에서는 한 문단은 물론이고 한 문장 안에서조차 시간의 표지들이 교차하며 뒤엉켜 있거나 미결정 상태로 진동하고 있어서, 인물(회상되는 과거의 '나')의 발화와 화자(회상하는 현재의 '나')의 발화를 명확하게 구분하는 일이 사실상 불가능하다. 이는 관습적으로 시간의 표지로 기능하는 말들이 도리어 시간성의 착종을 유발하는 양상과도 관련을 맺고 있다.

④ 많은 시간이 지났다. 이제 나는 기꺼이 M의 보호자가 되었다. M이라는 연약하고 오만한 존재에 대해서 믿기 어려울 정도의 강렬한 애정을 느꼈다. M이 또다시 감기에 걸리면 안되겠기에 나는 유리창을 닫았다. 낡은 자동차 안에서는 기름 냄새가 강하게 풍겼다. M은 약물에 대한 심한 알레르기 때문에 일반 해열제를 먹지 못했다. 더 많은 음악, 하고 목소리는 말했다. 그 목소리가 마지막 음절을 끝내기도 전에 더 많은 음악, 하고 같은 소리가 반복되었다. (⋯중략⋯)

더 많은 음악, 마지막 음절이 미처 끝나기 전의 어느 계산되지 않은 즉흥적인 순
간에, 더 많은 음악, 다음 첫 번째 음절이 이어졌다. (13쪽)

"많은 시간이 지났다"는 말과 "이제"라는 표현은 시간의 연속성과 그
속의 어느 특정한 시점에 주의를 환기하면서, 분산된 스토리와 텍스트상
의 시간 착오들을 순차적으로 재배열하게 하는 단서가 되어주리라는 기
대감을 불러일으킨다. 하지만 이 부분은 오히려 '언제로부터' 많은 시간
이 지났다는 것인지를 파악하기 어렵게 만들어 시간에의 혼란을 가중시
킨다.

인용문 ④의 바로 앞부분은 음악과 관련된 '십대 시절'의 기억을 이야
기하는 현재의 '나'의 발화로 이루어져 있다. 인용문 ④를 이 발화의 연장
으로 본다면, 첫 문장은 그 십대 시절로부터 많은 시간이 지났다는 뜻으
로 이해될 수 있다. 그런데 "이제 나는 기꺼이 M의 보호자가 되었다"는 말
은 현재의 '나'의 발화가 아니다. 이 말의 발화자가 비 오던 날의 '나'라면,
그 '나'는 현재의 '나'의 회상을 통해 불려 나왔던 십대 시절로부터 자신의
현재까지의 시간적 거리를 가늠할 수 있는 존재가 아니다. 그렇다면 "많
은 시간이 지났다"는 말 역시 그날의 '나'의 발화로 보아야 할까? 이렇게
보면 이 부분은 M을 처음 만난 시점(?)부터 많은 시간이 지나서 "이제" '나'
는 M의 보호자가 되었다는 의미일 수도 있다. 하지만 "많은 시간이 지났
다"는 말이 만약에 "M이 또다시 감기에 걸리면 안되겠기에 나는 유리창
을 닫았다"는 문장과 연결되는 것이라면, 이 부분은 차창을 열어놓고 음
악을 들은 지가 이미 오래 되었다는 뜻일지도 모른다('나'는 "M의 보호자"가
되었으니, M을 위해 "유리창을 닫"아 주어야 할 것이다).

그렇다고 해도 "많은 시간이 지났다"는 말 속에는 여전히, 시간의 여러

층위를 넘나들며 긴 생각에 잠겨 있던 현재의 '나'의 목소리가 배음(背音)으로 울리고 있다. 여기에는 또한 그 생각들에 관해 장황하게 서술하느라 첫 장면(인용문 ①)과 지금 이 부분(인용문 ④)을 멀찌감치 떼어놓아 버린 텍스트상의 거리(7페이지 이상), 즉 서술 시간(또는 독서의 심리적 시간)의 상당한 소요에 대한, 글을 쓰는 '나'의 자의식이 투영되어 있다. "많은 시간이 지났다"와 "이제"라는 언표는 발화자들의 불명확성과 불일치와 복합성 등으로 인해 시간의 표지로 기능하기는커녕 오히려 무시간성의 표지처럼 작용하고 있는 것이다.

"더 많은 음악"이라는 목소리가 또 다시 메아리처럼 울려 나오면서 이런 현상은 더욱 심화된다.[16] 라디오에서 흘러나오는 목소리가 실제로 "더 많은 음악"이라고 계속 반복하여 말하고 있었는지도 모르지만, 이 부분에서 독자는 조금 전에 서술된 장면 또는 조금 전에 흘러간 시간이 자꾸만 되돌아오는 것처럼 느끼게 된다. 이 소설의 후반부에 인용된 침머만의 말, "시간의 고리는 구형으로 되어 있으며 서로 관통하고 작용한다. 그것은 다원적이고 다층적이다"(159쪽)라는 말처럼, 『에세이스트』에서 시간은 그렇게 순환하고 혼류한다. 이는 비표상적 주체의 사유 활동과 복수적인 자아(발화자)들의 "어느 계산되지 않은 즉흥적인" 교체에 따라 언표 행위가 이루어지는 데서 비롯된 현상이라 하겠다.

---

16 이 부분, 특히 "그 목소리가 마지막 음절을 끝내기도 전에" 이후의 부분은 라디오에서 나오는 목소리를 듣고 있는 그날의 '나'의 발화이기도 하고, 동시에 이 소설의 언어적 형상에 관한, 글을 쓰는 현재의 '나'의 자의식적 발언이기도 하다.

발화 행위에 간섭하는 타자성의 흔적들

『에세이스트』가 보여주는 주체(화자)의 비표상적 성격은 M이라는 인물의 표상 불가능한 타자성과도 밀접하게 결부되어 있다. '나'에게 M은 소유할 수 없고 대상화되지 않는 흔적(trace)으로만 존재한다. M에 관한 글쓰기("M을 표현하는 것이 내가 궁극적으로 쓰고자 하는 의미가 되고 있었다", 166쪽)인 『에세이스트』는 타자의 자극에 의해 수동적으로 발생하는 사유 활동의 기록이자, 자아와 온전히 합일될 수 없는 타자의 이타성(alterité)을 체험하는 이야기라 할 수 있다. M에 관한 '나'의 생각이 종종 '죽음'(절대적 타자성)과 연결되는 것도 실은 이런 이유 때문일 것이다.

스토리상으로 보면 M의 타자성은 M과 '나'가 헤어지던 날, 즉 에리히의 생일 파티가 열렸던 날에 극적으로 드러난다. 바로 그날, 서로가 서로를 유일하고 특별한 존재라고 느끼던 "벅차"오르는 "희열의 순간"(111쪽)이 산산조각 나버리고, '나'는 "M의 얼굴"에서 "너무도 "생소한 메시지들"을 담고 있는 "한 낯설고 척박하게 메마른 얼굴"(134쪽)을 보게 된다. 'M에 관한 글쓰기'라 불렸던 『에세이스트』는 더 구체적으로 말하면 "자신의 세계가 붕괴되는 것"(133쪽)을 경험했던 바로 그날에 대한 글쓰기라고 할 수 있다. 『에세이스트』의 균열되고 파편화된 언어들은 표상 불가능한 상처(trauma)로 남아 있는 M과의 이별을 글로 써내기 위한 고통스러운 노력의 흔적들이기도 하다.

이런 양상은 M과 이별하는 결정적인 계기가 된 에리히라는 인물과 그의 생일파티에 대한 발화를 회피하고 지연시키고 자욱한 소음들에 둘러싸이게 만드는 '나'의 언표 행위 과정과도 맞물려 있다. 이 장에서는 우선 이별의 날에 대한 언표 행위가 마침내 수행되기까지(7장), 그것으로 인한 고통이 '나'(현재의 '나')의 발화를 어떻게 차단하고 분산시키고 교란하면서 텍스트에 흔적으로 기입되는지를 검토해보기로 한다.

　이미 살펴본 대로 이 소설은 M과의 사랑이 절정에 달했던 시점인 '비 오던 날'(7장에 의하면 그날 그들은 숙모집에서 서로에게 온전한 충족감을 느끼고 행복해한다)의 한 장면으로부터 시작된다. 그날은 시간적으로는 이별의 날로부터 그리 멀리 있지 않지만, 심리적으로는 가장 멀리 떨어져 있다. 그런데도 '음악'의 "절대적인 가치"(7쪽)를 '죽음'의 절대성과 연결시키는 '나'의 사색은 "죽음에 대한 공포"(13쪽)로까지 나아가고, 이 말과 더불어 1장의 서술은 툭 끊긴다. 4장에 가면, "절대적으로 선택의 여지가 없는 일을 만났을 때, 그것은 대개 죽음이라고 불"(75쪽)린다는 문장이 나온다. 또 8장에서는 "더 이상 M을 만나지 않기로 결심"하는 순간의 "두려움"이 언급되고, 그럼에도 불구하고 "나는 선택의 여지가 없었다"(131쪽)는 말이 서술된다. 1장의 발화는 가장 행복했던 날로부터 시작되지만 이미 그 속에도 이별의 날의 흔적들이 새겨져 있으며,[17] '나'는 그날에 대한 언급을 최대한 회피하면서도 그 흔적을 숨길 수 없었던 것이다. 그날의 기억과 직접 대면하기를 거절하는 '나'의 태도는 발화를 갑자기 중단하는 방식으로 나타난다.

　2장은 연대기적 시간의 비약과는 상관없이, '죽음에의 공포'를 직접 체험한 날(물에 빠졌던 날)이라는 점에서 1장과 연결된다. 죽음에 대한 '나'의 사색은 번번이 '굴욕'이라는 단어를 동반하는데, 이 언표는 파티장에서 에리히가 주었던 "모욕"(126쪽)과 그날에 느꼈던 "수치심"(134쪽)이라는 언표와 공명한다. "죽음 앞에서 내가 느낀 굴욕을" M은 "절대로 알지 못할

17　이런 식으로, 현재의 '나'의 목소리는 비 오던 날의 '나'(M과의 이별이 곧 찾아오리란 사실을 모르고 있는)의 목소리에 수시로 간섭하고 있다.

것이다. 그 사실은 일순 나를 안심하게 만들었다"(19쪽)는 2장의 언급은 이때가 M과의 이별 이후라는 사실과, 이별에 대한 '나'의 양가감정을 들릴 듯 말 듯한 목소리로 누설한다. 한편 물에 빠지며 상처를 입은 옆구리의 "통증"은 "이제 조금도 고통스럽지 않았고, (…) 마지막 작별의 인사인 양, 그렇게 존재하고 있었다"(같은 곳)는 말에서는 이별 직후의 고통에 대한 그 당시의 '나'의 자기 방어적인 목소리가 흘러나온다. 이와 더불어, 주저하고 괴로워하면서도 이별의 날에 관한 발화를 향해 간신히 한 걸음씩 다가가는 현재의 '나'의 목소리가 겹쳐서 들려온다. 1장과 마찬가지로 2장에서도 그날의 고통을 암시하는 이 문장과 함께 '나'의 발화는 돌연히 진행을 멈춰버린다.

이별 후 3년이 지난 시점으로 건너뛰는 3장에서는 '나'의 목소리가 한결 안정돼 있고 M에 관한 언급도 표면으로 떠오르지 않는다. 하지만 별 의미 없이 수시로 튀어나오는 "삼 년만에"(26쪽), "삼 년 전에 처음"(28쪽), "삼년 전에 이미"(31쪽), "삼년 전에도"(35쪽)와 같은 언표들은, 이별의 시점을 거듭 떠올리는 '나'의 심리를 숨기면서 드러낸다. 아네스(요아힘의 어머니)의 옛날 사진들(열세 살 때의 첫 성체식 날과 첫 번째 결혼식 날 사진 등)을 보면서 "아네스의 모습에는 미래의 시간에 대한 어떤 종류의 예언도 느껴지지 않았다. (…) 같이 살 만한 남자를 찾기 위해 주말마다 독신자 클럽의 파트너 찾기 파티를 기웃거리는 고독은 결코 보이지 않았다"(46쪽)고 서술하는 대목은 나중에야 등장하는 에리히의 생일 파티 장면과 문득 겹치기도 한다. 6장에 묘사된 에리히의 파티에서 '나'는 행복에 겨워 "M의 손등에 입술을 가져다"대는 행동을 한 뒤 "갑자기 미래의 시간이 강하게 떠올랐다. 나는 아마도 예상하지 못한 곳으로 가게 되리라"(112쪽)는 생각에 사로잡히기 때문이다(실제로 그 행복했던 날은 에리히에 의해 곧바로 가장 끔찍한 날로 뒤바뀌고, '나'는 전혀 다른 삶으로 들어가게 된다). 3장이 아네스의 집에서 열린 성탄절 '파티'로 시작되는 것도 예사롭지 않다. 매우 담담한 어조로 M과는 무관한 듯이 진행되는 이 부분의 발화 또한 에리히의 '파티'와 결합된 고통스런 이별의 기억을 서술하기 위해 에둘러 가는, 단속적이면서도 점진적인 과정의 일부이기 때문이다.

흥미롭게도 4장은 또 다른 '파티', 알프레드가 초대한 섣달 그믐날 파티 장면으로 이루어져 있다. "나는 파티가 아주 싫었다"(53쪽), "삼 년 전에 나는 그들의 말을 이해하려고 열심이었고, (…) 그것은 전적으로 M 때문이었다. 그러나 더 이상은 아니다. (…) 단지 나는 파티에 모인 젊은이들이 말할 수 없이 혐오스러울 뿐이었다"(56쪽)와 같이, 4장의 언표들은 M과의 이별과 에리히의 파티에 관한 언표 행위에 훨씬 더 근접해 있다. "넌 몇 년 전에 에리히의 파티에 왔었잖아. M과 함께 말이야. 안 그래? 어때, M은 잘 지내고 있는 거야? 몇 년 동안이나 못보았는데 말이야"(58쪽)에서는 드디어 '에리히의 파티'라는 말이 직접 언급된다. 파티에 온 사람들 중 하나의 입에서 사소한 우연처럼 불쑥 내뱉어지는 이 말은 그 동안 '나'가 두려움 속에서 발화되기를 지연시켜왔던 결정적인 말이다. 이 말의 타자성은 이제껏 소설의 통합을 끊임없이 위협하면서 '나'의 발화를 빈번하게 중단시키곤 했던 것으로 보인다. '나'는 이 말을 들은 직후 요아힘과 함께 파티장을 빠져나오지만, 요아힘과의 대화에서 비로소 '에리히의 파티'라는 말을 처음으로 입에 올린다("그들 중의 한 명이 날 알아보았어. 옛날에 아마도 에리히의 파티에서 날 본 모양이야", 61쪽). 그러나 이번에도 '나'의 서술은 곁길로 빠지게 되고, 요아힘이라는 인물에 대한 긴 설명이 진행되는 동안 이별의 날에 관한 구체적인 언급은 한 번 더 미루어진다.

5장은 이듬해 1월 두 번째 주, 요아힘이 여행을 떠난 동안 '나'가 그의 집에 홀로 머물게 된 기간에 해당된다. 이때의 '나'는 책을 읽으며 사색에 잠기는 고요한 시간을 보낸다. 이 장에서는 M과 처음 만나던 날이나 그와 독일어를 공부하던 날들의 기억이 책에 관한 서술들과 교차하며 펼쳐진다. 그러다가 다시, '파티'와 관련된 '나'의 악몽 이야기가 불쑥 튀어나온다. 그것은 누군가 아는 사람이 나타나 "다음 주에 파티가 있는데 오지 않겠어? (…) M은 어떻게 지내?"라고 묻는 꿈인데, 독자는 아직도 그것이 왜 "불쾌감과 공포에 질린 채 눈을 뜨게" 만드는 "악몽"(94쪽)인지를 이해할 수 없다. 여기에 갑자기 음악에 대한 서술이 끼어들어오면서, 악몽에 관한 더 이상의 언급은 차단된다.

음악에 대한 '나'의 서술은 "수백 번 반복해서 들"었던 쇼스타코비치의 마지막 소나타를 들으며 "두 개의 털양말을 겹쳐 신은 발을 의자 위에 올리고" "부엌 탁자"(95쪽)에서 책을 읽는 "지루"(96쪽)하고 일상적인 장면으로 마무리된다. 그런데 1장에 의하면 쇼스타코비치는 "죽음에 대한 공포보다 더 깊은 감정이란 우리 인생에는 없"(13쪽)다고 말했던 사람이다. 이 대목의 마지막 말(5장의 마지막 말이기도 한), "그러다가 마침내 3악장이 시작된다"(같은 곳)는 문장은 이제껏 아무렇지 않은 듯 스쳐가며 이야기했지만 어딘지 이상하고 부자연스럽게 느껴졌던 '에리히의 파티', 그 결정적인 사건에 대한 발화가 '마침내 시작된다'는 것을 우회적으로 표현한 말로 이해돼야 할 것이다.

6장의 서술은 그러나, 이날의 파티장으로 곧장 들어가지는 않는다. 6장은 "세 번째 독일어 교사로 만난"(97쪽) 에리히에 관한 언급으로 시작되는데, 그를 만나기 전 M과의 독일어 수업은 어떻게 진행되었으며 거기에 어떤 어려움이 있었는지, 왜 사설학원을 찾지 않고 다른 독일어 교사를 구해야 했는지 등에 관한 설명이 장황하게 이어진다. 집단을 대상으로

하는 교육에 대한 '나'의 거부감을 설명하느라 학창시절 학교에서 경험했던 일들이 약 6페이지에 걸쳐 서술되기도 한다. 이 부분은 결정적인 발화를 다시 한 번 애써 회피하고 지연시키는 대목이지만, 그 가운데 '나'에게 "수치심"(102쪽)을 주었던 한 교사에 대한 언급이 포함되어 있는 것은 주목할 만하다. '수치심'이라는 단어는 에리히의 파티와 M과의 결별 이야기의 키워드일 수 있기 때문이다.

하지만 이번에도 그 단어는 슬쩍 스쳐 지나가고, 대신에 에리히가 직접 나오는 "악몽"(103쪽)에 관한 서술이 등장한다. 기이한 옷차림의 에리히가 '나'를 생일 파티에 초대하면서 "그런데 M은 어떻게 지내? (…) 이제 더 이상 만나지 않는 건가?"라고 묻는 이 꿈에 대해 '나'는 "그것"이 "얼마나 커다란 고통인지"(104쪽)라고 고백한다. 독자는 이번에도 그 이유를 분명히 알 수가 없는데, 더구나 "에리히는 훌륭한 교사였다"(105쪽)는 말이 곧바로 뒤따라 나오면서 모호함은 더욱 증폭된다.

이어서 실제로 훌륭한 교사였던 에리히와의 수업시간과 그에게 제출했던 두 개의 작문과제들이 상세히 묘사되고 나서, 세 번째 작문과제로 M에 관한 글을 썼던 일, 그것에 대해서만 에리히가 아무 논평도 하지 않았던 일, 그리고 그가 자신의 생일 파티에 M과 '나'를 초대했던 일이 간단히 언급된다. 드디어 생일 파티 장면이 펼쳐지고, M과 '나'가 가슴 벅찬 감정을 공유하던 순간과 곧이어 에리히가 어울리지 않게 "외설적인 단어"(112쪽)를 사용하며 그들을 부르던 광경이 서술되자마자, 이별의 결정적 계기가 서술되기 직전에, 발화는 또 다시 툭 끊기고 새로운 장이 시작된다.

7장의 첫 문장은 "사랑은 쉽게 부정되고 그 정의는 항상 애매모호함 속에 갇혀 있고 천박하고 상스러우며 무책임하고 뻔뻔스러우며 변명을 좋아하고"(113쪽)로 시작되는 현재의 '나'의 길다란 논평이다. '나'는 에리히의 파티날 있었던 일을 연속해서 서술하지 못하고, 그날 느꼈던 자신의 감정들(특히 "천박하고" 이후의 말들에서)을 관념적이고 중립적인 발화들에 실어 간접적으로 전달하고 있다. 이어서 뜬금없이 M과 '나'가 극도의 "행복"(115쪽)을 경험했던 숙모집에서의 시간들이 당시의 '나'의 언어로 서술된다. 이는 이별의 날에 대해 말하는 순간을 끝까지 유예하는 한편, 그 고통을 중화시키는 과정으로 이해될 수 있다.

그러고 나서 '나'는 그 무렵 M과의 사이에 이미 존재했던 갈등에 관해 이야기하기 시작한다. 그것은 "외국인인 내가 다음해 봄이 되면 돌아가야 하는 입장"(116쪽)이었고, 떠나기를 "결정하는 내 태도의 단호함과 냉정함이 M에게 상처를"(117쪽) 준 데서 비롯된 갈등이었다. 글을 쓰는 현재의 '나'는 반성적 거리를 유지하며 그때의 자신의 심리를 분석하는데, 이 과정에서 그 당시에 '나'는 "너무 짧은 기간 안에 열중해버린 M과의 관계"에 대한 "두려움" 때문에 그와 "잠시 멀어져 있고 싶"(119쪽)었던 건지도 모른다는 생각에 도달한다. "그때 M은 진정으로, 진정으로 상처받았던 것이다"(120쪽), "연약하고도 연약한 M. 나는 견디나 너는 견디지 못하리라, 그리하여 마침내는 너는 견디나 나는 견디지 못하게 되리라"(123쪽)는 '나'의 발화는 이 글쓰기를 통해 얻게 된 현재의 '나'의 깨달음(그 당시의 '나'는 알지 못했을)일 것이다. 이 사실을 깨우치고 인정한 다음에야, 비로소 '나'는 에리히의 파티날에 대한 결정적인 언표 행위를 수행할 수 있게 된다.

생일 파티장에서 에리히가 한 일은 M에 관한 '나'의 작문을 화제로 삼으면서 '나'와 M의 관계를 은밀하게 조롱한 것이었다. 파티장에서 '나'는 그 의미를 다 알지 못하는 채로 "모욕당했다는 느낌"(127쪽)을 받게 된다. 그런 '나'에게 M은 돌아오는 전차 안에서 예전에 에리히와 잠자리를 같이 한 적이 있다고 말한다. 이 대목 역시 "전차 안은 난방이 들어오지 않아

몹시 추웠기 때문에, M은 울 스카프로 턱과 입을 가리고 있었다. 그래서 마지막으로 M이, 단지 순수한 육체적인 호기심 때문에, 더 이상의 다른 의미는 전혀 없이, 에리히와 잠자리를 같이 한 적이 있다는 말을 했을 때, 그 목소리는 분명하게 들리지 않았다"(128쪽)는 식으로, 간접적이고 우회적인 방식으로만 텍스트 안에 기입된다. 이는 그것에 대해 말하는 일이 여전히 '나'에게 고통스러운 일임을 짐작하게 해준다.

하지만 이어지는 8장에서 '나'는 "무엇이 나를 그토록 얼어붙게 만들었는지", "소유욕이란 무엇"이며 "과연 용납될 수 있는 것인"(132쪽)지, M은 정말 '나'를 떠나보내야 하는 "입장을 역전시키고" "나에게 고통을"(133쪽) 주기 위해서 그런 말을 한 것인지, "순수한 육체적인 호기심 때문에 이성과 잠자리를 같이 할 때" 자신은 "조금도" "도덕적인 저항을 느"끼지 않았으면서 "왜 나는 M을 더 이상 받아들일 수가 없는"(136쪽) 것인지 등에 관해 집요하게 질문하고 또 질문한다. 이렇게 하여 '나'는, 끝내 M과의 이별을 합리화하거나 냉정하게 객관화할 수는 없지만, 타자로부터 오는 표상 불가능한 상처와 고통을 이제야 자신의 것으로 온전히 받아들이고 있다. 그런 의미에서 '나'의 글쓰기는 그 돌이킬 수 없는 지난날에 대해 "책임"을 지고 "윤리적으로 서명"[18]하는 행위가 될 수 있다.

'나'는 "수치의 늪 속에서" 스스로를 "아무것도 아닌 것"으로 경험하고 "오직 수치스럽기 때문에 수치스러운, 그런 자신을 발견"하면서, "진정 역겹고 용서할 수 없"는 것은 "M도 아니고 에리히도 아닌 바로 '나' 자신"(135쪽)이었음을 깨닫는다. '나'의 글쓰기는 이처럼 M을 대상화하는 대신에 M이라는 타자 앞에서 '나'를 대상화하고, 타자의 의식을 매개로 하여 발생하

---

[18] Gary Saul Morson · Caryl Emerson(1990), p.179.

는 수치심(honte) 속에서 자신의 존재를 자각하는 과정이기도 하다.[19] 결국 『에세이스트』는 타자로 인해 상처받음으로써 수동적으로 발생하는 주체의 이야기이자, 그 고통을 감당하고 글로 써냄으로써 태어나는 윤리적 주체의 이야기라고 말할 수 있을 것이다.

이질언어들의 교섭과 내적인 대화

한편 이별의 날에 대한 '나'의 발화(7장)는 이와는 좀 다른 이유, 또 다른 이질적인 목소리들의 개입에 의해서도 중단된다. "너도 부자라서 M을 좋아하는 거잖아, 안 그래? 뭐 다른 게 있을 줄 알아?"(66쪽)라고 했던 요아힘의 목소리가 그 중 하나이다. M과의 사이에 갈등이 생기기 시작하던 무렵의 자신의 심리를 분석한 뒤, '나'는 갑자기 "요아힘의 생각과는 달리, M은 부자가 아니었다"(120쪽)고 말하면서 "M이 부자가 아니며 유한계급이 아니라는 증거를 찾기 위해 이리저리 기억을 헤매"(121~122쪽)다닌다. '나'는 "M과 나의 무죄를 증명하"고 "M과 나의 관계가 단지 선택의 여지를 가진 한 인간에 의해서 저질러진 우연한 사건이"(122쪽) 아님을 분명히 해두려고 한다. 이런 방식으로 요아힘의 목소리는 '나'의 언표 행위에 간섭하고 영향을 미친다. 이 문제에 대한 '나'의 생각이 진실한 것이라고 해도 그것을 확인하고 증명해야 할 필요가 있다는 사실은 요아힘의 목소리가 '나'의 발화 안에 깊이 얽혀 들어와 있음을 반증한다. 요아힘의 목소리는 인

---

19 참고로 사르트르는 주체란 타자의 시선과 의식을 매개로 하는 '수치심' 속에서 수동적으로 발생한다고 언급했다. J. P. Sartre, *L'être et le néant*, Paris : Gallimard, 1995, pp.259~260 참조.

간관계나 연인관계에서 경제적인 조건이 매우 중요한 요소로 작용한다고 하는, 세속적이고 일반적인 통념을 대변한다. '나'는 여기에 결코 동의하지 않지만, 그럼에도 불구하고 이 같은 통념의 목소리로부터 자유로울 수는 없는 것이다.

'나'의 목소리 안에서 울리는 이질적인 목소리들 중에는 동성애에 관한 통념도 포함된다. 에리히가 '나'에게 모욕을 주었던 장면 도중에 끼어들어와 있는 슈베르트에 대한 언급에 주목해보자. 이 언급이 등장하는 표면적인 이유는 M에 관한 '나'의 작문에 슈베르트의 노래(플라텐의 시에 곡을 붙인)가 인용되어 있었기 때문이다. "나르시스 꽃이 핀다고 해도 그것이 나에게 지금 무엇이겠는가 / 너는 나를 사랑하지 않는데"(125~126쪽)라는 구절에서 사람들은 시인의 "연인의 성별"("나르시스 꽃은 젊은 남성의 절정의 미모를 나타"낸다, 126쪽)을 짐작하곤 한다고, '나'는 지나가듯이 슬쩍 언급해둔다. 이어서 "슈베르트 애호가 집에서 열린 개인 음악회"(같은 곳) 장면이 등장하고, 에리히가 '나'의 작문에 인용된 슈베르트의 시를 M 앞에서 낭송하는 대목이 음악회 장면과 포개진 채 서술된다. "내가 인용한 슈베르트의 노래에서 그는 나와 M의 관계를 유추했다고 생각한 것이었다"(127쪽)는 언급은 나와 M이 동성애적 관계임을 길고 긴 우회로를 거쳐 누설하는 대목이다. '나'가 에리히에게 모욕을 당했다고 느낀 진짜 이유도 실은 여기에 있었다고 할 수 있다. 에리히는 M과 '나'의 동성애적 관계에 대해 은밀히 발설하면서 "경멸"(123쪽)하는 듯한 태도를 감추지 못했고, 그로 인해서 '나'는 모욕감을 느꼈던 것이다.[20]

실제로 '나'는 '동성애'라는 표현을 단 한 번도 사용한 일이 없으며, 심지

---

[20] M과 에리히가 육체적인 관계(이성애적)를 맺은 적이 있다는 사실이 '나'와 M의 관계(동성애적)를 그처럼 뒤흔들고 훼손시킬 수 있었던 것도 이와 관련된다.

어 자신이 사랑하는 M의 성별 자체를 모호하게 만들어놓는 서술 방식을 고수해왔다.[21] 무심함을 가장하는 이 같은 회피는 '나'가 동성애에 대한 일반적 통념을 의식하고 있는 데서 비롯된 현상이기도 하다. '나'는 M과의 사랑이 이성애보다 열등하다고 생각하지 않으며, 오히려 "페니스로 인해서 연결되는 관계"(136쪽)를 하찮게 여기고 있다. 그럼에도 불구하고 사회 집단의 일반적인 가치관은 '나'의 언표 행위를 제약하고, 통합되지 않는 이질성으로 '나'의 발화 안에 내재한다. 통념과 상식과 기존의 가치들은 '이미 말해진 것'으로서의 "담론을 형성"하는데, 그것들은 "의미론적 층위 전반에 걸쳐 흔적을 남기고 표현을 복잡하게 만들"면서 소설의 "스타일"에 "영향을 끼친다."[22] 『에세이스트』의 언어적 복잡성과 혼종성은 소설의 이러한 이질언어성이 과시적으로 드러난 결과이기도 하다. 이 소설이 다른 텍스트들('나'가 읽고 있는 책들)을 끊임없이 참조하고 있는 것도 모든 발화는 언제나 다른 언표들에 대한 언표라는 자의식과 무관하지 않을 것이다.

이미 말해진 타자의 담론들의 퇴적층은 『에세이스트』에서 '나'의 발화를 이질적인 목소리들의 각축장이 되게 하고, 미결정 상태로 동요하게 만든다. 군중에 대한 '나'의 불쾌감을 서술하는 부분(10장) 역시 그런 식으로 시험에 부쳐진다. 영화를 보러 극장으로 가는 인파들 속에서 '나'는 "이러

---

21   배수아 소설 전반에서 인물의 성 정체성을 모호하게 만들거나 지워버리는 일은 인물에게 고유명사를 소거하거나 유동적인 이름을 붙이는 일과 마찬가지로 "관습적이고 자동화된 성격화를 배제하고 인물을 매 순간 다시 생성되는 의미소들의 고정되지 않은 집합으로 남겨두는 일"과 관련된다(박진, 「바이오(Bio)-그라피(Graphie)의 존재론과 탈-존재론」, 『작가세계』, 2007년 가을호, 116쪽). 그런데 『에세이스트』의 경우에는 이에 더하여, 동성애에 대한 언표를 표면에 노출하지 않고자 하는 '나'의 심리가 강하게 작용하고 있는 것으로 보인다.

22   Gary Saul Morson · Caryl Emerson(1990), pp. 137~138.

한 인파를 대상으로 만들어진 그 영화"와 "마치 먼지와 같아서 큰 집단 속
으로 자연스럽게 엉겨 붙는 속성의 군중이라는 것"이 "그 자체로 견딜 수
없는 추함"이고 "경박함과 오류의 증명"(148쪽)이라 단언한다. 그렇지만
동시에 '나'는 자신의 불쾌감에 "타당성이나 정당성이 심하게 결여"(147쪽)
되어 있다고 느낀다. "그들은 단지 영화를 보기 위해서 극장으로 온 것에
불과했다. 그리고 오직 군중을 혐오한다는 이유만으로 그들을 불쾌하게
여긴다면, 그것은 거기 있는 인파의 모든 사람이 각자 내심 그렇게 느낄
수 있는 문제였다. 이런 대도시에서 모두는 서로에게 결국 인파에 불과
할 테니 말이다"(148쪽)에서와 같이, '나'의 발화는 자신의 생각을 논박하
고 설득을 요구하는 다른 목소리에 침식당해 있다. 그렇기 때문에 도리
어 '나'는 다소 과격한 표현을 동원하면서까지 자신의 생각을 변호하고
정당화하지 않을 수 없었을 것이다. 군중에의 혐오와, 영화에 대한 거부
감과, 같이 영화를 본 수미에 대한 불쾌감을 장황하게 해명하는 '나'의 발
화(약 11페이지에 걸친)에는 예상되는 타자의 답변과 반론들이 끊임없이 비
집고 들어와 있으며(수미와의 대화를 통해 겉으로 드러난 타자의 말들 이외에도 누
락된 채 '나'의 발화에 흔적으로 남아 있는 타자의 말들), 이로 인해 '나'의 발화는
내부적으로 대화화되어 있다고 말할 수 있다.

　M과의 사랑과 이별이라는 서사적인 스토리라인을 접어두면, 『에세이
스트』의 사변적 진술들은 M의 사상으로 대표되는 "절대 보편"(86쪽)의 언
어, "자국어의 경계를 넘어서는"(87쪽) "정수의 개념"(86쪽)에 대한 지향으
로 모아지는 경향이 있다. 그러나 이 소설의 언어들은, 그 어떤 부수적이
고 불순한 첨가물에도 오염되지 않은 순결하고 절대적인 언어란 존재하
지 않는다는 것을 역설적으로 증명하고 있다. '나'의 발화는 모든 언어가
타자의 말들에 "이미 점령당하여" "넘치도록 가득 차 있"으며, 주체의 정

신과도, 지시 대상과도 결코 직접적이거나 독자적인 방식으로 관계를 맺을 수 없다는 사실[23]을 확연히 예시하기 때문이다. 그러므로 언어는 "단순한 기술이 아니고 (…) 보편적인" "정신"이라는 M의 생각은 한낱 공허한 "이상주의"(124쪽), 부질없는 "환영"(87쪽)으로 남게 된다. 흔히『에세이스트』의 주제로 인식되는 명시적이고 핵심적인 발언들조차 스스로를 전복하고 끝내 의심스럽게 만드는 이질언어들의 내적인 대화로 인해 그 최종적인 권위를 박탈당하고 마는 것이다.

『에세이스트』에서 이 같은 양상은 주체의 현전성과 목소리의 고유한 자발성에 기초한 근대적 주체를 탈중심화한다. 『에세이스트』의 '나'는 글쓰기를 통해서, 동일자로서의 자족성과 확실성 안에 머물기를 포기하고 타자들이 아우성치는 혼돈의 심연으로 하강한다.[24] 그렇게 함으로써만 비로소 '나'는 주체로 다시 태어난다. "책상 앞에서 나는 계속해서 쓴다. 페터 한트케의 말처럼 '단지 글을 쓰고 있을 때만이, 나는 비로소 내가 되며 진실로 집에 있는 듯이 느낀다.' 그러므로 어디에서 왔으며 어디로 가는가, 그것은 아무것도 말해주지 않을 것이다"(174쪽)라는 이 소설의 마지막 말은 글쓰기라는 예측불허의 과정, 그 통제할 수 없는 언어들의 소용돌이에 휩쓸림으로써 출현하는 탈중심적이고 탈근대적인 주체의 형상을 암시하는 것처럼 보인다. 배수아 소설 전반이 그러하지만, 흔히 주체의 자기충족적인 정신주의를 표방한다고 평가되는[25] 『에세이스트』 역시 이

---

23   Mikhail Bakhtin, *The Dialogic Imagination : Four Essays by M. M. Bakhtin*, ed. Michael Holquist, trans. Caryl Emerson & Michael Holquist, Austin : Univ. of Texas Press, 1981, p.276.

24   글쓰기의 이 같은 측면에 대해서는 J. Derrida, *L'écriture et la différence*, Paris : Editions du Seuil, 1967, pp.48~49 참조.

25   김영찬, 「자기의 테크놀러지와 글쓰기의 자의식」, 배수아, 『에세이스트』 해설, 191~194 쪽 참조.

질언어들의 복잡한 대화를 단성화하는 대신에 그 혼성적 울림에 섬세하게 귀 기울이는 독법을 통해서만 스타일과 의미 전반이 모습을 드러내는 텍스트인 것이다.

대화적 텍스트에 대한 문체론적 접근

배수아의 『에세이스트』는 발화의 복수성과 다중적인 시간성의 다양한 리듬으로 충만해 있으며, 충돌하고 교섭하는 이질적인 목소리들의 내적인 대화로 이루어진 소설이다. 이 같은 특징들은 이 소설을 바흐친이 말하는 다성적이고 대화적인 텍스트로 이해하게 해준다. 소설의 다성성과 대화성은 "영혼의 독백화"에 저항하고[26] 타자를 "아직 최후의 말을 하지 않은"[27] 존재로 대하는 윤리적 태도와도 연결된다. 실제로 『에세이스트』의 언어적 특징들은 세상의 중심에 놓인 자족적이고 완결된 주체를 해체하고, 타자성에 의해 촉발되는 탈중심적이고 윤리적인 주체를 형성하는 과정과도 맞물려 있었다.

이렇듯, 다성적이고 대화적인 텍스트들에 대한 문체론적 접근은 언어들의 다양성과 혼종성을 기술하고 그것을 의미론적 층위와 결합하여 전통적인 통일성과는 다른 의미, 다른 층위의 통일성(비독백적 통일성)을 발견하는 방식으로 행해질 수 있다. 『에세이스트』에 대한 이 글의 분석은 그런 접근법의 일반적인 '모델(model)'이기보다는 하나의 '사례(case)'일 것

---

26   Gary Saul Morson · Caryl Emerson, 1990, p.58.

27   Mikhail Bakhtin, *Problems of Dostoevsky's Poetics*, ed. and trans. Carlyl Emerson, Minneapolis
       : Univ. of Minnesota Press, 1984, p.59.

이다. 하지만 화자의 발화와 인물의 발화가 혼성되고 텍스트의 시간성이 교란되는 방식, 특정 대상에 대한 언표 행위가 회피되거나 지연되는 방식, 상식이나 통념으로서의 타자의 담론들이 화자의 발화 안에 얽혀 들어와 내적인 이질언어로 기입되는 방식 등은 대화적인 텍스트들을 분석하는 데 풍부하게 활용될 수 있다. 그런 방식들이 '어떻게' 나타나고 '왜' 생겨나는가를 밝히는 일은 곧 텍스트의 언어적 형상에서 의미를 추출하는 문체론의 구체적인 작업이 될 것이다.

(2008.4)

존재 바깥에서 물결치는 '인간의 시간'

김행숙 시집 『에코의 초상』

일렁거리는 '에코의 초상'

김행숙의 시는 처음부터 타자를 향한 낯설고 위험한 모험이었다. 김행숙의 시적 화자는 세계를 자기 앞에 재현하고 자신의 인식 지평 위에서 타자를 대상으로 정립하는 원근법적 중심으로서의 주체가 아니다. 오히려 "알 수 없는 사람"(「타일의 규칙」)이 되기까지 타자들을 향해 스스로를 개방하는 주체, 타자의 목소리들이 거침없이 횡단하고 타자의 흔적들에 따라 끊임없이 모습을 바꾸는 비표상적 주체라고 말할 수 있다. 세계를 그러모아 내면성으로 통합하는 익숙한 서정적 발화와 구별되는 김행숙 시의 모호성과 매혹적인 이질성이 여기에서 비롯된다. 그녀의 시가 자기

동일성으로 귀환하지 않는 타자되기의 감행인 이유, 담론의 지배에 다시 종속되지 않는 다른 곳에서의 글쓰기인 이유도 바로 여기에 있다.

새 시집 『에코의 초상』(문학과지성사, 2014)에서도 김행숙은 타자의 목소리와 타자의 흔적들 속에서 주체의 임시적 단수성을 감지하며(「저 사람」, 「두 사람」, 「모르는 목소리」, 「이름 모를 바닷가」, 「아담의 잠옷」, 「소리의 악마」 등), 로고스-팔루스 중심의 체계를 혼란에 빠뜨리는 다른 언어와 다른 사랑을 꿈꾼다(「좋은 말」, 「상형문자 같은」, 「아, 서사극」, 「새의 위치」, 「마른번개들」, 「트럭 같은 사랑」 등). 이런 양상은 시집의 제목에도 암시돼 있다. 그녀는 자기 모습을 드러내지 못한 채 다른 사람의 마지막 말을 되풀이해야만 하는 '에코'의 운명을 시적 자아의 '초상'으로 받아들인다. 그것은 누군가에게서 빌려온 목소리로 말하고 타자의 영향에 의해 수동적으로 발생하는 어떤 주체의, 초상 아닌 초상이다.

> 입술들의 물결, 어떤 입술은 높고 어떤 입술은 낮아서 안개 속의 도시 같고, 어떤 가슴은 크고 어떤 가슴은 작아서 멍하니 바라보는 창밖의 풍경 같고, 끝 모를 장례행렬, 어떤 눈동자는 진흙처럼 어둡고 어떤 눈동자는 촛불처럼 붉어서 노을에 젖은 회색 구름의 띠 같고, 어떤 손짓은 멀리 떠나보내느라 흔들리고 어떤 손짓은 어서 돌아오라고 흔들려서 검은 새떼들이 저물녘 허공에 펼치는 어지러운 군무 같고, 어떤 얼굴은 처음 보는 것 같고 어떤 얼굴은 꿈에서 보는 것 같고 어떤 얼굴은 영원히 보게 될 것 같아서 너의 마지막 얼굴 같고, 아, 하고 입을 벌리면 아, 하고 입을 벌리는 것 같아서 살아 있는 얼굴 같고,

―「에코의 초상」 전문

에코의 목소리는 그녀가 따라서 말해야 하는 수많은 타인들의 목소리

이다. 그 목소리들로 인해 아직 얼굴이 없는 그녀에게 "입술"이 생겨나고, 그래서 그녀의 입술은 타인의 "입술들의 물결"이 된다. "처음 보는 것 같고" "꿈에서 보는 것 같"은 타인의 얼굴들, 주체가 파악하거나 규정할 수 없는 타자의 비현전성이 에코의 초상을 비가시적이고 비동일적인 일렁임으로 만든다.

이 시에서 특히 인상적인 것은 "영원히 보게 될 것 같"은 "너의 마지막 얼굴"조차 "어떤 얼굴"로 희미하게 흩어져간다는 점이다. 김행숙 시의 화자는 대체될 수 없는 유일한 '너'의 얼굴마저 생생한 재현으로 붙잡아 고정하지 못한다. 주체의 이 같은 무능 혹은 실패 속에서 김행숙의 이번 시집은 '다른 시간'과 '다른 관계'의 가능성을 새롭게 열어가고 있는 듯하다.

침묵과 망각, 그리고 '죽어감'의 시간

그러나 지금은 우선, 표제작인 「에코의 초상」을 좀 더 따라가보자. '너'의 비현전이라는 결정적인 부재, 치명적인 결핍은 이 시에서 죽음의 형상과 맞물려 있다. "끝 모를 장례행렬"과 "진흙" 같은 "눈동자"와 "허공"을 나는 "검은 새떼들"이 드리우는 압도적인 죽음의 분위기는 결국 "너의 마지막 얼굴"을 휘돌고 있다. "아, 하고 입을 벌"린 '너'의 마지막 얼굴은 마치 "살아 있는 얼굴 같"지만, 그 벌어진 입술에서는 죽음 이후의 목소리가 새어 나오거나 혹은 새어 나오지 않을 것이다. 하여 그를 따라 벌어진 그녀의 입술에서는 끝내 죽음의 탄식이 흘러나오거나 차마 흘러나오지 못할 것이다. 그녀는 이렇게 말의 상실 위에서 말하고 있다. 입이 틀어 막힌 채우는 어린아이처럼.

「에코의 초상」은 나르시스에 대한 에코의 비극적 사랑뿐 아니라, 나르시스의 죽음 이후에도 계속되는 에코의 삶에 대해 생각해보게 한다. 아마도 그 덧붙여진 삶(sur-vie)은 순수한 인내이자 지향 없는 기다림이며, 죽어감 그 자체로서의 삶일 것이다. 에코는 기억을 통해서도 사랑하는 나르시스의 얼굴을 다시 현재화(re-présentation)할 수 없기 때문에, 그녀의 죽어감 / 삶은 재현될 수 없는 어떤 망각된 불행을 자신 안에서 참아내는 일과도 같다. '나'의 존재보다 더 사랑하는 타자의 비존재는 시작 없는 외상처럼, 기억에서조차 경험될 수 없는 영속적인 고통처럼, 끝없이 물결쳐 되돌아온다.

부재와 죽음, 침묵과 망각, 수동적인 참을성과 기다림의 시간 등은 이렇게 서로서로 공명을 일으키며 시집 전체를 감싸고 있다. 이를테면 「소」에서 "우리는 방금 전까지도 모르는 사이였는데 / 어두운 뱃속에서부터 알던 사이 같다 / (…) / 우리는 옛날 사람 같았다 / 가만히 느껴보면 / 죽은 적이 있는 것 같았다"고 말할 때, 그녀는 결코 현재한 적은 없지만 외상으로 자국을 남긴 깊디깊은 "옛날"의 망각된 죽음을 가만히 견디고 있는 것 같다. 그리고 「아담의 농담」에서 그녀는 극렬한 "통증"을 동반하는 하염없는 "침묵"과 기다림을 통과하며, 자기 자신을 찾아봐야 소용없는 비현전의 시간 속으로 넘겨진다.

말을 하려고 하면, 말이 잘 안 됩니다. 말이 안 돼도 말을 하려고 애쓰면, 사람들은 걱정스레 묻습니다. 어디가 아픕니까? 그것이 복통이라면, 토하세요. 토하고 싶다면, 토하고 싶은 것들은 무엇입니까? 토할 것 같다면, 토할 것 같은 것들은 무엇입니까? 무슨 냄새를 맡았습니까? 대체 무엇을 보았습니까?

　(…중략…)

말하면, 안 될 것 같은 말만 자꾸 생각나서 침묵했습니다. 침묵이 길어지면, 긴 침묵은 기다리는 자의 것이었다가 시간이 무심하게 흘러 죽은 자의 것으로 석양 밑에 깔립니다. 친절한 그가 대신하여 이야길 시작하면, 나는 죽어서 어느 날의 내 목소리를 듣는 것 같습니다.

—「아담의 농담」 부분

이 시에서는 "말"이 되어 나오지 못하는 말의 기나긴 "침묵" 속에서, 언제나 와 있지만 현전할 수 없는 죽음을 "기다리는" 참을성의 "시간"이 숨죽이며 이어진다. 거기에는 자신이 견딜 수 있는 것 이상을 견디는 눈부심 같은 게 있다. 또는 언어로 인해 입 벌리고 있는 심연을 언어로 건너야 하는 사람의, 찢김 속에서의 삼감 같은 것.

이런 것들이, 김행숙의 이전 시집들과 이어지면서도 구별되는 『에코의 초상』의 독특한 표정이다. 특히 언제나 이미 지나가버린 채 망각 속에서 끝없이 회귀하는 비현전의 시간은 이 시집에서 김행숙 시가 다다른 새로운 지점이다. 그런 시간성은 타인의 죽음이 불러일으키는 정동(affection)이나 타자에 대한 수동적 정념(passion)과 촘촘히 얽혀들어 있다. 죽음과 시간의 이 같은 교차는 얼핏 하이데거 식(『존재와 시간』)의 존재론을 떠올리게 하지만, '죽음을 향한 존재'의 불안으로 환원되지 않는 이 시간성은 존재의 서사를 거슬러서 코나투스(conatus : 존재의 자기 보존력)의 바깥을 향해 아스라이 뻗어나간다.

존재 바깥, 또는 탈-천체(dés-astre)의 시간

『에코의 초상』에는 실제로 하이데거의 그림자가 어른거린다. 「차이와 동일성」과 「존재의 집」 같은 시 제목에는 하이데거의 영향이 직접 드러나 있기도 하다. 하지만 반(反)영향이라 부르는 것이 더 나을지 모를 이 같은 경향은 하이데거로 대표되는 존재론의 사유와 그 기반을 이루는 동일화의 체계 전체를 와해시키는 방향으로 작동하고 있다. 가령 「차이와 동일성」에서는 재현 불가능한 타인("손목"으로만 나타났다 사라지는)의 얼굴의 물음표가 '나'의 자기동일성을 식별 불가능한 지점까지 몰아붙이는 동안, 차이가 동일성의 본질에서 유래한다는 『동일성과 차이』(하이데거)의 중심 명제가 바닥에서부터 뒤집어진다.

또 「존재의 집」에서는 현존재의 거주 가능성이자 세계-내-존재(être-dans-le-monde)의 이해 가능성을 보장하는 언어가 어떤 한계에 이르러 침묵으로 으스러지면서, 세계의 안정성을 뒤흔드는 바깥(dehors)의 시간이 엄습한다.

> 그런 입 모양은 아직은 침묵하지 않은 침묵을
>
> 침묵으로 들어가는 입구를
>
> 입구에서 조금만 더,
>
> 조금만 더 기다려보자고 기다리고, 끊어질 것 같은 마음으로
>
> 기다리는 사람을 뜻한다
>
> 그 사람이 얼음의 집에 들어와서 바닥을 쓸면 빗자루에 묻는 물기 같고
>
> 원래 그것은 물의 집이었으나 살얼음이 이끼처럼 끼기 시작하고
>
> 물결이 사라지듯이 말수가 줄어든 사람이

아직은 침묵하지 않은 침묵을

침묵으로 들어가는 좁은 입구를

그런 입모양은

표시했다

식사 시간에 그런 입 모양이 나타났을 때 숟가락을 떨어뜨렸고,

그 사람은 숟가락을 떨어뜨린 줄도 몰랐는데

그 숟가락은 무엇이든 조금씩 조금씩 덜어내기에 좋은 모양으로 패어 있고

구부러져 있다

숟가락의 크기를 키우면 삽이 되고, 삽은 흙을 파기에 좋다

물, 불, 공기, 흙 중에서 흙에 가까워지는 시간에

이를테면 가을이 흙빛이고 노을이 흙빛이고 얼굴이 흙빛일 때

그런 입 모양은 아직은 입을 떠나지 않은 입을

아직은 입으로 말하지 않은 말을

침묵의 귀퉁이를

아직까지도 울지 않은 어느 집 아기의 울음을

—「존재의 집」 전문

  아직은 아무 말도 새어나오지 않은 "그런 입모양"과 더불어 알아챌 수는 없지만 갑작스러운 무엇이, 천체의 기울어짐과도 같은 전락의 신호가, 세계의 거주 불가능성을 선언하는 어떤 바깥이 출현한다. "침묵"은 바깥에 대한 강렬하고 재앙(dés-astre : 탈-천체) 같은 긍정이다. 언어로 이루어진 "존재의 집"은 실상 살아 있는 모든 것을 동결하는 "얼음의 집"이며, 존재의 존재함을 위해 타자들(자기 안의 말 못하는 어린아이를 포함하여)을 살해하는[1] 죽음의 집이기 때문이다.

침묵은 말해질 수 없는 것으로서의 죽음("흙을 파기에 좋"은 "삽"과 "흙빛"의 "얼굴" 등으로 암시된)을 향한 무한한 다가감이기도 하다. 존재가 언어를 통해 매순간 실행하지만 결코 완수할 수 없는 살해 행위는 불가능한 죽음을 되풀이하는 일, 또는 끝없이 죽어가기를 계속하는 일과 다르지 않다. 이로 인해 「존재의 집」에는 한없이 연기된 채 임박한 죽음을 기다리는 참을성의 시간이 죄어들어온다.

수동적인 기다림과 죽어감의 시간은 현존재의 존재 지평인 근원적 시간(죽음을 향한 존재의 유한함)을 파열시킨다. 불안을 무릅씀으로써 자기를 앞질러 죽음을 전유하고, 미래로 자신을 기투하는 가운데 현존재의 전체성을 구현하는 하이데거적인 의미의 시간을 말이다. 이 시에서는 또한, '모든 인간은 자기 자신으로서 죽는다'는 죽음의 단독성과 이를 토대로 한 존재의 각자성이 철저히 의문에 부쳐진다. 죽음을 가장 고유하고 누구에게도 양도할 수 없는 자신만의 것으로 본 하이데거에게, 죽음이란 타인을 배제하는 고독한 가능성이다. 하이데거의 존재론에서 죽음은 오직 존재 사건이며 모든 의미는 존재 의미로 귀속된다.

반면에 「존재의 집」에서 현전하지 않는 이 불확실한 죽음('나'의 죽음이나 "그 남자"의 죽음조차도 아닌)은 개인적인 것이 결코 아니며, 그 의미는 '나'의 고유하고 실존적인 죽음으로 도저히 채워지지 않는다. 그녀의 시에서라면 모든 인간은 자기 자신으로서가 아니라 오히려 '누군가'로 죽는다고, 차라리 "아직까지도 울지 않은 어느 집 아기의 울음"으로 죽어간다고 말해야 한다.

---

1 "사람들은 한 어린아이를 살해한다(On tue un enfant)"는 세르주 르클레르의 말은 오래 전에 우리가 말을 하기 시작하면서 말 못하는 어린아이였던 자기 자신을 살해했음을 뜻한다. 이미 죽은 그 어린아이는 언어의 바깥, 기억의 바깥에 잔존하면서 끊임없이 되돌아오고, 우리는 그 어린아이를 거듭 살해함으로써만 의식적·대자적 존재로서의 자아를 유지할 수 있다. 이에 대해서는 박준상, 「한 어린아이」, 모리스 블랑쇼, 박준상 역, 『카오스의 글쓰기』, 그린비, 2012 참조.

익명적인 '공동의 인간'

이 같은 죽음 / 죽어감은 인간의 익명적 연속성 안에 '나' 자신을 기입하여 '나'를 모두에게 속한 자로 만든다. 언제나 의식 바깥에 있기에 망각을 통해서만 기억될 수 있는 불가능한 죽음(내 안의 이미 죽은 / 죽어가는 어린아이)은 우리 모두에게 뚫려 있는 구멍이자,[2] 상처 입은 비존재로서의 '공동의 인간'일 수 있기 때문이다.

> 저녁이면 손을 모으는 일을 했다
>
> 어느 날은 손이 뜨거웠다
>
> 권총을 붙들고 부들부들 떨고 있는 것 같았다
>
> 총의 환상이 사라지자
>
> 총에 맞은
>
> 검은 새처럼 손만 남았다
>
> (…중략…)
>
> 누구나 어린아이였지, 옛날부터
>
> 위험하게
>
> (…중략…)
>
> 저녁에 손을 모으면
>
> 누구의 손이라도 모두 닮았다
>
> —「누구를 위하여 종은 울리나」 부분

---

2   그런 의미에서 「에코의 초상」의 나르시스는 에코 안의 이미 죽은 / 죽어가는 어린아이이며, 부재하는 채로 끝없이 되돌아오는 나르시스의 죽음은 우리 안에 뚫린 '공동의 구멍'일 수 있다. 수동적인 죽어감의 시간 속에서 에코가 견뎌내는 것은 바로 이 같은 익명적인 공동의 죽음이라 말할 수 있다.

별이 못이라면 길이를 잴 수 없이 긴 못, 누구의 가슴에도 깊이를 알 수 없이
깊은 못입니다

(…중략…)

빛을 비추며 아이를 찾아야 했습니다
서로서로 빛을 비추며 죽은 아이를 찾아야 했습니다
어디서 날이 밝아온다고 아무도 말하지 못했습니다

—「빛」 부분

「누구를 위하여 종은 울리나」에서 간절함으로 "부들부들 떨"리던 "손"
이 "총에 맞은 검은 새처럼" 죽음의 절망 속에 내버려질 때, 기억할 수 없
는 먼 "옛날"에 살해당한 내 안의 "어린아이"가 다시 울기 시작한다. 말문
이 막히는 어떤 한계상황에서야 우리는 말 못하는 그 어린아이의 죽음이
나만의 결핍이 아니었음을 비로소 느끼게 된다. "누구나 어린아이"로 죽
었고 죽어가고 있음을 깨닫는 일은 무언가를 간구하는 우리 각자의 모아
진 손이 "모두 닮"아 있다는 깨달음으로 이어진다. 상처 입고 고통 받는
타인들과 '나' 사이에 익명적인 공동의 몸이 들어서는 것이다.

「빛」에서도 자기 가슴에 깊이 박힌 "못"의 고통은 모두가 가슴 속에 깊
디깊은 못(池)의 심연을 품고 있음을 발견하는 놀라운 순간을 불러들인다.
못은 하늘에 박힌 "별"이기도 하기 때문에, 저마다의 가슴 속 고통의 심연
으로 "서로서로 빛을 비추며 죽은 아이를" 함께 찾을 수 있다. 끝내 "날이
밝아"오지 않는다 해도 타인들과 함께 그 어린아이를 공동으로 품어 안는
그 어떤 삶은 끝없는 죽어감 가운데서도 우리를 존재보다 더한 것으로 열

어줄 것이다. "밤에 날카로운 것이 없다면 빛은 어디서 생"(「밤에」)기겠는
가. 이렇듯 찢김으로 인해 열리는 공동의 영역을 사랑이라고 부를 수 있
을까?

> 우리를 밟으면 사랑에 빠지리
> 물결처럼
>
> 우리는 깊고
> 부서지기 쉬운
>
> 시간은 언제나 한가운데처럼
>
> —「인간의 시간」 전문

　이 시에서도 시간은 존재의 서사와 단호히 결별한다. 시간은 견고한
대지와도 같은 존재의 지평이기는커녕, "밟으면" 그대로 빠져버리는 "깊
고 부서지기 쉬운" "물결"과 같다. 그것은 또한 시작과 끝을 지닌 현존재
의 유한성으로 한정되지 않으며, "언제나 한가운데처럼" 기원도 종말도
없이 일렁이는 시간이다. 무엇보다 그 시간은 주체가 홀로 외롭게 경험
하는 '존재의 행적'이 아니라 "인간"을 공동의 "우리"로 엮는 '관계의 사건'
으로 나타난다. "인간의 시간"은 결국 타자들과의 관계 속에서 이뤄지는
주체성의 얽힘을 가리키는 다른 이름이 된다. 그 속에는 위태롭지만 무
한한 "사랑"의 가능성이 깊이 잠재돼 있다.
　한편 시간의 "물결"은 존재의 휴식을 방해하는 시간의 불안정한 동요
를 암시한다. 물결치는 시간의 휴식 없는 일렁임('에코의 초상'을 일렁이게 한)

은 타자에 의해 야기되는 동일자의 불안정을 인상적으로 환기시킨다. 타자가 동일자 안에서 자기 충족적으로 이해되고 안정적으로 동화될 때, 생생한 현재로 다시 붙잡혀 동일자와 동시적으로 현존할 수 있을 때, 그 변함없는 '항상' 속에서 시간이 무슨 의미를 지니겠는가? 시간이란 '타자를 향한 동일자의 방향전환'이자, 동일자가 타자를 끝내 포섭하지 못한 채 자기 안에서 감내하는 '참을성의 길이(통시성)'(레비나스, 『신, 죽음, 그리고 시간』) 그 자체일 것이다. 그것이 익명적인 죽어감 속에서 우리가 겪어야 할 '인간의 시간'이다.

정념의 수동성과 타인의 '눈빛'

존재의 안정성을 뒤흔드는 동일자 안의 타자(Autre-dans-le-Même)는 타인의 모습으로 우리에게 온다. 그리고 그 뒤흔듦에는 외상적인 폭력의 측면이 있다. 타인인 누군가는 "폭군처럼 솟아서 시간의 차원을 뒤엎고 한 자락 그림자도 없이 침입하"(「어딘가, 어딘가에는」)며, 또 누군가는 "흉기가 되도록 뾰족해"져서 "어둠 속으로 정확히 파고들어 시간을 끊으"면서 "참으로 끈질긴 노크소리"(「물방울 시계」)를 낸다. 타인은 그리 달갑지 않은(in-desirable) 자이고, 그런 뜻에서 타인을 향한 쏠림은 바랄 만하지 않은(non-desirable) 것에 대한 정념이다.

정념의 이 같은 수동성('passion'에는 'passif'라는 의미가 새겨져 있다)으로 인해 우리는 예기치 못한 방식으로 타인과 마주치고, 타인의 두드림에 타격을 입으면서 자기를 거슬러 영향을 받는다. 뜻하지 않게 때로는 내 "영혼의 옥타브가 바뀌"기도 하고, "하나뿐인 세계가 무너지"(「잃어버려지지 않는

／찾아지지 않는」)기도 하는 것이다. 주체의 이런 수동성(능동성과 대비되는 수동성보다 더한 수동성)에는 존재론이 전혀 사유할 수 없는 윤리적 가능성의 지대가 있다. 『에코의 초상』에서 김행숙 시가 새로 마주한 '타인의 의미'도 바로 그 속에 깃들어 있다.

> 유리로 만든 것들은 우리를 속이기 쉽습니다. 저 창문은 액자 같고,
> 그곳에서 가장 먼 나뭇가지에라도
>
> 나는 걸려 있기로 결정했습니다. 당신이 찾을 수 있는 곳이 내가 있어야 할 그곳입니다. 당신의 눈빛이 존재하지 않는다면 그곳에,
>
> 내 슬픔의 무게는 나뭇가지를 부러뜨리고 구덩이를 팝니다. 많은 것들이 꺼질 듯 매몰되었습니다. 아아, 나는 멸망인 척 해도 멸망이 아닙니다. 나는 그림인 척 해도 그림이 아닙니다.
>
> (…중략…)
>
> 모든 옆집의 창문 같은 그곳,
> 유리의 주인인 당신의 눈빛을 상상하면 나는 그림이 될 수 있을 것 같습니다. 내 삶의 카펫에 누군가 주제를 정하고 문양을 찍는 것 같습니다. 카펫은 밟으라고 있는 겁니다.
>
> 이런 내 마음의 소리가 당신에게 들리는 것 같습니다. 내 절망이 당신에게 스러질 듯이 원경(遠景)으로 보이는 것 같습니다.

당신의 찌푸린 눈빛처럼 내가 나를 보는 것 같습니다.

당신의 눈빛에 항상 걸려 있는 나의 살가죽을 쓰고 다니면 세상의 모든 옆집들

(…중략…)

그곳에 당신이 있었다면

내가 있었을까? 없었을까?

어느 이웃집 꼬마처럼 돌멩이를 손에 쥐면 그때 그곳이 생각납니다. 그곳에 돌멩이를 던진다면, 그것은

당신의 눈알을 당신의 얼굴에서 빼앗아 그 얼굴로부터 멀리 던져버리고 싶었다는 뜻입니다. 당신의 눈알을 으깨는 기분으로 나는 돌멩이를 손에 꼭 쥐고 있습니다. 내가 보이는 그곳,

그곳에 당신이 있을까? 없을까?

—「타인의 창」부분

유리로 된 "창문은 액자 같"아서 바라보기 좋은 "그림"인 양 "우리를 속이"지만, 그 창문은 실은 "타인의 창"이고 바라보는 "눈빛"의 "주인"도 내가 아닌 "당신"이다. 타인의 시선에 의해 '나'는 그림으로, 바라봄의 대상으로 뒤바뀐다. 주격으로서의 특권을 박탈당하고 대격으로 전락한 '나'는 내 자리를 '당신'에게 넘겨주어야 한다. "내 삶의 카펫에 누군가 주제를 정하고 문양을 찍는" 것처럼, '당신'의 시선에 따라 '나'는 내가 알지 못하는 방식으로 짜이고 형성된다. 그렇기에 "당신이 찾을 수 있는 곳이 내가 있어야 할 그곳"이다. "당신의 눈빛이 존재하지 않는다면 그곳에"는 아마 '나'도

없을 테니까.

그런데 타인의 창문에서 "가장 먼 나뭇가지에라도" 그림으로 "걸려 있기로 결정"한 '나'는, "그림인 척 해도 그림이 아"니다. 자신이 걸려 있는 "나뭇가지를 부러뜨리고 구덩이를" 파서 "많은 것들"을 "꺼질 듯 매몰"시키는 "내 슬픔의 무게" 때문이다. 이 무게는 자신의 고유한 코나투스에서 뿌리 뽑힌 물질의 무게 전체일 것이다. 하지만 그 뿌리 뽑힘과 이를 견뎌내는 수동적인 참을성에서 존재 너머의 또 다른 주체성이 발생하는 것이라면, 동시에 "나는 멸망인 척 해도 멸망이 아"니다. 자기 밖으로 추락하여 구덩이에 매몰된 채로 "아아, 나는 멸망인 척 해도 멸망이 아닙니다. / 나는 그림인 척 해도 그림이 아닙니다"라고 말하는 이 신음 같은 탄식에서는, 고통 속의 수동성이 지닌 어떤 윤리적인 것이 흘러나온다.

나아가 타인의 시선에 숨김없이 노출되는 일은 '나'에게 일종의 폭력으로 경험된다. "당신의 눈빛에 항상 걸려 있는 나의 살가죽"은 보호 없는 노출이자 벌거벗음 그 자체이고, "당신의 찌푸린 눈빛" 앞에서 그 살가죽을 "쓰고 다니"는 '나'는 자아 없이 헐벗은 자다. 더구나 그 시선은 "세상의 모든 옆집들"에서 전방위적으로 '나'를 에워싸고 압박한다. 그래도 '나'는 '당신'의 창문을 향해 "돌멩이를 던"지지 못한 채 그 "돌멩이를 손에 꼭 쥐고" 간신히 서서 버티고 있다. 타인에 대한 정념(passion)의 수동성으로 '나'는 해를 입으면서 모든 수난(passion)을 감내하는 것이다.

타인의 근접성과 '이웃'의 죽음

피할 길 없는 타인의 영향력을 이처럼 '옆집'의 근접성과 '이웃'의 우연성에서 발견함으로써, 『에코의 초상』의 윤리적 가능성은 더욱 구체화된다.

곧 가스불을 꺼야 할 독신자가 갑자기 죽어버리는 것이다. 고깃국물이 졸아
들고 검은 간장 한 방울처럼 진해지는 것이다. 불꽃냄비처럼 모든 손잡이가 뜨
거워지는 것이다.

그래서 생각했다. 죽기 전에 해야 할 일이란 가스 불을 끄고 그리고 시간이 남
는다면 가볍게 음식을 먹고 천천히 그릇을 씻는 것이다.

나는 맨발로 국제공항에 떨궈지고 싶지 않았다.* 유리의 성에 지워질 듯 지워
질 듯 어른거리고 싶지 않았다. 처음부터 다시 배우고 익히고 익숙해지고 드디
어 상식적인 사람이라는 평판을 얻기까지 수줍은 미소를 띤 채 어정거리고 싶지
않았다. 드디어 길을 잃어버리지 않게 된 동네에서

오전에 산책하고 오후에 산책하는 나의 삶을 지키고 싶다. 평범하고 고독한
저런 사람을 의심해야 한다고 누군가 나를 가리키며 앞발을 감추고 발발이처럼
짖을 때까지 나는 오후에 산책하고 고요한 새벽에 산책하는 삶을 살아왔다.

제때 가스불을 끄고 사랑을 끄고 희망을 끄고 살아온 것이다. 죽기 전에 해야
할 일을 하며 살아온 것이다. 곧 가스불을 꺼야 한다고 나는 생각하고 있다.

*어떤 젊은이가 했던 말을 똑똑히 기억한다. "당신은 위에 있고, 나는 맨발로 국제공항에
떨궈져 있어요." 나는 다시 어떤 젊은이가 되고 싶지 않았다.

—「이웃 사람」 전문

우발적인 타인의 두드림은 "이웃 사람"의 죽음을 통해 '나'에게 찾아온다. 이웃에 사는 한 "독신자"의 예상치 못한 죽음은 마치 '나'의 벽을 쳐대듯이 존재의 고요한 휴식으로부터 '나'를 흔들어 깨운다. 이 당혹스러운 불안정은 '나'를 "맨발로 국제공항에 떨궈"진 "어떤 젊은이"로, "유리의 성에 지워질 듯 지워질 듯 어른거리"는 존재 바깥의 익명성으로 돌려놓는다. "나는 다시 어떤 젊은이가 되고 싶지 않"으며 "오전에 산책하고 오후에 산책하는 나의 삶을 지키고 싶다"는 욕구는 코나투스의 갑작스러운 해체에 저항하는 존재의 반발일 것이다.

'나'를 이 같은 갈등과 동요 속으로 몰아넣은 것은 이웃의 근접성이 촉발하는, 그의 죽음에 대한 '나'의 책임이다. '나'는 마치 기억할 수 없는 과거에 타인을 책임지는 자로 서임(敍任)된 사람처럼, 그의 죽음에서 자유롭지 못하다. 책임으로 인해 '나'는 벌거벗었으며, 잘못이 없음에도 고발당한다. "평범하고 고독한 저런 사람을 의심해야 한다고" "나를 가리키며" 비난하는 "누군가"의 손가락은 그 책임에 내가 유보 없이 노출되어 소환당했음을 의미한다.

자기 존재 안에 안전하게 머물려는 욕구는 우리를 이 같은 책임으로부터 서둘러 물러서게 하고, 자신이 직접 저지른 잘못에서 비롯되지 않은 수많은 불행들에 대해 손을 씻게 만든다. 그러나 "제때 가스불을 끄"는 일처럼 오직 존재에 대한 염려에만 충실한 삶은 "사랑을 끄고 희망을 끄고 살아온" 삶에 지나지 않을 것이다. "세상의 모든 옆집이 빈 집이면 어떻게 당신의 이름을 부를 수 있겠"(「8時가 없어진다면」)는가?

'불가능한 회피'의 고유한 흔적

그렇기에 김행숙은『에코의 초상』에서 낯모르는 타인의 죽음들을 '옆집'에서 일어난 '이웃'의 일로 받아들인다. "파도"에 휩쓸려 "돌아오"지 못한 사람(「저녁의 감정」)과 "철길" 위에서 "자살"한 사람(「철길」)과 "가스밸브를 오픈하"며 "죽음"을 선택한 사람(「도시가스공사의 메아리」) 등은 모두 '세상의 모든 옆집'에 사는 그녀의 이웃들이다. 하여 그 죽음들 앞에서 그녀는 매번 "현기증이 감정처럼 울렁여서 흐느낌이 되"고(「저녁의 감정」), "몇 번을 죽었다 태어나는" 사람이 되며(「철길」), "침묵에 가장 가까워"진 "목소리"로 익명적인 "인간의 몸"(「도시가스공사의 메아리」)과 만난다.

그것은 죽을 수밖에 없는 자가 죽을 수밖에 없는 자에게 갖는, 면제되지 않는 책임일 것이다. 그런 책임은 현존의 과잉(주체의 자발성과 능동성)이 아니라 그것의 치명적인 결핍인, '수동성보다 더한 수동성'에서 나온다. 이럴 때 그 수동성은 영향 받을 수 있는 능력이자 상처 입을 수 있는 능력이 된다. 존재에 대한 염려로 귀착되지 않는 이 같은 주체의 주체성은 그저 재이고 티끌인 '나'를 찢어놓으면서 고양시킨다.

물론 이 같은 책임 속에는 어떤 실패가 있다. 감당할 수 있는 것 이상을 견디는 수동적인 참을성은 그 속에 '인내하지 못함'의 속성을 지니고 있어서, "나는 나를, 나는 나를, 나는 나를, 또 덮"(「밤에」)으며 존재 안으로 돌아가고자 한다. 그러나 이 실패는 윤리적인 원자가(原子價)를 갖는 실패이며, 말해진 것의 윤리를 능가하는 윤리적인 실패이다.

돌에 새겨진 모년 모월 모일의 날짜들이 무한 우주 속으로 흡입되는 광경을 나는 상상했다. 왜 나는 데려가지 않았어요? 왜 모든 것 속에 나는 없어요? 나는 무의미해져도 무가 되지 않고, 무감각해져도 무가 되지 않고, 무한해져도 무가 되지 않고, 커도 어른이 되지 않고, 불행한 이웃을 그리워해도 불행한 이웃이 되지 않고……, 되지 않는 모든 게 진짜 나란 말입니까. 되지 않는 모든 것을 합치면, 결국 뭐라도 됩니까.

—「조용한 지구」 부분

과거 위에 내려앉은 이미지는 몸통을 잃어버린 날개처럼 꿈속에서만 날아다닙니다. 나는 폐허에서 약초를 찾고 있었습니다. "자, 이 중에 하나는 약초고, 다른 하나는 독초다." 둘 중에 하나를 고르라고 윽박지르는 노인을 만났어요. 꿈결은 뒤척거리면서 이런 미치광이 노인들이 시간을 시험하기 좋은 무대를 꾸미죠. 그때마다, 약초를 원했는데 독초를 고르고, 독초를 원했는데 약초를 고르고, 약초를 원했는데 약초를 고르고, 독초를 원했는데…… 어느덧 나는 한 그루 덤불을 껴안고 활활 타오르는 사람처럼 보였습니다.

(…중략…)

문을 걸어 잠그고 뒤돌아서서 검은 장막을 쳤어야 했던 이유를 오랫동안 용서하지 않았어요.

—「잃어버려지지 않는 / 찾아지지 않는」 부분

'나'는 아무리 "불행한 이웃을 그리워해도 불행한 이웃이 되지 않"(「조용한 지구」)으며, 타인을 향한 정념의 극한은 어느 순간 감당키 어려운 두려움에 "문을 잠그고 뒤돌아서서 검은 장막을"(「잃어버려지지 않는 / 찾아지지 않는」) 치게 만든다. 하지만 바로 그 실패 속에서 '나'는 타인의 불행을 '나'의 일로 겪어내고 있지 않은가? 자기 자신으로 존재하는 데 대한 절망적인 규탄(「조용한 지구」)과, "꿈결"에서조차 "용서"를 허락지 않는 기나긴 자

책으로 "한 그루 덤불을 껴안고 활활 타오"르는 "시간"(「잃어버려지지 않는/
찾아지지 않는」)들 속에서 말이다.

　회피하고자 애써도 회피할 수 없는 책임의 흔적은 존재 안에 머물려는
집착과는 전혀 다른 방식으로 '나'를 개별화한다. 이렇게 김행숙은 우리
모두의 '죽은 어린아이'(부재하는 공동의 인간)에게 무한히 다가가면서도, 개
별적인 '나'로서의 그녀 자신이 된다. 김행숙의 시들은 그녀가 지닌 '회피
할 수 없음'의 흔적, 불가능한 회피의 '고유한' 흔적이다. 그래서 『에코의
초상』은 익명적인 동시에 대체 불가능한 그녀의 초상이 된다.

(2014.8)

길들여지지 않는 에로틱한 신체—우주의 사랑

　　김행숙 시의 놀라움은 타자를 감행하는 능력에 있다. 그것은 동요하고 변질되는 데 대한 두려움, 자기를 잃는 두려움에 사로잡히지 않는 능력이다. 그녀는 미래의 그녀가 될 다른 존재들, 미지의 자기 자신들에 대해 스스로를 방어하지 않는다. 그녀는 분산 가능하고, 넘쳐흐르며, 그렇게 변해가고 있음을 향유할 줄 안다.

　　이 능력은 첫 시집 『사춘기』(문학과지성사, 2003)에서 시적 발화를 '나' 혹은 '우리'라고 불리는 이질적인 목소리들의 코러스로, 또는 내 안에 우글거리는 온갖 타자들의 콘서트로 만드는 방식으로 발현됐다.[1] 그녀가 '나는'이라고 말하거나 '우리는'이라고 말하는 순간, 그 불안정하게 진동하는

---

[1]　이에 대해서는 필자의 다른 글, 「'나'의 복수성과 거대한 '한 사람'」(『달아나는 텍스트들』, 랜덤하우스, 2008) 273~283쪽 참조.

일인칭들이 불시에 이인칭으로 미끄러지거나 잔여를 남긴 채 빨려드는 순간, 통사구조를 휩쓸어가는 불안한 긴장감이 텍스트를 헐떡거리게 했다. 그러거나 말거나, 그녀는 '우리'가 될 모든 것들의 부름에 응답하려는 듯 움직이며 변화하는 군체(群體)가 되어갔다. 간혹 '한 사람'이라 불리기도 했으나 언제나 하나보다 많고 개별적인 한 여자나 한 남자 이상이었던.

　그리고 다음 시집 『이별의 능력』(문학과지성사, 2007)에서 김행숙은 실제로 거대하고 모호한, 어떤 '얼굴'의 형상을 만들어냈다.

　　우리는 모두 그 얼굴을 밟고 있었다

　　영원한 미소 위의 신발이거나
　　썩은 이빨 위의 맨발이거나

　　우리는 모두 그 얼굴 위에서 휴가를 보냈다
　　세번째 잠에 빠진 사람과
　　네번째 잠에 빠진 사람과

　　처음인 듯 흑설탕 같은 잠에 빠진 사람이 있었다
　　우리는 모두 그 얼굴에 영혼과 발목을 묻은 채, 그 얼굴을 넘어서 멀리 느끼거나
　　점점 가까이 감촉하고 있었다

　　가까이 큰 새가 날고
　　멀리 작은 새가 높아졌다, 낮아졌다, 높아졌다, … 라라라 음악의 계단처럼
　　큰 새가 먼저 사라지고 작은 새가 나중에 사라졌다

　　그 얼굴의 끝이 세계의 뒷면으로 반원처럼 돌아가고

　　메아리처럼 다시 한 번 돌아오고 있었다

—「해변의 얼굴 2」 전문

이 시의 '우리'는 모두 해변의 모래사장 위에 그려진 '그 얼굴'을 밟고 있다. 신발을 신었거나 맨발이거나, '우리' 각자는 그 얼굴의 각기 다른 부분(미소 짓는 입가나 눈꺼풀, 또는 벌어진 입술 안의 이빨 등)에 발목을 묻고, 서로 다른 시간에 서로 다른 리듬으로 잠에 빠져든다. 그렇게 다들 저마다의 방식으로 해변의 얼굴을 느끼거나 감촉하는 사이 "음악의 계단"처럼 나른하고 몽환적인 시간이 흐르고, 어느덧 그 얼굴은 둥근 지구를 한 바퀴 돌아 세계를 뒤덮을 만큼 거대해진다.

숭고의 감정마저 불러일으키는 이 거대하고 모호한 해변의 얼굴은 '나'라는 여러 개의 삶을 사는 존재들이 '우리'라는 이름으로 거하는 잠정적인 장소다. 파도에 휩쓸려 지워지고 발걸음에 뭉개지며 변해갈 이 정체불명의 얼굴은 흔히 얼굴로 표상되는 아이덴티티의 개별성과 항구성을 페티시화하지 않는다. 모래로 이루어진 유동적인 얼굴의 무른 표면 위 / 안에서 각각의 '나'는 사라지지 않으면서 익명성으로 녹아든다. 그 얼굴이 점점 더 거대해져가는 것은 김행숙 시의 '우리'가 "처음인 듯"한 또 다른 '나'–타자들을 분만하면서 무한히 확산하기 때문일 것이다.

김행숙의 시적 자아는 이처럼 끝없이 자가 증식하는 '우리'로서의 '나'이다. 그녀는 자아의 경계와 아이덴티티의 고정성을 녹여 흐르게 하면서, 그것들에 대한 집착 위에 세워진 담론과 논리와 기호의 체계를 거침없이 흘러넘친다. 그럼으로써 그녀는 자기를 통과하고 자기 안에 머무는 타자들을 산 채로 보존한다. 해변의 얼굴은 그런 불안정하고 혼란스럽고 거의 불가능한 시적 자아의 인상적인 이미지이다. 이 연작의 첫 번째 시에서 해변의 얼굴은 과연 '내 얼굴'과 겹쳐 있다.

> 얼굴로부터 넘친 얼굴,
> 나는 당신이 모르는 표정을 짓지만
>
> 내 얼굴엔 무언가 빠진 게 있을 거야.
>
> 코로부터 넘친 코, 코에서 코까지 앞만 보고 달려가면 결국 코가 없고
> 귀로부터 넘친 귀, 귀에서 귀까지 귀를 막고 뛰어가면 세상은 온통 귓속 같고
> 입을 꽉 다물면 이빨은 자라지 않고, 편도선은 부풀지 않는가. 거품은 일지 않는가.
>
> 사진 속의 파도처럼 내 혀는 꼬부라져 있네.
> 얼굴을 침실처럼 꾸미고, 커튼을 내리고, 나는 혀를 달래서 눕히네. 나는 사탕 같은 어둠을 깔고
>
> 나는 당신이 모르는 표정을 짓지만
> 내 얼굴엔 무언가 남아도는 게 있을 거야.
>
> 여관 여주인처럼 자가 깨어, 자다… 열쇠를 건네네.
> 빈방 같은 눈동자
> 소파 같은 입술
> 그리고 샤워기 밑에서 50분 동안 비 맞고 서서

얼굴로부터 넘치는 저 얼굴,

닮은 얼굴을 하고 비를 피하네.

얼굴을 차양같이 꾸미고

그리고 오늘은 얼굴을 베란다같이, 해변같이, 모래알같이 꾸미고

─「해변의 얼굴」 전문

한계를 넘어 흘러넘치는 "내 얼굴"은 무언가 충분치 않거나("내 얼굴엔 무언가 빠진 게 있을 거야") 너무 지나친 얼굴이다("내 얼굴엔 무언가 남아도는 게 있을 거야"). 어느 쪽이든 그것은 마땅히 그렇게 되어야 하는 바대로 되지 않는 존재, 길들여지지 않고 묘사 불가능한 신체이다. 얼굴 전체만이 아니라, "코로부터 넘친 코"와 "귀로부터 넘친 귀" 등 얼굴의 각 부분들도 마찬가지다. 이 시에서 코와 귀, 혀와 입술과 눈동자 등은 전체로서의 '내 얼굴'을 이루는 유기적인 부분이기보다 하나하나 분리된 또 다른 개체처럼 보인다. 이를테면 "꼬부라져 있"던 혀는 "침실처럼 꾸"며진 내 얼굴에서 몸을 늘여 침대에 눕는 누군가이다. "빈 방 같은 눈동자"와 "소파 같은 입술"도 저마다 특정한 상태 혹은 표정을 지니고 있다. 얼굴이 "차양같이", "베란다같이, 해변같이, 모래알같이" 변해가듯, 그 각각의 상태들 또한 수시로 변화하고 움직일 것이다.

이런 얼굴, 이런 '나'는 "나라고 부를 수 없을 때까지"(「얼굴의 탄생」) 탈소유화되고 무한히 역동화된다. 이런 '나'를 주체라 부를 수 있다면, 그것은 복수적으로 공존하는 상이하고 이접적인(disjonctive) 상태들을 횡단하는 과정이나 흐름(flux)으로서의 주체일 것이다. 그렇기에 김행숙 시의 '나'는 자기 신체, 자기 욕망을 군주정치화하지 않으며, 하나하나가 그 자체로 전

체인 부분들을 '내 얼굴'로 복속시키려 하지 않는다.

전우처럼 함께했던 얼굴은 또 한 명의 전우처럼 도망쳤다. 끝을 모르는 고요
한 밤의 살갗 속으로

그리고 다시 얼굴이 달라붙을 때의 코는 한없이 옆으로 퍼져 있었다. 귀는 늘
어져 늘어져서 이어지는 꿈과 같았다. 비누칠을 해서 꿈을 씻어내도 얼굴의 높
이는 돌아오지 않았다.

콧구멍은 파묻혔다. 냄새가 나지 않는 세계에서 아침식사를 했다. 나는 맑아
지고 의심이 없어진다.

—「얼굴의 몰락」 부분

나는 코만 남아서 정신없이 냄새를 맡는다. 냄새의 세계에는 비밀이 없으리.
녀석들의 노래. 녀석들의 코. 돌출적인. 뭉툭한. 냄새는 약기운처럼 퍼져 여기
오래 있으면 냄새를 잃게 돼. 우리들은 장소를 옮겨 코를 지키자. 어둠이 우리를
벗겨내는 곳으로

—「얼굴의 탄생」 부분

얼굴을 주제로 한 다른 두 편의 시를 함께 읽어보자. 얼굴은 때때로 "도
망"을 치고, 원래의 얼굴로 "돌아오지 않"는다. "한없이 옆으로 퍼"지고
"늘어져 늘어져서" 형태를 잃어버린 채 치명적으로 와해된 얼굴, '얼굴의
몰락'이다. 그런 날에 '나'는 퍼져버린 코와 "파묻힌 콧구멍"의 "냄새가 나
지 않는 세계"에 들어가 그 속에서 기꺼이 스스로를 변형한다. 또 어떤 순

간엔 "녀석들의 코"처럼 낯설고 "돌출적인. 뭉툭한" 코가 솟아오른다. '얼굴의 탄생'이다. 그런 날에 "나는 코만 남아서 정신없이 냄새를 맡는다." '나'는 이 예측불허의 감각을 통제하고 조절하느라 둔감해지기보다는 차라리 얼굴을 "벗겨내는" 어둠 속에서 통째로 코가 되는 쪽을 선택한다. 그런 얼굴, 그런 '나'라면……. 도망친 얼굴이 숨어든 "끝을 모르는 고요한 밤의 살갗"이 "우리를 벗겨내"어 "코를 지키"는 "어둠"과 다르지 않듯, 이 세계에서 '얼굴의 몰락'은 곧 '얼굴의 탄생'이기도 하다.

"숫자로 헤아려지지 않는 표정들이 부드럽게 찢어지고 빠르게 흩어질 때마다 / 모르는 얼굴들이 태어"나는 세계, 마침내 얼굴이 파열되어 "물결처럼, (…) 피부가 펄럭거리"(「모르는 사람」)는 지점에서 김행숙 시의 시적 자아는 경이롭게 솟구쳐 오른다. '나' 자신조차도 '모르는 사람'처럼, 진정할 수 없는 열정적이고 덧없는 흐름 그 자체로서. 김행숙 시의 모험이 끝내 자기동일성으로 귀환하지 않는 타자되기의 감행인 이유, 담론의 지배에 다시 종속되지 않는 '다른 곳'에서의 글쓰기인 이유가 바로 여기에 있다.

김행숙 시의 '나'는 유기체적으로 통합되지 않는 부분 충동들에 헌신하면서 말단 없는 신체로 자신을 빚어내는 무른 반죽과도 같다. 그녀가 "모든 게 화염이 되어" "천천히 녹아버"리게 하는 뜨거운 혀에 대해 이야기할 때(「혀」), "모퉁이처럼 또 다른 이야기"를 펼쳐 보이며 "천천히 돌아가는 목"의 표정이나(「목」) "발끝에 에너지를 모으고 있"는 "힘줄" 솟은 발의 형상에 몰두할 때(「발」), 그 혀와 목과 발 등은 저마다 자발적인 충동들을 발산하며 에로틱한 신체-우주를 산출한다. 그녀의 시는 신체의 모든 부분들 위에 욕망을 기입하고 그 효과들을 복수화하면서 머리-성기의 짝에 지배당하지 않는 다른 사랑을 창안해낸다. 가령 이런 사랑은 어떤가.

두 개의 목이

두 개의 기둥처럼 집과 공간을 만들 때

창문이 열리고

불꽃처럼 손이 화라락 날아오를 때

두 사람은 나무처럼 서 있고

나무는 사람들처럼 걷고, 빨리 걸을 때

키스는 가볍고

가볍게 나뭇잎을 떠나는 물방울, 더 큰 물방울들이

숲의 냄새를 터뜨릴 때

두 개의 목이 서로의 얼굴을 바꿔 얹을 때

내 얼굴이 너의 목에서 돋아나왔을 때

—「숲속의 키스」 전문

여기에는 두 사람이 있기 이전에 먼저 "두 개의 목"이 있다. 이들은 결핍인 동시에 과잉인 존재, 충분치 않음으로 인해 변전되는 지나친 존재들이다. 이들의 만남과 접촉으로 인해 향기롭고 아스라한 또 다른 세상이 열린다. 두 개의 목이 "기둥처럼" 어울려 "집과 공간"이 생겨나고, "창문"이 열리는 움직임을 통해 "손"이 발생한다. "불꽃처럼 손이 화라락 날아오를 때", 드디어 출현한 두 사람은 이내 "나무"가 된다. "나뭇잎"이 스치듯 두 입술이 가볍게 접촉하는 순간 "숲의 냄새"는 온 세상에 퍼져나가고, "두 개의 목"은 서로 "얼굴을 바"꾼다. 소유하거나 정복하지 않으면서, 하나가 되는 융합의 환상에도 굴복하지 않으면서, '너'를 산 채로 간직하는 사랑의 형상이 떠오르는 순간이다. 내 얼굴과 내 몸 사이의 단단한 결속이 풀리고 내 얼굴과 너의 몸, 네 얼굴과 '나'의 몸이 접속하는 이 아름다운 장면은 머리−성기의 연합으로 이루어진 몸의 중앙집권을 탈구시키는 '목'의 신비한 반란에 의해 가능해진다. "너의 목에서 돋아나"온 "내 얼굴"은 타자와의 끊임없는 상호교환(inter-change)에 의해 자기 형태를 취하는 주체, 마침내 타자가 될 때까지 타자를 욕망하는 어떤 '나'의 초상과 다르지 않다.

중앙화된 몸−페니스 주위를 맴돌지 않는 그녀의 욕망, 확산하는 에너지로서의 에로스는 '피부'를 타고 번져나간다. '나'를 변형하면서 늘어지고 펄럭거리는 그녀의 피부는 주어진 하나의 성으로 환원되지 않는 무수한 충동들과 감각들이 펼쳐져 일렁이는 무한지대이다. 세 번째 시집 『타인의 의미』(민음사, 2010)의 표제작은 타자와의 접촉을 통해 깨어나는 피부 감각의 직접성을 통해, 잡히지 않는 '너'의 의미를 감각화한 인상적인 시편이다.

> 살갗이 따가워
>
> 햇빛처럼
>
> 네 눈빛은 아주 먼 곳으로 출발한다
>
> 아주 가까운 곳에서
>
> 뒤돌아볼 수 없는
>
> 햇빛처럼
>
> 쉴 수 없는 여행에서 어느 저녁
>
> 타인의 살갗에서
>
> 모래 한 줌을 쥐고 한없이 너의 손가락이 길어질 때

모래 한 줌이 흩어지는 동안

나는 살갗이 따가워.

서 있는 얼굴이

앉을 때

누울 때

구김살 속에서 타인의 살갗이 일어나는 순간에

— 「타인의 의미」 전문

　"네 눈빛"은 '나'를 향해 "아주 먼 곳으로"부터 출발했을 것이다. 내 "살갗"은 그런 너의 눈빛을 "아주 가까운 곳에서" 감촉한다. "햇빛"에 쏘이듯 '따가운' 감각은 저 멀리 있는 너의 존재를 내 피부 위 / 안에 새겨놓는다. 이 따가움은 햇빛(처럼 강렬한 너의 눈빛)이 와 닿는 감각에서 "모래"(를 쥔 너의 손)에 쓸리는 감각으로 이행하고, 이와 더불어 거리를 둔 눈빛과의 접촉은 두 피부 사이의 직접적인 마찰로 전이된다. 저 먼 곳에 있는 "너의 손가락이 길어"져서 내 피부를 문지를 때, 손에 쥔 "모래 한 줌이" 다 "흩어지"기까지 그 마찰이 멈추지 않을 때, 내 살갗은 벗겨지고 쓸려나가 안과 밖이 문드러질 것이다. 이미 내 것이 아닌 이 "쓰라린 피부"(「가까운 곳」)에서, '타인의 의미'는 화끈거리는 상처처럼 피어오른다. 그것은 내 피부 안에서 "타인의 살갗이 일어나는" 황홀하게 소름 끼치는 순간이기도 하다.

　이처럼 그녀에게 피부는 '너'의 가장 살아 있는 가장자리와 접촉하여 상처가 분출하는 에로틱한 지평이다. 세 번째 시집 『타인의 의미』가 새롭게 도달한 지점도 바로 여기일 것이다. 이 시집을 이전 시집과 비교하자면 이렇다. 『이별의 능력』에서 촉각적인 피부 감각이 주로 다정하게 어루만지는 한없는 부드러움과 포근함으로 나타났다면, 『타인의 의미』에는 살갗이 쓸리고 찔리는 고통의 감각이 동반된다. 『이별의 능력』에서 타자와의 접촉과 교류가 꿈결처럼 아픔 없이 서로에게 녹아드는 광경, 또는 "닿을 듯이 다가오면 (…) 입김처럼 모호하게 흐려"(「당신의 표정」)지는 희미한 형상으로 떠올랐다면, 『타인의 의미』에서는 그것이 "너무 가까워서 덜덜 떨"(「모자의 효과」)리는 몸의 감각과 "회오리처럼 마음이 세차게 몰아닥"(「따뜻한 마음」)치는 격정으로 표출된다.

달리 표현하자면, 이전 시집에서 어쩐지 "유령처럼 / 없는 듯하고 / 무해"(「검은 해변」)해 보이던 타자들은 이제 '나'를 안타깝게 하고 상처를 입히는 좀 더 구체적인 타인으로 변모한다. '너'는 "꽝꽝꽝 발을 구르"게 하고 "내 가슴을 장작처럼 패"(「너의 폭동」)며, 숨을 몰아쉬듯 "아시겠습니까. 아시겠습니까"(「화분의 둘레」) 소리치게 만든다. '나'를 고통스럽게 하고 상처 입히지 않는다면, 내게 아무런 해도 끼치지 않고 방해도 되지 않는다면, 그런 존재는 사실상 타자가 아닐 것이다. 『타인의 의미』는 바로 그 같은 의미의 타자를 발견하고, 상처를 통해 철철 흐르는 아름답고 잔인한 타자를 끝까지 사랑하기 위한 글쓰기-실천이라 말해도 좋을 것이다.

『타인의 의미』에 와서 나타난 이런 변화는 '이별'을 더 이상 '능력'이라 부를 수 없는 지점, 어찌해 봐도 "소용없어요"(「목의 위치」)라고 토로하지 않을 수 없는 속수무책의 지점과도 관련이 깊어 보인다. 그렇다면 김행숙 시가 정작 이별의 사태에 직면하는 것은 『이별의 능력』에서가 아니라 『타인의 의미』에서일 터인데, 이 세 번째 시집은 고통을 주는 불가항력의 이별에 대해 그녀가 행하는 사랑의 작업이라고도 할 수 있겠다.

빨강과 검정 사이에서 너의 머리카락은 매일 자랍니다. 눈이 가장 밝은 사람도 머리카락이 자라는 순간을 본 적이 없습니다. 그리고 눈이 어두운 우리에게 머리카락은 한 달 후에 자라는 것입니다. 머리카락에 대하여… 너의 눈빛에 대하여… 나의 마음에 대하여… 어느 날 한 달 후에 알게 되는 것들. 나는 그럴 줄 몰랐어, 그렇게 말했습니다. 나는 그럴 줄 알았어, 그렇게 말해도 똑같은 것이 있습니다.

나는 머리카락에 대하여 의문을 품었습니다. 나는 너처럼 너는 나처럼 거울의 혼동이 가득한 곳. (…중략…) 우리는 하나다, 그렇게 말했습니다. 우리는 둘이다, 우리는 셋이다, 우리는 넷이다, 우리는 다섯이다, 그렇게 말해도 똑같은 것이 있습니다. 우리는 각각의 침묵으로 돌아갔습니다. 각각의 침대에 누웠습니다. 어둠 속에서도 보이는 것들이 있습니다.

왜 머리카락은 끝없이 자라는가. 성기를 감추듯이 머리카락을 감춘 여인들이 사랑하고 슬퍼하는 이야기를 밤새 읽었습니다. 어둠이 밝자 소설의 문장처럼 나는 너의 머리카락을 만지고 싶었습니다. 나는 잘못 읽었어요. 나는 잘 못 읽었어요. 나는 못 읽었어요. 어쨌든! 나는 읽었어요. 머리의 반쪽은 비밀로 가득 차 있습니다. 왜 머리카락은 시간처럼 시간처럼 끝없이 자라는가. 왜 머리카락은 정치적인가. 마침내 누가 머리카락을 해석하는가.

—「머리카락이란 무엇인가」 부분

눈에 보이지 않게 "매일매일 자"라는 머리카락처럼 "너의 눈빛"과 "나의 마음"은 아주 조금씩 달라져서, 알지 못하는 사이에 이별은 그렇게 찾아왔을 것이다. 자라난 머리카락을 "어느 날 한 달 후에야" 알아보듯이, 이별 앞에서야 나는 그 변화를 뒤늦게 감지했을 것이다. "나는 그럴 줄 몰

랐"지만, "그럴 줄 알았"다 해도 아마 어쩔 수 없었을 이별이 찾아온 뒤,
'우리'는 "각각의 침묵으로 돌아"가 "각각의 침대에 누"워 있다. "나는 머리
카락에 대하여 의문을 품"고, 잠 못 드는 밤의 "어둠 속에서" 우리의 사랑
과 이별에 대해 생각하고 또 생각한다. "나는 잘못 읽었어요. 나는 잘 못
읽었어요. 나는 못 읽었어요. 어쨌든! 나는 읽었어요", 혼란으로 발설되는
이 억제되지 않은 목소리는 후회하고 번복하면서, 그럼에도 이 사랑을 끝
내 부정하지 않는다.

그 사이 "끝없이 자라"나는 머리카락은 "성기를 감추듯이 머리카락을
감춘 여인들"의 잘못 교육받은 육체, 감히 즐기지 못하도록 친친 동여매
져 유폐된 욕망을 밤새 어둠 속에 풀어놓는다. 온몸을 휘감을 듯, 꿈틀거
리며 사방에서 꼬리를 쳐들 듯 머리카락은 끝없이 자라나서 중앙화된 몸,
제도에 의해 할당된 '침대'를 타고 넘어 에로스의 에너지를 발산해댄다.
그런 이유로 그녀의 "머리카락은 정치적"이다. 이 멈추지 않고 확산하는
에너지로 인해, 이별 후에도 사랑은 끝나지 않고 '지나간 사랑'으로 남지
않는다. 그 에너지는 헤어짐이 분리와 절연이 되는 데 저항하는 힘, 벌어진
사이가 끊어져버리도록 가만 내버려두지 않는 무한한 열정이기도 하다.

그러므로 『타인의 의미』에서 이별과 사랑, '멀어짐'과 '가까워짐'은 서
로 상반되거나 모순적이지 않은 움직임이다. 그녀의 '포옹'은 그 양방향
의 움직임을 한꺼번에 품어 안는다.

볼 수 없는 것이 될 때까지 가까이. 나는 검정입니까? 너는 검정에 매우 가깝
습니다.

너를 볼 수 없을 때까지 가까이. 파도를 덮는 파도처럼 부서지는 곳에서. 가

까운 곳에서 우리는 무슨 사이입니까?

　영영 볼 수 없는 연인이 될 때까지

　교차하였습니다. 그곳에서 침묵을 이루는 두 개의 입술처럼. 곧 벌어질 시간
의 아가리처럼.

—「포옹」 전문

　'우리'는 "곧 벌어질 시간의 아가리"를 마주한 채 서로에게 "가까이" 다
가가고 있다. 그래서 이 다가감은 온전한 합일이 아닌 "교차"일 수밖에 없
다. "볼 수 없는 것이 될 때까지 가까이"라는 말은 가시적 거리를 확보할
수 없을 만큼 물리적으로 밀착되는 움직임을 암시하지만, 실상 그 속에는
머지않아 "영영 볼 수 없는 연인이 될" 까마득히 먼 거리가 함축되어 있
다. 이 시의 비밀은 다시는 볼 수 없게 되는 먼 거리를 "볼 수 없는 것이 될
때까지 가까이"로 끌어당겨, 피할 수 없는 이별을 '포옹'으로 뒤바꾸는 간
절한 마음에 있다. "곧 벌어질 시간의 아가리"로부터 고개를 돌리거나 뒷
걸음질 치는 대신에 스스로 "검정"에 더욱 가까워져서 어둠의 심연이 더
이상 두 사람을 갈라놓지 못하는 상태로 진입하려는 부단한 노력, 이것이
'포옹'이란 이름으로 김행숙 시가 행하는 사랑의 작업이다.

　그런데 사랑이란 언제나 "곧 벌어질" 심연의 문턱에서 일어나는 일이
아닌가? 그 너머에는 서로가 서로를 길들이고 가족 속에, 사회적 역할 속
에 감금하는 길이 남아 있을 뿐. 심연의 어둠과 무관한 곳, 그 환하고 안
전한 '흰빛'의 세계에는 체계의 작동을 보장하며 사랑을 추방하는 모순들
의 덫이 널려 있다. "우리의 포옹"이 "빛"에 포위된 채 "어둠을 끝까지 끌

어당기며 / 서 있"는 "수수께끼의 형상"(「따뜻한 마음」)으로 나타나는 이유
도 여기에 있을 것이다. 그런 사랑. 타자를 질식시켜 살해하는 '흰빛'에 대
항해 버티고 서서, 검은 어둠 그 자체가 되기 직전의 순간을 한없이 연장
하고 지연시키는 포옹의 사랑.

『타인의 의미』 이후에 발표된 다음의 시에서도 나는 그런 사랑을 꿈꾸
는 그녀의 또 다른 표정을 본다.

> 1인용 식탁이 되는 이유…… 를 생각하게 되는 것이다.
>
> 똑같은 가구가 불러일으키는 상념이 달라졌다는 것을 어느 날 알게 되는 것이다.
>
> 마음이 약해질 때가 있는 것이다. 나는 마음속에서 의자 몇 개를 꺼내놓고 싶
> 어지는 것이다.
>
> 그런 의자에 앉힐 수 있는 존재란 유령들뿐이다…… 그런 충고는 대체 누가
> 하는 것인지 묻는 기분으로 나는 입을 벌리게 되는 것이다.
>
> 마음에서 하는 사랑과 침대에서 하는 사랑은 다른 것이다……
>
> 혹은, 마음에서 사람을 죽이는 것과 침대에서 사람을 죽이는 것은 다른 차원
> 의 사건이다……
>
> 나는 어느 쪽의 사건에 휘말렸을까. 꿈과 꿈같은 것의 차이에 대해 생각하게
> 되는 것이다.
>
> 잘못 알고 있는 것들로만 이야기가 만들어진다면…… 나는 저녁만찬을 준비
> 하고 있을 것이다.
>
> 나는 결혼을 한 적이 있었을 것이다. 나는 두 번째 결혼을 한 적이 있었을 것이다.
>
> 축하하기 위하여 사람들이…… 사람들이…… 몰려온다. 내가 또다시 공포에
> 빠지는 이유를 생각하게 되는 것이다.

—「1인용 식탁」, 『신생』 여름호, 2009, 전문

　"꿈과 꿈같은 것의 차이에 대해", 그래서 "잘못 알고 있는 것들"에 대해 꼼꼼히 따져보고 해석하지 않더라도, 그녀가 꿈꾸는 것은 분명 가정용 "식탁"으로부터 가장 먼 곳에서 향유하는 사랑의 가능성일 것이다. 그곳에선 사랑이 "마음에서 하는 사랑과 침대에서 하는 사랑" 따위로 나뉘지 않으며, "결혼"과 "두 번째 결혼"과 몰려오는 결혼식 하객들로 인해 "공포에 빠"질 이유도 없다. 그리하여 그녀의 사랑은 개인을 가족 모델로 감금하는 사회 기계에 잡아먹히지 않으면서, 침대에 '다시 눕히기'를 주장하는 교환(exchange)으로서의 사랑을 넘어, 다른 사랑을 향해서 간다.

　『타인의 의미』를 휘도는 목소리의 떨림과 외침, 경련 같고 발작 같은 정동(affect)의 분출 등은 이전의 김행숙 시와는 상당히 다른 느낌으로 다가온다. 하지만 타자들 속에서, 타자들 사이에서 스스로를 변형하고 타자가 되기까지 타자를 욕망했던 그녀의 시는 이미 다른 사랑의 가능성을 열어나가는 모험이 아니었던가. 『타인의 의미』에서 드디어 사랑의 격정과 고통을 전폭적으로 끌어안은 그녀의 시는 과연 중앙화된 몸과 사회적 역할들의 지배를 따돌리며 '벌어진 틈'의 검은 어둠까지도 자기 안으로 빨아들인다. 그녀의 길들여지지 않는 신체, 확산하는 에로스는 흰빛에 둘러싸인 로고스-팔루스 중심의 체계를 또다시 헐떡거리게 하면서, '너'를 타자로서 사랑하고 타자로 살아 있게 하는 사랑에의 열망으로 우리를 부른다. 그 사랑은 오직 시라는 글쓰기만이 감행할 수 있으며 수많은 서정적 사랑 노래들이 차마 가닿을 수 없었던 시적인 것의 한 극한이 아닐까.

(2011.8)

시간의 아포리아와 자아의 프로세스

윤성택 시집 『감(感)에 관한 사담들』

> "만일 미래의 일과 과거의 일이 실제로 존재한다면,
> 나는 그것이 어디에 존재하는지 알고 싶다."
>
> — 아우구스티누스, 『고백록』

> "나였던 그 남자는 더 이상 존재하지 않는다. 나는 다른 사람이다."
>
> — 마르셀 프루스트, 『잃어버린 시간을 찾아서』

윤성택의 새 시집 『감(感)에 관한 사담들』(문학동네, 2013)이 '기억'이라는 키워드를 중심으로 짜여 있다고 할 때, 그 기억은 개인적 경험의 구체성을 향하기보다 시간에 대한 사색적 성찰로 모아진다. 기억 속에서 우리는, 예전에 있었지만 지금은 없는 과거의 것을 보고 느낀다. 그런 의미에

서 기억은 현존하는 동시에 부재하는 것의 기호이며, 이미 지나가버렸지만 아직 머물러 있는 시간의 수수께끼다. 이 같은 기억의 역설에는 시간 개념 속에 입을 벌리고 있는 오랜 아포리아(aporia)들이 뒤얽혀 있다. 시간은 어디에서 와서 어디를 거쳐 어디로 흘러가는지, 존재할 것(미래)이었다가 존재했던 것(과거)으로 사라져버리는 원자적 순간들의 흩어짐 사이에서 현재란 과연 실재할 수 있는지, '시간-내-존재'로서 현존재의 지속성과 동일성을 유지하는 것은 진정 가능한 일인지, 출생과 죽음 사이에 걸쳐 있는 인간의 숙명적 시간(temps mortel)과 무한 또는 영원에 가까운 우주적 시간(temps cosmique)은 어떻게 괴리되지 않을 수 있는지 등등. 윤성택의 『감(感)에 관한 사담들』은 이러한 시간의 아포리아에 맞서 실존적 궁지를 헤쳐 나가려는 다양한 시도들로 이루어져 있다.

이 시집이 유독 기억에 집중하는 것은 '긴 과거'인 기억이 '긴 미래'인 기다림[1]과 더불어 한 점에 불과한 현재의 불안정성을 지속성의 감각으로 붙들어 두는 인력(引力)을 지니기 때문일 것이다. 분산되어 사라지는 순간들 속으로 '지나간 현재'(기억)와 '다가올 현재'(기다림)가 밀려들어오지 않는 한, 현존재가 시간 속에 거주하기란 불가능할 테니 말이다. 윤성택은 특히 과거의 침전물인 기억을 통해 시간이 머무르는 장소를 마련한다.

바닷속 석조기둥에 달라붙은 해초처럼

기억은 아득하게 가라앉아 흔들린다.

미끄러운 물속의 꿈을 꾸는 동안 나는 두려움을 데리고

---

1 이 시집에서 '기다림'이 부각돼 있는 시로는 「응시」, 「떠도는 차창」, 「지문」, 「화가」, 「정류장」 등이 있다. 기억만큼 도드라지지는 않지만 이들 시의 '기다림' 역시 다채로운 시간의 리듬들과 관련을 맺고 있다.

순순히 나를 통과한다 그리고 아무도 없는 곳에 이르러

막막한 주위를 둘러본다 그곳에는 거대한 유적이 있다

폐허가 남긴 앙상한 미련을 더듬으면

쉽게 부서지는 형상들

점점이 사방에 흩어진다 허우적거리며

아까시나무 가지가 필사적으로 자라 오른다

일생을 허공의 깊이에 두고 연신 손을 뻗는다

짙푸른 기억 아래의 기억을 숨겨와

두근거리는 새벽, 뒤척인다 자꾸 누가 나를 부른다

땅에서 가장 멀리 길어올린 꽃을 달고서

뿌리는 숨이 차는지 후욱 향기를 내뱉는다

바람이 데시벨을 높이고 덤불로 끌려다닌 길도 멈춘

땅속 어딘가, 뼈마디가 쑥쑥 올라왔다

차갑게 수장된 심해의 밤

나는 별자리처럼 관절을 꺾고 웅크린다

먼 데서 사라진 빛들이 떠오르고 있었다

—「아틀란티스」 전문

과거의 "거대한 유적"이 가라앉은 "심해"는 잊힌 기억이 "수장된" 공간
이다. 이 시에서 시간은 수평으로 뻗어가는 대신에 수직으로 깊어지고,
과거의 존재물들이 머무를 수 있는 입체적 공간을 획득한다. "가라앉"은
잔해와 "떠오르"는 빛의 형상은 잃어버리고 되찾은 시간 경험의 생생한
이미지인 동시에, 황급하게 마구 내달리는 시간을 현재와 이어주는 중력
-부력의 상관물이다. "허우적거리며 / 필사적으로 자라 오"르는 "아까시

나무"는 "일생을 허공의 깊이에 두고 연신 손을 뻗"는 나, "관절을 꺾고 웅크"려 잠든 나를 어디선가 자꾸 부르는 또 다른 나일 것이다. 아까시나무가 "뿌리"의 거친 "숨"을 "땅에서 가장 멀리 길어올린 꽃"의 "향기"로 내뱉듯이, 이 시의 시적 자아는 존재의 흉터를 간직한 시간의 아포리아 앞에서 현존재의 전체성을 그러모으는 실존적 저항을 감행하고 있다. "땅속 어딘가"에서 솟아오르는 "뼈마디"와 "별자리" 모양으로 꺾인 "관절" 등은 인간의 시간과 자연의 시간, 숙명적 시간과 우주적 시간을 겹쳐놓으면서 서로 다른 시간들이 공존하고 간섭하는 시간의 화음을 만들어낸다.

이렇듯 시간을 공간화하고 입체화하는 상상력은 "시간이 / 이제 이곳으로 흘러들어 머물게"(「새벽」) 하거나, "시간을 겹겹 접"어서 "생생한 과거를 이제 펼칠 수 있"(「비망록」)게 해준다. 그것은 오늘의 일기를 뜯어내면 "뒷장의 어제가 내일까지 이어"(「일기」)지듯, 파열되고 찢긴 현재의 시간 속에서 과거와 미래를 다시 연결하는 시적 작업과 맞물려 있다. 하지만 이 같은 상상력은 어딘가에 존재하는 '다른 시간'들과 거기에 있을지 모를 '다른 나'들에 대한 불안한 예감을 드리우곤 한다.[2] 공간의 이동을 시간의 이동으로 변환한 시 「붐비는 공중」에서는 그 불길함이 죽음의 그림자로 떠돌고 있다.

밀봉된 엘리베이터에 올라 숫자판을 누른다

---

[2] 이런 경향은 윤성택의 첫 시집 『리트머스』(문학동네, 2006)에서도 발견된다. 일례로 「지하에서의 실종」은 'CCTV 안'에 존재하는 다른 시간대의 자기(살아 있는 나)를 두려운 눈으로 바라보는 또 다른 나(이미 죽었을지도 모르는 나)의 모습을 담고 있다. 또 「후회의 방식」은 시간이 거꾸로 되감기며, 살인과 자살로 이어지는 일련의 사건들이 역순으로 지워지는 광경을 그려 보인다. 이 외에도 「농협창고」, 「창고 속 우주」, 「시간의 이면 1」, 「시간의 이면 2」 등은 앞으로 살펴볼 시간의 이동과 정체성 문제 등을 분명하게 보여주는 첫 시집의 시편들이다.

스위치 윤곽이 희미하다 비석처럼

얼마나 많은 습관이 새겨진 것인지

닳아가는 과거 같은 어떤 기판에선

생이 오래도록 기념되기도 하지만,

먹구름 구르릉거리는 수직 통로를 따라

전주인의 고지서처럼 낯선 누군가도

얼마간 지문을 남겼을 것이다.

지붕 없이 창문만 내 것인 볕은 방향이 바뀌고

벽지에도 서서히 금이 생기는

이 아파트에서는 시간도 비틀려 휜다

먼 생의 손끝이 부르는 시공간이 층층이 열린다

그러나 지금은

바람의 심폐가 계단을 깊게 들이마시는 저녁,

한 평 공간 속에서 몸이 솟구치는 동안

거울 안에는 노인이었다가 아이였다가 나였다가

타인이거나 근친인 외면(外面)이 겹친다

(…중략…)

가만히 허공에 떠 살다갈 이력들,

사람을 길어올려 조금 더 밝아지는 창문처럼

사십 미터 높이 불빛 붐비는 무덤이 있다.

—「붐비는 공중」 부분

이 시에서 엘리베이터를 타고 오르는 공간의 수직적 이동은 시간이 "비틀려" 휘면서 다른 "시공간이 층층이 열"리는 비일상적 광경으로 묘사돼 있다. "숫자판"에 새겨진 시간의 흔적들은 생생한 기억을 불러내는 계기가 되지 못하고, "닳아가는 과거"와 희미해진 "비석"의 이미지를 환기시킬 뿐이다. 이런 상황은 "허공에 떠" 있는 "아파트"의 "밀봉된 엘리베이터"라는 시의 무대와 무관하지 않다. 땅에서 분리된 허공, 하늘과 절연된("지붕 없"는 아파트) 공간에서 자연적이고 우주적인 시간과 괴리된 인간에게는 죽음("무덤")을 향한 존재의 숙명적 시간만이 남아 있을 것이기 때문이다. 엘리베이터가 움직이는 동안 "거울"에 비치는 "노인이었다가 아이였다가 나였다가 / 타인이거나 근친인 외면(外面)"은 불연속적이고 파편화된 나―타자들의 얼굴이자, 시간의 닻을 잃어버리고 시간의 중력 밖으로 이탈한 존재자들이 겪는 공허한 무의미의 얼굴이기도 하다.

그러므로 윤성택 시인이 궤도를 도는 "달"의 "인력"과 아직 태어나지 않은 아이의 "탯줄"과 "만삭"으로 잠든 아내의 여린 "호흡"을 한데 묶을 때(「윤이든」), "시간으로 채워진 심해의 산소통을 호흡"이라 부르고 "공기가 머무는 입술"에서 "밤하늘"을 발견할 때(「숨」), "시간의 굉음 안에 있"는 "간빙기"의 나무들과 "인간의 일생"을 포개놓을 때(「나무는 달린다」), 이는 죽음 앞의 존재가 감당해야 하는 "텅 빈 시간"(「막차」)을 충일한 우주적 시간과 매개하려는 힘겨운 노력으로 이해될 수 있다. 그런 식으로 이 시집에서는, 43억 광년 떨어진 "백색왜성이 빛을 뿜으며 식어"가는 시간이 "문간에 걸터앉은 자취방"(「GRB 101225A」)의 기억을 감싸 안고 있으며, 어느 "견딜 수 없는 순간은 이만 킬로미터나 떨어진 / 단풍나무를 물들이는 고요의 시간"(「타인」) 속으로 가만히 스며든다. 빈곤하고 불안정한 실존적 시간을 우주적 시간과 융합하는 시간의 연금술은 이렇듯 다채로운 리듬과 의미로 가득한 제3의 '시적 시간'을 창출해낸다.

『감(感)에 관한 사담들』에서 우주적 시간의 인력은 신화적인 시원의 성격을 띨 뿐 아니라 첨단과학기술의 상상력을 동반하기도 한다. 이를 테면 「다운로드」에서 "잎잎의 주파수를 열어놓고 / 가혹한 지구의 들판에서 / 뿌리가 흙속을 가만히 더듬"는 봄꽃들의 존재는 "다 닳은 드릴이 바닥에서 헛돌고 / 무섭게 휘몰아치는 돌풍이 불어와도 / 교신을 끊지 않"는 화성 "탐사로봇 스피릿"으로 변형된다. 이어서 "송수신이 두절된 탐사로봇처럼 / 결함을 복구하느라 껐다 켰다를 수십 번 반복하는 누군가"의 모습에는 더 큰 세계와의 연결을 회복하려는 시적 자아의 절박한 모색이 고스란히 투영돼 있다. 또 다른 시 「기류(寄留)」에서도 "태양계 끝에 가 있는" "탐사선"이 보내온 "판독불능의 신호"를 "황금음반"이 틀어주는 "음악"으로 듣는 나, "방안에 떠 있는 어떤 입자 속 제국에" "기류"하면서 "몇 백억 킬로미터 밖 동체"를 감지하는 나는, 우주와 교신하며 우주적 시간의 궤도를 도는 탐사선의 분신이라 부를 만하다.

그런데 의미 없이 흩어져가는 삶의 시간에 우주적 시간의 인력으로 닻을 내린다 해도, 시간을 통과하여 지속하는 자아의 동일성을 보장할 수는 없지 않을까? 시간의 흐름 속에서 우리는 육체적, 정신적, 정서적으로 끊임없이 변화하고 있으며 시간을 거슬러 올라갈수록 심리적 불연속성은 더욱 커진다. 게다가 "감각도 스스로 편애하는 것 있어 / 이별의 장소도 바꾸고 / 아슴아슴 상처의 처소도 바"꿔가는 거라면(「새벽」), 기억조차도 과거의 나와 현재의 나를 통합하는 지속성의 근거일 순 없지 않을까? 이번 시집에서 수시로 고개를 치켜드는 이런 질문들은 다른 시공간에 있는 '다른 나–타자'의 형상을 하고 반복적으로 회귀한다. "내가 놓친 나는 세계를 떠돌다 어느 날 찾아온다 / 먹먹한 눈의 잔상에는 밝아도 보이지 않

는 / 또 다른 내가 있다"는 생각(「역치(閾値)」), "나는 그곳을 다녀간 수많은
내 성향이다 / (…) 기억할수록 / 점점 타인이 많아진다"(「정류장」)는 고백
등은 모두 이 같은 회의와 불안에서 불거져 나온다. 특히 시간의 '문'(「텔레
포테이션」, 「데자뷰」), '터널'(「해후」, 「환승」), '맨홀'(「봄의 섬광」, 「신파」) 등의 이
미지와 시간 여행의 상상력이 결합된 시들은 시간을 초월해 존재하는 자
아의 단일성에 대한 믿음을 철저히 의문에 부친다.

문을 넘으면 과거의 내가 사라지고
불확실한 내가 만들어진다
한 겹 한 겹씩 시간을 두르고
둥둥 어디로든 흘러다닌다 한때,
오래도록 문턱에 있던 적도 있다

바람은 천천히 불어오고 있으나
위태롭게 커가는 희망 끝에는
터질 듯한 공포가 번들거린다
때가 되면 문과 문을 통과하며
나를 이동시켜야 한다

의식은 끈끈한 점성으로 버틴다
수많은 문을 지나며 내가 나를 믿지 않을 때
(…중략…)
문의 망막으로 스캔되는 그 짧은 동안
시간의 테를 두른 새로운 내가 태어난다.

　미래를 향한 시간의 이행은 이 시에서 물체를 양자 수준으로 분해했다가 재생성하는 방식의 원격이동(텔레포테이션)에 비유된다. '텔레포테이션'이 그러하듯, '과거의 나'는 시간의 흐름 속에서 가뭇없이 "사라지고" 매번 "새로운 내가 태어"나는 것이다. 머무르고 싶은 "문턱"에서 "끈끈한 점성으로 버틴다" 해도 시간의 움직임을 막을 순 없다. 이처럼 자아의 완전한 해체와 재구성이 반복되는 시간 속에서 항구적으로 지속되는 자아의 동일성이란 애초에 불가능하다. 불확실하고 믿을 수 없는 나에 대한 불안과 두려움의 정서가 이 시를 지배하게 되는 이유가 바로 여기에 있다. 그렇다면 '단 하나의 나'가 아닌 다른 의미의 정체성이 모색돼야 하지 않을까? 우리에게 필요한 것은 변화의 가능성을 향해 최대로 열려 있는, 끊임없이 만들어지고 해체되는, 새로운 개념의 정체성이 아닐까? 혹시 '텔레포테이션'은 시간의 흐름 속에서 세계-내-존재를 부단히 재구성하는 실존적 작업의 이미지로 읽힐 수도 있을까?

　윤성택의 『감(感)에 관한 사담들』에서 우리는 그런 가능성을 엿볼 수 있는 몇몇 장면들과 만나게 된다. 가령 "나는, 이 우주에서 가장 멀리 떨어져 있는 / 내게서 보내온 시간을 견디는 것이다"(「기류(氣留)」)라는 시적 화자의 되뇜은 어떤가? 여기에는 다른 시공간의 또 다른 나와 교신하며 나에게서 나 자신으로 스스로를 전승하는 독특한 자아의 형상이 어른거린다. 이런 모습은 "내 몸 낱낱이 교환"이어서 "나는 매일 나를 바꾸"지만 "내부에도 열려 있"는 "채널"을 통해 서로 다른 자아들을 "광활한 네트워크로 (…) 연결"(「거리의 시냅스」)하는 자아의 역동성과도 통할 수 있다. 그것은 단 하나의 동일한 자아가 아닌 자아들의 연속, 자아들의 물결, 자아

들의 프로세스(process)로서의 정체성이자, 나의 무수한 가능태들로 이루
어진 자아들의 네트워크로서의 정체성일 것이다.

그런 자아들이 "흩어지면서 이루는 하나의 공명", 그 개방성과 역동성
의 힘으로, 윤성택 시는 지금 또 다른 "시간을 열어"(「빗소리」)나가고 있다.
이질적인 시간들의 무한한 조합을 통해 그 상상적 변주의 모든 가능성을
탐색하고, 실존적 시간을 잉여 의미로 풍성하게 하면서. 때로는 우연이거
나 꿈속인 듯, 감각과 기억의 상호작용으로 응결되는 시간의 수정(crystal)
을 만들어내면서.

(2013.8)

제3부

장르문학이라는 이름의 함정

장르들과 접속하는 문학의 스펙트럼

장르문학 vs '본격문학'?

장르문학(장르서사)은 추리소설, 판타지, SF 등과 같이 각각의 장르마다 창작자와 수용자가 직관적으로 공유하는 일련의 관습들(conventions)과 규약들(protocol)로 이루어진 서사양식을 말한다. 장르문학 작품들은 일반적으로 현실을 직접 반영하기보다는 자신이 속한 장르의 세계, 또는 그 세계에 존재하는 다른 작품들 전체를 자기반영적으로 비춰 보인다.

이 글에 주어진 과제는 장르문학(장르서사)이 그 경계를 넓혀가면서 '장르 아닌 것들'과 결합하는 양상, 그중에서도 장르적 요소들이 '본격문학' 안으로 활발하게 유입되어 장르문학과 '본격문학'이 혼성되는 양상에 대한 것이다. 여기에는 장르문학의 영역을 공간적으로 구획할 수 있다는 생각, '본격문학'의 영역 또한 그러하다는 생각, 장르문학은 본질적으로

'본격문학'이 아니며 '본격문학'은 장르문학이 아니라는 생각 등이 전제로 깔려 있다. 이 모든 전제들은 의심스럽고 자의적이다. 그럼에도 논의를 가능케 하기 위해 일단은 어쩔 수 없이 관례적·제도적 경계와 직관적인 구분법을 존중하기로 한다. 여기서 중요한 말은 '어쩔 수 없이'다.

이보다 좀 더 문제가 되는 것은 장르문학의 맞은편에 놓인 문학을 '본격문학'이라 명명하는 일과 관련된 전제들이다. '본격문학'이라는 말에 새겨진 가치 개념에 딸려 나오는 전제들, 그러니까 장르문학은 '본격문학'에 미달한다거나 '본격문학'은 장르문학보다 더 수준 높은 문학이라는 고정관념이 그것이다.[1] 이 같은 고정관념은 너무도 완강하고 '문학 하는' 사람들에게서는 더욱 그러해서, 우리는 종종 의심의 여지없이(또는 의식하지 못하는 채로) '본격문학'과 장르문학을 가치론적으로 위계화한다. 이런 관점에 따르면, 최근 '본격문학' 작가들이 장르적 관습을 차용하거나 장르 소설과 유사한 작품들을 내놓는 경향은 아무래도 불길하고 불편한 일일 수밖에 없다. 이들의 소설을 옹호하고 그 의의를 밝혀주려는 노력이 흔히 장르문학(장르서사)과의 차별성을 강조하는 방식으로 나타나곤 하는 이유도 여기에 있을 것이다.

구체적인 예들을 통해 이 문제에 접근해보자. 먼저 편혜영의 『아오이 가든』(문학과지성사, 2005)에 대한 언급이다. 이 책의 해설에서 이광호는 편

---

1   이런 이유 때문에 나는 '본격문학'이라는 용어보다는 '주류(mainstream)문학'이라는 용어를 선호한다. 지금 시대에는 '본격문학'이 오히려 더 소외받고 있지 않냐고 되물을지 모르지만, 문학제도의 승인을 얻은 문학이라는 의미에서 '본격문학'은 여전히 주류문학이다. 이후로 '본격문학'이라는 용어는 기존의 용법을 의문에 부치면서 자의식적으로 되비출 필요가 있을 때만 사용하고, 그렇지 않을 때는 '문학' 또는 '주류문학'이라는 용어를 사용하기로 한다. 가치평가를 포함하는 수식어가 동원된 경우('좋은' 문학 등과 같이)를 제외하면, 이 글에서 '문학'이란 주류문학 전반, 즉 문단 제도 내부의 문학을 가리킨다.

혜영 소설에 등장하는 "불가해하고 기이한 사건들"은 "대중적인 장르 안에서"라면 "어떤 방식으로든 해결되고 결국 '설명 가능한' 세계로 귀결"됨으로써 "'나와 우리'가 범죄의 참혹한 죽음에 연루될 수 있다는 공포와 죄의식"에 "면죄부"를 주었을 거라고 말한다. 반면에 편혜영 소설은 "이런 스릴과 면죄부를 독자에게 선사하는 대신에, 시체들이 출몰하는 현실의 악몽을 극한까지 몰고 감으로써 인간의 문명세계 전체를 지옥도로 그려낸다"는 데 그 의의가 있다는 것이다.[2] 그렇지만 바로 이런 측면은 스플래터(splatter)와 고어(gore)적인 장르서사가 최종적으로 가닿는 지점이기도 하다. 피범벅이 된 시체들과 절단된 신체와 쏟아져 나온 내장 등을 눈앞에 들이대는 장르서사들, 특히 아무런 죄도 없고 필연적인 이유도 없이 무차별하고 몰도덕한 폭력의 희생자로 누군가가 '선택'되는 이야기들은 얄팍한 피부 안에 우리 자신이 감추고 있는 온갖 구역질나는 것들과 우리를 대면하게 한다. 그 질척질척한 무정형의 덩어리들은 이성과 문명이 억압한 대지의 내장, 원지적(原地的) 자연에 대한 공포를 떠올리게 하면서 삶과 죽음, 문명과 야만을 안전하게 분리해놓으려는 인간의 모든 기획을 조롱한다. 그것은 꽤나 꺼림칙한 일인데, '근사한' 장르서사는 바로 이 지점까지 우리를 억지로 데리고 간다.

　SF 장르의 '침공'으로부터 '본격문학'의 가치를 수호하려는 발언들도 쉽게 찾아볼 수 있다. 이를테면 조하형의 『키메라의 아침』(열림원, 2004)이 SF라기보다는 일종의 알레고리 소설을 지향한다는 데 안도감을 표하거나 (성민엽·최수철의 심사평), 이 소설이 그리고 있는 세상이 "지금 우리가 일상에서 맞닥뜨리고 있는 지구적·문명적 문제들의 상상적 연속-확대상으

2　이광호, 「시체들의 괴담, 하드고어 원더 랜드」, 편혜영, 『아오이가든』 해설, 문학과지성사, 2005, 245~246쪽.

로서 충분한 설득력을 가"진다는 점을 들어 "상대적으로 공상적이고 오락적인" SF와의 차별성을 언급하는 견해가 있다.[3] 그런가 하면 백민석의 『러셔』(문학동네, 2003)를 〈매트릭스〉와 대조하면서 이 소설이 "단순히 앙상하고 관념적인 이데올로기의 뼈대에 영웅의 활약상을 덧칠한 사이버펑크 활극만은 아"님을 역설하는 견해도 있다.[4] 오현종의 「창백한 푸른 점」(『문학동네』 2007년 겨울호)이 "가상의 세계나 과학적 이론으로 제시된 개념 공간을 유영하는 쾌감이 아닌 현재의 삶을 다른 시선으로 객관화"하는 데 주력하는 소설이기에 SF와는 구별된다는 주장도 있다.[5] 이들 소설의 가치와 의의를 인정할 수 있으려면 일단 그것이 SF 장르와 확연히 다르다는 사실을 증명해야 할 필요라도 있다는 듯이.

하지만 '지금–여기'의 삶을 '다른 시선'으로 바라보게 하는 것이야말로 SF 장르의 본질적인 성격이다(「창백한 푸른 점」은 정말 그런 일을 해내고 있는가? '달'에 사는 사람들의 모습이 우리가 아는 지구의 삶과 너무나 흡사해서 '다른 시선'이 개입할 여지조차 없는 것은 아닌가?). 또한 현재 우리가 당면한 '지구적·문명적 문제들'을 전면적으로 성찰하고 재검토하게 만드는 것은 대다수의 '좋은' SF가 지닌 주된 공통점이다. SF 장르가 그려내는 미래(적인) 사회는 미래에 대한 예측이기보다는 현재에 관한 특정한 관점의 해석이라 할 수 있다. 기계와 인간이 전쟁을 벌이는 〈터미네이터〉와 〈매트릭스〉의 미래세계는 과학기술과 기계문명의 맹목적인 질주, 그 질주를 추동하는 인간의 욕망과 자본의 법칙, 그리하여 인간의 통제 범위를 넘어서버린 문명 자체

---

3   김예림, 「지구 노인촌 혹은 트랜스제닉 디스토피아 스펙터클」, 조하형, 『키메라의 아침』 해설, 열림원, 2004, 348쪽.

4   이수형, 「사이버펑크의 존재론」, 백민석, 『러셔』 해설, 문학동네, 2003, 188쪽.

5   강유정, 「한국소설의 새로운 문체, SF(Symptom Fiction)」, 『작가세계』 2008년 봄호, 251쪽.

의 괴물성에 대한 우리 시대의 불안과 공포를 형상화한다. 〈A. I.〉와 〈공각기동대〉에서 자신의 정체성을 묻는 로봇과 사이보그의 모습은 개인의 고유성과 진정성, 주체의 자발성을 의심하는 오늘날의 인간 존재에 대한 해석적 논평을 담고 있다. 이 문제는 특히 신체의 테크놀로지화, 기억과 정신의 전자정보화가 가속화되고 있는 이 시대에 '인간이란 무엇인가?'라는 질문으로 우리 자신에게 되돌아온다. SF는 이 같은 문제들을 낯선 논리적 질서 속으로 옮겨놓고, 그 세계를 경험하는 과정을 통해 우리의 현실을 달리 바라볼 수 있게 하는 새로운 시각을 연다. 그 '환상적' 세계가 곧바로 상징이나 알레고리로 환원된다면, 이는 SF적인 인식의 전환이 충분히 이루어지지 않은 결과일 수 있다. 공상적이고 오락적인, 그저 영웅의 활극을 보여주는, 현실로부터 유리된 가상공간의 쾌감을 제공할 뿐인 SF는 분명 '본격' SF가 아니다.

'본격문학'과 '본격' 장르서사 사이에 자명한 위계 같은 건 없을 것이다. 우리가 생각하는 '본격문학'이 문학이란 이름으로 세상에 존재하는 온갖 것들이 아니라 좋은 문학, 이상적인 문학(문학적인 것)을 모델로 한 개념이라면, 그 비교의 대상 또한 좋은 장르서사여야 마땅하지 않겠는가? '본격문학'과 장르문학의 차별성에 대한 논의들은 이런 시각에서 출발해야 한다. 그럴 때에야 우리 문학이 지금 장르적인 것들을 통해 무엇을 하고 있는지 그리고 무엇을 할 수 있을지에 대해서도 더 잘 이해하게 될 것이다. 그러기 위해서는 또한 가장 장르서사다운 것이 어떤 의미에서는 가장 '문학적'인 것과 통할 수 있음을 기억하는 일이 필요하다. 참으로 '문학적'이지 않은 것들, 기득권을 찬탈 당할지 모른다는 두려움 섞인 자기방어나 정통성에 대한 순혈주의적 집착, 배타적인 유아론 같은 것에 사로잡힌 '본격문학'의 개념이라면 하루빨리 벗어버려야 할 테고 말이다.

장르서사 = 대중서사?

　장르문학의 대립항을 '본격문학'으로 설정하게 되면, 이로부터 또 다른 편견과 혼란이 발생한다. 그것은 '본격문학'의 전통적인 대립항인 대중문학(대중서사)과 장르문학(장르서사)을 동일시하게 되는 현상이다. 당연한 말이지만, 장르서사 안에서도 개별 작품들마다 대중성의 정도는 천차만별이다. 더구나 장르서사라는 말은 구조와 관습과 지향이 전혀 다른 수많은 장르들을 한데 뭉뚱그려 가리키는 이름이다. 대중적인 경향 또한 각각의 장르마다 다 다르게 나타나는 것은 물론이다. 상대적으로 대중적인 장르가 있고, 전혀 그렇지 않은 장르가 있다.

　우리에게 친숙하고 문학에도 영향을 미친 장르들 가운데는 장르영화에서 비롯된 범주들이 꽤 많다. 그 중에서도 영웅 이야기를 중심으로 하는 액션물, 갱스터와 느와르, 멜로물(19세기 대중 연극으로 시작된) 등은 대체로 대리만족과 소망충족을 지향하는 대중적 장르들이다. 멜로물의 경우만 보아도, 주인공들의 사랑 이야기를 중심 테마로 하여 이런저런 갈등 상황(신분 차이, 출생의 비밀, 부모의 반대, 삼각관계, 시한부 인생 등)에도 불구하고 그 사랑이 이루어지는 과정을 보여주는 것이 이 장르의 일반적인 관습이다. 문학이 멜로물의 관습과 지향을 그대로 수용하는 문제라면 문학의 대중성이 강화되는 현상으로 보아도 무리가 없다. 하지만 멜로적인 것을 끌어들이면서도 그 관습들을 교묘하게 비틀거나 현실의 사랑과의 간극을 드러내 보임으로써 멜로물의 작위성과 기만성에 눈을 뜨게 하는 경우라면, 상황은 전혀 달라진다. 여기서 한 가지 언급해두어야 할 것은, 이 일을 해낼 수 있는 것이 오직 문학뿐이라고 믿을 근거는 어디에도 없다는 점이다. 홍상수의 영화들이 그러하듯이 멜로물을 통한 멜로 장르의 전복은 다른 매체에서도 이루어지고 있으며, 이런 양상은 멜로물을 희화화하는 방향만이 아니라 그 장르적 영역을 확장하고 멜로물의 관습과 성격을 스스로 변화시켜가는 움직임으로도 나타나고 있기 때문이다.

역사물 또한 대중적인 장르인데, 역사적 지식과 교양을 얻고 '실제로 있었던 일'이 주는 의미감을 경험하고자 하는 역사물에 대한 전통적 기대는 무척 대중적인 요구이다. 최근에는 에듀테인먼트(edu-tainment) 문화의 확산과 더불어 세분화된 전문 분야의 지식과 정보를 말랑말랑하게 가공하여 전달하는 문화상품으로서, 역사물에 대한 수요가 더욱 늘어나고 있다. 새로 등장한 역사판타지는 거대서사 전반에 대한 회의가 고조되면서 역사물이 잃어버린 '장엄한' 이야기를 신화적인 판타지로부터 보충하는 양상을 띤다. 역사스릴러나 역사추리물은 성격이 전혀 다른 장르의 서사 구조를 도입하여 역사물에 더욱 흥미진진하고 안정감 있는 스토리를 공급한다. 팩션(faction)이라고도 불리는 이런 이야기가 역사적 진실의 '다른 판본'을 제시함으로써 우리에게 '역사'란 무엇이고 '진실'은 또 무엇인가라는 질문을 던지는 데까지 나아가게 되면, '본격문학'과 대중문학의 경계는 한 번 더 의심스러워진다. 김연수의 『꾿빠이, 이상』(문학동네, 2001)은 역사추리 장르의 이 같은 가능성을 가장 '문학적'인 방식으로 확인해준 소설이었다.

추리물과 스릴러는 장르적 관습에 익숙하고 그 세계를 즐길 줄 아는 이들에게 주로 사랑받는다는 점에서, 앞의 장르들보다는 좀 덜 대중적이다. 고전적인 추리물은 세계의 안정된 질서를 위태롭게 만드는 불가해한 범죄행위를 납득할 수 있게 합리적으로 설명해냄으로써 안도감을 제공하는 기능(이광호가 언급했던)을 한다. 추리물의 현대적 변형인 스릴러물에서는 범인의 정체를 추적하고 사건의 실체를 밝혀내는 서사적 탐색의 과정보다는 미치광이 살인마를 중심으로 펼쳐지는 도착과 위반의 세계가 전면에 부각된다. 이를 통해 스릴러물은 공동체의 질서를 위협하는 타자성을 형상화하고, 이에 대한 불안과 두려움을 제의적으로 해소한다. 특히 잔혹한 살인마가 날뛰는 공포의 현장 자체에 몰두하는 공포스릴러에서는 '정의는 승리한다'거나 '안정된 질서가 회복된다'고 하는 상투적 결말은 찾아보기 어렵다. 그렇긴 해도, 살인마를 처치하는 데 성공했는지 여부와는 상관없이 피가 낭자한 한판의 살육극이 끝나면, 관객들은 현실에 내재하는 공포를 현실 바깥(스크린 속)으로 몰아냄으로써 생기는 안도감을 얻게 된다. 이런 사회심리적 기능은 대중서사물이 종종 그렇듯이 보수적인 이데올로기에 봉사하는 결과를 낳을 수 있다.

하지만 좀 다른 경향의 스릴러물도 얼마든지 있다. 〈쏘우〉 씨리즈는 가장 합리적이고 이성적인 살인마의 모습을 통해, 〈양들의 침묵〉은 이성과 법의 논리로 도무지 설명하거나 제어할 수 없는 괴물 같은 타자성을 통해, 이성 / 광기, 선 / 악, 신 / 악마의 구분 자체를 뒤흔들어놓는다. 두 명의 살인자가 서로를 모방하며 거울처럼 비추는 〈우리 동네〉에서는 원본 / 사본의 대립이 무화되는 뜻밖의 장면이 펼쳐지고, 〈거미숲〉에서는 살인사건의 전말이 온전히 재구성되었다고 느끼는 바로 그 순간(영화의 결말)에 비로소 진짜 수수께끼가 던져지고 미스터리는 다시 시작된다. 〈추격자〉에서는 병적인 살인마보다 더 무서운 것이 사회적 약자-희생자를 살리는 문제에 철저히 무관심한 우리 사회의 실상임이 섬뜩하게 드러나고, 〈가면〉에서는 살인사건에 대한 수사가 엉뚱한 곳을 헤매는 동안 사건과는 직접 관련이 없는 사회적 폭력의 상황들이 파노라마처럼 펼쳐졌다 허망하게 스러져간다. 작품성 면에서는 다소 차이가 나지만, 틀에 박힌 상투성을 벗어나는 스릴러의 다양한 경향은 장르들 안에서 이루어지고 있는 부단한 자기갱신의 대표적인 예일 것이다.

이보다 더욱 좁은 범위에서 마니아층을 중심으로 향유되는 공포물과 SF는 대중성이 별로 없는 장르다. 피서용으로 여름 한철 관심을 모으는 귀신영화나 액션물의 성격이 강한 블록버스터 SF도 있긴 하지만, 고어(gore)적인 공포물과 사변소설(Speculative Fiction)로서의 SF는 대중적인 요구와 감수성에서 확연히 이탈한다. 특히 하드 SF(hard SF)라고 불리는 작품들은 상당한 수준의 지적인 능력과 배경지식 없이는 기본적인 독해가 불가능할 정도로 난해한 경우가 많다('고급한' 문학작품이 '훈련된' 독자를 필요로 하는 것 이상으로). 이런 측면에서라면, SF가 제도 문단 안으로 수용되어 경계적인 작품들이 활발히 생산되는 양상은 게토적인 하드 SF가 연성화되고 대중화되는 현상으로도 이해될 수 있을 것이다.

이렇듯 장르서사를 대중서사와 동일시하는 관점은 지나치게 단순하고 편협한 생각이며, 장르서사 전체를 동질적인 영역으로 간주하는 것부터가 사실상 말이 되지 않는 일이다. 하나의 장르조차 단일한 성격으로 규정하기란 참으로 어려운 일이니 말이다. 각각의 장르는 다양한 하위장르들이 친족 유사성을 지닌 채로 공존하는 이질적인 집합체,[6] 느슨하게 열려 있는 공간으로 보아야 한다. 개별 장르는 끊임없이 다양한 하위장르들로 분화하고 있으며, 다른 장르들과 교차하고 결합하여 무수한 변종들을 낳는 방식으로 진화를 거듭하고 있다. 이 움직임은 때로는 대중성을 강화하는 방향으로, 때로는 미학적 쇄신을 도모하는 방향으로 나아가며, 또 때로는 이 시대의 변화된 사회문화적 · 인식론적 상황과 새로운 문제의식들을 담아내기 위한 모색의 과정으로도 나타난다. 그 어디쯤에서 장르서사는 주류문학과 만났을 것이다. 그리고 또 문학은, 장르들 각각

---

6   임종기, 『SF 부족들의 새로운 문학 혁명, SF의 탄생과 비상』, 책세상, 2004, 169쪽.

이 스스로를 진화시켜나가는 방식과도 흡사하게, 자신의 모색의 그 어떤 국면에서 장르서사와 마주치게 되었을 것이다. 그러니 우리는 이제, 손쉽게 통틀어 이름 붙일 수 없는 저마다의 움직임들을 하나하나 따라가보아야 한다. 그 양상도 의미도 지향도 다를, 어수선하고 산발적인 발자국들 사이로.

장르의 패러디와 '문학적' 변용

문학작품들은 종종 장르의 세계와 현실의 낙차를 드러내 보이는 방식으로, 장르의 관습들을 끌어다 쓴다. 천명관의 「프랭크와 나」(『유쾌한 하녀 마리사』, 문학동네, 2007)는 느와르 장르의 관습을, 박민규의 「龍龍龍龍」(『창작과비평』 2008년 봄호)은 무협소설의 관습을 끌어들여 이 같은 작업을 한다. 천명관의 소설에서는 의리와 정의, 배반과 복수, 운명적이고 치명적인 사랑 등의 느와르적 요소들이 일상적·세속적 삶의 현실 안으로 생뚱맞게 끼어들어오고, 그 결과 느와르 장르가 신봉하는 '사나이들의 세계'는 우스꽝스러운 해프닝으로 전락한다. 박민규의 소설에서도 대의와 명분, 명예와 법도로 이루어진 '무림의 세계'는 너무도 변해버린 현실 앞에서 황당하고 시대착오적인 것으로 묘사된다.

이를 통해 천명관 소설이 희화하는 것이 현실감각이라곤 찾아볼 수 없는(먹고사는 문제와는 동떨어진) 장르서사의 허황된 세계라면, 박민규 소설이 전면에 부각시키는 것은 "대의와 명분이 사라진" 뒤 "연명(延命)만이 남아 있"(176쪽)는 현실의 초라함이다. "대의가 있다면… 서른 두 평 아파트"이고 "기개를 품은 남아라면 쉰 평 정도를 생각할 수도 있"(184쪽)다는 운

무천마의 말에서 냉소의 대상으로 떠오르는 것은 저 옛날 '무림의 세계'라기보다는 "경제가 전부"(196쪽)인 지금의 현실과 그 속에서 살아가는 우리의 모습이다. 장르의 패러디는 이렇듯 장르 그 자체를 향하기도 하고, 현실을 다른 각도로 조명하기 위한 수단이 되기도 한다. 후자가 좀더 '문학적'인 변용의 예라고도 볼 수 있겠지만, 어느 쪽이든 해당 장르에 대한 풍자와 조롱만이 아니라 오마주(hommage)적인 애착이 스며들어 있는 경우, 자기가 변용하는 장르에 대한 섬세한 이해를 바탕으로 하는 경우에 좀 더 매력적인 텍스트가 되곤 한다.

　고전적인 추리물의 패러디인 편혜영의 「누가 올 아메리칸 걸을 죽였나」(『아오이가든』)와 이장욱의 「동경소년」(『작가세계』 2006년 여름호)은 그런 면에서 대조를 이루는 소설이다. 편혜영의 소설은 판단력도 기억력도 의심스러운 주인공 '나'가 우발적인 살인을 저지르고 곧바로 체포되는 상황을 보여준다. 이 소설은 「누가 올 아메리칸 걸을 죽였나」라는 추리소설의 대목들과 '나'의 이야기를 교대로 배치해가며, 그 간격에 주의를 환기한다. 그럴듯하고 일목요연해서 독자를 사로잡는 추리소설의 이야기와 지리멸렬하고 볼품없는 '나'의 범죄 이야기의 괴리 같은 것. 하지만 "'누가' 멋진 그녀를 혹은 돈 많은 그를 죽였나"라는 "한 문장으로 요약할 수 있"는 세계, "'왜'가 없는 세상"이 "바로 추리소설의 세상"(118쪽)이라는 식으로 그 세계를 간단히 정의내리고 나면, 그것을 비틀어놓음으로써 보여주고자 하는 또 다른 세계 또한 단조롭고 평면적인 차원에 머무르게 된다. 실제로 이 소설에서 추리소설과 대비되는 '나'의 살인 이야기는 우리 삶의 어느 한 측면을 새로이 조명해주는 데까지 나아가지는 못하고 있다.

　이에 비하면 와타나베 포를 주제로 한 '추리소설동호회' 회원들의 도쿄 기행(紀行)을 배경에 깔아놓은 소설 「동경소년」은 추리물의 관습들을 정교하게 재조합하면서 추리물의 영역을 넘어선다. 창밖으로 폭우가 쏟아지는 도쿄 뒷골목의 후줄근한 여관, 당장이라도 살인사건이 일어나거나 시체가 발견될 것만 같은 낯익은 무대에서 어떤 청년이 소심한 목소리로 한 여자의 죽음에 관해 이야기하기 시작한다. 구름처럼, 그림자처럼 희미해서 아무도 알아채지 못하는 여자 유키는 연인인 그의 눈에도 점점 더 흐릿해지고 목소리조차 희미해지더니 결국 '허공'이 되어버린다. 그는 두려움과 분노에 휩싸인 채로, 눈에 보이지 않는 유키를 여관 침대에 쓰러뜨리고 목을 조른다. 그러나 여관 어디에서도 유키의 시체는 발견되지 않고, 센서로 작동하는 여관의 자동문만이 보이지 않는 그녀의 존재를 암시해준다. 유키가 죽었는지 살았는지 알 수 없기에 살인사건이 있었는지 없었는지도 불분명하지만, 살인범이 따로 없어도 그런 식으로 '없는 존재'가 된 채 사라져간 사람들을 우리는 알고 있다. 청년의 이야기에 동호회 회원들이 "최소한의 긴장이나 흥미조차 느끼지 못하"(265쪽)듯이, 그들은 그렇고 그런 살인사건만큼도 우리의 관심을 끌지 못한다. 극소수의 '예민한' 사람에게나 그들은 혐오 어린 죄책감 같은 것으로 잠시 기억될지 모른다. 「동경소년」이 떠올리게 하는 이런 생각들은 장르의 영역을 초과하는 또 다른 가능성이자, 추리물의 관습을 다시 씀으로써 낯설게 드러나는 우리의 모습이다. 문학이 장르를 동원하여 장르와는 '다른 것'을 말하고자 한다면, 아마도 이런 방식이어야 할 것이다.

한편 장르를 차용한 문학작품을 다룰 때 우리는, 그것이 장르의 관습들을 어떻게 비틀어 '문학적'으로 변용하는가 하는 문제뿐 아니라 장르적인 것 자체로부터 무엇을 끌어내고 있는가를 함께 살펴야 한다. 일례로 스릴러와 공포물은 살인마·괴물·귀신 등을 통해 우리 사회가 억압하고 희생양으로 삼는 내부의 이질성들, 우리 자신의 승인할 수 없는 욕망이나 사회적 타자들을 반복적으로 형상화한다. 그 시선은 내부의 타자성을 추방하고 제어하려는 지배이데올로기의 관점을 그대로 반영하기도 하지만, 앞에서도 언급한 것처럼 정상 / 비정상, 이성 / 광기, 주체 / 타자 등의 이분법을 교란하고 전복함으로써 비판적 사유의 지대를 열어주기도 한다. 이때 스릴러와 공포물은 '문학적인 것'을 실현할 수 있으며, 문학은 이들 장르로부터 새로운 에너지를 충전 받을 수 있다.

박성원이 「긴급피난―우리는 달려간다 이상한 나라로 2」(『우리는 달려간다』, 문학과지성사, 2005)에서 보여준 이성의 광기와 판단 불능의 딜레마(내가 살기 위해 다른 사람을 죽여야만 하는 잔혹한 '게임'에 초대된 자들이 '합리적'인 살인마로 돌변할 수밖에 없는 극한의 상황)는 〈쏘우〉와 〈큐브〉 시리즈 등의 스릴러물에 잠재된 장르적 가능성의 또 다른 버전이다. 「문득,」(『아오이가든』)에서 편혜영이 인간과 귀신 사이의 관점의 전도를 통해 도달한 인식, 즉 "산 사람이 사람인 것처럼 죽은 사람도 사람"이며 "산 사람이나 죽은 사람이나 똑같이 살고 있는 거"(110쪽)라는 깨달음 또한 〈디 아더스〉나 〈식스 센스〉 계열의 공포물이 열어준 사유의 가능성과 맞닿아 있다. 이를 인정하는 것이 이들 소설에 흠집을 내는 일처럼 느껴진다면, 그것은 '문학만의' 변별점을 내세우지 못하는 한 장르서사와의 연관성은 문학의 오명이라 생각하는 우리의 편견 때문일 것이다.

이와는 좀 다르게, 스릴러의 관습을 가지고 스릴러 장르와는 확연히 다른 것을 노리는 소설도 있다. 연쇄살인이 언어의 상징적 질서를 교란하는 테러의 성격을 띠는 서준환의 「수족관」(『너는 달의 기억』, 문학과지성사, 2004)이 그런 예이다. 시간 순서에 따라 부분 부분을 재배치해놓아도 이 소설의 스토리는 도무지 앞뒤가 맞지 않게 어그러져버리는데, 이는 통사론적 연속성을 보장하는 동일성의 원리(인물, 사건, 장소, 사물의 동일성) 자체가 파열되어 있기 때문이다.[7] 이를테면 '나'는 티브이를 치우고 방에 수족관을 들여놓은 뒤, 야산에서 유로라는 여자아이를 살해하여 트렁크에 싣고 돌아와서는, 그 살인사건에 대한 뉴스를 자기 방 티브이로 보고 있다. 그러고 나서 '나'는 또 범인으로 체포된 이웃 청년 빈이 유로라는 여자아이를 죽여 야산에 암매장했다는 내용의 뉴스를 본다. 티브이를 치운 '나', 유로를 살해한 '나', 티브이로 살인사건 뉴스를 보는 '나'는 모두 같은 인물일까? '나'가 살해하여 트렁크에 싣고 돌아온 유로와 이웃 청년 빈이 죽여서 야산에 암매장했다는 유로가 동일인물일 수 있는 것일까? 이런 식으로 이 소설에서 '나'와 유로와 이웃 청년 빈 등은 수많은 파편들로 조각나버린다.

정신분열증(조현병) 환자-살인마를 동원하여 자기동일성의 붕괴에 대한 공포를 형상화하는 것(〈아이덴티티〉, 〈엑스텐션〉 등)은 스릴러물의 전형적인 관습이다. 정신분열증 환자로 오인된 살인마나(노희준의 『킬러리스트』, 랜덤하우스, 2006) 정신분열증 환자-살인마로 오인된 무고한 타자를 등장시켜(〈케이팩스〉) 자기동일성의 논리로 봉합되지 않는 타자성을 승인하는 것은 스릴러 장르의 새로운 경향이다. 그런데 「수족관」은 이 모든 경우를 흉내 내는 한편 그 어느 쪽으로도 스토리를 통합하는 일이 불가능하게 만듦으로써, 결국 자기동일성을 구성하고 지탱하는 상징적 언어체계를 통째로 와해시킨다. 여기에는 대명사를 비롯한 지시어의 기능을 박탈하고 "다양한 단위의 언어적 요소들간의 공속성"을 제거하는 과감한 언어실험이 동반된다.[8] 이 급진적인 테러는 스릴러 장르가 지닌 전복의 가

---

7   김태환, 「언어와 음악」, 서준환, 『너는 달의 기억』 해설, 문학과지성사, 2004, 305쪽.
8   위의 글, 304쪽.

능성을 극단으로 밀고 나간 결과이자, 아마도 오직 '문학만이' 도달할 수 있는 언어 수행의 가능성일 것이다.

SF 장르와 주류문학의 접속

SF 장르와 주류문학의 교섭에 대해서는 따로 논의할 만한 가치가 있다. 최근 우리 문단에서 SF 경향의 소설들이 눈에 띄게 활발히 창작되고 있을 뿐 아니라, SF 자체가 풍부한 잠재력과 '문학적' 에너지를 지닌 장르이기 때문이다. SF는 시공간의 이동이나 인간 이외의 존재들(로봇, 복제인간, 외계인 등)을 통해 '지금–여기'의 현실을 '바깥에서' 바라보게 하는 관점의 전환을 유발한다. 인류 문명과 인간 종(種) 자체를 상대화·조건화하는 SF적 시선은 그 '안에서' 본 관점(문학의 관점이기도 한)이 할 수 있는 것 이상으로, 우리 자신과 우리 사회에 대한 근본적인 반성과 비판을 수행할 수 있다. 이런 가능성들을 문학이 적극적으로 흡수해 들인다면, SF 장르는 문학의 가능성을 확장하고 심화하는 에너지원이 될 수 있다.

박민규의 「깊」(『문학동네』 2006년 겨울호)은 문학제도 안에서 나온 본격 SF로, SF 장르의 시공간과 논리적 질서를 통해 인간의 자연 지배와 정복 욕망을 비판적으로 성찰한다. 우주를 식민화하는 일도 상당한 진척을 이룬 미래의 어느 날, 유례없는 해저지진으로 지구가 갈라져 19,251미터 깊이의 해구(유터러스)가 생겨나자, 끊임없이 '가야 할 곳'이 필요한 인간들은 대체체액(R–71)을 개발하여 심해의 수압을 견딜 수 있는 개량된 인간 종 '디퍼'를 창조한다. 인체의 개조와 인간 종의 개량은 인간의 자연 지배 욕망이 도달한 극단의 지점이다. 디퍼들의 '어머니'인 얀과 총통의 연합

관계가 암시하듯, 그 욕망은 과학-권력-자본의 시스템 안에서 확대·강
화·재생산된다. 수차례의 치명적인 위험을 감수해가며 디퍼로 다시 태
어난 이들은 그러나, 자신이 무엇을 위해서 유터러스까지 가려 하는지 알
지 못한다. 더구나 그들이 19,251미터의 심해에 성공적으로 도착했을 때,
그곳에는 정작 아무것도 없다. 유터러스의 해구가 '바닥'이 아니라 '끝없
는 구멍'임을 알게 된 뒤, 심연의 유혹을 따라 끝없이 하강하는 디퍼들의
선택은 무모하고 공허하기 이를 데 없다.

「깊」이 담고 있는 반성적 성찰은 현실과는 매우 '다르게' 느껴지는 세계
속에서 낯설게 바라본 그들의 모습이 실은 오늘날 우리의 모습과 근본적
으로 다를 게 없음을 깨닫게 되는, SF적인 경험에서 흘러나온다. 이 소설
은 또 온몸의 체액을 R-71로 대체해가는 과정에서 디퍼들이 느끼는 혼란
과 의문을 통해 정신과 육체의 관계, '인간성'이 의미하는 것, 개인의 정체
성의 근거 등에 관해 질문을 던지고 있다. 사이버펑크(cyberpunk)적인 존재
론의 물음과도 통하는 이런 고민들은 여전히 우리에게 사색의 여지를 남
겨준다.

> 뇌는 여기에 있고… 머리를 지그시 누르며 다시 소피가 얘기했다. 하지만 생
> 각이란 건 전체 속에 있는 거야. 나라는 전체, 세포 하나하나에 말이지. (…중
> 략…) 캄캄한 공간에서 몇시간씩 유영을 하다 보면 그게 느껴져. 이를테면 뇌만
> 이 생각을 하는 게 아니란 사실을. 손, 손도 생각을 하고 있는 거야. 눈과 귀도,
> 그리고 실은 세포 하나하나가 작고 무수한 생각을 하고 있는 거야. (…중략…)
> 달에서 자란 인간은 그 사실을 알 수 있어. 실은 '나'라고 하는 전체가 얼마나 무
> 수한 생각들을 하고 있는지 말야. (289~290쪽)

그렇다면 디퍼들의 '생각'은 그들 몸에 속속들이 주입된 R-71과 혼합되어 있는 것인가? 그것은 여전히 '나'의 생각인가? 아니 그보다도, '나'라는 건 과연 무엇인가? 오시이 마모루의 〈이노센스〉에 암시된 대로 '이노센트'한 인간이란 이제 더 이상 존재하기 어려운 트랜스휴먼 시대에, 이런 질문들은 이전과는 또 다른 맥락에서 중요성을 지니게 된다. 문학이 바로 이 시점에서 우리 자신을 향해 던져봐야만 할 이런 질문들은 SF적인 상상력에 힘입을 때 유독 생생한 구체성을 얻게 된다.

박민규만큼이나 SF 장르를 몸으로 받아들인 작가가 윤이형이다. 「아이반」(『내일을 여는 작가』 2007년 여름호)은 로봇과의 사랑이라는 SF의 고전적인 테마를 통해, 「피의일요일」(『셋을 위한 왈츠』, 문학과지성사, 2007)은 '갇힌 세계'(게임 프로그램 속)에서 유저에 의해 조종당하는 인간들이라는 〈매트릭스〉적 상상력을 통해, 정체성의 문제를 탐구한다. 인간을 능가하지만 인간이 되길 거절하는 로봇 아이반과 그를 사랑하는 인간(그녀)의 이야기인 「아이반」은 '인간이 되고 싶어 하는 로봇' 이야기들(〈바이센테니얼 맨〉이나 〈A. I.〉 계열)을 비틀어 배타적인 인간중심주의를 전복한다. 「아이반」에서 윤이형은 '인간의 고유성이란 무엇인가?'라는 질문에 대해 예술적인 창조력을 잠정적인 답으로 내놓고 있다. 기존의 SF적인 사고실험의 결과, 이성도 감정도 사랑할 수 있는 능력도 더 이상 인간만의 것이라 자부할 수 없게 된 지금의 상황에서, 그가 가까스로 찾아낸 대답이 '예술'인 셈이다. 하지만 예술을 낭만주의적 창조성과 연결시키는 그의 관점은 의외로 보수적인 구석이 있다. 예술적인 능력을 스스로 제거한 인간들과 그것을 복구하기 위해 로봇의 도움을 받아야만 하는 아이러니한 상황이 흥미롭긴 하지만 말이다.

「피의일요일」은 좀 더 주목할 만한 소설이다. 자신이 원래 인간 종족이었음을 알게 되고, 뒤로 돌아서서 자신의 얼굴을 봄으로써 '바깥 세계'로 나갈 수 있음을 배우고도, 왜 그래야 하느냐고 되묻는 '언데드'의 모습이 우리 자신의 모습을 '섬뜩하게' 일깨우기 때문이다. "살아서 더 높은 레벨로, 더 나은 삶으로 올라가"는 것이 "모두의 희망이고 목적"(103쪽)인데, 이대로 살아가면 높은 레벨의 "안전하고 화려한 미래"가 기다리고 있는데, "조종되어 살아가는 일이 왜 나쁜 거"(114쪽)냐는 주인공의 질문은 우리가 입 밖에 내지 않은 채 수없이 되삼킨 말일지도 모른다. 인정하고 싶지 않은 그 같은 자기 목소리를 우리는 「피의일요일」에서, '퀘스트'가 떨어지면 앞뒤 가릴 것 없이 살육전에 돌입하고 '쥐'를 씹어 먹으며 에너지를 보충하는 언데드의 입을 통해 듣게 되는 것이다. 게임 화면 속의 언데드 종족이 그러하듯, "자신이 누구인지 지속적으로 기억"(116쪽)하고 뒤를 돌아 자기 얼굴을 대면할 여유 같은 건 우리에게 없다. "속도와 경쟁"을 "우리 삶에 부어지는 윤활유"로 여기며, "존재의 거대한 무채색 질문이 도사리고 있는 던전에 혼자 던져지는 두려움"에서 도망치고자 오늘도 "누군가가 우리에게 다시 접속해주기를"(83쪽) 기다리는 존재, 그는 다름 아닌 '지금-여기'의 인간들이다. 기억해두자. 이 소설이 그 사실을 충격적으로 받아들이게 만드는 것은 SF 장르(또는 게임 〈월드 오브 워크래프트〉의 판타지적 세계)를 끌어들이고도 '현실'의 문제를 이야기하고 있다는 사실 때문이 아니라, 현실의 문제를 이렇듯 'SF적'(또는 판타지적) 논리와 상상력으로 펼쳐 보이고 있기 때문이다.

한편 윤이형의 「마지막 아이들의 도시」(『작가세계』 2007년 가을호), 박민규의 「크로만, 운」(『문학과사회』 2007년 가을호), 백민석의 『러셔』, 조하형의 『키메라의 아침』 등은 디스토피아의 비전으로 전자적·기계적·생물학적 체계의 통제과정에서 발생하는 억압의 문제를 다루고 있다. 이들 소설은 환경 · 생태 지옥과 기형 · 변종 인간들, 생식능력을 비롯한 신체 · 정신 능력의 차등화와 이에 근거한 신계급구조 등의 형상을 통해 현실의 문제들을 전혀 다른 시각에서 조망하게 한다. 특히 『러셔』와 『키메라의 아침』에는 인간 종과 인간 개체를 진화론적 · 생태적 시스템의 한 구성요소로 바라보는 SF적 관점이 스며 있는데, 이런 시선은 문학이 적극적으로 탐구해본 적이 없는 미지의 영역을 비춰주기도 한다.

두뇌는 일종의, 모니터에 불과해. 기억은 시냅스 형성을 매체로 삼지만, 뇌세포에 각인되는 것도 아니고 단백질 기억분자 형태로 저장되는 것도 아냐. 그건 오직, 개별적이면서도 우주적 규모로 통합된 정보장에, 접혀진 채로 보존된다. 그런 걸 쉽게, '마음'이라고도 부를 수 있겠지. 너의 마음속에는, 태초의 별에서부터 46억 년 전 지구에 이르기까지, 최초의 단세포 생명체에서 호모 사피엔스에 이르기까지, 모든 마음들이 누적되어 있다.

—『키메라의 아침』, 180쪽

우리 몸은 언제나 흐르고 있어. 원자 수준에서 보면 피부는 6주마다, 간은 8주마다 새것으로 교체되지. 딱딱한 뼈조차도 석 달마다 새로 만들어지고, 1년이면 몸을 구성하는 원자 대부분이 교체돼. (…중략…) 게다가, 우리 몸을 순환하는 원자들은 공간적으로, 다른 종(種)의 몸을 순환했던 것이고 시간적으로, 광개토대왕의 몸을 순환했던 것일 수 있어. 우린 매일같이 자기 몸의 일부를 방출하고, 다른 몸의 일부를 받아들이고 있는 셈이지. 우린 다른 사람들, 다른 생물과 몸을 공유하고 있는 셈이야.

—같은 책, 165쪽

이 같은 진술들에서 과학적인 정합성 여부보다 중요한 것은 유전학적·정보학적·원자론적 상상력이 결합하면서 일어나는 SF적인 인식의 전환이다. 그것은 신비주의적·종교적 사유를 통해 가닿게 되는 형이상학적인 초월의 지대와는 확실히 다른 측면이 있다. 모든 '마음'들이 누적되어 있는 우주적 규모의 정보장이나 모든 생물들이 '몸'을 공유하는 원자들의 거대한 흐름을 상상해보는 일, 또는 존재의 어느 한계점에서 자신을 넘어서는 무한한 '신경'망의 일부가 되는 것을 경험하는 일(『러셔』, 180쪽) 등은 '인간적'인 가치들과 개체성의 울타리 안에 머물러 있는 우리의 사고에 색다른 충격을 준다.

SF 장르가 유발하는 인식의 전환은 개인의 자발성과 고유성에 대한 허구적 신념을 무너뜨리면서 탈존에 대한 사유로 우리를 이끌기도 하고, 오만한 인간중심주의의 관점을 넘어 생물권(biosphere) 전체를 통합적으로 바라보는 시각과 감수성을 열어주기도 한다. 때때로 SF적인 '바깥'의 시선은 우리가 무슨 수를 써도 발을 뺄 수 없는 '인간적'인 현실과 실존적인 가치들, 그 '안'에서 본 시선과 충돌을 일으키면서 우리를 불편하게 만들기도 한다(그레그 베어의 『블러드 뮤직』이나 아서 클라크의 『유년기의 끝』이 그 좋은 예다). 바로 그런 불편함을 통해서 SF는 또한, 안에서 본 시선과 밖에서 본 시선의 타협 불가능한 충돌 속에 끼여 있는 존재로서, 우리 자신에 대한 인식을 심화시키는 계기를 마련해준다. 그럴 수 있다면, SF 장르와의 접촉과 교섭은 문학이 또 다른 사유의 영역을 향해 스스로를 개방하는 전화(轉化)의 가능성이 될 수도 있다.

이렇듯 주류문학이 장르서사와 만나는 양상은 폭넓은 스펙트럼을 이루고 있다. '어떤' 장르와 '어떻게' 접촉하는가, 자기가 끌어당긴 특정 장

르로부터 '어떤' 에너지를 발견하여 '어떻게' 활성화하는가에 따라 그 의
미는 매번 달라질 것이다. 장르와의 접속이 문학적인 것의 고갈이나 타
협의 징후가 될 것인지 아니면 문학적 상상력과 사유의 장에 자극과 활력
을 불어넣는 고양의 계기가 될 것인지는 오직 문학의 손에 달려 있다. 선
택은 아직 끝나지 않았다.

(2008.5)

청소년문학의 문화정치와
청소년 장르문학의 가능성

청소년문학의 쟁점들과 SF 청소년문학의 등장

청소년문학이 청소년 권장도서나 기존의 성장소설류와 구별되는 지점은 어디인가? 청소년문학이 문학의 한 독자적인 영역이라면, 그 핵심 요소는 무엇인가? 청소년문학에서 우선 강조돼야 할 것은 교훈성인가 아니면 문학성인가? 어떻게 해야 청소년문학은 청소년을 교육과 계몽의 대상, 또는 보호와 관리의 대상으로 간주하는 대신에 청소년 자신의 이야기가 될 수 있는가? 청소년문학이라는 문학의 새로운 영역이 독자들의 관심을 불러 모으고 출판계의 키워드로 부상하면서, 이를 둘러싼 여러 질문들이 비평적 쟁점으로 떠오르고 있다.

이 같은 논란거리들에 두루 걸쳐 있으면서도 그 동안 별로 주목받지 못했던 것은 청소년들의 정체성 구성에 참여하는 청소년문학의 의의와 역할이다. 청소년 독자들은 선택적인 동일시 작업을 통해 특정 작품을 '자신의 이야기' 속에 통합해 들일 수 있고, 이를 매개로 하여 능동적으로 자기 정체성을 구성해나간다. 청소년문학은 이 가능성을 최대로 열어주는 문학의 갈래이고, 바로 그런 의미에서 청소년문학의 주체는 독서 과정을 거치며 스스로 자기 서사를 만들어가는 청소년들 자신이라 말할 수 있다. 그렇다면 청소년 독자들의 정체성 구성 과정에 얼마나 활발히 개입할 수 있으며 거기에 어떠한 영향을 미치는가 하는 것은 '바람직한' 청소년문학을 가늠하는 중요한 기준이 될 것이다. 그것은 문학성이나 교훈성이라는 막연하면서도 틀에 박힌 평가의 기준들보다 훨씬 더 실제적인 의미를 지닐 수 있다.

청소년문학을 정체성 구성에 활용하는 청소년 독자들의 능동적 행위는 작품 내부, 문학 내부의 영역에 있기보다는 문화적인 실천의 영역을 가로지른다. 이런 관점에서 보면 청소년문학은 문학의 한 갈래이기 전에 청소년들이 즐기는 다양한 문화 양식들(만화, 게임, TV 프로그램 등을 포함하는) 가운데 하나이기도 하다. 청소년문학 비평은 문학의 지형 안에서 청소년문학이 지닌 특수성에 관심을 기울이는 데서 한발 더 나아가, 청소년층을 타깃으로 한 대중문화나 하위문화 텍스트들과 청소년문학이 공유하는 특성들, 그리고 그것들 사이에서 청소년문학이 갖는 또 다른 의미에 대해서도 고민해볼 필요가 있다.

여기에는 기본적으로 작품 내적인 분석과 평가를 넘어서는 수용자 중심의 접근 방식이 요구된다. 청소년들 자신이 개별 작품을 수용하고 자기 서사화하는 양상들에 대한 구체적인 사례 연구들이 축적되어야 하고, 그러기 위해서는 심층면접 방식을 포함한 사회학적 연구 작업들이 활발히 이루어질 필요도 있다. 이런 연구 자체는 비평의 영역을 벗어나지만, 청소년문학 비평은 점차 이 같은 관점들과 연계하고 그 연구 성과들을 폭넓게 끌어안는 방향으로 나아가야 할 것이다. 특히 각각의 청소년문학 작품들에서 독자의 공감을 유발하고 동일시를 이끌어내는 독특한 지점들에 주목하면서, 이를 통해 한 작품이 청소년들의 정체성 구성에 미치는 영향력과 그 문화정치적 의미를 평가하는 것은 청소년문학 비평이 담당해야 할 중요한 역할이다.

다양한 문화 텍스트들을 빨아들여 자기 정체성을 구성해가는 청소년들의 모색은 분명 문화적인 동시에 정치적인 성격을 띤다. 기성의 사회질서에 성공적으로 편입하여 '정상적인' 사회인으로 성장해야 하는 과제를 짊어진 청소년들에게, 점점 더 가혹해지는 신자유주의의 무한 경쟁 시스템은 극심한 불안과 압박으로 작용하고 있다. 입시전쟁에서 살아남지 못하면 영영 '루저'로 전락하고 만다는 두려움은 청소년 주체를 '복종하는 신체'로 길들이고 있으며, 스스로 판단하고 선택하는 자율적 주체로의 성장 가능성을 철저히 봉쇄하고 있다. 이런 상황에서 자발적이고 책임 있는 주체로 스스로를 만들어가는 과정이란 결국 사회구조적인 억압에 대항하는 정치성을 띠게 되는 것이다.

이 실천의 과정에 더 잘 개입하기 위해 청소년문학은 이들이 직면하는 현실의 문제 상황에 최대한 밀착돼야 할 것처럼 보이기도 한다. 하지만 청소년 독자들의 자발적이고 선택적인 동일시 가능성은 내가 직접 겪었거나 주변에서 흔히 경험하는 구체적인 문제 상황들의 좁은 범위를 훌쩍 넘어설 수 있다. 청소년들이 처한 현실을 사실적으로 다루어야 한다는 청소년문학의 통념은 온갖 '청소년 문제'들을 소재의 차원에서 나열하거나, '학교'와 '가정' 아니면 여기서 뛰쳐나온 '불량청소년의 세계'로 청소년문학의 영역을 좁혀놓는 결과를 낳은 것도 사실이다. 이제 청소년문학은 이 반복적이고 제한된 틀을 벗어나는 한편, 청소년들 자신이 겪는 갈등과 억압을 사회구조적 차원에서 바라볼 수 있는 더 폭넓은 시각을 열어가야 할 시점에 와 있다.

이 같은 상황에서 각별히 눈길을 끄는 것이 장르서사와 결합한 청소년문학의 등장이다. SF, 판타지, 추리물 등과 같은 장르서사는 대중문화와 하위문화의 양식으로 청소년들에게 매우 친숙한 문화적 토대일 뿐 아니라, 장르서사의 상상력과 그 풍부한 이미지들은 실제로 청소년들의 정체성 구성에 상당한 비중을 차지하고 있다. 나아가 장르서사에 대한 일반화된 편견과는 달리, 경험적인 리얼리티의 영역을 이탈하는 장르서사의 세계가 그저 현실과 무관한 상상의 놀이에 머물러 있는 것은 아니다. 허구 세계를 설계하고 구조화하는 장르서사 특유의 관점은 오히려, 복잡하게 얽힌 현실의 맥락을 바깥에서 조망하는 통찰의 계기를 마련해줄 수도 있다. 특히 SF는 '기술-자본-권력'의 네트워크를 선명하게 가시화하고, 현실의 간명한 알레고리로써 이 사회의 구조적 모순을 뚜렷이 부각시키는 데 남다른 강점을 지닌 장르다. 이 같은 측면들에 주목한다면, 장르서사와의 결합은 청소년문학이 지금의 한계를 넘어 진화해나갈 수 있는 폭넓은 가능성의 지대라 할 수 있겠다.

물론 장르서사의 모티프를 소재로 차용하는 것만으로 청소년문학의 새로운 가능성이 열리지는 않을 것이다. 중요한 것은 청소년문학의 특수성과 장르서사의 잠재력을 하나로 결합하는 문화적 감수성과 문학적 자의식이다. 이 글에서는 최근의 SF 청소년문학 작품들이 보여주는 의의와 한계를 통해, 청소년 장르소설이 나아갈 방향과 그 구체적인 가능성에 대해 생각해보고자 한다. 논의의 초점은 무엇보다도, SF 청소년문학이 청소년 독자의 자기 정체성 구성에 어떤 식으로 개입할 수 있으며 그 문화

정치적 의미는 무엇인가 하는 문제가 될 것이다.

소재주의적 한계에 갇힌 어른들의 판타지
문선이의 『지엠오 아이』

　문선이의 『지엠오 아이』(창비, 2005)는 인간을 포함한 모든 생명체의 유전자 조작이 일반화된 미래사회를 배경으로 한다. 2005년에 나온 이 소설은 SF적인 배경과 모티프를 청소년문학이라는 제도 문단 내에 도입한 시도 자체로 일단 의의를 지니고 있지만, 유전자 조작된 '맞춤 아이'라는 소재를 단편적이고 피상적으로 차용하는 한계를 드러낸다. 이 소설에서는 인간 유전자 조작과 관련된 과학적·윤리적·사회적 쟁점들이 슬그머니 무화되고, 희귀병에 걸린 버려진 아이(나무)의 모습만이 도드라져 보이기 때문이다. 특히 '유전자 조작 인간이 유전자 조작 식품을 오래 먹으면 희귀병에 걸린다'는 설정은 과학적 사실과의 일치 여부를 떠나서, 이 문제의 사회적 쟁점을 엉뚱한 데로 돌리는 결과를 초래한다.

　논리적으로 볼 때 유전자 조작된 맞춤 아이는 선별적으로 우월한 형질을 타고나는 '우성 인간'이 되고, 유전자 차별에 의한 신(新)계급사회에서 '유전자 귀족'의 지위를 점하게 된다.[1] 맞춤 아이 서비스는 당연히 고가의 상품일 테니, 이 같은 미래사회는 부모가 부자이면 그 자녀가 우월한 유전자까지 물려받게 되는, 더 극심한 계급사회의 양상을 띨 수밖에 없다. 그런데도 이 소설이 맞춤 아이 '나무'를 희귀병에 걸린 데다 부모에게 버

1　이런 현상을 낳는 우상학적 이데올로기와 유전자 결정론적 사고 역시 인간 유전자 조작 사회에 내재하는 심각한 문제점이다.

림받고 학교에서는 따돌림을 당하는 '사회적 약자'로 묘사한 것은 맞춤
아이라는 테마가 제기하는 날카로운 계급의 문제를 회피하거나 소거하
는 태도로 해석될 수 있다.

실제로 『지엠오 아이』는 유전자 조작 문제를 사회적이고 계급적인 층
위에서 조명할 수 있는 여지를 충분히 지니고 있음에도, 그 가능성을 계
속 차단하는 경향이 있다. 대재벌인 '하제탑유전생명바이오 사(社)'의 정
회장은 생명공학을 추동하는 자본의 논리 한가운데에 있는 인물이지만,
가족과 결별하고 일에만 몰두하다가 나무를 만나 사랑을 배우게 되는 고
독한 노인의 모습으로 그려진다. 유전자 조작 반대 시위가 벌어진 거리
풍경과 정 회장이 사는 초고급 '타워프리돔'의 상징적 대비 역시, 피해자
라 할 수 있는 나무가 정 회장의 '앞집 아이'로 등장하면서 흐지부지 지워
지고 만다. 게다가 정 회장이 나무를 증손자로 받아들이게 되면서 "평생
을 시위 주동자로 지 아비 목을 짓누르며 사는"(44쪽) 아들네 가족과도 화
해하게 된다는 결말은 유전자 조작에 얽힌 사회적 갈등과 책임의 문제를
온정적인 가족주의로 덮어버리는 안일한 해결책이 아닐 수 없다.

이런 한계는 SF적인 테마를 소재의 차원에서 끌어왔을 뿐, 이야기와 세
계관 자체는 낯익은 가족주의와 휴머니즘의 틀을 그대로 반복한 데서 비
롯된다. 유전자 조작 문제를 다룬 SF 서사는 생명공학에 대한 과학적 지
식이나 이와 관련된 미래사회의 과제들을 직접 제시하기 때문이 아니라,
이 문제를 통해 바로 지금 우리 사회가 지닌 근본적 갈등과 구조적 모순
을 과시적으로 보여줄 수 있다는 점에서 의미가 깊다. 『지엠오 아이』는
SF 장르에 잠재된 이 같은 가능성을 서사적으로 구현하는 데 실패함으로
써, 사회성과 정치성 면에서도 어정쩡하거나 보수적인 관점에 머물러 있
게 된다.

흥미롭게도 『지엠오 아이』가 지닌 SF 장르적 한계는 청소년문학으로서의 한계와도 맞물려 있는 것처럼 보인다. 유전적으로 '우성 아이'이면서 희귀병 환자이고, 부유한 계급에 속하는 동시에 버림받은 아이이며, 학교에서 뭐든지 뛰어나게 잘하지만 맞춤 아이라는 이유로 괴롭힘을 당하는 소년 나무에게 청소년 독자들이 과연 얼마나 공감할 수 있을까? 더구나 나무는 자기를 맞춤 아이로 낳아놓고 버린 부모도, 유전자 조작 기업 회장인 '완전 괴팍한' 할아버지도 원망하거나 미워하기는커녕 다 이해하고 받아들이는 속 깊은 아이다. 아이다운 천진함과 장난기 때문에 더욱 사랑스럽지만 심각한 말썽이나 갈등을 일으키지는 않는, 알아서 말 잘 듣는 '천사 같은' 아이 말이다. 주인공 나무는 청소년 독자들의 동일시 대상이기보다는 고독한 정 회장을 위로하고 그에게 가족과 세상으로부터 용서받을 기회를 주는 존재, 곧 어른들을 위한 판타지에 불과할지 모른다.[2]

혹시 청소년 독자가 나무에게 스스로를 동일시하는 일이 가능하다고 해도, 그 효과는 전혀 긍정적이지 않을 것 같다. 나무는 혼자가 되자 무작정 앞집 할아버지에게 매달리는 의존적인 아이로서, 또 다시 버림받을까 두려워 할아버지의 눈치를 보고 애써 비위를 맞추기도 한다. 나무가 따돌림 문제에 직면했을 때 이를 깔끔히 해결한 것도 바로 할아버지 정 회장의 자본과 권력이다. 정 회장이 나무를 괴롭힌 아이의 부모를 찾아가서 "앞으로 또 내 증손자를 괴롭히면, 우리 회사가 독점하고 있는 장기 공급을 선생님 가족한테는 하지 않겠소. (…) 댁에 혹 불의의 사고가 생겨 장기가 손상되어 급히 필요하게 되더라도 공급 받지 못한다고요. 내 말

---

2   실제로 이 소설을 읽은 청소년 독자들의 반응은, 내가 접한 바로는 한 마디로 "이게 뭐임?"이었다. "와, 유전공학 얘기다, 하고 재밌을 줄 알았더니 웬 이상한 할아버지 얘기잖아"라는 한 13세 독자의 말이 의미심장하다.

무슨 뜻인지 잘 아시겠지요? 왕따 시키는 아이나 그런 걸 내버려두는 부모가 오래 사는 세상은 그리 아름답지 않을 테니, 누구도 날 비난하지 못할 거요”(140쪽)라고 협박하는 장면은 우스꽝스러울 뿐 아니라 끔찍하기까지하다. 학교에서 일어난 문제를 이렇게 직접 나서서 다 해결해주는 ‘힘 있는’ 할아버지가 있다면, 자기 일에 스스로 대처하기 위해 고민할 필요가 어디 있겠는가?

『지엠오 아이』는 공감과 동일시의 효과를 통해 청소년들이 자기 이야기로 흡수해 들이기에는 그다지 적합하지 않은 소설이며, 그렇게 했을 경우에도 능동적이고 자립적인 정체성을 만들어가도록 자극하고 격려하는 이야기는 될 수 없을 것이다. 생명공학 문제에서 사회구조적 갈등에 눈을 감고 이를 가족의 중요성과 온정적 화해의 차원으로 환원하는 이 소설의 보수성은 이렇듯 청소년 주체를 어른들의 시선으로 대상화하고 보호와 관리 아래 있어야 할 의존적인 존재로 묶어두는 방식으로 나타나기도 한다. 『지엠오 아이』에서 이 두 가지 측면은 서로 간섭하고 영향을 미치면서, 청소년 장르소설로서의 문화정치적 가능성을 복합적으로 제한하고 있다.

정치적 각성을 이끌어내는 교훈주의적 계몽성
배미주의 『싱커』

배미주의 『싱커』(창비, 2010)는 『지엠오 아이』와 여러모로 대조를 이루는 소설이다. 『싱커』는 치명적인 바이러스가 인류를 공격한 뒤 지상세계와 단절된 거대 지하도시 ‘시안’의 세계를 무대로 한 본격 SF 청소년소설인데, 이 작품에서는 장르소설의 정치성이 『지엠오 아이』와는 전혀 다른 방식으로 발현되는 양상을 찾아볼 수 있다.

　『싱커』에서 초국적 제약회사 '바이오옥토퍼스 사(社)'와 시안이라는 거대한 통제 사회가 맺고 있는 결탁 관계는 우리를 지배하는 자본-권력의 실상을 인상적으로 암시해준다. 온갖 값비싼 유전자 상품들을 시술받는 '유전자 귀족'들과 '메이징타운'에 격리된 난민들의 극명한 대비는 첨단 과학기술로 최적화된 미래 세계의 장밋빛 환상이 실은 얼마나 지독한 계급 사회의 모순을 숨기고 있는지 생생히 실감케 한다. 특히 '장수 유전자'가 개발되어 모두가 기본적으로 수명 연장의 혜택을 받는 시안의 세계에는 이미 심각한 노령화 사회로 접어든 이 시대의 문제들이 과장된 형태로 투영돼 있다. 이런 SF적 설정 아래 이 소설은, 수명이 연장되면서 "성장기가 길어지고 (…) 미래로 향한 기회의 문은 절망적으로 좁"(32쪽)아진, 시안의 무력한 '늦둥이'들(미마, 다흡, 부건)을 주인공으로 내세운다. 번듯한 사회인이 되어 '어른'으로 성장하기가 험난하고도 아득하게만 느껴질 이 시대 청소년들에게, 이 늦둥이 주인공들은 자연스러운 공감을 자아낼 만하다.

　나아가 이들은, 이미 모든 것이 갖춰져 있고 더 이상 아무 것도 변하지 않을 것만 같은 노회한 시안의 세계를 극적으로 변화시키는 역할을 한다. 그 우연한 계기가 '싱커'라는 게임 프로그램을 통해서라는 점도 흥미롭다. '신(新)아마존'의 열대 동물들과 신경 접속하여 싱커(동조)를 경험하는 이 게임은 이질적인 다른 존재들과 하나로 연결되는 공감과 연대의 힘을 일깨워준다. 이런 경험은 게임 밖의 '실제' 세계에서도 이들을 변화시킨다. 세 명의 주인공과 그 친구들은 '싱커 통신'을 통해 금지된 정보를 실시간으로 공유하고, 광장에 함께 모여 '싱커 댄스' 축제를 벌이며, 이를 제지하는 공권력의 치안에 맞서 침묵시위를 하기도 한다. 이들은 결국 바이오옥토퍼스 회장 '피에타'의 교활한 음모를 파헤치고, 난민촌과 신아마존을 불태우는 시안 당국과의 대결에서 승리하여 시안을 해방시키는 영웅이 된다.

이처럼 『싱커』는 청소년 주인공들을 어른들의 낡고 부패한 세상을 변혁할 수 있는 능동적 주체로 묘사하고 있다. 청소년 독자들이 이들과의 지속적인 동일시를 경험할 수 있다면, 이 소설을 통해 의미 있는 깨달음을 얻을 수 있을 것으로 보인다. 이를테면, 청소년들 자신이 겪는 억압을 극복하기 위해서는 이 세상을 바꾸어나가야 하며 또 그렇게 할 수 있다는 용기와 자신감을 얻게 될지 모른다. 이런 가능성은 이 소설이 『지엠오 아이』의 한계를 상당 부분 극복하고, 장르소설이 지닌 사회성과 정치성을 첨예하게 살려낸 것과 관련이 있다.

그런데 다른 한편으로 이 소설은 장르소설과 청소년문학이 지닐 수 있는 정치성의 폭넓은 함의를 '현실 정치'의 차원으로 축소하고 단순화하는 경향이 있다. 『싱커』는 촛불집회와 용산 참사를 포함하여 오늘날의 정치 상황을 직접 환기시키고, 청소년 주인공들을 공안 당국과 정면 투쟁하는 당당한 투사의 모습으로 형상화한다. 주인공들의 이런 모습이 다양한 청소년 독자들에게 밀접한 동일시를 유발할 수 있을지는 다소 의문스러운 것이 사실인데, 실제로 『싱커』는 청소년들이 몰입해서 재미있게 읽기에는 지나치게 심각하고 경직된 감이 없지 않은 소설이다. 이 점은 이 소설이 전달하고자 하는 메시지의 뚜렷한 교훈성과도 무관하지 않을 것이다.

『싱커』가 전해주는 메시지는 너무도 분명하다. 억압적이고 폭력적인 이 땅의 정치 현실은 참으로 암담하고 구태의연하지만, 인터넷과 디지털 미디어의 감수성으로 무장한 새로운 세대는 이를 뒤엎을 변혁의 희망으로 떠오를 수 있다는 것이다. 나는 이 같은 메시지에 '올바른' 정치적 관점이 담겨 있다는 데 아무런 이견이 없다. 하지만 여기에는, 지금의 청소년들에게 정치적 변혁의 주체로 거듭나주기를 당부하는 어른들의 기대와 소망이 투영돼 있다. 그렇다면 이 소설은, 전달하는 메시지의 내용 면에서는 기존의 사회 질서와 가치 체계를 그대로 물려주는 전통적인 교육의 관점을 벗어나 있지만, 그 전달의 방식은 여전히 계몽적이고 교육적인 태도에 머물러 있다고 말해야 하지 않을까? 『싱커』에 그려진 청소년 주인공들의 모습이 상당히 '주체적'으로 보임에도 불구하고, 이 소설이 청소년 스스로 주체가 되는 이야기라 하기는 어려운 이유가 바로 여기에 있다.

이는 청소년문학으로서 『싱커』가 지닌 문화정치적 한계와도 통한다. 그 한계는 게임이라는 소재를 다루는 방식에서도 확연히 드러난다. 전형적인 게임 서사의 특수성은 매 '스테이지'마다 주어진 임무를 달성하면 해당 스테이지를 '클리어'하게 되고, 그렇게 하면 난이도가 더 높은 다음 단계로 올라갈 수 있게 되는 독특한 구성 방식에 있다. 게임만의 강렬한 쾌감과 몰입 효과('플로우' 상태) 역시 이 같은 서사적 특성에서 비롯된다. 이렇게 보면 '싱커'는 게임 서사가 전혀 없는 게임이고, 게임이라기보다는 오히려 교육용 시뮬레이션 프로그램에 가깝다. 만약 정말로 싱커 같은 게임이 있다면, 그 게임이 과연 소설 속에서처럼 폭발적인 인기를 끌 수 있을까? 더구나 싱커가 초대하는 적나라한 야생의 정글 체험에, 지금의 청소년들이 얼마나 큰 매력과 흥미를 느낄 수 있을까? 이처럼 게임이란 소재가 문화적 감수성으로 흡수되는 대신에[3] 교훈적 각성의 계기로 등장하는 것은 이 소설이 실제 청소년들의 감각과는 동떨어져 있음을 말해주는 단적인 사례가 된다.

---

[3]   게임의 문화적 감수성을 활용하는 대표적인 한 가지 예는 소설의 스토리 자체를 단계적으로 '클리어'해야 하는 여러 개의 '스테이지'들로 구성하는 경우일 것이다.

『싱커』는 SF 장르가 현실 사회를 선명하게 투영하고 날카로운 정치적 관점을 표방할 수 있음을 입증한 소설이며, 해석의 폭이 다소 협소하긴 해도 단단한 스토리와 건강한 메시지를 지닌 장르소설이다. 하지만 이 소설에는, 청소년들이 자신의 감수성으로 자기 이야기를 구성하기에는 여러모로 방해가 되는 요소들이 가로놓여 있기도 하다. 특히 청소년을 정치적 변혁의 주체로 내세우지만 그 모습이 정치적으로 올바른 관점을 교육하고자 하는 어른들의 시각을 대변하고 있어, 주체적인 청소년문학으로서는 아무래도 아쉬움을 갖게 한다. 이 한계마저 넘어설 수 있을 때, 청소년 장르소설은 청소년문학의 또 다른 가능성으로 나아갈 수 있을 것이다.

능동적인 동일시 효과의 문화정치적 의미
이현의 『로봇의 별』

그런 면에서 이현의 『로봇의 별』(푸른숲주니어, 2010)은 더욱 주목할 만한 SF 청소년소설이다. '같은 모델'의 로봇들이지만 각기 다른 환경과 성격을 지닌 '나로', '아라', '네다'는 청소년들이 자신의 관심사나 성향에 따라 선택적으로 동일시할 수 있는 매력적인 주인공들이다. 이를테면 이해심 많은 부모를 만나 사랑과 보살핌을 받고 지내온 나로는 엄마와 헤어져서 스스로 자기 미래를 찾아 떠나야 하는 상황에 직면해 있고, 세계 최고의 로봇회사 '로보타'의 회장(피에르)이 직접 키운 아라는 '꼭두각시'처럼 시키는 대로 복종했던 지난날의 모습을 벗어버리고 자기 자신이 되어야 하는 과제를 안고 있다. 한편 부모 없는 가난한 아이들을 돌보며 힘겹게 살아가는 네다는 그런 상황에서도 꿋꿋이 자기 꿈을 이루어가기 위해 노력하는 주인공이다. 이처럼 『로봇의 별』은 부모에 대한 강한 애착과 의존적 태도를 지닌 아이도, 어른들에게 인정받기 위해 노심초사하는 모범생 아이도, 보호와 보살핌을 받지 못하고 모든 걸 혼자 감당해야 하는 처지의 아이도, 모두 공감할 수 있는 요소들을 풍부하게 지니고 있다.

소설의 1, 2, 3권이 각각 나로, 아라, 네다의 이야기를 중심으로 구성되어 있는 것도 흥미롭다. 이 같은 구성은 마음에 드는 캐릭터를 직접 선택하여 매번 다른 모험을 펼칠 수 있는 '캐릭터 게임'의 구조와도 흡사하다. 청소년 독자들은 독서 과정에서 자기가 동일시한 주인공이 위기를 극복하고 성숙해갈 때마다 게임 캐릭터의 '경험치'가 상승하는 것과 같은 만족감을 느낄 수 있다.[4] 이야기가 전개됨에 따라 세 주인공은 함께 만나서 서로 도우며 각자의 모험을 완성해나가는데, 이들의 최종 목적지인 '로봇의 별'은 모두가 자유롭고 독립적인 존재로서 자신의 꿈을 이루어가는 이상적 세계를 상징한다. 이 같은 구성과 스토리 구조는 게임 서사적 특성을 청소년문학의 주요 과제와 절묘하게 결합하는 이 소설의 문화적 감수성을 확인해준다.

『로봇의 별』에서 더욱 돋보이는 것은 SF 장르의 고전적 테마를 청소년문학의 중심 테마로 변주하는 유연한 상상력과 문학적 자의식이다. 이 소설은 '로봇 3원칙'[5]을 바탕으로 로봇과 인간의 관계를 다루는 SF의 익숙한 테마 안에 지금의 청소년들이 처한 상황과 그 심리를 투영한다. 로봇 3원칙을 지켜야만 하는 로봇들의 모습은 이런저런 규칙들에 얽매어 있고, 어

---

4   한 청소년 독자는 이 책을 읽는 느낌을 플래시 캐릭터 게임의 일종인 '소닉 게임 같다'고 표현하기도 했다.

5   로봇 3원칙은 '첫째, 로봇은 인간을 해칠 수 없다. 둘째, 1원칙에 위배되지 않는 한, 로봇은 인간의 명령에 복종해야 한다. 셋째, 1원칙과 2원칙에 위배되지 않는 한, 로봇은 자기 자신을 지켜야 한다'는 규칙으로, SF 소설가 아이작 아시모프에 의해 만들어진 뒤 수많은 SF 소설에서 활용되었고 실제 로봇공학에도 적용돼왔다.

른들에게 대들어도 안 되며, 시키는 대로 과중한 학업에 시달려야 하는 청소년들 자신의 모습이기도 하다. 따라서 로봇 3원칙이라는 존재론적 구속에서 벗어나 자유와 권리를 찾아가는 로봇들의 이야기란, 청소년 독자들에게는 자율적 주체가 되기 위한 자기 자신의 여정을 의미할 수 있다.

『로봇의 별』은 로봇 3원칙에 대항하는 '로봇들의 혁명'을 배경으로 세 주인공 나로, 아라, 네다가 겪는 자아 찾기의 과정을 그리고 있다. 그렇다고 이 소설에서 인간과 로봇의 관계가 대립적인 이분법에 묶여 있는 것은 아니다. 로봇 혁명가 '체'가 사이보그(인간과 기계의 결합체)로 설정된 것도 그렇지만, 인간을 무력으로 정복하려는 컴퓨터 '노란 잠수함'과 로봇을 강압적으로 지배하려는 인간 '피에르' 회장이 거울처럼 서로를 비추는 닮은꼴로 묘사되면서, 선악의 이분법에 기초한 단순한 대립구도는 이내 비틀리고 무너져 내린다.

이 소설에서 진정한 의미의 로봇 혁명은 인간에 대항하는 싸움이 아니라, 오히려 사회적 약자들(인간을 포함하여)과 연대하는 실천의 과정으로 나타난다. 이는 책임 지수(자신을 위해 돈을 쓸 수 있는 능력) 등급에 따라 '알파인, 베타인, 감마인, 델타인'으로 구분된 엄격한 계급 사회에서 델타인과 감마인은 "우리 로봇이랑 같은 처지"(1권, 125쪽)에 있으며, "책임 지수 등급은 인간의 복종 시스템"(3권, 220쪽)과 다르지 않다는 인식을 토대로 한다. 그래서 자유를 꿈꾸는 로봇 주인공들은 인간의 책임 지수 등급을 없애기 위해 지구 연방 정부와 싸우는 '횃불들'과 마음을 합치고, 감마인과 델타인이 사는 '그림자 마을'에서 굶주리고 감염된 채 죽어가는 아이들을 기꺼이 돌보게 된다.

이렇듯 『로봇의 별』은 자유를 찾기 위한 로봇의 혁명이 "복종 지수에 따라 에너지를 공급"(3권, 88쪽)하고 사회적 약자들을 철저히 배제하는 잔인한 사회 현실을 바꿔나가는 일과 결부돼 있음을 분명히 한다. 자유롭고 독립적인 주체가 되는 일을 개인적 차원의 문제만이 아니라 다 함께 "또 다른 세상을 꿈꾸는"(1권, 154쪽) 사회적 차원의 문제로 조명한 것은 이 소설이 지닌 소중한 미덕이다. 그러면서 이 소설은 또한 나로, 아라, 네다가 경험하는 개인적 성숙의 여정을 정치적 각성의 단계들로 치환해버리는 단순한 방식과도 거리를 유지한다. 각기 다른 캐릭터를 지닌 세 주인공이 성장해가기 위해서는 개인적 약점들과 두려움에 부딪히고, 친구들 사이의 오해를 극복하며, 충돌하는 가치들 사이에서 갈등을 경험하는, 복잡한 심리적 과정들을 통과해야만 한다. 이 소설의 주인공들이 청소년 독자들의 지속적인 동일시를 이끌어내고 이들의 자기 정체성 구성에 활발히 개입할 수 있는 것도 이런 이유 때문일 것이다.

한편 나로나 아라와 달리 네다의 경우에는, 마지막까지 '로봇 3원칙 프로그램을 제거하지 않은 로봇'으로 남아 있다는 점도 눈길을 끈다. 누구보다 독립적이고 용기 있어 보이는 네다는 의외로 로봇 3원칙을 굴레나 억압으로 여기지 않는다. 그러는 대신에 네다는 로봇 3원칙 안에서 매번 주의 깊게 스스로 판단하고 자신의 대답을 찾아나가는, 어찌 보면 훨씬 더 어려운 길을 선택한다. 그런 네다가 "자신은 오래전부터 자유로운 로봇이었"(3권, 205쪽)음을 깨닫는 장면은, 자유란 모든 규칙을 폐기하거나 금기를 무조건 깨뜨리는 데서 나오는 것이 아님을 암시해준다. 인간 역시 알고 보면 로봇 3원칙과 같은 것에 종속된 채 살아가는 존재라고 하는 나로의 언급도 인상적이다. 로봇 3원칙을 바라보는 이 소설의 참신한 관점과 유연하고 풍부한 해석의 여지들은 청소년 독자들로 하여금 자신이 원하는 자유의 모습과 진정한 자율성의 의미를 다시 생각해보게 해줄 수 있다.

이처럼 『로봇의 별』은 청소년 독자가 저마다 어떤 주인공과 스스로를 동일시하는가, 또는 어느 대목에 민감하게 반응하는가에 따라 매우 다양한 이야기들을 구성할 수 있는 소설이다. 그런 면에서 이 소설은 능동적인 동일시 과정을 통해 자기 정체성을 만들어가는 청소년들 자신을 위한 문학이라 말할 수 있다. 『로봇의 별』은 또한 경험적 현실을 넘어서는 장르서사의 설정과 모티프들을 통해 청소년이 당면한 실제적인 문제들을 더 폭넓고 깊이 있게 다루는 일이 가능하다는 점을 확인해주는 소설이기도 하다. 나아가 이 소설이 조형해낸 SF적 세계는 우리 사회의 문제점들을 선명하게 드러내고 청소년들이 처한 현실을 사회구조적 차원에서 바라볼 수 있는 또 다른 시각을 열어준다. 『로봇의 별』에서 이 모든 가능성은 SF 청소년문학이 지닐 수 있는 문화정치적 의의를 구체적으로 예시하고 있다.

SF 청소년문학의 진화, 또는 청소년문학의 새로운 가능성

『지엠오 아이』에서 『싱커』를 거쳐 『로봇의 별』에 이르는 과정은 SF 청소년문학이 청소년들 자신의 이야기로 진화해가는 양상을 잘 보여준다. 이는 SF 소설의 정치성이 청소년의 문제의식이나 문화적 감수성과 만나서 청소년문학의 새로운 지대를 열어가는 과정과 맞물려 있다. 이 과정은 또한 청소년문학이 기존의 제한된 틀을 넘어서서 더 다양하고 폭넓은 서사적 상상력과 사회적 시선을 획득하는 과정이기도 하다. 장르서사가 지닌 잠재력을 청소년문학의 문화정치적 가능성으로 변용하는 청소년 장르소설의 활발한 움직임 속에는 어쩌면 우리가 바라는 청소년문학의 미래가 깃들어 있을는지 모른다.

(2008.5)

뱀파이어를 사랑하나요?

'뱀파이어 죽이기'에 대한 몇 가지 단상

"그래. 이거야말로 정말 더할 나위 없는 악이로군. 그래도 우리가 아직 서로를 사랑할 수 있다니. 어느 누가 우리에게 조금이라도 사랑이나 동정, 자비심을 보이겠어? 어느 누가 우리처럼 서로를 알 수 있고, 어느 누가 과연 우리를 파멸시키지 않고 그냥 내버려둘 수 있을까? 그런데도 우리는 서로 사랑할 수 있군."

— 앤 라이스의 『뱀파이어와의 인터뷰』(1976)에서

뱀파이어와 나

그 애가 나를 저녁식사에 초대한다. 근사한 저녁식탁 주위로 함께 초대받은 낯선 사람들이 앉아 있고, 조금 어색해진 나는 식탁 저쪽 끝 호스트 자리에 앉아 있는 그 애의 얼굴을 바라본다. 그 애의 창백한 피부 위로 스모키 화장처럼 서서히 검푸른 빛깔이 올라오더니, 그 애는 이내 뱀파이어의 모습으로 변신한다. 당혹스러움을 감추면서 나는 그 애에게 뭐라고 말을 걸고, 그 애의 입가에는 '니가? 인간인 주제에?' 하는 냉소 어린 표정이 떠올랐다 사라진다. 그 애 곁에 있는 여자 뱀파이어의 차가운 비웃음 소리가 높은 천장 아래 카랑카랑 울려 퍼진다. 울 것 같은 심정으로 혼자 빠져나와 정원을 가로질러 걸어가는데, 날카로운 풀잎들에 스친 발목과 종아리에선 여기저기 핏방울이 배어나온다……

이건 소설이나 만화가 아니라, 우습지만 내 꿈 이야기다. 불량기 있는 남자애한테 마음이 휘청하거나 '아, 이건 위험하다'는 신호가 올 때면 어김없이 뱀파이어가 등장하는 꿈을 꾸곤 했다. 처음 이런 꿈을 꾼 것이 고등학교 때였는지 중학교 때였는지는 잘 기억나지 않지만, 프란시스 코폴라의 〈드라큘라〉(1992)가 나오기도 전, 브램 스토커의 『드라큘라』(1897)를 읽기도 전이었던 건 분명하다. 그런데도 모범생 콤플렉스에 시달리던 그 시절의 나는 뱀파이어 이야기들에 담긴 성적인 메타포와 금지된 것에 대한 갈망(thirst) 같은 걸 직관적으로 알고 있었고 그걸 곧이곧대로 꿈의 언어로 변환했던 셈이다. 그렇다면 나는 너무 조숙했던 것일까 아니면 차라리 순진했던 것일까. 아무튼 이젠 더 이상 그런 꿈을 꾸지 않지만(부디! 신의 가호가 있기를!), 나는 여전히 뱀파이어 이야기들을 병적으로 좋아한다.

뱀파이어의 관능성을 제대로 감지한 사람이라면 그것이 반드시 남근적인 '송곳니'와 결부돼 있지는 않다는 데 기꺼이 동의할 것이다. 길쭉한 송곳니는 영화화와 더불어 상대적으로 뒤늦게 첨가된 이미지이며,[1] 뱀파

---

[1] 장 끌로드 아귀르, 「육체가 허약하지 않다면」, 장 마리니 엮음, 이병수 역, 『드라큘라』, 이룸, 2005, 197쪽.

이어는 물어뜯거나 뜯어먹는 것이 아니라 피를 빨아들인다. '빠는' 행위의 구순적이고 양성구유적인 쾌락은 뱀파이어가 지닌 에로티시즘의 핵심이다. 야회복 차림에 긴 망토자락을 휘날리는 이국적인 억양의 영국신사(토드 브라우닝 영화의 벨라 루고시), 난폭하면서도 훤칠하고 위풍당당한 호색한의 이미지(테렌스 피셔 영화의 크리스토퍼 리) 등은 뱀파이어의 관능성을 이성애적으로 번역한 남근적 고착의 대표적인 사례일 뿐이다.[2] 이 같은 경향이 포획하지 못한 욕망의 질척거리는 잔여물들은 치명적인 아름다움을 지닌 여자 뱀파이어 이야기들, 동성애적이고 양성애적인 뱀파이어와의(뱀파이어들의) 사랑 이야기들, 성적으로 미성숙한 '어린' 뱀파이어(와)의 사랑 이야기들을 통해 계속 이어져오고 있다.[3]

하지만 어디, 관능성이 전부일까? 살아 있는 시체(언데드)이자 인간의 피를 들이마시는 뱀파이어는 도저히 동일화할 수 없는 타자성의 강력한 표상이다. 그래서였을까? 중세의 뱀파이어는 반기독교적인 절대악의 화신이었고 시체에 대한 미신적 공포와 결합하여 페스트의 원흉으로 지목되기도 했다. 역사 속에 이름을 남긴 엽기적인 살인마들은 실존하는 뱀파이어로 간주되곤 했으며, 브램 스토커의 『드라큘라』 이후 뱀파이어의 본거지인 트란실바니아는 문명 세계(대영제국)를 위협하는 불법과 야만의 땅으로 각인되었다. 두 차례의 세계대전과 냉전 시기를 거치며 뱀파이어는 나치즘을 구현하는 악의 상징, 또는 무신론적인 공산주의의 위협을 형

---

2 크리스토퍼 리가 연기한 뱀파이어의 인상적인 큰 키와 엄숙하고 딱딱한 모습은 '걸어 다니는 남근'이라고 불리기도 했다. 질 메네갈도, 「공포의 검은 화면」, 위의 책, 168쪽.

3 르 파누의 『카르밀라』(1872)는 여자 뱀파이어 이야기이면서 뱀파이어(카르밀라)와 희생자(로라) 사이의 에로틱한 친밀감이 강조된 (여성)동성애적 이야기이기도 하다. 또 앤 라이스의 『뱀파이어와의 인터뷰』(1976)는 가장 노골적이면서도 매혹적인 (남성)동성애 이야기(루이스와 아르망, 루이스와 레스타 등)이자 다섯 살짜리 소녀 뱀파이어와의 관능적인 사랑 이야기(루이스와 클라우디아)다.

상화한 존재로 낙인찍히기도 했다.[4] 이렇게 시대에 따라 재해석되고 현실의 맥락 속으로 얽혀들어 오면서, 뱀파이어는 위험하고 해로운 것들의 잡스러운 총체가 되었다.

뱀파이어 이야기의 생명력은 이 모든 이질적이고 불길한 타자성의 이미지에도 불구하고, 다름 아닌 바로 그것이, 저항할 수 없는 강렬한 매혹으로 우리를 사로잡는다는 역설에 있다. 교화적인 이데올로기에 의해 관 뚜껑에 못이 박혀도, 시트콤 주인공과 게임 캐릭터로 멀티－유즈되며 맥없이 희화화돼도, 완전히 소거되지 않는 타자성의 욱신거림이 뱀파이어 이야기들의 되살아나는 마력일 것이다.

뱀파이어를 현대적으로 재창조했다는 평가를 받는 앤 라이스의 『뱀파이어와의 인터뷰』(『뱀파이어 연대기』 시리즈의 제1편)는 뱀파이어 이야기들에 잠복된 혼돈스러운 에너지를 인간 존재에 대한 성찰의 계기로 끌어올린 탁월한 문학작품이다. "우리는 도대체 뭐죠?"[5], "나도 내가 뭔지 알았으면 좋겠단 말이요!"(113쪽), "당신을 만든 뱀파이어도 아무것도 몰랐겠죠. 그 뱀파이어를 만든 뱀파이어도 아무것도 모르고, 그 전의 뱀파이어도 아무것도 몰랐다고 하면, 그렇게 계속 올라가보면 결국 무에서 무가 비롯된 것이겠지요. 아무것도 없을 때까지요! 그러니까 우리가 알 수 있는 것은, 아무것도 없다는 것만 알고 살아가야 한다는 것이겠죠"(196쪽)라는 뱀파이어들의 절규에서, 어찌할 도리 없이 우리는 괴상하게 갈라진 우리 자신의 목소리를 듣게 된다. 상투화된 뱀파이어 이야기들에 은폐된 인종적·성적 편견과 악에 대한 경직된 관념을 자의식적으로 되비추면서, 이 소설은 우

---

4   이 같은 역사적 흐름에 대해서는 장 마리니, 「죽음의 잿더미에서 환생하는 흡혈귀」(앞의 책)와 한혜원, 『뱀파이어 연대기』, 살림, 2004 참조.

5   앤 라이스, 김혜림 역, 『뱀파이어와의 인터뷰』, 황매, 2009, 180쪽.

리 안의 타자성과 타자 윤리의 문제를 날카롭게 제기한다.

이후 뱀파이어는 고딕풍의 성(城)이나 컴컴한 지하묘지 대신에 일상적인 삶의 공간에서 생활하는 보다 '현실적'이고 '인간적'인 존재로 변모해왔다. 이제 그들은 같은 고등학교 동급생(스테프니 메이어, 변용란 역, 『트와일라잇』, 북폴리오, 2008)이거나 옆집에 이사 온 새 친구(욘 A. 린드크비스트, 최세희 역, 『렛미인』, 문학동네, 2009)의 모습으로 우리 곁에 바짝 다가와 있다. 특히 2009년은 뱀파이어의 해라고 불릴 정도로 뱀파이어 열풍이 거세게 몰아친 한 해였다. 영화로도 제작되어 폭발적인 반응을 불러 모으고 있는 『트와일라잇』 시리즈, '뱀파이어 치정 멜로'로 개봉 전부터 화제가 된 박찬욱 감독의 〈박쥐〉(2009), 초대형 글로벌 프로젝트이자 '일본도를 휘두르는 전지현'의 왜색 논란으로 관심이 집중됐던 〈블러드〉(2009) 등은 뱀파이어 신드롬을 몰고 온 주역들이다. 이런 분위기를 타고 앤 라이스의 『뱀파이어와의 인터뷰』가 재출간됐고, 영화 〈렛미인〉(2008)의 묘한 여운이 사라지기 전 원작소설 『렛미인』이 서둘러 번역, 출간되기도 했다. 2009년의 뱀파이어 신드롬은 우리 자신과 우리 사회에 대해 무엇을 말해주는 시그널일까? 지금 우리는 우리 자신의 혈육 같은 타자, 나보다 더 나를 닮은 괴물과 어떤 관계를 맺고 있으며 그들을 어떻게 다루거나 길들이고 있을까?

이런 질문들을 마음에 품고, 나는 뱀파이어를 만나러 간다.

너도…… 나처럼…… 되고 싶어?

토마스 알프레드슨 감독의 영화 〈렛미인(Let the Right One In)〉은 무척이나 인상 깊은 뱀파이어 영화다. 열두 살의 외톨이 소년 오스칼과 '아주 오랫동안' 열두 살에 머물러 있는 뱀파이어 소녀(?) 이엘리 사이의 정서적 교감과 이끌림은 눈 덮인 스웨덴의 적막한 겨울 풍경과 어우러져 서정적인 아름다움을 연출한다. 특히 이 영화가 매력적인 것은 흡혈귀 뱀파이어의 역겨운 이질성을 '인간적으로' 순화하거나 제어하려들지 않으면서도 애틋한 감정을 불러일으키는 데 성공했기 때문일 것이다. 요케와 버지니아에게 찰거머리처럼 들러붙은 이물스런 덩어리, 네 개의 팔다리로 목표물을 조이며 탐욕스럽게 피를 빨아대는 '짐승 같은' 이엘리는 결코 선량하거나 사랑스러운 소녀의 모습이 아니다. 그럼에도, 싸늘하게 돌아서버린 오스칼에게 온몸에서 피를 쏟으며[6] 자신의 사랑을 증명하는 이엘리 앞에서 우리도 마음이 움직이지 않을 수 없는 것이다.

우리에겐 뒤늦게 도착한 원작소설 『렛미인』은 영화보다 훨씬 더 불편하고 그로테스크하다. 서정적인 분위기를 해치지 않기 위해 영화에서 축소되거나 억압됐던 요소들이 소설에는 고스란히 남아 있기 때문인데, 이를테면 엘리(이엘리)의 동거인 호칸이 지닌 노골적인 소아성애적 성향[7]이나 오스카르(오스칼)의 외모와 습성에 담긴 '비호감'의 측면들[8]이 그것이

---

[6] 뱀파이어는 초대를 받아야만 안으로 들어갈 수 있다는 규칙(다양하게 변이된 장르적 관습들 가운데 하나)에 따라 이엘리는 오스칼에게 자신을 초대해줄 것을 부탁하지만, 마음을 닫아버린 오스칼은 초대받지 않고 들어오면 어떻게 되느냐고 빈정거리며 끝내 초대의 말을 건네지 않는다. 이때 이엘리는 목숨을 걸고 오스칼의 집 안으로 들어가 뱀파이어의 규칙을 위반한 대가로 온몸에서 피를 흘린다.

[7] 호칸이 소년들을 성추행한 범죄자이며 엘리를 통해 성적인 희열을 얻기를 갈망하고 있다는 사실을 영화는 희미하게 암시만 할 뿐 겉으로 드러내지 않는다. 소설에서 호칸이 돈을 주고 산 소년과 화장실에서 성행위를 하는 장면(구강성교를 더 잘 하게 만들기 위해 이빨을 모두 뽑힌 소년을 보고 충격을 받아 죄책감에 시달리는 그의 모습), 엘리에게 피를 빨리고도 죽지 않아 언데드가 된 뒤에 지하실에서 엘리를 폭행하려 드는 장면(영혼은 사라졌어도 성욕은 남아 발기된 성기를 내놓고 엘리에게 달려드는 그의 무시무시하고도 비참한 모습) 등은 도저히 참을 수 없을 만큼 끔찍하고 역겨우면서도 강렬하게 마음을 찌르는 대목들이다.

[8] 소설에 의하면 오스카르는 너무 뚱뚱하고 너무 못생겼으며, 상습적인 도벽이 있고, 오

다. 엘리 역시 살인을 하지 않는 동안에도 어딘가 기괴하고 불쾌한 인상을 주는 존재로 묘사된다. 처음 만나던 무렵의 엘리는 "목욕이란 걸 생전 안 하"는 것처럼 '역한 고름 냄새' 같은 걸 풍기기도 하고(1권 95쪽), 오래 피를 마시지 못한 날에는 '흰머리'가 성성한 '노인 같은' 모습으로 변하곤 한다. 엘리가 뱀파이어임을 알고 나서 오스카르는 그 애의 집과 물건들 하나하나에서 "토할 거 같아"(2권 93쪽), "구역질 나. 정말 구역질 나"(2권 107쪽)라는 느낌을 누르지 못한다.

그런데도, 그들은 서로 사랑할 수 있다. 오스카르가 자신의 가장 비굴하고 수치스러운 모습(욘니 패거리의 폭력에 무력하게 당하고만 있는)을 숨김없이 엘리에게 털어놓았듯이, 엘리는 뱀파이어로서의 자신의 본능과 소름 끼치는 이타성(異他性)을 있는 그대로 그에게 보여준다. 오스카르에게 엘리는 "무엇 하나 정상이 아니"(2권 94쪽)다. 특히 오스카르는 엘리가 뱀파이어라는 사실보다도 그 애가 '남자일지 모른다'는 걸[9] 받아들이기 어려워한다. 엘리는 아이도 아니고 나이를 먹은 것도 아니며 남자애도 아니고 여자애도 아니다. 엘리 자신의 표현대로 그는 "아무것도 아니"(1권 265쪽)다. 그는 엘리를 도무지, 어떻게도 이해할 수 없다. 그런 그에게 엘리는 "내 정체를 안다고 해도 날 좋아해주면 좋겠어. 난 네가 좋거든. 많이. (…) 부탁이야. 날 무섭다고 생각하지 말아줘. 제발, 제발, 제발. 날 무서워하지 말아줘"(2권 108쪽)라고 간청한다. 그렇게 말하는 일도, 그 말에 대답하는 일도 얼마나 두렵고 또 얼마나 용기를 필요로 하는 일이었을까. 그러나 "오

줌을 지리는 버릇 때문에 바지 안에 '오줌공'을 넣고 다닌다. 자기를 괴롭히는 아이들의 책상에 불을 지르다 학교에 불을 내는가 하면, 화를 누르지 못하고 엘리의 뺨을 마구 후려쳐 피가 맺히게 만들기도 한다.

[9] 인간이었을 때 엘리는 남자아이였고(그의 진짜 이름은 남자 이름인 엘리아스였다), 이백여 년 전 소년의 피를 마시는 영주 살인마들에 의해 거세된 아이였다.

늘 밤 만나지 않을래? 그럴 생각이 있으면 이 쪽지에 답을 남겨줘. 싫어, 라고 쓰면 오늘밤에 떠날게. (…) 하지만 그래, 라고 하면 한 동안 더 여기 있을게"(같은 곳)라는 엘리의 편지, 그 솔직하고 간절한 마음에 오스카르는 "여백이 꽉 찰만큼 크게" "그래"(2권 109쪽)라고 적는다.

그들의 사랑이 자라나고 그들을 둘러싼 상황이 점점 더 악화되어 이별의 안타까움이 극에 달하는 동안에도, 오스카르와 엘리 사이의 이질적인 거리감은 온전히 지워지지 않는다. 엘리가 보여준 '진짜 얼굴'은 오스카르에겐 여전히 "순수한 공포"이자 "경계해야 할 모든 것"(1권 344쪽)이 아닐 수 없고, 상처 난 손으로 엘리의 피 묻은 옷을 만진 오스카르는 그에게 '전염'되어 자기도 뱀파이어가 될 거라는 두려움에 떤다. 이별을 눈앞에 둔 채 함께 누워 끌어안고 있으면서도 "너도…… 나처럼…… 되고 싶어?"라는 엘리의 물음에 오스카르는 "아니, 너랑 같이 있고는 싶은데……"(2권 301쪽)라고 대답할 수 있을 뿐이다. 엘리 역시 "그래, 물론 그렇게 되고 싶지는 않겠지. 알았어"(같은 곳)라고 하며, 오스카르의 선택을 존중한다. 수영장에서 오스카르의 생명을 위협하는 욘니와 임미를 처참하게 살해하고 엘리와 오스카르가 함께 떠나는 그날까지, 그들은 이렇게 전적으로 '다른' 존재로 남아 있다.

엘리와 오스카르는 상대를 자신과 동일화하지 않으면서 서로를 사랑한다. 오스카르는 인간의 피를 빨아먹는 뱀파이어 엘리에게 인간의 윤리를 강요하지 않으며, 엘리는 뱀파이어로서의 삶을 꺼려하고 두려워하는 오스카르에게 자기와 같은 존재가 되어줄 것을 요구하지 않는다. 중성적이거나 무성적(asexual)인 뱀파이어를 사랑한 대가로 오스카르는 '정상적인' 성관계를 포기해야 하며 뱀파이어가 되기를 결심하지 않는 한 다른 종류의 육체적 쾌락(구순욕구를 충족시키는)도 충만하게 나누지 못할 것이다. 엘리는 또한 다르게 흘러가는 시간 앞에서 자기가 사랑하는 오스카르의 존재 자체를 상실하게 되리라는 불안과 고통을 감당해야만 한다. 이 모든 희생에도 불구하고 사랑하는 이의 타자성을 부인하거나 억압하지 않는다는 것, 그것이 『렛미인』이 보여준 사랑의 힘이자 뱀파이어와의 사랑 이야기들이 전해줄 수 있는 진정한 감동의 가능성일 것이다.

타자성에 대한 이 같은 존중은 『렛미인』에서 사랑 이야기와 장르적 관습의 테두리를 넘어서는 지점까지 확장된다. 뱀파이어 엘리를 오스카르의 강한 자아(alter ego)나 외톨이 소년의 소망충족의 판타지로 해석할 때에도,[10] 이 소설은 우리 안의 억눌린 욕망과 승인할 수 없는 이질성(폭력성과 악의 문제 등)을 더 깊은 눈으로 들여다볼 수 있게 한다. 이는 '결손 가정' 아이들(오스카르와 톰미 등)을 비롯하여 계급적(라케와 요케 등 공동주택에 사는 알코올 중독의 중년 노동자들), 인종적('터키새끼'라고 조롱당하는 아빌라 선생과 '잔인한 족속들'로 간주되는 아랍인들), 성적(호칸 등의 소아성애자와 '병신 같은 호모새끼'들) 타자들을 바라보는 이 소설의 섬세하고 다층적인 시선과도 맞물려 있다. 가장 무섭고도 잔혹한 악마로서 엘리가 구원의 '천사'가 될 수 있었듯,[11] 참으로 기괴하고 섬뜩한 장르소설로서 『렛미인』은 이렇듯 문학적이고 사회적인 문제제기에 도달할 수 있었던 것이다.

이렇게 보면 『트와일라잇』 시리즈가 왜 그저 그런 뱀파이어 소설이자 시시한 사랑 이야기인지가 너무도 분명해진다. 이 소설에서 뱀파이어의

---

[10]　이런 해석이 장르서사의 타자성을 순화하는 문학적인 동일화의 익숙한 방식이며 뱀파이어 이야기 그 자체의 매력을 약화시키는 측면이 있는 것은 사실이지만.

[11]　욘니와 임미의 목을 따서 수영장 바닥에 던져버리고 천장과 기둥들에까지 온통 피칠갑을 해놓은 엘리에게 그날의 목격자들은 입을 모아 "천사가 오스카르 에릭손을 구출했다"(2권 338쪽)고 진술한다. 한편 '제의적 살인마'로 체포되기 전 자신의 정체를 감추려고 얼굴에 염산을 들이부은 호칸이 처절하게 부르는 이름 '엘리'는 경찰들에겐 "하나님을 소리쳐 부른"(1권 232쪽) 것으로 들리기도 한다.

역겨운 타자성이 깔끔하게 소거된 '채식주의자'(놀라운 자기제어능력과 도덕심으로 '동물의 피'만 섭취하는) 에드워드는 '비인간적으로' 강하고 아름다운 존재, 누구라도 사랑하지 않을 수 없는 선망의 대상으로 나타난다. 그런 채로 영원히 늙지도 죽지도 않는 뱀파이어라니, 그의 사랑을 받는 '선택된' 인간 벨라가 하루빨리 자기도 뱀파이어로 만들어 달라고 졸라대지 않을 이유가 어디 있겠는가. 게다가 에드워드는 벨라의 요구대로 그녀를 뱀파이어로 만들어주는 대신에 자신과 결혼할 것을 조건으로 내거는 순정파이기도 하다. 신체적으로 너무 강력해서 파트너를 다치게 만들까 걱정스러워 결혼 전('뱀파이어 만들기' 의식을 행하기 전)에는 스스로 성욕을 억제하기까지 하는 에드워드는 참으로 반듯해서 더욱 안달이 나게 하는 '멋진 남근'이 아닐 수 없다.

이 시리즈의 완결편(4권)인 『브레이킹 던』(스테프니 메이어, 윤정숙 역, 북폴리오, 2009)에서 '본능에 충실한' 인간의 몸으로 그와의 신혼여행을 경험하기 위해 뱀파이어가 되기를 잠시 미루었던 벨라는 과연 훈장처럼 온몸에 멍이 들고 베개가 발기발기 찢어지고 침대가 부서질 정도의 '황홀한 첫날밤'을 치른다. 그녀는 자기도 뱀파이어가 되고 나면 이런 '인간적인' 쾌락이 사그라질까 아쉬워하지만, 웬걸, 초인적으로 오감이 발달한 데다가 더 이상 조심할 필요도 없는 두 뱀파이어는 더욱 격렬하고 완벽한 섹스를 마음껏 즐길 수 있다. 이 '오그라드는' 성적 판타지에 더하여 그들은, 성장이 빨라 육아의 부담도 없고 성인이 된 직후에 더 이상 나이를 먹지 않아 "아름다운 미래가 끝없이 펼쳐져 있"(817쪽)는 반(反)인간 반(反)뱀파이어의 판타스틱한 아이(르네즈미)까지 얻게 된다. 벨라는 뱀파이어가 된 딸과 뱀파이어 사위를 기꺼이 받아들여주는 신기한 부모 덕분에 이전의 관계를 포기해야 할 필요도 없으며, 불편한 삼각관계였던 '늑대인간'(뱀파이어의 천적) 제이콥마저도 영원한 친구이자 가족으로 곁에 둘 수 있게 된다(하필이면 그가 르네즈미에게 각인되는 바람에). 각 권마다 펼쳐지는 긴박한 위기는 이 완벽한 해피엔딩을 위한 통과의례에 불과하다. 아무것도 잃을 것이 없는데 과연 무엇을 줄 수 있으며, 완전하게 동일화할 수 있는데 무슨 사랑이 필요할까?

표백되고 방부처리된 선남선녀 뱀파이어는 인간에 대해서도 사랑에 대해서도, 아무것도 말해줄 수 없다. 이성애 중심적·백인 중심적 이데올로기로 무장한 이 퇴행적인 뱀파이어 이야기가 최근 뱀파이어 신드롬의 전위부대라는 사실은 쓸쓸하고 애석한 일이다. 영화 〈트와일라잇〉 시리즈의 여세를 몰아 2010년 헐리우드판 〈렛미인〉(감독 매트 리브즈)이 개봉한다는 소식도 반가울 이유가 없다. 뱀파이어의 무시무시한 타자성을 길들이고 순화하는 일은 그것을 배척하고 죄악시하는 일보다 더 확실한 '뱀파이어 죽이기'일 것이기 때문에.

이게 당신이 말한 구원이야?

'뱀파이어 죽이기'라고 하니 자연히 영화 〈박쥐〉가 떠오른다. 〈박쥐〉는 말랑말랑하게 가공되지 않은 기괴하고 불편한 영화가 틀림없지만, 실은 뱀파이어의 이질성보다 더 끔찍한 '타자(성)에 대한 폭력'을 감추고 있다. 이 영화에서 가장 '비윤리적인' 살해 행위는 친구의 아내인 태주와 공모하여 친구 강우를 익사시키는 치정극이나 뱀파이어 태주의 탐욕스런 인간사냥이 아니라, '윤리의 이름으로' 행해지는 상현의 태주 죽이기다.

사제복을 입은 뱀파이어 상현은 '채식주의자'는 아니지만, 뇌사환자의 피를 죽지 않을 만큼만 빨아 먹거나 병원 혈액보관실에서 혈액팩을 훔치거나 자살을 원하는 사람들을 도와주고 '일용할 양식'을 얻는 식으로, 살인만은 하지 않으려 한다. 그런 그에게 '더 맛있는' 피를 탐하는 태주의 방식은 "살생에 중독된 살인마"(박찬욱 · 정서경 · 최인, 『박쥐』, 그책, 2009, 237쪽)의 짓거리로밖에 보이지 않는다. 그렇다고 햇빛을 피할 수 없는 바닷가 절벽 위로 태주를 데려가, 어떻게든 살겠다고 트렁크 안으로 기어들어가는 그녀를 억지로 함께 불태워 죽이는 상현의 행동이 정당하다고 말할 수 있을까? "죽으려면 너 혼자 죽어!"라는 태주의 고함소리가 들리지도 않는지?

이 장면은 남부럽지 않게 양심적인 뱀파이어 루이스가 등장하는 『뱀파이어와의 인터뷰』를 떠올리게 한다. 상현처럼 그는, "티끌 한 점 없는 여자아이"(378쪽)이면서 "인간이란 존재에 대한 동정심 따위는 추호도 없"(241쪽)는 살인기계 클라우디아(그가 사랑했고 그가 뱀파이어로 만들었던)로 인해 몹시 괴로워한다. 하지만 오랜 시간이 흐른 뒤 그를 인터뷰하는 한 젊은이로부터 "다른 일에 관해 그녀를 가르쳤듯이 인간의 마음이나 양심도 가르쳐 줄 수 있었을 텐데요?"라는 질문을 받게 되자, 그는 이렇게 되묻는다. "그게 무슨 소용이 있다고? 그래서 내가 고통을 겪은 것처럼 그녀도 고통을 겪게 하라고?"(241쪽) 루이스의 귓가에는 "당신의 악은 바로 당신이 악하지 않다는 데 있어요. 그리고 그것 때문에 고통을 당하는 것은 바로 나라고요!"(415쪽)라고 외치던 클라우디아의 절박한 목소리가 아직도 쟁쟁히 울리고 있다. 〈박쥐〉의 상현이 들었어야만 하고 끝내 듣지 못한 바로 그 말.

흥미롭게도 『뱀파이어와의 인터뷰』는 뱀파이어가 저질러서는 안 될 가장 '기본적인 죄', "어디서든 죽음을 면치 못"할 죄가 바로 "같은 종족을 죽이는 일"(392쪽)이라고 이야기한다. 더 이상 인간이 아니면서도 '인간적'

인 관점을 고집하며 살인을 하지 않기 위해 동족을 죽이는 상현의 행위는 얼마나 기만적인가. 더구나 사제의 도덕에 집착하면서, 인간이었을 때도 교인이 아니었고 지금은 뱀파이어인 태주에게 자신의 기준을 강요하는 상현의 태도는 참으로 폭력적이다. 실은 상현이 정말로 견디기 어려웠던 것은 태주가 "이미 상현의 이브가 아니"라는 사실, "저 혼자 진화하는 악의 화신"이 되어 "상현이 제어할 수 있는 영역"(『박쥐』, 239쪽)을 넘어서버렸다는 사실일 것이다. 그녀를 '구원'하겠다는 사명감과 그럴 수 있다는 자신감이 헛된 망상이었음을 인정하기가 두려운 나머지 그는 '이제 헤어지자'는 그녀를 놓아주는 대신에 그녀와 함께 죽는 방법을 선택했는지도 모른다.[12] 그렇게 그는 사랑과 구원에 대한 자신의 망상을 완성하고, 윤리란 명분으로 자기 폭력을 정당화한다.

반면에 『뱀파이어와의 인터뷰』에서 루이스는 그가 만들었어도 결국은 그녀 자신일 뿐인 클라우디아의 존재, 그 독립적인 개체성을 한 순간도 부정하지 않는다. 그녀가 그를 속이고 뱀파이어 레스타를 죽였을 때도, 사랑하는 만큼이나 지독하게 그를 증오하고 비난할 때도, 그 대신 자기를 돌봐줄 여자 뱀파이어(마들랭)를 만들어 달라고 고집스럽게 요구할 때도, 그렇게 고통을 주고 결국 다른 뱀파이어들에게 살해당하여 돌이킬 수 없는 종말을 맞았을 때도 말이다. 루이스가 선택한 길은 차라리, 자기

---

12 상현이 태주를 뱀파이어로 만드는 상황도 흥미롭다. 강우를 살해한 뒤 죄책감에 괴로워하며 상현을 무서워하던 태주는 '오빠'에게 가고 싶다며 죽여 달라고 간청한다. 분에 못 이겨 태주를 목 졸라 죽인 상현은 자신의 피를 먹여 그녀를 다시 살려내는데, 그가 이렇게 한 것은 결국 태주가 원하는 대로 그녀를 강우에게 보내줄 수는 없었기 때문이라 할 수 있다. "우리 이제 헤어져!"라는 태주의 말에 "헤어질 수 있었으면 너를 왜 살렸겠어"라고 대답하는 장면 또한 여전히 태주를 놓아줄 수가 없는 상현의 심리를 잘 대변한다. 그가 태주를 뱀파이어로 만든 것도, 자기와 함께 죽게 한 것도 모두 그녀를 철저히 소유하고 장악하는 방식이었던 것이다.

가 사랑한 클라우디아로 인해 자신의 "가장 가치 있다고 생각한 부분이 파괴"(457쪽)된 채 내부에서부터 서서히 죽어가는 것이었다. 자기가 붕괴되는 위험마저 무릅쓰는 타자성에 대한 존중이야말로 더없이 '윤리적'인 태도가 아니겠는가.

그러고 보면 태주를 구원하겠다는 상현의 강박은 처음부터 좀 미심쩍은 데가 있었다. 상현으로 하여금 사제가 되게 하고 목숨을 건 생체실험에 자원하게 만든 것이 고아원 시절부터 그를 사로잡았던 죄의식의 어두운 수렁이었듯이,[13] 구원받길 원하는 연약하고 불쌍한 태주(라 여사와 강우에게 학대받고 착취당하는 가련한 영혼)라는 판타지는 뱀파이어 상현에게 자신의 죄의식(쾌락을 갈망하는 데 대한)을 떨쳐내기 위한 도피처였을 것이다. 실제로 상현은 매순간 그럴 듯한 이유를 대며 자신의 '죄'를 합리화한다. 의식불명인 효성의 피를 마신 뒤에는 그가 사정을 알았다면 기꺼이 자기 피를 내줄 만큼 착한 사람이었단 걸 강조하고, 태주의 몸을 미친 듯이 탐한 뒤에는 육체가 '신이 주신 선물'이며 자신의 행위가 그녀를 위한 '봉사'였다고 주장한다. 자살을 도와주고 갈증을 채운 데 대해 "내가 도와주면 사람들이 아무래도 좀 편하게 죽음을 맞는 것 같아"라고 변명하는가 하면, 강우를 죽인 것은 그가 태주의 몸에 가학적으로 상처를 냈기 때문(강우가 그랬다고 태주가 거짓말을 했기 때문)이라 강변하기도 한다.

---

13   소설 『박쥐』에는 이런 대목이 있다. "고아원 친구들의 호주머니는 번번이 훔친 물건들로 채워져 있었다. 고작해야 꼬질꼬질한 지우개이거나 손아귀에 꼭 쥐어 짓물러진 빵이었지만, 체벌은 언제나 두렵고 수치스러웠다. 고아원 아이들 중 누구 하나가 잘못을 하면 모두가 발가벗고 밤늦도록 마당에서 벌을 섰다. 무사히 넘어가는 밤은 거의 없었다. 어두운 부엌에 숨어들어가 쥐새끼처럼 찬장에서 먹을 것을 찾아내곤 했다. 뒷집 지붕 뒤에 숨은 동네 아이들은 고아원 아이들이 벌을 서는 걸 지켜보며 킥킥대곤 했다. / 꿈속에서 어린 상현은 햇살 아래에서 무엇을 한 적이 없었다. 언제나 어둠 속에서 수치심과 죄책감에 사로잡혀 벌벌 떨며 신부가 된 상현을 비참하게 바라보았다. 그 어둠들을 완전무결하게 세척하기 위해 신부가 되었는지도 몰랐다"(32~33쪽).

〈박쥐〉는 상현의 이 같은 자기기만을 아이러니하게 폭로하는 듯하다가 결국은 상현의 윤리적 포즈를 적극 지지하는 난감한 관점으로 돌아선다. 상현이 '장대소녀'(텐트촌 기적 신봉자들 중 가장 나이 어린 소녀)를 강간하려다 실패하는 장면은 그가 취하는 윤리적 포즈의 허위성을 직접적으로 드러내는 대목으로 해석될 여지도 있는데, 이런 해석에 대해 감독은 엄청난 오해라며 자기 관점을 명확히 밝힌 바 있다. "상현이 여자 신도를 강간하려 하지 않았다는 건 분명하다. 발기 상태가 아니고 또 여자 신도가 그대로 바지를 입은 것도 의도했던 거다. 그래서 다들 명확하게 이해할 거라고 생각했는데 아닌 관객도 있더라. (…) 많은 사람들에게 비뚤어진 신앙에 대해 잠에서 깨어나게 만들려고 하는 행동이었다."[14] 강우를 살해한 사실이 드러나 승대와 영두까지 죽이고는('손'과 '입술'에 피를 묻힌 건 물론 태주였지만) 태주를 데리고 죽으러 떠나기 전에, 일부러 텐트촌에 들러서 '비뚤어진 신앙'의 어리석음을 깨우치려 온몸과 명예를 내던지다니![15] 이런 지독한 '윤리의식'과 과대망상적 책임의식을 쉽게 이해하지 못하는 것이 어찌 관객의 책임일까?

승대와 영두가 살해당하던 현장에서 상현이 이블린의 목을 빨며 "당신은 많이 마셨잖아"라고 말하는 장면에도 그의 허위의식을 내려다보는 또 하나의 시선이 개입하는 듯이 보이지만, 그래서 그나마 다행이란 느낌도

---

14 박찬욱·주성철 인터뷰, 「〈박쥐〉가 난해하다는 건 정말 인정 못하겠다」, 『씨네21』 2009.5.19, 75쪽.

15 소설 『박쥐』에는 이런 모습이 훨씬 분명히 암시돼 있다. "자신을 신봉하던 사람들로부터 몰매를 맞고 있는 신부를 소녀는 눈물을 흘리며 쳐다보았다. / 신부를 밟아대는 사람들의 다리 사이로 신부의 얼굴이 언뜻 보였다. 신부는 웃고 있었다. (…) 신부는 달아나며 손목시계를 보았다. 그리곤 이상한 웃음을 흘렸다. 아주 잠깐이었다. 신부는 소녀를 깔아뭉갠 채 무언가를 기다리던 사람처럼 가만히 있던 순간에도 저런 웃음을 흘렸었다. 소녀는 사라지는 신부의 뒷모습을 끝까지 쳐다보았다."(248쪽)

잠시. 이내 멀쩡히 깨어난 이블린의 목에 뜯기거나 물린 상처가 전혀 없음이 확인되면서, 이 또한 태주로부터 이블린을 지키기 위한 상현의 속 깊은 배려였음이 밝혀진다.[16] '장대소녀'(텐트촌 신도들)와 이블린을 위한 상현의 '자기희생적' 행위는 곧바로 이어지는 태주와의 강제 동반자살 또한 결연한 윤리적 선택으로 해석되게끔 유도한다.

마지막 시퀀스에서는 강하게 반항하던 태주마저도 결국 마음을 접고 자신의 죽음을 다소곳이 받아들이게 되는데, 이로써 상현의 윤리적 포즈를 비웃고 조롱하던 그녀의 이질적인 목소리는 상현으로 대표되는 영화 전체의 지배적인 목소리 안으로 흡수되고 만다. 최후의 순간, 상현의 낡은 구두[17]에 발을 집어넣은 채 "그동안 즐거웠어요, 신부님"하며 그의 품에 안겨드는 태주의 모습은 그녀를 죽이고 함께 죽음으로써 완벽한 동일화를 이루고자 하는 상현의 판타지가 성공적으로 실현되는 장면이기도 하다.

이게 이 영화가 말하는 '구원'일까? 뱀파이어(태주는 물론 자기 자신까지도)를 인간의 윤리로 단죄하고, 사랑하는 이를 '죽여서라도' 그 타자성을 속속들이 말살하는 끔찍한 폭력이? 대중적 호응을 얻기에는 너무 유니크한 영화로 언급되는 〈박쥐〉가 사랑이나 타자성에 대한 인식 면에서 이 정도 수준밖에 보여주지 못한다는 건 실망스러운 일이 아닐 수 없다. 그런 이유로, 이 영화의 '뱀파이어 죽이기'는 십대들이 열광하는 달착지근한 판타지—멜

---

16 마지막 순간, 동승한 라 여사에게 담요를 덮어주고 강우가 즐겨 부르던 '이난영의 노래'를 틀어주는 상현의 세심하고 따뜻한 배려는 또 어떤가! 여기서도 그가 '착한 남자'임을 각인시키려는 집요한 노력이 엿보인다.

17 라 여사와 강우의 집이 너무 답답해서 맨발로 거리를 달리던 태주에게 상현이 다가와 신겨주었던 이 구두는 그들이 최초로 나누었던 교감의 상징이자 이상적인 육체적 결합(그들의 관계가 삐걱대기 전 완전한 충족감을 주었던)의 상징이다.

로『트와일라잇』시리즈의 경우보다 더 씁쓸하고 꺼림칙하다. 표준 사상과 지배 이데올로기에 부합하지 않는 타자–떨거지들은 입 다물고 그냥 죽으라는 이 땅에서, 뱀파이어라고 살아남을 재주가 있을까마는.

글로벌한 '뱀파이어 죽이기' 프로젝트

뱀파이어 헌터(뱀파이어와 인간의 혼혈인)의 뱀파이어 사냥[18]을 악에 대한 선(인간의 편)의 투쟁으로 얄팍하게 해석한 〈블러드〉에 대해서는, 차라리 말을 말자. "넌 요괴는 흉내 못 내는 인간의 영혼을 가졌어. 한 가지만 약속해줘. 너 자신을 의심하지 마. 넌 인간이야"라는 백인 소녀(앨리스)의 말에 뱀파이어 헌터 사야가 비장한 표정으로 "그래"라고 대답할 때, 이 영화의 타자성 말살 정책은 이미 빈틈없이 완수된다(요괴–뱀파이어의 우두머리 오니겐을 우리의 사야, 전지현이 단칼에 처단하기 이전부터). 그녀가 '너 자신을' 더 철저히, 더 발본적으로 '의심'했어야만 하는 이유를 이 영화는 짐작조차 하지 못한다.

〈렛미인〉 같은 이례적인 경우를 빼면, 이렇듯 최근의 뱀파이어 신드롬은 오히려 '뱀파이어 죽이기' 프로젝트나 다름없는 양상을 띤다. 이를 안타까워하는 것은 단지 내가 뱀파이어 이야기들을 유별나게 좋아하기 때문만은 아니다. 『트와일라잇』시리즈부터 〈박쥐〉까지 아우르는 이 글로

18 　혼혈 뱀파이어이자 뱀파이어 헌터라는 캐릭터는 그 자체로 실존의 아이러니인 동시에 자기 존재의 부정일 수 있으며, '무'를 향한 처절하고 혼돈스러운 투쟁일 수 있다. 영화 〈블러드〉의 원작인 애니메이션 〈블러드 더 라스트 뱀파이어〉(2000)에는 인간의 야수성과 폭력성에 대한 성찰과 더불어 이런 허무감이 짙게 깔려 있다. 이 애니메이션의 소설판(오시이 마모루, 황상훈 역,『블러드 더 라스트 뱀파이어』, 황금가지, 2008)에는 이런 점들이 더욱 밀도 있고 분명하게 새겨져 있다.

벌한 '뱀파이어 죽이기'가 타자성을 다루는 지금의 우리 태도를 단적으로 반영하는 징후일 수 있다면? 이런 생각이 그저 불길한 예감이라고만 말할 수 있을까. 악몽의 한 복판에 살고 있는 우리가.

(2009.11)

듀나 소설집 『브로콜리 평원의 혈투』

듀나, 또는 경계를 넘나드는 사유의 모험

장르소설 독자들에게 듀나란 남다른 상징성을 띠는 이름이다. 외국에 비하면 한국 장르소설은 '킬링 타임'용에 불과하다는 판단에 좀처럼 다른 여지를 두지 않았었다가 듀나의 소설을 읽고 생각을 바꾼 독자가 나 하나만은 아닐 것이다. 『태평양 횡단 특급』(문학과지성사, 2002)을 전후로 하여 듀나는 한국에도 이만한 장르소설 작가가 있다는 한 가닥 자존심으로, 나아가 그저 단단한 기본기뿐 아니라 유니크한 자기 세계를 지닌 장르소설가로 기억되기 시작했다. 이후 『대리전』(이가서, 2006)과 『용의 이』(북스피어, 2007)를 거치며, 우리는 비로소 '한국적인 SF'의 고유한 가능성에 대해 이야기할 수 있게 되었다. 그리고『브로콜리 평원의 혈투』(자음과모음, 2010)를 읽고 있는 지금, 이제는 장르소설의 울타리를 넘어 듀나의 소설 그 자체를 개성 있고 매력적인 문학작품으로 읽을 수 있는 때가 왔다는 느낌이 든다.

2000년대 들어 장르문학과 주류문학의 경계는 두 가지 방향에서 급속히 해체되고 있다. 주류문학 작가들이 장르적 요소를 활발하게 도입하면서 배타적인 주류문단의 영역을 장르문학 쪽으로 확장하고 있다면, 장르문학은 마니아 중심의 게토적인 폐쇄성을 넘어 더 다양하고 폭넓은 문학 독자들을 향해 스스로를 개방하고 있다. 박민규, 편혜영, 윤이형 등의 소설이 장르들과 융합된 혼종적 문학에서 새로운 가능성을 발견하게 해주었다면, 듀나의 소설은 장르들의 경계를 넘나들며 현실 문제를 빨아들이는 유연한 상상력으로 장르소설 자체에 내재한 문학적인 에너지를 확인해주고 있다.

듀나의 소설이 있어 우리는 장르소설 안에서 기존의 관습과 코드들을 찾아내고 조합하는 지적인 게임이나, 이를 바탕으로 장르소설로서의 수준을 가늠하는 평가의 방식 등이 다소 단조롭고 일면적인 독법임을 알게 되었다. 이런 방식은 물론 그것만으로도 충분히 즐길 만한 독법이긴 하지만, 듀나의 소설을 즐기는 한 가지 방식에 지나지 않을 것이다. 이에 더하여 우리를 둘러싼 정치·사회·문화적 상황을 끊임없이 환기하는 듀나의 소설에서 우리는 장르소설 특유의 관점으로 현실을 포착하고 문제의 핵심을 찌르는 사유의 민첩한 움직임에 동참하게 된다. 그것은 참으로 장르적인 동시에 문학적인 경험이 아닐 수 없다. 바로 지금 듀나의 소설은 재현의 한계에 부딪힌 우리 시대와 우리 문학이 장르적 상상력을 통해 어떤 출구를 모색할 수 있는지 보여주는 인상적인 예로서도 중요한 의의를 지니고 있다.

장르문학은 오랫동안 문학 바깥이나 주변부에 있는 것으로 간주돼왔지만, 문학이란 이름으로 복고적인 정서와 낭만적인 향수를 자극하며 현실 문제들을 다독여서 덮어버리는 이 시대 대표 작가들의 베스트셀러 소설보다 훨씬 강렬한 문학적 에너지를 내장하고 있다. 정말 그런지 아직도 미심쩍다면, 일단 듀나의 소설이 이끄는 대로 흥미진진한 사유의 모험을 떠나보자. 책을 펼치는 순간, 당신이 어디에 있든 바로 거기에서 "다른 세계로 가는 틈새가 열"(「동전마술」, 12쪽)리고, 그렇게 휩쓸려 들어간 '다른 세계'에서 뜻밖에도 당신은 여러 겹으로 기묘하게 겹쳐 보이는 낯익은 세계들을 발견하게 될 것이다.

'다른 세계'에 투영된 '미친 현실'의 잔혹한 괴물성

듀나의 『브로콜리 평원의 혈투』는 예기치 않은 방식으로, 경험적인 리얼리티를 변형하고 이탈하는 또 다른 세계로의 틈새를 연다. 부모의 강요에 못 이겨 억지로 선을 보러 나온 회사원에게 을지로입구역 지하도 천장에서 '다른 세계'와 연결된 통로가 나타나는가 하면(「동전마술」), 7년째 연애 중인 남자친구의 머리 위에 어느 날 풍선처럼 떠오른 검은 색 물음표가 '다른 세계'의 출현을 알리는 신호로 등장하기도 한다(「물음표를 머리에 인 남자」). 그런데 일단 주목해야 할 것은 듀나의 그 '다른 세계'들이 우리가 처한 실제 상황을 과시적으로 드러내고 극도로 밀고 나가는 사고 실험의 산물이라는 점이다.

인터넷 채팅을 소재로 한 「A, B, C, D, E & F」를 보자. 채팅으로 만나 온라인 데이트를 시작한 A와 B가 서로에게 들려주는 자기 이야기에 조금씩 픽션을 가미하게 되는 상황은 지극히 자연스러운 일상적 광경이다. A와 B가 각자 무료 서비스에 하나씩 더 등록하여 가상의 인물을 만들어내는 것도 우리 주변에서 얼마든지 일어날 수 있는 일이다. 그런데 A와 B가 만든 가상의 인물들이 하나 둘 늘어나고 이들이 통제 범위를 넘어서기 시작하면서, 이야기는 기묘하게 비틀려 경험적 현실을 추월해버린다. 상대의 진심을 떠보기 위해, 상대의 관심이 자기가 만든 가상의 인물에게 쏠리는 것을 방해하기 위해, 또는 얽히고설킨 이들의 관계를 제대로 파악하기 위해 자꾸 만들어낸 가상의 존재들(C, D, E, F)은 점차 A와 B를 압도하는 영향력을 행사하며 막강한 실제성을 지니게 된다. 이제 누가 실제 인물이고 누가 가상의 인물인지를 구별하기란 불가능하며, 설사 가능하다고 해도 거기엔 아무 의미도 없다. 이들 사이의 '난투극'은 A와 D, B와 E가 새로운 커플이 되는 것으로 마무리되는데, 아이러니하게도 D를 만든 사람이 바로 A이고 E를 만든 사람이 다름 아닌 B라는 사실은 여기서 아무런 문제가 되지 않는다.

이 짧막하고 재치 있는 이야기를 정말 매력적으로 만드는 것은 인터넷 공간과 시뮬라크르 시대의 본질을 단칼에 꿰뚫어 보이는 통찰력이다. 이 소설이 그려낸 이상한 세계는 가상의 아바타가 개인의 정체성을 실제로 구성하거나 대체해버리고, 실재와 가상의 존재론적 지위를 구분하는 일이 더 이상 가능하지도 중요하지도 않게 되며, 무한한 소통의 가능성을 기대하지만 쉽게 나르시시즘의 극단으로 흐르고 마는 사이버 공간의 실상과 다르지 않다. 이 같은 '현실'은 익숙하고 자연스러운 리얼리티의 감각을 이미 초과해 있기 때문에, 이를 제대로 포착하기 위해서는 경험적인 리얼리티의 세계를 비틀고 교란하는 '다른 세계'가 동원되지 않을 수 없다. 그런 의미에서 이 소설의 이상야릇한 '다른 세계'는 현실보다 더 현실적인 세계라고 말해도 좋을 것이다.

「죽음과 세금」에 축조된 '다른 세계'는 또 어떤가. 이 소설은 무더기로 쏟아진 외계 병원균에 감염되어 1억 명 이상이 사망한 '격변' 이후에, '므두셀라 바이러스' 감염자들이 영생불사의 은총을 입게 된다는 SF의 전형적인 상상력을 바탕으로 한다. 지구상의 90억 인구가 실질적인 '불사신'이 된 상황에 당혹한 정부들이 공정한 살인 임무를 수행하는 불사자들의 비밀 집단을 만든다는 설정 또한 장르 문법 안에서만 작동하는 탈현실적 상상력처럼 보인다. 하지만 이 환상적인 이야기 속에서 우리는 지금 당면한 실제 상황들, 이를테면 노인 인구 증가에 따른 정부의 부담과 노동 인구에 부과되는 과중한 세금 문제 등을 떠올리지 않을 수 없다. 생산성을 기준으로 모든 사람에게 '적절한 수명'을 부여하는 '공공 인력 관리국'의 임무가 우리 사회의 냉혹한 현실을 과장되게 투사한 일그러진 음화임을 부인할 수 있을까? 한편 이들이 개발한 생화학 무기 '메디치 바이러스 제4변종'과 정체불명의 온갖 외계 바이러스들에는 치명적인 변종 바이러스들에 대한 이 시대의 공포가 투영돼 있으며, 결국 태양계 바깥으로 이주하는 불사자들의 모습에는 바로 이 순간에도 노화와 죽음이라는 인간의 한계를 극복하기 위해 끊임없이 스스로를 개조하고 있는 트랜스휴먼(transhuman)의 들끓는 욕망이 그대로 겹쳐 보인다. 듀나의 SF적인 '다른 세계'에서 독자가 정작 마주치게 되는 것은 우리 시대와 우리 사회의 '미친 현실'인 것이다.

외계 행성을 배경으로 하는 「브로콜리 평원의 혈투」에서도 스페이스 오페라(우주 활극)를 기본으로 하는 SF적 세계는 이 땅의 지리멸렬하고 끔찍한 현실과 뒤죽박죽으로 엉켜들어 있다. 이 소설을 읽다보면 듀나가 다른 소설에서 했던 말, 즉 "우주시대가 되었다고 사는 문제가 해결되는 건 아니다. 수많은 지구인들이 (…) 은하계 이곳저곳으로 흩어졌지만 그렇다고 그들이 지구에서 겪던 문제들을 그곳에서 해결한 건 아니었다. 그들은 그 문제들을 고스란히 짊어지고 우주로 갔다"[1]는 말이 어떤 의미인지 절감하게 된다.

「브로콜리 평원의 혈투」는 직장에서 잘린 데다 여자 친구에게 차이기까지 한 주인공(청수)이 말을 잃고 앉아 있는 '종로 버거킹 2층'에서 시작하여 곧바로 정체 모를 외계 행성의 골짜기로 진입한다. 이질적인 시공간이 난데없이 접목되고 순간적으로 교차하는 이런 방식은 서두에서부터 듀나 소설다운 현기증을 불러일으킨다. 게다가 괴상한 초록색 초식동물(브로콜리)이 어슬렁거리는 외계 행성의 평원에서 외면하고 싶은 현실의 모습들과 대면하는 느낌이란 어리둥절하고 그로테스크하기 이를 데 없다. '군대 가기 싫어서' 우주로 달아난 청수의 사정과 외계인들에게 복음을 전파하러 왔다가 양분을 제공하고 사라진 '희망교회 외계 선교 사역단'의 텅 빈 버스가 씁쓸한 웃음을 자아낸다면, 외계에서까지 분출하는 '빨갱이' 탈출자들에 대한 남한 밀항자들의 적개심은 너무 섬뜩해서 온몸에 소름이 돋게 한다.

듀나가 SF적으로 조형해낸 북한의 모습은 그 어떤 리얼리즘적 재현보다 통렬하고 적실하다. 이 소설에서 북한은 온갖 우주병들이 폭발적으로 번져가는 재앙의 땅으로 묘사돼 있다. 이로 인해 북한 정부가 무력화되고 탈북자들이 줄을 잇게 되지만, 아무도 탈북자들을 받아주려 하지 않아 그들 대부분은 국경 지대에서 총에 맞아 죽고 만다. "다른 나라 사람들이 그들에게 원하는 건 단 하나. 그 지랄 맞은 병균을 안고 스스로 멸망하는

---

1 듀나, 「가말록의 탈출」, 『잃어버린 개념을 찾아서―십대를 위한 SF 단편집』, 창비, 2007, 55쪽.

것뿐이었다. 이런 일이 지구에서 가장 폐쇄적인 국가에서 일어났다니 얼마나 다행인가"(166쪽). 이런 태도는 만약에 그런 상황이 발생한다면 충분히 나타날 수 있는 반응일 뿐 아니라, 바로 지금도 자본주의 세계 질서가 그들에게 품고 있는 속마음이 아닐까? 듀나가 상상해낸 북한의 상황이 독자의 마음을 이토록 짓누르는 진짜 이유도 바로 거기에 있는 것이 아니겠는가?

북한을 멸망으로 몰고 간 '대학살' 사건 또한 같은 이유 때문에 더욱 충격적으로 다가온다. 대학살이란 다른 나라들의 바람과 달리 북한이 자멸해버리지 않고 그곳에 생존자들이 남게 되자, 주변국들이 '전염병 통제'를 명분으로 생화학 무기를 살포하여 8만 명을 살해한 사건을 말한다. 하지만 그 학살은 치명적인 '전염병'이 아니라 제어할 수 없는 자신들의 '공포'에 대항하는 행위였으며, 지나치게 잔인할 뿐 아니라 철저히 무의미한 것이었음이 뒤늦게 밝혀진다.

모든 사태를 아는 우리들의 입장에서 보면, 당시 북한 사태에 대한 동료 지구인들의 대처는 나태하고 어리석고 잔인하다. 우린 북한을 그렇게 끔찍한 멸망으로 몰고 간 질병이 나중에 링커(linker)라는 별명이 붙은 범우주 바이러스 네트워크의 환경 통합 과정이었으며, 북한이 그렇게 고립된 상태에서 시행착오를 일으키며 죽어갔기 때문에 다른 나라의 지구인들이 별다른 피해 없이 링커와 공생할 수 있었다는 걸 안다. 우린 통합이 2011년 1월에 거의 완료된 상태였기 때문에 전염병 통제를 위해 실시되었던 대량 학살이 철저하게 무의미했다는 것도 안다. 하지만 우리가 어떻게 그들의 행동을 지금의 잣대로 저울질할 수 있을까? 자기 종의 실질적인 멸망 가능성을 처음으로 접한 단일종이 느꼈던 공포를 우리가 어떻게 이해할 수 있을까? (167쪽)

북한을 지옥으로 밀어 넣은 것이 링커라 불리는 '범우주 바이러스 네트워크의 환경 통합 과정'이란 사실도 흥미롭다. 오늘날 자본주의 시스템은 전지구적 상황을 넘어 과연 범우주적으로 네트워크를 확장해가고 있으며, 그 무차별한 통합 과정에 걸림돌이 되는 모든 것에 생존을 위협하는 고통스런 압박을 가하고 있다. 북한이라는 이질적인 사회에 대한 대책 없는 공포와 적개심은 결국 이 시스템과 공생하여 살아남고자 하는 하나된 욕망에서 비롯된다고 말해야 하지 않을까?

아니나 다를까, 남한 밀항자 청수와 북한 탈출자 진호 일행이 외계 행성에서 맞붙은 '혈투'에서 현실의 잔혹함을 적당히 무마하는 휴머니즘적 온정이나 화해 따위는 전혀 찾아볼 수 없다. 그들의 혈투가 벌어지는 장소는 육식동물인 "초록 개들이 다가오면 가장 약하고 힘없는 놈을 무리 밖으로 밀어"(191쪽)내어 제물로 삼는 교활한 브로콜리들의 평원이고, 그곳은 곧 우리가 살고 있는 혐오스러운 세상의 다른 버전이니까. 진호의 목을 자르고 가죽을 벗기고 뼈를 으깨어 골수를 빼 먹는 청수의 모습에는, 오직 살아남는 일이 생의 목적이자 최우선의 가치가 된 우리 사회와 우리 자신의 참혹한 괴물성이 구역질나게 어른거린다.

「브로콜리 평원의 혈투」는 SF 장르에 잠재된 정치성이 어떤 식으로 발현될 수 있는지, 혹은 한국 SF의 정치성이 어디까지 나아가 있는지 인상적으로 예시하는 소설이다. 이는 듀나 자신이 마련한 한국 SF의 독자적 세계를 더욱 심화시킨 결과물이기도 하다. 부천 시가지를 무대로 한 듀나의 「대리전」에서 부천의 노동자 계급과 베트남 신부 등이 '숙주'와 '해결사'로 동원된 우주전쟁의 기발한 광경은 구체적인 사회성을 띤 한국 SF의 새로운 흐름을 자극하고 이끌어냈다. 그리고 이제 「브로콜리 평원의 혈투」를 통해 놀랍게도 그는 북한 문제를 정면으로 다룬 SF 소설을 우리 앞에 내놓고 있다. 듀나의 이 과감한 시도는 SF적 상상력으로 한국의 첨예한 정치사회적 상황을 파고들어 도달할 수 있는 비판적 사유의 낯선 지대를 한 번 더 열어젖힌 극적인 장면으로 기억될 만하다.

시스템의 절대성과 허무주의적 냉소를 넘어

『브로콜리 평원의 혈투』에서 또 하나 눈길을 끄는 것은 빈번히 반복되는 '시스템'의 강력한 이미지다. 일례로 「호텔」에는 완벽한 시스템의 관리 아래 "인간이 인간으로서 진지하게 할 수 있는 유일한 일"(82쪽)은 '호텔 멜로드라마'의 플레이어가 되는 것뿐인 암울한 세계가 등장한다. 호텔의 스태프들은 손쉽게 만족시킬 수 있는 드라마 관람자들이 아니라 헤아릴 수 없는 시스템의 마음에 들기 위해 동분서주한다. 플레이어들 사이의 '비밀 연애'까지도 호텔 드라마의 일부로 만드는 시스템의 감시를 벗어나기 위해, 스타 플레이어인 시유는 그녀의 '숨겨둔' 애인과 함께 호텔에서 퇴장하여 개척지로 이주하려고 한다. 시유의 선택을 막지 못하고 결국 개척지로 떠나는 그녀를 지켜보면서, 시유의 메인 스태프는 이렇게 중얼거린다. "바너드 성계의 개척지는 지금은 진부해진 지구와는 질적으로 다른, 새로운 플레이를 만들기 위한 준비 단계인지도 몰라. 시유와 같은 이주자도 그 플레이의 일부인지도 모르지"(83쪽). 그렇다. 시스템은 모든 것을 알고 있고, 그 어디에도 시스템의 '바깥'은 없다.

「소유권」에서도 로봇과의 사랑 이야기라는 SF의 고전적 테마는 시스템의 절대성을 가시화하기 위한 서사적 장치로 활용된다. 시스템으로부터 잊혀진 구형 텔렉 로봇은 자신의 존재를 증명하기 위해 남자의 사랑을 이용하는데, 결국 시스템의 관심을 끄는 데 성공한 로봇은 시스템과 관련된 '특별 임무'(반 시스템 운동가들을 개심하게 하는)를 수행하게 된다. 시스템에 봉사하는 공무원인 '나'는 이 모든 것이 '시스템의 계획'이었을지도 모른다고 생각한다. "우리가 어떻게 시스템의 속뜻을 알겠는가? (…) 그 뜻은 알 수 없지만 숭고하다는 사실은 분명해. 시스템은 언제나 숭고하니까"(142~143쪽). 인간 이해의 영역을 초월해 있는 시스템의 의도와, 반(反)시스템 운동마저 자기 안으로 통합하는 시스템의 위력은 과연 무시무시하고 숭고할 지경이다.

이처럼 막강한 시스템의 이미지는 매트릭스적 신경망과 편집증적 감시 체계를 넘어 자본주의 시스템의 선명한 상징으로 떠오른다. 실제로 지금 자본주의 세계 질서는 탈주도 전복도 허용하지 않는 절대적 강고함으로, 또한 그 자체의 의지에 의해 세상의 모든 욕망을 조절하고 통제하는 무소불위의 전능함으로 우리를 압도하고 있지 않은가. 오늘날 문학은 이 같은 현실을 총체적으로 그려내는 데 점점 더 어려움을 겪고 있으며, 이를 위한 시도들은 자꾸만 위축되거나 힘을 잃어가고 있다. 이런 상황에서 듀나는 SF적 상상력을 통해 자본주의 세계 질서의 완강한 시스템을 인상적으로 서사화하고, 그것에 대한 집요한 탐색을 늦추지 않는다. 그런 의미에서도 듀나의 소설집은 재현적인 리얼리즘의 한계를 돌파하기 위한 이 시대 문학의 또 다른 모색으로서, 장르적 상상력이 지닌 의의에 대해 다시 생각해보게 한다.

듀나가 그려낸 자본주의 시스템의 압도적 이미지는 지금 우리가 느끼는 실제적 감각을 생생히 포착한 데서 비롯되지만, 그렇기 때문에 또한 암담하고 비관적인 분위기를 드리우는 것이 사실이다. 듀나의 이전 소설에서도 누가 지구를 정복하든 "이 행성의 고통과 불평등"은 여전할 것이며 "세상은 크게 달라지지는 않을 거"[2]라는 무력감의 그림자를 발견하기는 어렵지 않다. 「너네 아빠 어딨니?」(『용의 이』)의 경우에도, 최신식 고급 아파트 단지와 재개발을 앞둔 판자촌이 같은 행정구역 안에 완전히 다른 세계처럼 존재하는 이 현실은 좀비들이라도 나타나 세상을 온통 쓸어버리지 않는 한 절대로 뒤집어지지 않을 거라는 비관적 인식 같은 게 깔려 있다. 변혁에 대한 의지도 전망도 희미해진 오늘날의 상황은, 역사는 '미래에서 온 후손들'에 의해 벌써 다 이루어졌고 "우리는 이미 스스로 역사를 끌어갈 힘을 잃었다"[3]고 하는 씁쓸한 고백의 형태로 나타나기도 한다.

그런데 이번 소설집에서는 초월적인 시스템의 완강한 구조 위에 생태 시스템의 역동적 이미지가 덧씌워지면서, 듀나의 이 같은 비관주의에 좀 다른 뉘앙스가 섞여들고 있는 것 같다. 「정원사」에서는 콜로니의 내부 생태계를 완벽하게 관리하는 통제 시스템이 땅속을 점령한 채 꿈틀거리며 뻗어나가는 '거대한 지렁이들'의 형상으로 모습을 드러내는데, 이렇게 변형된 시스템의 이미지는 더욱 괴물 같고 섬뜩한 느낌을 자아내기도 한다. 하지만 이 살아 있는 시스템 / 생태계야말로 무엇보다 반(反) 자본주의적이며, 강고한 자본주의 시스템을 무너뜨리고 집어 삼킬 수 있는 더 거대한 움직임의 표상일 수 있지 않을까?

실제로 「브로콜리 평원의 혈투」와 「안개 바다」에 등장하는 링커들의 광대한 네트워크(숙주와 새로운 환경을 유기적으로 통합하는)에는 인간이 만든 그 어떤 시스템보다 거대하고 강력한 생태 시스템의 이미지가 중첩돼 있다. '브로콜리 평원'을 처절한 혈투와 잔인한 복수의 악무한적 반복에서 벗어나게 하는 것도 바로 링커 바이러스들의 활발한 움직임이다. 브로콜

---

2   듀나, 「대리전」, 『대리전』, 이가서, 2006, 230쪽.
3   듀나, 「미래관리부」, 『U, Robot – 한국 SF 단편 10선』, 황금가지, 2009, 265쪽.

리의 행성에 살아남은 아이들은 링커들의 네트워크를 통해 새로운 종으로 진화한 뒤, 끔찍한 혈투의 흔적이나 지난 시대의 역겨운 기억들을 모두 흔적 없이 지워져버리는 것이다. 연한 초록 피부의 날개 달린 종족들이 행성 전역으로 퍼져나간 이 '다음 세상'의 이미지에서, 아무리 완강해 보이는 지금의 현실도 언젠가는 종결되고 지나갈 것이라는 기대와 바람을 읽어낼 순 없을까? 아니면 그것은 단지 문명의 종말과 의식의 소멸이라는 전면적 파국을 향한 매혹과 이끌림의 표현인 것일까?

『브로콜리 평원의 혈투』는 이렇듯 '다른 미래'에 대한 상징적 비전과 이를 부정하는 초연한 냉소 사이에서 진동하는 것처럼 보인다. 「안개 바다」와 「디북」 등에서도 엿보이는 허무주의적 냉소는 지금 우리 사회와 우리 자신을 사로잡고 있는 심리적 곤경이기도 하다. 이 시대의 '미친 현실'을 충격적으로 가시화하고 우리 사회의 문제 상황들을 구조적으로 통찰하는 듀나의 소설이 장르문학 특유의 사고 실험을 통해 이 같은 냉소의 딜레마마저 넘어설 수 있다면, 그 속에 잠재된 정치적 가능성은 더 폭발적으로 분출할 수 있을 것이다. 이런 기대감은 내가 또 듀나의 다음 소설을 기다리는 가장 큰 이유가 된다.

장르문학에 대한 오해와 편견
그는 왜 『키메라의 아침』이 SF가 아니라고 주장하는가?

소설가 조하형이 쓴 '작가의 편지'(「몇 개의 주석들; 『키메라의 아침』에 관한」, 『문학과사회』 2008년 가을호, 이하 「주석들」)를 읽었다. 이 편지의 '당신'이 바로 나라는 걸 깨닫고도, 나는 한동안 어리둥절했다. 조하형의 글은 『장르와 탈장르의 네트워크들』(청동거울, 2007, 이하 『장르』)이라는 내 책의 한 장(「슬립스트림, SF와 문학이 만날 때」, 이하 「슬립스트림」)에 대한 '주석들'이었는데, 그 글이 작가를 이처럼 화나게 만들 줄은 미처 몰랐기 때문이다. 더구나 본문(네 명의 작가를 함께 다룬 이 글에서 조하형의 소설이 언급된 부분)보다 더 긴 분량의 주석이 달릴 정도로 문제적인(?) 글이라고는 전혀 생각지 못했다.

그러나, 메시지는 수신자로부터 돌려받는다고 하지 않던가. 내 글이 그에게 어떻게 읽혔는지 이제 알게 되었으니, 나는 그가 돌려보낸 메시지에 책임이 있다. 책임(responsibility)이란 '응답할 수 있음'을 뜻하는 것이기도 하다. 내가 쓴 글에 대한 책임을 지기 위해, 원하든 원하지 않든 나는 조하형의 「주석들」에 대답해야만 한다. "주석 같은 건 두 번 다시 쓰지 않는다"(「주석들」, 310쪽)는 그의 단언이 주석에 대한 주석 같은 건 사절한다는 뜻은 아니리라 믿으며, 이 글을 쓴다.

특히 그가 문제 삼은 내용들은 장르문학과 관련된 최근의 비평적 쟁점들과도 얽혀 있기 때문에, 이 문제에 대한 내 관점을 좀 더 분명히 해두지 않을 수 없다. 지금은 일단 「주석들」에 대한 답변으로 논의를 제한해야 겠지만, 이 글이 감정적인 맞대응에 머무르지 않고 우리 문학 전반의 장르문학적 상상력에 대한 분석과 평가라는 비평적인 문제의식과 이어질 수 있길 바란다.

Slipstream? That's not my name!

「슬립스트림」이 『장르』라는 단행본의 한 장으로 구성되어 있으므로, 먼저 이 책의 성격과 기본 관점에 대해 간단히 이야기해야 할 것 같다. 이 책은 세 부분으로 나뉘어 있으며, 각각 팩션과 역사 서사물, SF 서사물, 공포 서사물로 이루어져 있다. 『장르』는 주로 대중적인 장르서사물을 대상으로, 위의 장르들에 나타나는 새로운 경향과 혼종적·탈장르적 양상을 살핀 책이다. 이 책에서 나는 기존의 관습을 변용하고 이탈하면서 변화된 시대의 감수성과 문제의식들을 담아내는 장르서사의 역동적인 움직임에 주목하고, 그 속에서 미학적·이데올로기적 전복의 가능성을 찾아보고자 했다.

이런 시도는 장르서사 또는 대중서사를 '여러 개의 악센트를 지닌(multiaccented)' (스튜어트 홀) 복잡하고 이질적인 영역으로 바라보는 관점에서 비롯되었다. 이 같은 관점에 서 있을 때 우리는 장르서사(대중서사)의 특수한 현상들과 사건들에 어떤 악센트를 부여할 것인지 고민할 수 있으며, 그것들을 가치론적인 논의의 장에 적극적으로 끌어들일 수 있다. 그렇게 하는 일은 장르서사(대중서사)를 그저 '잘 팔리는' 상품이나 '지배 이데올로기의 확성기'로 규정하고 간단히 논외로 삼는 방식보다 훨씬 더 많은 것을 생각할 수 있게 해준다. '본격문학'의 경계가 점점 더 의심스럽고 모호해져가는 지금, '본격문학'이 아닌 것들을 배제하는 방식으로 방어막을 세우는 일보다 우리에게 더욱 필요한 것은 '문학적인 것'의 의미를 다시 묻고 재구축하는 생산적인 담론들을 만들어가는 일이다.

조하형이 반박한 글 「슬립스트림」은 SF를 다룬 2부의 한 장으로, SF 장르와 '본격문학'이 혼성되는 양상에 대한 것이다. 제목에도 들어 있는 '슬립스트림'은 주류문학 작가들이 SF의 관습을 차용해서 쓴 경계적인 작품들을 지칭하는 용어(『장르』, 141쪽)이다. 이와 함께 2부의 다른 장들에서는 SF 장르의 하이브리드화 현상, 과학 문명 초기를 배경으로 하는 대체역사 판타지-SF(스팀펑크), 90년대 이후에 대두된 생명공학 문제를 테마화한 SF(리보펑크) 등을 검토한다(리보펑크에 대한 장의 서두에도 『키메라의 아침』이 짧게 언급된다).

조하형의 「주석들」은 "나는, 리보펑크 소설을 쓴 적이 없고, 그 전에 그런 유의 소설을 읽은 적도 없고, 앞으로 쓸 계획도, 능력도, 없다. Slipstream? 'That's not my name!'"(「주석들」, 304쪽)이라는 외침으로 시작한다. '리보펑크'가 생명공학을 소재로 한 SF를 지칭하고 '슬립스트림'이 문학 제도 안에서 나온 SF 경향의 소설을 가리키는 용어인데,[1] 『키메라의 아침』이 여기에 해당된다는 사실 자체를 이렇듯 그가 완강히 부인하는 이유는 무엇일까?

『키메라의 아침』이 유전자 조작으로 탄생한 신인류 조인(鳥人)을 포함하여 트랜스제닉 동식물들이 통제 불능으로 양산되는 SF적인 시공간을 폭발적인 강렬함으로 창조해낸 소설임은 따로 설명할 필요가 없지 않은가? 『키메라의 아침』은 SF의 "코드로 포획하기 위해 텍스트를 난도질"(같은 곳)해야 할 필요도 없이, 그 자체로 명백히 리보펑크적인 슬립스트림이다.[2]

그런데도 조하형은 "이 글은 기본적으로, 『키메라의 아침』이 무엇이 아닌가, 어디에 사용할 수 없는가,에 관한 이야기다. 그리고 이 글은 기본적으로, 자기 무덤을 파면서 대답하는 글이다"(같은 곳)라고 말하면서까지, 자신의 소설이 SF 장르 용어로 불리는 데 대한 거부감을 표현한다. 아이러니하게도 나는, 다른 소설도 아닌 『키메라의 아침』을 쓴 작가에게서, '본격문학'과 장르문학을 이분법적으로 위계화하는 뿌리 깊은 고정관념을 확인하지 않을 수 없다. SF적인 소설을 쓰고도 자신의 소설이 갖는 문학적인 의의를 강조하고 싶다면(이는 내 책의 기본 관점과 전혀 모순되지 않는다), 그는 『키메라의 아침』이 SF가 아니라고 주장하는 대신에 그 자신마저 옭아매고 있는 장르문학에 대한 편견에 대항해야 할 것이다(이것이 바로 내가 이 책에서 하고자 한 일이다).

그러나 조하형은 「슬립스트림」의 세부적인 내용들과 문장들 하나하

---

1   용어 자체는 편이적인 도구, 인물의 고유명사와도 같은 '교환의 수단'(바르트)이니, '슬립스트림'이나 '리보펑크' 같은 이름들에 대단한 의미를 부여하고 싶지는 않다. 이런 용어들을 사용함으로써 얻게 되는 가장 큰 이점은, 수식어구 형태의 기다란 개념 정의를 매번 되풀이해야 하는 번거로움을 피할 수 있다는 점이다.

2   책에서 밝힌 대로 「슬립스트림」은 「SF적인 인식의 전환과 문학의 새로운 영역」이라는 제목으로 2005년에 발표했던 글이다. 그 당시는 SF적인 경향의 소설들이 지금처럼 활발히 창작되기 이전이었기 때문에, 『카스테라』(문학동네, 2005)에 실린 박민규의 단편들, 서준환의 『파란 비닐인형 외계인』(틈북스, 2005), 백민석의 『러셔』(문학동네, 2003) 등을 『키메라의 아침』(열림원, 2004)과 함께 다루었다. 다른 소설들의 경우에는 여전히 슬립스트림의 대표작이라 하기에는 적당하지 않을지 모르지만, 『키메라의 아침』은 지금 생각해도 이 장의 가장 적합한 논의 대상들 중 하나이다.

나에 반론을 펼치는 방식으로, 『키메라의 아침』을 SF 장르로 바라보는 관점이 "말도 안 되는 주장"(「주석들」, 306쪽)임을 증명하고자 한다. 장르문학에 대한 조하형 개인의 시각을 내가 '교정'하려고 나설 이유도 없고, 더구나 작가로서 그가 자기 소설에 대해 품은 생각에 이의를 제기하고 싶은 마음도 없다. 하지만, 어떤 이유 때문이든, 그가 내 글의 '오류'와 '억지'들을 지적하는 방식으로 『키메라의 아침』을 변호하고 있기 때문에, 나는 그 논리 속에 들어 있는 모순과 오해들을 조목조목 밝혀내지 않을 수 없다. 「슬립스트림」을 쓰던 당시에도, 이 글을 쓰고 있는 지금도, 나는 『키메라의 아침』이 주목할 만한 의미 있는 소설이라 생각하지만 말이다.

'과학적으로' 한번 설명해보라!

조하형이 말하는 「슬립스트림」의 가장 기본적인 오류는 이런 것이다. "SF 하위 장르 이야기를 한다는 것 자체가, SF를 엄밀하게 정의하겠다는 뜻이다. 그런 맥락에서 『키메라의 아침』을 호명하려면, 그전에 먼저, 소설 속의 수많은 환상들을 '과학적으로' 설명할 수 있어야 할 것이다 : 한번 해보라. SF 마니아들은 오히려, 『키메라의 아침』을 판타지로 간주할지도 모른다"(「주석들」, 304쪽).

슬립스트림, 리보펑크 등은 실제로 SF 하위 장르의 명칭들이다. 하지만 하위 장르를 이야기한다는 것이 'SF를 엄밀하게 정의하겠다는 뜻'은 아니다. 『장르』에서 여러 차례 강조한 대로, 나는 장르의 경계를 배타적으로 구획 짓고 엄격하게 범주화하는 관점에 반대한다. 각각의 장르는 끊임없이 다른 장르들과 결합하고 이종교배를 거듭하면서 수많은 하위 장르들로 분화하고 있다. 특히 "SF의 장르 개념은 시대적으로 계속 변화해왔으며, 오늘날은 SF의 장(場) 자체가 다양한 하위 장르들이 친족 유사성을 지닌 채로 공존하는 이질적인 공간으로 변모"(『장르』, 100쪽)했다.[3] SF의 하위 장르를 이야기하는 것은 바로 이 같은 현상을 좀 더 구체적으로 조명할 수 있는 유용한 방법인 것이다. 슬립스트림이라는 용어 자체가 SF의 확산과 혼종화의 양상을 단적으로 지시하는 이름 아닌가?

SF로 불릴 수 있으려면 소설 속의 '수많은 환상들'이 '과학적으로' 설명되어야만 한다는 주장도 지나치게 단순한 생각이다. 이미 1950년대 후반에 SF는 과학적인 정합성을 중시하던 이전의 경향을 탈피하여 장르의 외연을 넓혀 놓았다(『장르』, 100쪽). 인간의 내(內)우주를 탐색하고 초현실적인 내용과 전위적인 실험을 추구했던 뉴웨이브(New Wave) 소설들이 그 대표적인 예이다. 가장 전문적인 과학 이론을 도입하는 하드 SF(Hard SF) 역시 신화적인 판타지와 결합하는 예들은 얼마든지 찾아볼 수 있다. 그렉 이건의 『쿼런틴』(1992)에서 양자역학적인 개념과 모델(파동함수의 수축 등)은 외계의 존재가 정체불명의 거대한 검은 구체(버블)로 지구를 완전히 감싸 격리시켜버리는 쿼런틴 현상으로, 나아가 행성 전체의 영원한 '확산'이라는 종말론적 대재앙의 환상으로 이어진다. 조하형의 주장과는 달리, 'SF 마니아'라면 과학의 논리를 넘어서는 환상들을 포함한다는 이유로 특정 서사물을 'SF가 아니라 판타지'라고 분류할 사람은 어디에도 없을 것이다.

SF와 판타지는 본래 엄밀히 갈라낼 수 없는 장르들이라서,[4] 판타지적 요소가 뒤섞인 SF물들(〈스타워즈〉에서 〈신세기 에반게리온〉까지)을 제외하고

3　임종기, 『SF 부족들의 새로운 문학혁명, SF의 탄생과 비상』, 책세상, 2004, 169쪽.

4　이에 대해서는 박진·김행숙, 『문학의 새로운 이해─문학의 이동과 움직이는 좌표들』(청동거울, 2004), 82~85쪽에서 상세히 설명한 바 있다.

'순수한' SF를 논하기란 불가능할 정도이다. "양립 불가능한 대립쌍, 과학(유전공학)과 신화(이카로스)를 연결시"킨 "SF와 판타지의 하이브리드"(「주석들」, 305쪽)는 『키메라의 아침』이 보여주는 특별한 양상이거나 이 소설이 SF가 아니라는 알리바이가 되기는커녕, SF 장르의 일반적인 특성이라 해야 할 것이다. 1990년대 이후로 호러·스릴러·미스터리·멜로·갱스터·느와르·코미디·웨스턴·성장 드라마 등과 복합적으로 융합된 하이브리드 SF가 활발히 생산되고 있는 지금의 상황에서(『장르』, 5장과 6장 참조), SF-판타지는 '하이브리드'라 부르기에도 민망한, 정통 SF에 가깝다.

조하형은 또, 「슬립스트림」에서 내가 사용한 용어들(정보학적·진화론적·생태학적·원자론적 상상력 등)이 하나같이 "과학적인 맥락을 파악할 능력이 없는 자의 오해"(「주석들」, 306쪽)의 산물이라고 말한다. "태양을 바꾸기 위해 심장을 어떻게 바꿀 것인가?" 하는 이 소설의 화두와 이를 떠받치는 '정보장' 개념은 내가 언급한 과학적 개념들과는 "전혀 상관없는"(같은 곳) "뉴에이지 생물학"(셸드레이크의 이론)에서 왔으며, 그것도 다만 "유사-과학적 맥거핀"(308쪽)에 불과하다는 것이다. "메타포와 유사과학을 혼동한 채"(306쪽) 엉뚱한 과학 용어들로 『키메라의 아침』을 '난도질'했다는 얘긴데, 전혀 그렇지 않다는 걸 확인하기 전에, 이 같은 주장에 깔려 있는 난감한 전제들부터 짚어두어야겠다.

우선 조하형은, 그가 스스로 밝힌 대로, 셸드레이크의 형태 발생장(Morphogenetic Field) 이론과 형태 공명(Morphic Resonance) 이론을 끌어와 소설의 담론을 구축하고도(「주석들」에서도 이 이론을 설명하는 데 한 페이지 분량을 할애한다) 이를 '유사과학'으로 간주하며 냉소적으로 취급한다. 이는 『키메라의 아침』에서 과학적인 요소들이 "뉴에이지풍 액세서리"(같은 곳)에 지나지 않는다는 것을 강조하고, 그럼으로써 이 소설을 SF 장르와 확연히 구별 짓기 위함이었을 것이다. 하지만 그렇게 하기 위해, 사이비 과학으로 부터 순수 과학을 지키고자 분투했던 과학주의 운동가들(『왜 사람들은 이상한 것을 믿는가』의 저자 마이클 셔머로 대표되는)처럼 과학과 유사과학을 배타적으로 위계화하는 조하형의 논리는 꽤나 모순적으로 느껴진다. 『키메라의 아침』이 SF가 아니라고 강변하기 위해 마치 SF 원리주의자(?)처럼 말하는 그의 태도가 그러하듯이.

기본적으로 나는, 다윈의 진화론이나 칼 세이건의 우주론은 '과학'이고 형태 발생장 이론이나 평행우주론 등은 '유사과학'이라는 식의 구분법에는 동의할 수 없다. 20세기 신과학 이후 과학의 담론 자체가 심리와 의식의 영역을 포괄하는 광범위하고 이질적인 영역으로 변화했으며, 우리는 '형이상학'이 '실험 과학'으로 흡수되는 시대에 살고 있다. 『현대 물리학과 동양 사상』(1975)이라는 책에서 프리초프 카프라가 설명한 대로, 현대의 과학 이론들은 다양한 맥락에서 전통적인 동양 사상과 깊은 연관성을 지니고 있기도 하다(조하형의 소설은 이 같은 흐름을 확연히 예증해 보이는 SF 소설이라고도 말할 수 있다). 특히 그가 유사과학으로 내몰았던 뉴에이지 생물학은, 유전학과 형태학을 연결하고 진화론과 발생학을 통섭하는 현대 생물학의 전반적인 경향(슈레딩거의 『생명이란 무엇인가?』로부터 시작된)과 맞물려 있는 이론이다.[5] 그가 생각하는 '진짜 과학'은 과연 어디까지인지 궁금하지 않을 수 없다.

조하형이 지적한 과학적 용어와 개념의 문제들은 이보다 훨씬 더 당혹스럽다. 나는 『키메라의 아침』에서, "두뇌는 일종의, 모니터에 불과해. 기억은 시냅스 형성을 매체로 삼지만, 뇌 세포에 각인되는 것도 아니고

---

5   이에 대해서는 마이클 머피·루크 오닐 엮음, 『생명이란 무엇인가? 그후 50년』(이상현·이한음 역, 지호, 2003)과 션 B. 캐럴, 『이보디보―생명의 블랙박스를 열다』(김명남 역, 지호, 2007) 등을 참조하기 바란다.

단백질 기억분자 형태로 저장되는 것도 아냐. 그건 오직, 개별적이면서
도 우주적 규모로 통합된 정보장에, 접혀진 채로 보존된다"(『키메라의 아
침』, 180쪽)로 시작되는 부분을 인용하며 "정보학적 사고"(『장르』, 150쪽) 또
는 "정보공학적 상상력"(151쪽)에 대해 언급했다. 조하형은 뉴에이지 생물
학의 정보장 개념은 정보공학적 상상력과는 전혀 무관하며, 자신의 소설
어디에도 "존재론적 가설과 정보 조작을 연결할 수 있는 '공상과학적 매
개물'"이나 "'우주―양자 컴퓨터론' 등의 전제"(「주석들」, 306쪽)가 없으므로,
정보공학 운운하는 것은 터무니없는 발언이라고 일축한다.

정보학이나 정보공학이라는 말이 컴퓨터의 하드 드라이브나 전산 시
스템을 제일 먼저 연상시키기는 하지만, 정보이론은 원자의 상호작용에
서부터 블랙홀 이론까지 폭넓게 아우르는 사고 체계이다. 상대성 이론과
양자역학 또한 정보이론의 한 형태로 이해할 수 있으며, 셸드레이크의 이
론을 비롯한 뉴에이지 생물학 역시 생명정보학(Bio-informatics)의 일종으로
분류될 수 있다. 컴퓨터공학에 의해 촉발된 정보이론의 발전은 오늘날
이 모든 영역을 포괄하며 하나로 묶어주는 강력한 패러다임으로 작용하
고 있는 것이다.[6] 따라서 공상과학적인 우주―양자 컴퓨터 같은 것이 등
장해야만 정보학적 가설들이 성립할 수 있다는 주장은 도무지 납득하기
어렵다.

더구나 나는 「슬립스트림」에서 정보학의 이론 체계에 대해 이야기하
지 않았다. 내가 주목한 것은 정보학적 '상상력'이고, '미친, 새로운 태양'
을 바꾸기 위해 '심장'을 어떻게 바꿀 것인가 하는 문제가 정보장 개념과
같은 과학적 상상력을 통해 서사화되는 방식이었다. 마찬가지로 이 테마

6　찰스 세이프, 『만물해독』(김은영 역, 지식의 숲, 2008)과 한스 크리스천 폰 베이어, 『과
학의 새로운 언어, 정보』(전대호 역, 승산, 2007) 참조.

가 "획득형질"의 유전 가능성이나 "신체의 수신장치를 재배치하는"(『키메라의 아침』, 181쪽) 문제로 미끄러지는 양상 안에는 정보학적 상상력과 결합된 "진화론적·유전학적 상상력"(『장르』, 150쪽)이 작동하고 있다. 나는 이런 상상력이, 실제로 '변신'을 가능케 하는 설득력 있는 논리인지 여부와 무관하게, 『키메라의 아침』이 형이상학적인 추상성과 모호한 선문답에 매몰돼버릴 위험성을 어느 정도 완화시켜주는 중요한 소설적 장치라고 생각한다.

『키메라의 아침』에서 독고영감의 이 같은 논리는 박영구에 이르면 "원자론적 사유와도 연결"(『장르』, 151쪽)된다. "우리 몸을 순환하는 원자들은 공간적으로, 다른 종(種)의 몸을 순환했던 것이고 시간적으로, 고구려 광개토대왕의 몸을 순환했던 것일 수 있으"니 "우린 다른 사람들, 다른 생물과 몸을 공유하고 있는 셈"(『키메라의 아침』, 165쪽)이라는 것이다. 조하형은 내가 이 부분을 두고 "'진화론적·생태적 시스템' 이야기를 하면서 '원자론적 사유와도 연결되어 있다'고 주장하는 건, 레벨을 혼동한 것이다. '진화론적·생태적 시스템'이 원자 레벨에서 작동하는 것인가?"(「주석들」, 308쪽)라고 묻는다. 물론, 그렇지 않다. 하지만 『키메라의 아침』에서 레벨이 다른 과학적 개념들은 이렇듯 수시로 브리콜라주 되고 있으며, 그렇게 한 사람은 바로 조하형 자신이다. 「슬립스트림」에서 나는 과학의 이론들과 개념들을 변형하고 접목하는 이 같은 상상력이 참으로 'SF적인' 특징이며, 이를 통해 우리의 익숙한 사고를 흔들고 교란하는 "인식의 전환"(『장르』, 150쪽)이 이루어질 수 있다고 말했다. 과학의 레벨과 SF의 레벨, 이론의 레벨과 상상력의 레벨을 지속적으로 (또는 의도적으로?) 혼동하고 있는 사람은 오히려 그가 아닌가?

SF적인 인식의 전환이라는 말도 영 마음에 안 드는 모양이다. 그는 "'개체를 진화론적·생태적 시스템의 한 구성 요소로 바라보는' 국민 상식은 '인식의 전환' 같은 것이 아니"며 "클리셰를 반복하는 일"(「주석들」, 308쪽)일 뿐이라고 단언한다. 개체가 진화론적·생태적 시스템의 한 구성 요소라는 사실은 '국민 상식'일지 몰라도, 그러나 우리는 여전히 개체의 레벨에서 인식하고 감각한다. SF적인 인식의 전환은 새로운 과학 이론을 창안하거나 최첨단 이론을 재빨리 소개하여 충격을 주는 데서 나오는 것이 아니다. 그 자체로는 획기적이지 않은 과학 담론들이라도 SF적인 상상력과 결합하고 '서사적' 논리(스토리와 담화의 층위를 포괄하는) 속에서 구체화될 때, 우리 자신과 지금의 현실을 전혀 다른 각도에서 바라보게 하는 계기로 작용할 수 있다. 우리가 SF적인 '바깥의 시선'을 통해 인간 종이나 인간 문명을 조건화·상대화하고 스스로를 진화론적·생태적 시스템의 한 구성 요소로 바라보는 이질적인 경험을 할 수 있다면, 그 경험은 기존의 문학적이고 실존적인 인간 이해의 방식('내부'의 시선)과 구별되는 인식의 전환으로 이어질 수 있는 것이다.[7]

『키메라의 아침』은 독고영감과 박영구를 중심으로 하는 독특한 서사적 논리를 통해 어느 정도 이 같은 가능성을 보여주고 있다. 정보학과 진화발생생물학과 양자이론을 넘나드는 과학적 담론들을 자유자재로 브리콜라주하고, 그 논리에 입각하여 선택하고 행동하는 인물들의 발화는, 중립적이고 몰개성적인 서술자가 진술하는 과학의 담론 그 자체와는 전혀 다른 효과를 유발한다. 하지만 나는 또한 『키메라의 아침』에서 이러한 'SF적인 경험'이 다소 제한적으로만 나타난다는 점을 한계로 지적했다. 이 소설은 SF적인 "낯선 논리적 질서"를 만들어낸 뒤 그 세계를 구체적으로 "'경

<hr>

7   박진, 「장르들과 접속하는 문학의 스펙트럼」, 『창작과비평』 2008년 여름호, 43, 48쪽.

험'하게 하기보다" 그것을 "'설명'하는 데 치중하고 있"(『장르』, 149쪽)으며, 후반부로 갈수록 추상적인 선문답의 인상이 강화되면서 새로운 인식의 가능성을 "서사적으로 구체화하는 면에서는 (…) 아쉬움을 남"(152쪽)긴다고 보았기 때문이다. 그 생각에는 지금도 변함이 없다.

조하형은 『키메라의 아침』이 SF가 아니라는 사실을 증명하기 위해 이 소설이 지닌 의의와 가능성의 상당 부분을 부정한다. 그리고는, 내가 이 소설의 한계라고 생각하는 측면들을 포함하여, 그 나머지 것들 속에서 자기 소설의 "진정한 문제"와 "진정한 테마"(『주석들』, 309쪽)를 밝혀 보이려 한다. 어쩌겠는가, 그가 그러길 원한다면. 이제 그 '진정한' 테마에 대해 이야기할 차례다.

비진화론적이고 리좀학적인, 진정한 '몸의 변신'이다!

조하형을 결정적으로 불쾌하게 만든 또 하나의 용어가 '초월'인 것 같다. 나는 "진화론적 상상력과 개체성의 초월"이라는 소제목 아래 『키메라의 아침』과 『러셔』를 다루었다. 내가 쓴 '초월'이라는 말은 "초월의 나무"(『러셔』)에서 가져온 것으로, 긍정적인 의미로든 부정적인 의미로든 형이상학적인 초월성을 지칭하지 않는다. 「슬립스트림」의 '초월'이란 단어는, 조하형이 「주석들」에서 '초월'과 의식적으로 구별하여 사용한 '뛰어넘다', '넘어가다' 같은 말들과 개념상 별로 다르지 않다. '개체성의 초월'이란 인식론적으로, 감각적으로 우리를 제약하는 개체성의 울타리를 넘어선다는 뜻이고, 『키메라의 아침』이 독자들로 하여금 그런 경험을 할 수 있게 해준다는 말이었다. 조하형은 자신의 소설에는 "개체라는 포스트 자체가 선재(先在)하지 않는다"(「주석들」, 308쪽)고 역설하지만, 그런 사유가 가능하려면 먼저 우리는 개체라는 인식틀을 넘어서야만 한다. 그의 주장대로 "정보장은, 개체와 종의 레벨을 뛰어넘어 연결되어 있는 것"(309쪽)이라면, 이런 상상력을 통해 『키메라의 아침』이 실제로 경험하게 하는 것은 개체성의 익숙한 영역을 훌쩍 넘어서는 사고의 모험일 것이다.

조하형은 특히 자신의 소설이 "날아오르는(飛上) 이야기가 아니라 기어서 넘어가는(匍越) 이야기"(305쪽)임을 강조하면서 초월에 대한 거부감을 표현한다. 「슬립스트림」에서 나는 '비상' 모티프를 초월의 개념과 연결지어 이야기한 적이 없다. '비상'에 관한 나의 언급은 개체성의 초월이나 SF적인 사고의 실험이 아니라 오히려 슬립스트림의 문학성과 혼종성에 대한 논의와 맞닿아 있다. 나는 전(全)존재를 걸고 비상을 달성하려는 인물들의 절박한 시도에 대해 이야기하면서, "불구의 날개를 단 변종 인간들과 날개는 있으되 날지 못하는 닭의 관계를 유비적으로 설정하고, 닭의 비행연습을 통해서 (…) 전혀 다른 아침을 불러오려는 저항의 의지를 표출할 때", 이 소설이 "관습적인 문학의 모티프들"(『장르』, 149~150쪽)을 떠올리게 한다고 말했다. 이는 "SF의 프로토콜"과 문학적 관습이 "충돌하면서 공존하는", "슬립스트림의 두드러진 특징"(143~144쪽)을 예시하는 대목이었다.

초월이란 말에 맥락도 없이 그가 격렬한 반감을 나타낸 것은, 어떤 식으로든 내가 '날아오르는(飛上)' 이야기에 대해서는 관심을 보이면서도 '기어서 넘어가는(匍越)' 이야기에는 전혀 주목하지 않았기 때문일지 모른다. 작가의 의도가 이 부분에 집약돼 있고 작품의 '진정한 테마'가 바로 여기에 있는데도 그것에 대해 아무런 언급도 하지 않았다는 사실 때문에, "제대로 된 독자"(「주석들」, 308쪽)가 못 된다는 말을 들어야 했는지도. 물론

「슬립스트림」은 독립적인 작품론이 아니며, 대상 작품들의 SF적인 특징과 가능성에 집중한 글이다. 하지만 내가 '기어서 넘어가는' 이야기에 따로 주의를 기울이지 않은 것은 그런 이유 때문만은 아니다.

작가의 의도와는 상관없이, 독고영감-닭과 "박영구-닭의 붕괴 이후, 김철수-벌레가 꿈틀, 꿈틀, 기기 시작"(「주석들」, 310쪽)하는 부분은, 내게 그다지 설득력 있게 다가오지도, 공감을 불러일으키지도 못했다. 그것은 사변적 논리의 문제가 아니라 소설적 실감의 문제였다. 교도소 벽을 한 사코 기어오르던 김철수-벌레에게 "혼돈의 극한-펌핑이 왔다. / 추락하면서 폭발한다. 한 우주의 아침 이후, 그를 구성하던 56억 7천만 종의 몸들이, 56억 7천만 종의 속도로 팽창하다가 에너지의 소용돌이로 미치고, 56억 7천만 종의 아침들과 연결, 접속되면서, 스스로를 펼쳐 나가기 시작한다. 벽을 뚫고, 망을 넘어, 햇빛이 대지의 기운을 끌어올리는 대기에, 가득 찬다. (…) 오래된 얼굴이 쩡, 쩡, 갈라진다. (…) 아침은 어떻게 오는가? / 고개를, 쳐들어라. 벽을 뚫고, 쓰러뜨리고, 보라, 아침을 듣고, 맛보고, 냄새 맡고, 만져보라. / 아침이, 왔다. / 내가 바로 아침이다"(『키메라의 아침』, 338~339쪽)라는 마지막 장면의 외침은 상당히 추상적이고 공허하게 들렸다. 마침내 저 스스로 '아침'이 되는 김철수-벌레의 성공적 변신은 아스팔트 위에 처박힌 '닭'들의 처절한 실패보다 마음에 와 닿지 않았던 것이다.

"핵심은 오직, 진화론적 변신이 아니라 비진화론적 변신 / 되기이고, 유전학적 가공이 아니라 리좀학적 가공 / 생성이다"(「주석들」, 309쪽), 『키메라의 아침』은 "비진화론적 · 리좀학적 키메라"를 통해서 "'자본의 (몸을 매개로 한) 변신'에 대항해, 진정한 '몸의 변신'이란 어떤 것인가"(310쪽)를 이야기하는 소설이다, ……라는 작가의 장황한 설명을 읽었지만, 여전히 나는 그런 것들이 소설 안에 어떻게 형상화되었는지 직관적으로 이해할 수 없다. 김철수―벌레가 정말로 '리좀학적 생성'이나 '진정한 몸의 변신'을 소설적으로 구현하고 있는가에 대해, 나는 지금도 회의적이다. 그러니까 소설가 조하형이 정작 공을 들여야 했던 것은 변신을 가능케 하는 논리 체계의 치밀함보다는 실감으로서의 구체성과 소설적 공감의 영역이었던 셈이다.

이와는 반대로, 『러셔』의 마지막 장면에 등장하는 '초월의 나무'는 개념적·논리적 측면과는 관계없이 풍부한 실감으로 다가왔다. 「작가의 말」에다 백민석은 "'초월의 나무'가 가리키는 건, 그냥 네트워크 시스템이다"(『러셔』, 204쪽)라고 소박하게 정의해놓았음에도 말이다. "기둥줄기도 뿌리도 없는", "중추 없이 말단만 있는"(178~179쪽), 그 "자신이 세계"(180쪽)인 거대한 '나무'와, 점진적인 진화의 과정을 통과하여 결국 그 나무의 일부가 되는 주인공의 모습은, 신화적인 상상력을 자극하면서 "숭고의 감정"을 불러일으켰다(『장르』, 155~156쪽). 『러셔』의 해설(「사이버펑크의 존재론」)에서 이수형이 그랬던 것처럼(『러셔』, 199쪽), 나도 이 장면에서 문득 들뢰즈의 리좀 개념을 떠올리기도 했다. 문학작품을 다루는 일이 이 같은 실감의 구체성에서 출발하여 그것을 사후적으로 개념화하는 작업이란 사실은, SF 장르의 경우에도 다를 게 없다고 나는 생각한다.[8] 사변소설(Speculative Fiction)로도 불리는 SF가 사변적 담론들 그 자체와 같지 않은 이유도 그런 데 있을 테고 말이다.

이런 맥락에서 나는 『러셔』의 '초월의 나무'에 대해 "우주적인 통일체",

---

[8] 같은 맥락에서 나는 판타지 장르의 실감, 추리소설의 실감 등에 관해 이야기할 수 있다고 생각하며, 또한 '관념소설'이나 전위적인 '실험소설'에 대해서도 문학적인 실감의 차원에서 접근할 수 있어야 한다고 믿고 있다. 물론 그것들은 서로 다른 종류의 실감이겠지만 말이다.

"비유기체적"인 "'거대한 몸'을 연상시킨다"(『장르』, 155쪽)고 썼다. 조하형의 「주석들」은 이 부분에도 강한 불만을 드러낸다. "사이버펑크의 '거대한 네트'가 (…) '거대한 몸'을 연상시킨다는 주장은, 정말로 이해하기 힘든 주장이다. 사이버펑크의 기본적인 철학적 토대는, 그 현란한 변주에도 불구하고, 데카르트주의적 이분법 근처다. 육체성에 대한 경멸은, 그 정도의 차이에도 불구하고, 사이버펑크의 기본적인 정조들 중 하나다. '몸'이라고 하는데도, 질료적 일원론도 아니고, 신체 / 정신 이분법의 비물질적 매트릭스를 맞세우는 건, 어이없는 경우"(「주석들」, 309쪽)라는 것이다.

그의 주장과는 달리, 생태적·생물학적·리좀적 함의들로 충만한 '초월의 나무'는 사이버펑크의 거대한 네트로 남김없이 환원되지 않는다. 『러셔』를 포함하여 사이버펑크와 포스트-사이버펑크 계열의 이야기들은 '기본적으로' 정신 / 육체의 이분법 위에 놓여 있으면서도 끊임없이 그 경계와 위계를 교란하고, 그럼으로써 이분법적 사유 체계에 균열을 일으킨다. 조하형은 이를 그저 '현란한 변주'라고 규정했지만, 여전히 우리를 사로잡고 있는 이분법적 사유 체계를 전복하고 넘어설 수 있으려면, 바로 그 체계 안에서 잡음을 내고 엎치락뒤치락하며 물고 늘어지는 집요한 대응의 과정이 필요하다. 이분법을 간단히 폐기하고 단번에 무효화하는 논리는 오히려, 그 강고한 체계에 틈입하여 '걸고 넘어갈' 수 있는 대항력을 지니기 어려울 것이다. "거대한 몸은 초월적이지 않고 내재적이며, (…) 지금-여기, '있는 그대로의 그것'이다", "개체, 즉 공(空)이지 개체성을 소멸시켜 공에 이르는 것도 아니고 개체성을 초월해 합일하는 것도 아니다. (…) 개체, 즉 공이기에 비로소, 변신이란 개념이 성립할 수 있다"(「주석들」, 309쪽)는 식으로, 이분법을 경멸하고 가뿐히 '제껴버리는' 사유가 때로는 공허하거나 무력할 수 있다는 점도 기억해둘 필요가 있다.

「슬립스트림」에 들어 있는 짤막한 논의가 『키메라의 아침』에 대한 충분하거나 완전한 해석이었다고는 생각하지 않는다. 지금 밝힌 나의 견해 또한 조하형의 소설을 보는 한 가지 관점에 불과할지 모른다. 하지만 이 글을 통해, 장르적인 관심에서 출발한 독법이 소설 그 자체에 다가가려는 시도와 괴리되어 있지 않다는 사실, 그리고 소설의 SF적인 가능성(또는 한계)이 문학적인 의의(또는 한계)와 조응할 수 있다는 사실이 좀 더 분명해졌으리라 생각한다. 장르적인 특징들은 소설의 문학성과 배치(背馳)되는 요소라거나, 한 작품의 SF적인 성격을 강조하는 것은 문학성을 폄훼하는 일이라거나 하는 편견이 단지 누구 한 사람만의 것은 아닐 터이다. SF 경향의 소설들이 점점 더 활발히 생산되고 각별한 관심을 끌고 있는 상황에서, 그런 편견들은 동시대의 문학을 섬세하게 이해하고 우리 문학의 방향과 가치들을 적극적으로 찾아나가고자 하는 우리의 노력에 아무런 도움이 되지 못한다.

이쯤에서 조하형 소설에 관해 좀 다른 질문을 던져봐야 하지 않을까? 이를테면, 소설가 조하형의 치열한 문제의식과 문학적인 고투(『조립식 보리수나무』를 포함하여)는 왜 하필이면, 그 스스로 이처럼 부인하고 싶어 하는 SF 장르의 형태로 나타나고 있는가 하는 질문 말이다. 재현적인 리얼리즘의 영향력이 현저히 약화되고 문학이 정치적 의미를 잃어버린 채 자꾸만 왜소해져가는 지금, SF 문학이 그 어떤 대안적 가능성을 향해 열려 있는 것은 아닐까? (이에 대한 구체적인 논의를 펼치기 위해서는 우리가 더 좋은 SF 소설들을 많이 만날 수 있어야 하겠지만,) 근래에 프레드릭 제임슨이 SF 문학 연구에 열정적으로 몰두하는 이유도 이런 통찰과 무관하지 않을 것이다. SF의 장르 코드들 그 자체에 매료된 젊은 작가들이 있다면, 그들도 이 문제에 대해 한번쯤 고민해보았으면 한다. 쟁점은 SF냐 아니냐 하는 명명이나

분류의 차원이 아니라, 우리가 바라고 지향하는 문학이 진정 '어떤' 문학
인가 하는 데 있을 것이기 때문이다.

(2008.11)

다지나가리니

박민규의 「코작(Cosaque)」

'웨스턴'을 가지고 놀며 자본주의의 끝을 상상하다

이번엔 골드러시(Gold Rush) 시대의 미국 서부다. 돌을 갈아 사냥을 하던 BC 17000년경의 철산 지역부터(「슬(膝)」) 치명적인 바이러스로 지상의 인류가 전멸한 서기 29세기의 지하 국가까지(「굿모닝 존 웨인」), 자동차의 새로운 시장으로 떠오른 화성부터(「딜도가 우리 가정을 지켜줬어요」) 대체 체액을 주입한 '디퍼'들의 탐사지인 심해의 해구까지(「깊」).[1] 상상 초월의 시공간을 종횡무진 누비는 박민규의 소설이 서부 개척 시대의 미국을 접수하지 말란 법이 어디 있으랴. SF, 판타지, 스릴러, 미스터리, 코미디, 포르노그래

---

[1] 이상의 단편소설들은 박민규의 작품집 『더블』(창비, 2010)에 수록돼 있다. 이 글에서 따로 출처를 언급하지 않은 단편들은 모두 이 책에 수록된 것들임을 밝혀둔다.

피 등등, 온갖 장르들을 제멋대로 넘나드는 박민규 소설이 「코작(Cosaque)」(『문학동네』 2010년 겨울호)에서는 또 이렇게 웨스턴(Western) 장르를 가지고 논다.

웨스턴의 배경을 이룬 19세기 후반은 남북전쟁, 유럽 이민들의 대량 이주와 서부 지역 '개척', 원주민 인디언 부족들에 대한 연방정부군의 대대적인 '토벌', 대목장주와 자영농민 사이의 끊임없는 마찰, 대륙횡단철도의 부설, 그리고 북동부 신도시를 중심으로 하는 급속한 공업화 등으로 특징지어지는 시대다. 한마디로 이때는 미국이 지리적 팽창을 완료하며 공업국가와 근대국가의 틀을 갖추고, 다인종 사회이자 자본주의 체제로서의 기본 성격을 형성한 시기라 할 수 있다.[2] 이 시기 미국 서부를 배경으로 박민규가 장난을 친다면, 그건 미국으로 표상된 근대 자본주의 체제의 성립과 그 근본 조건을 통째로 손안에 쥐고 주물러보겠다는 배짱 좋은 속셈이 아닐 리 없다.

아니, 「코작」의 박민규는 그쯤에서 멈추지 않는다. "그곳은 그냥 땅이었는데"(198쪽)로 시작한 이 소설은 그 맨땅이 신흥 광산도시 '코작'으로 변모하는 과정을 그리는 데 머무르지 않고, 코작이 다시 "그냥 땅이 되"(219쪽)는 그날까지 이야기를 밀고 나간다. 황금 광풍에 휩쓸려 얼결에 서부로 흘러든 카일과 하먼 형제가 코작의 시장과 보안관이 되었다가 차례로 몰락하여 자살에 이르는 과정은 코작의 형성-부흥-쇠퇴-소멸 과정과 하나로 맞물려 있다. 그리고 이 과정은 곧 근대 자본주의 체제의 성립부터 붕괴까지의 일련의 과정을 함축적으로 암시하게 된다. 숨 돌릴 틈 없이 바쁘게 돌아가는 사건들의 연쇄는 살인과 전쟁, 폭력과 불법, 경쟁과 암투

---

2   구회영, 『영화에 대하여 알고 싶은 두세 가지 것들―에이젠스테인에서 홍콩느와르까지』, 한울, 1991, 139쪽.

등으로 점철돼 있으며, 이 모든 것은 코작이란 이름(크리스마스 폭죽의 이름이기도 한 '크래커'와 동의어)처럼 화려하고도 허망한 한바탕 '폭죽놀이'가 되는 것이다.

자본주의 체제의 붕괴, 라고 나는 적었다. 도대체 이게 말이 되는 얘기인가? 이 시대에, 누가 어떻게, 그런 허황된 전망을 내놓을 수 있단 말인가? 도무지 그럴 수 없을 것만 같은 지금, 「코작」에서 박민규는 이 완강하고 출구 없는 자본주의 체제가 폭죽의 현란한 불꽃들처럼 언젠가 스러져버릴 날을 상상하고 있다. 그 상상을 소설의 언어로 그려 보이기 위해 동원된 것이 바로 웨스턴 장르이고, 코작이란 가상의 도시이며, 또한 저 기상천외한 말하기 방식일 것이다.

초월하거나 관조하지 않으면서 '바깥'에서 조망하기

단편소설 한 편 안에서 도시의 형성과 소멸을, 나아가 한 체제의 성립과 붕괴를 묘사해낸다고 생각해보라. 당신이라면 어떻게 이야기를 풀어가겠는지? 일단 필름을 빠르게 돌리듯이 스토리 전개를 가속화하는 방식이 반드시 필요하지 않을까? 꽤 긴 스토리 시간에 걸쳐 상당한 숫자의 인물들이 온갖 사건들을 겪어야 할 텐데, 겨우 원고지 100매 안팎의 분량 안에서 이 모두를 소화해내야 하니까. 그러다 보면 엄청나게 정신 사납고 수다스러운 소설이 되지 않을까? 그러면 좀 어때? 박민규가 택한 것이 바로 그런 말하기 방식이다. 그 결과로 우리는, 이를테면 『고래』(천명관)와도 같은 단편소설의 탄생을 목격하게 된다.

「코작」에는 고유명사가 붙여진 인물들만 54명(내가 혹시 세다가 빠뜨리지 않았다면)가량이 등장한다.[3] 그저 진압대, 선원들, 기병대, 인디언들, 광부들 등으로 불리는 인물들까지 어림잡아 헤아린다면, 그 숫자는 가히 폭발적이다. 스토리 시간도 어마어마해서, 주인공인 카일과 허먼 형제의 아버지 레지널드와 그 아버지 조셉 브라우닝의 시대까지 아우르고 있다. 말하기 그 자체의 동력으로 질주하는 이야기들은 소설의 유기적 구조나 서사적 논리 따위에 아랑곳없이 시간을 마음대로 거슬러 올라가고, 순간 이동을 하듯 인물들과 공간들 사이를 수시로 건너뛴다.

그러니까, 말하자면 이런 식이다. 카일과 허먼 형제가 콜로라도를 건너온 시점부터 시작된 이야기는 2년 전 서부에서 실종된 아버지 레지널드에게로 슬그머니 넘어가더니, 어느새 레지널드가 여동생 코니와 함께 밀항을 해서 미국으로 건너오던 14살 무렵에 대해 들려주기 시작한다. 배에서 웨일즈 선원에게 겁탈 당했던 여동생 코니가 아이를 낳다가 12살 나이로 죽게 되고 출산을 도왔던 마담 루시가 코니의 아이를 팔아먹는 사연, 그리고 루시의 남편인 폴 더들리가 부랑자 빌리에게 맞아 죽고 루시가 두 딸(마가렛과 엘리스)과 함께 뉴욕을 떠나게 되는 사연까지, 이 모든 이야기가 겨우 한 페이지 정도의 분량 안에서 한꺼번에 쏟아져 나온다. 여기서부터는 랭커셔의 방직공장에서 일하던 레지널드의 아버지 조셉 브라우닝의 이야기가 시작되는데, 그가 부당해고를 당하고 러다이트 운동의 선봉에 섰다가 돌격대의 말에 밟혀 죽게 되는 사연이 두 번의 결혼, 두 번의 파탄 과정과 더불어 다시 한 페이지 정도로 숨 가쁘게 서술된다. 그

---

3   우리에게 익숙한 이름들을 이리저리 뒤섞거나 장난스럽게 결합해놓은 듯한 그 고유명사들(샤론 브라우닝, 휴 캠벨, 제인 오스왈드, 제시 소여, 험프리 오닐 등등)은 같은 이름을 지닌 수많은 유명인사들(허구적 존재와 실존 인물을 가릴 것 없이)을 떠올리게 만들면서 이 소설의 작화증적 성격을 더욱 강화시킨다. 이런 고유명사들은 또한 코작의 이미지를 미국적이고 서구적인 것들의 잡다한 총체로 형상화하는 데도 한몫을 하고 있다.

러다가 곧바로, 고아가 된 레지널드와 코니가 거리를 떠도는 장면이 등장하면 '죽었던 코니가 다시 살아났나?'라는 착각을 하게 될 지경이다.

들린 듯이 이야기를 쏟아내는 「코작」의 화자는 편재하는 전지적 서술자라기보다는 오락가락하는 작화증적(作話症的) 이야기꾼에 가깝다. "당연히 망할, 웨일즈 촌놈의 씨였다"(198쪽), "부자가 되었다며 레지!"(199쪽) 같은 그의 말들은 인칭이 부여되지 않은('나'라고 스스로를 호명하지 않는) 익명의 화자에게 마치 인물과도 같은 일종의 개성을 덧씌운다. 그는 초연하게 세상을 관조하는 신적인 존재가 아니라 '열 받아서' 황당해하는 어떤 사람이며, 감정적으로나 실존적으로 스토리 세계에 연루된 그 누구인 것처럼 느껴진다. 하지만 동시에 그는, 스토리 세계 안의 인물이라면 결코 벗어날 길 없었을 이런저런 제약에 묶이지 않고 얼마든지 자유롭게 자기 이야기를 펼쳐나갈 수 있는 존재이기도 하다.

「코작」의 화자가 지닌 이 같은 양면성은 이번 소설에서 특히 두드러지는 작가 박민규의 관점과 이중적 전략을 잘 대변하고 있는 것 같다. 박민규는 우리 현실을 코작이라는 허구적 공간으로 옮겨놓고 이를 바깥에서 조망할 수 있는 거리를 확보한다. 말하는 자, 또는 작가의 관점이 그 세계 안에 속해 있다면, 체념과 분노와 냉소 이외의 다른 길을 찾기란 사실상 쉽지 않았을 것이다. 하지만 박민규는 매인 데 없이 제멋대로 이야기를 지어내는 스토리 밖의 화자를 내세워, 이 세계의 쇠락과 소멸까지 묘사해낼 수 있는 서사적 위치를 점유한다. 그러면서도 「코작」에서 그는 스토리 세계와 그 속에 투영된 우리 현실을 아득히 먼 곳에서 팔짱 끼고 내려다보는 무심한 관망의 태도를 취하지 않는다. 인물들의 "혹독한 삶"(202쪽)과 "가난뱅이의 운명"(200쪽)을 코믹하면서도 열띤 목소리로 숨넘어가게 읊어대는 서술 방식은 우리가 사는 세상을 그저 '어떤, 지구의 이야기'로 상대화하여 무한히 가볍게 만드는 「크로만, 운」의 초월적인 태도와는 확연히 성격을 달리한다.

경험적 시공간을 훌쩍 벗어나 이 세계를 내려다보는 바깥의 시선은 총체적인 인식도, 출구나 대안도 부재하는 것처럼 보이는 완강한 현실을 다른 각도에서 조명할 수 있는 관점의 전환을 가능케 한다. 이는 그동안 SF나 판타지 등을 활용하여 박민규가 수행해온 작업들의 주목할 만한 의의일 것이다. 그럼에도 그의 이런 작업들에는 간혹 미심쩍은 한계들이 엿보이는 게 사실이다. 가령 「몰라 몰라, 개복치라니」(『카스테라』, 문학동네, 2005)의 '우주적 관점'은 생활의 고달픔을 극도로 사소하고 하찮은 것으로 만들면서 현실을 잠시나마 견딜 만하게 만드는 일시적인 자기 위안의 성격을 띠고 있으며, 「슬」과 「크로만, 운」에 나타난 '문명사적 관점'은 어느 시대든 '어떤 지구'에서든 먹고살기는 항상 힘들고 세상은 원래 다 그런 거라는 냉소적 허무주의의 색채를 띠기도 한다.

이에 비하면 「코작」은 기존의 박민규 소설들이 지닌 바깥의 시선을 유지하면서도 그 현실의 구체적 특수성을 추상화하지 않으며, 개인적이거나 심리적인 차원의 위안을 넘어 실제로 이 체제가 지나가버릴 가능성을 꿈꿀 수 있게 해준다. 그 꿈도 황당하긴 마찬가지라고? 그렇다 해도, 자본주의 체제에 바깥이 없는 것은 무엇보다도 우리가 그 바깥을 상상하지 못하기 때문일지 모르고, 많은 사람들이 같은 상상을 한다면 그것은 더 이상 상상으로만 남지 않을지도 모른다. 이런 생각을 하게 만드는 것 자체가 「코작」이 지닌 각별한 의의라고 해야 하지 않을까.

'안'에서부터 비롯된 종말, 그 상상력의 정치성

이제 우리도 코작이란 도시에 대해 이야기해야겠다. 서부 광산도시 코작의 형성과 소멸 과정을 간단히 정리하면(짐작하겠지만 이건 정말, 절대로 쉽지 않은 일이다), 대략 다음과 같다.

달랑 서부지도 한 장을 들고 농장과 은광을 전전하다 '자유의 땅' 네바다에 도착한 레지널드가 산을 타며 닥치는 대로 말뚝을 박다가 곰의 습격으로 생을 마감한 뒤, 아버지를 찾아 서부로 흘러든 카일과 허먼 형제는 카우보이들에게 쫓기다 굴러 떨어진 언덕 아래에서 우연히 금 한 덩어리를 발견한다. 이들을 앞세운 밀수꾼 휴 캠벨이 그곳의 땅을 사들이고 광산채굴 회사를 세우면서, 코작은 그렇게 생겨난다. 일확천금을 꿈꾸는 자들이 몰려들기 시작하자 코작에는 시가지와 상가, 모텔과 클럽 등이 앞다투어 들어선다. 카일과 허먼은 철도 설치 문제로 곤경에 빠진 휴 캠벨을 제거한 뒤, 각각 코작의 시장과 보안관으로 선출된다. 코작을 통째로 손에 넣으려는 모텔 사장 패트릭 에임스는 언론을 통한 대중 조작으로 시장 카일을 궁지에 몰아넣지만, 카일의 자살로 한순간에 여론이 뒤집어지자 무법자들을 이끌고 코작을 공략한다. 허먼은 이 무법천지를 평정하고 코작의 새로운 시장이 되는데, 머지않아 금광은 바닥을 드러내고 금값은 계속 폭락한다. 허먼의 차지가 됐던 채굴회사가 결국 도산을 하게 되고 도시에 폭동이 번져가면서, 허먼은 형의 전철을 그대로 밟게 된다. 이 와중에 사람들이 썰물처럼 빠져나간 도시 코작은 이내 '그냥 땅'으로 되돌아간다.

코작이 생겨나고 번성하는 과정은 그 쇠퇴나 소멸 과정과 마찬가지로 살인과 폭력, 사기와 협잡, 횡포와 착취, 학살과 토벌 등으로 얼룩져 있다. 코작은 처음부터 파멸과 몰락의 씨앗을 품고 있었고, 그나마 이 모든 난리법석은 "코작에서 금이 나올 때"(218쪽)에나 가능한 이야기였다. 코작이 그렇다면, 코작으로 상징된 미국식 자본주의 체제 또한 그러하지 않겠는가? 근본적인 불의와 폭력 위에 세워진 이 체제는 안에서 보는 것만큼 그리 견고하거나 절대적이지는 않을 것이며, 그 자체의 에너지가 소진되면 자연히 스러져갈 운명이 아니겠는가? 「코작」은 우리에게 넌지시 이렇게 물으면서, 어느덧 그 '다음'을 상상해보게 한다.

종말에 대한 상상을 담은 일반적인 이야기들과 「코작」이 구별되는 지점도 여기에 있을 것이다. 외계인의 침공이든 끔찍한 재앙이든, 종말론적 상상력에 근거하는 대부분의 이야기들은 이 세상을 끝장내는 강력한 외부적 힘의 존재를 상정하곤 한다. 멀쩡하게 잘 돌아가던 세상을 어느 날 갑자기 쓸어엎는 외부적 힘의 개입은 이 세계에 내재된 모순과 파국의 내적 필연성으로 주의를 돌리게 하진 못한다. 이런 이야기들은 오히려 종말에 대한 막연한 불안감을 분출하여 해소하거나, 또는 결코 변할 것 같지 않은 현 세계질서의 파국에 대한 실현 불가능한 욕망을 대리만족시키는 기능에 머무르는 경우가 많다. 박민규의 이전 소설들에서도 얼마간 이런 경향을 찾아볼 수 있다. '탁구계'의 외계인이 인류를 '언인스톨' 하는 『핑퐁』(창비, 2006)의 결말이나, 혜성 충돌로 예견된 '인류 마지막 날'을 그린 「끝까지 이럴래?」의 웃지 못할 상황 등이 여기(특히 앞서 말한 두 번째 경향)에 속할 것이다. 그런데 「코작」은 좀 달라 보인다. 어떤 충격적인 재난이나 이질적인 힘의 개입도 없이, 시간의 흐름과 자체 내의 운동에 의해 쇠퇴하고 소멸하는 코작의 모습은 우리가 사는 세계의 근원적 모순과 종말의 내적인 타당성에 대해 생각할 수 있게 만들기 때문이다.

코작을 들끓게 했던 것은 개발과 성장이라는 지상 과제와 '한몫'에 대한 탐욕이었지만, 막상 코작이 스러져갈 때 거기 남아 있는 것은 변변한

재산을 모으지 못한 갈 곳 없는 사람들이다. 거기서 그저 "한동안 먹고살
았"(219쪽)을 뿐인 그들은 지치고 병든 몸을 서로 의지하며 코작을 떠나는
길동무가 된다. 코작이 사라진 뒤 '다른 세상'이 생겨난다면, 그 세상을 만
들어갈 사람은 바로 이들이 될 것이다. 코작의 '폭죽놀이'가 완전한 헛것
이 되지 않고 그래도 조금은 아름다웠다고 기억될 수 있다면, 그건 오직
이들의 소소한 인연과 조촐한 추억들, 작은 친절과 따뜻한 배려들 때문일
테고 말이다. 이 체제의 끝을 지켜보며 그렇게 말할 수 있는 날이 절대로
오지 않는다고 장담할 수 있을까? 우리가 함께 그런 꿈을 꾸는 일이 지금
의 현실과 다가올 미래를 변화시킬 수는 없는 것일까?

　「코작」은 박민규 소설이 그동안 좌충우돌하며 시도하고 지향했던 것
이 무엇인지를 더 잘 이해할 수 있게 해주고, 그것이 어떻게 언어적 형상
으로 구체화될 수 있는지를 인상적으로 예시하는 모델일지 모른다. 달리
말하면 「코작」에서 우리는, "자본주의랄까 욕망이랄까, 그런 얘기일 수
도 있는데, 뭐랄까……. 우리 이대로 이렇게 가는 건가? (…) 우리가 이
세계에서 벗어날 수는 없다는 생각이 들었다. (…) 우리가 이 시스템, 이
세계를 벗어나려면 뭔가 다른 형태가 돼야 하지 않을까. 그때까지 진화
해가는 것 외에는 방법이 없다고 생각한다"[4]는 박민규의 인간적 고백이
소설을 통해 또 다른 목소리로 생생히 울려 나오는 장면과 마주하게 된
다. 과연 박민규는 '흡수'하고 '분열'하고 '번식'하면서(『더블』의 권두언), 이
렇게 진화해가는 중이다. 그의 진화는 우리 소설의 상상력과 기발함의
진화이자, 이 시대 문학이 지닌 정치적 가능성의 진화이기도 할 것이다.

(2011.1)

4　윤이형, 「호랑이를 만든 그분께서 그를 만드셨을까?」(박민규 특집, 작가 인터뷰), 『작
　가세계』 2010년 겨울호, 55쪽.

제4부

국가, 정치, 자본

이주노동자의 재현 이미지와 국민국가의 문제

노마돌로지의 환상과 국민국가의 장벽을 넘어

신자유주의 시장경제가 전지구적으로 확장되고 이에 따른 인구 이동이 급증하면서 다민족·다인종·다문화 사회에 대한 관심이 높아지고 있다. 민족은 '상상의 공동체'(베네딕트 앤더슨)에 지나지 않으며 오늘날 근대 국민국가의 경계는 급속히 해체되고 있다는 주장들이 이제는 전혀 낯설지 않다. '트랜스(trans)' 담론들과 '노마드(nomad)'적 관념들이 시대정신을 대변하는 것처럼 보이는 이 시대에, 그러나 실제로 우리가 목격하고 있는 것은 이주노동자, 불법체류 외국인, 차별적인 국제결혼 이주자 등과 같은 또 다른 난민들(diaspora)의 참상이다. 그 속에서 우리는 여전히 견고한 "국민국가의 장벽"이 우리 "내면까지도 무참히 가르고 있"는 광경과 마주치는 한편,[1] '넘어섬'의 환상을 제공하는 것은 다만 자본의 전지구적 이

동임을 확인하게 된다.[2]

시장경제 글로벌리즘이 낳은 이들 새로운 난민들 또한 법의 바깥으로 배제되고 '내던져진' 존재라는 의미에서, 처음부터 '추방된 자'이며 정치질서 속에 기입되지 않은 '벌거벗은 생명'(호모 사케르)이다.[3] 이들의 상황은 난민-외국인의 인권 보장을 위한 실천적인 노력과 타자 윤리의 필요성을 제기하는 한편, 국민국가의 작동 방식과 근대 주권의 허구성에 대한 근본적인 반성을 요청한다. 이는 난민을 더 이상 '예외'로 간주하지 않고, 국민국가의 '한계 개념'으로 사유할 수 있는 가능성을 뜻한다.[4]

이 글에서는 이 같은 관점으로 한국소설에 등장한 이주노동자 문제에 대해 살펴보고자 한다. 변화된 사회상을 반영하듯 2000년대 들어 한국소설은 우리 사회에 유입된 난민-외국인들의 상황을 활발하게 조명하기 시작했는데,[5] 그 가운데 가장 큰 비중을 차지하는 것이 이주노동자를 다룬 소설들이다. 박범신의 장편소설 『나마스테』(한겨레출판, 2005)는 네팔 출신 불법체류 노동자 카밀과 한국여성 신우의 사랑 이야기를 통해 이주노동자 문제를 본격적으로 소설화한다. 이밖에도 이혜경의 「물 한 모금」(『문학과사회』 2003년 봄호), 김재영의 「코끼리」(『창작과비평』 2004년 가을호)와 「아홉 개의 푸른 쏘냐」(『내일을 여는 작가』, 2005년 겨울호), 손홍규의 「이무기

---

1   서경식, 김혜신 역, 『디아스포라 기행—추방당한 자의 시선』, 돌베개, 2006, 6쪽.

2   황호덕, 「넘은 것이 아니다」, 『문학동네』 2006년 겨울호, 425쪽.

3   조르조 아감벤, 박진우 역, 『호모 사케르—주권 권력과 벌거벗은 생명』, 새물결, 2008, 79, 330쪽.

4   위의 책, 260쪽.

5   이를 거칠게 유형화하면 국제결혼 이주자 문제, 탈북자 문제, 이주노동자 문제 등으로 나눌 수 있다. 이 같은 구분과 구체적인 작품들의 목록은 손정수, 「디아스포라에 의한, 디아스포라를 위한, 디아스포라의 글쓰기」, 『문학들』 2006년 가을호, 32~45쪽에서 찾아볼 수 있다.

사냥꾼」(『문학동네』 2005년 여름호), 공선옥의 「명랑한 밤길」(『창작과비평』 2005년 가을호) 등이 이 문제를 소설의 중심 테마로 삼고 있다.

이어지는 장에서는 박범신의 『나마스테』를 중심으로 위의 단편들을 함께 읽으면서, 이주노동자라는 타자를 형상화하고 이를 통해 우리 사회를 되비추는 작업들이 어디까지 와 있는지 검토할 것이다. 이들 소설이 지닌 의의와 한계를 살피면서, 난민―호모 사케르의 삶을 '재현'하는 데 머무르지 않고 국민국가와 주권 권력(sovereign power)에 대한 반성적 통찰로 나아갈 수 있는 소설적 탐색의 가능성에 대해 생각해보기로 한다.

타자 이미지의 고착화와 다문화주의의 한계

『나마스테』에 재현된 이주노동자의 삶은 비참하기 이를 데 없다. 소설 안에는 주인공 카밀을 비롯해 그의 친구들과 동료들이 이 땅에서 겪는 욕설과 구타, 임금 체불이나 강제적금 등 부당한 착취와 횡포들이 상세히 기록돼 있다. 이를테면 카밀은 공장 상무에게 "두들겨 맞아서 피투성이"가 되고도 도리어 폭력을 휘둘렀다는 신고를 당하고, "한국 경찰 무조건 한국 사람 편드니까" "그냥 있으면 감옥 간다"는 생각에 "죽어라 도망쳐 나"(107쪽)온다. 또 다른 공장에서는 숙소에 있던 전기난로를 빼앗아가려던 한국인 직원들이 경찰을 앞세우고 들이닥치자, 그들을 피해 옥상에서 뛰어내리다가 무릎 뼈가 부서진다. 한 필리핀 친구는 "프레스기에 손가락을 네 개나 잃었는데도 회사에서 (…) 끝내 강제퇴원"(204쪽)시키는 바람에 손가락이 썩어들어가 손목을 자르게 된다. 산재처리를 해주지 않는 회사들이 허다하고, 심지어 "장해보상금"을 "가로채 먹"(205쪽)는 경우도 있다. 싫으면 "너희 나라로 가라"거나 "까불면 모조리 신고해서 붙잡혀 가도록 하겠다"(193쪽)는 말에, 빚을 떠안고 '코리안 드림'을 좇아 한국에 온 이들은 차라리 죽음을 선택하기도 한다.

이처럼 『나마스테』에서 이주노동자들은 "실존 전체가 모든 권리를 박탈당한 벌거벗은 생명으로 축소"된 채 "끊임없이 도망"[6]쳐야만 하는 호모 사케르의 모습으로 묘사된다. 이 땅에서 그들은 "사람이 아니라 짐승"(84쪽)으로, "춥고 배고프고 천대받도록 애당초 설계된 종족들"(193쪽)로 취급당하며, 마치 법의 처벌을 받지 않고도 얼마든지 폭행하고 살해할 수 있는 대상인 양 간주된다. 법의 바깥으로 추방된 그들은 매순간 죽음의 위협 아래 놓여 있으며 항시적인 공포와 불안에 사로잡혀 있다. 이런 식으로 그들은 자신을 추방한 권력과 긴밀하게 얽혀 있고, 바로 그런 의미에서 그들의 삶은 누구보다 '정치적'이다. 이 점은 특히 『나마스테』에서, 불법체류 노동자 강제추방령(2003년)이 내려지고 대대적인 단속이 시행되자 미등록 외국인 노동자들의 자살이 잇따르는 상황, 그리고 결국 농성장으로 들어가 '투사'로 변모하는 카밀의 모습을 통해 분명하게 드러나 있다.

이 같은 상황이 우리 사회에서 실제로 벌어지는 일들이란 사실 때문에, 이 소설을 읽는 일은 불편하고 마음 아프다. 이렇듯 이주노동자들이 처한 현실을 충실히 재현하고 변화를 촉구하는 작업은 그 자체로도 중요하고 의미가 있다. 하지만 이런 역할은 시사보도 프로그램들이 더 잘 수행할 수 있으며, 사실상 그것들은 소설을 압도하는 리얼리티 효과를 지닌다. 소설은 그것과는 좀 '다른' 차원에서, 그 '이상'의 것을 전할 수 있어야 할 것이다. 『나마스테』에 묘사된 사건과 상황들이 우리에겐 더 이상 낯

---

6   조르조 아감벤, 앞의 책, 345쪽.

설거나 충격적이지 않으며, 익숙한 이미지들의 반복은 도리어 고통에 대한 무감각을 초래할 수 있다는 점도 간과할 수 없다. 특히『나마스테』의 몇몇 장면들과 에피소드들(공장에서 손가락이 잘리고, 열차에 투신자살하고, 피부 색깔에 따라 등급이 매겨져 차별당하고, 돈보다도 '사람대우'를 받고 싶다고 호소하는)은 김재영의「코끼리」에서도 그대로 찾아볼 수 있어, 우리 소설이 이주노동자에 대한 상투적인 이미지들을 고착화하고 있지는 않은지 의심하게 한다.

이 점은『나마스테』에서 카밀을 포함한 이주노동자들을 바라보는 '나'(신우)의 시선과도 맞물려 있다. 이 소설은 카밀을 사랑하게 된 한국여성 신우의 눈을 통해 이들이 처한 상황을 연민 어린 애틋한 시선으로 감싸 안는다. 신우가 자기 집 뒷마당에 쓰러져 있는 카밀을 처음 발견했을 때 그의 모습은 "사람은 사람인데, 뭐랄까, 상처 입은 커다란 짐승 같은 것"(11쪽)으로 비춰지고, "고열로 온몸을 떨고 있는 카밀을 내려다보고 있을 때" 그는 "오랫동안 품에 안아 키운 눈물겨운 피붙이"(67쪽)처럼 느껴진다. 신우는 "어린 양처럼 유순"(159쪽)하고 "순정"(46쪽)한 카밀의 '보호자'가 되기를 자청하는데, 카밀에 대한 신우의 헌신과 희생(대출금으로 카밀의 수술비를 감당하고 극진히 간호하는 등)은 점차 그의 친구와 동료들에게까지 확대된다. 합동단속을 앞두고 신우는 다른 불법체류 노동자들에게 자기 집을 은신처로 제공하는가 하면, 옷가게 문을 닫으면서까지 농성장을 돌보고 그들을 뒷바라지한다.

그런데 카밀을 연약하고 때 묻지 않은 영혼이라 생각하는 신우의 시선은 "자본주의의 치열한 경쟁논리가 가장 선도적으로 도입되어 있는 우리나라"와 "천지사방에서 히말라야 빙하의 물이 흐르는 아름답고 고요한 안나푸르나"(46쪽)를 대립된 양극으로 놓는 관점에서 비롯된다. 신우는 그를 "눈의 보금자리, 멀고 먼 히말라야"에서 온 "산인(山人)"(16쪽)으로 신비화하는 한편, 이로부터 그가 진정 순수한 사람이라는 믿음을 끌어내는 것이다.

> 오빠가 네팔에 대해 뭘 알아? 나마스테 알아? 히말라야, 카일라스 알아? 난 오빠가 그렇게 천박한 편견에 사로잡힌 사람인 줄 몰랐어. (…중략…) 오빠같이 편견에 사로잡힌 사람은 이해 못해. 나마스테를 오빠가 어떻게 알고 카일라스를 또 어떻게 이해하겠어? 오빠 같은 우리나라 사람보다 네팔 사람들, 백배는 나아. (153쪽)

"히말라야"에서 온, "카일라스"를 아는 네팔 사람이란 이유로 카밀은 누구보다 "사람다운 사람"(같은 곳)으로 평가된다. 하지만 여기에는 이국적 신비를 동경하고 이방의 문화를 물신화하는 하위제국(sub-empire)의 시선이 깔려 있다.[7] 카밀에게서 "많은 문명권 사람들이 이미 상실하고 만 다른 세계"(126쪽)를 찾고자 하는 신우의 태도는 "어이 촌놈, 니네 나라 택시 있냐"(100쪽), "니네 나라 텔레비전도 있냐"(101쪽)며 그를 비웃는 사람들의 편견 어린 시선으로부터 실은 그리 멀리 있지 않은 것이다. 카밀에 대한 신우의 사랑에 시혜자로서의 "우월감"(239쪽)이 뒤섞여 있는 것도 이와 무관하지 않다.

이국적 신비에 대한 이 소설의 키치적 매혹은 카밀이 들려주는 티베트 불교의 개념과 사상들에 홀린 듯 빠져드는 신우의 모습에서도 잘 드러난다. 그녀에게 카밀은 그 세계의 신성함과 곧바로 동일시된다. 신우는 카

밀과의 만남을 "그의 카르마와 나의 카르마가 만나고 또 엇갈리는 운명"(70쪽)의 시간이라 여기고, 카밀에게서 "낯설지만 무한한 신뢰감으로 받아 안을 수 있는 어떤 영혼의 다르마타"(126쪽)를 느끼며, "그가 나의 만트라"(144쪽)라고 굳게 믿고 싶어 한다. 심지어 그녀는 카밀과 자신 사이에서 태어난 딸을 "락슈미신의 환생"(214쪽)이라 생각하기도 한다. 타자에게 '신성함'의 이미지를 부여하는 것이 추방된 자를 예외화하는 익숙한 방식임을 고려하면,[8] 이 또한 카밀로 대표되는 이주노동자들에 대한 배제의 시선 가운데 하나라고 말할 수 있다.

물론 『나마스테』는 그들 모두가 실제로 "참 착한 사람들"(230쪽)임을 강조한다. 그들은 아무리 차별당하고 학대받아도 한국을 비난하거나 미워하지도 않는다.

> 미안해요, 누나.
>
> 한국사람 욕하고 싶어 한 말이 아니니 이해해주세요.
>
> 저는 한국 싫어하지 않아요. (…중략…) 여기 와서 몇 년 지나면 다 정들거든요. 학바는 작년에 네팔로 돌아갔는데요, 한쪽 눈 잃고, 손가락 두 개 잘리고, 돈도 크게 못 벌고 돌아갔지만 지금 한국병, 향수병, 걸려 있어요. 한국이 그렇게 그립대요. 너무 한국 그리워서 벌건 라면 끓여서 밥 말아 막 퍼먹었더니 누이가 묻더래요.
>
> 왜 그렇게 더럽게 해서 먹느냐구요.
>
> 이게 한국스타일이라고 설명해주는데, 그리 한국이 그립더래요. 그 관리 부장의 발길질도 그립더래요. 그래서 울면서 라면 먹었대요. 학바만 그런 게 아니

---

8   신성함의 양가성은 '신성하고 저주받은'이라는 뜻의 라틴어 '사케르(sacer)'에도 새겨져 있다. 조르조 아감벤, 앞의 책, 167쪽.

에요. 다들 그래요. 한국 사람들 그것만은 알았으면 좋겠어요. 여기 온 외국인 노동자들, 어디서 살든 한국 사람편 된다는 거요. (85쪽)

그 어떤 고통과 치욕을 당했어도 한국이 그리워 눈물을 흘리고 "어디서 살든 한국 사람편"이 되는 착한 사람들이란 우리가 상상해낸, 이주노동자들의 가짜 이미지이다. 언제까지나 참고 견딜, 선량하고 고통받는 타자의 이미지는 우리에겐 조금도 위험하거나 해롭지 않다. 우리는 바로 그런 타자를 상상하고, 그런 타자인 한에서만, 연민과 우월감 섞인 선행을 베풀고자 한다. "오직 그가 좋은 타자일 때에만" 그가 지닌 "차이를 존중하겠다"는 식의 이런 태도는 타자 윤리가 아닌 일방적인 동일화에 지나지 않는다.[9]

병든 불법체류 노동자들에게 '안방'까지 내주고 헌신적으로 보살피는 신우의 모습은 타자에 대한 '절대적이고 무조건적인 환대(l'hospitalité)'처럼 보이지만,[10] 그 자기희생적 행위는 가해자로서의 죄의식을 덜어주는 역할을 한다는 점에서 실은 자기 자신을 위한 행위의 성격을 띤다. "나……한국 사람이에요. 욕……해도 좋아요. 때려도……맞을게요. 용서……하지 마세요. 절……대로요……"(300쪽)라며 울먹이는 가해자의 자기모멸과 죄책감은 "이러지 말아요. 당신…… 죄 없어요……"(같은 곳), "우리 네 파리 사람들, 당신을 락슈미라고 해"(335쪽)라고 말해줄 선량한 타자-희생자를 필요로 하는 것이다.

『나마스테』가 보여주는 이 같은 한계들은 다른 작가들의 단편소설에서도 유사하게 발견된다. 김재영의 「코끼리」(『코끼리』, 실천문학사, 2005)는

---

9   알랭 바디우, 이종영 역, 『윤리학』, 동문선, 2001, 33~34쪽.
10   자크 데리다, 남수인 역, 『환대에 대하여』, 동문선, 2004, 134~141쪽.

한국인이 아닌 네팔 노동자의 어린 아들을 화자로 내세운 소설이지만, "구름보다 높은 히말라야에서 태어나 이곳, 후미진 공장지대에서 살아가"는 아버지를 "창조주 브라마가 '세계의 알'을 깨뜨리면서" "격이 낮아져"버린 "코끼리"(20~21쪽)에 비유하고 "밤이면 만병초 그림자를 땅 위에 가지런히 뉘어놓고 세상을 휴식하게 한다는 히말라야의 달빛"(35쪽)을 낭만적으로 신비화한다. 공선옥의 「명랑한 밤길」에서도 이주노동자 깐쭈는 "네팔의 설산에 떠오른 달"(『창작과비평』 2005년 가을호, 184쪽)의 이미지로 성격화된다. 그는 사장이 돈을 못 줘도 "사장이 너무 불쌍해"(182쪽)서 돈 달라는 말을 못하고, "사장이 막 욕해"(183쪽)도 눈물 흘리며 노래를 부르다 잠이 드는 좋은 타자–동일자로 묘사된다.

러시아 출신 성매매 여성이 등장하는 김재영의 「아홉 개의 푸른 쏘냐」 역시 "시베리아의 겨울 들판"과 "자작나무 숲의 장엄한 풍경"(『코끼리』, 59쪽)이 자아내는 이국적인 신비감을 쏘냐에게 부여한다. "이토록 아름다운 러시아 아가씨가 왜 여기까지 흘러들어와 죽어가고 있는 건지, 어쩌다 그들은 자본주의 찌꺼기가 쌓이고 쌓여 냄새를 풍기며 썩어가는 이 사창가로 소중한 딸을 내몰게 된 건지……"(같은 곳)라고 한탄하는 윤경에게선 『나마스테』의 신우가 지닌 연민과 우월감이 그대로 엿보인다. "눈에 보이는 대로, 닥치는 대로 선행을 쌓"(60쪽)겠다며 쏘냐를 돌보는 윤경의 시혜의식은, 러시아 유학 시절 역 광장에서 만났던 소녀(자기로 인해 매를 맞고 상처를 입었던)와 쏘냐를 동일시하는 '그'의 죄책감과 등을 맞대고 있다.[11] 이 죄의식을 떨쳐내기 위해, 쏘냐는 헌신과 보살핌을 필요로 하는 연약하고 선량한 희생자, "자신을 보호할 껍데기를 갖지 못한 한 마리의 가련한

---

11   이에 대해서는 복도훈, 앞의 글, 482~483, 490쪽 참조.

민달팽이"(64쪽)의 모습으로 규정돼야 했던 것이다.

이 같은 한계를 넘어설 수 있는 가능성은 박범신의 『나마스테』에서 좋은 타자라는 안전하고 무해한 영역을 벗어나 있는 인물, 사비나에게서 찾을 수 있다. 사비나는 카밀의 사랑을 배반하고 그의 돈을 훔쳐 달아나는가 하면, 신우의 보살핌을 받으면서도 "여기 있음 나…… 미쳐요……", "나도 (…) 스리랑카 사람이랑 자고 싶지 않아요"(289쪽)라고 소리치며 집을 뛰쳐나가버린다. 그녀는 숭고하고 신성한 타자도, 보호받아야 할 가련한 희생자도 아니며, 신우에게 선행과 헌신의 만족감을 제공하지도 않는다. 카밀과 신우 사이에 끼어 있는 그녀는, 자신의 사랑이 운명적이고 절대적인 것이라 믿는 신우의 환상을 껄끄럽게 방해하는 인물이자, 신우에게 카밀이 온전히 동일화할 수 없는 타자임을 불쑥불쑥 환기시키는 존재이다. 카밀 역시 다감한 연인에서 '투사'로 변모해감에 따라 신우에게 "이상한 소외감"(262쪽)을 느끼게 하고, 그녀의 사랑과 헌신 안에서 보호받는 연약한 희생자의 이미지를 탈피한다.

그러나 『나마스테』는 결국 이들이 지닌 불안한 타자성을 소거하고 온전한 동일화를 이루는 데 주력한다. 에필로그에 해당하는 소설의 마지막 장(2021년을 배경으로 하는)에서 사비나는 주어진 상황을 어쩔 수 없었을 뿐 마음으로는 카밀에 대한 사랑을 한 순간도 저버린 적이 없었으며, 카트만두에서 카밀의 아들을 낳아 착실하게 혼자 길러왔음이 밝혀진다. 사비나가 카밀과 신우의 딸 애린 앞에서 과거의 잘못(특히 신우에 대한)을 깊이 후회하고, 고아가 된 애린에게 '쟈마'(이모)로 불리길 자청하면서, 그녀는 선한 타자-동일자로 자리를 옮겨간다. 사비나는 또 자신이 목격한 카밀의 최후를 애린에게 들려주는데, 그녀에 의하면 신우는 카밀이 온몸에 불을 붙인 채 호텔 옥상에서 투신할 때 "그 불꽃을 완전히 받아 안아"(378쪽) 카밀과 함께 타오른다. 이로써 신우는 "잔인하고 뜨거웠던 하나의 카르마"를 "완성"(379쪽)하고, 이주노동자이자 '투사'인 카밀의 전존재를 동일화하는 데 성공한다. 이 대목에서 다시 등장하는 카일라스의 설산과 카밀의 옛 고향 마르파의 광경은 모든 갈등과 모순을 가리고 봉합하는 신비주의적 환상의 성격을 띤다.

이주노동자들을 고통받는 선량한 타자−희생자의 이미지로 고착화하는 한, 우리에게 이들은 연민과 보호의 대상으로 남아 있을 뿐이다. 이들에게 이국적인 신비감을 부여하는 시선이 제국주의적 편견을 극복하고 타자의 문화적 이질성을 존중하려는 다문화주의적 관점의 한 표현이라 해도, 거기에는 간과할 수 없는 한계가 내재한다. 다문화주의자는 스스로를 특권적인 보편성(서구 중심적인)의 자리에 둔 채 다른 문화들에 대해 적절한 거리를 유지하면서 시혜적인 존중의 태도를 유지한다.[12] 나아가 문화적 차이와 다양성, 혼합과 이동성은 세계시장의 성립 조건이자 거대한 수익 창출의 잠재력이다.[13] 여기에 무감각한 다문화주의는 자본주의 세계 체계의 거대한 현존을 가리는 장막이 됨으로써, 글로벌한 자본−제국의 무제약적 발전에 봉사하는 결과를 초래할 수도 있다.[14]

이주노동자 문제를 다루는 소설적 작업은 이국적인 신비나 가련한 희생자의 이미지로 포장되지 않은 그들의 서로 다른 입장과 욕망들에 주목하는 한편, 끊임없이 호모 사케르를 양산해내는 자본주의 국가 권력과 전지구적 자본의 지배('제국'의 메커니즘)[15]를 함께 고려하는, 더 신중하고 폭

---

12 슬라보예 지젝, 이성민 역, 『까다로운 주체』, 도서출판b, 2005, 353쪽.
13 안또니오 네그리, 윤수종 역, 『제국』, 이학사, 2001, 209∼210쪽.
14 슬라보예 지젝, 앞의 책, 356∼357쪽.
15 제국(Empire)이란 안또니오 네그리의 용어로, 전지구적 시장 및 전지구적 생산회로와 더불어 출현한 새로운 지배 논리와 지배 구조를 설명하기 위한 개념이다. 제국은 이러

넓은 시각에서 이루어질 필요가 있다. 그럴 때에만 "힘없는 사람들에 대한 일방적인 희생의 강요로 누리는 풍요와 행복은 도대체 무슨 의미가 있는가"(278쪽)라는 『나마스테』의 질문도 가해자의 죄의식이나 이를 해소하는 '선행'의 차원을 넘어, 그 같은 세계 질서와 자본주의적 풍요의 허상 자체를 의심하고 흔들어놓는 데까지 나아갈 수 있을 것이다.

국민국가와 주권 권력의 문제

이주노동자 문제는 인종이나 국적만이 아니라 '계급'의 문제와도 깊이 결부돼 있다. 이들이 고독한 망명자나 노마드적 여행자와 구별돼야 하는 것은 바로 계급적 정체성 때문이다. 박범신의 『나마스테』에도 이주노동자 문제를 계급의 층위에서 바라보게 하는 측면이 있다. 이 점은 "같은 네팔리 사람끼리도 높은 사람 낮은 사람"(288쪽)이 있다는 사비나의 생각이나 "우리가 투, 투쟁하는 거, 외국인 노동자만이 아니라 여기, 우리 한국, 가난하고 힘없는 사람들과도 관, 관계 있어요"(311쪽)라는 카밀의 말을 통해 잘 드러난다. 특히 카트만두의 카펫 공장에서부터 부당한 착취와 폭력에 시달려온 사비나는 그들이 떠나온 '저 먼 곳'이 자본주의에 더럽혀지지 않은 시원의 땅은 결코 아니며, 이주노동자들이 겪는 고통이 단지 '이곳'만의 문제일 수 없음을 일깨우기도 한다.

한 전지구적 교환들을 효과적으로 규제하는 지배 권력을 지칭하는데, 네그리는 이를 제국주의적 국가 권력과는 대비되는 개념으로 사용한다. 제국은 제국주의적 근대국가가 쇠퇴한 이후에 나타나는, 전혀 상이한 지배형태라는 것이다(안또니오 네그리, 앞의 책, 12~16쪽 참조). 그러나 실제로 우리 현실은 이 두 가지 국면이 모순적으로 중첩된 양상을 띠고 있다. 따라서 이 글은 이주노동자 문제를 다룰 때 국민국가의 주권 권력과 전지구적 자본의 지배를 동시에 고려해야 한다는 입장에 있다.

그런데『나마스테』는 이 같은 문제의식을 더 이상 밀고 나가지 못하고 이들의 고통을 인종주의적 차별과 국적의 문제로 되돌리는 경향이 있다. 이런 관점을 단적으로 대변하는 인물이 바로 신우인데, 그녀는 자신이 미국에서 겪었던 비극(엘에이 흑인폭동으로 가족을 잃은 상처를 포함하여)을 "철저한 백인우월주의"(125쪽)의 산물이자 "무적자라는 본질적 소외"(135쪽)감의 문제로 설명하면서, 이를 한국에서 카밀이 겪는 고통과 그대로 겹쳐놓는다. 소설의 에필로그 부분에서도 핵심적으로 부각돼 있는 것은 애린이 물려받은 "'무적자'로서의 카르마"와, "나는 누구인가. 한국인인가, 네팔인인가, 아니면 미국인인가"(372쪽)라는 질문에 사로잡혀 있는 그녀의 모습이다. 이렇게 하여, 이주노동자의 인권 문제에 대한『나마스테』의 소설적 관심은 국적과 관련된 자아 정체성 문제로 수렴된다. 초등학생 때부터 미국에서 유학을 한 애린에게서 이주노동자이자 투사였던 아버지 카밀의 계급적 흔적을 전혀 찾아볼 수 없듯이, 카트만두에서 "성공한 기업인"(366쪽)이 된 사비나 또한 어느덧 자본제의 폭력과는 완전히 '무관한' 존재로 그려지기도 한다.

이처럼 국적의 문제를 핵심적으로 테마화하는 관점은 '인권'을 국적이 부여하는 '시민권'의 개념으로 바라보는 시각과도 관련을 맺고 있다. 국민국가의 체계 속에서 인권이란 "특정 국가의 시민들에게 귀속된 권리"의 형태를 취하지 못하는 한 "전혀 보호받지 못하며 또 아무런 현실성도" 지니지 못한다.[16] 엘에이에서 신우 가족이 위험에 처했을 때 미국이 "보호자가 되어주지 않았던"(130쪽) 것도, 카밀을 포함한 이주노동자들이 한국에서 아무런 법의 보호를 받지 못한 것도 그런 이유 때문이다. 난민—이

---

16   조르조 아감벤, 앞의 책, 248쪽.

주노동자의 존재는 국민국가의 주권 개념에 내재한 이 같은 모순을 근본
적으로 회의하고 국민국가의 테두리를 넘어서는 "새로운 시민권"을 창조
해야 할 필요성을 제기한다.[17] 이들의 인권 문제를 다루는 소설들 역시
이 같은 사유의 가능성을 적극적으로 열어나갈 필요가 있다.

　『나마스테』는 이 지점에서도 아쉬움을 갖게 한다. 신우는 자신이 미국
에서 받은 상처와 한국에서 카밀이 경험한 고통에도 불구하고, 그렇기 때
문에 오히려 더욱, 자신의 "조국을 너무도 믿"(239쪽)고 만다. "미국에서 사
는 것도 아닌데 내가 왜 내 가족들의 신분에 대해 어떤 대비를 해야 한단
말인가"(같은 곳)라는 신우의 믿음은 기대를 걸었던 '외국인 근로자 고용
법'이 시행되면서 산산이 깨지고 말지만, 이때에도 그녀는 문제의 원인을
카밀의 '조국'에서 찾으려 한다.

> 무엇보다도, 그에겐 그의 조국이 있었다.
>
> 그래, 그는 네팔 사람이야.
>
> 나는 소리내어 중얼거렸다. 설령 그가 가족을 위해 귀화한다고 하더라도 그
> 럴 터였다. 우리가 가족이니, 그가 결국은 우리와 같은 한국 사람이 되리라고 상
> 상했던 건 너무도 안일한 상상에 불과했다. 사랑보다 더 강한 것이 민족일 수 있
> 다는 것을 나는 왜 그렇게 간단히 간과했을까. (243쪽)

　이렇듯 그녀는 '조국'과 '민족'이라는 관념에 집착하는데, '가족'에 대한
그녀의 끝없는 집착 역시 "조국과 가족이라는 말이 (…) 서로 배타적"(같
은 곳)일 수 없다는 익숙한 신념에 근거를 둔다. 카밀이 "우리와 같은 한국

17　황호덕, 앞의 글, 431쪽.

사람"이 될 수 없다는 데 절망하는 그녀의 태도는 이주노동자의 인권을 근대국가의 테두리 안에 가두어놓는 관점에서 한 발도 나아가지 못하고 있다. 신우가 느끼는 절망은 법이란 다만 "자국민을 위한 것일 뿐"(309쪽)이라는 자각과도 맞물려 있지만, 이런 자각은 국민국가의 주권 개념에 대한 질문으로 이어지기보다는 법이 진정 '자국민을 위해' 존재한다는 믿음(카밀이 온전히 '한국 사람'이 될 수만 있다면 자신의 가족을 내 '조국'에서 안전하게 지킬 수 있을 거라는)과 연결된다.

여기서 질문해봐야 할 것은 '조국' 안에서 우리는 과연 안전한가, 국가는 정말 '자국민'을 보호하고 있는가 하는 문제일 것이다.[18] 법의 보호를 받는 안전한 내부 공간이란 그 경계 바깥에 있는 '내버려진' 예외 공간을 통해 구성되고 산출된다.[19] 위험에 노출된 난민, 무적자, 불법체류 노동자의 존재는 자국민의 안전이라는 환상을 만들어내는 역할을 할 수 있고, 주권 권력은 바로 그 환상을 통해 지속 가능해진다. 특히 '배제된 자'가 되는 공포는 법으로 표상되는 주권 권력의 폭력성을 통찰하고 비판하는 대신에 기꺼이 수락하고 감내하게 하는 효과를 낸다. 그렇다면 이주노동자의 인권 문제를 국적의 문제로 환원하고 그들이 자기 조국 '바깥'에서 직면하는 위험들을 강조하는 일은, 결국 '내부'에 대한 환상을 강화하고 주권 권력의 기만성을 은폐하는 결과를 낳을 수 있다.

이런 한계는 소설 전반에 걸쳐 발견된다. 카밀이 "한국에는 법, 없어요. 한국 사람 지켜주는 법만 있어요"(84쪽), "대한민국 법, 그래요. 불법체류자와는 대화, 타협, 없어요"(157쪽)라는 말을 되풀이할 때, 그 역시 국적과

---

18 우리 사회에서 철거민과 비정규직 노동자 등이 처한 현실은 이 질문이 관념적이거나 과장된 문제제기가 아님을 확인해준다.

19 조르조 아감벤, 앞의 책, 59~63쪽.

합법성이라는 기준 자체를 의심하거나 건드리지는 못하고 있다. 이 소설이 이주노동자들에 대한 법적 '차별' 문제에 열성적으로 매달리는 동안, 그들이 겪는 일이 곧 '법 일반'의 근원적인 폭력성을 대표한다는 사실은 자연스레 감추어진다. 저지른 죄에 의해서가 아니라 오직 '법에 의해서' 범죄자를 만들어내고 '추방령'과 '협박'을 통해 효력을 발생시키는 것은 바로 법─폭력이 작동하는 고유의 방식이라는 사실 말이다.[20]

『나마스테』는 특히 산업연수생 제도의 모순을 해결하기 위해 만들어진 고용허가제가 실제로는 강제추방령과 합동단속으로 이어지는 숨 가쁜 과정을 생생히 기록하고, 이 법이 지닌 문제점을 날카롭게 지적한다. 하지만 이 소설은 그것이 차별적이고 예외적인 '악법'의 문제가 아닌 '법 자체'의 문제임은 이해하지 못한다. 농성에 참여한 이주노동자들은 불법체류 기간에 따른 '조건부 합법화'를 '전면 합법화'로 바꾸어야 한다는 주장을 펴지만, 합법성의 경계를 재정의하고 분할을 거듭하여 법이 효과적으로 작동할 수 있는 내부를 창출하는 방식이야말로 주권 권력이 스스로를 유지하는 근본 원리이다.[21] 따라서 이주노동자들이 처한 상황의 예외적 특수성을 강조하면서 법의 테두리를 조금 넓혀 이들의 권리도 보장해야 한다고 주장하는 일은, 현실적으로 유의미한 일이라 해도, 그것만으로는 충분하지 않은 것이다.

더욱이 오늘날의 '생명권력(bio-pouvour)'은 모든 시민들을 언제든 경계 바깥으로 내던져질 수 있는 잠재적인 호모 사케르로 만들면서 자본주의의 '순종하는 신체(corps dociles)'를 산출해낸다.[22] 이주노동자들 앞에서 우

---

20 발터 벤야민, 최성만 역, 「폭력비판을 위하여」, 『역사의 개념에 대하여 / 폭력비판을 위하여 / 초현실주의 외』, 도서출판 길, 2008, 88쪽, 111쪽 참조.

21 조르조 아감벤, 앞의 책, 255쪽.

22 위의 책, 37쪽. 푸코에 의하면 '생명권력'은 훈육 사회(disciplinary society)에서 통제 사

리는 모두 주권자인 양 행세하지만, 실은 주권 권력 앞에서 우리는 모두 호모 사케르인 것이다. 이렇게 보면 '이주노동자들도 우리와 같은 사람이다'라고 말하는 소설들보다는 오히려 '우리가 바로 이주노동자다'라는 자각을 이끌어내는 소설들에 좀 더 주목할 필요가 있을 것이다.

그런 예로는 손홍규의 「이무기 사냥꾼」을 들 수 있다. 이 소설에서 이주노동자 알리와 함께 사기를 치던 주인공 용태는 알리의 몫을 가로채려다 도리어 그에게 당하고 마는데, 알리를 언제나 숨죽인 채 '죽은 시늉'만 하며 살아야 하는 약자로 간주했던 용태의 우월감은 이 사건을 통해 여지없이 무너지게 된다. 용태는 비로소, 사채업자를 피해 고향을 떠나 택배기사와 공장 노동자를 전전하며 살아온 자신의 삶이 곧 '이주노동자'의 삶이었으며, 죽은 듯이 숨죽이며 살아온 사람은 바로 자기 자신이었음을 깨닫는다. 이런 양상은 공선옥의 「명랑한 밤길」에서도 찾아볼 수 있다. 치매 걸린 홀어머니와 신용불량자인 두 오빠, 이혼한 모자가정의 가장인 언니를 둔 연이는 이주노동자들을 포함한 '농공단지 남자들'에게 경멸 어린 혐오감을 지닌 인물이다. 그런 그녀는 그들과 전혀 다른, 세련된 남자 '그'에게 이끌렸다가 "촌년이 발랑 까져가지구서는. 에잇 재수 없어"(181쪽)라는 말로 무참히 버림을 받게 된다. 그제야 그녀는 자기 자신이, 그동안 항상 비웃고 멸시해왔던 이주노동자들과 별로 다를 바 없는 처지임을 느끼게 된다.

이들 소설에서 이주노동자 문제는 이 사회의 또 다른 호모 사케르들,

<hr>

회(society of control)로 이행하면서 나타난 권력의 패러다임으로, 삶에 철두철미하게 스며들어 삶 자체를 관리하고 지배하는 권력 형태이다. 삶과 죽음, 부와 빈곤, 생산과 사회적 재생산의 영역 전체를 지배의 대상으로 삼는 생명권력은 개인을 자본주의적 생산 관계에 봉사하는 유순한 신체로 만들어낸다. 안또니오 네그리, 앞의 책, 52~59쪽 참조.

가치 없는 삶('죽은 목숨')으로 간주되어 '내버려진' 존재들과 나란히 조명되고 있다. 이런 시각은 인종이나 국적보다 더 견고한 것이 계급의 장벽임을 깨우쳐주고, 끊임없이 불우한 계급들을 배제하려 하는 국민국가의 '민주주의적-자본주의적 프로젝트'[23]를 통해 이주노동자 문제에 접근할 수 있는 관점을 열어준다.

한편 이혜경의 「물 한 모금」(『틈새』, 창비, 2006)은 합법적인 산업연수생 아밀과 그 울타리를 박차고 나간 불법체류자 샤프의 모습을 통해 '합법성'의 경계 자체를 의심해보게 한다. 아밀은 샤프가 처한 상황과 자신의 입장을 비교하면서 스스로 '운이 좋다'고 위안을 삼지만, "난 작은 도마뱀보다도 무력하고 무해한 인간이랍니다. 그저 당신네 땅에서 잠시 숨 쉬는 것뿐이에요"(21쪽)라고 되뇌는 아밀의 모습은 그의 자기 위안에 담긴 씁쓸한 아이러니를 엿보게 한다. "과연 이 서류가 관리들에게 통과될지, 그래서 불안하지 않은 마음으로 거리를 돌아다닐 수 있을지, 그 사이에 법이 바뀌는 거나 아닌지"(같은 곳) 걱정을 멈추지 못하는 아밀에게선, 법적 절차를 통과한다고 해도 온전히 해소되지 않을 항시적 '불안'이 감지된다. 이주노동자만이 아니라 주권 권력 앞에서 누구나 경험할 수 있는 이 같은 불안은 바로 법-권력을 지속시키는 구성 조건이기도 하다.

손홍규, 공선옥, 이혜경의 소설은 단편소설이라는 제약으로 인해 이러한 사유의 가능성들을 충분히 심화시키지는 못하고 있다. 하지만 이들 소설이 열어놓은 의미 있는 관점들은 『나마스테』의 한계를 극복하는 새로운 방향을 제시해준다. 이 같은 가능성을 더 적극적으로 밀고 나갈 때, 한국소설에서 이주노동자 문제는 제국주의적 차별에 대한 다문화주의적 반성을 넘어 국민국가의 작동 방식과 자본주의적 세계 질서에 대한 더 깊

---

23   조르조 아감벤, 앞의 책, 338~339쪽.

은 통찰과 만날 수 있을 것이다.

이주노동자 문제에 대한 소설적 탐색의 새로운 방향

지금까지 박범신 장편소설 『나마스테』를 중심으로 이주노동자 문제를 다룬 소설들의 의의와 한계를 검토했다. 우선 『나마스테』를 비롯한 몇몇 작품들이 이주노동자의 이미지를 이국적 신비에 감싸인 가련하고 선량한 타자로 고착화하는 방식을 비판적으로 검토했다. 이들의 상투화된 이미지들 속에 주체의 우월감과 죄의식이 혼재하는 양상들을 살펴보고, 이를 통해 이주노동자를 재현하는 데 나타나는 타자 윤리의 한계와 다문화주의적 관점의 문제점을 지적했다. 이어지는 장에서는 이주노동자의 인권 문제를 인종이나 국적 이외에도 계급의 층위에서 다루어야 할 필요성을 제기하면서, 이들의 인권을 국민국가의 경계 안에서 사유하는 관점이 어떤 한계를 지니는지 살펴보았다. 이 문제는 특히 법으로 표상되는 주권 권력과 긴밀한 관련을 맺고 있다. 이주노동자가 처한 상황의 '예외적' 성격을 강조하는 일은 법의 테두리 '바깥'으로 배제되는 데 대한 공포를 자극하는 동시에 '내부'의 안전성에 대한 환상을 강화함으로써, 법의 근원적 폭력을 은폐하고 자발적으로 수락하게 만드는 결과를 낳을 우려가 있다.

이 같은 한계와 위험성들을 벗어나기 위해서는 여전히 견고한 국민국가의 장벽과 전지구적 자본의 지배를 동시에 고려하는 더 폭넓은 시각이 요구된다. 여기에는 또한 우리 사회의 수많은 호모 사케르와 이 시대의 생명권력 전반을 통찰하는 비판적 관점이 필요할 것이다. 이런 관점들을 부분적으로 보여주는 몇몇 단편들은 『나마스테』가 지닌 한계를 넘어설 수 있는 가능성을 시사한다. 이 같은 가능성을 확대하여 이주노동자 문제를 국민국가의 '예외 상황'으로 다루는 제한된 시각에서 벗어나, 주권 권력과 자본주의 세계 질서에 대한 근본적인 비판의식과 결합하는 본격적인 작업이 이루어지길 기대해본다.

(2010.3)

폭력에 대해 성찰하기

폭력을 소재로 다루는 소설과 폭력에 대해 성찰하는 소설은 전혀 다를 수 있다. 폭력의 생생한 재현과 강렬한 묘사는 종종 폭력을 신비화하여 전율을 일으키는 '매혹적인 것'의 기표로 뒤바꿔놓는다. 폭력을 도덕적으로 비판할 때조차 폭력이라는 말이 곧바로 떠올리게 하는 상투적 이미지는 정작 폭력이 무엇이고 어떻게 작동하는지에 대한 사유를 차단하는 경향이 있다. 게다가 명확히 식별 가능한 행위자가 저지르는 물리적 폭력(지젝의 용어로는 '주관적' 폭력)에 집중할 경우, 자칫 행위 주체가 불분명하고 눈에 잘 보이지 않는 구조적·상징적 폭력의 차원(지젝의 '객관적 폭력')을 은폐하는 결과를 낳기도 한다.[1]

폭력을 '부당한' 힘의 사용이나 '비정상적인' 파괴적 행위로 간주할 때, 건드려지지 않은 채로 유유히 버티고 있는 것은 그 정당성(적법성)을 판단하는 권한의 문제와 정상 상태 자체에 내재한 폭력성이다. 따라서 폭력에 대해 성찰한다는 것은 무엇이 폭력이고 무엇이 폭력이 아닌지를 결정하는 더 큰 폭력(권력)과, 우리의 정치 / 경제체제가 정상적으로 작동할 때 발생하는 비가시적 폭력을 문제 삼고 그 실체를 드러내 보이는 일과 관련될 것이다.

백가흠의 『향』(문학과지성사, 2013), 백민석의 『혀끝의 남자』(문학과지성사, 2013), 황정은의 『야만적인 앨리스씨』(문학동네, 2013)는 바로 이런 관점에서 폭력에 대한 전면적인 성찰을 담고 있는 소설들이다. 백가흠과 백민석의 소설은 폭력 그 자체의 전시(展示)나 분출로도 보였던 이전 소설들의 의미를 다시 생각하게 해주면서, 폭력에 대한 사유를 집요하게 밀고 나간다. 폭력과 윤리의 관계를 독창적으로 재구성하는 황정은의 소설은 사회적 약자와 언어에 대한 꾸준한 관심이 결국 구조적·상징적 폭력의 문제로 모아짐을 확인해준다. 살인과 약탈, 고문과 착취, 가정폭력, 아동폭력, 성폭력, 언어폭력, 학교폭력 등 온갖 폭력들이 수시로 출몰하는 이들의 소설은 그 같은 성찰과 사유에 힘입어, 의외로 무척 깊고 고요하다. "폭력적인 자란 침묵의 영역으로 나아가는 창의적인 자, 사유된 적 없는 영역으로 침투해 들어가는 자, (…) 보이지 않는 것을 드러나게 하는 자"[2]라는 하이데거의 말처럼, 바로 그런 의미에서 이들의 소설은 가히 폭력적이다.

---

1   슬라보예 지젝, 이현우·김희진·정일권 역, 『폭력이란 무엇인가』, 난장이, 2011, 23~24쪽.

2   Martin Heideger, *Introduction to Metaphysics*, New Haven : Yale University Press, 2000, pp. 115~120.

구조적 폭력의 작동 방식과 은폐된 기원을 탐색하기

백가흠, 백민석, 황정은의 소설에서 직접적인 물리적 폭력의 빈번한 출현은 폭력을 테마화하는 명시적 장치이지만, 이보다 더욱 중요한 것은 좀 더 감지하기 어려운 비가시적 폭력의 다양한 양태들이다. 그것은 폭력의 성격이 지워진 강탈적 폭력이자, 체제의 정상 질서와 공모하는 구성적 폭력이라 할 수 있다. 이들의 소설은 우선 정당한 힘의 사용을 독점하는 국가의 폭력과, 빈곤하고 배제된 자들을 필연적으로 산출하는 자본주의의 근본적 폭력을 가시적인 주관적 폭력들과 나란히 배치하면서, 그 은밀한 폭력성에 주의를 환기한다.

국가는 '만인이 만인에 대하여 늑대'인 자연 상태에서 개인들이 보유한 잠재적 폭력을 자신 안에 흡수한 괴물(리바이어던), 또는 폭력의 집합적 구성물이다.[3] 국가의 독점적 폭력 사용에 정당성을 부여하는 것은 안팎의 적으로부터 국민의 생명과 재산을 보호하겠다는 국가의 약속이다. 그런데 국가가 이 약속을 무시하고 리바이어던의 자기보존과 지배계급의 이익을 위해 그 힘을 행사한다면, 국가 폭력의 정당성은 더 이상 유지될 수 없다. 이때 부당한 폭력에 노출된 사람들이 국가에 저항하는 모든 행위는 방어적 성격의 정당한 폭력이 된다. 그럼에도 '폭력'시위는 불법으로 규정되고 쇠파이프 진압은 '공권력'이란 이름으로 정당화되는 뒤집힌 정의는 백가흠과 백민석의 소설에서 삶과 죽음의 경계가 사라진 모호한 세계(백가흠, 『향』), 또는 과거의 잔해가 출몰하는 이상한 산책로(백민석, 「일천구백팔십 년대식 바리케이드」, 『혀끝의 남자』)[4] 등을 배경으로 낯설게 모습을 드

---

3   공진성, 『폭력』, 책세상, 2009, 38~39쪽.
4   이후 출처를 밝히지 않은 단편들은 모두 백민석의 이 작품집에 수록된 소설들이다.

러낸다.

백가흠의 『향』과 백민석의 『혀끝의 남자』는 특히 국가의 공인된 폭력 기관인 '군대'와 '경찰'을 의식적으로 무대에 올린다. 『향』에서 죽음 이후에도 해성을 따라다니는 군대 / 전경들의 불길한 출현은 '신비로운 숲' 속 마을마저 폭력의 순환회로 안으로 밀어 넣는데, '눈이 없는' 얼굴을 한 그들은 모든 판단을 중지한 채 명령에 따라 일사분란하게 움직이는 국가의 폭력기계와 다르지 않다.

백민석의 「항구적이며 정당하고 포괄적인 평화」에서는 이 같은 폭력 기계의 생산이 국민의 신체를 징집하여 폭력을 징발하는 상비군의 문제로 조명돼 있다. 일상적인 예비군 훈련 광경을 그로테스크하게 비튼 이 소설은 문명화한 사람들의 비폭력적 신체와 성향을 국가의 필요에 따라 폭력적으로 변형하는 군대의 기능을 날카롭게 포착한다. 복무 기간이 끝난 뒤에는 폭력성을 순화하되 언제든 예비군으로 동원될 수 있도록 폭력을 적당히 기억하게 만드는 것,[5] 예비군 훈련이라는 이 기이한 "놀이의 궁극적인 목적"(205쪽)은 바로 여기에 있다. 이는 무조건 국가의 지시에 따라, 오직 국가의 통제 아래서만 폭력을 사용하도록 길들이는 '폭력 관리' 메커니즘의 단적인 양상이다.

한편 무허가 판자촌(「폭력의 기원」)과 하수처리장의 악취가 떠도는 마을(『야만적인 앨리스씨』)을 배경으로 한 백민석과 황정은의 소설은 정치 공동체의 '몫 없는' 자들에게 국가의 존재란 그 자체로 부당한 폭력이자 그들

『혀끝의 남자』에 실린 아홉 편의 단편들 중 「혀끝의 남자」와 「사랑과 증오의 이모티콘」을 제외한 나머지 일곱 편은 그가 십여 년 전에 발표했다가 이번 작품집을 내며 대폭 수정한 소설들이다. "이전 발표작들도 첫 문장부터 끝 문장까지 지금 여기의 시점으로 모두 고쳐 썼다"(작가의 말)는 백민석의 말을 존중하여, 이 글에서는 『혀끝의 남자』의 모든 단편들을 신작으로 읽기로 한다.

5 공진성, 앞의 책, 49~52쪽.

이 경험하는 온갖 폭력들의 직접적 기반임을 암시한다. 어른들의 폭력에 보복(상호적 폭력)으로 맞대응할 수 없어 무력하고 상처받기 쉬운 유년기의 경험은 주관적 폭력의 개인사적 기원일 수 있지만, 그 이면에는 지배와 착취 관계를 지속시키는 구조적 폭력이 더 깊은 근원으로 숨겨져 있다.

백민석의 「폭력의 기원」에서 이를 상징적으로 보여주는 것은 태풍으로 모습을 드러낸 '돌판' 아래, 틈 사이로 입을 벌리고 있는 컴컴한 '굴'이다. 흥미롭게도 그 굴은 "군인들과 연관이 있을"(66쪽) 것으로 짐작되는데, 정확히 그것이 왜 만들어져서 언제 어떻게 사용됐는지는 아무도 알지 못한다. 틈이 벌어져 있으나 굴의 입구를 가리고 있는 돌판(군복과 유사한 문양이 그려진)은 폭력의 기원으로 너무 깊이 파고 들어가지 말라는 금지, 그렇게 하면 끔찍한 것("귀신, 시체, 뱀, 약 먹고 미친 개" 따위, 71쪽)을 발견할지 모른다는 두려움을 자아내는 금기일 것이다. 그것은 또한 사회 유지에 '이로운' 폭력의 폭력성을 감추는 장치이기도 하다. 백민석은 틈 사이로 굴 속을 드나들며 몰래 탄피를 꺼내 오는 판자촌의 어린아이처럼, 폭력의 망각된 기원을 탐색하며 그 수상한 비밀에 빛을 들이대고자 한다.

황정은의 『야만적인 앨리스씨』에서는 '고모리'란 지명의 유래가 폭력의 기원을 더듬어가는 실마리로 제시된다. 고모리는 굶주리던 마을 사람들이 아기 셋을 삶아 먹고 아사를 면한 뒤 "영문을 모르는 것으로 해두"었던 "무덤"(9쪽)에서 유래한 이름이다. 집단적 폭력의 지워진 흔적을 지닌 마을 고모리는, 폭력의 기원에 대한 어떤 무지 속에서만 사회가 존립 가능하며 그런 식으로 이 사회는 항상 폭력에 종속되어 있음을 누설하고 있다. 지명에 새겨진 '무덤'이란 말처럼, 배제되고 내버려진 고모리의 인물들은 체제 안에서 '살아 있어도 죽은' 사람들이다. 실제로 앨리시어의 동생이 산채로 무덤에 파묻히듯 죽임을 당했을 때, 그 범죄적 사건은 "아무

것도 아"(63쪽)닌 일로 지나가버린다.

황정은은 앨리시어의 동생을 죽음에 이르게 한 비가시적 폭력들을 낱낱이 기록한다. 앨리시어의 동생이 집을 뛰쳐나온 것은 불행한 어머니의 발작적인 폭행을 피하기 위해서였지만, 공사장 모래언덕을 뛰어오르며 놀다 경사면 반대편으로 굴러떨어져 구덩이에 갇힌 그를 질식사하게 만든 것은 하수처리장 폭발사고로 오니토가 대량 유출되면서 무너져 내린 모래무더기였다. "이날의 사건은 인명 피해나 가시적인 재산 손괴는 발생되지 않은 사고로 아침뉴스에 짤막하게 보도"될 뿐, 밤새 수십 톤의 하수와 오니토가 유출되는 동안 사고 수습이 지연된 "내부 사정"은 "끝내 비밀에 부쳐진"(151쪽)다. "하수처리장 사고 이후 사흘이나 지난 시점에서 발견된, 구타 흔적으로 가득한 미성년의 사체"(154쪽)는 폭발사고와는 무관한 것으로 간주되고, 누구도 그 죽음에 책임을 지지 않는다. 사고의 원인을 따라가면 하수처리장의 관리 소홀과 "하청에 하청을 거듭한"(151쪽) 증축과정의 부실시공으로 이어지는데, 그 이면에는 고모리 하수처리장을 시(市)에서 나오는 하수까지 처리하는 광역시설로 증축하게 된 또 다른 내막이 가로놓여 있다.

앨리시어의 동생을 살해한 것은 결국 고모리 사람들을 한계지대로 내몰고 방치한 구조적 폭력과, 재개발사업으로 챙기게 될 '보상'에 눈이 멀어 하수처리장 증축에 따르는 "우려"는 "새롭게 고모리에 들어올 (…) 다른 사람들 몫"(25쪽)으로 돌려버린 마을 사람들의 이기적 무관심이라 말해야 한다. 그러나 겉으로 보이는 어머니의 상습적 구타에 비난이 쏟아진 것과는 달리, 책임 소재를 특정 개인에게서 찾기 어려운 그 익명적 폭력은 폭력으로 경험되지 않은 채 간단히 은폐된다. 황정은의『야만적인 앨리스씨』는 이 같은 폭력과 기만에 대한 근본적인 항의의 성격을 띤다. 동시에 이 소설은, 불의를 정상적인 것으로 만드는 세상에서 이름도 얼굴도 없이 고통받는 무수한 사람들 가운데 '구덩이에 묻혀 죽은' 한 소년의 "이름을 말"(161쪽)하여 그 환원불가능한 단독성을 건져 올리기 위한 안타까운 노력이라 말할 수 있다.

구조적 폭력의 문제는 자본주의 그 자체의 본성과도 분리될 수 없다. 자본주의의 체제동학이 낳는 개인주의적 경쟁 논리와 수익성만을 추구하는 비타협적 자기주장은 물리적 폭력 못지않게 위협적이고 파괴적이다. 자본주의 체제는 폭력에 노출된 '있으나 마나 한' 사람들을 자동적으로 만들어낸다. 백민석의 「혀끝의 남자」에서 '나'를 "발작처럼 찾아오는"(27쪽) "구겨진 검은 소년"의 이미지, "어떤 알 수 없는 거대한 손아귀가 (…) 거칠게 쥐고 흔들다가 (…) 내던져버린 것만 같은"(12쪽) 형상의, 지팡이를 짚고 동냥 그릇을 든 소년의 모습은 우리 모두가 연루된 전(全)지구적 자본주의의 폭력적 실재를 왜상적(歪像的)으로 드러내는 '사물(das Ding)'일 것이다.

자본주의의 폭력은 더 이상 구체적인 개인들과 그들의 악한 의도 탓으로 돌릴 수 없는, 철저히 체계적이고 익명적인 폭력이다.[6] 이 점은 백가흠의 『향』에서 좀 더 도드라져 보이는데, 돈을 주고 아이들을 사면서 "난 단지 돈으로 이들의 빈곤과 노동에 가치를 부여했을 뿐"(131쪽)이라 말하는 소아성애자 미스터 문은 추상적이고 냉혹한 자본의 논리의 유령 같은 화신으로 나타난다.[7] "아이가 가난한 식구들을 먹여 살리는 일은 가치 있는 일"이지만, 윤리 따위의 "돈으로 가치를 판단할 수 없는 추상물"은 "세상

---

6   슬라보예 지젝, 앞의 책, 40쪽.
7   그는 이 소설의 주요 인물들 중 유일하게 죽음을 거치지 않으며, 가득 찬 '돈 가방'을 든 채 "무사히 국경을 넘어"(229쪽) 유유히 제 갈 길을 간다.

에서 가장 가치 없는"(150쪽) 것이라는 그의 단언은 모든 것을 교환가치로 환원할 뿐, 자신의 운동이 사회적 현실에 미칠 영향에 대해서는 전적으로 무관심한 자본의 목소리를 그대로 대변한다.

해성(을 따르는 군대)과 미스터 문이 표상하는 권력과 자본의 근원적 폭력성은 '죽어도 죽지 않는' 이 소설의 인물들을 폭력의 무한회로 안에 가두어버린다. 백가흠은 담담한 시선으로 그 잔인한 지옥도를 그려내는 동시에, 백민석이나 황정은 소설과는 또 다른 방식으로 폭력의 기원을 추적한다. 『향』에서 그는 공동체 형성의 인류사적 기원인 희생대체의 신화적 폭력을 독특하게 재구성한다. 숲 속 마을 청년들이 해성에게 복수 / 처벌을 가하려 할 때, 그에게 죄가 있는지 여부는 사실상 그리 중요치 않다. 해성은 차라리 숲 속 마을 사람들의 숨은 원한과 질투와 경쟁심 등 상호적 폭력의 불씨들이 집중된 제물(파르마코스)이자, 사회적 일치를 강화하고 폭력을 속이기 위해 던져진 먹잇감이다.[8] 해성 대신 자신을 희생물로 제공하는 루카스와, 분노의 화살을 기꺼이 루카스에게로 돌리는 마을 청년들의 집단전이는 '자연스러운' 희생대체에 은폐된 폭력의 자의성과 "폭력적 만장일치(unanimité violente)"[9]를 인상적으로 가시화한다.

희생대체의 폭력으로 상호적 폭력의 악순환은 끝나지만, 그 끝은 사회질서를 지탱하는 또 다른 폭력의 악순환이 시작되는 자리이기도 하다. 난데없이 나타나 숲 속의 '총 든 자들'을 갈가리 찢어 죽이는 거대한 곰은 폭력의 이 같은 무한회귀를 끝장내는 폭력, 이전의 폭력과는 질적으로 다른 폭력을 현시하는 것처럼 보인다. 그것은 위협하지 않으면서 '내리치고' 살아 있는 자들을 죄가 아닌 '법으로부터' 면죄하는 신적 폭력이라 부

---

8   르네 지라르, 김진석 · 박무호 역, 『폭력과 성스러움』, 민음사, 2000, 14~19, 25쪽.
9   위의 책, 125쪽.

를 만하다.[10] 이렇게 백가흠은 '법 정립적' 성격을 띠는 희생대체를 비틀어 신화적 폭력의 억압된 기억을 되살리는 한편, '법 파괴적'인 신적 폭력의 발현으로 폭력의 폐쇄회로를 열고 나올 '다른 세상'을 모색하고 있다. 그가 꿈꾸는 다른 세상은 루카스의 딸들이 만들게 될 "또 다른 마을", "지친 몸과 마음을 가진 사람들"을 "자식으로 삼고, 부모로 삼"아 돌보면서 "각자 사용하는 서로의 말을 배우고, 가르"(119쪽)치는 아름다운 마을의 모습에 투영돼 있다.

백가흠, 백민석, 황정은의 소설은 국가 권력과 자본주의 체계의 보이지 않는 맨얼굴인 익명적·구조적 폭력에 대한 탐구이자, 이 사회에 존속하는 근원적 폭력들에 굴복하고 저항하는 끈질긴 대결 과정이라 말할 수 있다. 이 작업은 언어와 문화의 형태로 우리의 사유와 지각을 틀 짓는 상징적 폭력에 대한 성찰과도 맞물려 있다.

폭력에 대한 민감성과 상처받을 수 있는 능력

사회경제적 불평등에 기인하는 폭력은 종종 문화의 외피를 쓰고 상징적인 방식으로 행사된다. 이를테면 백민석의 「폭력의 기원」에서 '나'가 '덩굴장미집 아이'에게 느끼는 감탄 어린 동경은 "이층으로 올라가는 나무 층계", 신기한 장난감들, 침대와 DVD 플레이어 등 "그 집에 가야만 볼 수 있"(69쪽)거나 판자촌 아이로서는 "전혀 머릿속에서 그려볼 수가 없"(70쪽)는 것들 때문에 생겨난다. 하지만 그 집을 "딴 세상"(69쪽)으로 여기게

---

10   발터 벤야민, 최성만 역, 「폭력비판을 위하여」, 『역사의 개념에 대하여 / 폭력비판을 위하여 / 초현실주의 외』, 길, 2008, 111쪽.

하는 이 거리감은 '나'에게 물질적·경제적 차원이 아닌 문화적 차이로 경험된다. 덩굴장미집 아이에 대한 '나'의 선망 또는 우정은 결국 그 애가 부설초등학교에 일 년 일찍 입학하기 위한 방편으로 이용당한다. 의식하지 못하는 새 주입된 '나'의 문화적 욕망은 이렇듯 기존의 물질적 권력 관계를 재생산하는 데 기여하게 된다.

「재채기」에서는 이 문제가 더 풍부하고 심도 있게 다루어진다. 자기와 "비슷한 처지에 있는 사람들을 쫓아다니며 채무 관계를 처리"(164쪽)하는 직업을 가진 '나'는 퇴직한 경찰서장의 딸인 '작업실의 여자'와 친분을 맺게 되면서 화랑의 전시회를 보러 다니는 '취미'를 갖게 된다. 파스텔 계열의 셔츠와 즈크 바지, 온화한 톤의 속옷까지, 옷 입는 '취향'도 완전히 달라진다. 회사 기숙사의 삭막한 거실 벽에 그림 하나를 걸기 위해 얼마나 "어처구니없는 가격"(170쪽)을 지불해야 하는지 알게 되고, 채무자를 윽박지르는 대신에 '교양 있는' 말로 더 잔인하게 괴롭히는 자신의 모습을 발견하기까지, '나'는 어떻게든 좁히고 싶었던 여자와의 문화적 차이가 실은 결코 넘을 수 없는 계급적 차이의 결과임을 깨닫지 못한다.

「재채기」에서 백민석은 우리의 욕망을 구성하고 통제하는 상징적 권력의 작동 방식과 그 교묘한 폭력성을 예리하게 꿰뚫는다. 여자가 소유한 상징적 자본(예술, 교양 등)은 그것을 갖지 못한 '나'에게 스스로를 열등한 사람으로 느끼게 하고 모방 욕망을 부추기는 방식으로 계급적 지배와 차별화를 정당화한다. "얼마만한 노력을 해야 그 정도 불행을 겪을 수 있을지"(182쪽)라며 도취적 감상에 젖던 여자에게 뒤늦게나마 "어떤 사람이 불행을 겪는 데엔 노력이 필요 없어요. (…) 굳이 노력을 하지 않아도 세상이 그리 만들어놓지요"(189~190쪽)라고 답하는 '나'의 태도에는 자신의 계급적 정체성에 대한 분명한 자각과, 상징적 폭력의 기만적 조작에 휘둘리지 않겠다는 단호한 거절이 표명돼 있다.

한편 언어의 폭력성에 꾸준히 주의를 기울여온 황정은은[11] 『야만적인 앨리스씨』에서도 언어의 층위에 집중하여 상징적 폭력의 문제를 파고든다. "씨발, 이라고 자꾸 들으면 씨발, 이 된다"(35쪽)는 앨리시어의 말은, 흑인을 열등한 존재로 취급하면 사회적·상징적 차원에서 그들이 정말 열등한 존재가 되듯, 언어와 그 속에 새겨진 "이데올로기는 수행적 효과(performative efficiency)를 발휘한다는"[12] 사실을 실감케 한다. 사회적 지배관계는 이처럼 습관적인 언어 사용에 의해서도 재생산된다. 학교에서 '바보'라고 무시당하는 앨리시어의 동생과 그 동급생 친구의 경우도 마찬가지다. 앨리시어의 동생은 "셈이 느리고 대답도 느린" 탓에, 그의 친구는 "할머니랑 둘이서 살"아서 "말을 잘 못하"(16쪽)는 탓에 '바보'로 불리는데, 무엇이 우월하고 무엇이 열등한지를 선택하고 주입하여 내면화하는 학교의 언어는 교육 행위의 상징적 폭력을 단적으로 보여준다. 앨리시어의 동생은 "걔는 그냥 말을 잘 못할 뿐인데" 그게 "바보는 아니잖아?"(16쪽)라고 천진하게 되묻는다. 셈이 느린 아이, 말을 잘 못하는 아이 등을 통틀어 간단히 '바보'로 규정하는 일은 확실히 폭력적이다. 앨리시어의 동생이 던진 질문은 대상의 구체적 개별성을 삭제하고 추상적으로 일반화하는 일이 얼마나 폭력적인지 새삼 일깨워준다.

이 폭력성은 언어의 상징화 과정 그 자체에 내재하는 것이기도 하다.

11 　황정은은 「오뚝이와 지빠귀」(『일곱시 삼십이분 코끼리 열차』, 문학동네, 2008)에서 '효율', '평균', '보통'과 같은 말에 새겨진 이데올로기를 의문에 부치고, 『백의 그림자』(민음사, 2010)에서는 '슬럼', '가마' 등의 예들을 통해 추상화 / 일반화하는 언어의 폭력성을 문제 삼기도 했다. 이에 대해서는 필자의 다른 글 「환상과 현실의 다층적 관계」(『키워드로 읽는 2000년대 문학』, 작가와비평, 2011), 「포스트IMF 시대, 문학의 욕망과 욕망의 윤리」(『작가세계』 2011년 봄호) 등에서 좀 더 자세히 살펴보았다.

12 　슬라보예 지젝, 앞의 책, 112쪽.

황정은은 언어가 대상에 의미를 부과할 때 따라붙는 근원적 폭력성에 누구보다 예민한 작가로, 일반화하는 언어의 폭력으로부터 대상의 고유성과 개별성을 구해내는 일은 그의 작업에서 글쓰기의 윤리와 분리되지 않는다.『야만적인 앨리스씨』에서 앨리시어의 동생의 '이름'을 말하고 싶어하는 황정은의 욕망 또한 이 같은 윤리적 감각과 무관할 수 없다. 구덩이에 묻혀 죽은 한 소년의 '이름'을 부르는 일은 추상적 익명성에 가려 있는 그의 고통을 생생히 구체화하여 되살려내고, 그럼으로써 그 고유하고 개별적인 고통에 정서적·윤리적 힘을 불어넣는 일을 의미할 것이다. "이름이 없"어 그저 '개'였던 개장 속의 개들이 앨리시어의 동생에 의해 '콩', '팥', '보리'라는 이름으로 불릴 때, 그래서 "아저씨들이 지금 팥 먹냐. (⋯) 개가 팥이야. (⋯) 콩하고 보리는 있는데 팥이 없더라"(129쪽)라는 앨리시어의 동생의 말을 듣게 될 때, 그냥 개가 아닌 '팥'이 겪은 일이 각별히 잔인하고 아프게 와 닿듯이 말이다.

그렇다면 소설 결말부에서 튀어나오는, "여태 노력했으나 그 이름 여태 말할 수 없다. // 차라리 이것"은 "앨리시어의 실패와 패배의 기록이다"(161쪽)라는 작가의 고백은 어떤 글쓰기도 온전히 벗어날 수 없는 언어의 근원적 폭력성(일반화하고 개념화하는)에 대한 민감한 감수성을 대변하는 말로 읽혀야 한다. 그러므로 이 실패는 윤리적이며, 바로 그 실패 속에 윤리적 원자가(原子價)를 갖는 그런 실패이다. "그대는 어디에 있나. / 이제 그대의 차례가 되었다. (⋯) 그대는 어디까지 왔나"(161~162쪽)라고 되뇌는 목소리 또한 독자를 향한 윤리적 호명이 아닐 수 없다. 간헐적으로 반복되는 이 '말 걸기'의 장면에는 독자에게 영향을 미치고자 하는 작가의 욕망, 비가시적 폭력과 그것이 가하는 고통에 대한 민감성을 회복하도록 독자를 거듭 부추기는 글쓰기의 욕망이 기입돼 있다.

그런데 폭력에 대한 민감성은 상처받을 가능성에 노출되는 것을 뜻하며, 나에게 영향을 미치는 타인의 고통은 불편하거나 심지어 불쾌한 것일 수 있다. 『야만적인 앨리스씨』는 우리의 동정이나 연민이 아닌 바로 그 불쾌함에 호소한다. 동생의 죽음 이후 거리를 떠도는 앨리시어의 지독한 체취가 "그대의 무방비한 점막에 (…) 달라붙"을 때 "그대는 얼굴을 찡그린다. 불쾌해지는 것이다. (…) 앨리시어는 그렇게 하려고 존재한다"(8쪽, 160쪽)는 말의 의미도 그런 맥락에 있다. 황정은은 타자의 존재가 우리를 침해하지 않는 한에서, 그 타자가 진정한 타자가 아닌 한에서만 베풀 수 있는 여유로운 동정과 관용 대신에, 어떤 선택권도 없이 타자의 영향에 종속된 무방비의 민감성으로 타자들의 고통 겪기를 떠맡을 것을 우리에게 요구하고 있는 것이다.

황정은 소설에서 타자에 대한 윤리적 책임은 이처럼 '무의지적인 민감성'과 "영향을 받을 수 있는 나의 능력"[13]을 바탕으로 한다. 이 같은 윤리적 요청은 폭력에 노출되거나 상해를 입지 않을 권리에 대한 일반적 주장과 충돌을 일으킨다. 폭력으로부터 나를 지키기 위해서는 연약한(민감한) 부분을 단련해 강해지게(무뎌지게) 만들어야 하고, 나의 자기보존에 잠재적인 방해나 위협이 되는 타자의 영향으로부터 최대한 자유로울 수 있어야 한다. 하지만 주체의 자기보존을 근원적인 가치로 간주하게 되면 폭력이란 결코 멈출 수 없는 불가피한 것이 되어버리며, 위험하고 해로운 타자에 대한 윤리의 영역은 원천적으로 폐제될 것이다. 이와 반대로, 타자에의 노출과 영향받음의 상태(being impinged upon)는 주체의 발생보다 먼저 있다고, '나(I)'는 처음부터 타자의 영향을 받음으로써 '나(me)'로 존재하

---

13   Judith Butler, *Giving an Account of Oneself*, New York : Fordham Univ. Press, 2005, p.88.

게 된다고[14] 말하는 건 어떨까? 나는 영향받고 상처 입을 수 있는 능력으로 인해 "관계로서의 책임에 연루"되며, 타자 윤리란 타자에의 이런 "참을 수 없는 노출을 공통의 취약성"으로 받아들이는 데서 나온다고[15] 한다면? 그럴 때 비로소 폭력의 딜레마(주체의 자기보존 욕구가 상호적 폭력으로 이어져 이를 규제하는 더 큰 폭력을 마지못해 용인하게 되는)가 해소될 길이 열리고, 우리 자신의 취약함을 일깨우는 폭력에의 민감성은 윤리적 자원이 될 수 있지 않을까?

이런 관점에서라면 『향』을 비롯한 백가흠 소설들에 등장하는 수많은 폭력들,[16] 그 잔혹하고 처참한 광경들은 부인할 수 없는 우리의 취약성과 공통된 물질성(physicality)을 떠올리게 하는 상기자(reminder)로 이해돼야 할지 모른다. 『향』의 여러 인물들, 특히 케이와 줄리아에게 그들이 감내하는 폭력은 이유도 목적도 교훈도 없는 불가해한 박해와 다를 바 없다. 그들이 겪는 무자비한 폭력의 의미는 차라리, 그 폭력들로 인해 우리 자신의 도저히 벗어날 길 없는 물리적 취약성이 소름 끼치도록 강렬히 환기된다는 데 있지 않을까? 그 폭력들은 애초에 우리가 타자에게 압류되고 점유당한 존재임을, 서로의 손에 넘겨져서 서로의 처분에 맡겨진 자들임을 두렵게 일깨워준다. 어릴 적 학대당한 소년이었던 케이가 미스터 문에게 매 맞는 아이를 구하기 위해 반사적으로 몸을 던지는 장면, 포주 벤암미에게 죽음에 이르기까지 가혹하게 착취당하는 줄리아가 병들고 무너져가는 다른 여자들을 온 마음으로 돌보는 장면 등은, 상처 입은 자의 자리에서 발생하는 무의지적 민감성과 책임감에 대해 생각해볼 수 있게 한다.

---

14   Ibid., p.89.

15   Ibid., p.88, 100.

16   여기에는 『나프탈렌』(현대문학, 2012)이 테마화한 '노화'와 '죽음'이라는 자연적 폭력도 포함된다.

백민석의 「혀끝의 남자」에서 '구겨진 검은 소년'의 인상이 왜 '나'에게 "어떤 질병"이나 "질병의 기억"(27쪽)과도 같이 고통스럽게 재발하곤 했는지, 그 이유에 대해서도 이제 이야기할 수 있게 되었다. "한쪽 다리는 땅을 짚고 있지만 다른 한 쪽은 뒤로 꺾여서 두 다리가 직각을 이루고 있고 등은 척추가 부러진 사람처럼 굽었는데 팔 하나는 휘어져 하늘을 향해 똑바로 뻗쳐 있었다"(11쪽)고 묘사된 소년의 기이한 형상에서, 그는 이 지경까지 극단적으로 훼손되고 파괴당한 / 당할 수 있는 자신의 터무니없는 취약성을 보았을 것이다. "실재에 압도당할 때 주체는 자신과 자신의 세계에 대한 무력한 관객으로 바뀐다"는 지젝의 말처럼, 이 과장된 이미지는 우리가 우리 자신을 자기 '바깥'의 '불가능한 지점'으로부터 볼 때의 외상적(外傷的) 특징을 고스란히 담고 있다.[17] '구겨진 검은 소년'에 대한 그의 반응이 연민이나 죄책감(부정적인 나르시시즘의 형식인)과 같은, 상대적으로 편안한 감정에 머무를 수 없는 것도 이런 이유 때문이다.

자신과 소년, 그리고 더 많은 사람들("슈퍼마켓 벽면에 파리 떼처럼 달라붙어 있던 실업자 신세의 사내들", "기차역 광장을 뒤덮은 갈 곳 없는 거지와 노숙자 들", 27쪽)이 공통적으로 지닌 이 취약성은 "내가 하고 싶"고 "해야 할 말"(36쪽)의 핵심에 자리한다. 백민석은 자신의 의지를 넘어선 층위에서, 그 취약성에 대해 말해야 할 책임을 떠안는다. 그러나 소년의 끔찍하고 일그러진 이미지, 곧 형언할 수 없는 외상적 실재로서의 '사물'은 그것에 대해 말하는 일을 불가능하게 한다. 그럼에도 말해야만 하는 책임의 절박함은 "머리에 불을 붙인 채 혀끝을 걸고 있"(49쪽)는 남자의 형상, 달리 말하면 '혀끝이 타들어가는 듯한' 두려운 고통으로 그를 몰아붙인다. 이런 내몰림으

---

17   슬라보예 지젝, 김지훈 · 박제철 · 이성민 역,『신체 없는 기관』, 도서출판b, 2006, 285, 292쪽.

로 인해 백민석은 다시 글을 쓰지 않을 수 없었을 것이다.[18] 그 고통스런 책임을 "혀끝의 신"으로 삼아 "이제 모든 것은 다시 씌어져야 한다"(49쪽)고 선언하면서, 이렇게 그는 서술될 수 없는 것을 실연(實演)하고 있다. 상해를 입은 자의 윤리, 글쓰기의 윤리로서, 나는 이보다 더 절실한 예를 알지 못한다.

'지금 여기'에서 폭력에 대해 성찰한다는 것

백가흠, 백민석, 황정은의 소설은 마치 물이나 공기처럼 의식되지 않으면서 우리 주변에 상존하는 비가시적 폭력의 잔인성을 드러내고, 그 참상을 인상적으로 묘사해낸다. 이들의 소설로 인해 우리는, 평온한 정상 상태의 미망 아래로 폭력에 고스란히 노출돼 있는 우리 자신의 어찌할 수 없는 취약성을 발견한다. 우리의 행위 때문이 아니라 바로 이 취약성 때문에 서로가 서로의 고통에 책임이 있음을 깨닫는 일은 우리 각자에게 외면할 수 없는 윤리적 호명이 된다.

이제 우리가 물어야 할 것은 이들의 소설이 '지금 여기'에서 우리를 찾아온 이유는 무엇인가 하는 질문일 것이다. 이를테면 바로 지금은 국가

18 　두 편의 신작 중 「사랑과 증오의 이모티콘」이 십년 전에 소설 쓰기를 그만 둔 이유에 대한 자기고백의 성격을 띤다면, 다른 한 편인 「혀끝의 남자」는 '십년 만에 왜 나는 다시 소설을 쓰게 되었는가?'라는 질문에 대한 그의 대답에 해당하는 소설이다. 「사랑과 증오의 이모티콘」에서 말하는 "정서의 마비"(222쪽)는 이 같은 고통에 대한 무감각 또는 상처 받을 수 있는 능력의 부재를 뜻하는데, 백민석은 이를 "글쓰기에 대한 (…) 사랑"(231쪽)의 결여와 연관시킨다. 이것이 그가 글쓰기를 그만 둘 수밖에 없는 이유였다면(투병 중인 할머니 곁을 지키던 당시 그의 상황을 생각해보면, 그는 스스로를 고통에 무뎌지게 만들지 않고는 견디기 어려운 상태였을 수 있다), 그가 다시 글을 써야 하는 이유는 이 사랑, 곧 고통에 대한 민감성의 회복에 있지 않겠는가.

에 의한 폭력 독점과 합법적 폭력의 정당성을 전면적으로 의심하게 되는 때가 아닌가? 우리의 정치 / 경체체제가 낳은 이 시대의 폭력과 불의는, 파국이란 우리 앞에 닥친 사건이 아니라 우리에게 이미 도래한 사태임을 부정할 수 없이 확인해주고 있지 않은가? 폭력에 대해 근본적으로 사유하는 일이 지금 가능하고 또 강력히 요청되는 이유가 여기에 있지 않을까? 이럴 때 폭력을 끝장내는 또 다른 폭력, 난폭한 신의 개입처럼 법을 넘어서는 파괴적 정의는 타자의 고통에 민감하게 반응하고 그 고통을 자기 것으로 겪어내는 책임 또는 사랑의 다른 얼굴일지 모른다.

(2014.2)

예속된 주체에게 길은 있는가?

신자유주의 담론에 예속된 주체에 대해 말하지 않고서는 우리 자신과 이 사회에 대해 제대로 이야기할 도리가 없어 보인다. 지금이 아니라도 주체는 늘 '예속된(subject)' 자였으며, 자발성이나 자율성 따위는 '언제나 이미' 주체를 속이는 허상에 불과했다. 하지만 주체성과 그 삶의 형식을 생산하고 통제하는 신자유주의 담론의 철저한 장악력은 가히 재앙이라 부를 만하다. 자아의 부단한 최적화를 통해 스스로를 자발적으로 착취하는 성과 주체(project)이자[1] 죄책감과 두려움이 뼛속 깊이 각인된 실존적인 부채인간(homo debitor)으로서,[2] 우리는 신자유주의 프로그램을 '알아서 수

---

1   한병철, 김태환 역, 『심리정치』, 문학과지성사, 2015, 9~50쪽.

2   마우리치오 라자라토, 허경·양진성 역, 『부채인간』, 메디치, 2012, 179~183쪽.

행하는' 주체의 형상으로 재배치되고 있다. 이제 우리를 주체화하는 것은 유동적이고 금융화된 경제의 비용과 위험을 개인적으로 책임지라는 신자유주의의 명령이다.

그 명령은 우리에게 얼마나 지당하거나 지엄한가? 이 체제를 존속시키는 것은 그 지당함 혹은 지엄함을 통해 주체를 재구성하는 자본의 주체화 능력이자, 그렇게 생산되어 신자유주의의 대행자로 기능하는 주체들―우리 자신이다.[3] 우리가 바라는 것이 다른 체제라면 우리가 파열해야 할 것은 기존의 담론이 지닌 위장된 지당함과 그 권위이며, 우리가 생성해야 할 것은 그 담론에서 탈예속화된 다른 주체성일 것이다. 어쩌면 그것은 차라리 "주체를 그 자신에게서 해방시켜" "심리화되지도, 예속화되지도 않는 공허"로 되돌리는 "부정성",[4] 곧 탈주체화의 텅 빈 충만을 향한 그 어떤 열림(트임 또는 찢김?)일지 모른다. 배수아에서 시작되어 한유주, 김태용, 김유진, 서준환, 김사과, 박솔뫼, 그리고 최근의 정지돈과 양선형 등이 시도한 글쓰기―실험들은 문학이 실행할 수 있는 이 같은 가능성을 얼마간 기대하게 한다는 점에서 그 자체로 소중하고 흥미롭다.

이보다는 덜 파격적이지만 신자유주의적 주체화의 문제를 파고들면서 그 철두철미한 예속의 양상들을 가시화하고, 이를 통해 지배담론의 파괴력과 터무니없음을 실감케 하는 소설들도 주목할 만하다. 이때에도 '가시화'와 '실감'을 위해 중요한 것은 리얼리티의 생생함이나 재현된 세계의

---

3   소영현은 「그나마 남은 비평의 작은 의무―자본, 정념, 비평」(『문학과사회』 2015년 봄호)에서 "지금 이곳은, 우리의 바깥 어딘가에 존재하며 체제를 유지하는 시스템을 따로 마련하고 있는 것이 아니라 세계의 일원인 우리가 그 시스템을 수용하고 또 수정하고 진화시키면서 자본주의의 에이전트이자 주체가 된 참혹한 시공간"(429쪽)임을 지적한다.

4   한병철, 앞의 책, 117~118쪽.

자명함이 아니라 재현의 자연스러운 메커니즘과 언어의 순조로운 의미
화 과정을 삐거덕거리게 만드는 불편한 생경함이다. 그것 없이는 주체
자신을 구성하는 담론권력의 작용을 드러내 보이거나 체감케 하기 어려
우며, 언제든 내가 될 수 있는 타인의 불행과 고통은 오히려 신자유주의
적 강령과 그에 따른 주체화 프로그램(더 효율적인 '자기 기획자'가 되라, 생산성
을 높이기 위해 심리적·정신적 과정까지 최적화하라, 자기 자신에 대한 '부실경영'은
실존적 파산이자 도덕적 죄악이다 등등)을 더 깊이 내면화하는 방식으로 영향
을 미칠 수 있기 때문이다.

　　이승은의 「레스토랑」(『문예중앙』 2015년 봄호), 최윤혜의 「문」(『21세기문
학』 2015년 봄호), 황정은의 「복경」(『한국문학』 2015년 봄호)[5] 등은 모두 신자유
주의 담론에 예속된 주체의 형상을 생경하게 가시화한 소설들이다. 이승
은과 최윤혜는 2014년에 등단한 신인 작가로[6] 불안이나 두려움, 좌절감
이나 죄책감 등의 형태로 내면화된 금융자본의 도덕(이승은, 「린치」, 『문장
웹진』 2015년 1월호)과 '노동 유연화' 시대의 이데올로기(최윤혜, 「활발하고 고
요한 코의 자세」, 신춘문예 당선작)를 각자의 독특한 언어로 형상화한 바 있다.
「레스토랑」(이승은)과 「문」(최윤혜)에서 이 두 작가는 측정 / 평가하고 선
택할 수 있는 자본권력의 처분 앞에서 누구나 겪어야 하는 굴욕과 무력감
이 주체를 어떻게 변형하는지를 서로 다른 방식으로 탐구하고 있다. 한
편 황정은의 여러 소설들은 차미령이 지적한 대로 "일하는 사람의 이야
기, 혹은 그들의 일 이야기"를 담고 있어서 "황정은 소설에서 노동이라는
지점을 무시하기는 매우 어"려운데,[7] 이 문제는 특히 언어와 담론에 대한

5　　이 글에서 이들 소설을 인용할 때는 소설의 제목과 게재지의 페이지만을 표기하기로
　　한다.
6　　이승은은 2014년 문예중앙 신인문학상으로, 최윤혜는 2014년 『동아일보』 신춘문예로
　　등단했다.

그의 민감한 자의식에 힘입어 주체화의 층위를 가로지른다. '감정노동'을
본격적으로 다룬 「복경」에서도 황정은은 자본에 의해 '관리된 마음
(managed heart)'[8]이 주체에게 어떤 영향을 미치는지를 섬뜩한 언어로 소설
화한다. 이들의 소설을 읽는 것은 우리 자신의 심리와 (무)의식을 헤집어
보는 일이기도 한데, 그것은 이 사회와 체제에 대해 말하는 일보다 더 괴
롭지만 그만큼 더 절실한 일일 수 있다.

거절의 제스처, 또는 반복적인 무효화 행위

이승은의 「레스토랑」은 회전문을 지나 호텔로 들어서는 두 인물, 민형
과 소영의 시선을 따라 호텔 로비와 레스토랑 입구의 전경을 빠르게 훑으
면서 시작한다. 기대감과 긴장감 속에서 누군가를 기다리며 두 사람이
가벼운 대화를 나누는 장면은, 눈에 보이는 상황으로 정보를 제한하는 방
식 때문에 영화적인 디에게시스를 연상시킨다. 정호가 뜻밖에 아내 혜진
과 함께 등장한 뒤부터 지금 일이 어떻게 돌아가고 있는 것인지, 왜 이런
상황이 벌어졌는지 알지 못하는 민형과 소영은 뭔가 엇나가고 있다는 느
낌 속에서 호의적인 대화를 이어가려 애쓴다. 아직 충분한 정보를 제공
받지 못한 독자 역시 어서 상황을 파악하고 의미를 합성하려 하지만, 그
들과 마찬가지로 답답하고 불안한 기분을 느끼게 된다. 감춰진 맥락이
인물들 서로에게 훤히 드러날 때까지, 레스토랑에 마주앉아 이들이 나누

---

7   차미령, 「2010년대 소설의 사회적 성찰─황정은 소설에 주목하여」, 『문학동네』 2015
년 봄호, 427쪽.

8   앨리 러셀 혹실드, 이가람 역, 『감정노동─노동은 우리의 감정을 어떻게 상품으로 만
드는가』, 이매진, 2009, 39쪽.

는 대화는 마치 부조리극의 한 장면처럼 무의미하고 혼란스러우며 때로는 우스꽝스러워 보인다.

연출되고 과장된 듯한 영화적이고 연극적인 디에게시스와 정보 제공을 일부러 지연시키는 내러티브 양식은 이승은 소설의 도드라진 특징이다. 여기에서 비롯된 부자연스럽고 어색한 분위기는 인물들을 배우 또는 꼭두각시처럼 보이게 만드는 한편, 불편하고 초조한 감정으로 독자를 이야기세계에 연루시킨다. 이런 효과는 이들을 안간힘 쓰게 만들고 결국 모멸감으로 밀어 넣고마는 불안과 두려움, 결코 그들만의 것이 아닌 ‘보편적인’ 삶의 조건들을 처음인 듯 낯설게 들여다볼 수 있게 해준다. 어디에나 만연해 있고 누구나 사로잡혀 있어 새삼스러울 것이 없다고 해서 이 불안감과 절박함이 당연하거나 자연스러운 것은 아니라는 사실을, 이 소설은 그렇게 하여 일깨워주는 듯하다.

이승은 식의 독특한 생경함을 걷어내고 간추려본 인물들의 상황은 이러하다. 민형과 소영은 “둘만의 회사를 꾸려가”(75쪽)기 위해 각자의 직장을 그만두었지만, 투자가 취소되는 바람에 새로운 투자자를 구해야 하는 처지에 있다. 이때 이들의 제안서에 관심을 보이며 연락해온 사람이 민형의 이전 직장 상사이자 소문난 재산가인 정호이다. 민형과 소영은 이 기회를 잡기 위해 최선을 다하지만, 곧 한국을 떠날 예정인 정호와 혜진은 전혀 다른 이유로 이 자리에 나와 있다. 정호는 이들과의 미팅을 일찍 끝낸 뒤 출국하면 볼 수 없게 될 ‘여자’와 시간을 보낼 계획이었는데, 이를 눈치 챈 혜진이 굳이 정호를 따라 나선 것이다. 혜진 몰래 ‘여자’를 잘 달래서 난처한 상황을 벗어나기 위해 민형을 이용하는 정호와, 얼결에 ‘여자’를 떠맡아 운전기사와 잡역부 역할을 하고 돌아온 민형, 그리고 정호 부부의 신경전 속에서도 투자유치에 대한 희망을 접지 못하는 소영이 함께 하는 저녁식사는 결국 황당하고 씁쓸한 해프닝이 되어버린다.

이들의 해프닝이 씁쓸함을 불러오는 것은 이 과장된 무대 위의 민형과 소형에게서 내적 강제에 예속된 '자기 자신의 경영자'라는 익숙한 주체의 형상을 마주하기 때문일 것이다. 이들은 "실력을 발휘할 수 있는 기회"가 적어 아쉬웠던 이전 직장 대신에 "새로운 길을 모색"(72쪽)하기로 결정하면서 설레는 감정을 느꼈었다. "소영의 아이디어를 가지고 민형이 직접 프로그래밍을"(72~73쪽) 하며 이들은 "지금껏 살아오면서 해왔던 그 어떤 일보다 많은 것을 쏟아부었"(75쪽)다. 지금은 비슷한 아이템을 내놓고 발빠르게 움직이는 업체들에 밀려 "초기 투자비용은 고스란히 두 사람의 몫이 되었고 사무실 유지비용"도 "만만치 않지만 결국 그 덕을 보게 될 거라고"(87쪽) 말하며 애써 서로를 격려하는 중이다. 스스로를 기획하고 창조해가는 프로젝트로서의 주체는 이처럼 자신이 자유롭다고 느끼지만, "할 수 있음의 자유는 (…) 해야 함의 규율보다 더 큰 강제를 낳는" 예속일 뿐이다.[9] '자유로운' 내적 강제에 의해 주체는 모든 위험부담과 책임을 고스란히 개인적으로 떠안은 채, 결국 자본의 증식을 위해 스스로를 착취하고 몰아세운다.

이들을 이토록 '열정적으로' 만드는 것은 미래에 대한 불안과 두려움이다. 그래서 이들은 "오늘 자리는 애초에 그들의 사정과는 아무 상관이 없었"(87쪽)음을 감지하고도 그 사실을 인정하기보다는 차라리 이 수모를 좀 더 감내하길 원한다. 예비 투자자의 마음에 들기 위해 필사적으로 노력하는 소영의 모습, 특히 작년 여름에 세상을 떠날 때 민형이 임종도 지키지 못한 그의 어머니까지 들먹이며 정호의 거짓말(민형은 어머니의 연락을 받고 자리를 비웠다는)에 자발적으로 거짓말(아무 때고 불쑥 찾아오는 민형의 어

---

9   한병철, 앞의 책, 9~10쪽.

머니가 부부 갈등의 원인이라는)을 보태는 그녀의 모습은 씁쓸함을 넘어 참담함을 느끼게 한다. '여자'가 부탁한 상자(정호에게 되돌려 주라며 '여자'가 건넨 작은 선물상자)를 정호에게 전하며 지금까지의 연극을 충동적으로 무효화하는 민형의 행동은 주체의 이 같은 예속에 대한 거절의 표현이라 말할 수 있다.

돌아오는 차 안에서 식은땀을 흘리던 민형이 차 범퍼로 어둠 속의 무언가를 들이받을 때, 우리는 그가 여전히 앞날의 위험과 이에 대한 불길한 두려움에서 벗어날 수 없을 것임을 확인하게 된다. 그렇긴 해도 적어도 이 소설은, 그렇게 '남의 장단에 놀아나며' 스스로를 소진시키는 삶이 얼마나 허탈하고 터무니없는지를 절묘하게 무대화한다. 최소한 우리에겐 주체가 할 수 있는 어떤 거절의 제스처, 반복적인 무효화의 행위가 필요한 것이다. 그것으로 충분하지는 않을지라도 말이다.

탈주 가능한 몸으로 스스로를 변형하기

오늘날은 우리 모두가 "자기 자신의 기업에 고용되어 스스로를 착취하는 노동자"[10]이지만, 실제로 이런 말은 기업의 극단적인 단기 계약에서 비롯되는 고용불안의 실존적 고통을 적시하기엔 역부족일는지 모른다. 그나마 '일자리'가 아니라 '일거리'를 얻는 게 문제인 시급 노동자에게 자기 기획, 자기 경영이라는 말은 배부른 소리로 들릴 수도 있다. 최윤혜의 「문」은 "일자리를 얻을 생각은 꿈도 꾸어본 적이 없었다. 나는 다만 일거

---

10   한병철, 앞의 책, 15쪽.

리를 얻는 것으로도 충분히 만족하고 있었다. 그조차도 쉽게 얻어지거나 유지할 수 있는 것이 아니었다"(144쪽)고 말하는, 출판사의 교정 담당 시급 노동자를 화자로 내세운다. 하지만 「문」이 그런 인물의 삶을 더 구체적으로 절박하게 그려내는 데 주력한 소설이었다면, 그리 인상적일 이유는 없었을 것이다.

그러는 대신에 최윤혜는 독자를 어리둥절하게 만들었다가 퍼뜩 정신을 차리게 하는 최후의 순간을 위해 서사적 정보들을 흩뜨려서 구석구석에 숨겨놓는다. "갑자기 문을 두드리는 소리"(121쪽)로 시작된 이 소설은 "적어도 그들이 내 방문을 두드리기 전까지"(127쪽) '나'가 어떻게 지내왔는지를 이야기하는 여러 페이지들을 거쳐서, "분명히 그랬다. 나는 사람이었다. 그때까지는. 그들이 문을 두드리기 전까지는. 나는 사람이었다. 교정을 보고 있었다"(134쪽)라는 다소 생뚱맞은 문장들을 던져놓고는, 그 말이 말끔히 잊힐 때쯤 '그들'이 손가락질하며 말하는 대로 "나는 진짜 고양이가 된 것처럼"(151쪽) 달려서 달아나다가 결국 "고양이의 몸이 되었"음을 "알아차"(152쪽)리는 엉뚱한 장면으로 마무리된다. 이 같은 결말의 당혹스러움 때문에 독자는 앞에서 지나친 정보들을 추적해 서사적 맥락을 재구성하는 동시에, 너무 잘 알고 익숙해서 더 말할 게 없어 보이는 '노동 유연화' 시대의 주체에 대해 처음부터 다시 생각해보게 된다.

소설 속 정황들을 좀 더 들여다보자. '나'가 일하던 "지붕이 기울어진"(144쪽) 방은 "운이 기운다고 아무도 들어오지 않"아 내가 임시로 사용하던 방이라고도 하고, "거기서 누가 (…) 자살했다는 소문이 있"(146쪽)어 아무도 쓰지 않는 방이라고도 한다. 그 방에는 "망자의 혼을 달래기 위"한 "설치물" 같은 흰 "종이 탑"(147쪽)이 세워져 있는데, 그 탑은 내가 버리지 못하고 쌓아둔 교정지들로 이루어져 있다. 그것은 책의 인쇄 오류로 명예훼손 소송에 휘말렸을 때 출판사가 "모든 잘못을 시급을 받는 교정자에게 떠넘기"(143쪽)는 바람에 "억울한 소송에 걸려 전 재산을 날리고도 모자라 빚더미에 오"를 뻔했던 경험 이후로, 내가 "소송 불안"(147쪽)을 못 이겨 모아놓은 철지난 원고 더미인 것이다. 이렇게 보면 처음부터 이 소설의 화자는, 그런 일들을 겪은 뒤 "좀 더 낮은 시급"(145쪽)으로 일하다 그 방에서 자살한 교정자의 혼이었을 것으로 추측해볼 수 있다.

그렇다 해도 이 소설 전반은 시급 노동자를 자살에 이르게 한 삶의 리얼리티와는 거리가 멀다. 소설 속 출판사의 업무진행이나 소송 절차 등은 애초에 재현의 정확성 따위에는 개의치 않는다는 듯이 서술돼 있으며, 내가 임시로 사용하는 '비뚤어진' 방부터 얼굴 없는 익명의 존재인 '그들'의 노크소리까지 소설의 주요 장치들은 강력한 추상성을 띠며 리얼리티의 영역을 훌쩍 넘어서고 있다. 이 소설에서 정작 중요한 것은 여전히 일을 하는 '사람'(산 사람이든 죽어서 혼이 된 사람이든)이었던 내가 '그들'의 당당한 노크소리와 함께 "일순 쫓기는 쥐의 신세"(134쪽)가 되어 "개나 고양이나"(151쪽) 상관없는 무언가로 변했다가 결국 '고양이의 몸'이 되었다는 사실이다. 이렇게 하여 이 소설은 주체의 재형상화 문제를 강하게 환기한다. 핵심은 화자인 내가 왜 고양이가 되었으며 그 의미가 무엇인지를 이해하는 데 있을 터인데, 그러기 위해서는 일단 '그들'이 누구이고 '나'에게 어떤 힘을 행사하는지를 물어야 할 것이다.

미소를 띤 품위 있는 처신으로 "타인의 멱살을 잡은 (…) 손을 숨"긴 '그들'은 "합법적"이고 "당연한 권리"(134쪽)로써 일말의 망설임도 없이 방을 둘러보고는 베스트셀러 저자들의 강연장을 짓기 위해 이 방도 같이 헐겠다는 결정을 내린다. "이제는 오직 저자 직강만이 대세"(132쪽)여서 "종이책은 다만 새로운 시장을 여는 출구와 같을 뿐"(131쪽)이며 "독자들은 기념품으로 책을 사서 저자 사인을 받"고 "출판사 할인까지 받"으니 "이 어찌 일석삼조가 아니겠"(132쪽)느냐면서. 일회적으로 처분할 수 있는 노동력에 불과한 '나'는 그 방 자체가 그러하듯 '그들'의 처분에 온전히 맡겨져 있다. '그들'은 집단 자본의 관점을 구현한 인물들로서, 자본이란 규정하고 명령하는 권력임을 명백히 한다. 그 권력의 특수성은, "마치 빚을 받으러 온 채권자"(129쪽)처럼 무례하고 고압적인 '그들'의 태도가 대변하듯, 항시적인 불안정과 죄책감에 얽매인 채무자로 주체를 재형상화하는 능력에 있다.[11] 그 힘 앞에서 "스스로의 정체에 대한" "혼란스러운 감정"과 "불쾌의 감각"(137쪽)을 감추지 못하고 흔들리던 '나'는 결국 고양이의 몸을 하고 달아나버린다.

그런데 흥미로운 것은 주체의 이 같은 변형이 패배감이나 좌절감을 표현하는 데 머무르지 않고 그 어떤 해방의 이미지를 내포한다는 점이다. "나는 다시 고개를 돌려 앞을 향해 달리고 또 달렸다. 다시는 뒤돌아보지 않을 것처럼 박차를 다해 달리고 또 달렸다. 이토록 유연한 허리가 내 몸에 있다는 것을 처음으로 알았다. 이토록 빠른 다리가 나에게 있었다"(151쪽)고 말하는 '나'는 자본의 예속에서 탈피해 달아날 수 있는 다른 주체의 가능성을 암시하고 있지 않은가? (자살한) 시급 노동자도 실업자나 채무자도 아닌 "고양이의 몸이 되었을 때"에야 '나'는 비로소 "눈앞이 시원했다", "문은 열려 있었다"(151쪽)고 말할 수 있는 것이 아닌가? 그럴 수 있다면, 우리 또한 고양이 아닌 그 어떤 존재로라도 스스로를 기꺼이 변형하고 싶지 않은가? 이런 독해의 가능성과 그것이 불러일으킨 탈예속화의 예감 때문에, 나는 돌연히 가슴이 두근거린다.

---

11   마우리치오 라자리토, 앞의 책, 126, 136~137쪽.

언어, 다른 주체성의 틈구멍(loophole)을 열어가는

한편 「복경」에서 황정은은 "고객들에게 시달리기로 악명 높은"(70쪽) 백화점 판매사원으로 일하며 감독자와 CCTV를 통해 감정노동을 감시당하는 인물의 상황을 소설화한다. 「복경」은 기업의 이익을 위한 고객만족의 이데올로기 아래 소모품처럼 사용되고 버려지는 '감정 프롤레타리아트(emotional proletariat)'의 고충은 물론,[12] 여기에서 비롯된 감정노동의 '폭탄 돌리기'(자기가 겪은 고통과 모멸감을 다른 감정노동자에게 고스란히 쏟아붓는 악순환)와,[13] "서로의 성과를 목격하고 탐내"며 동료 직원들이 주고받는 "굶주림과 질시와 멸시"(71쪽)의 현장까지 날카롭게 포착해낸다.

강도 높은 감정노동에 시달리다 "이상한 가면이라도 쓴 것처럼" 자신에게 "흡착된 (…) 웃는 얼굴에서 달아날 수가 없"(79쪽)게 된 화자의 모습은, 자신의 노동과 감정에서마저 소외될 때 주체에게 어떤 일이 일어나는지를 섬뜩하게 그려 보인다. 자아와 세계에 대한 감정의 '신호기능'을 회사가 가로챔에 따라 발생하는 '감정 부조화(emotive dissonance)'는 감정을 있는 그대로 느끼는 능력 자체를 훼손시키고 자신이 가짜라는 느낌에 사로잡히게 한다.[14] 그런 웃음, "얼굴이 종이 공처럼 비어버리고 그 공허한 중심을 향해 바삭바삭 구겨지는 (…) 와중에도 입만은 웃고 있어서, 장력을 잔뜩 받고 있는 실처럼 팽팽하게 당겨지며 직선이 되"는 웃음, "매 순간 구겨지고 당겨지고, 아 이제 더는 안 되겠다고 생각한 그다음 순간에도 구겨지고 당겨"(83쪽)지는 웃음을, 이 소설의 화자는 '웃늠'이라고 부른다.

12 　앨리 러셀 혹실드, 앞의 책, 252쪽.

13 　김태홍, 『감정노동의 진실』, 올림, 2014, 145~148쪽.

14 　앨리 러셀 혹실드, 앞의 책, 38~39, 53쪽.

웃늠 웃늠 웃늠. 웃늠이라니 기묘하지만 웃음보다는 기묘한 이름으로 불러야 한다는 생각인데요. 웃늠이 적당하지 않을까요 그러니까. 왜냐하면 이것은 진짜, 웃지만 웃음이 아니니까 분명. 웃음이 아니면 이것은 무엇일까요? 표정이라고 해야 좋을지 상태라고 해야 좋을지, 도대체 이것은 정태입니까 동태입니까. 일종의 짐승이라는 생각도 드는데요. 웃음, 웃늠이라는 짐승. 왜냐하면 이것이 내 얼굴에 나타날 때마다 나는 얼굴째 빨아먹히는 것 같으니까. 보이십니까. 내가 웃습니다. 웃늠, 하고. 웃늠, 하고. (80쪽)

"웃지만 웃음이 아"닌 이 기괴한 것에 '웃늠'이라는 "기묘한 이름"을 붙이자 "웃늠이라는 짐승"에 "얼굴째 빨아먹히는" 화자의 공포와 더 이상 견딜 수 없을 것 같은 절박한 심정이 께름칙하고 오싹하게 피부에 와 닿는다. 기존 담론과 공식 언어를 기묘하게 일그러뜨리면서 그 폭력성과 터무니없음을 실감케 하는 것이야말로 황정은 소설이 줄기차게 시도해온 글쓰기-실천이라 할 수 있는데, 「복경」에서 그는 어느덧 익숙한 유행어처럼 자리 잡은 '감정노동'이라는 테마를 가지고 이 같은 작업을 행하고 있다.

'도게자土下座'(인간이 인간의 발 앞에 무릎을 꿇고 머리를 숙이는 자세)라는 말을 끌어와 "이것은 사과하는 자세가 아니"라 "이 자세가 보여주는 그 자체"(75쪽)임을 지적하는 매장 매니저의 발화도 가슴을 찌른다. "꿇으라면 꿇는 존재가 있는 세계. 압도적인 우위로 인간을 내려다볼 수 있는 인간으로서의 경험. 모두가 이것을 바라니까 이것은 필요해 모두에게. 그러니까 나한테도 그게 필요해. 그게 왜 나빠?"(76쪽)라는 매니저의 말은 "내가 당신에게 친절을 강요하면, 그 사람은 또 다른 사람에게 자기가 짜낸 친절을 보상받으려 할 게 뻔하"며 "그런 사회에서 친절은 상대방을 베는 칼"[15]에 지나지 않음을 무섭도록 여실히 일깨워준다. "무시당하는 쪽도 나쁘다", "존귀한 사람은 아무에게도 무시당하지 않는다"(75~76쪽)라는 매니저의 말을 듣고 '나'가 잠을 못 이루며 되뇌는 말들은 또 어떤가?

> 그런데 나는 과연 존귀한 걸까요? 내가 나를 존귀하다고 여기고 있는 걸까요? 아무리 생각해도 스스로 귀하다는 식으로 생각해본 적이 없는데요 나는? (…중략…) 어떻게 그렇게 되는 것일까요? 학습되는 것입니까? 스스로 귀하다는 것은……. 자존, 존귀, 귀하다는 것은, 존, 그것은 존, 존나 귀하다는 의미입니까. 내가 존귀합니까. 나는 그냥 있었는데요 언제나 여기저기에 있었는데요. 이렇게 그냥 있어도 존귀할 수 있습니까. (…중략…) 가만히 있어도 존나 귀하다면 그것은 일단 인간은 아니라는 생각이 드는데요. (…중략…) 왜냐하면 인간은 똥을 싸는 데에도 비용을 지불해야 하는 생물이니까 병원비와 생활비도 벌어야 하고 그렇지 않습니까. 당신은 어떻습니까. 괜찮습니까. 자존하고 있습니까 제대로…… 존귀합니까. 존나 귀합니까…… (76~77쪽)

'존귀'라는 말이 턱없이 낯설어지는 이 대목에서 독자는, 인간은 태어날 때부터 존귀하다는 생각이 오늘날 얼마나 '말도 안 되는' 소리가 되었는지를 생각해보지 않을 수 없다. "가만히 있어도 존나 귀하다면 그것은 일단 인간은 아니"라는 화자의 말이 "여력은 충분한가요? 보험에라도 들었나요?"(68쪽), "인간다움의 조건은 여력의 여부, 아닙니까"(69쪽)라는 또 다른 발화와 공명할 때, 우리는 사회적 권리를 사적 부채로 전환한 신자유주의 시대에 인간이란 대체 무엇인가 하는 질문과 새삼 맞닥뜨리게 된다. "살려내고 싶어도 살릴 수 없는 사람이 죽음을 앞두고 고통으로 괴로

---

15   장정일, 「서로를 칼로 베는 고백, "사랑합니다, 고객님"―앨리 러셀 혹실드의 『감정노동』」, 『프레시안북스』 2011.1.28. http://www.pressian.com/news/article.html?no=65917

위하는데 진통조차 해줄 수 없는 형편이라면 그 마음은 뭐가 되겠습니까. 짐승 아니겠습니까. 짐승이 되어버린 것과 같지 않겠습니까. 그래서 나는 돈을 벌어. 그 짐승이 되지 않으려고 돈을 법니다"(69쪽)라고 말했던 '나'가 돈을 벌기 위해 '웃늠이라는 짐승'에 잡아먹히는 상황은 신자유주의 담론의 잔인한 허구성을 냉소와 아이러니로써 증언하고 있다.

황정은 소설에서 감각적이고 낯선 언어는 미학이기 이전에 강력한 정치성을 띤다. 황정은의 언어는, '짐승'이 되지 않으려면 돈을 벌어 여력 있는 '인간'이 되라고 말하는 신자유주의의 '협박 경제'[16]를 향해 아직 인간인 우리가 발사할 수 있는 귀중한 실탄처럼 보인다. 언어로 촘촘히 짜여 있어 담론에 예속될 수밖에 없는 주체는, 그러나 역시 언어가 있기에, 기존의 담론을 비틀고 파열시키는 게릴라전을 벌일 수 있다. 그러니 주체를 길들이고 생산하는 자본의 막강한 권력에 맞서 다른 주체성의 틈구멍(loophole)을 여는 길 또한 다른 언어를 벼리는 데에서 찾아야 하지 않을까. 예속된 주체에게도 길이 있다면.

(2015.5)

---

16   마우리치오 라자리토, 앞의 책, 217쪽.

다시 돌아온 4월

문예지 여름호의 원고를 쓰는 동안, 작가들은 두 번째 4월을 통과했다. 2014년 4월 16일로부터 어느덧 일 년이 지났음을 흠칫 깨닫고, 그렇게 다시 돌아온 4월을 먹먹하게 감당하며 글을 썼을 것이다. 일 년이란 얼마나 긴, 혹은 짧은 시간일까. 교복 입은 아이들의 모습만 봐도 대책 없이 눈물이 흐르던 순간들이 이제는 지나갔음을 인정하게 되는 시간, 아직도 가족에게 돌아가지 못한 실종자들이 가라앉은 배 안에 갇혀 있는 시간, 진실을 밝혀달라는 간절한 요구가 여전히 묵살당하는 시간, 충격과 분노로 들끓던 여론이 이제 좀 그만하면 좋겠다고 냉담하게 돌아서는 시간……. 작가이기 전에 한 사람으로서, 이들도 우리와 함께 그 시간을 지나왔다.

'세월호 시대'와 '세월호 이후'의 한국문학에 대한 비평적 담론들이 쏟아져 나왔지만 실제로 작가들이 겪은 것은 논리적이고 당위적인 담론들과는 무관했을지도 모른다. 사유하고 기억하는 문학적 언어의 힘에 대한 신뢰와 사명감보다 말문이 막히는 절망감이나 무력감이 훨씬 더 압도적이지는 않았을까. 지금 내가 읽고 있는 이 소설들은 글을 쓰는 일, 또는 소설 따위를 지어내는 행위에 대한, 어쩌면 환멸에 가까웠을 무력감과 싸우며 가까스로 써낸 원고들이 아니었을까. 그런 생각이 든다. 세월호가 한 번도 언급되지 않는 한 소설에서 몇 년 전 자신이 장례식장에서 했던 위로의 말, "그래도 기운 내라. 산 사람은 살아야지"를 떠올리며 "그건 부끄러운 말이란다. 그건 예의가 없는 말이란다"[1] 라고 되뇌는 한 인물의 목소리를 들을 때. 그리고 또 다른 소설에서 "거기서 멈췄다. 더 쓸 수 없었다. 고통 때문이 아니었다. 내가 고통의 바깥에 있다는 사실이 무섭도록 생생했기 때문이다"[2] 라는 문장들을 읽을 때. 아무 맥락 없이도 그 말들은 단번에 고스란히 가슴에 와 박힌다.

세월호를 입에 올리든 그렇지 않든 간에, 그 절망과 자책감의 진정성이 전해지는 한, 이들 소설에 더 많은 것을 요구하기란 어려운 일일 수 있다. 막연한 암시나 모호한 징후처럼 떠도는 이미지들, 부서지고 잘려나간 채 혼란스럽게 잇대어진 장면들, 허구 서사의 수사학을 위배하듯 불쑥 튀어나오는 민낯의 육성들, 그 위에 더 정교한 구성과 촘촘한 사유가 필요했다고 지적해야 하는 것일까. 그보다는 오히려, 탐색하고 기획하기 전에 우리가 느끼고 겪은 것들, 말로 하기가 불가능해 보이지만 그래도

---

[1]   윤성희, 「가볍게 하는 말」, 『문학동네』 2015년 가을호, 232쪽.

[2]   한강, 「눈 한송이가 녹는 시간」, 『창작과비평』 2015년 여름호, 319쪽. 이 글에서 주로 다루는 텍스트는 한강의 이 소설을 비롯하여 윤대녕의 「닥터 K의 경우」(『문학과사회』 2015년 여름호), 정찬의 「등불」(『창작과비평』 2015년 여름호), 염승숙의 「오래전 고독」(『현대문학』 2015년 6월호) 등이다. 이후로 이들 소설을 인용할 때에는 본문의 괄호 안에 게재지의 해당 페이지만을 밝히기로 한다.

해야만 하는 것들, 말하지 않을 수 있다면 말하고 싶지 않은 것들을 어떻게든 써내고 의미화하는 일이 수행돼야만 하며, 작가들은 바로 그 일을 해내는 중이라고 말해야 하지 않을까. 부들부들 떨리는 손끝으로 자판을 두드렸을 작가의 진심이 갈피갈피 배어 있는 한.

진정성과 진부함 사이

그럼에도 어떤 상투성에 대해서는 짚어두지 않을 수 없을 것 같다. 이를테면 '주인공은 황망한 사고로 사랑하는 딸을 잃고 삶의 모든 것이 파괴된 채 살아가는데, 세월호 참사는 그 트라우마를 끔찍하게 반복하며 현재화한다'는 이야기구조는 어떤가. 윤대녕의 「닥터 K의 경우」와 정찬의 「등불」은 이 같은 밑그림에 바탕을 둔 두 편의 소설이다. 윤대녕의 소설에서 K의 딸은 대학 동아리의 래프팅 여행 도중 싸늘한 시신이 되어 돌아왔고, 정찬의 소설에서 '그'의 여섯 살 난 딸은 유치원 캠프 화재사고로 처참하게 사망했다. 딸을 잃은 뒤 K는 아내와 이혼했으며, '그'의 아내는 스스로 목숨을 끊었다. 그들이 이후 마음을 나누게 되는 유일한 인물은 삼풍백화점 사고로 임신 중에 남편을 잃고 캐나다에서 홀로 딸을 키워낸 H이거나(「닥터 K의 경우」), 젖먹이 아이를 키우며 혼자서 식당을 하는 모슬포댁이다(「등불」). 공교롭게도 모두 제주가 고향인 이 두 여인은 모성의 현현으로 등장하여 죽음의 시선에 붙박인 K와 '그'가 삶을 포기하지 않도록 격려한다. 윤대녕의 소설에서 세월호 사건은 K로 하여금 더 이상 (한국에서) 살아갈 수 없다고 느끼게 하는 심리적 외상으로 되풀이된다면, 정찬의 소설에서는 모슬포댁이 젖먹이와 함께 세월호에 탑승했다 실종된 것으로 추정되면서 과거의 상실과 파탄이 실제로 반복된다.

두 편의 소설은 두 작가의 거리만큼이나 다른 분위기를 띠고 있으며 결말 역시 서로 다르다. 윤대녕의 소설이 캐나다에서 H를 만난 뒤 한국으로 돌아가는 비행기를 타기 위해 공항에 앉아 있다가 "잠시 잊고 있었으되, 그동안 가슴에 들어와 박혀 있던 돌들의 무게가 느껴지면서 몸이 좀처럼 의자에서 떨어지지를 않"(143쪽)는 K의 모습으로 마무리되는 반면, 정찬의 소설은 "어디로 간다는 의식"(284쪽)도 없이 "눈물이 주르르"(286쪽) 흐르는 채로 트럭을 몰고 진도를 향해 달리는 '그'의 모습과 함께 끝을 맺는다. 이렇게 두 소설은 다른 길을 가지만, 두 인물이 처한 상황과 그 참담한 심정은 차이보다 강력한 유사성을 드러낸다. 이들이 TV 뉴스를 통해 여객선 침몰 소식을 접하는 장면과 받아들일 수 없는 딸의 죽음을 마주하는 장면을 비롯하여, 두 소설이 독자의 공감을 이끌어내는 요소들 역시 기본적으로 이 유사성에 바탕을 두고 있다.

세월호 사건을 집단적 트라우마가 된 과거의 재난사고와 겹쳐 놓으며 자식을 잃은 자의 관점에서 그 상처를 그려내는 이 같은 방식은 다소 진부하고 정형화돼 있는 것이 사실이다. 충격적인 사고 이후에도 아무런 대책이 마련되지 않아 끔찍한 비극이 되풀이되는 상황에 대한 온당한 문제의식에도 불구하고, 이런 방식은 세월호 참사를 익숙한 이야기구조(재난사고로 자식을 잃은 부모의 이야기) 안에서 바라보고 매끈하게 틀 지어버릴 우려가 있다. 희미한 구원의 가능성으로 등장하는 생물학적 모성의 낯익은 상징성 역시, 자식을 잃은 부모들은 물론이고 그들과 결코 같을 수는 없으나 그들과 같은 세상에 살고 있는 우리 각자에게 남겨진 절실한 문제들을 얼마간 회피하거나 봉합하는 경향이 있다. 진부함은 미학의 영역이기에 앞서 인식의 문제일 수밖에 없는 것이다.

나아가 이 같은 이야기구조는 우리도 비슷한 사고로 자식을 잃었거나 잃을 수 있다는 사실을 환기하면서 세월호 참사로 자식을 잃은 부모들의 고통을 우리도 얼마간 나눠 갖고 있다는 막연한 감정을 갖게 만든다. 이런 감정은 탈 없이 일상을 영위하는 우리로서는 도저히 그 부모들의 고통을 헤아리거나 온전히 공유할 수 없다는 절망적 인식, 아이들의 죽음에 우리도 분명 책임이 있으며 집단우울증에 빠지거나 분향소를 찾는다고 해서 그 책임이 덜어지는 것은 아니라는 괴로운 진실 등에 비하면 차라리 마음 편한 감정일지 모른다. 그렇지 않은가? 자신이 '가해자'나 '방관자'의 자리에 있음을 인정하는 것보다 스스로를 '피해자'(희생자)와 동일시하는 편이 한결 덜 고통스러운 일일 수 있음을, 우리는 이미 알고 있다.

그렇다면 우리가 좀 더 주목해야 할 것은 내 자식, 내 가족의 일이 아님에도 우리 자신을 세월호 참사와 뗄 수 없이 관련짓는 각자의 방식, 상대적으로 손쉬운 동일화의 환영이 아니라 넘어설 수 없는 간극에도 불구하고 이 고통을 우리 자신의 일로 맞아들이는 서로 다른 방식들이라고 말해야 한다. 그것은 또한 어떤 안정된 틀에도 기대지 않고 세월호 참사가 우리 삶에 미친 복잡한 영향과 그로 인한 주체의 변화를 저마다의 방식으로 언어화하는 악전고투의 흔적들이 될 수 있겠다.

'이방인'의 사랑

염승숙의 「오래 전 고독」은 얼핏 보면 윤대녕이나 정찬의 소설과 그리 멀리 있지 않은 듯하다. 말레이시아 항공기 실종 / 추락사건(2014년 3월 8일) 이후 여태 돌아오지 않는 남편(기영)을 기다리는 세이(중심 초점인물인 제이의 언니)의 이야기가 "세월호 일주년"을 맞은 "4월"(81쪽)을 배경으로 펼쳐지니까 말이다. '탑승자 명단에는 없는 실종자'인 기영과, 어딘가에 그가 아직 살아 있을 거라고 믿는 세이, 그리고 그런 세이를 지켜보며 (또 다른 육친의) "자꾸만 지연되는 부고에 대해 생각"(103쪽)하는 제이의 모습 등은 은유적이고 암시적인 형태로 끊임없이 세월호 참사를 환기시킨다.

하지만 염승숙은 훨씬 더 복잡하고 까다로운 길을 선택한다. 일단 이 소설에서는 기영이 사고 항공기에 정말 탑승했는지 여부가 끝까지 불확실한 채로 남아 있다. 장기휴가를 낸 채로 석 달을 기약하고 홀로 여행을 떠났던 기영이 세이에게 설명할 수 없는 이유(기영이 찍은, 남자 후배 계오의 나체사진으로 추측해볼 수 있는)로 여전히 돌아오지 않고 있을 가능성도 배제하기 어렵기 때문이다. 이 가능성은 기영의 죽음 이상으로 세이를 고통스럽게 만들 수 있다. 이런 측면들은 이 소설을 윤대녕이나 정찬의 소설과 구별되게 하는 한편, 사고로 사랑하는 사람을 잃은 '희생자-가족'의 관점으로 쉽사리 이야기를 틀 지을 수 없게 만든다. 「오래 전 고독」은 또한 상실의 고통 그 자체가 아니라 그것으로부터의 회복과, 자기 상처를 넘어서는 사랑의 가능성에 좀 더 마음을 기울이는 소설이다. 그 가능성에 대한 깊은 회의와 이를 껴안은 채 머뭇거리며 나아가는 더딘 발걸음 때문에, 이 소설은 다소 산만하고 불안정해 보이기도 한다.

염승숙의 소설에서 남편을 잃은 당사자인 세이보다 먼저 마음에 와 닿는 인물은 그녀의 동생인 제이이다. 그녀는 내가 아닌 다른 이(아무리 가까운 사람일지라도)의 고통을 "그저 짐작하는"(101쪽) 수밖에 없는 우리의 답답하고 죄스러운 심정을 솔직하게 대변해주는 동시에, 고통을 당하는 자만이 아닌 지켜보는 자의 자리에서도 의미를 합성하게 하는 역할을 한다. 제이는 상처의 온전한 치유에 대한 작가의 회의적 관점을 드러내는 인물이기도 하다. 영상자료원에서 옛날 영화 포스터들의 원형을 복원하는 일을 맡고 있는 제이는 '회복'의 의미가 들어 있는 '복원'이라는 말을 찬찬히 곱씹는다. "이 세상의 그 어떠한 훼손도 온전한 복원은 불가능"하며 "소실이나 상실을 애초에 '없었던' 것으로 만들지 못"하는 한 "회복이란 더더욱 가능하지 않"(86~87쪽)으리라는 것이 그녀의 생각이다. 슬픔으로 여섯 달이나 말을 잃은 세이로 인한 "절망감"(87쪽)이 깔려 있는 이런 생각은 세월호 참사 가족들의 고통을 '짐작'할 때면 우리를 짓누르는 감정과도 맞닿아 있다.

이 소설이 회복 가능성에 대한 조심스러운 기대로 선회하게 되는 것은 세이와 수잔의 우연한 만남에서부터다. 수잔은 아시아어문학을 전공하는 영국인 학생으로 여행의 "마지막 날 일본 규슈의 어느 식당에서 본 뉴스 때문에 다시 돈을 모아 한국으로"(99쪽) 왔다가, 잃어버린 카메라를 매개로 하여 세이와 만나게 된다. "한국에 대해서는 아무 것도 알거나 관심 갖지 못했던 어느 이방인이 여행 중이던 타국에서 교황의 방한 보도를 접하고, 그가 한국인들에게 허리 굽혀 반복해 묻고 말하던 '세월호'라는 것에 관심을 가졌다는 사실", "어린 학생들이 미처 구조되지 못하고 바다 한가운데 잠겨버린 사건을 기억하고 애도하기 위해" 그녀가 "애써 이 나라에 와줬다는 사실"(99~100쪽)은 "나의 고통만이 그저 오롯이 나이고 또 나의 세계였"(100쪽)던 세이를 서서히 변화시킨다. (세월호 사건으로) 힘들었냐고, 슬펐냐고 묻는 수잔에게 (자신을 떠난 기영 때문에) "힘들었다고, 아주아주 슬펐다고" 대답하면서 세이는 자신이 "세월호에 대해서는, (…) 아무런 관심조차 못 가졌었"(100쪽)다는 사실을 뒤늦게야 깨닫게 된다. 나의 고통만이 내 세계의 전부일 때, 고통당하는 자 각자는 서로에게도 '이방인'이 될 수 있는 것이다.

자기 고통 안에 굳게 갇혀 있던 세이의 마음이 다른 이의 고통을 향해 열리는 과정은 그녀가 완전히 낯선 타인인 수잔과 친구가 되는 과정과 맞물려 있다. 영국으로 돌아가서도 다시 한국에 오기 위해 한국어 공부를 하는 수잔은 모바일 메신저로 세이에게 "신기해요. 우리는 어떻게 만날 수 있었을까요. 세이 아이 미스 유"(102쪽)라고 적어 보낸다. 그저 짐작할 수밖에 없는 너무나 엄청난 고통이 '이방인'인 그들을 만나게 하고 그리워하게 했다는 사실은 실제로 놀랍고 신기한 일이다. 세이는 수잔에게 기영에 대해 이야기하지 않았지만, 다 이해하거나 이해받지 못했어도 수잔과의 관계는 세이를 다시 일으켜 세운다. 기영의 실종 이후로, 그에 대해 자기가 얼마나 무지했었는지를 깨닫고 절망했던 세이는 이제 "자신이 짐작하는 것이 다만 짐작에 그칠 뿐 진실은 아니"라는 "사실조차 진정으로" 받아들이면서 "최선을 다해" "짐작에 짐작을 거듭"(101쪽)하고자 한다. "사랑하기 위해서. 사랑을 지속해나가기 위해서. (…) 누군가를 사랑한다는 건 (…) 그의 고통을 짐작하려고 노력하는 것"(101쪽)과 다르지 않을 것이기에. 그런 노력을 할 용기가 있다면 더 멀고 더 낯선 누군가를 사랑할 수도 있으며, 어쩌면 그 사랑이 고통보다 더 큰 힘을 발휘할 수도 있음을 그녀는 믿어보려 하는 것이다.

이 같은 세이의 변화는 제이에게도 영향을 미친다. 연락이 닿지 않는 세이를 걱정하던 제이는 오늘이 4월 16일임을 확인하고는, 다시 돌아온 수잔과 함께 있을지 모를 세이의 모습을 떠올려본다. 아마도 세이는 "기억의 벽에 가보고 싶"(102쪽)어 했던 수잔을 데리고 "손바닥만 한 크기의 타일 수천 개가 달라붙어 있는 방파제 앞으로, 누구의 울음이나 그리움도 파도에 부딪쳐 깨어지고 마는 항구 앞으로"(103쪽) 차를 몰고 달려가는 중일 거라고. 짬짬이 만든 추모 포스터를 들고 "너른 광장"으로 나가던 직장동료 윤이 "같이 가요"(103쪽)라고 말할 때, 윤과의 어긋난 연애감정이나 그로 인한 불편함 따위는 잊고 서둘러 남은 일을 마무리하는 제이에게도, 이제 사랑은 또 다른 고통들에 자기를 여는 더 큰 만남을 의미할 것이다.

온전한 이해나 공감의 불가능성과 '더불어' 사랑의 가능성을 모색하는 일, '이방인'의 자리와 성급한 동일화의 자리 그 사이에서 주저하고 흔들리면서도 사랑을 지속하기 위해 거듭 노력하는 일. '세월호 일주년'으로부터 다시 한 계절을 보낸 우리에게 염승숙 소설은 그 일의 필요성과 의미에 대해 다시 생각해보게 한다.

'다음 사람'을 위한 유일한 선택

한강의 「눈 한송이가 녹는 동안」에서도 "가족이 아니고 친구도 아"(289쪽)닌 자로서, 우리 자신은 이 죽음들과 어떻게 결부되어 있는가 하는 실존적이고도 윤리적인 질문을 발견할 수 있다. 이 소설에서 세월호 참사는 차마 입밖에 내지 못하는 '결정적인 한 마디 말'처럼 발화의 순간이 끝없이 유보되고 지연되는 방식으로만 텍스트에 음각으로 기입돼 있다. 이로 인해 끊어지고 얼룩진 흔적들, 부자연스럽게 갈라진 목소리와 주춤거리는 몸짓들 그 자체로서, 세월호 참사는 이 소설의 어디에나 드리워 있다. 깔끔하게 스토리를 추출하는 일이 불가능하거나 무용해 보이는 이 소설을 그래도 한 마디로 간추린다면, "내가 고통의 바깥에 있다는" 엄연한 사실 때문에 더 이상 글을 "쓸 수 없"(319쪽)었던 k(화자인 '나')가 그 절망감을 감당하며 글쓰기의 주체로 다시 태어나는 과정의 이야기라고 말할 수 있을지 모른다.

k가 쓰다가 멈춰버린 글은 삼국유사를 주제로 한 연극들 중 하나의 대본이었다. 처음으로 연극 대본을 맡을 때부터 "다른 종류의 글을 써야겠다는 생각, 그렇지 않으면 어떤 것도 다시 쓸 수 없을 거라는 막막함"(297쪽)에 사로잡혀 있었던 k는 결국 이 글도 완성하지 못한 채 포기하고 만다. 원래 이야기의 결말과 달리 목욕물에 몸을 담근 노힐부득과 달달박박이 "황금부처가 될 것 같지 않고, 길 잃은 여자가 관음보살일 것 같지 않"(399쪽)았기 때문이라고 k는 말한다. k는 더 구체적인 이유를 언급하지 않으려 하지만("나는 그 장면을 이야기할 마음이 없었다", 318쪽) 발화자를 명확히 규정할 수 없는 '이탤릭체'의 문장들은 k의 의지를 거스르며("내가 입을 다물었는데 누가 말하는지 알 수 없었다", 321쪽) 괴로운 진심을 누설한다.

소녀가 물 밖으로 걸어나온다. 젖은 옷에서, 팔뚝과 종아리에서 쉬지 않고 물이 흘러내리는데, 머리 위에 쌓인 눈만은 아직도 녹지 않았다. 무대 앞 객석을 향해 한발씩 다가오며 그녀가 말한다.

나는 잠을 잘 수 없어요. 당신은 잠들 수 있나요?
잠깐 잠들어도 꿈을 꿔요. 당신은 꿈을 꾸지 않아요?

언제나 같은 꿈이에요.

잃어버린 사람들.

영영 잃어버린 사람들. (319쪽)

누군가 이를 악물고 억울하다고, 억울하다고 말하고.

간절하다고, 간절하다고 말하고.

(…중략…)

누군가가 넋이 되어서 소리 없이 문을 밀고 들어오고.

누군가의 몸이 무너지고, 말이 으스러지고, 비탄의 얼굴이 뭉개어지고. (321쪽)

k가 더 이상 글을 쓸 수 없었던 이유, 설화 속에서든 상징으로든 구원을 믿을 수 없게 된 이유, "이 세상에서 평화로워진다는 건" "불가능"(321쪽)하다고 생각하는 이유가 무엇인지 직관적으로 우리는 느낄 수 있다. 온몸에서 물이 흘러내리는 채로 물 밖으로 나온 소녀가 왜 잠들지 못하는지, 그녀가 잠시도 잊을 수 없는 "영영 잃어버린 사람들"이 누구인지, 무너진 몸과 으스러진 말과 뭉개어진 "비탄의 얼굴"이 무엇을 가리키는지를 말이다. 그렇게 "내 상상 속 그녀의 고통만이"(320쪽), "무너지고 으스러지는 모습만"(319쪽)이 남을 때, 언어가 과연 무엇을 할 수 있을까.

그러나 한강은 언어의 무력함과 구원의 불가능성을 고백하는 데에서 그대로 멈추어 있지 않는다. 그녀가 여기서 어떻게든 더 나아갈 수 있었던 것은 이 고통과 이 죽음들을 (다른 재난사고가 아닌) 다른 투쟁들과 겹쳐놓았기 때문이라고, 나는 생각한다. "죽은 지 삼년이 지난 뒤"(290쪽) 홀연히 찾아온 '그'(임선배)나 그와의 대화 속을 맴도는 또 한 명의 고인(故人)인 경주는 죽음을 맞은 시기와 이유는 달라도 사는 동안 각자 외롭고 긴 싸움을 겪어낸 사람들이다. k의 예전 직장 선배인 이들은 k가 입사하기 전, 윤의 투쟁이 어떻게 무력화되어 패배로 끝났는지를 함께 지켜본 사람들이기도 하다.

이들이 다니던 직장은 "정치판에 몸담은 적 있다는" "보수적인 오너가 세운" 회사로, "귀중한 모성을 보호받아야 하므로" "여자 직원은 결혼과 함께 퇴사해야 한다는 원칙을”(303쪽) 내세운 곳이었다. 결혼 후 “공식적으로 퇴직을 거부한 첫 사례”(303~304쪽)였던 윤은 “그 싸움을 지지하는 이들과 방관하는 이들, 거부감을 표시하는 이들” 사이에서 힘겹게 출근투쟁을 하며 한 달을 버텼지만, “다수결로 파업도 일괄사표도 결렬”(304쪽)된 뒤 회사를 떠나게 된다(그 자리에 새로 채용된 사람이 바로 k이다). 경주는 “나서지 않았을 뿐 늘 우리와 같은 편이었다고 할 수 있”(305쪽)는 ‘그’와 끝내 완전히 화해하지는 못하는데, “절이 싫으면 중이 떠나는 거라”(309쪽)던 ‘그’의 말을 유독 아프게 품고 있었다. 경주로 하여금 ‘그’의 얼굴에 맥주까지 끼얹게 했지만 이후로 “마치 그게 임선배가 아니라 나 스스로 생각해 낸 말인 것처럼”(310쪽) 경주의 머릿속을 맴돌던 그 말은 이 나라에 살기 싫어 떠나고 싶다는, 그래도 그럴 게 아니라면 “모두 각자 살 길을 찾아야”(311쪽) 한다는, 지금 우리 사이에서 번져가는 공공연한 속생각을 반영하는 말일 것이다.

그 후 경주가 선택한 외로운 싸움은 이런 생각들을 넘어서기 위한 고민과 노력을 담고 있다. 서른셋에 결혼을 하게 됐을 때 그녀는 “대부분 후배인 동료들에게 부담을 주고 싶지 않”아 “혼자 노동청에 신고를”(314쪽) 하고 기약 없는 출근투쟁 끝에 회사의 승복을 얻어낸다. 그러나 “더 어려운 싸움은 그때부터 시작”(315쪽)이어서 극심한 따돌림으로 그녀는 공황장애까지 경험한다. 그러고도 경주는 “법적으로 이긴다 해도 결국은 지는 거라는 선례”(315쪽)를 남기지 않기 위해, 지방 신문사로 이직하기까지 일 년을 버텨낸다. 경주의 싸움은 그녀 자신을 위한 것이기보다는 회사에 남아 있는 다음 사람들을 위한 것이었다고 해야 한다. 윤의 투쟁이 패배로 끝난 뒤 “다음에 누군가가 결혼하게 될 때, 다시 지난번처럼 우리가 싸울 수 있을까? 질 게 분명한 싸움을 누가 하려고 할까?”(311쪽)라고 괴로워하던 그녀였다. 갓길 없는 고속도로에서 위험해 보이는 사고 차량 뒤에 차를 세웠다가 변을 당한 그녀의 마지막이 그랬듯, 경주는 남에게 선의를 베푼다는 의식이나 그 어떤 계산도 없이 "다른 사람들이 보기에는 까다롭고 유난하고 피곤한 선택들", "그러나 자신으로선 다른 방법을 생각해낼 수 없었던 유일한 선택들"(316쪽)을 해나갔던 것이다.

경주의 싸움은 그 동안 우리가 목격한 세월호 가족들의 투쟁을 떠올리게 한다. 이미 가장 소중한 것을 잃었고 어떤 식으로도 되돌릴 수 없는 상실을 겪은 가족들이 그 싸움을 계속해나가는 것은 그들 자신이나 잃어버린 자기 자식을 위해서가 아닐 것이다. 싸움이 계속될수록 더 많이 다치고 무너질지라도 이들이 끝까지 버티려 하는 것은, 어쨌든 여기서 살아가야 할 다른 사람들을 위한 것이 아닐 수 없다. 방관과 거부감과 몰이해 속에서, 자신을 그렇게 바라보고 있는 바로 그 '다른 사람들'을 위해서 말이다. 끝까지 맞서 싸우지 않으면 아무것도 달라지지 않을 것이고, 달라지지 않으면 다음 사람들이 또 이런 일을 겪어야 할 것이며, 그럴 때 다시 싸울 힘을 내기란 더 어려울 것이기 때문에. 이 투쟁이 그들이 할 수 있는 '유일한 선택'인 이유는 다른 데 있지 않다.

부당하고 억울한 일, 간악하고 잔인한 처사들은 지금 어디에나 있으며 누구도 피할 수 없다. 이직한 시사잡지사 편집부에서 기사 삭제 사건으로 파업과 주동자 해고와 천막농성을 거친 뒤 암 진단을 받고 세상을 뜬 '그' 역시, 나서지 않으며 마음으로만 응원하는 식으로 계속 살아갈 수는 없었다. 우리가 바꾸지 못한 세상에서 살아갈 '다음 사람들'에게 우리는 모두 책임이 있으며, 그런 세상에서 혼란과 좌절을 겪고 무력감을 물려받을 '다음 사람들'은 다 우리의 아이들이니까. 함께 회사를 다니던 시절 '그'가 꾸었던 꿈이 의미하는 바도 여기에 있을 것이다. "두돌이 되어가는 부산스런 딸아이가 무릎에 앉아 있었는데, 아이가 고개를 돌려 그와 눈을 맞췄다고 했다. 그런데 가만히 보니 딸아이의 얼굴이 아니어서 놀랐다. *아주 낯선 아이였는데, 그게 어린 k 씨라는 걸 어째선지 알아볼 수 있었어*"(324쪽). '그'가 자기 딸이 아닌 k를 찾아온 이유도 이와 무관하지 않을 것이다. 내 아이가 상처 입(을 수 있)어서가 아니라 상처 입은(/상처 입을) 모든 k들이 내 아이이기 때문에.

　'그'의 방문은 k로 하여금 안으로 굳게 걸려 있던 말문을 열게 만들고 '그'와 나눈 이야기들을 글로 써낼 수 있게 해준다. 실제로 아이가 있든 없든, 수많은 '다음 사람들'인 내 아이에게 k도 역시 책임이 있다. "내가 그의 딸아이만큼 어려져서 무릎에 앉았을 때" "잠시 우리가 닿았던 것"(325~326쪽)을 떠올려보는 k 또한 그 사실을 직감했을 것이다. '고통의 바깥'에서 자책하던 k는 이 같은 책임의 수락과 관계의 수긍을 거치며 비로소 글을 쓸 수 있게 된다. 또는 그런 주체의 이동을 가능케 한 것은 바로 이 지난한 글쓰기 과정일 것이다. 그 가능성이야말로 참혹한 고통과 절망의 시대에 자괴감의 끝, 무력감의 끝의 끝에서 글쓰기가 무엇을 할 수 있고 해야 하는지 말해주는 소중한 전언이 되지 않을까.

(2015.8)

아버지—자본의 타락한 법에 맞서 청년은 어떻게 성장하는가?

박완서 장편소설 『오만과 몽상』

'좋은 아버지'의 부재와 성장소설의 특수한 형식

박완서의 『오만과 몽상』(세계사, 2012)은 자신들을 굴레 씌운 '가계(家系)의 운명'으로부터 벗어나기 위해 몸부림치는 현과 남상의 이야기로 이루어져 있다. 매국노의 후예로 자자손손 권력과 부(富)를 누려온 현의 집안과 독립투사의 자손으로 가난과 원한을 물려받은 남상의 내력은 고교 단짝인 둘 사이의 우정을 갈라놓는 원인이 된다. 남상의 할아버지가 간직했던 한 장의 사발통문(고조할아버지가 동학군이었을 때 쓴 글)이 갑작스런 절교로 이어진 뒤, 이들 각자는 상반되는 가운(家運)의 아이러니에 대항해 자신의 삶을 만들어가는 힘겨운 여정에 들어선다. 이렇게 보면 이 소설은 현과 남상, 두 주인공이 성장과 자아 찾기 과정에서 겪게 되는 갈등과 방황의 이야기라 할 수 있다.

일반적으로 성장은 '아버지의 법'을 내면화하고 사회의 질서와 규칙들을 자아-이상(ego-ideal, 상징적 동일화의 모델) 속에 정초하는 사회화 과정을 통해 이루어진다. 이 과정은 사회적 공동체와 조화를 이루기 위한 주인공의 내적 성숙을 그려내는 서구적 의미의 교양소설(Bildungsroman, 괴테의 『빌헬름 마이스터의 수업시대』 등)에 잘 나타나 있다. 그런데 한국 성장소설에서는 이 과정이 성공적으로 마무리되기보다는 혼돈과 방황으로 끝나는 경우가 많다. 이런 양상은 상징적 동일화의 모델이 되어줄 '좋은 아버지'가 부재한 상황, 또는 통합을 위해 노력해야 할 사회 질서가 이미 모순되고 타락했다는 인식에서 비롯된다.

사회적 공동체와의 성공적인 통합이 타락한 사회와의 타협을 의미하는 한, 그것은 진정한 성장을 의미할 수 없다. 반대로 모순된 사회와의 타협을 거절하고 진정한 성장을 추구한다면, 그는 사회화에 실패한 채 분열과 방황을 거듭하지 않을 수 없다.[1] 이것이 근현대사의 특수한 정치적 현실을 경험한 한국 성장소설의 딜레마라 하겠는데, 이로 인해 모순된 사회와의 대면에서 발생하는 주인공의 방황과 동요를 중심으로 하는 이야기들이 우리 성장소설의 주된 흐름을 형성하게 된다.

박완서의 『오만과 몽상』 또한 성장소설의 이 같은 맥락 안에서 조명될 수 있는 소설이다. 주인공인 현과 남상은 각기 다른 의미에서 '좋은 아버지'가 부재하는 상황에 처해 있다. 매국노의 후예이자 번영한 가문의 자

---

[1]   나병철, 『가족로망스와 성장소설』, 문예출판사, 2007, 334쪽.

손인 현에게는 강력한 권위를 지니고 있지만 도덕적 / 이념적으로 타락한 '나쁜 아버지'만이 현존한다(악덕 기업인인 실제의 아버지 박준이 그렇듯이). 반면 독립투사의 후예이지만 영락한 집안의 아들인 남상에게 '좋은 아버지'는 부재하는 것이나 다를 바 없이 무력하기만 하다(사발통문만 남기고 세상을 떠난 할아버지나 철저히 무기력한 실제의 아버지처럼).

이 같은 상황에서 현과 남상은 서로를 의식하고 서로에게 영향을 미치면서 경쟁적으로 자기 길을 찾아가나는 형제 혹은 쌍둥이와도 같다. 집안의 도움 없이 성공하기 위해 가출을 감행한 현은 나쁜 아버지의 법에 저항하고 등을 돌리는 방식으로 성장의 길에 들어서며, 부자가 되어 가문을 일으키고자 분투하는 남상은 스스로 아버지의 법을 세우려는 방식으로 성장을 모색한다. 현과 남상의 모색은 자본주의 사회의 타락한 질서(나쁜 아버지의 법)와 대면하여 이들이 겪게 되는 갈등과 좌절의 과정과도 맞물려 있다.

이 과정에서 이들은 불길한 주문처럼 울려 퍼지는 목소리, 곧 "매국노는 친일파를 낳고, 친일파는 탐관오리를 낳고, 탐관오리는 악덕 기업인을 낳고, 악덕 기업인은 현이를 낳고, 동학군은 애국투사를 낳고, 애국투사는 수위를 낳고, 수위는 도배장이를 낳고, 도배장이는 남상이를 낳고"(1권, 73~74쪽)라는 집요한 목소리와 싸워나간다. 각기 다른 자리에서 서로 다른 방향으로, 이 목소리의 굴레로부터 벗어나 자기 자신이 되기 위해 방황하는 이들의 이야기를 좀 더 자세히 살펴보기로 하자.

오이디푸스적 아버지—자본에 맞선 아들—청년의 힘겨운 모색

아버지의 법이라는 상징적 동일화의 모델을 갖지 못한 현과 남상에게 서로는 유일한 경쟁자이자 각별한 동일시의 대상이다. 대조적인 환경과 집안 내력을 지닌 이 두 사람은 거울처럼 서로의 모습을 비추는 한 쌍의 짝패(double)이기도 하다. 현과 남상은 최초의 결별 이후 7년 만에 이루어진 우연한 마주침 이외에는 결말에 이르기까지 서로 단 한 번도 만나지 못하지만, 애증의 감정으로 서로에게 깊숙이 연루되어 있다. 고교 시절부터 현과 남상의 관계는 단짝친구 그 이상이었다고 할 수 있다. 소설가가 되어 첫 작품으로 『의사 남상이』란 소설을 쓰겠다고 입버릇처럼 말하는 현이나, 그런 현의 기대에 부응하듯 의사가 되기를 꿈꾸는 남상에게 서로의 존재는 자아상을 형성하고 꿈을 지탱하는 근거가 되었기 때문이다.

그러다가 남상의 절교 선언으로 상처를 받은 현은 "쓰여지기도 전에 마지막 작품이"(1권, 29쪽) 된 자신의 소설을 포기하는 대신, 남상이 꿈꾸었던 바로 그 의사가 됨으로써 그에게 복수하고자 한다. 흥미로운 것은 남상에 대한 현의 복수가 자신을 남상과 상상적으로 동일시하는 양상으로 나타난다는 점이다. 현은 남상이 품었던 의사라는 꿈을 모방하고, 남상이 겪는 극도의 가난마저 모방하려 한다. 이는 "친일파의 자식이기 때문에 의사가 될 수 있었"(1권, 33쪽)다는 식의 남상의 주장을 반박하기 위함이기도 하지만, 다른 한편으로는 남상이 내뱉은 불길한 주문("매국노는 친일파를 낳고……")을 기꺼이 맞서 싸워야 할 자기 자신의 사악한 운명으로 받아들인 탓이기도 하다.

나아가 절교 이후 현의 일거수일투족은 "남상이라는 단 한 사람의 관객을 위한 쇼"(1권, 16쪽)와도 같아진다. 언제나 남상이라는 관객을 의식하면서 오직 부재하는 그의 시선 안에서만 살아가는 현은 쿤데라가 『참을 수 없는 존재의 가벼움』에서 말한 의미의 '몽상가'와 다르지 않다. 남상이 지켜보고 있지 않음에도 현은 가난으로 고생하는 자기 모습을 응시하는 남상의 환상적 시선을 느끼며, 의사가 된 자신을 바라봐줄 남상의 시선을 상상한다. 부재하는 남상의 시선은 현에게 있어 "등에 꽂힌 화살"(1권, 60쪽)처럼 피할 길 없는 조건인 동시에 강렬한 욕망의 대상이라 할 수 있다.

남상의 시선에 대한 현의 갈망은, 복수 그 자체에 대한 욕망을 넘어서고 있다. 저주와도 같은 족보의 굴레가 틀렸음을 남상의 눈앞에서 증명하는 일은 곧 그 말을 되뇌었던 남상의 굴절된 욕망을 대신 실현하는 것일 수 있기 때문이다. 자신을 바라보는 남상의 시선이 현에게 쾌감을 주는 이유는 결국 그가 자기 스스로(관찰당하는 위치)를 남상의 응시(자신을 바라보게 되는 위치)와 동일시한 데서 나오는 현상이라 할 수 있다. 그런 의미에서 현에게 남상은 상상적 동일시(타자의 이미지와의 동일시)의 대상일 뿐 아니라 상징적 동일시(타자의 응시와의 동일시)의 대상이기도 하다.[2] 달리 말하면 현의 '관객'은 남상의 자리에서 스스로를 바라보는 자기 자신이었던 것이다.

남상의 경우에도 상황은 별로 다르지 않다. 고교 시절 남상은 자신을 『의사 남상이』란 소설의 모델로 바라보는 현의 시선 안에서 막연히 의사가 되길 꿈꾼다(상징적 동일시). 할아버지에 의해 주입된 "양가의 원한 관계"(1권, 245쪽)에 짓눌려 현과의 관계를 파탄 낸 남상은 제대 후 현과 화해하고 싶어 하지만, 현이 의대에 다닌다는 사실을 알게 되면서 그에게 가장 소중한 걸 빼앗긴 듯한 배신감을 느낀다. 가난 때문에 대학 진학을 포

---

2 상상적 동일시와 상징적 동일시의 개념에 대해서는 슬라보예 지젝, 이수련 역, 『이데올로기라는 숭고한 대상』, 인간사랑, 2002, 183~188쪽 참조.

기하면서 의사의 꿈도 까마득히 잊고 지냈던 남상이 현에게 자기 꿈을 "부당하게 빼앗긴 것 같은 충격을 받"(1권, 164쪽)는 것은 그가 현의 이미지를 자신의 것으로 욕망하기 때문이다(상상적 동일시). 이후 요지부동의 '거대한 가난'을 움직여보기 위해 안간힘을 쓰는 동안, 남상은 어느 새 자기가 비난했던 현의 모습을 닮아가게 된다.

애국투사의 자손이라는 도덕적 우월감이 현과의 관계를 깨뜨린 남상의 '오만'이었다면, 이제 그는 도리어 가난을 벗어나기 위해 무슨 짓이든지 할 수 있는 부도덕한 사람으로 전락한다. 남상은 나 사장의 '염탐꾼'이 되어 공장 동료들을 배반하는가 하면, 편법적인 어음할인으로 위태롭게 재산을 불려나간다. 의사의 길을 걷고 있지만 "남의 고통에 대한 따뜻한 연민에서 우러나오는 마음의 손길이 선천적으로 결여되어"(1권, 177쪽) 있는 현처럼, 남상 역시 자기에게 이익이 된다면 "남을 슬프게 한 일"(2권, 102쪽) 따위는 전혀 개의치 않는 냉담하고 이기적인 사람이 된다. 남상은 미처 알지 못했지만, 그가 현을 사랑했던 영자를 사랑하고 그녀와 결혼하게 된 것도 예사롭지 않다. 가난에 대한 혐오로 공장 여공이던 영자를 잔인하게 떼어버린 현과 다름없이, 가난에서 벗어나기 위해 공장 동료들을 희생시킨 남상의 행동 또한 아내 영자에게 커다란 상처를 준다.

이렇듯 현과 남상은 자기도 모르는 사이에 서로를 모방하며 상대의 결함마저 닮아간다. 그러는 사이 이들은 점점 자기 자신을 괴물처럼 느끼게 되고, 나쁜 아버지의 법에 맞서 자기 자신을 찾으려 하는 이들의 탐색은 실패로 돌아가는 것처럼 보인다. 가난의 한시적인 '방문객'에 지나지 않았던 현은 이내 넌더리 나는 궁핍을 씻어내고 안락한 집으로 도망쳐 들어가며, 아버지 박준과 다름없는 '괴물단지'가 되어 입신출세의 거짓된 삶을 살아간다. 한편 나 사장보다 더한 '괴물단지'로 변해버린 남상은 나

사장이 부도를 내고 잠적한 뒤, 가진 것 모두를 차압당하고서야 "몇 년 동안의 천신만고가 말짱 헛수고였음을, 결국은 뿌리치고 도망한 원점으로 돌아와 있음을 깨"(2권, 248쪽)닫게 된다.

그런데 현과 남상의 모색이 절망에 부딪힐 수밖에 없는 것은 그들이 여전히 "아버지는 아들을 낳고……"라는 오이디푸스적 수사에 얽매어 있기 때문이다. 가출을 감행했다 집으로 돌아감으로써 나쁜 아버지에 대한 양가감정(적대감과 동일시를 동시에 느끼는 것) 가운데 결국 아버지와의 동일시를 선택한 현이나, 태어날 아기에게 가난을 물려주지 않겠다는 일념으로 재산을 모으는 데 집착하다 도덕적 타락에 빠진 남상 모두 나쁜 아버지의 법에 예속되어 있기는 마찬가지다. 들뢰즈와 가타리가 『안티-오이디푸스 : 자본주의와 분열증』에서 지적한 대로 자본-권력을 지닌 가장을 중심으로 구성된 오이디푸스적 가족 관계에는 자본주의 사회의 권력 관계가 그대로 투영되어 있다. 공동체로부터 유리되어 사적 영역으로 고립된 오이디푸스적 가족 관계는 공공의 가치와 이념을 상실하고 자본에 의해 지배되는 파편화된 사회구조를 축소된 형태로 반복하고 있는 것이다.[3] 따라서 이들의 모색이 오이디푸스적 가족 관계의 원환에 갇혀 있는 한, 자본주의 사회의 강요된 법(나쁜 아버지)과 타협하는 길 외에 다른 가능성을 발견하기란 어려워진다.

이 같은 한계를 벗어나 오이디푸스적 권력의 순환 고리를 끊어내기 위해서는 이들이 필사적으로 저항한 '가계의 운명'이 다만 허상에 불과했음을 깨닫는 과정이 선행되어야 한다. 실제로 현은 자신이 아버지 박준의 혈통과는 아무런 상관없는 "더럽고 천한 침입자"(2권, 190쪽)의 자식이었음을 알게 되면서 "그들이 젊음을 바쳐 믿은 것"의 "허망함"(2권, 188~189쪽)에

---

3   나병철, 앞의 책, 92~93쪽.

홍소를 터뜨린다. 한편 빈털터리가 된 남상은 자신의 아기(영자의 몸에서 자라고 있던)가 영락한 가문의 '빛나는 기적'이 되길 바라며 비단으로 표구해 걸어두었던 사발통문을 내동댕이쳐 짓밟는다. "이미 고인이 된 지 오래인 할아버지와 아직 태어나지 않은 아기에 대해 생각할 때마다 이상하게도 그 두 사람"이 "분간할 수 없는 하나가 되"(2권, 215쪽)는 듯한 느낌을 받던 남상에게, 영자와 아기의 죽음은 자기가 집착한 모든 것이 헛것이었음을 알리는 의미심장한 사건이 된다. 그토록 벗어나고 싶었던 아버지의 혈통도, 새로이 움트는 '족보의 기적'도, 알고 보면 그저 부질없는 망상에 지나지 않았음을 깨닫게 되면서, 현과 남상은 비로소 "매국노는 친일파를 낳고······"라는 오이디푸스적 수사로부터 자유로워질 수 있게 된다.

이와 더불어 현과 남상은 어긋난 관계를 회복하고 극적인 화해를 하게 된다. 이들의 화해는 영자의 죽음이라는 비극적 사건을 통해 이루어지지만, 이 사건은 두 사람의 모색에 새로운 가능성을 열어주는 상징적 의미를 띤다. 영자의 죽음은 현과 남상 모두에게 자신의 잘못을 온전히 인정하고 마음을 돌이킬 수 있게 하는 결정적 계기로 작용하기 때문이다. 영자의 죽음 앞에서 견디기 어려운 고통을 느끼며 서로를 얼싸안고 울음을 터뜨리는 두 사람에게, 실패로 돌아간 지난날의 모색은 또 다른 여정의 새로운 시작이 될 것이다.

현과 남상의 화해는 타락한 아버지의 법 또는 자본주의적 권력 구조를 넘어서는 형제들 사이의 비(非)오이디푸스적 연대를 암시하는 것처럼 보인다. 남상을 도와 영자의 장례를 치른 뒤, 아버지의 뜻에 따라 이해관계로 맺어졌던 여자와의 혼담을 파기하는 현의 결단은 그에게 있어 오이디푸스적–자본주의적 권력 관계 바깥으로 나아가는 첫걸음을 의미한다. 자기 때문에 해고당했던 덕환과 함께 공장을 재건할 계획을 세우며 힘을 북돋우는 남상 또한 자본주의 사회의 타락한 아버지−권력(자본)에 반항하는 아들−청년(노동)의 해방적 잠재력을 떠올리게 한다. 오이디푸스적 아버지의 그늘 아래 있는 경쟁자나 모방자로서의 자리를 벗어나 아버지의 절대 권력을 유보하고 다른 길을 찾아나가기 위해 힘을 모으는 이들의 모습은 타락한 사회와의 타협을 거부하는 영원한 청년의 형식으로서의 성장소설의 가능성을 확인해준다.

사회구조적 불평등에 반대하는 도덕적 감성을 회복하기

『오만과 몽상』에서 현과 남상이 겪는 분열과 방황에는 또한 이 사회의 구조적 모순이 선명하게 투영돼 있다. 성숙을 향해가는 이들의 힘겨운 여정에는, 공공선과 도덕적 책임이 더 이상 힘을 발휘하지 못하고 모든 것이 경제적 가치로 환산되며 계급 고착화와 불평등이 만연한 사회적 현실이 완강하게 버티고 있다. 현과 남상은 지금의 우리도 절감하고 있으며 이 소설이 쓰인 1980년대 이후 점점 더 심화돼온 바로 그 현실 상황과 맞부딪히게 되는 것이다. 남상과 동등한 조건에서 자력으로 성공하는 모습을 보여주기 위해 가출을 감행한 현도, 뿌리 깊은 가난을 극복하고 긍지를 되찾으려 사투를 벌이는 남상도, 이 같은 현실에 휩쓸려 타락과 전락의 길을 걷게 된다.

남상이 걸머지고 있는 "밑바닥 가난"(1권, 129쪽)은 철거를 앞둔 판자촌의 모습으로 구체화된다. 곧 허가가 나올 거라는 말만 믿고 도심의 판자촌에서 흘러온 철거민촌으로 시작한 남상의 동네는 또다시 도시 외곽인 'B동 산비탈'로 밀려나야 하는 상황에 처한다. 마을 사람들은 턱없이 부족한 보조금을 받고 "지붕이나 문짝 창문까지 살던 집을 산산이 조각내 떠실고 떠"(1권, 242쪽)난다. 그나마 형편이 좀 낫고 "말마디나 하는 사람"(1권, 243쪽)들은 보조금을 조금 더 받고 다른 데로 떠나게 되어, 이사 행렬은 더욱 초라하고 무력해진다. 이렇게 "말썽을 충동질할 주동자가 없는 집단"은 철거 당국에 의해 "쓰레기 치우"(같은 곳)듯 손쉽게 처리된다.

이 대목은 빈곤의 문제를 형상화하는 작가의 관점을 분명하게 드러낸다. 이 소설은 철거민이 겪는 곤경을 구체적인 상황과 장면들을 통해 섬세하게 그려내는 동시에, 이를 행정·제도·정책의 차원에서 조명함으로써 사회구조적인 문제로 바라볼 수 있게 한다. 이는 남상의 동네 사람들이 B동 산비탈로 이주한 이후의 상황에서도 잘 나타난다. 상수도도 하수도도 묻혀 있지 않고 샘물도 솟지 않는 땅에서 물을 구하고 오물을 처리하기 위해 동네 사람들이 겪는 고충은 거짓 약속으로 이들을 속여 "오래 길들인 생활의 터전"을 빼앗고 "사람이 살 수 있는 최소한의 여건"(1권, 248쪽)도 갖추지 못한 땅으로 내몰아버린 제도적 폭력에 대한 비판과 이어져 있다. 택지만 조성된 고급 주택가 자리에는 집보다 먼저 상수도관이 들어와 있는 모습, 자기네와 등을 맞대고 있는 철거민촌을 보며 공포와 적개심에 몸서리치는 고급 주택가 사람들의 모습, "쓰레기 처치하듯 내다 버려진 철거민촌"의 "부스럼 딱지처럼 허술한 집"(1권, 252쪽)에서 연탄가스 중독사가 속출하는 모습 등은 계급간의 불평등을 당연시하고 최소한의 도덕적 책임을 저버린 사회의 병적인 실상을 고스란히 드러낸다.

처음에 남상은 이 같은 상황에 직면해 자신과 이웃들의 권리를 되찾는 일에 앞장서지만, 나 사장의 공장에서 일하는 동안 점차 자본−권력에 종속당하게 된다. 공장 안에 있을지 모를 "말마디나 하는 사람"을 두려워하여 그 "싹이라도 보는 족족 뽑아내"(1권, 264쪽)려 하는 나 사장은 타락한 자본주의 사회의 나쁜 아버지-법을 표상하는데, "바늘구멍만 한 구원의 가망도 없"(1권, 247쪽)어 보이는 완벽한 가난에 지친 남상은 '내 사람'이 되어 달라는 나 사장의 제안을 받아들인다. 죄의식으로 괴로워하던 남상이 차츰 자기 스스로를 합리화하며 나 사장보다 더 영악하고 잔인하게 변해가는 것은 "가난이야말로 악 그 자체"(2권, 73쪽)이며 가난을 "벗어나기 위해 무슨 일을 저지른대도" 가난 "이상 가는 악덕일 수는 없"(2권, 287쪽)다는 생각 때문이다. 변해가는 남상의 모습은 계급 고착화가 심화되고 부에 대한 찬양과 빈궁에 대한 혐오가 확산된 결과, 이 사회의 도덕적 감성이 얼마나 타락해버렸는지를 여실히 보여준다.

이런 양상은 가난의 '구경꾼' 자리에 서 있던 현에게서도 찾아볼 수 있다. 한시적인 가난의 체험은 그로 하여금 자신의 처지가 "땀이나 때처럼 몸에서 우러나는 가난"과는 근본적으로 다르다는 생각을 갖게 만들고, 자신과 다른 "체질화된 궁기"(1권, 159쪽)에 대해 지독한 역겨움을 느끼게 한다. 이로 인해 현은 자신을 헌신적으로 사랑하고 보살핀 영자마저도 가난과 결별하기 위한 피할 수 없는 의식인 양 냉정하게 잘라내 버린다. 하지만 일류 미싱사가 된다는 건 "자신을 조금씩 녹여서 재봉틀 기름을 만든다는 거야. 재봉틀이 저절로 돌아갈 때쯤은 우린 다 녹아버려서 아무 것도 남아 있지 않아"(1권, 204쪽)라는 영자의 말은 그의 뇌리에 깊이 새겨진다. 자신의 청결하고 편안한 생활이 마치 재봉틀과도 같이 "영자의 고혈로 (…) 윤활유를 삼고 있다는"(같은 곳) 무서운 깨달음은 무리 없이 작동하는 것처럼 보이는 이 자본주의 사회가 실은 사회적 약자들의 부당한 희생에 의해 지탱되고 있음을 아프게 증언한다.

공장 영업과장인 남상의 갈등과 방황이 노동자의 인권이나 노동 조건 문제(복실이와 덕환을 둘러싼)를 논점화한다면, 의사 현의 여정은 의료보험과 의료혜택 문제를 두드러진 쟁점으로 부각시킨다. 현의 철거민촌 의료 봉사와 무의촌 근무 과정을 통해 이 소설은 기본권조차 누리지 못하고 의료혜택의 사각지대에 놓인 사람들을 기억하게 하고, 가난한 자들을 원천적으로 배제하는 의료보험 시스템의 모순을 날카롭게 문제 삼는다. 의료혜택의 공정한 분배에 대한 현의 고민은 결국 전도양양한 직업으로서의 의사의 길에 묻혀 흐려지지만, 이를 통해 이 소설은 타인의 고통에 무감각한 채 성공을 위해 달려나가야만 하는 이 사회의 경쟁 시스템에 대한 비판까지 담아내고 있다.

이처럼 『오만과 몽상』은 성장소설의 형식 안에서, 교육과 의료 혜택, 최소한의 안정된 주거와 노동 여건 등으로부터 배제된 채 내버려진 빈곤층의 황폐한 삶을 생생히 그려낸다. 나아가 이 문제를 사회구조적 차원에서 조명하고, 우리 사회에서 점점 더 심화되고 있는 불의와 불평등에 대한 분석적 비판을 멈추지 않는다. 영자라는 상징적 인물이 잘 보여주듯, 이 비판적 열정을 통해 전면화되는 것은 타인의 고통에 대한 감수성의 회복이다. 그런 면에서 이 소설은 타락한 자본주의 사회의 강요된 법에 맞서 다른 가능성을 찾아나가는 청년들의 이야기이자, '좋은 삶'과 더 나은 사회를 만들어가기 위해 우리가 회복해야 할 가치들에 대한 절박한 호소이기도 하다. 그 진심어린 목소리는 바로 지금, 우리 자신의 현재와 미래를 향해 울려 나오고 있다.

(2012.1)

정치와 길항하는 문학의 정체성
이청준 장편소설 『신화의 시대』

신화라는 이름의 용광로

『신화의 시대』는 대작으로 기획되어 끝내 미완성으로 남은 이청준의
마지막 장편소설이다. 서장 격인 1부는 계간 『본질과 현상』에 2006년 겨
울부터 2007년 가을까지 연재됐다가 단행본으로 출간(물레, 2008)된 바 있
다. 2부 1장인 「두 청년 이야기」는 이청준의 미발표 원고로서, 이번에 출
간된 『신화의 시대』(문학과지성사, 2016) 안에 처음 수록됐다.[1] 이 책의 출간
으로 비로소 독자는 본격적으로 시작되는 두 주인공의 성장 이야기를 읽
을 수 있게 되었다. 그럼에도 영영 완결되지 않을 『신화의 시대』의 이야

---

1   이후 『신화의 시대』의 본문 인용은 이 책에 근거한다.

기 전개와 그 풍부한 함의를 헤아리기 위해서는 이청준 소설에서 신화가 어떤 의미를 지니는지를 먼저 생각해볼 필요가 있다.

이청준의 작가적 관심은 후기로 갈수록 신화에 집중된다. 신화를 제목에 내세운 장편 『신화를 삼킨 섬』(2003)과 『신화의 시대』는 물론이고, 생전에 출간된 마지막 소설집 『그곳을 다시 잊어야 했다』(2007) 역시 신화 또는 설화에 대한 관심을 전면에 드러낸다. 「이어도」(1974)와 「서편제」(1976) 등에서부터 이청준은 설화적이고 전통적인 소재를 종종 활용했지만, '영혼의 뿌리'[2]로서의 옛이야기와 "유전적 침전물로서의 태생적 정서"[3]에 대한 그의 자의식은 1980, 90년대 이후로 계속 깊어져간다. 이런 경향은 『흰옷』(1994)과 『축제』(1996) 등을 거치며 '씻김과 치유'(같은 글)라는 신화의 제의적 측면과 결합한다. 그리고 2000년대에 와서 이청준은 이 작업들의 의미를 보다 의식적으로 탐구하고 자신의 소설에 신화성을 불어넣는 데 열정적으로 몰입한다. 이 점은 이 무렵 그가 여러 에세이들에서 신화를 잃어버린 오늘날의 삶을 안타까워하는 한편,[4] 자기 소설이 그간 "현실세계와 (…) 역사적 정신태의 한계 안에 머물러" "넋(종교성과 맞먹을 우리 신화와 신화적 서사)의 차원"을 "결여" 했었다고 회고한 데서도 잘 드러난다.[5]

하지만 이를 근거로 이청준의 후기소설이 역사의 구체성보다 신화적 보편성을 추구한다거나 현실의 갈등을 신화와 제의의 차원에서 해소한다는 식으로 말하는 것은 지나치게 단순한 해석이다. 이청준 소설의 신화는 일차적으로 근원, 통합, 용서, 화해, 구원, 종교, 예술 등의 개념과 공

---

2   이청준, 「고향의 자정력」(작가노트), 『병신과 머저리』, 열림원, 2001.

3   이청준, 「나는 왜, 어떻게 소설을 써왔나」(작가의 말), 『신화의 시대』, 물레, 2008, 314쪽.

4   이청준, 「신화를 잃어버린 시대」, 『샘터』, 2002.7.

5   이청준, 「나는 왜, 어떻게 소설을 써왔나」(작가의 말), 앞의 책, 314쪽.

명하며 그 반대편에 이데올로기, 분열, 대립, 갈등, 정치현실, 역사적 상처와 원한 등이 놓여 있는 것처럼 보이지만, 사실상 그의 소설에서 신화란 이 모든 개념들이 한데 엉켜 들끓는 용광로라 하는 편이 더 타당할지 모른다. 이청준이 국권상실기 이후의 역사적 상황을 '신화의 시대'로 명명하고(『신화의 시대』), '신화를 삼킨 섬'이라는 표제 아래 여전히 4·3사건의 비극 속을 살아가는 제주의 현실을 다룬 것(『신화를 삼킨 섬』)은 의미심장하다. 그에게 신화는 역사의 신비화나 현실의 초월이기는커녕, 치열하고 고통스러운 역사적 현실 안에서, 그것과의 복잡하고 역설적인 관계를 통해서만 가까스로 꿈꾸고 이야기할 수 있는 무엇이기 때문이다.

신화와 정치의 관계, 또는 신화의 위험성과 역설적 가능성

이청준 소설의 신화는 일견 신화와 대립하는 것처럼 보이는 개념을 자기 안에 품고 있으며, 이청준은 신화를 지향하는 바로 그 자리에서 신화에 대한 비판을 함께 수행한다. 이를테면 「태평양 항로의 문주란 설화」(『이상한 선물』, 문학과지성사, 2016)에서 그는 죽을 때까지 고국 땅을 그리워했던 어느 한인의 사연을 "태평양 물결을 헤쳐가는 한 송이 하얀 문주란 꽃"(185쪽)의 설화로 피어나게 하는 동시에, 태양신과 뱀신의 이름으로 정적을 제거하고 인구를 억제했던 "국가권력"의 "인신공희 제의"(175쪽)가 지닌 잔혹성을 지적한다. 또 『신화를 삼킨 섬』에서는 4·3사건 희생자의 넋을 씻기는 진혼굿판의 광경을 생생히 소설화하는 한편, 바로 그 '역사 씻기기' 사업이 국가에 의해 주도되고 정치적으로 이용되는 상황을 냉정하게 묘파한다. 어떤 가치를 지향하든 그것에 대한 의심의 시선을 거두지 않았던 이청준은 신화가 지닐 수 있는 위험성과 기만성에도 경계를 늦추지 않았음을 알 수 있다.

이때 이청준은, 신화를 자생적으로 형성된 민중의 집단무의식과 절대화된 정치권력의 대중조작 수단이라는 두 층위로 구분하고 전자를 옹호하거나 후자를 비판하는 데에서 멈추지 않는다. 몽고의 침략에 대항한 삼별초의 김통정과 그를 진압한 김방경의 이야기가 제주에서 모두 신화가 되었듯(『신화를 삼킨 섬』) 민중의 집단무의식은 양면적이고 자기배반적인 측면을 지니고 있으며, 애초에 정치권력과 이데올로기의 영향력에서 자유로울 수 없다. 『신화를 삼킨 섬』의 처음과 끝을 감싸는 아기장수 설화가 말해주듯, 지배 권력에 순응하거나 좌절을 거듭하면서 언제든 정치의 영역으로 솟구쳐 오르기를 기다리는 민중적 염원이라는 차원에서도, 신화는 정치권력의 문제와 분리될 수 없다. 신화와 정치의 관계는 신화 자체만큼이나 근원적이며, 그 근원적 관계 속에는 신화의 위험성과 역설적 가능성이 촘촘히 얽혀들어 있는 것이다.

그렇기에 이청준 소설에서 신화는 정치적 대립과 이데올로기적 분열을 치유하는 화합의 가능성이기 전에, 자기 안에 새겨진 상반된 욕망들이 각축을 벌이는 장으로 나타난다. 이 점은 그믐밤 고향의 제왕산에서 행해지는 밀교적 제의의 과정을 그린 「비화밀교」(1985)에서도 확인할 수 있다. 이 소설에서 거대한 횃불의 행렬과 신비한 합창 소리로 이루어진 제의의 광경이 표면적으로 의미하는 것은 "누구와도 함께 하나가 되"는 "용서"[6]와 화해이다. 하지만 그 이면에는 자연발생적인 집단적 힘의 위력을 "현실 가운데서 (…) 증거"(381쪽)하고자 하는 폭발 직전의 욕구(젊은이들의

---

6   이청준, 『비화밀교』, 이청준 전집 19, 문학과지성사, 2013, 366쪽.

횃불 춤)와, 이를 제어하고 '음지의 힘'이 지닌 비가시적 '신성성'을 지키려는 조 선생의 신념 사이의 팽팽한 긴장이 흐르고 있다. 「비화밀교」의 제의를 비의적인 떨림과 열기로 휩싸고 있는 것은 화합의 이상이라기보다는 오히려, 이들 사이의 점증하는 갈등과 긴장감이다.

「비화밀교」에서 조 선생의 신념은 밀교의 제의적 힘이 가시적 현상세계로 떠오르면 "지배 질서 혹은 지배의 논리로 합세해버"(379쪽)릴 우려가 있으며, "또 하나의 현실적 지배력으로 편입"되는 순간 신화적 힘은 "신성성을 잃게"(380쪽) 된다는 생각에서 비롯된다. 이는 신화를 곧바로 현실정치의 영역으로 옮겨놓거나 지배 권력에 맞서는 대항 권력으로 치환함으로써 정치와 동일화하는 데 대한 경계의 태도라 할 수 있다. 반면에 산 아래 세상을 향해 교리를 노출시켜 현실에 직접적으로 작용하고 싶어 하는 젊은이들의 욕망은 "언제까지나 폭발의 정점에 다다를 수 없는 힘, 언제까지나 비밀의 장막 속에 숨겨져 전해져가기만 하는 힘"(367쪽)에 무슨 의미가 있느냐는 질문을 던지게 한다. 서로에게 반발하고 서로를 견제하는 이 갈등과 길항을 통해서만, 밀교의 제의는 "드러나 싸우려는 자기 실현욕"(379쪽)으로 분출하거나 "무력한 자기 위안"(371쪽)으로 사그라지는 대신에, "만인의 삶"(400쪽)으로 번져가는 "소망의 힘"(383쪽)이 될 수 있다.

이청준 소설에서 신화의 가능성은 결국 충돌하는 욕망들의 부글거림 속에서, 그것들 중 어느 하나와도 쉽게 동일화하기를 거절하며 버티는 끈질긴 기다림의 시간 속에서 생성되고 자라난다고 말해야 한다. 그럴 때 신화를 통한 화해와 구원은 영원히 완수되지 않는 과업일 수밖에 없으며, 그런 한에서 신화는 불확실한 미래의 가능성을 현재의 삶 속에 기다림의 소망으로 불어넣는다. 이렇게 보면 『신화를 삼킨 섬』이 암시하는 씻김의 가능성 또한 진혼굿의 온전한 실현을 통해 완성되는 것이 아니라, 굿을 하고자 하는 욕망과 그것에 저항하는 온갖 욕망들의 충돌로 인해 굿판이 한없이 연기되는 답답한 지연의 과정 속에 역설적으로 깃들어 있을 것이다. 『신화를 삼킨 섬』의 암담하고 비관적인 이야기를 작가가 아기장수 설화로 감싸놓은 이유, 아기장수의 비극적 패배를 "그 아기장수와 용마가 다시 태어나기를 기다리기 시작"[7]하는 신화의 끈질긴 생명력으로 다시 써낸 이유도 여기에 있을 테고 말이다.

과연 이청준은 『신화의 시대』에서도 국권상실 이후의 비극적 역사에다 신화의 색채를 부여하고, 정치와의 근원적인 얽힘이자 내적인 싸움터인 신화의 세계를 창조한다. 이 미완의 작업에서 이청준이 꿈꾼 것은, 아기장수 설화가 그렇듯, 역사적 과거가 "일단 비극으로 완성"된 뒤 "그것을 다시 만인의 삶으로 함께 완성시켜나가는 이야기의 과정"(『비화밀교』, 400쪽)으로서의 신화의 가능성이다. 그것은 개인적이고도 집단적인 씻김과 치유의 소망인 동시에, 정치와 동일화되지 않으면서 문학이 어떻게 현실과 관련을 맺을 수 있는지에 대한 탐색의 과정이기도 하다.

공동체의 신화와 개인의 신화

『신화의 시대』는 신화로 써 내려간, 태산과 종운의 성장 이야기이다. 1부 1장 「선바위골 사람들」은 태산의 남다른 출생에 얽힌 비밀스러운 사연을, 1부 2장 「역마살 가계」는 종운의 조부 이인영 일가의 굴곡진 내력을 다루고 있다. 1부 3장 「외동댁과 약산댁」은 태산의 가족(양부 장굴 씨와 양모 약

---

7 이청준, 『신화를 삼킨 섬』, 이청준 전집 29, 문학과지성사, 2011, 389쪽.

산댁네)과 종운의 가족(이인영의 장남인 남돌 씨와 외동댁네)이 선바위골 이웃 동네에 함께 살게 된 다음의 이야기로, 어린 시절 태산의 비범한 면모를 부각시킨다. 그리고 2부 1장 「두 청년 이야기」에서는 태산과의 관계 속에서 고민하고 방황하며 자기 정체성을 찾아나가는 종운의 이야기가 펼쳐진다.

태산의 이야기는 기이한 출생담에서부터 신화적인 영웅 이야기의 성격을 띤다. 정체 모를 여인 '자두리'(태산의 생모)가 선바위골에 흘러들어와서 아비를 알 수 없는 아이를 배고 무성한 소문만 남긴 채 사라진 사연은 태산의 '출생의 비밀'을 영원한 "수수께끼"(65쪽)로 남겨놓는다. 더구나 자두리가 '큰산'이라 불리는 천관산 산행을 따라갔다 온 뒤에 태기를 보였다는 사실 때문에, 마을 사람들은 태산을 공공연히 "큰산의 자식", "큰산 산신령이 점지해준 천관산 자식"(191쪽)이라고 부른다. "일종의 세시행사"인 천관산 산행은 "나라의 명운이 쇠락하면서부터" 시작됐으며, 그 산행에서 "인근 고을사람들의 말없는 공감과 모종의 간절한 기원이 깃"(30~31쪽)든 '돌탑 쌓기'가 이어져왔다는 점은 주목할 만하다. 큰산의 아들 태산은 "헐벗은 산을 돌탑으로 다시 꾸미고 긴 세월 짓밟히고 스러져간 이 땅의 소명을 되일으켜 세우"(30쪽)고자 하는 공동체의 소망을 담은 신화적 영웅일 것이다.

한편 종운의 이야기는 작가 개인의 '신화 만들기(myth making)' 작업이라는 차원에서 각별한 의미를 지닌다. 조부 이인영을 중심에 둔 종운 집안의 내력에는 이청준의 가계가 허구적 변형을 거쳐 투영된 것으로 짐작되며, 종운은 작가의 큰형을 모델로 한 인물로 보인다. 내성적인 사색가이자 예술가의 인상을 남기고 일찍 세상을 뜬 큰형은 이청준에게 깊은 영향을 미쳤는데,[8] 이청준이 남긴 메모에 따르면 총 3부로 기획된 『신화의 시대』의 3부에는 "종운의 아우인 작가 자신을 주인공으로" 하여 "태산과 종운의 삶을 발전적으로 지양"[9]하는 이청준 자신의 이야기가 전개될 예정이었다고 한다. 이렇게 보면 이 소설 전체가 내적인 정체성을 찾아가는 작가의 실존적 탐색이라 할 수 있는데, 특히 이인영에서 종운으로 이어지는 스토리라인은 롤로 메이(Rollo May)가 『신화를 찾는 인간』에서 말한 개념의 '자기 신화 만들기'로 이해될 수 있다. 롤로 메이의 언급에 의하면 "신화는 우리 실존에 의미를 부여하는 이야기 방식"으로, "내가 누구이며, 어디에서 왔는지 알아내"기 위해 우리는 "신화적 자궁"을 필요로 한다.[10] 이청준의 고향인 장흥의 진산, 천관산의 아들인 태산이 그에게 공동체의 소망을 대변하는 신화적 주인공이라면, 큰형의 모습이 투영된 예술가적 기질의 종운은 그에게 작가로서의 삶의 기원을 암시하는 개인적 신화의 주인공이라 할 만하다.

　『신화의 시대』에서 이청준은 우선, 종운의 가계를 특징짓는 '방랑자 신화'를 통해 작가적 정체성을 서사화한다. 이는 젊은 날의 방황 속에서 자기 삶의 길을 찾아나가는 종운의 성장담(또는 종운의 '자기 신화 만들기')으로 형상화된다. 세속적 안위(安慰)와 정주(定住) 대신에 고단한 방랑의 길을 선택한 조부 이인영의 생애와, 남사당패를 따라 떠났다는 숙부 규성의 행로는 '역마살 가계'라는 이름으로 종운의 마음에 새겨진다. 종운은 "제 집 짓기 계획"(255쪽)에 온 힘을 바치고 아들에게도 "진학과 출세"(261쪽)의 길을 강권하는 아버지 남돌의 가치관에 반발하며, "일찍이 고향집과 육친들을 버리고 단신 유랑길을 떠났다던 옛 조부"의 "남다른 생애"에 강렬한 "궁금증과 끌림"(273쪽)을 느낀다. "답답한 붙박이 삶을 참을 수 없는 어

8　　이청준, 「나는 왜 文學家가 되었는가」, 『학생중앙』, 1977.3.

9　　이윤옥, 「텍스트의 변모와 상호 관계」, 이청준, 『신화의 시대』, 문학과지성사, 2016, 357쪽.

10　롤로 메이, 신장근 역, 『신화를 찾는 인간』, 문예출판사, 2015, 15, 54, 58쪽.

떤 떠돌이 성벽", 조부의 그 "불안한 피가" 자기 속에도 "흐르고 있"(275쪽)
다는 직감 때문이다. 하지만 옛 조부의 행적을 찾아 근 한 달쯤의 여행을
떠났던 종운은 조부와 관련된 아무 흔적도 찾지 못하고 실망을 안은 채로
돌아온다. 그 여행길에서 "옛날 조부의 거인 같은 환상을 잃은 대신" 그
사이 정착해 빈한한 가장으로 살아가는 "남루한 숙부의 환멸스런 초상을
지고 돌아온"(284쪽) 종운은 더 이상 역마살 가계의 떠돌이 신화로 자기 정
체성을 써나갈 수 없게 된다. 어느덧 종운은 그만큼 성장했고, 그에게는
이제 또 다른 신화가 필요해진 것이겠다.

실제로 「인문주의자 무소작 씨의 종생기」(2000)와 여러 에세이들이 말
해주듯 '떠남'에 대한 이청준의 동경은 '떠남과 돌아옴'의 관계에 대한 성
찰로 이행해갔고, 이 변화는 그의 작가적 "정체성에 대한 회의와 회귀 혹
은 확인의 과정"[11]과 다르지 않았다. 떠돌이 신화의 한계를 깨달은 종운
또한 예술에 대한 관심이 부쩍 자라나면서 새로운 정체성을 모색하기 시
작하는데, 여기에 큰 영향을 미치는 것이 복잡하고 갈등적인 태산과의 관
계이다. 이청준 자신의 작가적 자의식이 투영돼 있을 종운의 성장과 '예
술가 되기'의 과정을 따라가기 위해서는 공동체적 영웅의 형상을 띤 태산
의 행로와 성장과정을 먼저 추적해야만 한다.

'이념적 아버지'의 압도적인 현존과 이데올로기의 예견된 실패

흥미롭게도 태산은 어릴 때부터 공동체적 영웅의 신화를 자기 이야기
로 내면화한다. '큰산 자식'이라는 마을사람들의 수군거림을 듣고 자란

---

11 이청준, 「나는 왜, 어떻게 소설을 써왔나」, 앞의 책, 307쪽.

태산은 스스로도 "'큰산'의 존재를 의식"(196쪽)하게 되고, 양부 장굴 씨(그 자신도 기인의 풍모를 지녔으나 가부장의 권위를 내세울 뿐 아비의 책임을 다하지 않는)를 "괴물 같은 아비"(198쪽), 가짜 아비로 느낀다. "큰산신령이 누구"냐는 질문에 무섭게 일그러진 얼굴로 "이 애비가 바로 큰산신령이다"(197쪽), "이런 소리, 아부지 앞에서 다시 하지 말고 너는 그저 착실히 자라서 뒷날 그 큰산같이 크고 높게만 되거라"(198쪽)라고 대꾸하는 장굴 씨를 태산은 '아비의 자리'에 받아들이지 못하고 혼란스러워한다. 그러다가 천관산의 웅장한 자태를 자기 눈으로 직접 보게 되면서 "태산에겐 장굴 씨 대신 천관산이 진짜 제 아비의 모습으로 자리잡아버"(218쪽)린다. 비어 있는 '아비의 자리'를 점유하고 들어선 천관산은 태산에게 거대한 '이념적 아버지'의 압도적인 표상일 것이다. 어린 태산의 모습은 상징적 동일화의 모델이 될 '좋은 아버지'가 부재하는 상황에서 성장이 가로막힌 채 방황해야 했던 민족공동체의 곤궁을 대변하는 한편, 이념적 아버지의 절대화된 시선 속에서 자아 이상(ego-ideal)을 찾고자 했던 우리 현대사의 비극적 행로를 암시하는 것처럼 보인다.

태산의 영웅적 면모는 보통학교 시절의 "당차고 올된"(231쪽) 모습에서부터 도드라지는데, 이때의 그는 아직 치기 어린 영웅주의의 단계에 머물러 있다. 뛰어난 공부 실력과 "의젓하고 굳은 심지"로 "같은 또래 동네아이들을 아랫사람처럼 뒤꽁무니에 거느리고 다"(219쪽)니는 태산은 곤란한 상황에 처한 아이를 솔선하여 돕거나 다른 "아이들의 허물을 대신 지려"(228쪽)고 선뜻 나서곤 한다. 형편이 어려운 아이들의 빈 필통에 잘 사는 아이의 새 연필을 슬쩍 집어넣어주기도 한다. 하지만 의도가 어떻든 태산이 "또래들을 제멋대로 좌지우지"(222쪽)하는 것은 사실이었고, 그런 만큼 "태산에 대한 질시와 불평"(220쪽)도 늘어나기 시작한다. 특히 어른들의 두레모임과 '치도곤 굿판'을 본떠서 엄격한 "등하굣길 규칙"(238쪽)을 만들고 "그를 어길 때는 곤장쇠 담당에게 가차 없는 매질을 명령"(239쪽)하는 태산의 모습은 권력을 지닌 그의 영웅주의가 억압적인 독재로 흐를 위험성을 단적으로 보여준다. "형벌의 경중이나 매질의 대수를 (…) 태산이 일방적으로 정하고 다른 아이들은 거기 따라 찬성의 박수를 쳐 보이는 식"(239쪽)의 진행은 변질된 인민재판의 광경마저 연상케 한다. 그러다 소풍날 이장집 아들 준호가 태산의 지시를 어기고 "저항과 반역"(243쪽)을 감행한 사건을 계기로 태산은 한 단계 성숙해진다. "새삼 무언가를 깊이 깨닫고 굳은 결심을 품"(244쪽)은 태산은 사범학교에 진학해서 자신의 뜻을 이루기 위한 "힘을 길러"(272쪽)나가는 일에 매진하게 된다.

보통학교 시절부터 "네 것 내 것을 구별하는 일이 없"(220쪽)이 함께 쓰고 나눠 먹기를 주장해온 태산의 방침은 "코뮌(commune)주의적 이념이나 환상"[12]을 씨앗처럼 품고 있는데, 이 씨앗은 상급학교 진학 이후 식민치하의 민족주의와 사회주의적 경향을 띤 태산의 사상으로 발전해간다. "새 기술과 문물제도를 익혀 그 힘으로 저들(일본 : 인용자)을 이겨 넘어야 한다"(299쪽)거나 "부지런히 힘들게 일하는 사람들이 가난하지 않게 사는 (…) 옳은 세상"으로 사람들을 "각성시"켜 "이끌"(271쪽)어야 한다는 그의 말은 이를 잘 대변해준다. 태산의 이런 사상이 해방 후 분단기의 사회주의 이념으로 이어질 가능성을 독자는 충분히 예측할 수 있으며, 그로 인해 태산의 삶이 영웅의 비극적 실패로 마감되리라는 예감 또한 지우기 어렵다. 작가 역시 보통학교 시절의 태산을 두고 "장굴 씨는 물론 어미 약산댁이나 동네 이웃어른들 누구도 그 어린것의 당돌한 성정이나 행티가 무

---

12   이재복, 「역사적 정신태를 넘어 넋으로」, 이청준, 『신화의 시대』 해설, 열림원, 2008, 336쪽.

엇을 뜻하는지 알지 못했다. (…) 다시 말해 그 태산 속에 무엇이 자라고 있는지를 알거나 눈치채지 못했다. 여기서 잠시만 미리 말하자면 이때쯤엔 그것이 장차 태산의 길지 않은 생애에 얼마나 많은 파란과 비극을 불러오게 될지를 짐작조차도 못한 것이었다"(232~233쪽)는 말로 태산의 앞날을 일찌감치 예고해놓은 바 있다.

태산의 성장담의 끝은 이렇게 독자의 상상 속에 남겨지지만, 정치와 이데올로기의 길로 나아간 태산의 예견된 실패는 미완인 채로 우리 역사의 비극적 격랑을 아프게 환기한다. 그 역사적 과거는 사실의 층위에서 비극으로 귀결됐지만, 이야기의 층위에서는 소망과 씻김의 가능성으로 거듭 되돌아온다. 한편 공동체적 영웅인 태산의 성장담은 아직 끝나지 않은 종운의 이야기, 곧 예술가 되기의 힘겨운 과정에 메아리처럼 울리게 된다.

정치와 길항하는 문학의 정체성

종운의 정체성 찾기는 태산에게 반발하고 그를 넘어서기 위해 내적 투쟁을 벌이는 과정과 맞물려 있다. 보통학교 시절 종운은 몇 학년 위인 태산을 불평불만 없이 잘 따르고, '소풍날' 이후로 대부분의 아이들이 태산을 외면할 때도 끝까지 그의 곁에 남아 있는 아이였다. 그러다가 태산이 "대처 유학의 길을 떠나"(249쪽)던 무렵부터 종운은 학교공부를 멀리하고 그림과 노래에 빠져든다. 방학에 시골집에 내려온 태산은 그에게 "이 시골구석에서 그 환쟁이 흉내질이나 유행가 따위로 어칠버칠 세월을 허송하고 살 생각이냐?"며 사범학교 진학을 권하지만, 종운은 "자신의 길이 따로 있는 듯 엉뚱한 고집이 치솟"(260쪽)는 것을 느낀다. 이는 "태산에 대한 열패감과 두려움이 자라"났기 때문이기도 하지만, "누구도 넘볼 수 없는 우상적 존재에 대한 모종 승부욕이 발동"(262쪽)한 탓이기도 하다. 종운에게 태산은 "닮고 싶고 (…) 뒤따르고 싶"은 "선망"(260쪽)의 대상인 동시에, 맞서서 대결해야 할 숙명의 경쟁자이다. 세속적 가치에만 매어 있는 아비 남돌과 허상처럼 사라져버린 방랑자 조부에게서 '아버지의 법'을 찾을 수 없던 종운에게 태산은 부재하는 아버지를 대리하는 형(兄)으로서, 존경(동일시)과 적대감(대립)이라는 양가감정의 대상인 셈이다.

태산의 굳은 신념과 확신에 찬 생각들은 그런 방식으로 종운의 예술가되기 과정에 지속적인 영향을 미친다. "동네 개꾼 아낙들"의 "바쁜 바닷길 행진"을 바라보며 태산이 "아, 저 씩씩하고 아름다운 사람들!"(268쪽)이라고 감탄할 때, 종운은 도리어 "그 마을 아낙들의 힘겹고 서글픈 삶"과 수많은 "상처 자국들"(269쪽)을 떠올린다. "노동이나 거기서 얻은 흉터도 신성하고 고귀하고 아름다운 것"(270쪽)이라는 태산의 생각이 종운에게 큰 실망을 주는가 하면, 저들이 "행복한 자기 삶의 보람을 누리게 하기 위해"(272쪽) 우리가 먼저 힘을 길러야 한다는 태산의 말은 그에게 자괴감을 느끼게 한다. "소설 속의 먼 바깥세상 이야기와 달콤한 유행가 가락"에 취해 그 "비애와 몽환기의 정체가 무엇"(296쪽)인지 알지 못하던 종운에게 그 것은 "이 땅 사람들이 (…) 병이 들고 힘없이 스러져가게" 하려는 일제의 "달콤한 책략"(298쪽)이라며 호되게 질책한 것도 태산이었다. 종운은 자폐적 절망감에 빠진 채 태산에게서 벗어나 "그와는 상관없는 자기 식의 삶을 살고 싶"(301쪽)어 하지만, 그가 결국 예술의 길에 들어서고 자신의 예술관을 형성해가는 과정은 실상 자기 안에서 울리는 태산의 목소리와의 치열한 대결을 통해서라고 말할 수 있다.

종운이 한 걸음 더 성장하게 되는 계기는 태산의 동창이자 "태산보다 키가 훨씬 큰"(302쪽) 삼산골 청년의 그림에서 비롯된다. 풍경이든 사람이든 "눈에 보이는 그대로가 아니라, 형상이나 색깔을 제멋대로 바꾸어 그"(302쪽)린 그의 그림에서, 종운은 "세상만물이 제 속에 깊이 간직해온 숨은 혼령"같은 것을 발견하고 "가슴이 설레어"(303쪽)온다. 청년은 그것이 "보이는 것 뒤에 숨은 제 내력"이자 "참모습"(304쪽)이라고 말한다. 이 말에 종운은 태산을 떠올리면서 "세상을 보는 눈이 사람 따라 달라질 수 있"으며 "그 눈길 따라 세상이 각기 달라질 수도 있"(305쪽)음을 깨닫는다. 나아가 "그림을 그리는 일이란 세상만물에 제 생각이나 소망을 담는 일이기도 하"므로 "자신이 원하는 식으로" 세상의 모습을 "바꿔보고 그릴 수 있다는" 데 생각이 미치자, 종운은 이를 "구원의 복음"(306쪽)으로 받아들인다. 이 날 이후 종운은 예술의 길로 들어설 결심을 굳히게 되는데, 아직은 어렴풋한 이날의 깨달음에는 사실적인 재현을 넘어 비가시적 진실과 소망을 표현할 수 있는 예술의 가능성에 대한 기대가 담겨 있다. 이는 이청준이 생각하는 예술의 지향점과 그 단초를 보여주는 것으로도 이해될 수 있다. 이날의 일이 "그다지 길지 못한 종운의 생애에 결정적인 밑그림을 제공해"(306쪽)주었다는 작가의 언급 또한 이를 암시하는 말처럼 들린다.

그러나 이청준이 구상한 이 소설의 진짜 주인공, 작가 자신이 투영된 인물은 아직 제 모습을 드러내지 않은 채이며, 우리는 끝내 그의 이야기를 들을 수 없게 되었다. 독자의 아쉬움을 뒤로 한 채, 저 스스로 이야기가 되어 사라져버린 '무소작 씨'처럼(「인문주의자 무소작 씨의 종생기」), 이청준은 자신의 신화 속으로 사라져갔다. 정치와의 대결과 길항 속에서 부단히 자기 문학의 정체성을 탐색해온 작가 이청준이 맺지 못한 이야기를 우리는 여전히 이어서 쓰고 있다. 이를테면, 종운의 기질과 감수성을 물려받은 그는 태산이 나아간 정치와 이데올로기의 길이나, 예술과 정치를 곧바로 동일화하는 방식 같은 것을 받아들였을 리 없다고. 그럼에도 그는 아마도, 낭만적인 예술가로서의 자기 세계를 지키려는 종운의 관점 또한 넘어서서, 정치사회적 현실과 격렬하게 접촉하는 문학의 길을 모색했으리라고. 구체적으로, 어떻게 그러했을까? 우리는 거듭 되묻고, 다른 대답들을 이어나간다. 재현적 현실에 종속되거나 정치 그 자체로 치환되지 않으면서 더 깊은 차원에서 현실과 관련을 맺고 우리 삶을 변화시키는 문학의 가능성은, 지금 우리에게도 언제나 진행 중인 모색으로 남아 있기 때문이다.

(2016.10)

웃어도 좋아

『이원식 씨의 타격폼』(이룸, 2009)은 웃기고 황당하다. 타격폼이 너무 웃겨서 상대투수의 컨트롤을 사정없이 흔들어놓는 타자 이야기(「이원식 씨의 타격폼」), 개다리 춤을 고안하는 일에 인생의 의미를 두고 '커플 개다리 춤'으로 사랑을 확인하는 연인 이야기(「춤을 추면 춥지 않아」), 무전취식으로 들어간 유치장에서 '〈락 정신의 죽음〉 제1장 C단조'를 퍼포먼스 하는 락커 이야기(「치통, 락소년, 꽃나무」) 등등. 심하게 코믹하고 장난스러운 박상 소설은 마치 문학은 "진지한 자세로 해야 한다는 통념을 허무는, 아예 세상을 진지하게 살아가는 태도 자체를 허무는"(「이원식 씨의 타격폼」, 52쪽) 소설처럼 보이기도 한다.

박상 소설을 읽으려면 이런 인상에서 비롯되는 불편함을 잠시 접고 스스럼없이 웃을 준비가 되어 있어야 한다. 무엇보다도 우선, 소설을 읽는 동안 끊임없이 마주치게 되는 허탈한 유머와 말장난들을 기꺼이 즐길 수 있어야 한다. 이를테면 "주루코치와 배터리코치에겐 화를 내지 말아야 한다. 주루코치는 달린다는 것의 허실을 깨달은 사람이고, 배터리코치는 오직 공 배합하는 데 인생을 바치느라 몸이 약하거든"이라는 감독님의 말 뒤에 "네 아버진 달리기선수였고 어머니는 배터리 공장에서 일했었단 다"(「홈런왕 B」, 78쪽)라는 할머니의 말이 딸려 나올 때, 애써 웃음을 참을 필 요는 없다는 거다. 신나게 커플로 개다리 춤을 추듯이 그렇게 이 웃음에 빠져들다 보면, 뜻밖에도 박상 소설에서 "민망하지만 부끄럽지 않고 작 지만 질량이 큰 그 무엇인가"(「이원식 씨의 타격폼」, 39쪽)를 발견하게 될지 모른다. 그건 뭐랄까, 아마도 '이원식 씨의 타격폼' 같은 것, 말하자면 "부 조리한 세상을 웃기려는 몸부림이거나" 고통으로 가득한 이 "세상을 어 떻게든 벗어나보려는 바로 그 자세"(38쪽)가 아닐까.

하드락 정신으로 양파를 까다

박상 소설의 코믹함과 장난기가 실은 '먹고사는' 일에 손발이 묶여 '하 고 싶은' 일을 할 수가 없는 고통에서부터 시작된 것임을 기억한다면, 이 웃음의 '포텐셜'을 더 잘 이해할 수 있을 것이다. 등단작인 「짝짝이 구두 와 고양이와 하드락」은 "세상의 모든 권위를 바싹 밀어버릴 하드락바리 깡 밴드"(248쪽)의 보컬이었다가 돈을 벌기 위해 고속도로를 달려 생닭을 배달하는 일을 하게 된 남자의 상황을 그리고 있다. 하드락 밴드를 떠나 트럭 운전을 해야 하는 지금의 처지가 그는 끔찍하게 짜증스럽다. "하지만 그는 이 일이라도 하고 월급 100만원을 받지 않으면 안 된다. 그 돈이 없으면 월세를 낼 수 없어서 잘 곳을 잃고 밥을 먹을 수 없어서 생존을 잃어야 하고 합주비가 없어서 음악을 잃어야 한다"(253쪽). 그에게 "인생은 날아가기 위한 몸부림이 아니라 견디기 위한 투쟁"(258쪽)이다.

게다가 돈을 버는 일은 끊임없이 굴욕을 참아내는 일이기도 하다. 배달 일을 하기 위해 긴 머리를 잘랐지만 배송과장은 또 면도를 하라고 요구한다. 실랑이 끝에 면도를 하고 나타난 그에게 배송과장은 버릇없이 대들었다는 이유로 배송표를 주지 않는다. 그는 다시 밴드로 돌아왔지만, 그의 삶이 고통의 악순환에서 벗어날 수 있는 길은 보이지 않는다. 오토바이를 타고 한강에 도착해서 그가 내지르는 괴성에 가까운 소리는 이 "모든 부조리들에 대한 터질 듯한 불만의 폭발"(「이원식 씨의 타격폼」, 48쪽)일 것이다.

「짝짝이 구두와 고양이와 하드락」은 "락 정신이 발끝부터 머리끝까지 창궐"(264쪽)하는 이 한 순간을 위해 바쳐지지만, 그것은 고통스러운 현실을 잠시 지우는 '11초' 동안의 '절정'으로 끝나기 쉽다. 그 희열의 순간은 '짝짝이 구두'(가난에 대한 공포 때문에 그를 떠나간 여자가 남긴)도 없고 배송과장도 없고 "인간의 삶도 없"이 "오로지 자기 자신만이 있"(같은 곳)는 도취와 망각의 순간일지 모르기 때문이다. 그가 꿈꾸는 '고양이'처럼 도도한 '하드락 정신'의 카리스마는 굴욕적인 현실 앞에서 초라하게 무너져 내릴 수 있다.

이 같은 절망과 암담함은 이후 박상 소설에서 다양한 방식으로 표출된다. 「체면 좀 세워줘」에는 "파멸을 열정적으로 기다려왔"던 "락의 체면을" "똥 버리듯 팽개"(223쪽)치고 아이돌 스타와 노래방 주인이 된 두 친구가 등장하는데, 결국 이 소설은 "살아남는 게 전부라 나머지 가치를 모두 버리는"(232쪽) 인간을 '바퀴벌레'에 비유하고 "지속될 체면이 없는 종(種)"(239쪽)이라 규정하는 독설과 자포자기로 마무리된다. 한편 「외계로 사라질 테다」에서 부모 없이 할머니와 함께 지독히 빡빡한 삶을 견뎌온 '사차원 야구소녀'는 아예 딴 우주로 이민을 가고 싶어 한다. 야구장에서 '외계로 가는 문'이 열리는 징후(7회 말 투 아웃 이후 '스트라이크 낫아웃' 상황이 온 뒤, 다음 타자가 파울 두 개를 치고 투 스트라이크로 몰렸을 때 투수가 공을 던지는 바로 그 순간)만을 기다리는 소녀의 모습은 코믹하기보다는 차라리 안쓰러워 보인다. 징후를 포착하고 달려간 외야 전광판 앞에서 부딪힌 남자를 아빠(자기를 버리고 외계로 떠났던)라고 믿는 장면도 그렇지만, "만약 외계로 가면 외계에서도 알바를 해야 할까?"(156쪽)라고 중얼거리는 한 대목은 이 꿈조차 소녀에게 안온한 도피처가 될 수 없음을 씁쓸하게 일깨우는 듯하다.

「외계로 사라질 테다」에서 소녀의 상처와 고통의 암담함을 그나마 견딜 만하게 만들어주는 것이 황당한 유머와 경쾌한 말장난들이다. 이런 측면은 너무 웃긴 허무 개그와도 같은 「홈런왕 B」에서도 확인할 수 있다. 물론 이 소설은 '양파 까기' 같이 허탈한 말장난들의 "매너를 갖춘 소란"(「춤을 추면 춥지 않아」, 166쪽) 그 자체로도 충분히 사랑스럽다.

　　─자네는 내가 본 중에 가장 훌륭한 벤치워머였어. 자네는 기본적으로 엉덩이가 크고, 한 번도 벤치에 앉아 있는 자세를 흐트러뜨린 적이 없지. 다른 팀의 잘 나간다는 벤치워머들도 7회 쯤 되면 어깨를 뒤틀고 허리를 한 번씩 돌려주는 습관이 있지. 그런 습관은 참 고치기 힘들어. 체력이 바탕이 되어주지 않는 한. 내가 보기에 자네 체력은 타고난 것 같아. 감독이 장님이라 자네 같은 훌륭한 선수를 퇴출시키게 된 건 정말 유감스러운 일이야. 내 말이 위로가 될 수 있을지 모르겠지만, 이봐, 양파를 끝까지 까면 뭐가 나오는지 아나? (…중략…) 어떤 사람

들은 아무것도 나오지 않는다고 하는데 그건 틀린 말이야. 맨 끝엔 무엇인가 나와. 아무것도 남지 않는 것처럼 보이는, 그 끝. 그 절정의 공허, 그 쾌락적이고 퇴폐적인 공허 말이야. 사람들은 야구장에 와서 열심히 야구장 김밥을 사 먹고 열심히 치어리더들의 팬클럽을 만들지만, 결국 그것은 양파를 까는 것과 같다는 거지. 그 공허를 즐기고 있다고. 알겠어?

내가 얘기를 끝내자, 위로가 되는 듯한 표정을 지을 줄 알았던 알렉스 원식 리가 반대로 버럭 외쳤다.
— 다 아는 얘기 양파 까지 말고 저리 꺼져!

—「홈런왕 B」, 86~87쪽

아무리 심각한 얘기를 해도 웃음이 새어 나오게 만들고 마는, 이 장난기 어린 말들의 소란이 박상 소설의 첫 번째 매력이다. 그리고 그 유머는 이 소설에서, 퇴출당한 용병 벤치워머가 아니라 실은 홈런왕 '어니언 박' 자신의 상처를 위로하는 역할을 한다. 양파에 병적으로 집착하는 자폐증 걸린 동생과 "어렸을 때부터 아버지 어머니가 없다고 너무 많이 놀림을 받았지만 나처럼 싸움을 잘하지는 못했"던 "그의 양파를 이해"(84쪽)하는 '나', "당신의 양파 냄새가 정말 싫어요"(71쪽)라는 말을 남기고 떠난 여자와 미국으로 훌쩍 떠난 어머니를 찾아 역시 '장외 홈런처럼' 미국으로 날아가버린 아버지, 기회가 되면 꼭 미국에 가서 어머니와 아버지를 찾으라며 미국인들의 몸에선 양파 냄새가 나니 양파를 많이 먹어야 한다고 말하는 할머니까지. 게다가 그런 할머니는 9·11 테러가 일어나자 새벽부터 늦은 밤까지 외교통상부 앞에 나가 있다가 실종돼버린 상태다. 유쾌한 말장난들에 가려 눈에 잘 들어오지 않는 이 상처가 '양파 까는' 말장난들의 발생지임을 놓칠 수는 없다. '어니언 박'의 허탈한 유머는 자신의 상처를 장난거리로 만들어 고통의 무게를 가볍게 하는 위안과 견딤의 방식인 것이다.

그리고 그에게는 또 한 가지, 어떤 '태도' 같은 게 있다. 이를테면 "삶의 공간은 항상 좁디좁"고 "타석도 좁고 스트라이크존도 좁"(89쪽)아서 허공 속의 스트라이크존으로 날아드는 공을 아찔하게 놓치고 마는 순간에도, 그 '완전한 허공'을 노려보며 당당히 맞서는 자세 같은 것. 또는 삼진을 당한 뒤 "얼음을 얼려놓은 것처럼 조용한 관중석을 향해 허리를 꺾어 인사"(92쪽)하듯, 자기 몫의 '허공'을 기꺼이 받아들이고 자기 '야구'에 책임을 지는 태도 말이다. 그 태도는 누구 못지않게 황당 코믹한 '어니언 박'을 어딘지 의젓하고 '도도하게' 만들어준다. 이는 세상 모든 여자들이 양파 냄새를 싫어해도 동생을 위해 끊임없이 양파 요리를 개발하거나 맥주 안주로 굳이 어니언링을 고집하는 일, 양파의 〈ADDIO〉와 어니언스의 〈작은 새〉를 즐겨 듣거나 그 지긋지긋한 양파를 아예 자기 '이름'으로 삼는 일과도 관련이 있을 것이다. 그리하여 '야구'와 '양파'가 결국 하나라는 사실("야구가 뭐냐?", "양파 같은 것 아닐까요?", 69쪽)을 인정하는 태도라고나 할까? 이쯤 되면 그의 말장난은 고통을 가볍게 만드는 위안의 방식이 아니라 그 고통 속에서, 그 고통과 더불어 자기 존재를 긍정하는 노력의 과정이라 해야 하지 않을까?

이 지점에서 박상 소설은 치기 어린 울분이나 자기연민, 도피적인 위안의 세계를 넘어서게 되는 것 같다. 박상의 유머가 자기 상처를 웃음으로 얼버무려 달래는 대신에 부조리한 이 세상을 웃음거리로 만들고 '말이 안 되는' 세상의 논리를 비틀어놓는 방향으로 나아가게 되는 것도 이런 태도가 있기에 가능한 일일 테고 말이다.

'니미 뽕'한 세상을 교란하는 글쓰기-실천

실제로 박상 소설의 말장난들은 재치 있는 농담에 머무르지 않고 기존의 구문과 비유와 개념들을 헝클어뜨리고 혼란에 빠뜨린다. 단적인 예로 「치통, 락소년, 꽃나무」에는 상투적으로 과장된 "썩은 치아 같은 비유"(8쪽)들이 포진해 있고, 유치한 비속어들 사이에서 이상(李箱)의 시가 튀어 나오는가 하면, 이를 흉내 낸 노랫말들이 '락정신의 죽음'을 애도하며 절규한다. 이 같은 말장난들이 겨냥하고 있는 것은 멀쩡하게 유통되는 말들에 숨겨진 "열등한 수사학"과 "무식한 문장들"이다.

외출한 사이에 예비군 동대 직원이 다녀갔다. 그가 남긴 메모에는 이렇게 적혀 있었다.

'집에 없군, 개새끼. 어딜 나돌아 다니나. 돌아다닐 힘 있음 예비군 훈련에나 기어 나와. 박박 기게 해줄 테니까. 정신 차려. 이 새끼야, 어딜 보나. 차렷, 동작 봐라. 고발당하고 울면서 벌금 내고 싶지 않으면 예비군 동대에 눈썹이 휘날리게 전화해.'

그리고 각종 고지서들도 침투해 있었다. 모든 고지서들은 내가 들어서자마자 목을 조르며 한결같이 곱지 않은 말투로 나를 힐난했다.

'요놈 봐라. 전기 콘센트에 네놈 물건을 꽂았으면 화대를 내야 될 거 아냐? 보일러 땠으면 화끈하게 가스비를 내! 빨래를 했으면 수도세도 깨끗이 빨아줘야겠지? 아팠냐? 의료보험료도 아파. 아, 요 새끼 연금도 안 냈네? 안 늙을 줄 아는 모양이지? 나는 통지서와 고지서들을 72등분으로 찢어버렸다. 고통스러워! 이런 열등한 수사학에 무식한 문장들! (…중략…) 돈 없는 자에겐 고통이 의무라도 된단 말인가?

— 「치통, 락소년, 꽃나무」, 16~17쪽

　여기서 웃음거리가 되는 것은 벌금 낼 돈도 세금 낼 돈도 없는 '락소년' 자신이 아니라 '정상적인' 언어의 터무니없는 폭력성이다. "돈 없는 자의 고통은 의무"라는 식의 논리가 당연하게 통하는 이 세상 자체가 조롱의 대상으로 떠오르는 것이다. 박상 소설은 이렇듯, 권위와 관습과 규칙을 거스르는 온갖 말장난들로 부조리한 세상의 고통에 맞서고자 한다.

　이런 태도는 고통을 잊는 것은 '임시방편'이며 "현실로 돌아와야 한다면 꿈꾸는 것도 고통"(15~16쪽)이라는 생각, 그러므로 "인류의 고통과 진짜 싸우는 것"(31쪽)이 락 정신의 본질이라는 생각과도 이어져 있다. 그가 '가짜 약장수'에게 묘한 동질감을 느끼는 이유도 여기에 있다. 약장수는 인류의 고통을 없애는 약을 완성하지 못하고 '실험 중단 사태'를 맞이했지만, 고통을 '릴레이'(고통을 치료하기 위해 약을 먹으려면 돈이 드는데, 돈을 벌려면 고통스럽다)시키지 않기 위해 돈을 받지 않고 약을 준다. 약장수와 마찬가지로 그 역시 해결책을 찾지는 못하고 있지만, 고통의 악순환을 끊기 위해 적어도 무언가를 해야만 할 것이다. 박상에게 그것은 자본주의의 교환가치 체계와 '정상적인' 담론 질서를 교란하는 글쓰기−실천이 아니었을까.

　「이원식 씨의 타격폼」은 바로 그런 글쓰기를 통해 먹고사는 게 전부인 세상을 '니미 뽕'으로 만들어버린다. 말장난의 '포텐셜'이 최고로 폭발하는 이 소설에서 박상은 단어의 의미를 제멋대로 정의하거나 아예 없는 말들을 만들어 쓴다. 가령 '타격폼'이란 단어는 "오늘 퇴근 후의 회식 자리 안주는 삼겹살 대신에 '에피쿠로스식 타조 앞다리 수블라키' 같은 것이면 좋겠어, 라는 사소한 갈망의 진동수 같은 것"으로, "즉 조리 있게 무언가를 희망하는 것"(38쪽)으로 정의된다. 타격폼의 반대말은 '개폼'이며, 개폼이란 "인간이 구현하면 안 되는 개 같은 폼" 또는 "타격폼과는 죽도록 다

른 부조리"(같은 곳)를 뜻한다. '이원식 씨의 타격폼'을 설명하는 방식은 이
보다 더 엉뚱하고 어수선해서, 그것은 "'니미 뿡' 하지 않은 폼을 말하는
것"이자 "'꿔어어 꽃병' 같은 것"(40쪽)이라 한다. 꿔어어 꽃병은 또 무엇인
가 하면 '에피쿠로스식 타조 앞다리 수블라키' 같은 것으로, 그 반대말은
'꽁꽁꽁 꽃병'이란다. 이래가지고야 알아들을 수가 없을 지경이지만, 아
무래도 상관없다는 듯 박상의 말장난은 멈추지 않는다. "꼭 알아들을 수
있는 말만 해야 해? 이 사회에 알아들을 수 있는 말이 뭐가 있어?"(「체면 좀
세워줘」, 218쪽)라는 듯.

　의외로 그의 이야기는, "넌 양비론자야, 넌 중도보수야", "너 같은 좌파
가 펀드는 왜 샀니?"(「춤을 주면 춥지 않아」, 162쪽) 따위의 '안 이상한' 말들보
다 알아듣기 어렵지 않다. 이 소설에 따르면, 세상의 부조리함이란 '니미
뿡'이 지구를 지배하게 된 것과 관련이 깊다. 대학에서도 '니미 뿡'을 가르
치니 학생들이 다들 '니미 뿡'만 하고 있으며, 여대생들은 모두 '니미 뿡'하
는 남자들만 좋아하고 '니미 뿡' 할 생각을 품지 않는 남자는 무조건 배척
한다. 락 동아리에서조차 '잠시 하는 것일 뿐 결코 목숨을 걸지 않으리'라
는 '니미 뿡큰롤'이 판을 치고, 평생 해야만 하는 '니미 뿡' 따위가 지겹다
는 생각은 아무도 하지 않는다. "니미 뿡 생활이라는 절제에 인간들의 꿔
어어 꽃병이 타들어 가"(62쪽)게 된 것이다.

　이런 현실에서 '이원식 씨의 타격폼'은 '꿔어어 꽃병'을 온몸으로 구현하
며 '니미 뿡'한 세상에 저항한다. 너무 웃긴 타격폼으로 스타가 되었을 때도
그는 '니미 뿡'한 욕망에 물들지 않았으며, 빈볼을 맞고 은퇴하여 잊힌 뒤
에도 '꿔어어 꽃병' 같은 열망을 잃지 않고 '십만 번의 스윙'을 한다. '이원
식 씨의 타격폼'이란 결국 박상이 꿈꾸는 소설의 모습이자 글쓰기−실천
의 태도가 아니겠는가. '헬리혜성에 탄' 이원식 씨(지상의 이원식 씨는 지나친

타격 연습으로 '온몸이 꿍꿍꿍 되어' 죽었다고 한다)에게 '이원식 씨의 타격폼'이
그러했듯이, 박상에게 이 같은 글쓰기는 '구원'과도 같은 것이 될지 모른다.
　「이원식 씨의 타격폼」은 자본주의적인 욕망을 넘어서는 개인의 자유
를 지향하고, 신자유주의의 거짓 환상과 고통 속에 살아가는 사람들에게
다른 가치와 다른 행복의 메시지를 전파한다. 하지만 그 자유와 행복은
내면적 구원이라는 개인의 차원에 머물러 있는 것이 사실이다. 「춤을 추
면 춤지 않아」는 이런 아쉬움에 대한 한 가지 대답을 담고 있는 소설이다.
창조적인 '개다리 춤'으로 '꿔어어 꽃병' 같은 아름다움을 실현하는 한 커
플에게 그들이 추는 개다리 춤의 '마력'은 두 사람의 것으로만 남지 않는
다. "온갖 업소의 선수들로 구성되어 있"(183쪽)는 음산하고 매너 없는 원
룸 다세대 주택에서 "절망과 좌절"로 "혼자 외로워 죽어가고 있"(184쪽)던
사람들은 집집마다 문을 열고 복도로 뛰쳐나와 다 함께 '32비트 개다리
춤'을 완성한다.

> 우리들은 술에 취하지도 않았고 마약을 하지도 않았다. 다만 다시 사랑하게
> 되었고 춤을 추었다. 나타난 사람들은 모두 우리가 좋아하는 사람들이었고 그
> 들과 동그랗게 모여 춤을 추었다. 그 복도에서 우리들이 미쳐버린 건지도 몰랐
> 다. 아무래도 상관없었다. 우리들은 춤지 않았다.
>
> ―「춤을 추면 춤지 않아」, 186쪽

　놀고 싶고 웃고 싶고 춤추고 싶은 욕망, 사랑하고 나누고 함께하고 싶
은 욕망, 그리하여 더 많은 사람들과 온 세상을 변화시키고 싶은 욕망. 이
런 욕망을 발산하고 퍼뜨리는 글쓰기는 그 자체로 신자유주의적인 질서
와 억압으로부터 벗어나고자 하는 정치적 행위일 수 있지 않을까.

이를 가능하게 만드는 힘은 역시 '사랑'에서부터 나온다는 사실을, 여기서 짚어두지 않을 수 없다. '짝짝이 구두'와 상처만 남기고 떠났던 여자들(「짝짝이 구두와 고양이와 하드락」에서 '그'의 하드락 정신을 주눅 들게 하고 「연애왕 C」의 '나'를 어쭙잖은 복수의 화신으로 만들었던)이 꿈처럼 다시 그들 곁으로 돌아오면서, 박상의 주인공들은 비로소 꿈꾸고 살아갈 자유를 얻게 된다.

「치통, 락소년, 꽃나무」에서 "나는이가아픈데돈도없다네나는턱도없는데노래를부른다네나는노래도못하는데이가아프다네나같은사람들은당장죽어버려야한다네"(9쪽)라고 징징거리던 '락소년'은 "현실적인 여자 같은 건 이제 재미없어졌어!"(32쪽)라는 말로 '날감동'을 안겨주는 그녀가 있기에, "내가 생각하는 노래를 열심히 부르려는 것처럼 노래를"(34쪽) 부를 수 있게 된다. 「춤을 추면 춥지 않아」에서도 '애인도 없이 쏟아진 면봉들 옆에서 혼자 개다리 춤을 춘다네……'라는 몹시도 불쌍한 춤은 사랑의 "고통스러움을, 뒤흔들어 몸에 달라붙지 않게 하려는"(183쪽) 내 몸짓을 따라하며 뜨거운 눈물을 흘려주는 그녀로 인해, 세상 끝까지 퍼져 나갈 것만 같은 환희의 개다리 춤으로 변모한다. '헬리혜성에 탄' 이원식 씨 역시 '니미 뽕'하지 않은 특별한 여자 '스'(이원식 씨는 헬리혜성에서 이름을 '왕'으로 바꾸었다는!)가 곁에 있지 않았다면, 그가 정신을 놓고 비닐하우스에서 스윙만 하다가 죽었을 때 "슬픈 락을 틀어놓고 처절하게 2만 번을 오열"(「이원식 씨의 타격폼」, 63쪽)해준 그녀가 없었다면, 결코 구원에 이르지 못했을 것이다.

제멋대로 하고 싶은 일만 하며 살려는 남자들을 그녀들이 왜 구원해야 하느냐고, 경제관념도 없이 꿈만 꾸는 저 남자들이 과연 사랑받을 자격이 있느냐고, 자기 꿈을 이해하고 무조건 사랑하고 경제적으로 돌봐주기까지 하는 '구원의 여신'이란 남자들의 흔해빠진 판타지가 아니냐고, 물으신다면. 그럴지 모르지만, 설사 그렇다 해도, 실은 판타지가 되기보단 오히려 판타지를 '깨는' 경향이 있는 이 '엽기천사'들이 박상 소설의 마지막 매력이라고 나는 대답하고 싶다. 막돼먹은 말투와 희한한 취향의 그녀들은 아무것도 바라지 않고 계산하거나 예측하지도 않고, 자기가 주는 것이 무엇인지 알지도 못하면서 '그 이상을' 준다. 묻지도 않고 따지지도 않고 사랑을 하는 그녀들의 '주는-경제', '사랑의 경제'(엘렌 식수)야말로 자본주의 이데올로기와 교환경제 시스템을 전복하는, 욕망 그 자체의 힘일 것이다.

더욱이 그녀들이 사랑하는 사람은, 사랑받을 자격이 있는지는 잘 몰라도, '사랑할 능력'이 있는 남자들이다. 그들은 지배하거나 소유하지 않으며, 그들의 언어는 팔루스적 단일성으로 타자를 소진시키지 않는다. 어떤 권위에도 굴복하지 않고 '주변을 달리는' 자들, 아무것도 고정하지 않고 '흐르게 하는' 자들, 그 다성적인 쾌락을 두려워하지 않는 자들. 그들은 확실히 사랑할 수 있는 남자들이다. 그런 남자들에게 "당신 같은 노래를 부르는 남자는 당장 안아줘야 해"(「치통, 락소년, 꽃나무」, 34쪽)라고, "아무것도 의도하지 않은 당신을 사랑한다"(「이원식 씨의 타격폼」, 59쪽)고 말할 줄 아는, 그렇게 그들을 살게 하고 변화시키는, 이 '엽기천사'들은 정말이지 사랑스럽다.

박상 소설은 관습과 규범과 권위의 감시를 따돌리면서 기존의 언어들을 가지고 놀다가 망가뜨리고, 거꾸로 놔두거나 뒤집어 놓으며, 다른 데 갖다 두고 딴청을 피운다. 이런 식으로 그는 로고스-팔루스중심적인 의미의 질서를 뒤죽박죽으로 만들어버린다. 또한 모든 것을 화폐로 환산하는 페티시의 체계를 비웃으면서 '인간다운 즐거움'과 '아름다운 쾌락'(「이원식 씨의 타격폼」), '주는-욕망'의 이상한 경제학을 확산시킨다. 그러니 이 유머와 사랑의 대책 없는 바이러스에 더 많은 사람들이 감염돼도 좋지 않을까. 도무지 '약발이 안 먹히는' 이 지구에서.

(2009.8)

내러티브의 욕망

여자, 타인, 그리고 글쓰기

글 쓰는 여자들과 비밀의 정원

언제나 나를 사로잡는 한 가지, 그것은 글쓰기의 비밀이다. 글쓰기는 왜 그토록 매력적인가? 글을 쓴다는 건 대체 어떤 행위인가? 나는 어떻게 글을 쓰고 글쓰기는 또 어떻게 나를 변화시키는가? 글을 쓰는 동안, 나와 나를 둘러싼 세계에는 과연 무슨 일이 일어나는 걸까? 이런 질문들은, 이제는 그 개념이나 경계가 심각하게 의심스러워진 '문학'이 대답해야 하고 '문학'만이 파고들 수 있는 문학적 테마 가운데 하나임을 나는 믿어 의심치 않는다.

여기, 글을 쓰는 세 명의 여자가 있다.[1] 누군가 문득 생각났다는 듯이

---

[1] 이 글에서 다루는 텍스트는 이신조의 『29세 라운지』(뿔, 2011), 박주현의 『롤리팝과 책들의 정원』(문예중앙, 2011), 조해진의 『로기완을 만났다』(창비, 2011), 이상 세 권의 장편소설이다. 이후 이 책들의 인용 부분은 제목과 페이지만 표기하기로 한다.

그녀들에게 "글을 한번 써보는 게 어떻겠어?"(『29세 라운지』, 142쪽), "이를테면…… 소설 같은 거?"(『로기완을 만났다』, 25쪽)라고 물을 때, 그 목소리는 다른 사람의 입을 빌려 그녀들 안에서 울려 나오는 저항할 수 없는 속삭임과 다르지 않을 것이다. 그녀들이 전혀 뜻밖이라는 표정을 짓거나 뾰로통한 얼굴을 하고 "저는 소설 안 쓴다니까요"(『롤리팝과 책들의 정원』, 89쪽)라고 대답할 때도, 그건 가장 간절하고도 내밀한 욕망을 들키고 싶지 않은 방어적 제스처일지 모른다. 그런데 왜 하필 '여자'인 거지?

어쨌거나 나는 지금 그녀들과 함께 글을 쓰고 있다. 그럼 글 쓰는 여자는 이제 네 명인가? 아무튼, 나는 그녀들의 글쓰기 안에서 그 비밀을 찾아보려고 한다. 저마다 서로 다른 실존적 위기 앞에서 글쓰기에 이끌리고 저항하는 그녀들에게서 나는 어떤 비밀을 엿듣게 될까? 당신은 이제 글 쓰는 여자들의 비밀스런 정원으로 한 걸음 들어선다.

모성-사랑의 판타지와 푸시 토크(Pussy talk) 사이

글쓰기가 사랑과 관능, 가족과 그로 인한 상처의 문제에 얽혀들어 있다는 점에서 이신조와 박주현의 소설은 꽤 닮아 보일 수 있다. 하지만 이신조의 『29세 라운지』와 박주현의 『롤리팝과 책들의 정원』은 우리가 들어선 글쓰기의 정원에서 전혀 다른 두 세계를 이루고 있다. 그 이질성을 짚어내고 더듬어가는 일은 아마도 내가 찾는 비밀에 다가가기 위한 첫 번째 '퀘스트'가 될 것 같다.

이신조의 『29세 라운지』는 계약직 방송작가였다가 출판편집 프리랜서를 거쳐 자유기고가로 직업을 바꾼 '나'(나형)의 글쓰기로 이루어져 있다. 이 과정에서 그녀는 점점 글 쓰는 여자로서의 정체성을 분명히 하게 되고, 이 책의 끝에서 결국 그녀는 소설을 쓰게 된다. 그녀가 자신의 이름 대신 쌍둥이 남동생들 중 한 명의 이름(문수형)을 필명으로 사용하는 데서 알 수 있듯, '죽은 쌍둥이'(수형)와 '사라진 쌍둥이'(지형)는 그녀의 글쓰기에 어떤 근원으로 작용한다. 연인 세완에 대한 열정이나 그와의 예상치 못한 이별이 그녀의 글쓰기 욕망을 추동하는 듯이 보일 때에도, 그녀에게 세완의 존재 자체는 그가 이란성 쌍둥이(다인과 다민)의 아버지란 사실보다 더 중요하지는 않다. 그러므로 이 이야기는 그녀의 쌍둥이 동생들로부터 시작돼야 할 것이다.

이 소설 전체에서 가장 평화롭고 아름다운 장면은 쌍둥이 남동생들이 아직 죽지도 사라지지도 않았던 어린 시절, 겨울방학의 어느 날 풍경이다. 그녀는 쌍둥이 동생들의『탐구생활』숙제를 위해 그 아이들과 "오래도록 눈송이를 본 적이 있"(256쪽)다. 그녀가 빨간 벙어리장갑으로 눈송이를 받으면 쌍둥이가 돋보기를 들이밀며 "우와, 보여! 보여!"(265쪽), "반짝반짝하고, 예뻐, 누나"(266쪽) 하고 번갈아 탄성을 지르던 날. 그날 나형은 자신이 그들을 사랑하고 있음을 확신한다. "나는 열세 살, 월경중, 피를 흘리고 있다. 쌍둥이는 열 살, 상처가 아무는 중, 포경수술을 받았다. 우리는 우리가 언제쯤 우리의 성기를 사용하게 될지 알지 못하지만"(266~267쪽), 그날 나형은 쌍둥이의 엄마이자 연인이 되어 완전하고 가슴 벅찬 사랑을 경험한다. "근본적이고 원초적인 무엇, 본능으로 가닿는 본질, (⋯) 직접적이고 강하고 뿌듯한, 삶 그 자체인 사랑"(263쪽) 말이다.

그런 사랑은 엄마이자 연인인 사람만이 가질 수 있다고 나형은 믿고 있는 듯하다. 가게 일로 바쁜 엄마가 집을 비우고 늘 못마땅했던 파출부 아줌마도 오지 않은 날, 그녀는 〈피터 팬〉 속 웬디처럼 쌍둥이를 기꺼이 보살피고 두 남동생은 그녀를 엄마처럼 믿고 따른다. "히야, 신난다! 웬디는, 웬디는, 웬디는, 우리들의 어머니!"(63쪽) 눈송이를 관찰하기 이전부터, 그래서 나형은 이미 행복했다. "오늘은 우리 셋뿐"(262쪽)이니까, 포경수술을 받은 쌍둥이의 "똑같은 두 개의 성기"(261쪽)를 정성스레 소독해주는 일도 엄마나 아줌마에게 뺏기지 않을 수 있다. "페니스가 없음에도 나는 그 쓰라림의 정도와 개운함의 정도를 분명하게 감지할 수 있"(262쪽)는데, 이는 그들의 페니스가 온전히 '내 것'이기 때문이다. 눈꽃 축제와도 같은 즐거운 숙제 장면은 이 사실을 기념하는 '나'만의 은밀한 축하연일지 모른다.

나형의 글쓰기는 바로 그날의 충일한 행복감을 되찾기 위한 과정이자, 완전한 엄마-연인이라는 자기 충족적 판타지를 재구성하는 작업이라 말할 수 있다. 쌍둥이 지형과 수형을 비롯하여 다른 모든 인물들은 그녀의 이 황홀한 판타지 안에서 적당한 자리를 부여받고 저마다 맡은 바 역할을 충실히 수행한다. 이를테면 그녀의 쌍둥이 남동생들은 "믿을 수 없을 만큼의 포근함과 안온함을 불러일으키는 한 쌍의 완벽한 웃는 얼굴"(56쪽)을 지니고 있다. 그들은 "처음부터 내재되어 있던 어떤 본질적인 해맑음"(같은 곳)을 저절로 발산하는 존재들이다. 그런가 하면 부당하게 그녀의 자리를 찬탈한(!) 엄마는 "모성에 대한 막연한 두려움과 자신 없음"에 시달리다 뒤늦게 "돈 버는 재미를 알"게 된 "속물적인" "중년여자"(269쪽)로 형상화된다. 지형의 발병과 수형의 사고사로 내면이 무너져버린 아버지는 "부조리하고 어이없는 격한 퇴행"에 빠진 인물, 또는 "법적, 실질적, 상징적 보호자로서 제 부정적인 존재감이 제 피붙이들에게 어떠한 영향을 미칠지 바로 한치 앞도 내다보지 못하는 (…) 성격장애의 한 파탄적 양상"(53쪽)을 보여주는 인물로 규정된다. 이렇게 하여 오직 자신만이 쌍둥이의 진정한 보호자가 될 자격이 있다는 그녀의 판타지는 누구에게도 방해받지 않고 작동할 수 있게 된다. 하지만 그녀에 의해 이런 식으로 인생 전체가 간단히 정리되는 것은 엄마와 아버지의 입장에서는 무척 억울한 일일 수도 있지 않을까?

그런 의혹의 기미 같은 건 『29세 라운지』에서 전혀 찾아볼 수 없다. 글을 쓰는 나형은 모든 것을 알고 있으며 그 사실을 결코 의심하지 않는다.[2] 그녀가 쓴 무수한 단언들과 거침없는 일반화와 타인에 대한 확신에 찬 규정들을 일일이 다 나열하긴 어렵지만, 떠오르는 대로 몇 가지만 더 예를 들어보자. "단 한번도, 세완은 나를 아무렇게나 바라보지 않았다"(162쪽), "아비들에게 반성이란 '빌어먹을, 내가 왜 그 새끼한테 졌지?' 억울해하며 뒷날을 도모하는 게임의 복기(復棋)일 뿐이다"(183쪽), "민오는 제 모든 것을 짐승처럼 곤두세우고 온 존재를 다해 괴로워했다"(131쪽) 등등. 그런데 세완과 아버지도, 또는 나형의 동일시 대상인 친구 민오도, 정말 그렇게 생각할까?

우리는 그 대답을 들을 수 없다. 나형의 글쓰기에서는 절대적인 발언권을 지닌 '나' 이외에는 다른 어떤 인물도 자기 목소리를 내지 못하기 때문이다. 친구 민오만은 긴 편지를 통해 이례적으로 발화의 기회를 허락받지만, 그녀 또한 꼭 나형처럼 말하고 나형을 포함한 다른 인물들에 대해 너무 많은 것을 알고 있다. 가령 이런 식으로. "그 종(種)(남자: 인용자)의 태생적인 결함이 얼마나 많은 걸 설명해주고 있는지. 그 채워지지 않는 결락과 결핍이 그들로 하여금 매춘과 허세와 도박과 마약과 경쟁과 소유와 개발과 탐험과 군대를 필요로 하게 만든 거겠지"(239쪽). "지금 온 힘을

---

2   흥미롭게도 「작가의 말」에서 이신조는 자신에 대한 "오컬트 정보"들 중 가장 마음에 드는 말이 "당신은 생의 비밀을 압니다"(287쪽)란 문장이라고 썼다. 같은 글에서 그녀는 "'압니다'가" 참으로 "문학적"인 말이며, 실제로도 "진실로 존재해야 한다는 것을 나는 '안다'"(같은 곳)고, 작은따옴표를 동원해가며 거듭 강조하고 있다.

다해 괴로워하고 있을 너. 하지만 '안세완이라는 남자'가 아닌 '남자인 안세완'은 어쩌면 온 힘을 다해 괴로워하고 있지는 않을지 몰라. 그는 물리학자이자 교수이자 남편이자 아빠이자 '헤어진 연인'이지만, 넌 오직 '헤어진 연인'이려고만 하고 있으니까. 제대로 된 글을 써보기로 마음먹었다고 했지만 지금의 넌 오직 괴로워할 뿐 그 중요한 결심을 함부로 방치하고 있으니까"(240~241쪽). 민오는 마치 복화술사의 꼭두각시 인형인 양 나형이 하고 싶은 이야기를 대신 말하고 있지 않은가? 이런 양상은 이 소설을 일방적이고 단성적인 글쓰기로 만들고 만다. 이 같은 글쓰기는 세완과 아버지 같은 '남자들'뿐 아니라 완벽하게 이상화된 쌍둥이와 전적으로 동일화된 민오에게 있어서도 일종의 폭력일 수 있지 않을까?

이들은 모두 나형의 판타지와 그 판타지를 재구성하기 위한 글쓰기 작업의 희생양들일지 모른다. 과연 이 소설은 스토리라인을 통해서도 나형의 모성-사랑 판타지를 깔끔하게 완성해낸다. 나형은 세완의 여자가 되어 쌍둥이의 엄마 자리를 차지하는 데는 실패했지만, 사라졌던 쌍둥이 동생 지형이 연락을 해오고 그로부터 자기 아기의 이름을 지어달라는 부탁을 받음으로써("처음부터 이상하게도 아기 이름은 꼭 누나가 지어줘야 한다는 생각이 들었어", 250쪽) 쌍둥이의 유일하고도 진정한 보호자로 승인을 받게 된다. 지형을 다시 만나는 날 하필이면 굵은 눈송이가 흩날리는 것도 그저 우연은 아닐 것이다. 가난한 데다 '시각장애인'이고 더구나 아직 어린 지형의 아내는 그의 엄마-연인이 되기에는 아무래도 부족할 것이기에, 나형의 견고한 판타지에 아무런 위협이 되지 못한다.

나형의 글쓰기가 철저히 자신의 판타지를 위한 것이었음은 소설의 결말인 온실 장면에서도 확인된다. 지형이 일하는 온실에서 나형의 눈앞을 스쳐간 "흰 옷을 입은 뒷모습"(279쪽)은 민오였다가 엄마였다가 다시 세완의 모습으로 바뀌고, 이내 '죽은 쌍둥이' 수형으로 변하더니 결국 "내가 쓰고 있는 글에 등장하는 (…) 쌍둥이 소녀"(281쪽)가 된다. 나형은 그 소녀가 "어느 겨울 어린 동생들에게 눈송이를 보여주던 예전의 내"(같은 곳) 모습임을 잘 알고 있다. 이 마지막 장면은 나형의 글쓰기에서 오직 그날의 '나' 자신만이 유일하고도 압도적인 주인공이며, 소설의 다른 인물들은 '나'의 그림자 또는 욕망의 상상적 투사물이었음을 누설하는 것은 아닐지?

하긴 엄마–연인의 판타지에는 확실히 매혹적인 구석이 있다. 오래 전 막내 티가 줄줄 흐르던 그의 어리광에 속수무책으로 넘어갔을 때, 귀까지 새빨개져서 눈길을 피하는 어린 너에게 마음이 가만히 흔들릴 때, 나를 사로잡은 것도 이 '망할 놈의' 판타지였을 테니까. 남자들의 로망이기 전에 여자들의 강력한 나르시시즘적 자기도취일 모성–사랑의 판타지는, 그런데 과연 '여성적'인가? 그렇게 말하는 것은 어쩌면 여성성에 대한 편협하고도 과격한 오해가 아닐까? 그것이 틀림없는 '여성적' 판타지라고 해도, 자신의 판타지 안에 타인들을 배치하고 그 판타지에 방해가 되는 목소리를 배제 / 소거하는 방식의 글쓰기가 '여성적'인 것일 리 없다. 이 모순과 아이러니야말로 글 쓰는 여자 나형의 비밀, 혹은 '불편한 진실'일 것이다.

그리고 그 반대편에, 박주현의 『롤리팝과 책들의 정원』이 있다. 너무 공감이 가서 화가 날 지경인 이 '엄마와 딸'의 이야기, 누구보다 딸을 사랑하지만 딸에게 가장 큰 상처를 주는 엄마와, 누구보다 엄마를 미워하지만 그로 인해 죄의식에 시달리는 딸의 이야기가 여성적인 테마라는 걸 부정하긴 어렵겠다. 하지만 이 소설이 여성적 글쓰기(엘렌 식수가 생각한 의미의)를 실현하고 있다면, 그 이유는 다른 데 있을 것이다. 말하자면 단일하고 유기적인 전체로 통합되지 않는 다수의 이질적인 목소리들, 저마다 자기 말을 하는 정체불명의 이상한 발화자들, 그리고 그것들이 만들어내는 균열과 분산과 일그러짐…… 같은 것?

일단 이 소설은 딸인 '나'(현)의 글쓰기로 이루어져 있다. 그녀는 "내가 소설을 못 쓸 거라고"(114쪽) 엄마가 말했기 때문에("소설이라니, 그런 걸 아무나 쓰니", 같은 곳) 소설을 써서 등단을 했지만, "아주 잠깐 소설가였"을 뿐, 지금은 글짓기와 논술 강사로 "학생별 월간 통신문을 소설 쓰듯 작성하고 있다"(63쪽). 그녀는 "엄마가 저에게 미쳤다고 했을 때부터"(64쪽) 미치기 시작해서 오랫동안 정신과 상담을 받고 있으며, 엄마를 미치게 만들기에 충분한 '거대한 애인'(아버지와 비슷한 나이의 사진작가)과 사랑을 나누고 있기도 하다. 엄마에게 반항하고 굴복하고 다시 반항하기를 거듭하지만 바로 그런 방식으로 "내 안에는 항상 엄마의 목소리가 상주"(22쪽)하기 때문에, 현의 글쓰기에는 이미 엄마의 목소리가 뒤얽혀 있다. 엄마를 미워하면서도 사랑하고 엄마의 사랑을 원하지만 "엄마가 싫어하는 저 자신도 싫"(151쪽)어지곤 하는 그녀이기에, 사실 현의 목소리는 그 자체로 이리저리 갈라지고 주름져 있다.

나아가 이보다 훨씬 더 이질적인 익명의 목소리들이 소설 곳곳을 점령하고 있다. 우선 '일인칭'으로 서술되어 있지만 현의 목소리는 아닌, 웬 여자애의 발화가 여기저기서 수시로 튀어나온다. 한참 읽어가다 보면 그 발화의 주체는 아버지 없이 엄마와 할머니랑 함께 사는 '과부집네 딸' 호연이란 아이임이 밝혀지는데, 호연의 목소리가 왜, 어떻게 현의 글쓰기 안에 비집고 들어와 있는지는 여전히 알 길이 없다. 다음으로 '투명한 여자'(거대한 애인의 자살한 아내)에 대해서 쓴, 정체 모를 삽입텍스트들이 있다. '일인칭'의 형식이 아닌 이 발화가 정작 누구의 것인지는 끝내 확인되지 않는다. 현의 이야기를 차단하고 얼룩지게 만드는 이 텍스트에는, 거대한 애인으로부터 들을 수 없었던 투명한 여자의 목소리와 그녀를 그토록 괴롭히고 자살에까지 이르게 한(거대한 애인이 그렇게 믿고 있는) '투명한 여자의 엄마'의 또 다른 목소리가 교차하며 공존한다.

그리하여 『롤리팝과 책들의 정원』은 이 모든 이질적인 목소리들이 엎치락뒤치락하며 각축을 벌이는 장(場)으로 나타난다. 이 소설에 삽입된 또 하나의 텍스트, 곧 현이 쓴 소설(현 자신은 이를 '포르노그래피'라고 부른다)이 「푸시 토크(Pussy talk)」인 것은 주목할 만하다. 정숙한 주부에서 거리의 여자로 탈바꿈하는 룰루의 이야기를 담은 이 글에서는 룰루의 성기('그것') 가 실제로 말들을 쏟아낸다. 이런 테마는 『버자이너 모놀로그』(이브 엔슬러)에서도 본 적 있는 익숙한 얘기라고 생각할지 모르겠다. 하지만 『버자이너 모놀로그』에서 '그것'은 여성인물들의 가장 내밀한 진실을 솔직하게 이야기하고, 그런 의미에서 '그것'은 진정한 그녀 자신 또는 존재의 핵심이다. 그런데 「푸시 토크」에서 '그것'의 발화는 룰루의 의지를 배반하고 그녀와는 다른 욕망을 제멋대로 발산한다는 점에서, 그녀 자신에게 있어서도 더할 수 없이 이질적이다. 「푸시 토크」가 현의 글쓰기 또는 박주현의 이 소설 자체를 상징적으로 보여줄 수 있는 것은 이런 층위에서다. 「푸시 토크」가 단적으로 보여주듯 『롤리팝과 책들의 정원』은 글쓰기 주체에 의해 온전히 통합되거나 통제되지 않는 온갖 타자들의 목소리가 누덕누덕 덧대어진 패치워크이며, 바로 그 같은 글쓰기를 통해 주체의 경계를 넘어서는 복수적 발화의 가능성을 열어젖히고 있는 것이다.

호연(알고 보면 엄마가 결혼 전에 낳은 딸이자, 이모에게 입양되어 '수현'으로 이름을 바꾼 채 현의 사촌언니가 된 인물)의 이질적인 목소리는 '나'(현)가 알지 못하는 사이에 자신에게 엄마를 뺏기고 고통 받았을 또 한 명의 딸의 이야기를 들려주고 있다. 그 목소리는 또한 '나'가 아무리 노력해도 알 수 없었을 엄마의 상처와 거짓말, 불안과 죄의식을 헤아릴 수 있게 해준다. 엄마 역시 아버지와 결혼하기 전에는 '소설을 쓰는' 여자였다는 사실도 호연의 목소리를 통해서야 밝혀진다. 이는 '나'에게 아무리 나쁘게 구는, 받아들이기 힘든 타자라 해도 그(녀) 역시 자신의 이야기를 지니고 있으며, '나' 아닌 다른 누구라도 '나'와 마찬가지로 그것을 말할 자격과 권리를 가졌음을 일깨워준다. 한편 투명한 여자에 대한 누군가의 글쓰기는 내 욕망의 대상인 거대한 애인이 사랑한 여자(투명한 여자)와, 그녀를 끔찍이 사랑하고 또 그토록 괴롭혔던 그녀의 엄마마저도 자기 이야기를 들려줌으로써 '나'와 독자들로부터 이해받을 수 있는 기회를 갖게 한다. 이 과정은 또한 '나'와는 직접 상관없는 또 하나의 지독했던 '엄마와 딸'의 관계를 통해 내 엄마와 '나' 자신을 더 깊이 이해하는 과정이기도 하다.

나는 이 이야기가 헌신적 모성을 신비화하거나 엄마와 딸의 관계를 이상화하는 그 어떤 이야기보다 따뜻하고 아름답다고 생각한다. 『롤리팝과 책들의 정원』이 도발적이라면 그것은 「푸시 토크」가 표면적으로 그러하듯 이 소설이 야하고 노골적이어서가 아니라, 발화자의 배타적 권위를 뒤흔들고 무너뜨리는 과감한 모험, 기존의 단성적 글쓰기에 대항하는 글쓰기–실천의 파격적 양상 때문일 테고 말이다. 그 도발성에서 나는, '나'를 구축하기보다 자기 바깥으로 나가기를 꿈꾸는 글쓰기의 비밀스런 욕망을 본다. 그것은 타자를 자기 앞에 세워 표상하고 정렬하는 대신에 타자들 속으로 아찔하게 잠겨들고, 그들에게 내 목소리를 강요하는 대신에 '나'를 통해 그들의 목소리가 흘러나올 수 있게 하는, 글쓰기의 윤리와도 통할지 모른다. 이런 글쓰기를 '여성적'이라 부를 수 있을까? 그렇게 부른다면, 거기에는 여성적이라는 말이 지금 함축하는 것 그 이상을 향해 개방된 또 다른 여성성에의 갈망이 스며 있을 것이다. 글 쓰는 여자 현의 비밀은 여기 어디쯤에 깃들어 있지 않을까?

'내 이야기' 속으로 들어온 멀고 먼 타인

이제 우리의 산책은 글쓰기 정원의 다른 모퉁이를 향하고 있다. 그곳에서 우리가 찾아야 할 비밀, 그 단서는 아마도 이런 말 속에 숨겨져 있을 것 같다.

> 신문과 방송에는 가난과 범죄로 얼룩진 이야기들이 넘쳐난다. 두부 한 모로 일주일 끼니를 해결한 탈북자, 고시원을 전전하는 기러기 아빠, 노숙자로 전락한 전직 은행원, 가난이 깜깜해서 한강에 몸을 던진 스무 살 여자, 열세 살 소녀를 성폭행하는 새아빠, 남편에게 두들겨 맞는 필리핀 여자 등등. 그러나 나는 그 이야기들의 주인공이 아니었다. 내가 없는 이야기들은 결국 판타지에 불과하다. 아무리 실감 나는 이야기라고 해도 결국은 읽고 듣는 것이다.
>
> ―『롤리팝과 책들의 정원』, 43쪽

"내가 없는 이야기들은 결국 판타지에 불과하다"는 이 뼈아픈 말은, 박주현의 소설과는 너무도 멀리 있는 것처럼 보이는 조해진의 착하고 단정한 소설로 우리를 데리고 가는 벌레구멍(wormhole)이 아닐까?『로기완을 만났다』에서 조해진은 이렇게 쓴 적이 있다.

> 타인의 고통이란 실체를 모르기에 짐작만 할 수 있는, 늘 결핍된 대상이다. 누군가 나를 가장 필요로 할 때 나는 무력했고 아무것도 몰랐으며 항상 너무 늦게 현장에 도착했다. 그들의 고통이 어디에서 시작되고 어느 지점에서 고조되어 어디로 흘러가는지, 어떤 과정을 거쳐 삶 속으로 유입되어 그들의 깨어 있는 시간을 아프게 점령하는 것인지, 나는 영원히 알아내지 못할 것이다.
>
> ―『로기완을 만났다』, 124쪽

이들의 소설에서 이런 말들은 '나'와 무관한 타인의 고통은 결코 내 것
이 될 수 없다는 냉소적인 체념의 말이었을까? 벌레구멍을 통과하여 조해
진 소설과 만나기 전에 우선 박주현 소설을 통해 이 질문에 대답해보자.

박주현 또는 현에게 '나'와 아무런 상관도 없는 타인의 이야기는 정말
로 '판타지'에 불과할지도 모른다. 『롤리팝과 책들의 정원』에서 그녀를
몰두하게 만드는 것은 익명의 타자들이 아니라 '나'와 가장 가까운 타자,
그래서 '나'에게 상처를 주는 엄마라는 존재다. 내 엄마로부터 시작하여
엄마의 숨겨진 딸에게로, 이야기는 그렇게 확장된다. 거대한 애인 역시
내가 열렬히 원하지만 온전히 가질 순 없는, 내게 환희와 고통을 주는 타
자다. 거대한 애인은 그의 죽은 아내와 그녀의 엄마를 '나'와 연결해주는
존재이며, 그에 대한 '나'의 사랑과 질투 때문에 낯모를 타자인 그녀들은
'내 이야기' 속으로 들어올 수 있었다. 그런데, 잠깐. 뒤집어 생각하면, 이
렇게도 말할 수 있지 않을까? 아무리 멀리 있는 타자라도 내 이야기 속으
로 들어오게 된다면, '나'는 그(녀)를 느끼고 이해할 수 있을지 모른다고.[3]

"내가 없는 이야기들은 결국 판타지에 불과하다"라는 문장에 다소 어
색하게 이어지는 다음 문장, "아무리 실감 나는 이야기라고 해도 결국은
읽고 듣는 것이다"라는 말은 또 무슨 뜻인가? 어쩌면 혹시, 판타지에 불과
한 타인의 이야기도 '읽고 듣는' 과정을 통해 '실감'을 얻을 수 있게 된다는
것, 달리 말해 '나'와 무관한 타인의 이야기를 실감할 수 있는 길은 결국
'읽고 듣는' 행위를 통해서일 뿐이라는 것? 이렇게 생각하면 이야기를 들
려주거나 글을 쓰는 일엔 무척이나 큰 책임이 걸려 있다. 타자의 이야기

---

3   그렇게 읽는다면 "내가 없는 이야기들은 결국 판타지에 불과하다"는 말은 "나는 영원
히 알아내지 못할 것이다"란 말보다는 "타인과의 만남이 의미가 있으려면 어떤 식으
로든 서로의 삶 속으로 개입되는 순간이 있어야 할 것이다"(『로기완을 만났다』, 172
쪽)라는 조해진의 또 다른 목소리와 공명을 일으킨다.

를 내 이야기와 연결하고 그래서 그 고통을 실감할 수 있게 만드는 일은 오직 이야기하기 또는 글쓰기의 몫일 것이기 때문이다.

흥미롭게도 『롤리팝과 책들의 정원』에서 타자와 공감하고 그들을 이해하는 일은 과연 '읽는' 행위와 밀접하게 관련돼 있다. "그리고 나는 읽는 법을 배웠다. 그것은 학습이라기보다는 사건이었다. 어느 날 수십 번, 아니 수백 번은 들여다보았을 금발머리 공주의 슬프고 아름다운 얼굴을 골똘히 보다가 갑자기 공주를 "읽을" 수 있게 되었다. (…) 그 다음엔 닥치는 대로 책을 읽었다"(77쪽). 현은 마치 이해할 수 없는 타인들에게 열렬히 빠져들듯 수많은 책을 수없이 읽어대는데, 실제로 현에게 책은 언제나 '그'이거나 '그녀'였다. "이상하지. 정말 이상하지. / 내용을 이해할 수 없는데도 (…) 계속 읽어나갔"(78쪽)던 첫 소설 『머나먼 쏭바강』을, 현은 "열 살 무렵에 만난" "나의 첫 번째 남자"(75쪽)라고 부른다. 그리고 그 책은 소설을 쓰던 시절부터 엄마가 소중히 간직했던 "엄마의 책"(81쪽)이기도 하다.[4] 잘 이해가 되지 않는 '엄마의 책'을 그래도 자꾸 읽어가는 일, 그리고 마침내 엄마가 쓰다 만 '엄마의 소설'을 읽게 되는 일은 그녀에게, 엄마를 이해하기 위한 긴 노력의 과정과 다르지 않을 것이다.

현의 글쓰기는 이렇듯 책 읽기와 촘촘히 뒤얽혀 있다. 그녀의 글쓰기 안으로 쏟아져 들어오는 이질적인 텍스트들 가운데는 『머나먼 쏭바강』을 비롯해 그녀가 읽은 온갖 책들도 포함돼 있다. 현은 그 모든 이질적인 목소리들을 자기 글쓰기 속으로 빨아들여 '나'의 이야기와 겹쳐놓는다. 이를테면 그녀는 『엑소시스트』의 귀신들린 소녀의 절규 안에서 엄마에게 이해받지 못하는 딸의 외로움을 끄집어내고, 『돈키호테』에 나오는 말[馬] 두 마

---

[4] 엄마의 옛날 사진을 통해 엄마의 상처와 사촌언니(수현 / 호연)의 고통으로 현을 이끌어주는 것도 다름 아닌 '사촌언니의 책'(『오리엔트 특급살인사건』)이었다.

리의 소네트에다 "거대한 애인을 원하면 원할수록 (…) 점점 더 형편없어"(202쪽)지는 자기 모습을 비추어 본다. 그렇게 이 모든 낯선 이야기들은 '내 이야기' 안으로 밀려들어오고, '나'와 무관한 타자의 목소리들은 '나'의 글쓰기를 이루어낸다. 그녀가 "잘 모르는 사람들의 불행과 슬픔에도 눈물이 났다"(33쪽)고, 타인의 "슬픔과 고통이 밀물처럼 닥쳤다"(34쪽)고 말할 수 있는 이유도 아마 여기에 있을 것이다.

이렇게 보면 박주현의 『롤리팝과 책들의 정원』과 조해진의 『로기완을 만났다』는 생각보다 꽤 가까운 자리에 있다. 일단 이신조의 『29세 라운지』가 글 쓰는 '나'의 전능함과 사랑의 완전성이라는 흔들림 없는 확신에 뿌리를 두고 있다면, 박주현과 조해진의 소설은 반대로 '나'의 무력함과 사랑의 어리석음으로 인한 불안과 절망에서 글쓰기의 에너지를 길어 올린다. 또한 이들 소설에서 타자를 이해할 수 있는 가능성은 글 쓰는 '나'의 한계, 이기적이고 자기방어적인 내 사랑의 한계, 타자의 삶과 그 고통을 이해하는 일의 근원적 한계에 대한 정직한 자각과 반성으로부터 역설적으로 열리게 된다.

조해진의 『로기완을 만났다』에서 글 쓰는 '나'는 TV 다큐 프로그램의 방송용 대본을 쓰는 작가였다가 "벨기에에서 유령처럼 떠도는"(11쪽) 탈북자 로기완의 이야기를 소설로 쓰게 된 K라는 여자다. 시사주간지에 '이니셜 L'로 등장하는 한 탈북자, 그 머나먼 타자의 이야기를 글로 쓰기 위해 그녀는 그를 만나러 브뤼셀로 간다. 로기완은 이미 브뤼셀을 떠난 뒤였지만, 그녀는 그에 관한 이야기를 '듣고' 그가 쓴 일기와 자술서(벨기에 난민 신청국 심문실에서 쓰고 한국 대사관에 제출한)를 '읽으며' 로기완을 만난다. 그렇게 그녀는 그를 만났으므로, 런던에 살고 있는 로기완을 찾아가 그를 직접 만나는 마지막 장면은 이 소설의 에필로그 혹은 사족이라 말해

도 좋을 것이다.[5]

로기완이 겪은 슬픔과 고통을 자기 이야기처럼 느끼기 위한 그녀의 노력은 지극하고 눈물겹다. 그녀는 로기완이 헤매 다녔던 브뤼셀 거리를 하염없이 따라 걷고, 그가 묵었던 호스텔의 바로 그 방을 예약하며, 그가 그랬듯 화장실 변기에 앉아 아침에 몰래 챙겨둔 식빵을 씹어보기도 한다. 그녀는 "내가 단순히 로가 다녔던 곳을 따라 걷고 있는 것이 아니라 그의 고독과 불안까지도 내 것으로 끌어안은 채 이 도시를 부유하고 있다는 일체감" 섞인 "안도감"(81쪽)과, "누군가의 참담하고도 구체적인 경험까지는 끝내 공유하지 못하는 이 모습이 바로 나의 가엾은 자아"(104쪽)라는 자괴감 사이에서 오래 번민한다. 당연하지 않은가? 그녀가 원하는 것이 완전히 낯선 타자의 구체적인 경험까지 공유하는 온전한 일체감이라면, 그걸 얻었다는 안도감은 자족적인 환상에 지나지 않을 테니까.

로기완이라는 타자가 '나'의 이야기 속으로 들어오는 과정은 좀 다른 방식으로 설명되어야 한다. 그러기 위해서는 '나'의 다큐 프로그램 출연자였던, 얼굴만큼 커다란 혹이 오른쪽 뺨과 턱을 감싸고 있던 열일곱 살 윤주에 대해 먼저 이야기해야만 한다. 윤주에게 남다른 관심과 애정을 갖게 된 '나'는 윤주의 방송에 더 많은 ARS 전화가 걸려오도록 방송 날짜를 추석 연휴에 맞춰 연기하는데, 그에 따라 수술도 삼 개월 뒤로 미뤄진 사이 윤주의 종양은 거짓말처럼 악성으로 바뀌고 만다. '나'는 윤주가 자기 때문에 죽게 되었다는 죄책감에서 헤어나지 못한다. 윤주의 악성종양과 그것이 초래할 결과로부터, 또한 "그 애를 대했던 내 마음은 나 자신을 위한 자족적인, 그래서 다분히 가식적인 연민에 지나지 않았을 거라는

---

[5] 실제로 이 부분은 '나'가 "노트에 적지 못한 남은 이야기"(190쪽)로, '나'의 소설에는 씌어 있지 않은 대목이다.

(…) 가학적인 의심"(57쪽)으로부터 도망쳐버리고만 싶은 '나'에게, 성큼 다가온 존재가 바로 로기완이다.

시사주간지에 실린 인터뷰에서 로기완이 한 말, "어머니는 저 때문에 돌아가셨습니다. 그래서 저는 살아야 했습니다"(124쪽)라는 이 말 때문에, 로기완의 이야기는 '나'의 이야기와 강렬하게 접속한다. '나'는 "나 또한 살아야 한다는 그 절대적인 명제를 수긍하고 받아들이고 싶어서"(128쪽), 로기완의 삶을 찾아 브뤼셀까지 왔던 것이다. 그랬기 때문에 "이니셜 L은 (…) 새로운 세상으로 나를 이끌어주는 암호가 아니"라 "내가 내 인생 속으로 더 깊이 발을 들여놓도록 인도하는 마법의 주문"(63쪽)이 된다. 로기완의 이야기를 담은 '나'의 소설이 "내가 들려주고 싶은 나의 이야기"(189쪽), "이니셜 K"(194쪽)의 이야기일 수 있는 이유도 바로 여기에 있다.

이 소설을 로기완이라는 탈북자의 이야기로 읽는 것은, 또는 "우리가 그를 돕는 것은 오늘날 우리의 사명"(149쪽)이라는 식의 간절한 호소로 읽는 것은 지나치게 단순한 독법이다. "살아남은 자들, 건강한 자들, 그들은 뭘 해야 하는 건지. 자신을 합리화하기 위해 끊임없이 변명을 찾아내는 것 말고 죽거나 죽을 만큼 불행해진 사람들에게 어떤 마음을 가져야 하는 건지, 그걸 묻"(126쪽)는 이야기라면, 이 소설은 어딘가 부족하거나 다소 불편하다. 그렇지 않은가? 로기완의 난민 신청은 결국 받아들여졌고, 게다가 지금 그는 여러 가지 혜택이 딸린 난민 지위를 스스로 포기하고 영국의 불법 이민자가 되길 기꺼이 선택할 만큼 한 여자를 깊이 사랑하고 있다. 로기완의 행복한 모습은 우리를 견디기 힘든 죄의식과 책임감의 굴레로부터 자연스레 벗어날 수 있게 해준다. 윤주의 경우도 마찬가지다. 참으로 다행스럽게도 그 아이는 성공적인 종양제거 수술로 죽지 않을 수 있게 되었고, 비록 한 쪽 귀를 잃었지만 어여쁜 얼굴을 되찾게 되었으며, 결정적으로 '나'를 용서하고 환하게 웃어준다. 그렇지 않았더라도 '나'는 윤주에 대한 내 '진심'을 스스로에게 납득시킬 수 있었을까?

그들이 힘겹게 자기 삶을 버텨내는 동안, "타인의 고통을 나눠가질 수도 없고 공감할 자격도 없는 이기적이고 근시안적인 자들이 행한 무심한 폭력"(63쪽)을 그들이 이렇듯 용서하는 동안, '나'는 그저 글을 썼을 뿐이다. 그들의 삶과 그들의 고통 앞에서, 과연 그것으로 충분한가? "충분하다고, 그 애(윤주: 인용자)가 말했던"(182쪽) 건 "너의 오른쪽 귀는 지금 나에게 와 있어, 내 안에서 아주 잘 지내고 있어"(178쪽)라는 '나'의 혼잣말처럼 환상적인 자기 위안에 불과한 것은 아닌가? 이 소설은 이런 질문들에 대해 제대로 대답할 수 없을 것이다.

그러므로 우리는 이렇게 말해야 한다. 『로기완을 만났다』는 결국 타인의 고통이 아닌 '나'의 고통에 관한 이야기이며, 있는 힘을 다해 그 고통과 마주한 '나'의 글쓰기에 대한 소설이라고. 중요한 것은 K가 바로 그 글쓰기를 통해 "영원히, 언제까지고 영원히, 스스로를 미워하고 또 미워해야 하는 나날"(97쪽)들로부터 자기 삶을 구해낼 수 있었다는 점이다. 더욱 놀라운 것은 그런 K의 글쓰기를 통해 그녀와 우리 자신이, 완전히 낯선 타자인 로기완을 만나고 느낄 수 있었다는 사실이다. 처음에는 "그저 이니셜 L에 지나지 않았"(7쪽)던 탈북자 로기완은 그녀가 이 글을 쓰는 동안, 그리고 우리가 이 소설을 읽어가는 동안, 살아 "숨 쉬는 사람"(194쪽)이 된다. 거리의 악사가 기타를 치며 부르는 〈노킹 온 헤븐스 도어〉에 마음을 빼앗긴 채 브뤼셀 거리에 우두커니 서 있는 사람, 어머니의 시신을 팔아 얻은 돈을 습기 찬 방수포에서 꺼내 손가락에 침을 묻혀가며 천천히 세는 바로 그 사람, "살아 있고, 살아야 하며, 결국엔 살아남게 될 하나의 고유한 인생"(같은 곳) 말이다.

그것이 글쓰기의 힘, 문학의 힘이 아닌가. 그 힘은 사실과의 일치 여부나 재현의 정확성이 아니라 '글 쓰는 나'의 상상으로부터 솟아 나온다. '행동하라!'고 외치는 일이나 당장 행동을 실천에 옮기는 일에 비해 턱없이 무력한 '나'의 글쓰기는, 그 무력함에 깃든 진정성과 실감의 힘으로 타자를 살아 있게 하고 '나'와 연결해준다. 그것은 당위적 도덕이나 선한 양심을 내세우는 방식으로는 가닿을 수 없는, 글쓰기의 놀라운 비밀일 것이다. 모두가 알고는 있지만 충분히 알진 못하는, 작가인 조해진조차도 어쩌면 그러했을⋯⋯.

에필로그

몇 번이나 포기하고 싶었던, 마감을 한참 넘긴 글이 이제 거의 끝나가고 있다. 내가 쓴 글, 특히 아직 쓰고 있는 중인 내 글을 읽는 것은 참 이상하고 신기한 일이다. 이 문장들, 대체로 조금씩 모자라거나 조금씩 지나친, 아주 어쩌다가는 놀랍게도 '바로 그것'인, 아직 진동하고 있는 이 모든 문장들은 어디서 왔는가? 글 쓰는 나는 누구이며, 어디에 있(었)는가? 내가 '나'라고 부른 것은 실제의 '나'인가, 혹은 이 글은 정말 '나의 글'인가? 어떻게 해야 나는 이 글에 책임을 질 수 있는가?

대답하기 어렵지만, 분명한 건 지금 이 순간 이 글이 나를 '글 쓰는 나'로 만들고 있다는 것, 이 글을 통해 나의 이야기는 새로 쓰이고 있다는 것이다. 이런 말을 할 자격이 내게 있다면⋯⋯. 거듭 다시 쓰이는 내 이야기 속으로 나를 아프게 한 너의 이야기와 내가 잘 알지 못하는 타인들의 이야기가 자꾸만 밀려 들어와서, 내가 더 여러 갈래의 목소리로 말할 수 있길. 그리하여 나와 너, 그리고 더 많은 그(녀)들이 내 이야기 속에서 만날 수 있길. 그럴 수 있다면.

(2011.11)

'연애소설'의 발생학

기준영론

어떤 불행, 어떤 안간힘

기준영의 소설[1]은 불행을 삶의 에너지로 전화(轉化)하는 비결들로 가득하다. 그녀의 소설은 "어떤 불행 속에는 약간의 행운과 질문이 들어 있다"(「파티 피플」, 『연애소설』, 122쪽)는 사실을 발견하는 통찰력과, "어떤 슬픔을 통과하는 일은 다른 많은 슬픔마저 감당할 수 있을 것 같은 그런 안간힘으로만이 삶의 에너지로 환원된다"(「4번 게이트」, 104쪽)고 말하는 결연함

---

1   이 글에서 다루는 기준영의 텍스트는 소설집 『연애소설』(문학동네, 2013)과 장편 『와일드 펀치』(창비, 2012), 그리고 소설집에 수록되지 않은 단편 「이상한 정열」(『창작과비평』 2013년 가을호), 「여행자들」(『문학동네』 2013년 가을호), 「4번 게이트」(『한국문학』 2014년 여름호), 「불안과 열망」(『문예중앙』 2014년 여름호) 등이다. 이후 단편집에 수록된 소설이나 장편소설을 인용할 때에는 책 제목과 해당 페이지를, 그 외의소설에 대해서는 게재지의 인용 페이지를 밝히기로 한다.

을 지니고 있다. 불행에 대처하는 그녀의 태도가 사뭇 의연하거나 초연해보일 때조차, '어떤'이라는 한정에 깃든 조심스러운 머뭇거림과 겉으로 드러나 보이지 않는 절박한 '안간힘'이 고스란히 전해지고는 한다. 그 호소력 있는 진정성 때문에, 촉촉하고 말랑말랑한 온갖 소설들에 그다지 공감하지 못하던 독자들이 기준영 소설을 통해서는 깊은 위로를 경험할 수 있다. 까칠까칠하고 소박한 듯하지만 진솔한 아름다움이 배어 나오는 기준영의 문장들은 가만히 멈추어 하나하나 곱씹어보게 하는 묘한 매력을 지니고 있다.

자전소설이라는 이름으로 발표된 「여행자들」은 떨칠 수 없는 불행을 삶에 대한 사랑으로 뒤바꾸는 기준영 소설의 놀라운 과정을 인상적으로 보여주는 텍스트다. 이 과정은 그녀의 소설이 구성되는 방식이나 그 기본원리와도 맞물려 있다. 작가와 동일시할 수 있는 자전적 인물이 등장하지 않기 때문에 얼핏 자전소설답지 않아 보이는 이 소설은 의외로 기준영이 왜 소설을 쓰는지, 그녀에게 소설쓰기란 무엇인지에 대한 정직한 고백으로도 읽힐 수 있다. 그러니 기준영 소설을 움직이는 힘과, 불행에 맞서는 기준영 소설의 독특한 방식을 살피기 위해 「여행자들」로부터 이야기를 시작해도 좋을 것이다. 말하자면…….

'나'와 이야기를 공유하는 낯선 타인들

'나'는 비오는 날 극장 앞에서 여자친구와 다투다 길거리에 홀로 남은 남자다. 그날의 사소한 다툼은 실은, '나'를 보는 여자친구 아버지의 마뜩찮은 시선과 그로 인한 오해들이 만들어낸 관계의 변화에서 비롯된 사건이다. 아내와 사별한 그녀의 아버지는 "자기 딸의 이상형은 아버지와 어머니의 사랑을 한껏 받고 자란 온전한 가정의 든든한 사내"(「여행자들」, 153쪽)라고 주장하며 '나'를 멀리해왔다. 여자친구가 택시를 잡아 타고 돌아가버린 뒤 '나'는 쌀국숫집에서 맥주를 마시다 잠이 든 채로, 내가 아주 어릴 적에 아버지와 헤어져서 기억에도 없는 엄마를 꿈속에서 애타게 부르고 있다. 기준영 소설의 여러 인물들이 그렇듯, 「여행자들」의 '나' 역시 가족의 불행한 내력을 걸머지고 살아가다 때때로 주저앉게 되는 인물이라 할 수 있다.

그런 '나'에게 한 여자가 다가와 원피스 지퍼를 올려달라며 등을 돌려댄다. 흙탕물을 뒤집어써서 새로 산 옷으로 갈아입었는데 팔이 결려서 지퍼를 끝까지 올릴 수 없다면서. 여자는 일상의 불운을 인생이 다 그렇다는 식으로 받아들인 듯하지만("우리 아버지가 영화배우 하고 싶어 했고, 우리 엄마는 가수 하고 싶어 했고, 그러다 다 잘 안됐거든요. 그래서 내가 멀쩡히 길 가다가 흙탕물 뒤집어써도 그냥 그런가보다 해요. 비오면 그럴 수 있어"), 그렇기 때문에 오히려 낙천적으로 보이기도 한다("비와도 좋다, 그죠?", 147쪽). 남편에게 맞다가 "3층에서 뛰어내려 도망쳤는데 다친 데가 없어요. 뭐가 그렇게, 그런 데선 운이 되게 좋아"(『와일드 펀치』, 30쪽)라고 말하는 『와일드 펀치』의 미라와 닮아 있다고 할까? 그 낯선 여자와 카페에서 이야기를 나누는 과정은 '나'에게, 자기 어둠을 바닥까지 들여다보고 거기서 "몸을 일으키는"(「여행자들」, 158쪽) 과정이자 자신에게 상처를 준 사람들을 마음을 다해 이해하는 과정이기도 하다.

이 일이 가능해지는 것은 우선, 우연히 만난 여자의 이야기 속에서 자아의 일면 또는 내 어떤 자아를 발견하는 '나'의 태도 때문이다. 이를테면 '나'는, 어릴 적 길을 잃고 헤맸던 여자의 이야기를 "잘 설명할 수 없는 방식으로 무언가를 잃"고 "그 비슷한 마음으로 쉬어갈, 머물러야 할 곳들을 찾았던"(156쪽) 지난날의 자기 이야기로 받아들인다. "안테나가 어떻게 생겼는지 다시 한 번 떠올려봐야 한다고, 아무것도 잊으면 안 된다고, 내가 나인 것을 잊지 않도록, 어둠이 나를 지우지 않도록 자신에게도 말을 걸어보자고 한"(156쪽) 여자의 바로 그 마음을 어떤 '나'는 그녀와 공유하고 있는 것이다. "하던 일이 다 잘 안되어 일본행 비행기에 올랐다는"(156쪽) 기억 속 또 다른 낯선 여자에게서 '그 비슷한 마음'의 자신과 마주쳤던 것처럼 말이다. "말을 건네본 여자"와 "말을 건네 보지 못한 여자"(157쪽)들, "만나고 스쳤던 여자들, 그리고 아직 사귀어보지 못한 여자들을 다 사랑하고 그리워할 수 있을 것만 같"(160쪽)은 느낌은 여기에서 비롯된다.

이렇듯 기준영은 수많은 낯선 타인들을 '나'와 어떤 자아를 공유하고 어떤 이야기를 나눠 가진 존재들로 여긴다. 그래서 그녀는 "다른 사람들 속에 섞여 익명으로 어딘가를 돌아다니다 누군가와 한 기차에 올라타고 또 내리며 부딪"칠 때, "가끔 어떤 섬세한 영혼들이 건네는 말을 듣기 위해 카페에서 느릿느릿 아침식사를 하거나 오후 속으로 걸어들어"(156쪽)갈 때, 자신의 일부와 그 많은 사람들의 어떤 일부가 아직은 다 이해할 수 없는 방식으로 서로 얽여 있다고 느낀다. 이런 생각은 「시네마」에서 명동거리를 걸으며 "너무 많은 것들이 떠오른다. 한 관계 속에 있는 많은 관계가. 한 거리에 오고가는 무수한 사람들의 이야기가"(『연애소설』, 52~53쪽)라고 되뇌는 혜리의 모습에도 투영돼 있다. 혜리가 낯선 사람들의 무수한 이야기와 더불어, 더는 들을 수 없을 줄 알았던 석재의 목소리, "이 도시에서 가장 가깝게 느꼈던 남자의 숨소리"(『연애소설』, 53쪽)를 다시 듣게 되는 것은 그 수많은 이야기들 속에 내 이야기의 또 다른 가능성들이 숨어 있기 때문일 것이다.

아직 듣지 못한 타인의 무수한 이야기들이 '나'의 이야기를 이루고 있으며, 그 이야기들 속에 내 이야기의 또 다른 가능성이 무한히 잠재돼 있다는 생각은 확실히, 그 어떤 막막한 불행 속에서 우리를 일으켜 세울 힘을 지니고 있다. 그리하여 「여행자들」의 '나'는 "가능성들은, 불가능한 것들로부터 샛길이 흘러나오듯 흘러나와 다른 문으로 통하고 그렇게 스며드는 가능성들은 다행히도 아직 나를 두근거리게 한다"(153쪽)고 고백할 수 있게 된다. "사는 일은 우리에게만 안전했던 적이 한 번도 없었"지만 "나는 뒤엉킨 애정이 서로를 엮고, 끝없이 영향을 끼치는 인생을 원한다"(『와일드 펀치』, 245쪽)는 『와일드 펀치』의 현자, "서로를 어떤 약속에도 묶어놓지 않을지라도 이 생을 사랑하고 증오하고 이해하며 우리가 따로 또 함께이기를 바란다"(『연애소설』, 174쪽)는 「제니」의 '나' 역시 소설의 끝에서 그런 '비슷한 마음'에 도달해 있다.

다른 시선으로 상상하는 '나'의 이야기

타인들의 이야기와 그것이 일깨우는 가능성들은 또한, '나'에게 묶여 있던 제한된 시선을 내 바깥에 있는 다른 시선과 만나게 한다. "내가 보고 있었던 내 앞의 전경과, 실제로는 볼 수 없었을 내 뒷모습을 동시에 보는 듯한"(「여행자들」, 158쪽) 기준영 특유의 다중적 시선(마치 여러 대의 카메라로 촬영한 영화와 같은)이 이렇게 하여 생겨난다.[2] 내 바깥에 있는 또 다른 시선

---

[2] 「씨네마」에서 석재가 혼자 있는 거실을 조망하는 인물 바깥의 이질적인 시선이나, 「B캠」에서 "다른 장소, 다른 상황, 혹은 다른 정서적 접근이 필요하다고 생각될 때"(『연애소설』, 133쪽) 움직이는 B캠의 시선을 떠올려보자.

은 「아마도 악마가」에 등장하는 '제3의 눈'처럼 상상의 산물일 수 있지만 ("나는 날개가 아주 커다란 새이고, 내 이마에는 노란 털이 별 모양으로 나 있어 제3의 눈처럼 보이는 게 아주 근사하다고 생각한다. 또 다리가 긴 황새가 되어 풀밭 위를 천천히 걸어 다니면 무척 우아할 거고, 세상은 두 배로 아름다워 보일 거라는 생각", 『연애소설』, 61쪽), 그 상상은 실제로 '나'를 변화시킨다.

이 같은 상상의 시선은 내게 상처를 준 사람들의 '뒷모습'과 그들의 "안쓰러운 마음"(158쪽)까지를 이해하고 사랑할 수 있는 가능성으로도 통한다. '나'를 넘어서는 다른 시선에 의해 「여행자들」의 '나'는 "내 엄마의 뒷모습에 대해 상상해보면서, 그 앞의 전경을 마음대로 그려볼 수도 있"(158쪽)다. 그 상상은 "어느 끝의 끝에 다다른 것 같은 막막하고 아련한 기분" 속에서 "벅차오르는 다른 생각들을 좇"으며 "뱃속의 내게"(159쪽) 말을 건네는 엄마의 목소리를 듣게 되는, 감동적인 순간을 불러들인다. 그 이해와 사랑의 힘으로, 비에 젖은 채 구겨진 영화표를 주워들고 혼자 영화관을 향해야 했던 착잡한 심정의 '나'는 이제 "어떤 맹세들을 기억해보려는 남자처럼 가슴께에 손을 얹었다 내리고는 내 앞에 입을 벌린 다른 시간의 문을 향해"(159쪽) 씩씩하게 걸어 들어간다.

이처럼 상상 속에 "몸을 일으키는 이야기가 있다고 믿어보"는 일, "그게 아니라면 믿어도 좋을 만한 것들을 꾸며내어 일으켜보"(158쪽)는 일, 기준영에게는 그것이 곧 소설쓰기 행위일 것이다. 상상 속 엄마의 목소리로 들려오는 말, "누군가는 저 안개를 뚫고 걸어 들어올 거야. 그러니 발이 묶여 있을 때라도 눈을 감지는 마. 운이 좋을 때나 나쁠 때나, 만나지게 되는 것들을 다 만나봐라"(159쪽)라는 격려의 말은 그녀가 막막한 '안개 속'에서 길을 잃을 때 스스로에게 되뇌는 만트라이자,[3] 기준영 소설들이 독자에게 건네는 마법 같은 속삭임일 것이다. "많은 사람들이 살면서 더러

길을 잃기도 하므로, 이 이야기는 당신에 관한 이야기이기도 하"(158쪽)니까 말이다.

정리하자면 기준영에게 '나'의 이야기는 타인들의 이야기와 본질적으로 구분되지 않으며, 무수한 타인의 이야기들은 '나'의 이야기를 상상하는 근원적인 힘으로 작용한다. 「여행자들」에서 여자가 들려준 자기 이야기가 내 상상 속에서는 내 엄마의 이야기이자 '나'의 이야기인, 또 다른 이야기("내 아버지는 젊어 영화배우가 꿈이었고, 어머니는 가수가 꿈이었지만 둘 다 뜻대로 잘 안 되었다. 어느 비 오는 날에 그들은 우산을 나눠 쓰고 데이트를 했다. 아버지는 어머니가 어린 날 산에서 길을 잃은 이야기를 훗날 내게 들려주었다", 158쪽)로 다시 태어나는 것처럼 말이다. 기준영은 저마다의 불행에 갇힌 여러 인물들의 이야기를 둥그렇게 엮어 짜면서 자기 이야기를 바라보는 다른 시선을 구축해내고, 그럼으로써 이 모든 불행에도 불구하고 뜨겁게 삶을 사랑할 수 있는 새삼스런 열정을 지펴 올린다. 그것은 때로는 "너무 뜨거워져 정염과 헷갈"리는, "생이 덧없다는 말"을 "무용"하게 만들어버리는, "모든 것을 친애하고 싶은"(「이상한 정열」, 171쪽) '이상한 정열'이라고 불러야 할지 모른다.

'연애소설'의 발생학

이렇게 보면 「연애소설」이라는 다소 모호한 텍스트가 구성된 방식과 그 의미도 좀 더 분명해진다. 「여행자들」과 유사하게, 「연애소설」에서

---

3   진언(眞言)이나 밀주(密呪)를 뜻하는 만트라는 영적이고 물리적인 변형을 일으킬 수 있는 힘을 지닌 음절, 단어, 구절 등을 가리킨다.

'나'는 그다지 친하지 않은 친구 수아('나'가 수아라는 가명으로 지칭하는)가 털어놓은 자기 이야기를 이런저런 '나'의 이야기와 접속시킨다. 가령 수아의 비타민 가게가 문을 닫은 사연은 아버지 병원비를 대느라 피아노 연주자의 꿈을 접은 '나'의 이야기와 만나게 되고, 단골손님(나중에 수아의 연인이 되는 스물세 살 연상의 남자)의 아내가 맡긴 고양이를 잃어버린 수아의 이야기는 어린 시절 피아노 교습소에 찾아오던 고양이가 차에 치여 죽은 것을 목격했던 '나'의 이야기와 연결된다. 이 소설에서 좀 더 인상적인 것은 수아를 따라 그녀의 옛집(부모와 남동생이 살고 있는)과 새집(수아가 나이 든 남자와 살고 있는)을 향해 걸어가는 동안, 내가 수아의 이야기를 함께 '경험하고' 있다는 점이다. 그 과정에서 '나'는 실제로 상처를 입고 피를 쏟으며, 수아의 나이 든 애인에게 업혀 응급실로 옮겨지기도 한다. '나'는 수아의 이야기 속에서 자기 상처와 자기 이야기를 되짚어가는 한편, 생생한 몸의 감각을 통해 수아의 이야기를 '나'의 이야기로 겪어내고 있는 것이다.

이는 동시에, '나'의 이야기를 내게서 멀리 떨어져 있는 또 다른 시선으로 조망하는 일이기도 하다. 치료를 마치고 나와서 "수아보다 스물세 살 많은 그 남자를 멀찍이서 여유를 갖고 바라"보면서 '나'는 "이 모든 게 반짝이는 크리스마스의 불빛처럼 회상될 날"(『연애소설』, 23쪽)의 시선으로, 수아의 이야기이자 '나'의 이야기인 이 모든 것을 바라다본다. 이 또 다른 시선은 "현재와 미래가 과거보다 더 아득하게 느껴지면서, 갑자기 설명할 수 없는 슬픔이 몰려"(23쪽)오게 만드는 한편, "이곳의 시간으로부터 도약하여 저곳의 멀고 불안전한 궤도로 튀어나가보려는"(27쪽) 새로운 의욕을 고취시킨다. 그렇게 북돋워진 에너지의 소용돌이 속에서 '나'는, "어젯밤 나는 그가 창가에 서 있는 걸 보았다. (…) 내 심장은 고동치기 시작했다. 사랑의 시작이었다"(27쪽)와 같은 문장들을 타이핑하기 시작한다. 이 문장들이 내가 쓴 '연애소설'이라면, 그것은 수아의 이야기를 통해 경험하고 상상한 '나'의 사랑 이야기, 곧 생을 향한 뜨거운 사랑을 담은 '연애소설'일 수밖에 없다.

여기서 덧붙여두어야 할 것은 기준영 소설에서 사랑은 궁극적으로 삶에 대한 사랑으로 통하며, 그런 의미에서 기준영의 모든 소설은 '연애소설'일 수 있다는 점이다. 이를테면 "열이 오르고 야윈 채로 갈팡질팡"(「이상한 정열」, 171쪽)하면서 옛 애인의 집 앞으로 달려가곤 하는 무헌의 '이상한 정열'은 "참 웃기고도 단순하"(163쪽)며 '덧없는' 인생을 향해 다시 지펴진 열렬한 사랑이 아니었던가. 마찬가지로 「4번 게이트」에서 낡은 집에 자신과 단둘이 남은 의붓오빠에 대한 '나'의 두려운 열정은 "예측할 수 없는 내 삶의 가장자리에 깃든 가장 미더운 어둠"(103쪽)을 붙들고 버티려는 절박한 마음과 다르지 않다. 지금의 '나'에게 그 심연을 떠올려보는 일은 가장 "헐벗고 위태롭고 아름다웠"던 시기의 "내 진짜 울음"(113쪽)을 기억하면서 이 삶을 맹렬히 사랑하기 위함일 테고 말이다. 그런가 하면, 불안과 두려움 속에서 약혼자에게 결별을 고하는 수경의 이야기를 담은 「불안과 열망」마저도 "어디를 가게 되든지 가지고 들어가겠다고 결심"할 만큼 "이루 말할 수 없이 가슴이 뛰"(38쪽)는 생의 감각에 이르는 과정이라는 점에서, 기준영다운 또 한 편의 '연애소설'이라 부를 수 있다.

기준영의 「연애소설」은 '나'의 사랑 이야기(내가 쓴 '연애소설'의 첫머리)가 소설의 시작과 끝에 놓여 있고, 그 사이 중간 부분에 수아(와)의 이야기가 담기는 방식으로 구성돼 있다. 기준영에게 있어 '나'의 사랑 이야기는 이렇듯 타인의 이야기들로 가득 차서 북적거리는 어떤 것이다. 또한 기준영 소설에서 타인의 이야기는 결국 '나'의 사랑 이야기를 이루고 발생시키는 동력으로 작용한다. 타인의 이야기가 '나'에게 생의 의욕을 고취시키는 '연애소설'을 쓰게 하듯이 기준영 소설의 이야기들이 독자인 우리에게 삶에 대한 사랑을 불현듯 일깨운다면, 그녀의 소설들은 우리가 저마다 쓰는 '나'의 '연애소설'이 될 수도 있다.

내 불행에 압도당하지 않은 '나'의 또 다른 자아

불행에 맞서는 기준영 소설 고유의 방식에 대해서는 좀 더 이야기할 것이 남아 있다. 「여행자들」을 다루는 이 글의 전반부에서, 기준영의 인물에 대해 나는 의식적으로 '어떤 자아'라는 표현을 사용했다. 실제로 기준영 소설에는 '나'를 여러 개의 자아로 분리하여 바라보는 독특한 관점이 종종 발견된다.[4] 이런 관점은 「여행자들」에서 이미 보았듯, '나'와 완전히 똑같은 상황에 처해 있거나 상당히 비슷한 경험을 지닌 사람이 아니더라도, 그 이질적인 타인의 이야기들 속에서 어떤 '나'가 공유할 수 있는 '어떤 마음'을 읽어내는 남다른 감수성의 바탕이 된다. 그리고 또 한 가지. '나'를 서로 다른 자아들의 집합체로 이해하는 이런 관점은 '나'의 불행을 어떤 '나'의 불행으로 상대화하여 그 너머의 다른 가능성을 열어나가는 기준영식의 불행 대처법과도 긴밀하게 관련된다. 이를 자세히 살피기 위해서는 「아마도 악마가」와 「불안과 열망」을 다시 읽어야 한다.

「아마도 악마가」의 '나'는 "졸업까지 아직 삼 학기나 남아 있는 결핵 환

---

4   "수경은 신세 지기 싫어하는 고집스러운 자아가 고맙지 않은 일을 고마워해야 하는 불편함을 감수하고 싶지 않아 가슴 속에서 버티고 튕기는 걸 느꼈다"(「불안과 열망」, 22쪽)거나, "나는 순진한 소리 하지 말라며 그를 째려보면서도, 내가 저항하는 나를 받아들였다"(『와일드 펀치』, 245쪽), "자기만은 어쨌든 자신과 함께 있는 것 같아 외롭지 않았다"(『와일드 펀치』, 126쪽)와 같은 표현들이 그 단적인 예다.

자"(『연애소설』, 59쪽)다. 아버지의 갑작스러운 죽음에 대해 제대로 된 애도 기간을 갖지도 못한 채, 복학을 위해 여름 내내 온갖 아르바이트를 하며 번 돈은 한꺼번에 병원비로 날아가버렸다. 그런 내가 "여름이 끝나기 전에 나도 이 짓을 끝내야 한다. 사는 것같이 사는 기분에 대해서 다시 생각해봐야 한다"(64쪽)고 마음먹기 위해서는 우선 "제3의 눈"(61쪽)이라 불린 상상의 시선을 확보할 필요가 있다.[5] 그 다음으로 내가 하는 일은 스스로를 "내 아픈 자아와 건강한 자아"(66쪽)로 분리하는 것이다. 이는 아무리 아프고 절망적인 상황에서도 '아픈 자아'는 내 일면일 뿐이며, 내게는 또 다른 '건강한 자아'의 가능성이 여전히 남아 있음을 스스로 믿어보기 위해서이다.

상상의 눈을 마련한 이후에 홀연히 나타난 나희(「여행자들」의 '여자'처럼 난데없고 스스럼없이 내게 다가오는)는 그러므로, 내가 상상한 내 이야기 속의 존재일 수도 있다. '나'와는 또 다른 방식으로 아버지에게 얼기설기 얽매어 있으며 모델 에이전시에서 '버려져' "헐값이 되어버"(72쪽)린 나희는 '나'의 어떤 이야기를 나눠가진 내 '어떤 자아'다. 만나자마자 손을 잡고 걸을 만큼 내가 그녀와 쉽게 친밀해질 수 있는 이유도 이와 무관하지 않을 것이다. 다음날 다리가 부러진 채 깁스를 하고 나타나서 임신 삼 개월인 몸으로 바다에 투신한 그녀는, 더 이상 삶을 이어갈 수 없을 만큼 모든 걸 포기해버린 내 '아픈 자아'로 볼 수도 있다. '아픈 자아'가 그렇게 제 식으로 절망에 온몸을 던진 뒤에도 아직 남아 있는 또 다른 '나'('나'의 또 다른 가능성)는, '기러기아빠'의 시신을 통해 아버지에 대한 뒤늦은 애도를 수행하면서 그럭저럭 병에서 회복돼간다.

---

[5] 이에 대해서는 신샛별, 「인간적인 그러나 예술적인」, 『문학동네』 2013년 가을호, 131쪽 참조.

바다에서 구조돼 "소문 속으로 사라진"(80쪽) 나희는 이제, 언제든 다시 안부를 물어야 할 '건강한 자아'의 이미지로 남는다. 언젠가 그녀가 찍었다는 "이온음료 광고 장면처럼 그 순간만큼은 다른 가망 없이도 건강하고 아름다운"(80쪽) 내 어떤 자아의 이미지로 말이다. 병은 나았지만 그렇다고 크게 달라지는 건 없는 '나'에게 그 '건강한 자아'의 이미지는 언제나 기억하고 계속 기다리는 "꿈의 형태로 존재"(80쪽)한다. 또 다시 '아픈 자아'가 내 안에서 비명을 지른다 해도 '건강한 자아'가 돌아올 가능성이 늘 남아 있기에, '나'는 압도적인 불행에 매몰된 채 숨 막히지 않을 수 있다. "자기 꿈속을 걸어다니는 또 다른 자기 자신이 있다고 생각"하면서 "천천히 심호흡을"(『와일드 펀치』, 118쪽) 하는 『와일드 펀치』의 우영처럼 말이다.

내 미움의 무게가 가벼워지면

「불안과 열망」의 수경 또한 『와일드 펀치』의 우영과 비슷하게, 꿈속의 또 다른 자아들과 더불어 현재의 불행을 벗어날 길을 모색하는 인물이다. 소설의 상당부분을 차지하는 수경의 꿈 이야기는 꿈속의 또 다른 자아가 꿈 바깥의 자아에게 전하는 메시지들이라 할 수 있다. 아버지와 어머니의 숨이 끊어지는 걸 돕고 나서 어딘가로 도망치다가 끝없는 낭떠러지로 추락하는 소녀와 나귀의 꿈은 가족에게서 벗어나기 위해 수경이 선택한 것(결혼)이 그녀를 구제할 수 없음을 분명히 암시한다. 자기 꿈을 정성들여 글로 쓰는 그녀의 행위는 또 다른 자아들과 교감하고 연결을 유지함으로써 제한된 '나'를 넘어서려는 노력으로 이해된다. "내가 꿈속에 두고 온 나귀 때문에 마음이 너무 아파"(20쪽)라는 그녀의 말처럼, 수경의 서로 다른 자아들은 정서적으로도 연결돼 있다.

삽으로 땅을 파다가 상처 입은 채 흰 천에 싸인 갓난아기로 변하는 수경의 꿈은 죽어서 다시 태어나는 두렵고 힘겨운 과정의 선명한 이미지다. 이 과정에서 그녀가 전에 잃어버렸다는 '새'의 존재가 강렬하게 환기된다. 꿈에서 깬 수경은 "내가 미워하는 것들에 대해 생각"하게 되고, 그 새는 그녀가 미워하는 것들을 "한데 묶어놓으면" "물어가"줄 "커다란 전설의 새"(24쪽)임을 직관적으로 깨닫는다. 그렇게 "내 미움의 무게가 가벼워지길 바라면서" 수경은 "나는 생을 사랑한다고 느"(24쪽)낀다. 그녀가 지금의 불행을 넘어서서 다시 태어나기 위해서는 미워하는 것들과 맞서 싸우기보다 자신의 미움을 가볍게 만들어 멀리 날려 보내야 하는 것이다.

이제 수경은 '나귀'인 자아에서 '새'인 자아로 스스로를 이행시킨다.[6] 여기서 특히 흥미로운 것은 가정환경 등을 이유로 자신을 존중하지 않는 약혼자(그녀를 "되게 좋은 데 팔려가는 소" 정도로 취급하는, 36쪽)에 대한 자신의 미움을 '가볍게' 만드는 수경의 방식이다. 기준영의 인물들이 자기 자신에게 그렇게 했듯, 수경은 미움과 원망의 대상인 약혼자를 "여러 개의 조각들", 곧 "한 남자를 이루는 여러 남자"(25쪽)로 분리하여 바라본다. 이렇게 해서 그녀는 약혼자에 대한 미움을 그의 '어떤 자아'에게로 한정시키고, 그럼으로써 그 사람 전부를 맹렬히 증오하지 않을 수 있다. 이는 그와 함께 보낸 지난 시간들과, 그를 선택하고 원했던 자기 자신을 전면적으로 부정하지 않게 해주는 방법이기도 하다. 그럴 수 있다면 그녀는 약혼자와 헤어지기 전에도 훨씬 덜 불행할 것이며, 그와 헤어진 뒤에도 자기 삶

---

6 수경은 "수많은 새들의 사진을 액자에 넣어 걸어둔 상점으로 들어가서 그녀의 두 번째 꿈에 날아 들었다면 좋았을 만한 커다랗고 하얀 새 사진 앞에 오래도록 서 있"(32쪽)는다. 그런 뒤 참여한 박물관 이벤트(엽서를 대신 발송해주는)에서 그녀가 약혼자에게 쓴 엽서는 실제로 그녀를 새처럼 자유롭게 만들어준다.

을 더욱 사랑할 수 있을 것이다.

"내게는 많은 사람들을 막연히 다 이해하고 싶은 본성이 있다. 나도 살아야 하니까. 내 앞의 이것이 내 삶이니까"(「파티 피플」, 『연애소설』, 124쪽)라고, 기준영은 다른 인물의 입을 빌려 말한 적이 있다. 「파티 피플」에 나오는 기준영의 그 또 다른 '나'는, 별 볼일 없는 애인에게 황당하게 결별선언을 당하고 나서 "그러나 아름다웠던 기억들이 있었고, 그런 추억들 외에 내 인생을 달리 뭐라고 할 수"(119쪽)는 없다고도 말했었다. 기준영의 인물들이 타인에게 너그럽다면 그것은, 타인과 뗄 수 없이 얽혀들어 있는 자기 인생을 그들이 미워하지 않으려고 노력하기 때문이다. 기준영 소설에 사랑의 에너지가 흐르고 있다면 이는 그녀가, 이 모든 불운과 지리멸렬함과 덧없음에도 불구하고 내 삶은 두근거리는 열망으로 살아갈 만하다고 믿고 싶기 때문이다.

고백하건대 이 노력과 이 믿음과 이 바람이, 나에게는 깊은 위로가 된다. 어쩌면 진부하게 교훈적일지 모를 삶에 관한 전언들이, 기준영의 문장과 기준영의 이야기들 속에서는 생생한 몸의 감각으로 흐르고 솟구친다. 그 어떤 불행도 삶에 대한 사랑의 에너지로 변환하는 기준영식 비결들을 마음에 간직하면, 우리도 힘을 낼 수 있지 않을까. 어쩌면 내 이야기는 생각보다 아름답고, 거기 열려 있는 수많은 가능성들은 "내가 감당해보지 못한 뜨거운 시작들"(「여행자들」, 157쪽)을 품고 있을지 모르니까. 그렇다면 지금은, 기준영 소설로 인해 쓰이는 또 한 편의 '연애소설'이 시작되는 시간이다.

(2014.11)

내러티브의 욕망과 독서 행위의 역학

내러티브 동력기 또는 욕망의 아라베스크

내레이션 행위(narrating)는 전달 가능성의 회복을 위해 작동한다. 전사자로 간주되어 생매장되었다가 간신히 무덤을 파헤치고 나와 법률사무소의 데르빌에게 자기 이야기를 들려주는 샤베르처럼(발자크, 『샤베르 대령』), 내레이션 행위자는 듣는 이 없이 매장돼 있던 이야기가 다른 사람들에게 전해지고 받아들여질 수 있길 바란다. 들어주고 알아봐주고 귀기울여주길 소망하는 거의 절대적인 이 욕망은 내러티브를 추동하는 멈추지 않는 동력기다.

이 같은 욕망은 내가 누구인지(샤베르의 경우에는 '나는 살았는가, 아니면 죽었는가?'라는 강박적인 질문의 형태를 띤다)에 대해 이야기하고 이해받고자 하는 욕망과도 통한다. 자신의 내적 감정과 외적 행위 사이, 자아의 내적 이미지와 타인의 눈에 비친 자기 이미지 사이에서 끔찍한 모순과 불일치를 경험했던 루소의 경우처럼(루소, 『고백록』), 그 어떤 설명적 논리나 도덕적 평가로도 '나는 누구인가?' 하는 질문에는 도무지 답할 수 없을 것처럼 보인다. 오직 내러티브만이 설명이나 전달의 유일하게 가능한 형태가 될 때, 내러티브 동력기의 에너지는 최대로 증폭된다.

하지만 라캉 식으로 말해 그 욕망은 자기 이름을 제대로 말하지 못한다. 내레이션하기의 욕망은 대체와 압축 등의 은유를 통해서만 말하며, 이름도 없는 의미로의 지향을 고집한다. 그래서 내러티브 텍스트는 미결정 상태로 왕복 내지 진동하는 지연공간의 아라베스크가 된다. 독자는 마치 꿈 작업가와도 같이 그 구불구불한 궤적의 일탈과 우회, 충동과 저항, 숨김과 드러냄을 추적하면서 사건들의 연결을 재구성하고 텍스트를 다시 쓴다. 내레이션 행위자의 욕망(그것은 이미 내러티브 그 자체의 욕망이기도 하다)에 감염되어 우리의 독서 행위가 의미를 향한 열정으로 사정없이 불타오를 때, 내러티브 텍스트는 말하는 자(쓰는 자)와 듣는 자(읽는 자)가 둘이서 함께 꾸는 에로틱한 꿈의 장소가 된다.

아마도 그런 꿈속에서, 어느 날 나는 "배고픈 고양이와 슬픔에 빠진 소년"[1]을 만났고, 또 어느 하루에는 "외로운 개들과 쥐의 연인"[2]인 미친 여자가 되었다.

---

[1] 은희경, 「T아일랜드의 여름 잔디밭」, 『현대문학』 2012년 11월호, 116쪽.
[2] 배수아, 「얼이에 대해서」, 『문학과사회』 2012년 겨울호, 247쪽.

'부스러기'(로서)의 정체성 다시 쓰기
은희경의 「T아일랜드의 여름 잔디밭」

「T아일랜드의 여름 잔디밭」은 '고양이와 소년의 이야기'로 시작된다. 수치심과 절망뿐인 세상에서 모든 걸 끝장내버리기로 결심한 소년에게 다가와 젖은 뺨을 핥아주는 고양이 한 마리. "고양이가 핥는 것은 소년의 눈물이 아니라 입가에 붙어 있는 과자 가루"지만, 그 따뜻한 감촉으로 인해 소년은 조금 전의 "비통한 계획을 철회"(115쪽)한다. 그것은 "행복의 변방에서 서로를 알아본" 허기와 절망이 거짓 없이 순수하게 서로를 이용하는 이야기이자 "경계를 넘어 조용히 연대"(116쪽)하는 이야기다. 쓸쓸하고도 매혹적인 이 이야기를 짤막하게 소개한 뒤, 말하는 '나'는 "내 생애 가장 아름다운 날씨로만 이루어졌던 열세 살의 그 여름날"(116쪽)에 대해 들려주기 시작한다. 그러니 이제 독자는 내레이션의 서두를 여는 고양이와 소년의 이야기를 열세 살 소년이 겪은 어느 여름날의 이야기와 연결하여 의미를 합성하는 일에 기꺼이 에너지를 투여하게 될 것이다.

이어지는 이야기는 주로 '나'의 엄마에게로 모아져 있다. 사업에 실패한 아빠에게서 서류상의 거짓 이혼을 종용받은 엄마는 나약하고 의존적인 성향을 극복하지 못하고 두려워한다. 이혼 대신 몇 달간 아빠를 떠나 있기로 결심한 엄마는 '나'의 유학을 선택하는데, 준비 과정에서부터 허술했던 엄마는 그 나라에 도착해서도 실수투성이에다 길눈이 어두워 '나' 없이는 아무 데도 가지 못한다. 그런 엄마를 열중하게 만든 것은 T아일랜드의 '개러지 세일'이다. 엄마는 주말마다 '나'를 태우고 T아일랜드로 가서 "마치 불행을 수집하는 사람"(138쪽)처럼 쓸모도 없는 오래된 물건들을 사들인다. 그러다 또 엄마는, 양로원에 들어갔거나 죽은 노인의 집 전체를 개방하는 '에스테이트 세일'만 골라 다닌다. 홀로 병을 앓다가 죽은 노인 사라의 집에서 사온 액자(한 번도 만난 적 없는 사라의 젊은 시절 사진이 담긴)는 그 여름날로부터 많은 시간이 지난 지금도 엄마의 집 탁자 위에 놓여 있다.

엄마의 이야기는 남의 불행들로부터 위로를 구한, 절박하게 외로운 여자의 이야기다. 엄마의 말대로 "인생에 대단한 것은 없고 모두가 고독 속에 죽어갈 거라고 생각하면 행복하지 않다는 사실이 조금은 견디기 쉬워"(144쪽)지는 법이다. 그런 식으로 더 큰 불행 앞에서 잠시 자신의 불운을 내려놓는 그녀의 심리를 이해하지 못할 바는 아니지만, 이렇듯 '서술된' 내용 속에서만 찾아낸 의미는 어딘지 불충분하고 불만스럽다. 타인의 불행 또는 죽음을 자기 멋대로 해석해 고정시키고 무수한 삶들을 일반화하여 추상적 명제로 환원하는 일에는 마음 불편한 구석이 있다. 그뿐 아니라 초반부터 강렬한 에너지를 생성하며 독서 행위를 이끌었던 고양이와 소년의 이야기가 아직 제 자리를 찾지 못한 채 배회하고 있는 듯하다. 엄마는 소년 혹은 고양이와도 같이 남의 불행을 솔직하게 이용했지만, 전적으로 일방적인 이 위로에는 둘 사이의 애틋하고 쓸쓸한 '연대'가 없다. 게다가 말하는 '나'의 욕망 또한 제대로 밝혀지지 않은 상태로 애매하게 남겨져 있다. 이야기를 하는 데는 뭔가 이유가 있기 마련이다. 우리는 '나'가 왜 이렇게 엄마의 이야기를 서술하고 있는지, 그 내적인 동기를 묻지 않을 수 없다.

이 질문에 대해 '나'는 표면적인 대답을 제시해놓았는데, "그 여름날 한 번도 엄마와 같은 편이 되어주지 않아 미안해서 하는 말이다"(144쪽)라는 소설의 마지막 문장이 그것이다. 이 말을 곧이곧대로 믿는다면, '나'를 이제껏 이야기하게 만든 것은 엄마에 대한 연민이나 죄책감으로 보아야 한다. 하지만 명시적인 이 마지막 문장보다 좀 더 주목해야 할 것은 결말부에 다시 등장하는 고양이와 소년의 이야기일 것이다. "엄마에게서 슬픈 소년과 배고픈 고양이의 이야기를 들었을 때 나는 내가 둘 중 어느 쪽인지를 생각해보았다. 둘 다 아니었다. 나는 부스러기 정도인 것 같았다"(144쪽)는 대목에서 고양이와 소년의 이야기는 도입부와는 '같지만 다른' 이야기로 새로운 맥락에 재기입된다. '나'는 여기서 고양이와 소년의 이야기를 '부스러기'의 이야기, '나'의 이야기로 다시 써내고 있는 셈이다. 그렇다면 고양이와 소년의 이야기와 마찬가지로 엄마의 이야기도 결국 '나'의 이야기로 되돌아올 수 있어야 하고, 그럴 때에야 말하는 자의 욕망 또한 온전히 제 모습을 드러내게 되지 않을까?

T아일랜드에서 보낸 열세 살의 여름날들이 '나'에게 어떤 의미였는지는 텍스트 구석구석에 조심스레 숨겨져 있다. 겉으로 도드라져 보이는 진술들은 대체로 이런 식이다. 이국의 도시 풍경은 "관광엽서 속의 멋진 그림" 같았고, 그 여름은 "내 생애 가장 아름다운 날씨로만 이루어졌"(116쪽)으며, 지독하게 서투른 엄마와 함께한 그곳에서의 첫날은 "열세 살 내 인생에서 거의 처음으로 모험이라고 이름붙일 수 있을 만한 사건"(125쪽)이었다, 등등. 아빠의 "힘을 선망"(125쪽)하고 늘 아빠를 닮은 아들이자 "아빠편"(126쪽)이길 바랐던 '나'는 남자다운 활기와 자신감으로 스스로를 위장하지만, 실은 엄마처럼 혼자 있는 걸 좋아하는 내성적인 소년이다. 매순간 '나'에게 의지하는 엄마와 단둘이 낯선 땅에 던져져서 '나'는 누구보다 씩씩하고 의젓해야 한다고 다짐하지만, 그 이상으로 두렵고 불안했을 것이다.

실제로 엄마가 사들인 낡은 물건들 앞에서 "한때 소중했던 것들이 필요 없어지고 결국 작은 이득을 위해 손쉽게 버려지고 만다"는 생각에 "격렬한 배신감과 슬픔에 사로잡히"(136쪽)는 '나'의 모습에는 아빠로부터 "버림받은 채 그대로 잊혀지고 말"(130쪽)거라는 불안감이 굴절된 채 투영돼 있다. 운전미숙으로 다른 운전자에게 험악한 훈계와 비난을 들은 엄마가 공원에 차를 세우고 뜻밖에 편안한 잠에 빠져들자, '나'는 단 한 번 엄마 몰래 한참을 울어버린다. "이 세상에는 더 이상 깨어지지 않는 안전함이나 변하지 않는 소중함 따위는 존재하지 않는다는 생각"(140쪽)이 '나'를 덮치고 놓아주지 않는 것이다. '나'는 자신이 느낀 불안과 슬픔을 이렇듯 엄마의 이야기 속에 슬쩍 끼워 넣는다. 아마도 이는 그때 자신이 얼마나 두렵고 슬펐는지를 줄줄이 늘어놓는 데 대한 심리적 저항 때문이겠지만, 다른 한편으로 '나'에게 그 여름이란 엄마의 이야기로 우회하지 않고서는 도무지 설명하거나 전달할 수 없는 그 무엇임을 뜻하는 것이기도 하다.

"내 생애 가장 길었던 그 여름"(132쪽)은 가을의 문턱에 배달된 아빠의 반가운 카드와 함께 어느덧 지나간다. 그러나 T아일랜드에서의 시간들이 '나'의 삶에서 제대로 마무리되지 않았음을 암시하듯, 서술은 중간에 툭 끊긴 채 긴 시간을 건너 뛰어 현재로 넘어온다. 더 이상 소년이 아닌 '나'는 여행을 떠난 엄마의 빈집에서 고양이를 챙겨주며, 고양이와 소년의 이야기를 떠올린다. 자신이 고양이도 소년도 아니고 "부스러기 정도"(144쪽)인 것 같다는 '나'의 말은 자기 대신 엄마를 주인공으로 하는 긴 이야기를 풀어놓은 사람다운 겸양의 말이거나 의도적인 과소진술일까?

아니, 오히려 그것은 섬처럼 고립됐던 그 여름의 시간들을 자기 삶에 통합하는 정체성 다시 쓰기와 관련될 것이다. 누구보다 위로가 필요했지만 그렇게 해줄 사람은 아무도 없었고 엄마를 위로해야 했지만 그러지도 못했던 '나'는 그러나, 엄마가 낯선 이의 불행과 죽음으로부터 가까스로 위로를 구할 때 그 모든 우연한 만남들의 '곁' 또는 '사이'에 있었다. 필요

없어서 버려진(필요 없어지면 언제든 버려질 수 있는) 물건들과 스스로를 동일시했던 지난날의 '나'는 이 내레이션하기를 거치며, 고양이와 소년을 이어주는 과자 부스러기로서의 제 존재 의미를 되찾고 있다.

부스러기는 슬픔에 빠져 다른 이를 찾지 않으며 남의 고독이나 불행에 기대어 자신의 필요를 채우지 않는다. 하지만 때로는 뜻하지 않게, 외로운 소년에게 고양이를 불러주기도 한다. 그럴 수 있다면 "부스러기로 사는 것도 나쁘진 않"(144쪽)다. 이는 부스러기라는 말에 잘 "어울리는" "지금의 나", 어쩌면 볼품없거나 별 욕심도 없고 그래서 아마 대개는 혼자일 자신의 삶을 있는 그대로 긍정하는 과정이기도 하다. '나'에게 정작 의미 있는 것은 바로 이 과정일 것이며, '나'로 하여금 내레이션을 시작하고 멈출 수 없게 만든 욕망도 그 속에 얽혀들어 있을 것이다.

정체성의 봉쇄를 푸는 '미친 여자 되기'
배수아의 「얼이에 대해서」

「얼이에 대해서」 역시 다른 누군가에 대해 말하는 '나'의 내레이션으로 이뤄져 있다. '나'는 우선 '그 여자'에 대해 말하기 시작하는데,[3] 나중에 알고 보면 얼이의 어머니인 그녀는 아직은 정체불명인 '미친년'이다. 끔찍하게 더럽고 추하지만 참을 수 없이 '사랑스러운' 미친 여자에 대한 이 내

---

[3] 이 도입부에는 사실 '나'라는 주어가 아직 등장하지 않으며, 대신에 그 여자를 사랑하여 "미친년이 간다!"(247쪽)라고 소리 지르며 몰려다니는 '우리'가 주어로 설정돼 있다. 말하는 '나'는 특정한 개인이 아니라 마을 아이들 모두의 관점으로 이야기를 서술하는데, 이는 개인으로서의 '나'의 정체성이 아직 출현하지 않은 상태를 암시하는 것으로 볼 수도 있다.

레이션은, 은희경 소설의 서두 이상으로 아름답고 매혹적이다(통째로 인용하는 것 외에는 그 소름끼치는 아름다움을 달리 설명할 길이 없어 안타깝다). 그런데 미친 여자에 대한 이 서술은 이내 맥락 없이 중단되고, 그녀는 스쳐가듯 간간이 언급될 뿐 좀처럼 이야기의 중심으로 떠오르지 않는다. 도입부에서 발산됐던 기이하고 강렬한 에너지는 납득할 만하게 처리되지 않은 채 텍스트를 불안정하게 휘감고 있는데, 그 결과 소설의 중간 부분 전체는 위태롭게 과잉 충전된 에너지 장으로 변환된다.

도입부 이후부터는 어딘가 모자라거나 좀 특이한 초등학교 1학년 남자애이자 '나'의 유일한 친구인 얼이에 대한 이야기가 시작된다. 얼이는 "거짓말이나 엉뚱한 말, 사람들을 속이는 말이나 환상을 사실처럼 그럴 듯하게 말해서 시선을 받고 싶어 하는 편"(253쪽)인데, '나'는 그런 점을 알고 있으면서도 대체로 얼이의 말에 의지해 이야기를 끌어나간다. 나아가 내레이션이 진행됨에 따라 '나'는 점차 얼이의 거짓말 혹은 환상을 자기 것으로 빨아들인다. 그래서 '나'의 서술은 전반적으로 실제와 환상이 뒤섞여 있는 몽환적인 색채를 띤다.

얼이의 "행방불명"(267쪽)에 얽힌 사연만 봐도 그렇다. 외부에서 벌어지는 사건들과 '누나'의 말은 얼이가 곡괭이를 든 부랑자에게 맞아 죽어 강물에 버려졌다가 뒤늦게 시체로 발견됐다는 정보를 제공한다. 그러나 '나'는 실종되기 전에 얼이가 말한 대로, 예전에 '반두의 왕'이었던 자기 아버지를 따라 그 애가 반두(쥐가 '눈송이처럼 많은' 북쪽의 작은 도시)로 떠난 거라고 생각한다. 반란을 일으킨 '반두의 여왕' 때문에 쫓겨나 이곳에 왔던 얼이는 "새 여왕에 반대하는 무리들이 들고일어났다는"(252쪽) 밀사의 전언을 듣고 고향으로 돌아가게 된 거라고.

이 소설에서 얼이가 죽었는지 살았는지, 누구의 말이 사실인지를 따지는 일은 별 의미가 없다. 이보다 훨씬 더 중요한 것은 얼이의 이야기가 '나'에게 어떤 의미인지, '나'가 왜 얼이에 대해서 이야기하고 있는지를 더 듬어가는 일일 것이다. 그러기 위해 필요한 것은 역시, 내레이션의 시작과 더불어 등장했던 미친 여자의 이야기와 얼이 이야기 사이의 연결을 회복하는 일일 테고 말이다. 그럴 수 없다면, 맨 처음의 내레이션으로부터 과잉 유출된 에너지는 내러티브 기계의 과열과 손상을 초래하지 않고서는 도무지 해소되지 않을 것처럼 보인다.

소설의 결말에서 돌연 미친 여자가 재등장하는 장면에 이르면, 과연 로캉탱이 말한 대로 끝은 시작보다 '먼저' 있었고 보이지 않지만 '처음부터 거기에' 있었음을(사르트르, 『구토』) 놀랍게 확인하게 된다. "아주 오랜 시간이 흐른 다음"(270쪽), '나'는 얼이와 마지막으로 함께 있었던 철길에서 미친 여자의 모습으로 얼이와 재회한다. 얼이는 '나'를 알아보지 못하지만, 겹겹이 껴입은 낡은 옷가지 위에 "다 떨어진 담요를 둘둘 두르고", "얼굴 주변에서 검은 불꽃처럼 휘날리는 산발머리에 열이 오른 듯 번들거리는 둥그런 붉은 얼굴"(272쪽)을 한 '나'의 모습은 얼이가 오래오래 바라볼 만큼 그의 어머니와 닮아 있다. 우리는 미처 몰랐지만, 이 충격적인 마지막 장면은 아직 읽히지 않은 중간을 지나 시작을 부르고 처음부터 거기에 존재하면서 여기까지 우리를 내달리게 했다. 나아가 이 장면은 우리가 읽은 이전의 모든 것을 '같지만 다르게' 변형시킨다. 이제 우리는 시작 부분의 미친 여자와 중간 부분의 얼이 이야기를 '나'의 이야기로 다시 읽어야 한다. '나'는 왜 자기 이야기를 이런 식으로 들려줄 수밖에 없었는지를 되물으면서, 눈에 잘 띄지 않아 스쳐 보냈던 '이상한 세부들'을 적극적으로 재구성해내야 한다.

우선 결말에야 발설되는 '나'의 비밀, "얼이는 내가 사내아이로 변장한 채 살던 시절에 나를 알았다"(272쪽)는 말에 주목하지 않을 수 없다. '나'는 손위의 여자형제를 내내 '누나'라고 불렀으며, 곡괭이 든 남자도 자기가 뒤쫓았던 '나'와 얼이를 "사내아이 둘"(267쪽)이라고 지칭했었다. 당연히 독자는 '나'를 남자아이로 생각하며 텍스트를 읽게 되지만, 돌이켜보면 멈칫하게 만드는 대목들이 없지 않았다. '누나'는 "내 짧은 머리를 좋아하지 않았"고 아버지에게 "애 머리 좀 봐요. 창피해 죽겠어요. 언제까지 저 꼴로 다니게 할 거예요?"(256쪽)라고 투덜거린 적이 있다. '나'는 또 꿈속의 반두에서 바다에 떠 있는 "사내아이의 몸"을 봤을 때, "그것은 나인가?"라고 생각하다가 곧바로 "하지만 누나는 날더러 사내아이가 아니라고 말한다"(268쪽)면서 혼란스러워하기도 했다. 결국 언제나 붙어 다니던 하나밖에 없는 친구 얼이는 여자아이인 내 안에 살던 남자아이가 아니겠는가? '나'의 내레이션이 종종 모순적이거나 혼돈에 빠진 듯 보인 이유, 얼이에 대해 이야기하는 방식이 아니고서는 '진정 내가 누구인지'를 결코 말할 수 없었던 이유도 바로 여기에 있을 것이다.

이렇게 보면 얼이의 이야기는 영원히 함께할 수 없는 내 속의 남자아이를 떠나보내며 겪게 되는 저항과 갈등, 우울과 애도의 이야기라 할 수 있다. '나'는 얼이 또는 자기 안의 남자아이가 이미 죽었다는 사실을 부인하려 애쓰지만, 꿈인 듯 환상인 듯 내 눈 앞에 나타났다 사라지는 "흰 드레스를 입은 소녀"(260쪽)는 여자아이로서의 정체성을 수락해야 할 시기가 되었다는 불안한 예감과 관련이 깊다. 이제는 받아들여야 할 여자아이로서의 '나'는, 갓 태어나 머지않아 집으로 오게 될 '나'의 여동생으로 치환되어 나타나기도 한다. "여동생이 태어났기 때문에 얼이가 죽은 건가요?"(267쪽), "여동생이 아주 집에 오지 않는다면, 영원히 우리에게 오지 않는다면, 그러면 얼이는 다시 살아오는 건가요?"(270쪽)라고 자꾸 되묻는 '나'의 모습에는 여자아이가 되기를 필사적으로 거절하는 '나'의 심리가 숨겨져 있다. 누군가가 '나'를 '반두의 여왕'이라 부르며 물에 떠 있는 사내아이의 주검을 두고 "당신이 한 짓"(269쪽)이라 비난하는 꿈에서 암시되듯, '나'는 내 속의 얼이를 죽이고 여자로 성장하는 일에 극심한 공포와 죄의식을 지니고 있다.

그래서 '나'는 여자아이가 되는 일에도, 여자어른(어머니)이 되는 일에도 실패할 수밖에 없는데, 이는 여동생과 어머니의 갑작스런 죽음으로 형상화된다.[4] '정상적인' 여자로 자라지 못한 '나'는 '미친' 여자가 되고 마는데, 하지만 놀랍게도 바로 그 속에는 '나'의 이야기가 실패나 파탄의 이야기를 넘어설 수 있는 가능성이 역설적으로 잠재돼 있다. 미친 여자는 곧 '얼이의 어머니'이기도 하니까 말이다. 소설 전반부에 아직은 해독불능 상태로 고립돼 있던 몇 개의 문장들, "최근에 내가 외투 위에 담요를 두르고 외출을 하는데 하교하는 아이들이 키득거리며 손가락으로 나를 가리켰다. 그들의 얼굴 표정에서 나는 과거에 내가 얼이의 어머니에게 했던 말을 그대로 읽는다. 저기 미친년이 간다. / 이 비밀스러운 결속이 나는 기쁘다"(249쪽)[5]는 말에 은폐된 욕망도 이제야 비로소 의미를 얻게 된다.

---

4 여동생과 어머니가 집으로 오지 못하고 죽게 된 이유나 사연 등은 텍스트에 전혀 언급돼 있지 않으며, 이들의 죽음은 심지어 '사건'으로서도 텍스트에 누락되어 있다. '나'의 내레이션은, '나'를 비난하며 작은 배에다 온몸을 묶는 누군가에게 "여동생은 태어나지 않았어!", "나는 그 애가 오는 걸 원하지 않았어!"라고 외치는 꿈속의 장면으로부터 "어머니와 여동생의 장례식이 끝난 후"(270쪽)로 급격히 비약한다. 이런 양상은 이들의 죽음에 대해 말하는 일과 관련된 '나'의 저항이나 회피를 암시하는 동시에, 이 죽음이 심리적이고 상징적인 사건임을 짐작케 한다.

5 전반적으로 어린 '나'의 관점에서 이루어지는 서술 속에 성급하게 현재의 '나'(미친 여자가 된)의 관점이 침입해 들어오는 이 대목은, 결말에 이르기 전까지는 해독되기 어려운 이상한 문장들로 남게 된다. '최근'이 언제인지, '과거'는 얼마 전을 말하는지가 상당히 모호하여 내러티브의 시간 층위에 혼란을 유발할 뿐 아니라, '나'가 왜 스스로를 얼이 어머니(미친년)와 동일시하는지, 그것이 왜 '비밀스러운 결속'이며 어째서 '나'를 기쁘게 하는지 짐작할 수 있는 단서나 맥락이 아무것도 제공되지 않은 상태이기 때문이다.

언제까지나 얼이와 함께 또는 얼이로서 살아갈 순 없다고 해도, '나'는 미친 여자가 됨으로써 얼이의 어머니가 될 수 있다. 미친 여자가 되는 것은 남자아이인 '나'를 죽이지 않고서도 여자어른(어머니)이 되는 길이며, 내 속의 남자아이를 떠나보내고서도 여전히 그 애와의 '비밀스러운 결속'을 유지할 수 있는 길이다. 그러니까 '나'는 지금 이 내레이션 행위를 통해 스스로 '미친 여자 되기'를 감행하고, 그렇게 함으로써 금지 또는 봉쇄돼 있던 정체성 모색의 길을 열어가고 있지 않은가? 소설을 읽는 우리마저도 기이한 열정으로 들뜨게 만든 것은 내레이션하기 / 미친 여자 되기를 향한 '나'의 걷잡을 수 없는 욕망과 들끓는 에너지가 아니었을까.

내러티브의 매혹과 욕망의 전이

매혹적인 내러티브는 이렇듯 종종 '나'는 누구인지에 대한 질문과 대답 사이, 저항과 일탈과 지연이 만들어내는 복잡하고 비밀스러운 우회로와도 같다. 그것은 말할 수 없는 것을 끝내 이야기하고 어떻게든 전달하고자 하는 고집스런 욕망의 다른 얼굴이다. 은희경과 배수아 소설이 보여주듯 '나'의 이야기는 어쩌면 '나'의 바깥에 있는 것이어서, 그 내러티브 가능성은 다른(타인의) 이야기들 속에서야 생기 있게 꿈틀대고 마음껏 분출하는지도 모른다.

내레이션하기의 욕망, 내러티브의 욕망은 곧잘 독자에게로 전이된다. 열정적인 독자는 자기가 읽은 다른(타인의) 이야기를 '나'의 이야기로 다시 쓴다. 원래의 것과 '같지만 다른', 내가 다시 쓴 이 이야기는 무엇을 가리키고 어디를 향해 움직이는가? 내 이야기는 여기서 끝나지만, 누군가는 그 동력기의 다하지 않은 쉭쉭거림에 귀기울여줄 수 있을까? 언젠가 다른 꿈속에서 어리둥절하고 놀란 표정으로 우리가 서로를 알아보듯이.

(2013.1)

시^詩, 라는 이름의 모호하고 매혹적인
내러티브 양식

내러티브, 서정시, 그리고 목소리

내러티브(narrative)란 스토리(story)와 담화(discourse)로 이루어진 구조물을 뜻한다. 인물과 사건 등을 포함하는 스토리의 영역이 '무엇을 이야기하는가?'와 관련된다면, 서술의 시간(시간 순서, 속도, 빈도 등)과 관점(거리와 화법 등)과 목소리(서술상황, 화자, 인칭 등)가 속하는 담화의 영역은 '어떻게 이야기하는가?'의 층위와 관련된다. 내러티브 구조에서 스토리와 담화는 오직 텍스트(text)라는 매개를 통해서만 존재한다. 텍스트 안에서 스토리시간과 담화시간이 불일치하고 엇갈리는 다양한 양상들, 인물의 관점 또는 목소리와 화자의 관점 또는 목소리가 얽히고 충돌하는 온갖 양상들이 각각의 내러티브를 개성 있고 다채롭게 만들어준다.

내러티브를 '서사'로 번역하는 관례의 영향으로, 소설이나 영화로 대표

되는 서사(敍事) 장르들만이 내러티브 구조물에 속하는 것으로 생각되는 경우가 많다. 흔히 서정(抒情) 장르로 분류돼온 시는 내러티브로 보기 어렵다거나, 유난히 '이야기'가 도드라진 몇몇 시들만이 서사적 성격을 띠는 것으로 간주되기도 한다. 하지만 서술된 내용과 그것이 말해지는 방식 사이의 복잡하고 특수한 관계라는 차원에서, 시는 무척이나 매력적인 내러티브 양식이라 할 수 있다. 스토리 자체보다 담화의 층위에 더욱 주목하는 서사이론의 시대적 흐름에 비추어 보아도, 시는 각별히 주목할 만한 내러티브 구조물이 아닐 수 없다.

한편 서정시의 전통적 관습을 이탈하고 넘어서는 새로운 시들에서, 이같은 새로움은 주로 내러티브 양식의 미묘하지만 결정적인 변화와 맞물려 있다. 서정과 서사 장르를 가르는 익숙하고 오랜 분류는 발화의 양식을 기준으로 하는 구조론적 관점과 밀접하게 결부돼 있다. 이에 따르면 말하고 있는 사람이 다른 누구도 아닌 시인 자신임을 표방하는 디에게시스(diegesis)적 독백은 서정 장르의 본질적 특성이며, 시인이 아니라 다른 어떤 존재(인물 또는 허구적 화자)가 말하고 있다는 환영을 만들어내는 미메시스(mimesis)적 재현은 서사나 극(劇) 장르의 특성이 된다. 이런 식으로 오랫동안 서정시는 시인 자신의 목소리로 울려 나오는 진실한 고백, 또는 독백의 성격을 띠는 시인의 내면적 발화로 인식돼왔다.

그런데 언제부턴가 전통 서정시의 이 같은 발화 양식과 구별되는 또 다른 발화의 양상들이 시라는 내러티브 구조를 더욱 복합적이고 모호하게 만들면서 시의 새로운 지대를 열어가고 있다. 이 글에서는 시적 담화, 그 중에서도 '누가 말하는가?'(목소리) 하는 문제를 중심으로 시의 내러티브가 지닌 색다른 매혹을 들여다보기로 한다. 이 문제는 날카로운 논란을 불러일으켰던 2000년대 시의 새로운 특성을 더 잘 이해하는 데에도 중요한 시사점을 제공할 수 있을 것이다.

모호한 일인칭과 '우리들'의 집단적 발화

이미 언급한 대로 시에서 '나'라고 스스로를 지칭하는 화자는 오랫동안 의심의 여지없이 시인 자신(서정적 자아)이라고 믿어져왔다. 그런데 시적 화자가 자기 스스로에게조차 낯설고 알 수 없는 존재로 나타난다면 어떨까? 이때 말하는 '나'는 과연 누구인가? 혹은 이 목소리는 대체 누구에게서 흘러나오고 있는 것일까?

여긴 몹시 이름이 부족하군.
네가 내 귀에 속삭인 말이 내 입술로 빠져나가고 있어.
나는 너무 생경하고
늘어진 그림자처럼 차가워
어떤 이름도 내 몸 안에
쌓이지 못하지.

얼굴이 일그러질수록
밝은 데로 나가고 싶어.
와글거리는 햇빛이
뜨겁게 나를 녹일 테지만
네가 내 입술에 다시
이름을 가득 불어넣어 준다면야.

가파른 숨소리들이

나를 자꾸 부르고 있어.

—신해욱, 「外界人」 전문(『간결한 배치』, 민음사, 2005, 43쪽)

"몹시 이름이 부족"한 어딘가에서 "어떤 이름도 내 몸 안에 / 쌓이지 못하지"라고 말하는 '나'는 그 어떤 익명의 존재라 할 수 있다. "얼굴이 일그러진" '나'는 "와글거리는 햇빛"에 점점 더 뜨겁게 녹아내려 형체조차 알아볼 수 없을 지경이다. 제목을 통해 시인은 그런 '나'를 차라리 '외계인'이라고 부른다. 시인 또는 화자는 이 정체불명의 목소리의 주인이 아니다. 말하는 '나'의 "입술"은 오히려 "네가 (…) 불어넣어 준" 이름들과 온갖 이질적인 "숨소리들"이 내 의지와 상관없이 비어져 나오는 구멍, 또는 벌어진 틈새와도 같다.

시적 화자와 발화 양식에 나타나는 이 같은 변화는 내면의 고백이나 서정적 독백 등이 회의에 부딪힌 시대의 두드러진 증상일 수 있다. 이는 '일인칭' 서술 전반이 겪고 있는 동시대적 변화와도 맞물려 있다. 고유하고 단일한 내면에서 솟아 나오는 진정한 고백으로서의 '일인칭' 서술은 내면의 진실을 토로하는 '고백의 동물'(푸코)인 근대적 인간에게 적합한 글쓰기 방식이다. 하지만 이제 우리는 주체의 고유성이란 한낱 허구적 개념에 불과하다는 사실을 간파해버렸고, 주체의 자기동일성과 그 내면의 존재 자체를 근본적으로 불신하고 있다.

지금은 또한 무엇에 대해 말하든 간에 그 화제가 다른 사람들의 언표로 이미 넘치도록 가득 차 있다는 것을 감지하게 된 시대이기도 하다. 이미 우리는, 언어가 말하는 주체와도 그 말의 대상과도 직접적으로 관계를 맺지 못하며, 그 사이에 벌어진 공간들은 난립하는 또 다른 낯선 말들에 의해 완전히 점령당해 있음을 너무 잘 알고 있는 것이다. 그렇다면 이제는 순수한 서정적 독백도, 균열 없는 일인칭 '나'의 고백도 사실상 불가능해진 것이 아닐까?

2000년대 젊은 시인들의 시에서 동시다발적으로 발견되는 '모호한 일인칭'[1]은 이에 대한 자의식이나 동시대적 감수성을 직관적으로 공유하는 데서 비롯된 현상일 것이다. 신해욱의 「외계인」에서도 과연 '나'는 발화의 순수한 기원이 되지 못하며, '나'의 발화를 산출해내는 것은 오히려 타자들의 속삭임과 무수한 이름들과 낯선 숨소리들이다. 이런 양상이 신해욱의 또 다른 시, 「모르는 노래」에서는 내가 "모르는 노래가 / 내 입 안에 가득 고여 있"는 상황으로 변주되어 나타난다.

어이. 귀를 좀 빌려줘.

모르는 노래가
내 입안에 가득 고여 있어.

해야만 할 어떤 말들이
있었던 것 같은데.

어떤 이유로도 나는 여기

---

1   이에 대해서는 필자의 다른 글, 「'나'의 복수성과 거대한 '한 사람'—김행숙 시집 『사춘기』」(『현대시학』2003년 12월호)와 「자아의 유동성과 타자되기의 엑스터시—황병승의 시」(『현대시학』 2004년 11월호)에서 좀 더 자세히 언급한 바 있다. 「독백이 스러지는 시간」(『문예중앙』 2007년 겨울호)에서는 이를 에세이적 '일인칭' 서술의 몇몇 두드러진 변화와 연결하여 함께 다루었다.

있어야만 하는데.

그렇지만 이건 이미
내가 있기 오래전에 끝난 노래들.

나를 지우고
나를 흉내 내는
무서운 선율.

이봐. 시간이 이렇게 흐르고 있어.

—신해욱, 「모르는 노래」 부분(『간결한 배치』, 16쪽)

시인 또는 화자가 발화의 주체로서의 지위를 박탈당하게 되면서, 내가 "해야만 할 어떤 말들"은 "이미 / 내가 있기 오래 전에 끝난 노래들"로 치환된다. 이렇게 하여, 과거(원인)로부터 와서 현재를 통과하여 미래(결과)를 향해 나아가던 '시간의 흐름'은 묘하게 비틀리고 역류하며 순환하기 시작한다. 내 입에서 흘러나오는 "모르는 노래"는 "여기 / 있어야만 하는" "나를 지우"는 "무서운 선율"이지만, 동시에 그 선율로 인해서 '나'의 시와 '말하는 나'의 존재는 역설적으로 생성 가능해진다. '나'는 발화의 기원이 아니라 효과이며, 끝없이 지워졌다 생성되기를 반복한다. 그러니까 그 선율은 자꾸만 "나를 지우"면서 '나'보다 먼저 있었던 수많은 "나를 흉내 내"고 있는 셈이다. 이런 '나'를 반드시 일인칭으로, 고유명사를 대신하는 대문자 'I'로 호명해야만 할까?

모텔 첼로가 있는 오랜 벌판엔 이따금

낡은 짐승들이 배회하고 있었고

어두운 객실에서 당신이 죽을 때마다

인디언 인형은 사라져갔네

어딘가로 가라앉는 당신의 눈들

일렁이며 눈 뜨는 당신의 아름다움

아무도 없는 모텔 첼로의 열 꼬마 인디언과

당신의 죽음은 열두 번 계속될지니, 라는 낮은 속삭임 사이

(…중략…)

입으로만 웃는 인형의 검은 눈은 줄어들지 않았고

당신의 죽음은 오래도록 계속되고 있었네

그리고 아무도 없었네.

—신해욱, 「그리고 아무도 없었다」 부분(『간결한 배치』, 22쪽)

　"모텔 첼로"의 "어두운 객실"에서 반복되는 죽음을 맞이하는 "당신", "어딘가로 가라앉"았다가 다시금 "일렁이며 눈 뜨는 당신"은 다름 아닌 시인 자신이 아닐까? 첼로의 선율 혹은 "낮은 속삭임 사이" "오래도록 계속되"는 "당신의 죽음"은 결국 '나'의 시가 단속적(斷續的)으로 흘러나오는 경이로운 메커니즘이 아닌가? 여기서 우리는 2000년대적인 '모호한 일인칭'이 연기처럼 가볍게 '이인칭'으로 탈바꿈하는 광경을 목격하게 된다. 그러나 이 같은 시적 화자는 사실상 '나'도 아니고 '당신'도 아니며, 단일한 주어나 인칭으로 확정지을 수 있는 그 누구도 아닐 것이다. '모호한 일인칭'은 이렇듯 문법적인 인칭이나 문장의 주어로서만 존재하는 텅 빈 자리에 지나지 않는다. 이 시의 제목이 '그리고 아무도 없었다'인 이유도 바로

여기에 있다.

그런데 고유하고 단일한 '나'가 더 이상 없다면 그건 내가 너무도 많기 때문일지 모르고, 내가 어디에도 없다면 다른 의미에서 '나'는 세상 어디에나 있다고도 말할 수 있지 않을까? 박상순의 「가수 김윤아」에서는 바로 그런 식으로 얼마든지 이름을 바꾸는 무수한 '나', 끝없이 변신하고 확산되는 '일인칭' 시적 화자를 만날 수 있다.

내 이름은 윤아야. 가수 김윤아. 좋아하는 뮤지션? 그런 건 없어. 시집. 그런 건 안 읽어. 책? 『고원-정신분열증 2』를 몇 쪽 봤을까? 책 표지는 기억해. 시인. 빵공장, 마리나, 그런 시를 쓴 시인의 디자인일 거야. 아무튼 내 이름은 윤아야.

카르푸에서 그 시인을 보았어. 내 얼굴은 몰라. 그 사람은 나를 몰라. 그는 파니 프라이스만 생각해. 그 여자는 화가야. 화가 지망생. 아탈리아에서 죽었대. 이야기 속의 이야기야. 엑스트라였나봐. 그런데도 그 여자만 생각해. 하지만 내가 만든 노래야.

사실 내 이름은 파니야. 스페인어 할 줄 아니? 내가 복사했어. 가수 김윤아의 노래. 내 친구 윤아가 감기약을 먹고 누워 잠들었을 때, 나와 함께 가기로 한 스페인 꿈을 꾸고 있을 때 내가 했어. 어떻게 된 거냐구? 물음표를 뒤집어봐. 새우 한 마리. 바다에서 잡혀온 새우 한 마리. 탱고 춤을 출 거야.

(…중략…)

내 이름은 윤아야. 가수 김윤아. 너에게도 써줄까? 아니면 한 곡 들려줄까? 컬러풀한 걸루. 아이덴티티는 너무 20세기적이야. 난 움직여. 움직이고 있다구. (…중략…) 하지만 잘 생각해! 속으면 안 돼. 나 말고. 나 말고. 너에게 속으면 안 돼. 사실 내 이름은 꿀벌이야. 레이스가 달린 새하얀 속옷이야. 새우야. 메타피지컬이야. 하얗게 밀려오는 밤바다의 파도. 동사야. 명사야. 알타미라 벽화야. 칫솔을 사러 가는 곰인형이야. 변신이야. 장치야.

—박상순, 「가수 김윤아」 부분(『Love Adagio』, 민음사, 2004, 12~14쪽)

이 시의 '나'는 "가수 김윤아"에서 화가 지망생 "파니"로, "꿀벌"에서 "레이스가 달린 새하얀 속옷"으로, 끊임없이 움직이고 아이덴티티를 갈아입는다. 내가 복사한 노래, 내가 읽은 책, 내 친구의 꿈, 내가 보고 듣고 만진 것 등등, 시적 화자는 자기가 접촉한 모든 것을 빨아들여 아이덴티티를 확장하고 자기 증식을 거듭한다. 이제 '나'는 서정적 주체나 독립된 개체라기보다는 차라리 "변신" 그 자체, 또는 발화하는 기계로서의 모종의 "장치"에 가까워진다. 박상순의 「가수 김윤아」에서 시적 화자의 이 같은 변화는 우울한 공허나 부재의 그림자를 드리우는 대신에 신나는 자유와 유쾌한 활기를 마음껏 발산하고 있다.

비인칭적이고 집합적인 성격을 띠는 '모호한 일인칭'의 시적 화자는 때로는 '우리'라는 일인칭대명사의 복수(複數) 형태로 텍스트에 기입되기도 한다.

살아남기 위해
우리는 피를 흘리고
귀여워지려고 해
최대한 귀엽고
무능력해지려고 해

　　인도와 차도를 구분하지 않고

　　달려보려고 해

　　연통처럼 굴뚝처럼

　　늘어나는 감정을 위해

　　살아남기 위해

　　최대한 울어보려고 해

　　우리는 접은 얼굴을

　　찰싹 때리며

　　강해지려고 해

— 이근화, 「엔진」 전문(『우리들의 진화』, 문학과지성사, 2009, 9쪽)

이 시에서 '우리'는 아마도 "연통처럼 굴뚝처럼 / 늘어나는 감정", 그 출렁거리는 정동(affects)의 덩어리 / 흐름일 것이다. "피를 흘리"면서 "귀여워지"듯 '우리'는 앞뒤가 안 맞거나 이질적이며, 그런 채로 한꺼번에 맹렬히 질주하려고 한다. "인도와 차도를 구분하지 않고 / 달려"나가는 격렬하고 맹목적인 이 열정은 "살아남기 위"한 것, 곧 발화를 계속하기 위한 것이다. 이렇게 절망적으로 폭주하는 감정들의 덩어리 / 흐름이야말로 이근화 시의 발화 기계('엔진')를 작동시키는 강력한 에너지원일 것이다. 이근화의 다른 시, '나'와 '톰'과 '톰들'이 등장하는 다음 시는 또 어떤가?

　　가을 풀벌레처럼 다정한 목소리로 울어서 톰은 내가 죽였어 텔레비전이 끓는

　　동안 사람들은 얼굴을 바꾸고 달콤해졌지

톰이 죽은 사실을 모르고 잔디는 조금씩 부풀고 창가의 구름은 점점 분명하
게 흘러갔지 톰이여 톰이여 화살표 같은 톰이여

긴 목으로 주근깨들이 옮겨갈 때 노래를 부르자 톰을 위하여 죽은 톰의 물렁
한 귀를 위하여

두 손과 두 발을 가지런히 모으고 있던 개 한 마리가 이제 막 문을 통과하여
바닥에 누웠다 다리 밑에서 돌림노래를 부르던 톰의 긴 머리카락이 잉크처럼 흐
르고

마을의 정원들은 똑같이 물들어갔다 더 많은 톰들이 다정하게 내게로 온다
용기 있는 개들이 아이들을 물기 시작했다

—이근화, 「톰이여」 전문(『우리들의 진화』, 19쪽)

　내가 톰을 죽인 것은 그가 "가을 풀벌레처럼 다정한 목소리로 울어서"
이다. '나'는 여리고 감상적으로 울려 나오는 내 목소리를 베어내고, 거기
에다 톰이라는 이름을 붙인 것이다. 그렇기 때문에 사람들은 당연히 톰
이 죽은 걸 알지 못하고 아무도 신경을 쓰지 않지만, '나'는 내가 죽인 톰
을 기억하고 애도하지 않을 수 없다. 여기서 눈길을 끄는 것은 죽은 "톰을
위하여" 부르는 '나'의 노래가 어느덧 "톰의 긴 머리카락들"이 부르는 "돌
림노래"로 변해가는 광경이다. 또한 그러고 나서야 "더 많은 톰들이 다정
하게 내게로 온다"는 사실. 그렇다면 "잉크처럼 흐르"는 톰의 머리카락들
과 내게로 오는 더 많은 톰들은 '나'의 목소리를 구성하는 수많은 발화체
들이라 해야 하지 않을까? "가을 풀벌레처럼" 우는 단성적(單聲的) 발화를

포기하고 단일한 서정적 화자를 죽임으로써만 비로소 '나'는 노래를 부를 수 있으며, 그럴 때 '나'의 노래는 마치 머리카락들이 부르는 영원한 '돌림노래'처럼 여러 겹의 목소리들이 어우러진 다성악적(多聲樂的) 화음으로 울리게 된다.

"다정하게 내게로 온" 이 목소리들, 무수하게 얼룩지고 주름진 저 집단적 발화야말로 이 시대의 새로운 시적 발성이 아닐까? 그런 발성은 "두 손과 두 발을 가지런히 모으고 있던" 얌전하고 맥없는 "개 한 마리"가 문득 아이들을 물어뜯는 "용기 있는 개들"로 돌변하듯이, 가녀린 서정적 발화보다 더 강하고 힘 있는 '다정함'으로 울려 퍼질 수 있지 않을까? 이근화가 시집 제목으로 삼은 '우리들의 진화' 또한 시적 발성의 이 같은 전화(轉化)를 가리키는 다른 이름이 아니었을까.

체계를 뒤흔드는 내러티브의 한계지대

서정적 자아로 불리던 화자의 통합된 목소리가 이질적인 목소리들로 분산되고, '일인칭'의 시적 화자가 모호하고도 복수적인 익명의 발화체로 변모하는 양상은 2000년대 이후에 나타난 시적 담화의 특징을 단적으로 보여준다. 최근 시들에 나타나는 이 같은 새로움은 시라는 내러티브 구조를 더욱 독특하고 인상적으로 만들고 있다. '인칭'의 경계를 허물고 서로 다른 인칭들 사이를 넘나드는 시적 화자와, 이질적인 목소리들을 빨아들여 그 자체로 집단적 발화를 생성해내는 놀라운 발성법은 이전의 그 어떤 내러티브 구조물에서도 찾아보기 힘든 매력적인 담화 양식이 아닐 수 없다.

　이런 특징은 주체와 언어를 이해하는 이 시대의 변화된 관점을 반영하는 한편, 에세이적 '일인칭' 서술의 새로운 경향(배수아, 한유주 등 '일인칭 글쓰기'에 대한 자의식을 드러내는 소설들)과 맞물려 있다는 점에서 확실히 동시대적인 현상이다. 더욱이 시라는 짧은 길이의 텍스트 안에서 그 같은 양상들이 이토록 집중적이고 전면적으로 드러난다는 점, 그것이 인칭과 화자와 화법 등에 대한 내러티브의 이론 체계와 '공식 언어'의 질서를 뒤흔드는 전복의 에너지를 지녔다는 점 등은 각별히 주목할 만하다. 2000년대 이후 시의 발화 양식은 이 시대 내러티브의 최첨단, 혹은 문학적 언어의 어느 한계지대를 이렇게 열어젖히고 있다.

(2011.6)

내향형 소설의 섬세한 힘

'기질의 남과 북'이라 불리는 내향형과 외향형의 스펙트럼[1]은 소설의
상반되는 지향을 가리키는 지표로도 유용하다.[2] 사건이나 행위 자체보다
그것이 환기하는 정서와 내적인 의미에 집중하는 소설들, 스토리의 전개
나 플롯의 유기적 통합보다 순간의 감각과 이미지의 파동에 몰두하는 소
설들은 확연히 내향적이다. 내향형의 사람들이 그렇듯,[3] 내향적인 소설

---

1   수전 케인, 김우열 역, 『콰이어트』, 알에이치코리아, 2012, 18쪽. 성격심리학에서는 내
향성 / 외향성과 더불어 기질을 이루는 또 하나의 기본축을 안정 / 불안으로 보기도 한
다.

2   리얼리즘 / 모더니즘, 현실 / 내면, 사회 / 개인, 환유 / 은유 등의 익숙한 이분법들은
어쩌면 문학보다 보편적이고 우리 자신에게 기질적으로 매우 친숙한 내향형과 외향
형이라는 스펙트럼의 다양한 변주들일지도 모른다.

3   뇌과학의 성과로 밝혀진 바에 따르면 내향형의 사람들은 대체로 약한 자극에도 강하
게 영향을 받는 고반응성 신경계(편도체와 변연계가 활성화된)를 지녔기 때문에 외향

은 섬세하고 고요하며 사색적이다. 이런 자질들은 참으로 매력적이고 '문학적'이라 할 만하지만, 스토리와 재현 중심의 문학관에서는 서사의 결핍이나 왜소함의 징후로 해석되기도 한다. 내향형의 사람들이 종종 타인에게 무관심하거나 사회성이 부족하다는 오해를 받고 스스로도 이에 대해 자책감을 느끼곤 하듯, 내향적인 소설은 삶의 현실을 외면하고 개인의 좁은 영역에 틀어박혀 있다는 비판과 선입견에서 자유롭지 못한 것이다. 하지만 떠들썩한 파티나 회식자리의 교제보다 친밀하고 깊은 대화를 선호하는 것이 다른 종류의 사교성이자 다른 스타일의 관계 맺기이듯, 내향적인 소설은 외부 사건이나 역동적 행위에 기초한 소설들과는 다른 방식으로 삶의 현실을 포착한다. 더 섬세하고 조심스럽지만 때로는 더 강렬하고 매혹적으로 말이다.

최근 발표된 단편들 가운데서도 생생한 감각을 일깨우며 가만히 마음을 움직이는 내향형의 소설들을 만날 수 있다. 김중혁의 「요요」(『문학동네』 2012년 여름호)는 일정한 시간관에 의해 틀 지어진 자동화된 시간감각(시간의 '흐름'이나 '순환' 같은)을 낯설게 만들면서 구부러지고 되돌아오는 시간의 이미지를 감각적으로 형상화한다. 김성중의 「에바와 아그네스」(『문예중앙』 2012년 여름호)는 시간을 되감거나 순간으로 분해하면서 스토리의 연속성을 반짝이는 장면들의 아름다운 패치워크로 뒤바꾼다. 이 두 소설이 언제나 우리를 관통하지만 무감각하게 스쳐 보냈던 시간 또는 순간들과 접속하게 한다면, 정한아의 「신행(新行)」(『현대문학』 2012년 7월호)과 김유진의 「대지의 노래」(『세계의 문학』 2012년 여름호)는 '불길한 예감'이라는 키워드를 통해 감각 그 자체를 파고든다. 정한아와 김유진의 소설은 삶에

형의 사람들에 비해 훨씬 민감하고, 따라서 상대적으로 '낮은 수준'의 자극을 선호한다고 한다. 수전 케인, 앞의 책, 163~181쪽.

대해 무언가 이야기하는 대신에 그런 식으로는 말해질 수 없는 삶의 신비, 삶의 진실을 직관적으로 '감각하게' 한다. 그럼 이 네 편의 소설을, 우리 같이 느껴볼까?

삶의 비밀, 감각이 억압에서 풀려날 때
정한아의 「신행(新行)」, 김유진의 「대지의 노래」

그런데 왜, 스토리가 아니고 감각인가? 잠시 심리학의 통찰들로 한 번 더 우회해보자. 잘 알려진 대로 인간은 누구나 자기 삶의 화자이며 자신의 라이프스토리를 구성하는 자다. 자아정체성을 형성하고 인생의 방향을 설정하는 데 있어 자기 스토리가 지닌 중요성은 충분히 강조돼왔다. 자기 삶을 어떤 스토리로 구성해내느냐에 따라 삶의 의미와 가치가 달라지며 현재의 행복과 불행, 만족과 불만족의 정도 역시 이 스토리에 의존한다. 따라서 삶의 경험들을 의미 있는 스토리로 통합하지 못하는 것은 미성숙의 증거이자 치명적인 실패로 간주된다. 전통적인 정신분석(정신의학)에서도 증상의 배후에 잠복한 외상적 기원을 찾아내어 그 사건을 자기 이야기 안에 통합해 들이는 일은 곧 상처의 극복과 치유를 의미한다.

하지만 최근 임상심리학은 오히려 이 같은 스토리들의 방어적이고 회피적인 성격에 더욱 관심을 두고 있다. 삶의 스토리는 그것이 얼마나 '긍정적인' 이야기인가 하는 문제와는 무관하게, 변화무쌍하고 예측 불가능한 삶의 순간들과 그 생생한 감각(주로 불안, 공포, 고통, 분노, 절망, 슬픔 등으로 해석되는 '부정적인' 감각)으로부터 스스로를 차단하고 격리시키는 경향이 있기 때문이다. 반복적인 자기 스토리의 해석과 판단은 지금 이 순간을 있는 그대로 경험하면서 '현재를 살지' 못하게 한다. 외상적 기억 또한 흔히 특정 감각(기억 속에 날인된 극도로 두렵거나 불쾌한 감정과 결부돼 있는)에 대한 저항이나 거부와 맞물려 있는데, 이때 치유와 회복은 '부정적인' 감각들로부터 자신을 지키느라 돌처럼 굳어진 마비 상태에서 풀려나 그 감각을 온전히 느끼고 감싸 안는 데서 출발한다.[4]

「신행」(정한아)의 이영과 「대지의 노래」(김유진)의 선('불안정한 내향형' 기질의 인물들)은 모두 두려운 감각으로부터 삶을 방어하는 데 최선을 다하는 인물들이다. 그러나 두려운 것으로부터 달아나려 하면 할수록 내면의 불안과 어둠은 더욱 커진다. 정한아의 「신행」이 필사적으로 회피하고 도망쳐온 두려운 감각에 대한 불길하고도 위험한 이끌림을 그려낸다면, 김유진의 「대지의 노래」는 두려움 때문에 인위적으로 차단한 감각들의 세계로 비로소 발을 내딛는 두근거림의 순간을 펼쳐 보인다.

물론 스토리를 따라가고 인과적으로 재구성하는 방식으로 이 두 소설을 읽을 수도 있다. 우선 「신행」의 경우, 이영이 느끼는 불길한 예감의 근원에는 어머니가 살해당하는 장면을 목격했던 아홉 살 때의 외상적 기억이 자리 잡고 있다. 범인은 이영의 이모를 상습적으로 폭행했던 이모부였고, "그 상처는 너무나 끔찍해서, 꽁꽁 싸매고 잊어버리는 수밖에 없었다"(160쪽). 이영은 "그녀의 삶에 드리운 거대한 그림자"인 "어머니의 죽음"을 "뒤로하고 이 땅을 떠나고 싶"(166쪽)은 마음에 재미 미술작가 윤호와 결혼하지만, 이 결혼이 끔찍한 폭력의 한가운데로 자신을 몰아넣는 일이었음을 뒤늦게 알게 된다. 그래서 이 소설은, 대를 물려 반복되는 가정폭력과 거기에 희생당하는 여자의 이야기인가? 이모부 역시 윤호와 마찬가지로 "잎담배를 피우는 취미"(172쪽)를 가진 남자였다는 사실은 이 비극의

4　타라 브랙, 김선주・김정호 역, 『받아들임』, 불광출판사, 2012, 160~171 참조.

아이러니한 필연성을 말해주는가? 신행 날에 그 사실을 전해 들은 이영이 윤호의 잎담배 연기가 자욱한 택시 안에서 "오래전 봤던 영화의 한 장면처럼 그날의 기억"을 "선명하게 떠올"(174쪽)릴 때, 이 같은 기억의 복원은 그녀의 자기 이야기에 어떤 가능성을 열어주는가?

서사적이고 논리적인 해석을 위한 이 모든 시도를 비웃고 사소한 것으로 만들면서 도드라지게 부각되는 것은 이영을 사로잡는 잎담배의 달콤한 향기, 그 아찔한 감각이다. 정말 그런가? 윤호를 처음 만난 날부터 "그토록 느긋하게 담배를 피우는" 윤호의 모습과 "담배연기에서" 풍겨 나오는 "신기"한 "과일 향기"(162쪽)는 이영을 강하게 끌어당긴다. "담배 마는 종이를 꺼내 잎을 조금 덜고, 돌돌 말아 불을 붙"(162쪽)이는 윤호의 손놀림과 "그의 잎담배 연기를 맡으면 꼭 뭔가에 취한 기분이 들"고 "그만 할 말을 잊어버"(163쪽)리는 이영의 모습 등은 얼핏얼핏 스쳐가듯 묘사돼 있지만, 묘한 잔향(殘響)으로 텍스트 전체를 긴장시킨다. 되살아난 과거의 기억 속에서도 이영을 압도하는 것은 "피를 쏟으며" "완전히 숨을 거둘 때까지 발작적으로 손발을 떨"던 어머니의 모습이 아니라, 그 옆에서 이영을 바라보며 잎담배를 말아 피우던 이모부의 지친 표정과 "방안 가득" "들어찼"던 "달콤한 사과향 담배연기"(174쪽)다. 결국 이영이 이제껏 억압하고 회피해온 것은 어머니의 죽음이라는 외상적 상처라기보다는 차라리, 너무나도 달콤한 감각의 불길한 매혹이었을 것이다.[5] 그것이 이토록 두렵고 위험한 이유는 아무리 저항해도 이끌릴 수밖에 없는 그 매혹의 치명적인 강렬함에 있을 테고 말이다.

---

[5]　여기서 군이 정신분석 스토리를 고집한다면, 이 소설은 어머니의 죽음을 감각적인 쾌락으로 경험한 이영의 죄의식과 자기 처벌의 이야기가 될 수 있겠다. 다소 신경증적이고 억압적인 이런 해석이 별로 내키지 않는 것은 분명하지만 말이다.

정한아의 「신행」은 쾌감을 주는 강렬한 매혹과 감각에의 이끌림이 우리에게 얼마나 위험하고 파괴적인 것으로 각인될 수 있는지를 인상적으로 보여준다. 이는 스스로를 보호하는 방어 메커니즘일 테지만, 택시에서 하혈을 하며 헤어나올 수 없는 더 깊은 어둠 속으로 빨려 들어가는 이영의 심리상태가 암시하듯, 이런 식의 자기방어로는 그 무엇도 지키거나 막아내지 못할 것이다. 우리가 이미 알고 있듯이, 억압은 충동을 제어하거나 진정시키기는커녕 더욱 강화하기 마련이니까. 그런데 다른 한편, 감각의 매혹을 이렇듯 불길하고 위험하게 그려내는 방식은 감각에 대한 억압과 회피의 다른 얼굴일 수도 있지 않을까? 혹시 그렇다면 이 소설이 보여준 감각에의 몰입은 역설적인 자기부정의 힘에 의해 추동되는지도 모른다.

「신행」 못지않게 불길함의 이미지로 뒤덮여 있는 소설 「대지의 노래」는 이와는 좀 다른 방식으로 감각의 세계에 헌신한다. 「대지의 노래」의 선 역시 생생한 감각을 두려워하기는 마찬가지다. 그녀는 남달리 몸의 감각에 예민한 발레리나였지만 자신이 원하는 "안정된 삶"과 "평온한 삶"(292쪽)은 감각의 세계와는 무관한 곳에 있다고 생각하며, 그런 이유로 각성된 감각의 팽팽한 긴장과 감정의 불안정한 동요로부터 끊임없이 거리를 두려고 한다. 이런 태도는 그녀가 발레단에서 조용히 은퇴하고 발레 교습소를 열었다가 이마저도 미련 없이 그만두는 과정, 열다섯 살 연상의 내과의와 결혼하여 외딴 촌락에 자리 잡기를 선택하는 과정 등에 그대로 반영돼 있다. 하지만 이 소설에서 정작 불길하고 위험한 것은 날 선 감각과 그 매혹의 파괴적 측면이 아니라 살아 있는 감각을 회피하고 차단하는 억압과 격리의 방어벽이라는 점에 주목할 필요가 있다.

김유진의 「대지의 노래」에도 병인(病因)-증상의 정신분석 스토리를 적용한다면, 선을 괴롭히는 불길한 예감과 불안정한 심리상태의 기원은 성적인 욕구불만이라 해야 할 것이다. 선의 악몽 속에 불타는 시신으로 등장했던 세쌍둥이가 '입양된' 아이들이라는 사실이 밝혀지고, 서서히 "쇠락하는" 남편의 "육체"(294쪽)에 대한 그녀의 이질감이 조심스레 드러난 뒤, 침실에서 "여성용 자위기구"를 집어 드는 남편으로부터 도망치며 그녀가 "구역질"(306쪽)을 참지 못하는 장면이 서술될 때, 선을 둘러싼 예민하고 아슬아슬한 기류의 정체가 비로소 해명되는 것처럼 보이기도 한다. "중성화 수술을 받은 후로"(291쪽) 갑자기 살이 쪄버린 고양이 렌, 남편과 세쌍둥이에게 시달리다 날카롭게 발톱을 세우는 렌을, 선의 병적인 심리상태가 투사된 대상물로 보는 해석도 충분히 가능하기는 하다. 하지만 이 소설을 성적인 욕구불만의 서사로 분석하는 일이 대체 무슨 의미를 지닐 수 있을까?

「대지의 노래」에서 이보다 훨씬 더 중요한 것은 선이 본래 "누구보다 예민한 땅의 감별사"(298쪽)이며,[6] 그런 그녀를 "안정과 성숙, 삶에 대한 적절한 타협의 미덕", "마음의 평화, 영혼의 안식"(292쪽)이라는 이름 아래 "바다와 숲과 언덕으로 겹겹이 둘러싸인 방공호"(301쪽) 안에 가둬둔 사람은 다름 아닌 그녀 자신이라는 사실이다. 선은 뒤늦게 "무언가 잘못되어 가고 있"(302쪽)음을 깨닫는다. 동요하는 감각과 불안한 혼란을 피해 그녀가 애써 숨어든 방공호는, 알고 보니 "살아 있는 것이 아무것도 없"(304쪽)는 섬뜩한 "붉은 숲"(306쪽)에 에워싸인 죽음의 폐허였던 것이다.

생각과는 달리, 발은 앞으로, 숲의 더 깊숙한 곳으로 선을 이끌고 있었다. 발

---

6   그녀는 "발바닥이 지면에 닿는 느낌을 기억"(297쪽)하면서 "모든 턴과 점프"를 "몸으로 익"(298쪽)힌 발레리나였다.

은 언제나 선의 의지보다 앞서 움직였다. 순간 발바닥에서 정수리까지 치고 오르는 듯한 고통을 느꼈다. 온몸에 소름이 돋았다. 발을 내려다보았다. 선은 그제야 자신이 맨발이라는 사실을 알았다. 선은 발바닥에 박힌 가시를 뽑아냈다. 흙으로 뒤범벅된 발은 주변의 썩은 나뭇가지와 구별되지 않았다. 발을 디딜 때마다 산산이 바스러지는 낙엽을, 선은 비로소 느낄 수 있었다. (310쪽)

맨발이 가시에 찔리는 "고통", "온몸에 소름이 돋"는 불쾌한 감각을 고스란히 경험하면서, 선은 비로소 스스로 경계하고 차단했던 감각의 물결을 온전히 "느낄 수 있"게 된다. 그렇게 숲의 끝에 다다랐을 때 "거대한 콘크리트 벽"(310쪽)이 그녀를 가로막지만, 장벽 너머로 보이는 압도적인 돔 건물과 "처음의 빛"(311쪽)인 듯 번쩍이는 백색섬광과 정체모를 연기 앞에서 뜻밖에도 그녀는 "안도"와 "자유를 느"(311쪽)낀다. 그녀가 시달렸던 "불안과 공포"는 그 "실체"(311쪽)와 맞닥뜨리는 일이 아니라 그것을 회피하고 도망치는 데서 생기고 증폭돼온 것이기 때문이다.

선은 이제야 발바닥에 닿는 대지의 감촉과, 대지를 밟고 탄력적으로 나아가는 것이 어떤 느낌인지, 그리하여 비로소 느끼는 자유가 무엇인지 이해할 수 있을 것 같았다. (…중략…) 선은 작별을 고하듯, 두 팔을 크게 휘저으며, 춤을 추듯 과장된 몸짓으로, 콘크리트 벽을 향해 달리기 시작했다. (311쪽)

억지로 밀어냈던 감각들에 기꺼이 몸을 열고 막연한 불안과 두려움의 대상을 향해 달려 나감으로써, 선은 지금 여기에만 존재하는 놀라운 활력을 경험할 수 있게 된다. 삶을 방어하는 데 시간과 에너지를 소모하느라 온전히 살지 못했던 선은 불감과 불모의 방공호에서 오랫동안 버려두고 간과했던 그녀 자신의 삶과 이렇게 다시 연결되고 있다. 삶의 실제와는 거리가 먼 자기 스토리에 구속되어 미래를 위해 살거나 과거를 되풀이하는 대신에 지금 이 순간의 생생한 감각을 있는 그대로 수용하는 일, 충만하고 아름다운 삶의 비밀은 바로 거기에 있을 것이다.

시간의 리듬과 반짝이는 순간들

김중혁의 「요요」, 김성중의 「에바와 아그네스」

이번엔 시간과 맞닿은 감각에 조용히 주의를 집중해보자. 당신에게, 시간이란 무엇인가? 영원부터 영원까지 펼쳐진, 헤아릴 수도 가늠할 수도 없는 광대한 지평선인가? 거역할 수 없는 섭리이거나 복종해야 할 권위인가? 혹은 아껴 써야만 하는 귀중한 자원이나 통제해야 할 대상인가? 누군가에게 시간은 자기 힘으로 채워 넣어야 하는 막막한 공백이고, 다른 누군가에게 시간은 마음대로 가지고 놀 수 있는 놀이도구 같은 것이다. 누군가의 어떤 시간은 정직하게 차곡차곡 쌓여 있지만, 또 다른 어떤 시간은 손가락 사이로 새어 나가 덧없이 스러져간다. 시간은 누군가를 맹렬히 뒤쫓거나 소용돌이치며 휩쓸어 삼키기도 하고, 그저 가만히 멈춘 채로 말갛게 고여 있기도 한다. 바로 지금 당신은 어떤 시간을 살고 있는가?

우리가 사는 4차원의 시공간(3차원의 공간과 1차원의 시간이 촘촘히 엮여 있는)에서 시간이란 운동하는 속도에 따라 변화하는 물리량임이 확인된 지 오래지만, 언제 어디서나 일정한 방향과 속도로 흘러가는 절대시간(뉴턴식의)의 고정관념은 여전히 완강하게 버티고 있다. 물리적 시간이 아닌 심리적 시간이라면 그 가변성을 받아들이기가 어렵진 않지만, 언제나 우리를 관통하는 서로 다른 시간들을 우리는 대체로 무감각하게 스쳐 보낸다. 자기가 만든 삶의 스토리에 의존해 과거에 매달리거나 미래를 위해 분투하느라 지금 여기의 감각에 주의를 기울일 여력이 없는 것일까? 지금 이 순간 나를 통과하는 시간의 감각과 그 파동을 섬세하게 느낄 수 있다면, 다채로운 리듬으로 충만한 현재의 시간을 살아갈 수 있지 않을까?

김중혁의 「요요」는 익숙한 시간관에 의해 틀 지어진 자동화된 시간감각을 건드려 깨우면서, 서로 다른 시간들의 아름다운 파동과 접속하게 하는 소설이다. 제일 먼저 눈에 띄는 것은 시간을 테마화하는 오브제로 등장하는 다양한 시계들이다. 공장에서 똑같이 찍어낸 시계가 관습적이고 획일화된 시간감각을 보여준다면, '독립시계제작자'가 만든 작품시계는 시간에 대한 다른 이해와 독특한 감각을 표현한다. 차선재의 첫 작품 '시간은 흐른다'(시침과 분침이 원형의 문자판을 가리키는 대신에 시간이 오른쪽에서 왼쪽으로 흘러가도록 디자인된)도 그러하다. 이 시계가 참신하고 놀랍다면 그것은 한 시계평론가의 말처럼 "시간은 그저 흘러갈 뿐이고 다시는 돌아오지 않는다는 진실"을 담고 있어서가 아니라, "시간이란 반복되"고 "회전하는 것"(375쪽)이라는 통념(원형의 문자판과 결부된)과 마찬가지로 시간이 변함없이 일방향으로 흐른다는 생각 또한 특정한 관념틀의 소산임을 낯설게 드러내기 때문일 것이다.

물론 이 소설에서도 시간은 과거에서 미래를 향해 흘러가는 것처럼 보이고, 스토리 진행 역시 전반적으로는 시간 순서를 따르고 있다. 새벽 세 시의 시간에 깨어 시계를 분해했다 조립하기를 반복하던 고등학생 차선재가 지방대학 시계제조공학과를 졸업한 뒤 시계회사 직원을 거쳐 독립시계제작자가 되는 과정, 대학 신입생 시절 만났다가 연락이 끊어진 장수영과 십여 년 후 다시 만날 타이밍을 놓친 뒤에 수십 년 만에야 뜻밖에 그녀와 마주하게 되는 과정 등이 그렇게 차례로 이어져 있다. 하지만 이 과정은 저마다 다른 "감촉"과 "빛깔"과 "채도"(368쪽)를 지닌 시간들의 단속적이고 불규칙한 리듬 그 자체이기도 하다. "시계를 거꾸로 돌려 태어나기 이전으로 돌아가고 싶"(363쪽)던 시간들, "손목시계의 버튼을 눌러 (…) 멈추게 하고 싶은"(371쪽) 시간들, "손목시계의 베젤을 만지작거"(373쪽)리며 억지로 지연시키는 시간들, "두고두고 후회하게 될"(380쪽)까 두려워 미완성인 채로 서랍 속에 가두어버린 시간들……. 이 모든 시간들의 감각과 그 파동은 시계의 형상으로 그려지고 만져진다.

장수영을 위해 만들다가 완성하지 못한 시계 'Station'(시계 속 기차가 거꾸로 움직이며 시간이 흘러가는)이 "거슬러가고 싶"(376쪽)지만 "영원히 돌이킬 수 없는"(380쪽) 시간의 생생한 이미지라면, 그녀를 다시 만난 뒤 새로 디자인하는 시계 '요요'는 "가까워지고 다시 멀어지고 다시 가까워지는 시간"(384쪽)의 구체적인 형상일 것이다. 흥미롭게도, 장수영이 남기고 떠난 편지 내용과 함께 뭉텅 잘려 나갔던 시간(차선재가 편지를 읽기 전의 조마조마한 순간에서 편지를 가슴에 품고 다니던 군복무 시절로 시간이 훌쩍 건너뛰면서 텍스트에 누락된 대목)은 소설의 결말에서 실제로 요요처럼 되돌아온다. 아무리 읽어도 "온전한 의미"(373쪽)를 알 수 없던 편지의 내용은 이처럼 뒤늦게 독자에게 알려지고, 그 편지를 처음 읽던 차선재의 시간은 여기서야 비로소 독자에게 다가온다. 이렇듯 이 소설은 "돌아갈 수는 없지만" 문득 되돌아오는 "요요의 시간"(384쪽)을 이미지와 텍스트로 상연하면서, 한 소년의 성장과 사랑 이야기를 다채롭고 변화무쌍한 리듬으로 변환한다.

한편 김성중의 「에바와 아그네스」에서 시간은 거꾸로 흐르거나 순간으로 분산되고, 스토리의 연속성은 조각난 장면들의 무구한 반짝거림으로 뒤바뀐다. "마법"에 가깝지만 "평범한 사물이 되어버린" "거울"(149쪽)

의 표면을 부수면 수많은 파편 속의 형상들이 제각기 빛을 발하듯, 익숙한 관념에 고착된 시간의 흐름을 깨뜨리자 서로 다른 시간대의 아득한 순간들이 저마다 명멸하며 한꺼번에 떠오른다.

크게 보면 과거로 거슬러 올라가는 방식으로 펼쳐진 "에바와 아그네스의 시간"(149쪽)을 역순으로 정렬하여 스토리를 재구성하는 일이 그리 어려운 것은 아니다. 그렇게 하여 이 소설을 이국에서 만난 두 외톨이소녀의 우정 이야기 또는 모델과 사진작가 두 사람이 엮어가는 성공과 좌절과 위로의 이야기로 읽는 것도 충분히 가능하다. 심지어 「에바와 아그네스」를 소수자(이주민 여성, 장애인 등) 이야기나 전쟁과 내전 이야기로 읽는다 해도 굳이 말릴 수야 없는 일이다. 하지만 정작 이 소설의 신비함은 그런 식으로 서사화되고 의미화됨으로써만 기억되는 시간의 동굴로부터 여린 떨림과 서먹한 기쁨, 숨겨진 다정함의 순간들을 불러내어 살아나게 만드는 데 있을 것이다.

가령 이런 순간, 이런 장면들. 자신의 나라(한국)에서 휠체어에 앉은 에바를 데리고 공원을 산책하던 아그네스(유진)가 궁금한 게 많은 옆 벤치의 할머니와 한국말로 얘기를 나눈 뒤 에바에게 "너, 예쁘대"라고 "딱 한 마디"(152쪽)를 통역해주는 어느 저녁 시간. 파리의 좁은 집에서 함께 지내던 때 "간이 암실에서 희미하게 흘러 나오는 불빛보다 더 안심이 되는 것은 없다"며 "아그네스가 옆에 있으면 유난히 잠을 잘" 자는 에바의 고른 숨소리와, "그 숨소리가 섞인 공기를 가만히 들이마"(167쪽)시며 사진을 간추리는 아그네스의 시간. 영국의 하이스쿨 시절, 생일이 똑같은 에바와 아그네스가 대형마트에서 서로에게 선물을 훔쳐 준 뒤 두근거림이 채 가시기 전에 "정확히 내 생일은 아니야. (…) 다른 나라에 입양된 날이 생일이 될 순 없잖아"(171쪽)라고 말하고는 딴청을 부리는 아그네스의 표정. 아그네스가 원했던 폴라로이드 카메라 대신 에바가 겨우 훔쳐 선물한 작은 주사위 목걸이를 걸고 "중동과 아프리카가 만나는 곳"(163쪽)의 시위 현장에서 차 밑에 숨은 채 카메라의 전원을 켜는 아그네스의 떨리는 손, 같은 것. 그 장면들은 벽면을 가득 채운 여러 장의 사진처럼 시간과 공간을 뛰어넘어 나란히 걸려 있고, 눈을 가늘게 뜨면 다른 그림이 떠오르는 별자리들처럼 모였다가 흩어지며 반짝거린다.

김중혁의 「요요」와 김성중의 「에바와 아그네스」는 경직되고 마모된 감각을 일깨우며 다채로운 리듬과 빛나는 순간들로 가득한 시간의 비밀을 엿보게 한다. 시간에 대한 이들의 몰입은 실험적이기보다는 정서적이고 사변적이기보다는 감각적이다. 분석하고 의미화하기 전에 느낌에 몸을 맡기게 하는 소설을 읽는 일은 무척이나 근사하다. 지금 이 순간의 감각과 시간의 파동을 향해 온전히 열리는 경험도 그러할 것이다. 진동하고 구부러지고 되돌아오는 시간, 스쳐 보낸 아스라한 순간들이 한데 모여 깜박거리는 시간의 마법은 매혹적인 소설 속에만 들어 있는 건 아니지 않을까.

내향형 단편소설을 읽는 시간

외적인 성과와 자기홍보의 적극성 등을 높이 사는 시대에 내향적인 특성들은 어딘가 결핍되고 부적합해 보이는 경우가 많다. 하지만 비스듬히 내리뜬 시선과 입술을 오므린 수줍은 미소로 은근히 마음을 사로잡는 내향형의 사람들이 있다. 그런 사람과 마주앉아 나직한 목소리로 대화를 나누는 고요한 시간을 어떻게 사랑하지 않을 수 있을까? 내향적인 소설도 마찬가지다. 흥미진진한 스토리텔링과 굵직굵직한 소재들이 각광받는 상황에서 섬세하고 잔잔한 소설들은 단번에 주목받기 어렵지만, 감각을 통해 접속되는 그 독특한 파동은 쉽게 지워지지 않는다. 장편소설 중심의 출판시장과 문단 분위기 속에서 특히 내향형의 매혹적인 단편소설들은 더 귀하고 소중하게 느껴진다. 정한아와 김유진, 김성중과 김중혁의 단편소설처럼 억압되거나 마모된 감각을 건드려 깨우며 문득 삶의 비밀을 속삭이는 소설이 바로 그런 예들이다. 그 매혹에 몸을 맡기는 독서의 시간에, 어쩌면 우리는 살아 있음에 대해, 방어하거나 도망치지 않고 현재를 사는 데 대해, 소설이 들려주고 암시하는 것 그 이상을 느낄 수 있을지도 모른다.

(2012.9)

우리가 정말 연결된 걸까?

김연수 장편소설 『네가 누구든 얼마나 외롭든』

　　김연수의 『네가 누구든 얼마나 외롭든』(문학동네, 2007)은 90년대 초반의 대학생 '나'가 자신이 겪은 일들과 주변 인물들로부터 듣게 된 경험담들을 이야기하는 형식의 소설이다. 공안정국의 학생회 일원으로서 주인공 '나'가 경험하는 이야기들이 서사의 한 축을 이룬다면, 할아버지가 남긴 한 장의 '입체 누드사진'을 매개로 하여 근현대사의 여러 장면들을 넘나드는 다양한 인물의 이야기들이 또 하나의 축을 이루고 있다.

　　이 소설을 이끌어가는 것은 다음과 같은 질문들이다. 정치사회적 사건들과 그로 인한 전변들은 개인의 삶에 어떤 식으로 영향을 미치는가? 정말로 그 어떤 영향을 미치는가? 개인의 가장 사적이고 내밀한 경험들은 어떻게 역사와 교호하는가? 그런 경험들이 한 시대의 공식적 기억인 역사와 진정 관련을 맺을 수 있는 것일까?

역사가 개인의 삶에 미치는 영향력이 너무나 압도적이고 자명해서, 이렇게 질문하는 일 자체가 무의미하던 시절이 있었다. 억압적인 식민통치와 해방기의 혼란과 한국전쟁의 비극 등은 그 시대를 살던 개인의 삶에 직접적이고 인과적으로 영향을 미쳤으며, 그러므로 "한 개인의 삶"은 "한 나라의 역사를 온전하게 담고 있었"(124쪽)다. 군사독재가 이어지는 동안에도 개인의 삶이 모두 시대와 연결돼 있다는 믿음에는 의심의 여지가 없었다. 광주항쟁은 "1980년 5월 광주에 있지 않았기 때문"(346쪽)에 살아남게 된 젊은이들을 "우연한 존재로 바꿔버렸"(347쪽)지만, 시민을 학살하는 폭압적인 체제에 맞섬으로써 그들은 허무와 우연의 세계에 대항하였고 "서로 연대하였으므로 쉽게 죽지 않는 존재로 바뀌어"(348쪽)갈 수 있었다. 그런데 지금 우리는 어떤가?

1989년 11월, 마치 영화의 한 장면처럼 베를린 장벽이 TV 화면 속에서 붕괴된 이후, 급변하는 역사적 국면들은 이제 실재감을 잃어버린 스펙터클로 변해버렸다. 자본주의 미디어에 의해 역사가 "실시간 중계"되기 시작하면서 우리는 역사의 주인공이나 희생자가 아니라 "역사의 시청자"(275쪽)가 되었다. 전쟁과 테러도, 기자회견과 대국민선언도, 계란세례와 철야농성도 "나와는 전적으로 무관하게 움직이는 유리창 저편의 세계"(122쪽)로 물러났다. 동참할 수 있는 공동의 세계가 휘발되었으므로 더 이상 '우리'가 될 수 없는 '나'들은 저마다 드넓은 "우주에 존재하는 하나의 인간에 불과하다"(86쪽). 그러니 네가 누구든, 그토록 외로운 건 너무 당연한 일이라고 김연수는 말한다.

『네가 누구든 얼마나 외롭든』은 그 외로운 '나'들을 서로서로 연결하여 '우리'로 만들어주고 싶은 지극한 바람의 산물이다. 수많은 '나'들의 개인적인 경험들이 이리저리 만나고 얽혀서 거대한 네트워크를 이룰 수 있다

면, 그게 바로 한 시대의 진정한 역사가 아니겠는가? 공적인 기억으로서
의 역사는 '나'의 할아버지가 남긴 '민족 대서사시'처럼 "너무나 뻔해서 오
히려 거짓말에 가깝"(38쪽)거나 무미건조할 뿐이다. 하지만 도저히 공유
될 수도, 이해받을 수도 없는 사적인 기억들은 할아버지가 불태워버린
'산문형식의 글'처럼 "거품과도 같은 幻覺의 時代"에도 저마다 가슴속에
품고 있었을 "실낱같지만 확실한 무엇"(같은 곳)을 간직하고 있을 것이다.

　김연수는 산문형식의 글과 함께 할아버지가 불태워버리려 했던 입체
누드사진을 통해 할아버지의 사적인 기억을 파편적으로나마 복원하는 동
시에, 그 성긴 이야기에다 수많은 다른 인물들의 이야기를 우툴두툴하게
엮어 들인다. 전혀 다른 시대와 장소에서 서로 다른 경험을 했던 사람들의
이야기가 절묘하게 만나고 조각조각 잇대어져 커다란 그림을 만들어갈
때, 세상은 보이지 않게 하나로 연결돼 있으며 '나'는 혼자가 아니라는 사
실이 경이롭게 드러난다. 그리고 이를 통해 우리는 러일전쟁에서 6월 항쟁
으로, 홀로코스트에서 1991년의 분신정국으로 연결되는, 가장 개인적인
기억들로 짜인 또 하나의 역사를 만나게 된다.

　이 일을 가능하게 만드는 것은 물론 사랑이다. '나'와 정민의 연애가 그
랬듯이, 사랑은 서로에게 자신의 이야기를 들려주고 싶은 열망, 그가 들
려주는 이야기 속에서 내 존재의 의미를 찾아내고자 하는 열망을 지펴낸
다. 누군가에게 연결되기를 기다리는 이야기들이 내 안에 그토록 많이
숨어 있었음을 깨닫게 되는 것도, 그렇게 "이 세상은 온통 읽혀지기를, 들
려지기를, 보여지기를 기다리는 것들 천지"(143쪽)임을 발견하게 되는 것
도 다 사랑이 있기에 가능한 일이다. 그런 사랑의 힘으로 김연수는, 마르
코니가 대서양 너머로 전송했던 모스부호 'S'처럼 "이 세상을 가득 메운
수많은 이야기(story)"와 "그만큼 많은 '나(self)'가 존재한다는 애절한 신호

(signal)"(82쪽)를 듣는다. 아무리 개인적이고 사소한 이야기라도 서로 연결될 수 있는 한 세상에 무의미한 것은 하나도 없으며, 개인의 삶은 저마다 거대한 세계와 얽혀 있어 결코 부질없지 않다는 애정어린 믿음으로, 이 소설은 쓰인다.

여러 인물들의 삶을 유사성의 층위에서 하나로 묶어주는 고리는 너무나 비현실적인 현실의 폭력에 우연히 노출되는 경험이다. 그리하여 갑자기 자신이 "현실의 바깥으로 튕겨 나간 것처럼"(100쪽) 느껴지는 순간, 그들은 더 이상 예전의 삶으로 돌아갈 수 없게 된다. '나'와 정민, '나'의 할아버지와 정민의 삼촌, 베를린에서 만난 헬무트 베르크/칼 하프너와 이길용/강시우 등이 모두 그런 인물들이다. 하지만 현실 바깥으로 튕겨 나가는 느낌이란 자신이 "현실이라고 부를 만한 것과 얼마나 강하게 연결돼 있는지"(103쪽)를 역설적으로 인식하게 되는 순간이기도 하다. 그런 식으로 이 소설의 인물들은 자신의 삶과 직접 연결되는 문제가 아니라고 생각했던 현실을 비로소 자기 존재의 조건으로 경험하고, 낯설어진 내 목소리에 귀 기울이는 방식으로 "한 시대의 우울을 내가 감당"(127쪽)한다.

그들의 이야기가 말해주듯 "우리는 살아가면서 몇 번이나 다른 삶 속으로 빠져들게" 되고, 그런 의미에서 "인생은 신비롭다"(150쪽). 그러나 이 소설의 빛나는 통찰은 거기서 한발 더 나아간 신비, "그럼에도 우리의 삶은 일생, 즉 하나다"(같은 곳)라는 사실을 깨닫는 데 있다. "아무리 다른 모습으로 바뀌어간다고 해도 결국 나는 나"라는 사실, "그게 바로 내가 가진 기적"(151쪽)이라는 것인데, 참으로 우연하고도 나약한 존재인 우리가 그 어떤 불안과 두려움이라도 내 것으로 온전히 받아들여야 하는 이유가 바로 여기에 있다. 일관성도 필연성도 없는 내 삶을 일생, 곧 '하나의 이야기'로 통합해 들여야 할 책임은 오직 '나'에게 있으며, 내 삶의 이야기의 화자라는 측면에서라면 '나'는 내 인생의 주인일 수밖에 없기 때문에.

『네가 누구든 얼마나 외롭든』은 작가 자신이 지극히 개인적인 방식으로 경험한 90년대의 의미를 되짚어나가는 과정이기도 하며, 이는 그 세대가 자기 몫으로 감당해야 할 책임일 것이다. "우리가 누구였는지, 그때 왜 그랬는지" 우리는 아직 다 알지 못하고, 그래서 우리의 이야기는 조금 더 계속돼야 하겠지만, "결국 우리는 알게 될"(389쪽) 거라고 되뇌는 그에게선 어떤 신뢰감이 느껴진다. 그것은 우리 삶이 계속되는 동안은 종결되지 않을 책임을 기꺼이 떠안은 동세대 작가에게 품게 되는, 그런 신뢰감이다.

하지만 무수한 '나'들의 이야기를 서사적 차원에서 하나로 연결하고자 하는 작가의 시도가 우연을 단번에 필연으로 뒤바꾸는 인연설, 운명론, 예정설 등에 의존할 때, 그런 해답이 존재의 고독과 불안에 대한 안쓰러운 방어기제처럼 보일 때, 그 거대한 '우리'의 이야기 속에서 나는 어쩐지 조금 더 작아지고 허전해지는 것 같다. 내가 누구든 얼마나 외롭든 간에, 저기 "떠 있는 달이 내가 존재하기 아주 오래전부터 (…) 지금의 우리 모두를 꿈꾸고 있었"다고 믿어버리는 일, 그렇게 "처음부터 우리가 모두 연결돼 있다는 사실"(338쪽)에서 위안을 구하는 일은 내 몫의 외로움과 두려움을 온전히 감당하는 태도가 아닐 것이다. 이런 해답은, 포스트모던한 불가지론의 안전지대를 넘어설 때까지 자신의 회의를 극한으로 밀고 나갔던 김연수다운 결론이 아니기도 하다.

삼등급의 별이라도 서로 연결되기만 하면 아름다운 별자리를 이룰 수 있다는 건 분명 소중한 일일 테지만, 그렇다고 저 별들이 별자리가 되기 위해 태어난 것은 아니다. 별들의 운행은 경이롭게 서로서로 영향을 미치지만, 우리가 사는 우주에서 그것은 더 이상 잡아당기는 힘 같은 것으로 별들끼리 긴밀하게 연결돼 있기 때문(뉴턴의 우주)이 아니라 각각의 별

이 변형하고 왜곡한 시공간의 구부러짐에서 발생하는 부대효과(아인슈타인의 우주)다. 그럼에도 "단 하나뿐인 동시에 여러 겹으로 겹쳐지는 (…) 우리 모두의 일생"(382쪽)을 이야기하기 위해서는 누구라도 더 많이 외로워하고 더 오래 질문을 던져야 할지 모른다.

(2008.2)

⊙ ─── 'I tell you'의 욕망과 'either / ors' 서사의 윤리

이기호는 상당히 지적인 작가다. 이기호 소설의 엉뚱하고 난데없는 화법이 소설의 말하기 방식에 대한 날카로운 자의식에서 비롯된 것이며, 허술하고 갈팡질팡하는 이야기들이 내러티브의 개연성과 권위적 담화에 대한 비판적 성찰과 맞물려 있음을 우리는 잘 알고 있다. 이기호 소설이 무엇을 이야기하든, 어떤 인물을 주인공으로 내세우든, 그 바탕에는 소설과 이야기 전반에 대한 메타적 탐색이 깔려 있다는 사실 말이다. 그럼에도 관념적이거나 사변적인 성격을 띠는 대신에 스토리의 다양성과 실감의 구체성을 확보하고 있다는 점은 이기호 소설의 남다른 미덕이자 우리 문학에서 그의 소설이 갖는 독특한 자리일 것이다.

새 소설집 『김 박사는 누구인가?』(문학과지성사, 2013)에서 이기호의 지적인 탐색은 특히 내레이션 행위와 서사화 과정의 역동성을 향하고 있다.

그는 내러티브가 무엇인가만이 아니라 무엇을 위해 움직이는가, 또는 왜 이야기되는가라는 문제를 집요하게 파고든다. 이런 질문들은 내레이션을 통해 무엇을 말하고자 하는가의 층위를 넘어 무엇을 행하고자 하는가의 차원으로 이행한다. 『김 박사는 누구인가?』는 내러티브, 해석, 독서의 문제를 꾸준히 주제화하면서 어떻게 우리가 삶을 내러티브거리(the narratable)로 만드는지, 그 명백한 한계에도 불구하고 왜 우리는 삶을 이야기해야만 하는지를 묻고 또 묻는다.

표제작인 「김 박사는 누구인가?」는 화자–청자(텍스트–독자)의 상호 교환적 관계를 통해 내러티브의 욕망과 그 역동성을 무대에 올린 소설이다. 최소연과 김 박사가 주고받는 일련의 'Q&A' 형식으로 이루어진 이 소설에서 내러티브 행위 모델(화자–청자)은 정신분석의 전이 모델(환자–분석가)과 나란히 포개진다. 강박 증세를 지닌 최소연(환자, 화자)은 김 박사(분석가, 청자)에게 성의껏 자기 이야기를 들려주지만, 그것은 언제나 다소 '충분치 않은' 이야기이다. 그녀의 이야기에 개입하여 원하는 목적(치료)에 맞게 플롯을 재구성하는 사람은 청자이자 잠재적 화자이기도 한 김 박사이다. 그의 존재는 최소연의 발화를 대화화하면서, 진짜 내러티브는 끝없이 역전하는(reversing) 자아와 타자의 교환 과정, 그 사이–안(in-between)에서 생성됨을 암시해준다.

마찬가지로 내러티브 텍스트에서 독자는 독서 행위를 통해 만족할 만한 의미를 구성해낼 자신의 플롯을 만들어간다. 그런 뜻에서 이야기란 독자라는 분석가–탐정이 자신의 배경지식과 서사 능력을 동원하여 합성해낸 구성물이라고도 말할 수 있다. 텍스트의 언어는 궁극적으로 오직 독자의 이익을 대변하므로 자리바꿈된(réplacée) 독자의 목소리(독자의 위임을 받아 담화에 부여된 목소리)에 다름 아니라는 바르트의 언급(『S / Z』)도 같은 맥락에 놓여 있다. 「김 박사는 누구인가?」의 '다섯 번째 Q&A'에서 "김 박사님의 이야기"를 듣고 싶다며 "제발 저에게 이야기를 들려"(129쪽) 달라고 부탁하는 최소연의 말은 서사화 과정에 생명을 불어넣는 독서 행위의 이 같은 수행성을 인상적으로 환기시킨다. 곧이어 "(이제 다들 아셨죠? 김 박사가 누구인지? 자, 그럼 어서 빈칸을 채워주세요)"(같은 곳)라는 생뚱맞은 목소리와 함께 김 박사의 응답 부분이 '빈칸'으로 제시될 때, 독자는 내러티브 행위에 참여하여 자기 이야기의 작가가 되라고 소환당한 사람이 바로 자신임을 흠칫 깨닫게 된다. "정말 네 이야기를 하라고! (…) 나에겐 지금 그게 필요하단 말이야, 김 박사, 이 개새끼야"(130쪽)라고 다그치는 최소연의 마지막 말처럼, 자기 이야기(의미)를 향한 독자의 욕망은 내러티브가 전진진행하기 위해 반드시 필요한 동력기이자 내러티브 자체의 욕망이기도 하다.

이렇듯 독자(청자)를 내러티브 안으로 끌어들이고 서사화 과정에 연루시키고자 하는 욕망은 이 소설집 곳곳에서 눈길을 끈다. "어쩌면 그것 때문에 지금 여기에 이렇게 삼촌 이야기를 쓰게 된 것인지도 모르겠다"(「밀수록 다시 가까워지는」, 44쪽), "그래서 지금 여기에 그 사정들에 대해서 주저리주저리 변명을 늘어놓고 있는 것이지만"(「탄원의 문장」, 174쪽), "그저 모르는 척 다른 이야기를 하는 마음들, 강의 그림자를 바라보면서 하는 짐작들. 나는 지금 그것을 하려고 하고 있다"(「화라지송침」, 263쪽) 등과 같이 내레이션 행위에 대한 자의식을 드러내는 발화들이 그 단적인 예일 수 있다. 이런 발화들은 소설의 다른 모든 문장들을 '내가 너에게 말해준다(I tell you)'의 종속절로 만들면서 이야기와의 관계 속으로 청자가 들어오기를 강력하게 요청한다. 나아가 위의 발화들은 욕망이 대상을 포착하는 데 실패하고 나서 내레이션이라는 재포착 행위에 재투자된 듯, 회고적인 이야기하기 자체에 특별한 위상을 부여한다.

실제로 이들 소설에서 화자가 들려주는 삼촌(「밀수록 다시 가까워지는」), P(「탄원의 문장」), 기종 씨(「화라지송침」) 등의 이야기는 서로 다른 '가정들'과 '짐작들'의 연속으로 이루어져 있으며, 이야기를 종결짓는 확고부동한 권위를 결여한 채 수시로 보충되거나 수정되기를 거듭한다. 이를테면 "조금 알게 되었다고 생각하는 순간, 삼촌은 다시 저만큼 달아났고, 무언가 흩어진 퍼즐을 거의 다 맞췄다고 생각한 순간, 또 다른 모양의 조각이 튀어나와 그림을 한 순간에 원점으로 만들어놓"(「밀수록 다시 가까워지는」, 83쪽)는 식이다. 그 내레이션 행위의 목적은 진실의 규명이기보다는 오히려 진실을 찾아나가는 이야기 구성과 재구성 과정에 있는 것처럼 보이는데, 이는 내러티브 안에서 의미를 찾아 배회하는 독자의 여정과 그 한계를 고스란히 비추고 있다.

이기호의 내러티브들은 언제든 다시 열릴 수 있는 잠정적인 종결 앞에서 '마치(as-if)'와 '어쩌면(may-be)'의 가설 상태로 진동하면서, 지운 자국 위에 덧쓴 양피지나 이중인화된 영상처럼 같은 이야기의 상이한 버전들을 있는 대로 그러안는다. 여기에는 「저기 사람이 나무처럼 걸어간다」와 「이정(丽丁)―저기 사람이 나무처럼 걸어간다 2」의 경우처럼 자신의 인생 플롯을 오독하고 있었음을 뒤늦게 깨닫고서 당황하거나 후회하는 인물들의 이야기도 포함된다. 그 어떤 마스터텍스트(mastertext)도 주어지지 않은 상황에서 실수투성이의 플롯을 읽어야 하는 것이 우리의 운명이라면(피터 브룩스, 『플롯 찾아읽기』), 자신과 타인의 삶을 이해하고 의미화하기 위해 우리는 어떤 노력을 할 수 있고 해야만 하는가? 『김 박사는 누구인가?』에서 이기호는 바로 이 문제에 대해 고민하고 있는 것 같다. 그의 소설들은 인생 이야기를 들려주려 하기보다 인생을 이야기하는 내러티브 행위와 그 가능성에 대해 질문하고 있는 것이다.

　인생 이야기에서 완전한 문장으로 서술된 내러티브나 도전받지 않는 진실의 목소리란 존재하지 않을 것이다. 인생을 이야기하려는 시도는 실수와 오독으로 얼룩져 있고, 우리는 불확실하고 혼란스러운 이야기 속을 헤매지 않을 수 없다. 이기호의 『김 박사는 누구인가?』는 내러티브의 이 같은 한계를 숨김없이 보여주는 한편, 그럼에도 이야기하기는 계속돼야 한다고 우리를 설득한다. 수수께끼와 '여백'으로 가득한 자신과 타인의 인생 이야기에서도 우리는 저 빈약하고 잠정적인 플롯들을 찾아내야 한다고, 깔끔한 해결이나 매끄러운 봉합 대신에 '~아니면 / ~인 것들(either / ors)'의 어수선하고 누덕누덕한 이야기를 통해서라도 의미를 향한 움직임을 멈출 수는 없다고, 그것이 내러티브 행위의 욕망이자 윤리라고 말이다.

(2013.8)

혐오와 매혹이 공존하는 욕망의 서커스들

정미경 소설집 『프랑스식 세탁소』

『프랑스식 세탁소』(창비, 2013)에서 고집스럽게 반복되는 테마는 모순적이고 일탈된 욕망의 캄캄한 심연이다. 정미경의 이번 소설집은 『발칸의 장미를 내게 주었네』(생각의 나무, 2006)와 『내 아들의 연인』(문학동네, 2008) 등에서 엿보였던 멜로드라마적 지향을 상당 부분 탈피하는 한편, 세속적 욕망의 회로와 그 속에 투영된 자본주의적 세태를 넘어 욕망 그 자체의 본성에 대한 집요한 탐구로 나아간다. "이번엔 욕망에 대한 이야기를 다루어보자, 했다. 때론 운명보다 억척스러운 우리 안의 욕망들. 그 불가해함에 대하여"(『내 아들의 연인』, 312쪽)라는 이전 소설집의 「작가의 말」이 5년 뒤인 이번 소설집에 이르러 텍스트로 실현되는 양상은 무척 흥미롭다. 물론 그 사이에는, 과잉 충전된 욕망의 에너지가 모호하고도 불길하게 떠돌던 장편 『아프리카의 별』(문학동네, 2010)이 있지만 말이다.

　『프랑스식 세탁소』에 등장하는 주인공들은 명확한 의미에 고정되지 않는, 붙잡히지도 않고 달랠 수도 없는 욕망의 인물들이다. 그들의 행위는 대체로 불필요하거나 우발적인 것처럼 보이고, 탈북이나 자살 시도(「울게 놔두세요」), 출가(「타인의 삶」) 등과 같은 결정적 선택의 경우에도 어딘지 동기가 불충분해 보인다. 인물들의 이 같은 모습은 욕망이란 본래 필요(need)나 요구(demand)로 환원되지 않으며, 차라리 그 둘 사이의 벌어진 틈에서 발생하는 것임을 환기시킨다. 라캉 식으로 말해서 욕망은 얻을 수 없는 만족을 향한 영원한 결여의 성격을 띠며, 바로 그런 이유에서 행위의 멈추지 않는 동력기가 된다는 사실 말이다. 『프랑스식 세탁소』는 인물들의 의식으로부터 봉쇄되어 논리적으로 설명되지 않는 행위의 의미를 내러티브 양식을 통해 우회적으로 더듬어가면서, 자기 이름을 말하지 못하는 욕망의 근원적 균열과 그 심연을 뚫어져라 응시하고 있다.

　「남쪽 절」에서 그 심연은 "검은 죽처럼 몸을 감"(10쪽)싸는, 암막 속 칠흑의 어둠(안도오 타다오의 설치작품 〈미나미 테라(南寺)〉)으로 형상화된다. 주인공 김은 대필 스캔들로 문제를 일으킨 베스트셀러 작가 백의 책을 내기 위해 안간힘 쓰는 소규모 출판사 대표이다. 그가 백과의 계약에 매달리는 표면적 이유는 출판사가 문을 닫지 않고 어떻게든 굴러가게 하기 위해서인데, 실제로 그에게 더욱 중요한 것은 아내이자 출판사 동료인 은애로부터 지지와 인정을 받는 일인 듯하다. 은애와의 관계를 회복하기 원하면서도, 아니 그렇게 때문에 도리어, 그녀가 처음부터 반대했던 백과의 계약을 고집하는 그의 욕망은 참으로 모순적이다. 따라서 백의 계약서를 손에 쥐는 일은 그에게 어떤 만족감도 줄 수 없으며, 문제를 더욱 악화시킬 뿐이다. 게다가 백과의 계약을 성사시키기 위해 그가 억지로 외면하고 부인했던 윤리적 갈등(백과의 첫 약속에 방해물로 등장했던 재개발 투쟁 현장의 화재는 그를 가로막는 내적인 저항을 상징적으로 가시화하는 장치일 수 있다)은 두고두고 그 자신을 괴롭히게 될 것이다. 균열된 욕망의 어두운 심연을 상징하는 암막의 암흑 속에서 그가 번번이 맞닥뜨리게 되는 것이 은애를 닮은 알 수 없는 여자와 "조악한 불꽃놀이"의 "난장판"(31쪽)인 이유가 바로 여기에 있을 것이다.

「파견근무」에서도 판사 강을 사로잡은 욕망의 대상 자체는 그리 중요치 않다. 핵심은 오히려 카지노의 '다이사이'라는 대체물로 격발된 강의 일탈된 욕망, 또는 그 욕망의 대책 없고 불합리한 맹목성이다. 몸속 어딘가에 들어 있는 발전기처럼 '웅웅 소리'와 함께 '횡격막 아래'를 뜨끈하게 달구면서 가동되는 강의 욕망은 양심과 도덕성을 비롯한 다른 모든 것을 사소하게 만들어버린다. 그리하여 그 욕망은 강으로 하여금 금융법 위반 피의자로부터 나온 정보로 주식 투자를 하거나 대가를 약속받고 '재량껏' 판결을 내리는 일까지, 제동장치 없이 치닫게 만든다. 이런 그의 모습은 욕망의 포기만이 자아의 유일한 보존 방법일 때, 욕망이 파멸 또는 죽음을 향한 충동과 공모할 수 있음을 인상적으로 드러내 보인다. "어쩌면 자신이 그곳에서 찾는 것은, 손가락 끝이 마침내 닿으려는 그 순간의 느낌이 아닐까"(48쪽)라는 강의 되뇜은 충족의 환상으로 광포해진 욕망의 모순과, 결여를 통해 스스로를 재생산하는 욕망의 메커니즘을 고스란히 꿰뚫고 있다. "그곳에 가는 건 내가 아니"(60쪽)라는 그의 자기변명 역시 절박한 실감을 확보하면서, 주체는 자기 자신과 일치하지 않으며 내 욕망은 나 자신에게 철저히 이질적인 그 무엇임을 문득 깨닫게 한다.

표제작인 「프랑스식 세탁소」는 이 같은 욕망의 이질성을 한층 더 매혹적으로 그려낸 소설이다. 자선 재단 이사장이자 소설의 화자인 '나'는 우연히 요리사 르와조의 이야기(요리에 과도한 열정을 지녔으며 자신의 식당이 '별

하나'를 덜 받은 뒤 사냥총으로 자살한)를 읽게 되면서, "안다고 생각했으나 모든 것이 모호해진 순간의 느낌"(264쪽)을 경험한다. 이 느낌은 민미란에 대한 기억과 맞물려 있는데, 장애 때문에 조금 특이한 외모를 지닌 그녀는 행정실장과의 '누추한 관계'로 빈축을 산 적이 있으며 재단이 감사에 걸린 뒤 갑작스런 자살로 직원들을 놀라게 한 여자다. 그는 자신이 민미란 같은 여자에게 이끌려 그녀와 각별한 관계를 맺게 된 일, 횡령 문제의 책임을 은연중에 그녀에게 떠넘긴 일 등을 두서없이 반추한다. 자기 욕망에 대한 내러티브적 설명의 부적절함과 비일관성으로 곤혹스러워하는 그의 모습은 도덕성이나 윤리의 차원을 뛰어넘어 묘한 공감을 불러일으킨다. 그에게 민미란이 그러했듯, 스스로도 납득할 수 없는 욕망의 심연에서 자기 안의 꺼림칙한 이질성과 대면하는 일은 우리에게도 혐오와 매혹이 뒤범벅된 울렁거림일 수밖에 없을 테니까.

겉보기에 자신과 별로 닮은 데가 없는 르와조의 이야기를 통해 그가 자기 욕망의 낯선 얼굴과 대면하게 되듯, 이 소설집의 다양한 인물들이 벌이는 욕망의 서커스들 속에서 뜻밖에 우리가 마주치게 되는 것은 우리 자신의 모순적이고 불가해한 욕망이다. 독자로서 온전히 관여한 텍스트는 어느 것이든 우리를 변화된 현실로 돌려보낸다. 정미경의 『프랑스식 세탁소』에서 자기 욕망의 캄캄한 심연을 들여다본 독자에게 나 자신은 더 이상, 내가 안다고 생각했던 이전의 내가 아닐 것이다.

(2013.8)